»Wahrscheinlich bin ich verrückt …«

Das Buch

Am 11. April 1920 geboren, am 21. März 1970 mit noch nicht einmal 50 Jahren verstorben: Die als Maria Helene Frauendorfer geborene Marlen Haushofer sollte erst postum wirkliche Anerkennung für ihr Werk erhalten. Das eher stille Wesen der Autorin, ihre Verbundenheit mit ihrer Familie – die ihr auch Belastung war – und ihre Scheu, vor Menschen zu sprechen, führten sie auf einen anderen Lebensweg als etwa ihre Zeitgenossin Ingeborg Bachmann, die im ganzen deutschen Sprachraum bekannt und gefeiert wurde. Und obwohl Marlen Haushofers Werke denen einer Bachmann oder Christa Wolf in keiner Weise nachstehen, ist ihr Leben für viele ein Rätsel geblieben.
Woher nahm sie den Mut, in ihrem Schreiben die Abgründe der bürgerlichen Existenz in Worte zu fassen? Wie passen ihre die Grenzen der Realität sprengenden Werke zu ihrem bodenständigen Leben? Was qualifizierte Marlen Haushofer zur Ikone der Frauenliteratur, zu der man sie in den achtziger Jahren erklärte? Und warum hat sie fast alles vernichtet, was Zeugnis über ihr Leben geben könnte? Daniela Strigl findet in ihrer Biographie Antworten auf diese Fragen und entwirft ein spannendes und detailreiches Bild einer Frau, die zerrissen war zwischen ihrer Sehnsucht zu schreiben und dem Anspruch, eine perfekte Ehefrau und Mutter zu sein.

Die Autorin

Daniela Strigl, geboren 1964 in Wien, ist Germanistin, Essayistin und Literaturkritikerin, seit 2007 am Institut für Germanistik der Universität Wien tätig, wo sie sich 2018 habilitierte. 2003 bis 2014 war sie Jurorin beim Bachmann-Preis. Sie erhielt u.a. den Österreichischen Staatspreis für Literaturkritik 2001, den Alfred Kerr Preis 2007 und den Johann-Heinrich-Merck-Preis 2019. Zuletzt: *»Berühmtsein ist nichts«. Marie von Ebner-Eschenbach. Eine Biographie* (2016); *Alles muss man selber machen. Biographie. Kritik. Essay* (2018); *Peter Rosegger: Ausgewählte Werke in Einzelbänden* (Mithg., 2018).

Daniela Strigl

»Wahrscheinlich bin ich verrückt ...«

Marlen Haushofer – die Biographie

List Taschenbuch

Besuchen Sie uns im Internet:
www.ullstein.de

Der Verlag dankt der Nachlaßverwalterin und Rechtsnachfolgerin Sybille Haushofer, die diese Biographie autorisiert, daß sie uns Einblick in den Nachlaß Marlen Haushofers gewährt und uns den Abdruck von Texten und Bildern aus dem Nachlaß freundlicherweise genehmigt hat.

Wir danken den jeweiligen Rechteinhabern für die freundliche Genehmigung des Abdrucks der in diesen Band aufgenommenen Photographien.

Ungekürzte, durchgesehene Ausgabe im List Taschenbuch
List ist ein Verlag der Ullstein Buchverlage GmbH, Berlin.
1. Auflage Dezember 2007
7. Auflage 2024

Umschlaggestaltung und Konzeption:
RME Roland Eschlbeck und Kornelia Rumberg
nach einer Vorlage von HildenDesign, München
Titelabbildung: © Sybille Haushofer, Steyr
Satz: Franzis print & media GmbH, München
Druck und Bindearbeiten: ScandBook, Litauen
ISBN 978-3-548-60784-9

»Alle leben mindestens drei Leben, ein tatsächliches, ein eingebildetes und ein *nicht wahrgenommenes.*«

Thomas Bernhard

Inhalt

Vorwort

Mit dreizehn oder vierzehn Jahren las ich zum ersten Mal *Die Wand.* In einem Alter, in dem sich naturgemäß die Frage nach dem Sinn der Existenz aufdrängt, bescherte mir die Geschichte von der Frau, die sich mit einem Mal ganz auf sich selbst gestellt sieht, ein ungeheuer starkes Leseerlebnis. Erst später kam ich darauf, daß meine – neben *Pippi Langstrumpf* – liebsten Kinderbücher *Brav sein ist schwer* und *Schlimm sein ist auch kein Vergnügen* von derselben Autorin stammten. Noch viel später entdeckte ich, daß es von ihr noch andere lesenswerte Romane und Erzählungen gab, die zumeist in der Sphäre einer beengenden Häuslichkeit angesiedelt waren. Ich erfuhr von einem Literaturkenner, der ›Haushofer‹ deshalb stets für ein Pseudonym gehalten hatte. Und ich hielt es für eine bemerkenswerte Ironie des Schicksals, daß die Dichterin der weiblichen Entfremdung mit dem Mädchennamen *Frauen*dorfer geheißen und in einem Ort namens *Frauen*stein das Licht der Welt erblickt hatte.

Als man mich fragte, ob ich eine Biographie über Marlen Haushofer schreiben wolle, fand ich die Aufgabe einerseits sehr reizvoll: dem auf den ersten Blick unspektakulären Leben einer Hausfrau nachzugehen, die so aufregende Bücher schrieb. Dabei aber auch etwas von der Bedeutung einer Schriftstellerin zu vermitteln, die noch Anfang der achtziger Jahre als Geheimtip galt, wenngleich sie in ihrer österreichischen Heimat nie so gründlich vergessen wurde wie im übrigen deutschen Sprachraum. Was mich zögern ließ, war zunächst die Tatsache, daß seit Marlen Haushofers frühem Tod erst dreißig Jahre verstrichen waren: Das eröffnete für Nachforschungen in ihrer persönlichen Umgebung gleichsam ein Minenfeld. Außerdem schien ihre geradezu sprichwörtliche Bescheidenheit in einem gewissen Gegensatz zu jedem biographischen Projekt zu stehen, da dabei die Dichterin notgedrungen in den Mittelpunkt zu rücken ist.

Marlen Haushofers Vertrauter Oskar Jan Tauschinski hat potentielle Biographen einmal gewarnt: »Wirklich *erlebt* sind ihre Bücher.« – Sie war eine »Ehefrau ohne besonderen Gefühlsüberschwang und mit Krisen (...), Mutter mit geringem Talent zur Mutterrolle und mit ungleich verteilten, ganz subjektiven Gefühlen, Patientin.« Wer versuche Marlen Haushofers Werk unter den Hut »Leben« zu bekommen, müsse scheitern: »Das Werk ist zu groß, der Hut zu klein und zu schäbig.«[1]

Um einen derartigen Versuch ging es mir sicher nicht. Der Scheinwerfer, der auf das Leben eines Autors, einer Autorin gerichtet wird, strahlt jedoch stets auf das Werk zurück und erhellt manches, was bisher im Dunkeln geblieben ist. Mir war vielmehr die Form der Biographie an sich suspekt: Ist das überhaupt möglich, ein fremdes Leben zu beschreiben, nachzuerzählen, zu einer ›Wahrheit‹ zusammenzufassen und darüber ein Urteil zu fällen? »Eine Biographie zu schreiben ist immer eine Anmaßung«, meint Marlene Streeruwitz und hat damit sicher recht.[2]

Trotzdem schien mir ein solches Wagnis dann doch legitim: Wenn sich der Biograph dessen bewußt ist, daß er das Leben der beschriebenen Person nicht *re*konstruieren kann, sondern es konstruieren muß. Seine Wahrheit kann nur subjektiv sein, seine Arbeit paradox: Er sucht Puzzlesteine zusammen, die niemals ein komplettes Bild ergeben können und die er als Einzelteile nicht überbewerten darf. So findet die Hauptfigur in Marlen Haushofers Roman *Die Tapetentür* einmal einen Haufen alter Photos, Briefe und Karten, die sie sogleich verbrennt: »Lauter scharfe Momentaufnahmen, die zusammen eine große Lüge ergeben, ein einziges Vexierbild, dessen Schlüssel man nie findet.«[3]

Meine erste praktische Erfahrung auf der Suche nach der ›Wahrheit‹ machte ich, als ich in verschiedenen Gesprächen nach der Farbe von Marlen Haushofers Augen fragte: Auch ihr Nahestehende waren sich in ihrer Antwort nicht einig – waren die Augen »graugrün«, wie es im Reisepaß vermerkt steht,[4] oder grüngrau ins Blaue gehend oder graublau mit Grün oder veilchenblau, oder waren sie schlicht blau oder gar braun? Wenn nicht einmal das einwandfrei festzustellen ist, so dachte ich, wie läßt sich dann überhaupt ein zuverlässiges Bild zeichnen? Heute weiß ich zumindest, daß Marlen Haushofers Augenfarbe eine Art von Blau war, oder ich glaube jedenfalls, es zu wissen. Und auch in anderen Dingen weiß ich nun mehr, als ich anfangs zu hoffen wagte, aber nicht so viel, wie ich vielleicht wissen sollte.

Das liegt nicht zuletzt daran, daß Marlen Haushofer selbst jene Methode praktizierte, die sie einige ihrer Figuren anwenden läßt: Sie führte über Jahrzehnte Tagebücher, die sie stets nur für eine gewisse Zeit aufbewahrte, um sie dann zu verbrennen. Auch mit den meisten Briefen, die sie erhielt, verfuhr sie so. Ihre letzten Spuren verwischte sie kurz vor ihrem Tod, nur weniges überdauerte das Autodafé. Glücklicherweise sind ihre Briefpartner mit der Korrespondenz respektvoller umgegangen, sodaß hier noch einiges zu finden war.

Marlen Haushofers Nachlaß wird heute von der zweiten Frau des mittlerweile verstorbenen Ehemanns der Autorin verwaltet – in Steyr, der Stadt, wo sie über zwanzig Jahre lebte. Wenn mir auch die Arbeit nicht leicht gemacht wurde und ich keinen uneingeschränkten Zugang zum Material hatte, konnte ich doch wichtige Dokumente, Briefe und Aufzeichnungen einsehen, vor allem aber einige Roman-Manuskripte – nicht alle sind erhalten geblieben. Gerade die frühen Fassungen erwiesen sich als Fundgruben für Biographisches. Angesichts der Materiallage kam ich nicht umhin, Marlen Haushofers Texte daraufhin zu untersuchen, eine Zugangsweise, die die literarische Bedeutung natürlich immer schmälert. Marlen Haushofer selbst hat dieses Verfahren allerdings legitimiert: »Ich schreibe nie etwas anderes als über eigene Erfahrungen. Alle Personen sind Teile von mir, sozusagen abgespaltene Persönlichkeiten, die ich recht gut kenne. (...) Ich bin der Ansicht, daß im weiteren Sinn alles, was ein Schriftsteller schreibt, autobiographisch ist.«[5]

Marlen Haushofer vertrat innerhalb der österreichischen Literatur einen Realismus mit gleichsam doppeltem Boden. Und sie lebte ein Doppelleben zwischen Provinz und Hauptstadt. Aus den Widersprüchen ihrer Existenz wie ihres Charakters ergab sich das Spannungsfeld, dem sich ihr Werk verdankt. Marlen Haushofer durchschaute alles und tat nichts. Sie kritisierte die Welt feministisch und blieb Hausfrau. Sie war freundlich und einnehmend und verfügte doch über so manchen Widerhaken: Sie gehörte zu den Menschen, die ihren Freunden gerne Kakteen schenken.[6] Sie war bescheiden und selbstbewußt, angepaßt und widerspenstig, sanft und zornig, depressiv und humorvoll, leidenschaftlich und nüchtern, ehrgeizig und menschenscheu – wie sie einmal spaßhaft von sich bekannte: »Ein gütiges Geschick hat sie davor bewahrt, berühmt zu werden, sie hätte das damit verbundene hektische Leben nicht lange ertragen.«[7]

Sie war ein Verstandesmensch, der von sich behauptete, ganz auf Bilder, auf Erleuchtungen angewiesen und durch gründliches Nachdenken stets nur zu falschen Entschlüssen gelangt zu sein. Sie verabscheute Rauschzustände und Spiritismus und war fasziniert vom Unheimlichen. Sie glaubte an nichts und haßte Gott.

Diese Widersprüche ließen und lassen sich nicht auflösen, nicht zu einem glatten Bild einebnen. Die ›wahre Marlen Haushofer‹ gibt es nicht. Letztlich ist jedes Leben ein Geheimnis. Und das ist gut so.

Prolog

Vom Ende her

Und dann die rasende, angstvolle Lust des Fallens. Die Heuberge stürzten auf sie zu, und endlich das Versinken, das Ruhen in gestaltloser Schwärze, das Glück, ohne Körper zu sein. Auf den Absprung war es angekommen, jetzt konnte ihr nichts mehr geschehen, sie war geborgen.«

Eine kranke Frau träumt sich zurück in ihre Kindheit, als es auf dem Heuboden galt, im richtigen Moment von der Schaukel ins weiche Heu zu springen. Ihr ständig wiederkehrender Wunschtraum vom Loslassen erfüllt sich nicht. In Marlen Haushofers Erzählung *Die Ratte* wartet die Protagonistin im Spital auf eine Operation, von deren Ausgang keine Rettung zu erhoffen ist. »Der Tod hatte für sie eine neue Gestalt angenommen. Er war nicht länger ein Gerippe oder ein dunkler Engel, er war eine kleine Ratte, mit langer, blutbeschmierter Schnauze.« Daß ihr Mann sie besucht und Zuversicht heuchelt, daß er ein Verhältnis mit ihrer Cousine angefangen hat, all das berührt die Kranke nicht mehr. Sie erlebt die Schmerzen, als wühle eine Ratte in ihren Eingeweiden, sie weiß, daß diese immer heftiger wühlen wird, und sie beschließt, ihr Herz durch gutes Zureden darauf zu trainieren, daß es beim lebensverlängernden Eingriff zu schlagen aufhört. Das Experiment mißlingt: Sterbenmüssen ist nicht so schwer wie Nicht-sterben-Können.[1]

Am 26. März 1970 versammelten sich Angehörige und Freunde Marlen Haushofers in der Feuerhalle des Wiener Zentralfriedhofs, um der feierlichen Einsegnung der Verstorbenen beizuwohnen. Die damals noch eher unübliche Einäscherung erfolgte auf Marlen Haushofers ausdrücklichen Wunsch: Nichts sollte von ihr übrigbleiben. Gestorben war Marlen Haushofer am 21. März, drei Wochen vor ihrem fünfzigsten Geburtstag, in einer Wiener Privatklinik, nach, wie es in der Parte heißt, »langem, mit grenzenloser Geduld ertragenem Leiden«. Das Leiden hieß Knochenkrebs, und es hatte der Dichterin die letzten Lebensjahre in zunehmendem Maße zur Qual gemacht. So wollte man mit der Operation, die man ihr zuletzt noch zumutete, nicht mehr das Leben verlängern, sondern nur die rasenden Schmerzen lindern. Bald danach gelang ihr der Absprung.

Die Geschichte von der Ratte schrieb Marlen Haushofer freilich zu einer Zeit, als sie von ihrer Krebserkrankung noch nichts wußte, nämlich Mitte der sechziger Jahre.[2] Ihre literarische Hellsichtigkeit reicht aber noch weiter zurück: Bereits in dem zehn Jahre zuvor entstandenen Roman *Die Tapetentür* notiert die Heldin Annette in ihr Tagebuch: »Der Tod ist nichts, was man fürchten muß, nur die Schmerzen entwürdigen den Menschen. Selbst das Mitansehen von Schmerzen (...) erfüllt uns eher mit Grauen als mit Mitleid. Man fühlt, etwas Verbotenes zu sehen, die Zerstörung des Menschenbildes.« Und über das Sterben von Annettes Ziehmutter, der klugen, disziplinierten Tante Johanne, heißt es: »Die Wucherungen in ihrem Leib hatten sie nicht wirklich zerstört und nur das bißchen Fleisch aufgefressen, das schon immer das Nebensächlichste an ihr gewesen war. Und doch hatte sie ohne dieses bißchen Fleisch nicht länger leben können. Dieser Umstand war es wohl, der sie am Ende sogar ein wenig belustigt hatte.«[3]

Die Spur von Marlen Haushofers geradezu beschwörenden Versuchen, den Tod schreibend nicht wichtig zu nehmen, ihn nicht zu fürchten, führt in ihrem Werk immer wieder in die Kindheit. Auch in der frühen Erzählung *Die Vergißmeinnichtquelle* träumt sich eine Kranke, der eine Operation auf Leben und Tod bevorsteht, in ihre Kindertage zurück – nicht in die

Ausgesetztheit eines Heubodens, sondern in ein früheres Kranksein, das ebenso lebensbedrohlich war und nach der Krise offenbar in einen Traum oder in eine Art Vision mündete: Die Vierzehnjährige steigt durch den Wald hinter ihrem Elternhaus hinauf, gelangt zu einer zuvor nie gesehenen, von riesigen Eichen umstandenen Lichtung mit einem heimeligen Haus, wo sie von einem freundlichen alten Paar bewirtet wird. Eine innere Stimme schickt sie zur nahen, von Vergißmeinnicht umrahmten Quelle; als sie die Blüten mit der Stirn berührt, fühlt sie »unbeschreibliches Entzücken«. Das Bild verschwindet, es folgen Flucht und Erwachen. Bei der Wiederholung im Spital macht das Traumbild die Kranke immun gegen Todesfurcht: Es kann ihr nichts geschehen, »denn alles, wonach ich in meinen Träumen vergeblich die Hände ausstrecke, wird mir gegeben werden, oder ich werde vergessen, daß ich es jemals gewünscht habe«.[4]

Diese in sich mehrfach verschränkte Erzählung ist gleichsam ein existentieller Schlüsseltext in Marlen Haushofers Werk. Die märchenhafte Szenerie der Vergißmeinnichtquelle verheißt ein Glück, das nicht von dieser Welt ist. Zugleich aber nennt die Geschichte sehr wohl den Sehnsuchtsort, der jener Seligkeit am nächsten ist und dem die Erinnerung eine Ahnung davon zuweist: die Kindheit. Ihr Imperativ »Vergiß mein nicht!« bleibt lebenslang hörbar, und im Gegensatz zum Lethestrom der griechischen Unterwelt schenkt die Vergißmeinnichtquelle ewige – und sei es auch undeutliche – Erinnerung an den eigenen Ursprung. Marlen Haushofers Werk speist sich ganz und gar aus dieser Quelle. Martin Walser meinte einmal, jeder Erzählende habe »ein Naturrecht, von der eigenen Kindheit Gebrauch zu machen«. Marlen Haushofer hat dieses Recht ausgiebig in Anspruch genommen. Sie gehört, nach dem Urteil ihres Freundes und einstigen Nachlaßverwalters Oskar Jan Tauschinski, zu jenem Schlag von Schriftstellern, deren wichtigster Lebensabschnitt die Kindheit war, deren erste Lebensjahre sich so stark und nachdrücklich eingeprägt haben, »daß alles Erwachsensein für sie nur melancholisches Weitermachen, nur das Rotieren eines in Schwung versetzten Kreisels (...) zu sein scheint«.[5]

1. Kapitel

1920

Das Waldmädchen

Am 11. April 1920 um vier Uhr früh freute sich das Försterehepaar Heinrich und Maria Frauendorfer in Frauenstein, Oberösterreich, über die Geburt einer Tochter. Gleich am nächsten Tag wurde das Mädchen in der Dorfkirche auf den Namen Maria Helene römisch-katholisch getauft. Die Eltern hatten erst ein Jahr zuvor geheiratet und das Forsthaus im Effertsbachtal bezogen. Heinrich Frauendorfer (1888–1970) stammte aus der rund vierzig Kilometer entfernten Bezirksstadt Steyr. Er hatte die berühmte Forstschule im böhmischen Budweis absolviert, dann den dreijährigen Dienst in der k.u.k. Armee abgeleistet und schließlich vier Jahre an den Weltkriegsfronten in Rußland und Südtirol gedient. Seine Frau Maria (1891–1974), geborene Leitner, war die Tochter eines Försters in St. Ulrich bei Steyr, der auch eine größere Viehwirtschaft betrieb. Nach dem Besuch einer Hauswirtschaftsschule in Niederösterreich sollte die junge Maria Leitner nach dem Willen des Vaters auf dem elterlichen Hof den Haushalt führen. Sie weigerte sich jedoch und trat auf Vermittlung von Bekannten als Kammerzofe in den Dienst einer Gräfin Colloredo, die sie auf ausgedehnten Reisen nach Frankreich und Italien begleitete. Mit Kriegsausbruch 1914 begann sie in der »Steyr«-Waffenfabrik zu arbeiten.

Das Effertsbachtal, in dem sich das junge Ehepaar ein Jahr nach Kriegsende ansiedelte, erstreckt sich am Fuße des Sengsengebirges in fünfhundert Metern Höhe, eine halbe Stunde

Maria und Heinrich Frauendorfer mit ihrer Tochter Maria Helene.

Fußmarsch vom winzigen Wallfahrtsort Frauenstein entfernt, dessen Kirche für ihre gotische Schutzmantelmadonna bekannt ist. Es ist ein enges Tal, in das von November bis März kein Sonnenstrahl fällt. Das Gebiet im südöstlichen Oberösterreich, nahe der Gabelung von Steyr- und Kremstal, gehört zur nur verstreut besiedelten Gemeinde Molln, die seit Jahrhunderten für ihre Maultrommeln berühmt ist. Das Steyrtal liegt am Rand der sogenannten Eisenwurzen, einer traditionsreichen Region, die bis ins Niederösterreichische reicht und die historisch von der Eisenverarbeitung geprägt ist, von Hammerherren, Messer-, Nagel- und Sensenschmieden.

Der zweite Reichtum der abgeschiedenen Gegend lag und liegt im Wald. Die riesigen Forstgebiete gehörten bis 1938 zur Herrschaft Steyr, die im 17. Jahrhundert aus dem Besitz des Landesfürsten in den des Reichsgrafen Lamberg übergegangen war. Schon damals repräsentierte der Förster in Effertsbach die Obrigkeit, die ihm anläßlich der Übernahme im Jahr 1655 einen Verhaltenskodex auferlegte: »ERSTLICH UND IN VOR ALLEN DINGEN SOLLE DER VORSTER ALLDA SICH EINES GOTTESFÜRCHTIG NICHTERN EHRBAREN UND BIEDER-

MÄNNLICHEN LEBENS BEFLEISSIGEN.« Abgesehen von der pflichtgetreuen Pflege des Besitzes, solle er »IN SEINEM EIGENEN HAUSWESEN DEN SEINEN ALS EIN GUTER WÜRTH UND SORGFÄLTIGER HAUSVATER TREULICH VORSTEHEN« und die »LASTER ALS: SCHELTEN, GOTTES LÄSTERN, FLURCHEN, FREVEREY, GREINEREI, SCHLAGEN UND RAUFEN, BRUDERZWIST, DIE HUREREY, FRESSEN UND SAUFEN AUFS BESTE VERHÜTEN«.[1]

Wäre es kein genanalytischer Unsinn, so könnte man sagen, daß der kleinen Maria Helene Frauendorfer Wald und Flur geradezu im Blut lagen. »In dieser Familie gibt es seit Generationen nur Förster, Jäger und Verwalter und in grauer Vorzeit einen wilden Landvogt«, heißt es in Marlen Haushofers autobiographischem Kindheitsroman *Himmel, der nirgendwo endet* (1966) über »Mamas väterliche Verwandtschaft«.[2] Tatsächlich war in der Linie der Leitner oder Leuthner schon der Ururgroßvater Förster und der Urgroßvater Jäger in Pichl bei Weyer.[3] Die mütterlichen Vorfahren der Maria Leitner betrieben Weinbau in Spitz an der Donau. Heinrich Frauendorfers Vater Josef (1844–1907) diente dem Grafen Lamberg als Schloßgärtner in Steyr. Er taucht in den der kleinen Meta zugeschriebenen Erinnerungen als geradezu mythische Figur auf:

> »(...) und endlich laufen alle Gespräche zurück in jene ferne Zeit, in den alten Schloßpark, in dem der Großvater Gärtner gewesen ist. Zurück zu den riesigen Bäumen, dem Teich mit den Goldfischen und zurück zu den Abenden, an denen der Großvater ihnen Jules Verne vorgelesen hat. Meta spürt, daß sie alle Heimweh haben, und sie ist stolz auf ihren Großvater, den sie nur von Bildern kennt. Er ist bestimmt der schönste Großvater der Welt. Wie wohl ihr die Zärtlichkeit tut, mit der die Onkel von ihm reden. (...) Ein großer Zauberer ist der Großvater. Alle hängen sie an seinen graublauen Augen und lauschen der tiefen Stimme, die so wunderbare Geschichten erzählt; zwanzigtausend Meilen unter dem Meer. Großvaters Hände sind breit und von Dornen und Gräsern zerstochen, und auf seinem graulockigen Haar liegt ein Glanz, der nicht nur vom Petro-

leumlicht stammt. (...) Das also ist Metas Großvater, eine sagenhafte Figur, die zugleich tot und lebendig ist. Wenn Meta ihr Abendgebet betet, weiß sie manchmal nicht genau, betet sie jetzt zum Großvater oder zum lieben Gott.«[4]

Josef Frauendorfer, der mit seiner Familie zeitlebens das Gärtnerhäuschen des Schlosses Lamberg bewohnen konnte, hatte es als gräflicher Bediensteter weit gebracht. Der Frauendorfersche Zweig der Familie läßt sich bis zu einer Reihe von Bäckern ins oberösterreichische Mauthausen zurückverfolgen, und Maria Frauendorfers (1853–1927) Vorfahren stammten aus dem Handwerker- und Bauernmilieu im bayerischen Traunstein. Sie selbst diente als Köchin ebenfalls im Schloß. Nach der Heirat mit ihrem Josef gab sie den Posten auf, und die um zehn Jahre jüngere andere Großmutter Marlens – wiederum eine Maria – folgte ihr als Schloßköchin nach. Auch sie (1863–1946) und ihr späterer Mann Eustach Leitner (1858–1937), gleichfalls Förster im Dienste der Lambergs, konnten also nach damaligen Begriffen als ›etwas Besseres‹ gelten. Die beiden Ehepaare waren miteinander befreundet, weshalb es sich ganz natürlich ergab, daß ihre Kinder Heinrich und Maria, der Kriegsheimkehrer und die einstige Kammerzofe, einander näher kennenlernten. Jahre später sollte ihre Tochter Marlen einer Mitschülerin anvertrauen, einen Liebesbrief ihres Vaters an ihre Mutter gefunden zu haben, in dem sie ein Satz besonders beeindruckte: »Du bist eine Hexe, du hast mich verzaubert.«[5]

Den angesehenen Posten als Förster in Effertsbach hatte Marlens Vater Heinrich Frauendorfer wohl auch den familiären Beziehungen zur Herrschaft zu verdanken. Allerdings wurden Leute wie er im Chaos der Nachkriegszeit gebraucht: Vier Tage lang habe er seine maroden Füße gepflegt, erzählt der Vater der kleinen Meta im Kindheitsroman, »und am fünften Tag hab' ich mein Revier übernommen. Es war so die höchste Zeit. Meine Vorgänger sind beide gefallen, und die Wilderer waren die Herren im Revier.« Wirklich war der Försterberuf damals besonders gefährlich, kam es doch immer wieder zu blutigen Zwischenfällen: 1918 wurde ein Lamberg-

Das Forsthaus am Effertsbach, davor die Försterfamilie.

scher Förster vermutlich von Wilderern mit Schrotschüssen ermordet. In der Notzeit nach Kriegsende begannen nicht wenige Bauernburschen mit dem Wildern, die Bevölkerung war auf ihrer Seite, und die allgemeine revolutionäre Stimmung begünstigte den Gesetzesbruch. Im Jänner 1919 wurde ein Wilderer von einem herrschaftlichen Förster erschossen, worauf in Molln helle Empörung herrschte. Die örtlichen Sozialdemokraten funktionierten das Begräbnis zur politischen Demonstration um, die Trauergäste stießen am offenen Grab Verwünschungen gegen das Forstpersonal aus. Im März desselben Jahres kam es zu einem regelrechten Aufstand, als eine Gruppe junger Leute einige Wilderer aus der Haft befreite und die Gendarmerie daraufhin mit Waffengewalt gegen die Befreier vorging. Vier Tote waren an diesem Höhepunkt der Mollner Revolutionsereignisse unter den Bürgern zu beklagen. Der Gemeindeausschuß trat zurück, und die Sozialdemokraten übernahmen die Geschäfte der Gemeinde.[6]

Das Forsthaus Ramsau Nr. 23, in das die jungvermählte Förstersgattin Maria Frauendorfer in dieser unruhigen Zeit einzog, liegt etwas erhöht über der Straße, die den Bach entlang führt, und ist ein Bild von einem Forsthaus: ein stattliches, gelbgetünchtes Gebäude mit einem Hirschgeweih über der Eingangstür. Das Haus wurde urkundlich zum ersten Mal 1647 erwähnt. Es war früher als ›Wolfsthalerhäusl‹ oder als ›Sölde im Wolfsthal‹ bekannt. Erst 1910 wurde es zu einem Forsthaus umgebaut und aufgestockt, um zusätzlichen Wohnraum für den Jagdpächter zu schaffen. Nach 1920 gehörte auch der erste Stock zur Dienstwohnung des Försters.[7] Ebenerdig befanden sich rechts die Stube und eine geräumige Küche mit einem gemauerten Herd und links die Forstkanzlei. Im oberen Stockwerk waren die Schlafräume, auf dem Dachboden eine Kammer für das Dienstmädchen. Zum Anwesen gehörten zudem einige kleinere Wirtschaftsgebäude und ein angebauter Holzstall.

Für Marlen Haushofer war das Forsthaus in Effertsbach zeit ihres Lebens der Inbegriff eines Zuhauses und kindlicher Geborgenheit. So gab sie der ersten Fassung ihres Kindheitsromans, der später *Himmel, der nirgendwo endet* heißen sollte, den Titel *Das Haus* und begann ihre Erzählung mit einem Wiedersehen an einem heißen Julitag: Das Haus, das sie sich als lebendiges Wesen vorstellt, habe sie »nicht erkannt«. Es sei kein besonders gemütliches Haus gewesen, weshalb sie wohl später auch eine Vorliebe für ungemütliche Wohnungen entwickelt habe. Es war für sie »einfach ›das Haus‹«, ja im Grunde »das einzige Haus auf der Welt« – und nirgendwo anders habe sie sich je zu Hause gefühlt.[8]

Auch in der veröffentlichten Fassung taucht das Haus schließlich als Leitmotiv auf, freilich mit all seinen Schattenseiten: »Bei Tag gibt es Schutz und Sicherheit und liebt Meta, aber nachts gleitet es zurück in eine ganz andere Zeit und strahlt die Schrecken längst vergangener Tage aus. Dann verwandelt es sich in einen Feind.« In Metas Gespensterangst wird das Haus zum »Verräter«. Haushofer schildert den Weg des kleinen Mädchens zur dunklen Mehlkammer auf dem Dachboden als wahren Spießrutenlauf. Mit der Stiege in den ersten Stock, dem langen Gang, der zweiten Stiege hinauf zum Dachboden und den Mansarden, der schwarzen Eisentür schreibt sich wie eine filmische Szene eine Topographie des

Marlen im August 1921.

Schreckens ins Unbewußte ein: »Ihr Leben lang wird Meta im Traum Zucker aus der Mehlkammer holen, in einem sich endlos abspulenden Entsetzen.«[9]

Die früheste Erinnerung der kleinen Meta/Marlen steht am Beginn von *Himmel, der nirgendwo endet*: »Das kleine Mädchen, von den Großen Meta genannt, sitzt auf dem Grund des alten Regenfasses und schaut in den Himmel.«[10] In dieser meisterhaften Szene erscheint die Welt aus dem Blickwinkel eines zweieinhalbjährigen Kindes, das den Erwachsenen bei der Heuernte im Weg war und zur Strafe ›ruhiggestellt‹ wurde. Der Rand des Fasses, über den es nicht hinaussieht, bildet nun die Grenzen seiner Welt, die es schauend, schmeckend, hörend, riechend und tastend erkundet. Wut wechselt mit Furcht, Staunen, Entzücken und Müdigkeit.

Die frühe Erinnerung der Romanheldin deckt sich in der Tat mit der familiären Überlieferung: Die kleine Maria war ein ›Häkerl‹, ein äußerst lebendiges und quirliges Kind – und weil beim Heuen jede Hand gebraucht wurde und sie nicht zu bändigen war, steckte man sie in aller erzieherischen Unschuld in ein leeres Holzfaß.[11] Nicht nur diese Episode, der ganze Roman beruht auf authentischen Begebenheiten, erzählt über reale Verwandte und beschreibt bis ins Detail die originalen Schauplätze von Marlen Haushofers Kindheit. In der ersten Fassung des Romans heißt die kleine Heldin noch Maria.[12] Marlen Haushofer hat dann kaum mehr als die Namen der handelnden Personen geändert und das Buch selbst als »Autobiographie« bezeichnet.[13]

»Maria Helene im rauschenden Tal / sei gegrüßt mir vieltausendmal!« So freudig wurde das Neugeborene von seinem Onkel Sepp Frauendorfer willkommen geheißen, der ihm zu Ehren elf zweizeilige Strophen dichtete.[14] Es ist ein »reizendes Kind«, das da besungen wird, ein Kind, das im Traum lacht: »Da träumst Du von Hexen und lieblichen Feen, / die kosen, scherzen und wiegen Dich schön. // Maria Helene, wie zart und wie fein, / Deine Träume mögen immer so sein!« Die (nachempfundenen) Erinnerungen der erwachsenen Marlen Haushofer an ihre früheste Kindheit sind hingegen von Anfang an zwiespältig. Der Ansturm vielfältiger Sinneseindrücke wirkt auf das kleine Mädchen schön und schmerzhaft zugleich, die Welt ist ein »großes Durcheinander«, das bewältigt werden will: »Steinchen für Steinchen setzt sie aneinander, aber selten wird etwas Rundes daraus. Wenn sie die Welt einfach auffressen könnte, wäre sie aller Bedrängnis enthoben.«[15] Die kleine Meta/Marlen durchlebt ihre orale Phase mit großer Intensität: Sie verspürt den Drang, alles, was sie liebt, zu verschlucken und zu zerbeißen, aber gerade die schönsten Dinge halten nichts aus. Jahrzehnte später wird Marlen Haushofer ihr Schreiben als einen Ausweg aus diesem Dilemma erklären: als eine Form, sich die Dinge anzueignen, ohne sie zu zerstören.[16]

Im Alter von vier Jahren erlebt das Mädchen einen Einschnitt: »Eines Morgens steht neben Mamas Bett ein Korb, in dem ein ganz kleines Kind liegt. Das ist Metas Bruder.« Die Geburt ihres Bruders Rudolf im Jahr 1924 bringt für die Ältere nicht nur die übliche Eifersucht, das Gefühl einer Zurücksetzung gegenüber dem Säugling, sie belastet auch das ohnehin bereits angespannte Verhältnis zur Mutter. Denn die kleine Maria will kein braves Kind sein. Sie liebt es, »freche Antworten« zu geben: »Freche Antworten nennt Mama es, wenn Meta sagt, was sie denkt.« Sie ist ein ›Zornbinkel‹ und bleibt auch trotzig, wenn die Mutter böse wird. Im ungleichen Kampf muß das Mädchen, das sich nach der mütterlichen Nähe sehnt, die Unterlegene sein: »Ganz langsam wächst eine Wand zwischen Mutter und Tochter auf. Eine Wand, die Meta nur in wildem Anlauf überspringen kann«; die allzu stürmisch bezeugte Zuneigung wird wiederum von der Mutter zurückgewiesen. »Der wunderbare Duft entfernt sich. Die Wand ist wieder ein winziges Stück gewachsen.«[17]

Als nun der kleine Bruder geboren wird, wird diese Wand deutlich höher. Eine Schlüsselszene von *Himmel, der nirgendwo endet* beschreibt die neue Konstellation, bei der das Mädchen abseits steht und auf eine Beobachterrolle reduziert ist: Der kleine Rudi, der im Buch Nandi heißt, sitzt in der warmen Küche auf dem Schoß der Mutter, die nur Augen für ihn hat und gar nicht bemerkt, daß ihre Tochter eingetreten ist:

> »Sie sieht weich, jung und glücklich aus. Und wie sie Nandi anschaut, wie ihre Augen leuchten, wenn er krähend vor Vergnügen nach ihrem Gesicht tappt. Meta weiß, es wäre besser für sie, in die Stube zu gehen zu ihrem Märchenbuch. Aber sie kann nicht aufstehen. Wie angeleimt sitzt sie auf dem Schemel und starrt auf die beiden. Etwas tut sehr weh, so weh, daß sie fast nicht atmen kann. Es ist

»Und wie sie Nandi anschaut« –
Maria Frauendorfer mit Marlen und dem kleinen Rudolf 1924.

ganz innen, fast wie Bauchweh, aber viel schlimmer. Sie kann die Augen nicht abwenden. (...) Wer ist Nandi überhaupt? Wie kommt er dazu, dort zu sitzen, wo einmal Metas Platz gewesen ist? Der Schmerz in ihrem Bauch will sich in Wut verwandeln. Davor hat Meta Angst. Plötzlich spürt sie weder Schmerz noch Wut. (...) jetzt weiß sie, was mit Mama geschieht. Sie kann ja gar nicht anders, sie muß Nandi gern haben, so gern, daß sie das andere Kind mit den hungrigen Augen gar nicht sehen kann. Die Welt ist klein, rund und gelb, und nichts gibt es in ihr als Mama und Nandi. Das Kind im Winkel gehört nicht in diese runde Welt. Es ist ausgesperrt.«[18]

Angesichts der hier ausgemalten, erotisch deutbaren Symbiose von Mutter und Sohn versucht die Tochter, ihre Aggression zu bezähmen, indem sie in die Haut der Mutter schlüpft und den Bruder liebenswert findet. Das gelingt ihr insofern, als sie später ein inniges Verhältnis zu ihm entwickelt und ihn als Spielkameraden voll und ganz akzeptiert. Trotzdem ist sie tief verletzt. Im Roman verläßt Meta nach dem Erlebnis die Küche, um in ihrem Märchenbuch zu lesen – wie ihr reales Vorbild hat sie sich das Lesen schon im Vorschulalter selbst beigebracht. Das »Märchen vom Machandelbaum« mag sie aber diesmal nicht lesen, denn »es hat etwas zu tun mit Mama und Nandi, und das ist ihr unheimlich.« Dasselbe Märchen taucht im Kindheitsroman noch zweimal auf: Die kleine Heldin vermutet, daß sich die Geschichte im alten, zugeschütteten Keller des Forsthauses zugetragen hat. Sie sieht im Traum einen braungefleckten Hackstock und bedeckt ihn schnell wieder mit Schutt. Die Märchenverse, die ihr stets aufs neue in den Sinn kommen, sind einigermaßen brutal: »Meine Mutter, die mich schlacht, mein Vater, der mich aß ...«[19]

Marleenken und der Machandelbaum

Das Märchen vom Machandelbaum entstammt der Sammlung der Gebrüder Grimm. Es war Marlen Haushofers erklärtes Lieblingsmärchen – ihm verdankt sie ihren Vornamen.[20] Was wie eine sinnige Zusammenziehung der Taufnamen Maria und Helene anmutet, war in Wirklichkeit eine Hommage der Familie an die Hauptfigur, mit der sich die kleine Maria identifizierte. In der ursprünglichen plattdeutschen Fassung der Geschichte *Von dem Machandelboom*, wie sie Jacob und Wilhelm Grimm in ihre Ausgabe übernahmen, heißt die Tochter Marleenken. Einzelne Motive dieses Märchens durchziehen – offen und versteckt – Haushofers ganzes Werk, weshalb sich ein näherer Blick auf seine Handlung lohnt: Ein reicher Mann und eine schöne Frau wünschen sich Kinder und können keine bekommen. Eines Tages steht die Frau unter dem Machandelbaum im Hof, schneidet sich beim Apfelschälen in den Finger, Blut tropft in den Schnee, und sie bekräftigt ihren Wunsch: Hätte sie doch ein Kind, rot wie Blut und weiß wie Schnee. Ihr Wunsch geht in Erfüllung. Wie nun in den nächsten neun Monaten ihre Leibesfrucht wächst, so reifen auch die Früchte des Baumes. Als die Frau die Machandelbeeren kostet, wird sie traurig und krank. Sie bittet ihren Mann, sie nach ihrem Tod unter dem Baum zu begraben, bringt einen Sohn zur Welt und stirbt vor Freude darüber. Nach angemessener Frist nimmt der Mann eine zweite Frau, die ihm eine Tochter schenkt, ihrem Stiefsohn aber das Leben schwer macht. Eines Tages wird die Frau vom Haß auf den erstgeborenen Erben übermannt, sie lädt den Buben ein, sich einen Apfel aus der Kiste zu nehmen, und läßt den schweren Deckel fallen, sodaß der abgetrennte Kopf unter die roten Äpfel kollert. Aus Angst vor Entdeckung setzt sie den Leichnam auf einen Sessel, legt ihm den Apfel in die Hand und befestigt den Kopf mit einem Tuch auf dem Rumpf. Als Marleenken von ihm den Apfel erbittet und er nicht antwortet, gibt sie ihm auf Geheiß der Mutter eine Ohrfeige. Nun fällt der Kopf zu Boden, und Marleenken weint, weil sie glaubt, ihn abgeschlagen zu haben. »Was hast du getan!« sagt die Mutter. »Aber schweig nur still, daß es kein Mensch merkt, es ist nun doch nicht zu ändern; wir wollen ihn in einer Suppe kochen.« Gesagt, getan. Der Bub wird in kleine Stücke gehackt, gekocht und dem Vater aufgetischt, dem das Gericht so mundet, daß er alles aufißt. Marleenken sammelt die Knochen, die der Vater unter den Tisch geworfen hat, in ihrem besten seidenen Tüchlein und legt sie weinend unter den Machandelbaum. Da wird ihr leichter zumute. Aus dem Baum steigt ein feuriger Nebel, aus ihm flattert ein schöner Vogel auf und davon. Die Knochen unter dem Baum sind verschwunden. Der Vogel fliegt nun zum Haus eines Goldschmieds und singt:

»Mein' Mutter die mich schlacht',
Mein Vater der mich aß,
Mein' Schwester der Marlenichen
Sucht alle meine Benichen,
Bind't sie in ein seiden Tuch,
Legt's unter den Machandelbaum.
Kywitt, kywitt, wat vör'n schöön Vagel bün ik!«

Zum Lohn erhält er eine goldene Kette, er wiederholt sein Lied vor einem Schuster und bekommt zum Dank ein Paar rote Schuhe. Zuletzt singt der Vogel für Müllerburschen, von denen er einen Mühlstein verlangt. Sodann fliegt er zu seinem Vaterhaus zurück. Als er das Lied auf dem Dach singt, tritt der Vater aus der Haustür, und der Vogel wirft ihm die Goldkette um den Hals. Da kommt auch Marleenken heraus, und er läßt die roten Schuhe fallen. Als zuletzt die Stiefmutter das Haus verläßt, wirft der Vogel den Mühlstein herab, »daß sie ganz zermatscht war«. Da hebt sich ein Feuernebel, und als sich der verzieht, steht der kleine Bruder da, nimmt seinen Vater und Marleenken bei der Hand, »und alle drei waren so recht vergnügt und gingen ins Haus zu Tisch und aßen«[21].

Dies ist nun wirklich kein Märchen für zarte Gemüter und bestimmt geeignet, ein sensibles Kind nachhaltig zu beeindrucken. In *Himmel, der nirgendwo endet* unterstellt Meta dem Forsthaus, mit dem es eine freundschaftlich vertraute Beziehung unterhält, es sei über dieser einst erlebten schrecklichen Geschichte verrückt geworden und verwechsle sie, Meta, nun »manchmal mit jenem längst verstorbenen kleinen Mädchen«. Es kommt auch eines Tages ein blauer Vogel ans Fenster und starrt Meta an: »Vater sagt, das war ein Eichelhäher, aber Meta weiß, es ist der schöne Vogel Kiwitt. Er lebt im Wald und kann nicht sterben, und manchmal sieht er nach, ob seine Schwester noch im Haus lebt.« Oder noch schlimmer: »Einmal reicht Meta Nandi einen Apfel und wird von einer großen Angst überkommen, gleich wird Nandi der Kopf herunterfallen. Sie wirft den Apfel weg und rennt aus der Küche.«[22]

Es braucht nicht viel Phantasie, um die Familie Frauendorfer im Märchen widergespiegelt zu erkennen, auch wenn in ihm die Rollen vertauscht sind: Der Bruder ist der ältere und benachteiligte, die Schwester der Liebling der Mutter. Diese Konstellation aber ermöglicht es Marlen, mit beiden zu sympathisieren. Die Tatsache, daß sie im wahrsten Sinne des Wortes ›Leichen im Keller‹ des Hauses vermutet, verrät mit der Angst zugleich ihr Schuldgefühl: Was immer sie dem kleinen Bruder im geheimsten Winkel ihres Herzens ›an den Hals‹ gewünscht haben mag, Marleenkens Bruder ist es zugestoßen. Die Rolle des Marleenken als der von der Mutter geliebten Tochter, die mit einem Mal als das einzige Kind übrigbleibt, ist Marlens Wunschrolle. Deshalb hat das Märchen vom Machandelbaum »etwas zu tun mit Mama und Nandi«, und deshalb ist es Meta »unheimlich«. Marlen scheint mit kindlichem Spürsinn das ihr gemäße Märchen erwählt zu haben.

Die Geschichte offenbart aber auch einen verdrängten Schwangerschaftskomplex. Kinder glauben nie wirklich an die tragende Rolle des Klapperstorchs: »die Kinder wissen es jedesmal, wenn die Mutter schwanger ist, und sie werden niemals von der Geburt überrascht.« So scheint es recht unwahrscheinlich, daß der Korb mit dem kleinen Kind, der »eines Morgens« neben Mamas Bett steht, für Meta tatsächlich so überraschend kommt. Schwangerschaft und Geburt werden freilich bald aus der Erinnerung als etwas Unanständiges verdrängt. Der Machandel- oder Wacholderbaum symbolisiert als immergrünes Gewächs das Leben – und die Fruchtbarkeit. Die böse Stiefmutter spielt dagegen eine rein destruktive Rolle. Der Vater liebt zwar beide Kinder und steht auf der Seite der Guten, aber immerhin ist er es, der sein eigen Fleisch und Blut mit großem Appetit verzehrt.[23]

Was waren das für Eltern, deren Bilder die kleine Marlen so offenkundig ins Märchen vom Machandelbaum projizierte? Ihr Vater, Heinrich Frauendorfer, galt allgemein als ein ruhiger, ausgeglichener und humorvoller Mann, er war sowohl bei seinen Untergebenen als auch bei den übrigen Dorfbewohnern außerordentlich beliebt, weil er seine Machtstellung als herrschaftlicher Förster in keiner Weise mißbrauchte. In Frauenstein war der Lambergsche Revierförster eine Respektsperson, mehr als bloß der Vertreter des fürstlichen Grundbesitzers: Man sah in ihm noch in den zwanziger und dreißiger Jahren den Statthalter der Obrigkeit und fragte ihn in allen möglichen Dingen des bäuerlichen Lebens um Rat. Er war für die Leute der Gegend schlicht ›der Herr‹, seine Gattin ›die Frau‹. Sein Revier umfaßte immerhin tausendfünfhundert Hektar Wald, und er hatte zwei ›Partien‹ Holzknechte unter sich und einen Gehilfen, den sogenannten Adjunkten, an seiner Seite. Bei Holzverkäufen oder Wildschäden verhandelte Heinrich Frauendorfer mit den Bauern korrekt und bemühte sich um eine gerechte Lösung. Seine natürliche Autorität kam ohne gesetzliche Sanktionen aus: Zweigte ein Bauer einen Baumstamm illegal für sich ab, zeigte ihn Frauendorfer nicht an, sondern setzte ihm den entsprechenden Betrag auf seine Rechnung.[24]

Maria Frauendorfer hingegen hatte im Dorf den Ruf einer strengen Frau, die Wert auf Etikette gelegt habe und nicht ohne Dünkel gewesen sei. Man fürchtete ihre scharfe Zunge. Ihre kleine, zarte Gestalt kompensierte sie durch besondere Tatkraft und Zielstrebigkeit. Sie war tiefreligiös bis zur Bigotterie und bezeichnete sich selbst stolz als »Tatkatholikin«. Als ehemalige gräfliche Kammerzofe, die mit ihrer Dienstherrin immerhin von Papst Pius X. in Privataudienz empfangen worden war, hielt sie darauf etwas ›Besseres‹ zu sein als die Leute im Tal, auch litt sie unter dem einsamen Leben, das wenig Abwechslung bot: »Mama erzählt oft von den Reisen, die sie als junges Mädchen gemacht hat, nach Rom, Neapel und an die Riviera, mit einer Dame, deren Schmuck sie immerzu bewachen hat müssen. Bald merkt Meta, daß Mama viel lieber in Rom wäre als hier in dem engen Tal, wo dreiviertel Jahre Winter ist.«[25]

So verwandte Maria Frauendorfer ihre ganze Energie an eine perfekte Haushaltsführung. Als professionell ausgebildete Köchin führte sie nicht nur in der Küche ein strenges Regiment, das jeweilige Dienstmädchen – tatsächlich ein Mädchen für alles, nämlich auch Stallmagd – durfte sich keinen Fehler erlauben. Bei Tisch wurde gebetet, alle Mitglieder des Haushaltes mußten am Sonntag zur Messe gehen.[26]

Ihre Selbständigkeit hatte sich Maria Frauendorfer in harten Auseinandersetzungen mit ihrem Vater Eustach Leitner erkämpft. Im Kindheitsroman erscheint der Großvater als »kleiner, herrschsüchtiger alter Mann«: »Eigentlich sieht er lieb aus mit seiner weißen Haarbürste und den lichtblauen, verstörten Augen. Und doch ist er ein schrecklicher Tyrann. Er kann nur nicht mehr so, wie er möchte, weil er schon alt ist. Mama sieht ihm ähnlich, und sooft er kommt, streitet sie mit ihm. Er hat ihre Kindheit zerstört und die arme kleine Großmutter gequält.« Sosehr Marlen Haushofers Mutter ihren Vater verabscheute, der seine Kinder geprügelt und mit aller Welt Streit angefangen hatte, sosehr liebte sie ihre Mutter, die immer »wie ein Knappe« zwischen den beiden gestanden war. Die kleine, sanfte, traurige Großmutter mit den immer noch schwarzen Haaren wird von der Roman-Enkelin bewundert: »Sie sieht aus, als habe sie vor vielen, vielen Jahren beschlossen, nicht mehr wirklich zu leben. (…) Eine Fremde ist sie in ihrer eigenen Familie, eine sanfte, unbeugsame Fremde.« Jahrzehnte später wird Maria Frauendorfer dem Bild ihrer Mutter immer mehr gleichen.[27]

Trotz ihrer unglücklichen Kindheit und ihrer eigenen Befreiung aus der väterlichen Gewalt schien Marlens Mutter gewisse Prinzipien eines patriarchalischen Hauswesens verinnerlicht zu haben. Sie stellte für ihre Kinder zahlreiche Gebote und Verbote auf, über deren Einhaltung sie die totale Kontrolle anstrebte. Schläge – in Maßen – galten ihr durchaus als taugliches Erziehungsmittel. In der launigen Erzählung *Die Sache mit der Kuh* resümiert Marlen Haushofer die von der überbesorgten Mutter abgesteckte Verbotszone ihrer Kindheit:

»Eigentlich war uns nahezu alles verboten: schnell laufen, im erhitzten Zustand trinken, Schnee essen (Lungenentzündung und Angina); auf Bäume, Zäune und Mauern klettern (Knochenbrüche); Kröten, Frösche und Eidechsen fangen (Warzengefahr); im Misthaufen wühlen (Starrkrampf); Werkzeug anfassen (blutige Verletzungen); hastig essen (Magendrücken); langsam essen (Darmkatarrh); gar nicht essen (siehe Suppenkaspar); zuviel essen (Magenerweiterung); nicht schlafen wollen (Nervosität); fortwährend schlafen wollen (langsame Verblödung); Obst ungewaschen essen (Würmer und Typhus); im Bett lesen (Kurzsichtigkeit); Most oder Wein trinken (Idiotie); auf dem Klosett Karl May lesen (Blasenkatarrh durch Zug von unten); mutwillig den Atem anhalten, beim Essen reden und einander kitzeln (Ersticken); Wasser auf Kirschen trinken (Zerplatzen). (...) Unser Schuldbewußtsein begann chronisch zu werden.«[28]

Die »Sache mit der Kuh« macht dem schlechten Gewissen der Kinder ein Ende: Denn ausgerechnet, als der Bruder auf der Hauswiese ganz unschuldig neben einer Kuh steht, fällt diese plötzlich um und bricht ihm mehrere Rippen. Der Sinn des von der Mutter geforderten Wohlverhaltens ist damit nachhaltig in Frage gestellt. Der Erzählung liegt nach Auskunft von Rudolf Frauendorfer eine wahre Begebenheit zugrunde: Als Sechsjähriger hütet er die vier Kühe des Forsthauses und sitzt dabei lesend auf einem Schemel. Die Kühe raufen auf dem Hang über ihm, eine stürzt, rollt auf ihn, und er zieht sich Rippenbrüche und eine schwere Gehirnerschütterung zu. In der Erstfassung des Romans *Himmel, der nirgendwo endet* vermutet Marlen Haushofer darin die Ursache dafür, daß sich der Bruder an seine frühe Kindheit kaum erinnern kann.

Obwohl Maria Frauendorfer in ihrer Ehe de facto dominierte, tastete sie die formelle Rolle des Vaters als Familienoberhaupt nicht an, sondern bestand vielmehr auf deren überzeugender Ausübung, die Heinrich Frauendorfer jedoch verweigerte: »Meta durchschaut bald, daß nur sein Aussehen Mamas Vorstellungen von einem richtigen Patriarchen entspricht. Mit seiner stattlichen Gestalt und dem Bart wahrt Vater den Schein. Nur die Kleinen, Dünnen müssen immer auftrumpfen und ihren Willen mit Gewalt durchsetzen.«[29] Als kleine, dünne Nachfolgerin ihres kleinen, dünnen Vaters hatte sich Maria einen Ehemann erwählt, der perfekt einem Gegenbild entsprach und den sie doch an ihrem Vater maß. Vom ruhigen, ausgeglichenen, freundlichen Heinrich Frauendorfer war keine familiäre Schreckensherrschaft zu erwarten, ja er ließ sich nicht einmal zu jenen Disziplinierungsmaßnahmen gegenüber der Tochter bewegen, die die Mutter offenbar als gemilderte Variante der eigenen Maßregelung für notwendig hielt. Damit waren Konflikte um die richtige Erziehung der schwierigen kleinen Marlen vorprogrammiert.

Die mütterliche Züchtigung war für das Mädchen schon vor der Geburt des Bruders eine durchaus bewußt provozierte Form körperlicher Zuwendung. So macht sich ihre Spiegelfigur Meta beim Spielen absichtlich schmutzig und zeigt sich dann der Mutter: »Die Schläge tun gar nicht weh. Meta frohlockt insgeheim. Mama muß sich nun doch um sie kümmern, sie waschen und frisch anziehen, und schließlich muß sie aufhören, böse zu sein.«[30]

War Marlen zunächst ganz und gar darauf konzentriert, die ungeteilte Zuwendung der Mutter zu erringen, so wandte sie sich bald mehr dem Vater zu. Mit ihm verband sie ein ausgesprochen inniges Verhältnis. Er pflegte ihr nach seinem Nachmittagsschlaf in der Forstkanzlei oder im sogenannten Lusthaus, einem hölzernen Gartenpavillon, phantastische Geschichten zu erzählen, die sie gemeinsam weiterspannen. Ihrer beider Lieblingsthema war bald der Krieg: Das Regiment des Vaters, das in Rußland stationiert war, stellte ein unerschöpfliches Geschichtenreservoir dar. – »Nie wird das Regiment wissen, daß hinter ihm, tränenblind vom gelben Staub, ein kleines Mädchen dahinstapft, hinauf und hinab durch Galizien, durch Dörfer und Lindenalleen und vorbei an goldenen Feldern, Sümpfen und schwarzen zerschossenen Wäldern.« Heinrich Frauendorfer wandelte seine Geschichten gerne ab und regte so die Phantasie seiner Tochter an, deren immer kühnere Abweichungen vom tatsächlichen Hergang er großzügig hinnahm: »Er ist nämlich der Ansicht, daß fast alle Dinge mit der Zeit sich von ganz von selber erledigen. Was ist schon wirklich wichtig.«[31]

Diese Mischung aus Phantasie, Phlegma und Stoik stand aus der Sicht der Tochter im Gegensatz zur zielstrebigen, vernunftbetonten Ordnungsliebe der Mutter. In *Himmel, der nirgendwo endet* spielt Meta die beiden Elternteile konsequent gegeneinander aus: Die Mutter mag es nicht, wenn der Vater vom Krieg erzählt, sie mag es überhaupt nicht, wenn er Geschichten erzählt und nicht ernsthaft ist. Die Geschichten der Mutter wiederum handeln von schönen Damen, Kleidern und Schmuck und langweilen die Tochter, auch weil der Vater besser erzählen kann. Der Vater löst Kreuzworträtsel, indem er Wörter erfindet, die Mutter radiert diese Kreationen wieder aus und setzt die richtigen Lösungen ein. Die Mutter hat einen Bazillenfimmel, sie fürchtet die Ansteckung durch Hunde und Katzen und befiehlt den Kindern, alles Eßbare gründlich zu waschen. Der Vater nimmt diese Vorkehrungen nicht ernst. Daß Metas Sympathien in diesem ungleichen Wettstreit ihm gelten, liegt auf der Hand. Wenn Meta etwas angestellt hat, macht die Mutter den Vater dafür verantwortlich, weil er ein schlechtes Beispiel gibt und weil er mit Meta nicht streng genug ist: »Auf diese Weise macht Mama die beiden zu Spießgesellen.«[32]

Daß der Vater auf der anderen Seite durch seine gutmütige und nachgiebige Haltung zur Verhärtung der Fronten beiträgt und die Mutter in der Rolle der Bösen gleichsam einzementiert, wird hier nicht gesehen. Der Vater in Marlen Haushofers Kindheitserinnerungen ist ein idealer Vater. Bei näherem Hinsehen jedoch erscheint sein Charakter zumindest ambivalent.[33]

Sein auffälligstes Laster ist der Jähzorn, der zu der an ihm allgemein geschätzten Ausgeglichenheit nicht passen will. Wenn er böse wird, brüllt er »kurz und schrecklich wie ein Löwe«. Und er wird sehr wohl böse, wenn seine väterlichen Vorrechte angetastet werden. Immer wenn Schlankl, der Jagdhund, von verbotenen Ausflügen aus dem Wald zurückkehrt, bezieht er von seinem Herrn eine Tracht Prügel, die einmal besonders arg ausfällt, weil der Hund durch sein ständiges furchtsames Zurückweichen die Wut des Herrn zusätzlich angefacht hat. »Er kann seinen Zorn nicht bremsen, und diesmal ergeht es dem Hund schlecht. (...) Meta ist starr vor Entsetzen. Das hätte Vater nicht tun dürfen.« Sie fühlt sich mitschuldig, weil ihre Gegenwart dem Vater das Einfangen ihres vierbeinigen Freundes erleichtert hat. – »Beide sind sie sehr schlecht gewesen.« Diese Episode ist die einzige des Buches, die eine unverhohlene Kritik am Vater enthält.[34]

Einmal erlebt Meta/Marlen ihn da als hemmungslosen Gewalttäter, und sie bezieht den Exzeß auf sich selbst. Wenn der Vater sie nach einer Missetat auf Verlangen der Mutter vorlädt, vollzieht sich ein Ritual der Angst, aber auch der beschämten Erleichterung: »Sie hat wirklich Angst. Wer weiß, was er tun wird. Er ist jähzornig, und eines Tages wird es ihr ergehen wie dem armen Schlankl.« Der Vater tut ihr jedoch nichts. Was sie im Zorn gesagt hat, ist er bereit, als Erbteil seines eigenen Zorns zu entschuldigen. Die schmerzlose Versöhnung schmerzt die Mutter: »Wieder nichts! Dieser Mann wird nie seine Tochter verprügeln, wie ihr Vater es getan hat.«[35]

Sosehr die Erzählerin der Kindheitserinnerungen bemüht ist, jede Ähnlichkeit mit dem brutalen Großvater aus dem Bild des Vaters zu tilgen, so liegt doch darin ein Schlüssel zum Verständnis ihres unheimlichen Lieblingsmärchens. Wie der Großvater ist auch der Vater Förster und Jäger, er muß also töten. Meta, die die lauten, prahlerischen Jäger nicht leiden kann, glaubt zu sehen, »daß Vater die Jäger ein wenig verachtet. Er gehört nur ganz oberflächlich durch seinen Beruf zu ihnen. (...) Vater ist ein guter Schütze, aber kein Jäger.« Wenn er mit dem Adjunkten das Wild zerwirkt, tut er »eine häßliche Arbeit, die aber getan werden muß«. Wenn er den Rehschädel samt dem »Geweih« in einen Kochtopf gibt, lächelt er »ein wenig schuldbewußt«. Und »Meta weiß nie, ob er sich über diese Trophäen freut.« Schließlich hat der Vater ihr zu ihrer Beruhigung auch anvertraut, daß er im Krieg nie auf die Russen geschossen hat, sondern immer nur in die Luft. Meta kann und will sich ihren Vater nicht als tödlichen Aggressor vorstellen, aber sie hat gesehen, wie er über den armen Hund hergefallen ist. Im Roman schließt diese Szene direkt an die Träume vom blutigen Hackstock im Keller an, der an die Geschichte vom Machandelbaum erinnert: »mein Vater, der mich aß« – wäre Metas Vater zu so etwas fähig? Auch der Vater im Märchen ist unschuldig und wird doch zum Kannibalen an seinem eigen Fleisch und Blut. Marlen Haushofer beschreibt Metas Vater hingegen ausdrücklich als einen, der, jedenfalls bei bestimmten Gelegenheiten, den Genuß von Fleisch verweigert – und sich damit zugleich einmal mehr vom zweifelhaften Vorbild seines Schwiegervaters distanziert: Er unterläuft die Regel der Mutter, derzufolge beim Abendessen Fleisch nur dem Vater und dem Adjunkten gebührt. Heimlich »füttert Vater die Kinder mit seinem Fleisch. Er kann es nicht sehen, wie sie in ihrem Milchreis stochern. Mama wäre ärgerlich darüber, denn sie ist fest davon überzeugt, daß nur den Männern am Abend Fleisch zusteht. So ist sie es von daheim gewohnt. Vater mag diesen Brauch nicht. In seiner Familie haben alle Fleisch gegessen oder keiner.«[36]

Das Bild, das sich Marlen Haushofer von ihrem Vater macht, gerät immer wieder ins Wanken. In dem Roman *Eine Handvoll Leben* erinnert sich die Hauptfigur Elisabeth an ein Erlebnis mit ihrem Vater, der ebenfalls deutlich an Heinrich Frauendorfer erinnert: Als sie sich ihm einmal überraschend nähert, ist sein »vertrautes Gesicht unfaßbar verändert, als seien alle Züge ineinandergeronnen und hätten sich zu einem ganz fremden gemischt«. Der Eindruck verfliegt, aber eine »leise Zweideutigkeit« bleibt, und bisweilen nimmt Elisabeth über allem einen »Hauch von Zwiespältigkeit« wahr.[37] Ist das Urvertrauen zum Vater einmal erschüttert, zeigt auch die Welt ein fremdes Gesicht. Der kleinen Meta ist der Vater nicht nur wegen seines Jähzorns unheimlich, sondern auch wegen seiner Unnahbarkeit. Denn dieser freundliche, leutselige, lustige Förster lebt, das hat seine Tochter scharfsichtig erkannt, im Grunde in seiner eigenen Welt:

> »Um Vater herum sind immer ein paar Meter Luft, die man nicht durchdringen kann. Er ist sehr anziehend, auch das entgeht ihr nicht. Sie sieht, wie alle Leute sich in seine Nähe

drängen. (...) Aber wenn sie dann weggegangen sind, ist sein Gesicht fast hager vor Anstrengung, und seine Augen blicken starr. Eine Wolke von Kälte und Überdruß liegt um ihn, und er sperrt sich stundenlang in die Kanzlei ein. Nein, eigentlich mag Vater die Menschen nicht.«[38]

Ein liebenswürdiger Gastgeber, der alles andere als ein Menschenfreund ist, ein Förster, der kein Jäger sein will, ein Familienvater, der am liebsten tagelang mit seinem Hund den Wald durchstreift, ein Pazifist, der vom Krieg träumt: Dieser Vater ist ein Rätsel, das seine Tochter gerne lösen würde. Darum beobachtet ihn Meta ständig, mit schlechtem Gewissen, selbst seinen Schlaf, seine geschlossenen Augen: »ein schmaler Spalt bleibt offen und schimmert wie Perlmutt. Unheimlich ist das.« Der schmale Spalt verheißt Einblick in die Träume des Vaters, es könnte aber auch sein, daß die Beobachterin beobachtet wird. Wer dem Geheimnis zu nahe kommt, entdeckt das Unheimliche: Das Wort ›unheimlich‹ steht auffallend häufig dort, wo vom Vater die Rede ist. Er, der seiner Tochter mit seinen Geschichten scheinbar so nahesteht, erweist sich als der Unnahbare, nicht nur, weil er meist unterwegs ist. Er ist auch sonst nie ganz da, seine blauen Augen schauen immer wieder über sie hinweg, durch sie hindurch, und in seinen Schlaf gibt es kein Eindringen. »Es ist schrecklich, ausgeschlossen zu sein.« Ausgeschlossen fühlt sie sich auch aus seinen Erinnerungen: »Es tut weh zu wissen, daß er auf seinen Wegen nicht an Meta denkt, aber damit muß sie sich abfinden.« Meta vermutet, daß ihn das Glück der Einsamkeit zum Försterberuf verlockt hat, der für ihn gleichwohl nicht »das Wichtigste auf der Welt« zu sein scheint. Allerdings: »Manchmal fürchtet sie, daß er gar nichts auf der Welt wirklich ernst nimmt. Das ist ein bißchen unheimlich (...)«. Bei der »Erforschung ihres Vaters« ergibt sich für Meta nämlich nicht bloß das Bild eines heiteren Nihilisten, sondern auch Unsicherheit darüber, was sie ihm bedeutet: Ein Mann, dem nichts wirklich wichtig ist, dem ist auch seine Tochter nicht wichtig.[39]

Um in der Familie Frauendorfer, wie sie in *Himmel, der nirgendwo endet* abgebildet ist, das ödipale Muster zu erkennen, bedarf es keines besonderen Scharfblicks. Die psycho*logische*

Erklärung für die familiären Konflikte könnte demnach schlicht im Ödipuskomplex liegen, also in der »Leidenschaft des Kindes zu dem gegengeschlechtlichen Elternteil, des Sohnes zur Mutter, der Tochter zum Vater, vereint mit dem Todeswunsch gegen den gleichgeschlechtlichen Elternteil«. Nach diesem Erklärungsmodell sind Mutter und Tochter zwangsläufig Nebenbuhlerinnen und hassen einander, wie Nebenbuhlerinnen einander eben hassen. Daß sich die kleine Marlen aus dem heimlich gefundenen Liebesbrief ihres Vaters an ihre Mutter gerade den Satz »Du bist eine Hexe, du hast mich verzaubert« gemerkt hat, war sicher kein Zufall: Die Hexe ist im Märchen und ebenso im Unbewußten des Mädchens diejenige, die den Geliebten verhext. Und nun erscheint die Mutter wirklich als Hexe, die den Vater durch geheime Zauberkünste an sich fesselt und ihn so der Tochter abspenstig macht. Wird die Mutter schwanger, sieht die Tochter auch darin eine Art Zauberkunststück und ahnt, daß dabei Zärtlichkeiten des Vaters im Spiel gewesen sein müssen. Die Tochter ist also während der Schwangerschaft der Mutter nicht auf den Familienzuwachs eifersüchtig, sondern auf die Mutter, weshalb bei der Tochter ein Schuldbewußtsein entsteht, das nach Strafe verlangt, und zwar nach einer Strafe, die der Schuld aufs Haar gleicht.[40]

Die Mutter im Märchen vom Machandelbaum ist zwar keine Hexe, aber eine böse Stiefmutter. Sie tötet den Erstgeborenen, mit dem sich die Märchenleserin, die erstgeborene Tochter, in einem Rollentausch auch identifiziert. Daß sie von der Mutter ›geschlachtet‹ und vom Vater gegessen wird, ist die Strafe für ihren Wunsch, der am Ende doch in Erfüllung geht: wenn die Mutter der (Stein-)Schlag trifft. Noch ein weiteres Bild des Märchens findet sich so im Roman, wenn Meta das, was der Sohn (und mit ihm Meta) im Märchen erleidet, nämlich zerstückelt zu werden, um dann wieder aufzuerstehen, im wirklichen Leben ihrer Mutter antun will. Sie möchte »Mama in kleine Stücke reißen, sie schnell wieder zusammensetzen und ihr um den Hals fallen«. Wie im Märchen ist nämlich die Mutter die Gewalttätige, die dem Kind zwar nicht nach dem Leben trachtet, die es aber schlägt, »ins Gesicht« schlägt – und das duldet der Vater nicht.[41]

Die ödipale Phase bringt für jedes Kind das Ende der Zeit, in der es sich an beiden Eltern gleichermaßen orientiert. Ganz klar benennt der Roman die ödipalen Achsen Vater-Tochter, Mutter-Sohn und beschreibt sie als Formen der Herrschaft. Meta versteht nicht, weshalb Nandi sich gegen die Bevormundung durch die Mutter nicht zur Wehr setzt: »Vielleicht ist es so, daß er sich gegen Mama ebensowenig wehren kann wie sie, Meta, gegen Vater. Nur ist Vaters Herrschaft leicht zu ertragen.« Dieser Vater ist ein sanfter Patriarch – aber doch ein Patriarch. Metas erotische Fixierung auf ihn tritt geradezu überdeutlich hervor: Vater und Tochter halten ihre konspirativen Treffen passenderweise am liebsten im *Lust*haus ab. Von Anfang an erscheint die Mutter als Spielverderberin, als Störenfried: »Mama ist in der Küche, und niemand stört die Zweisamkeit des ungleichen Paares, das Hand in Hand von einem dreckigen Dorf zum andern marschiert.« Wenn Vater und Meta allein zu Hause sind und Most getrunken haben, singen sie »wilde Lieder«, zum Beispiel das, mit dem das Regiment seinerzeit beim Marsch durch italienische Dörfer Furore gemacht hat: »Unser Katz' hat Katzerl g'habt / siebene, achte, neune. / Eins, das hat kein Schwanzerl g'habt, / steck ma's wieder eini.« Meta staunt über den wenig würdevollen Text und kann gar nicht genug davon bekommen – »als plötzlich ein Schatten über die Schwelle fällt und Mamas Stimme sagt: ›Euch zwei kann man wirklich nicht allein lassen. Ein noch dümmeres Lied habt ihr nicht gefunden.‹« Kein Wunder, daß der Mutter das Lied mißfällt, behandelt es doch das unziemliche Thema der Schwangerschaft und enthält darüber hinaus – das Junge ohne »Schwanzerl« soll wieder in den Mutterleib hineingesteckt werden – eine vulgäre Anspielung auf die Minderwertigkeit weiblicher Wesen.[42]

Meta liebt die »Bettsonntage, an denen Mama allein zur Kirche geht und Meta in ihr Bett schlüpfen darf«. Nicht nur beim »Bettfrühstück« mit dem Vater kann sich die Tochter sehr gut vorstellen, die Mutter zu ersetzen. In einem bemerkenswert resoluten Tagtraum quartiert Meta ihre Mutter samt dem Bruder Nandi in einem luxuriösen Schloß ein. »Sie selber wird mit Vater in einem Gartenhaus im Park wohnen (...). Und sie werden es ganz wunderbar haben, ohne Teppiche und Bilder, die nur beim Nachdenken stören.« Auch der unbefangenste Leser durchschaut nun die spartanische Inszenierung, deutlicher kann die Erzählerin nicht werden. Oder doch? Sie verrät auch noch, daß Meta bisweilen heimlich in die Kanzlei schleicht, um dort an Vaters kalter Pfeife zu lutschen. Metas Eifersucht ist ganz ohne Zweifel die einer Geliebten. In den früheren Fassungen des Kindheitsromans ist eine Episode enthalten, die im Buch fehlt: Da kommt häufig eine hübsche, junge Frau zu Besuch, die mit dem Vater, wie es die Mutter ausdrückt, »kokettiert«. So wie die anderen mag auch Meta die Besucherin, die ihr Schokolade schenkt. Trotzdem träumt Meta zu ihrem Entsetzen davon, daß sie diese Frau erwürgt.[43]

Eigentlich müßte die eifersüchtige Tochter froh sein, wenn Vater und Mutter streiten. Sie leidet aber darunter, vor allem dann, wenn sie die Ursache des Streits ist. Was Meta in erster Linie bedrückt, ist nicht die Gefährdung ihrer kindlichen Geborgenheit, sondern die Vorstellung, im Laufe der elterlichen Versöhnung den Vater an die Mutter zu verlieren. »Es ist nicht schön von Mama, Vater in diesen Kleinkrieg hineinzuziehen«, kommentiert sie eine der häufigen Auseinandersetzungen. »Wer weiß, eines Tages wird Vater sie wirklich für ein Ungeheuer halten.« Meta nimmt an, daß ihre Eltern im Bett über sie und ihre Missetaten reden: »Eine sehr unangenehme Vorstellung, diese Bettvertraulichkeiten. (...) Es muß doch leicht sein, einen müden, schläfrigen Mann von einer Sache zu überzeugen. Nicht nur, daß Mama Meta schlagen darf, sie hat auch jede Gelegenheit, Vater auf ihre Seite zu bringen.« Die »Bettvertraulichkeiten« spielen deutlich auf eine Sphäre an, in der Meta mit ihrer Mutter nicht konkurrieren kann. Und »deshalb« ist Meta »lebensüberdrüssig«. So kommt es eines Tages sogar zu einem kindlichen Selbstmordversuch mit dem Fleischmesser: Wie Petronius in Henryk Sienkiewicz' *Quo Vadis?* will Meta sich die Pulsadern aufschneiden; erst als Blut aus der Wunde sickert, bekommt sie es mit der Angst zu tun und stillt die Blutung mit kaltem Brunnenwasser. Der Versuch war halbherzig und doch ernst gemeint: »Da war ein schwarzes Loch, in das man sie hineinstoßen hat wollen.« »Man« – damit sind beide Eltern gemeint, die so ihrer zerstörerischen Märchenrolle sehr nahe kommen. Für Marlen Haushofer aber bleibt die Wunde lebenslang unheilbar. Auch gütige Väter sind lebensgefährlich. Auf ihre Zuneigung ist kein Verlaß.[44]

Von Büchern und Zauberern

Bevor die kleine Marlen die Volksschule in Frauenstein besucht, kann sie schon lesen und schreiben. Nun, mit sechs Jahren, hat sie an jedem Wochentag einen jeweils gut halbstündigen Schulweg zurückzulegen. Die Schule liegt auf dem Hügel neben der Kirche und dem Gasthaus – bis auf ein neues Schulgebäude unten an der ›Hauptstraße‹ hat der Ort auch heute kaum mehr Häuser aufzuweisen. Die alte Volksschule hatte nur ein Klassenzimmer, das vormittags von den ersten vier, nachmittags von den letzten vier Schulstufen benutzt wurde. Jeweils zwei Jahrgänge unterrichtete der Lehrer gemeinsam, während sich die anderen still beschäftigten. In einer Klasse waren so bis zu sechzig Schüler untergebracht. Marlen fiel nicht nur als Försterstochter unter den Bauern- und Handwerkerkindern auf, sondern auch wegen ihrer überdurchschnittlichen Begabung. In der Klasse galt sie als Wildfang, bald lustig und zu jedem ›Wirbel‹ aufgelegt, bald reserviert gegenüber den Mitschülern. Sie wirkte oft melancholisch, ihr verträumter Blick erweckte den Eindruck, sie sei nie ›ganz da‹. Der lange Arm ihrer Mutter reichte auch in die Schule: Marlen war ein sehr behütetes Kind, sie durfte vieles nicht, was ihre Klassenkameraden durften.[45]

Herr Watzl, Marlens Lehrer in der ersten und zweiten Klasse, spielte Geige und wirkte, von der Frau des Försters streng kritisiert, als Organist in der Kirche. Marlens Mutter sang im Kirchenchor, die Tochter war allerdings musikalisch weniger begabt, ja ihre auffällige Lärmempfindlichkeit erstreckte sich sogar auf das Gebiet der Musik. Singen war denn auch der einzige Gegenstand, in dem Marlens Leistungen in den ersten beiden Volksschuljahren nur mit ›Gut‹ benotet wurden. Wie man es von einer künftigen Schriftstellerin gemeinhin erwartet, glänzte sie in Deutsch.

Der neue Lehrer Lattner, der die Klasse im dritten Schuljahr übernahm, lobte Marlen überschwenglich: Ihr Aufsatz zum Thema Viehhüten – eine Arbeit, die allen Kindern vertraut war – sei ohne jede Korrektur druckreif. Im Kindheitsroman wird dieser Lehrer knapp porträtiert; die Volksschule nimmt wenig Raum ein: »Sie liebt den Lehrer wie jeden Menschen, der ihr Geschichten erzählt.« Umgekehrt ist Meta seine Lieblingsschülerin, deren Kopf er manchmal wohlwollend an die muffige Weste drückt. Eine der »Geschichten«, mit denen der Lehrer Marlen wie Meta begeisterte, ist die von der ›Welteislehre‹. »Außer Verdauungsproblemen ist sie offenbar das einzige, was ihn interessiert.« Diese obskure, aber in den zwanziger und dreißiger Jahren des 20. Jahrhunderts außerordentlich populäre Theorie wurde vom Österreicher Hanns Hörbiger entwickelt, dem Vater der bekannten Schauspieler Attila und Paul Hörbiger. Die Welteislehre erklärte die Entstehung der Welt aus einer kosmischen Explosion: Gigantische Eisblöcke seien in die Sonne gestürzt, aus deren Splittern sei das Weltall entstanden, die Milchstraße bestehe aus Eis. Hörbiger stützte seine Lehre auf die Astrologie ebenso wie auf altgermanische Sagen und sagte neue Katastrophen an den Wendepunkten der Weltgeschichte voraus. Die Deutung des Mondes und der Gezeiten spielte dabei eine wichtige Rolle. Zu Hörbigers eifrigsten Anhängern gehörte übrigens Adolf Hitler. Mochte sich auch der Lehrer Lattner bald zu einem feurigen Nationalsozialisten entwickeln, so war sein Enthusiasmus zunächst noch unpolitisch, und Meta begibt sich für mehr als ein Jahr in diese phantastische Welt. Sie steckt mit dem Schwärmen von »schwarzen Wassern und weißen Monden« sogar ihre Mutter an. Als weniger harmlos erweist sich eine andere Leidenschaft, die den Lehrer vorübergehend erfaßt: Seine Verherrlichung der Tiroler Freiheitskämpfe und ihres Helden Andreas Hofer stürzt Meta in eine »patriotische Raserei« gegen Italiener und Franzosen. Nach Wochen sind Haß und Rachegelüste aber mit einem Mal verflogen: Etwas »Dumpfes hat sie gefangengehalten und ihren Kopf verdunkelt. (...) Meta ist für alle Zeiten von dieser schrecklichen

Krankheit geheilt.« Angesichts der ›Kindernazi‹-Karrieren, die nicht wenige Autorinnen und Autoren im NS-Schulsystem durchmachen sollten, ist dies eine bemerkenswerte Aussage, die Marlen Haushofer hier Meta in den Mund legt.[46]

Die Leidenschaft für Bücher hat Marlen von ihren Eltern. Für ein Försterehepaar sind die Frauendorfers ausgesprochen belesen, Bücher gehören im Forsthaus zum Alltag. Für Meta bedeutet der Kleinkrieg mit der Mutter auch einen Kampf um Bücher, wieder ist der Vater auf der Seite der Tochter. In seiner Kanzlei steht der versperrte Bücherkasten, auch die »Klassiker« sind zunächst verboten. Für den achten Geburtstag stellt die Mutter Hauffs Märchen in Aussicht, bis dahin muß Meta sich mit den anderen Märchenbüchern und Charles Dickens' *David Copperfield* begnügen. Die Kriterien erscheinen ihr äußerst fragwürdig, denn auch Wilhelm Busch ist erlaubt, ein Buch, das sie selbst böse findet und gar nicht mag. Hauffs Märchen begeistern Meta schließlich, allerdings bevölkern die Figuren, allen voran der tote Kapitän mit dem Nagel durch den Kopf, nächtens als Gespenster ihr Schlafzimmer. Meta hat siebenjährig darauf bestanden, das kleine Kabinett neben dem Elternzimmer aufzugeben und ein eigenes Zimmer zu beziehen, jetzt erlaubt ihr Stolz es nicht, bei den Eltern Zuflucht zu suchen. Was immer in diesem Buch von schlaflosen Stunden, von höllischer Gespensterfurcht und nacktem Entsetzen berichtet wird, entspricht der Realität von Marlens Kindheitsängsten. Als Kleinkind flüchtete sie sich wie Meta ins elterliche Doppelbett, die sich auch dort vor dem »eisernen Mann« aus dem Märchen fürchtet und fühlt, wie er durch den Spalt zwischen den Betten nach ihr greift: »Meta rutscht ganz nahe an Mama heran, wird zurückgeschoben und versucht verzweifelt, den Angriffen von unten auszuweichen.« Tatsächlich müssen Heinrich und Maria Frauendorfer den gefährlichen Spalt mit Tüchern ausstopfen, um ihre kleine Tochter zu beruhigen. Marlens lebhafte, ja geradezu filmische Phantasie verwandelt ihre Lektüre auch später, wider alle taghelle Vernunft, in ein dämonisches Schattenreich: »Nichts hilft, kein Prahlen und kein Gebet. Der liebe Gott ist in der Nacht nicht da, die Nacht gehört dem Bösen.«[47]

Hauffs Märchen öffnen für Meta die Tür zu den Klassikern, die sie für »eine wunderbare Einrichtung« hält, weil sie »bloßes Lesen zu einer angesehenen, nützlichen Beschäftigung« machen: »Ihr ist alles eins, Dramen, Erzählungen, Gedichte und Tagebücher, philosophische Schriften und die Hamburgische Dramaturgie.« Besonders angetan hat es ihr Heinrich Heine, zum einen, weil er Vaters Lieblingsdichter ist, zum anderen, weil ihm die Mutter zutiefst mißtraut und nur deshalb keine Handhabe gegen ihn hat, weil er unbestreitbar zu den »Klassikern« gehört. Meta hat eben »eine Schwäche für sittenlose, frivole Burschen, die ebensosehr wie sie von Mama verfolgt werden«. Weil Meta nie ein Buch zurückgeben darf, ohne es ausgelesen zu haben und weil sie sich bei einer so heiligen Sache auch ehrlich daran hält, muß sie sich durch Schillers philosophische Schriften quälen. »Sie fühlt sich, als habe sie zwei Wochen lang unreife Stachelbeeren gegessen.« Zur Entschädigung macht sie die Bekanntschaft von Kleist, in dessen *Penthesilea* sie freudig eine Seelenverwandte erblickt – »sie weiß nur zu gut, wie es ist, wenn man alles zerfleischen und zerbeißen möchte«. Was Penthesilea tut, ist das, wovor Meta graut. Das Beispiel der Amazone fügt eine weitere Variation zur blutigen Geschichte von Marleenken und dem Machandelbaum. Im Entwurf zu *Himmel, der nirgendwo endet* läßt Marlen Haushofer das Bekenntnis zu Heinrich von Kleist noch deutlicher ausfallen. Dieser Kleist müsse sie, Meta, gekannt haben, denn dem *Michael Kohlhaas* sei genau wie ihr »schreckliches Unrecht« widerfahren. Kohlhaas vermittelt ihr das tröstliche Gefühl, daß auch andere Menschen Spott und Hohn erleben, wütend und traurig sind. Die Welt der Klassiker erscheint ihr als Gegenwelt zu jener der realen Erwachsenen, die ihre Gefühle nicht zeigen, die nie weinen und dadurch das Mädchen einem fundamentalen Fremdsein aussetzen. An den Klassikern ist für Meta nichts Hehres, nichts Entrücktes und Abweisendes, sie sind von keinerlei Bildungsballast beschwert. Die ›Klassiker‹, für die sie entbrennt, sind denn auch keine im literarhistorischen Sinn, sondern eigentlich lauter romantische Werke. Sie berühren die existentiellen Wunden – und wohl auch das erotische Empfinden – ihrer kleinen Leserin und stellen sie, selbst »nackt und schamlos«, bloß.[48]

Nur aus den sogenannten Klassikern erfährt die Försterstochter, die nicht die Zeitung lesen darf, »wie es im Leben wirklich zugeht«. Hier stehen Dinge, nach denen sie sich ihre Eltern nicht einmal zu fragen traut, ahnt sie doch, daß sich etwas ganz Gräßliches dahinter verbirgt. Schändung und Blutschande zum Beispiel. Metas Mutter empfiehlt sicherheitshalber Adalbert Stifter und Franz Grillparzer, wohl weil es da ruhiger und gemessener zugeht, aber gerade die Leitsterne einer österreichischen Klassik vermögen das Kind nicht zu beeindrucken. »Stifter zu lesen macht sie immer traurig, er ist so ernst und feierlich und ein wenig langweilig.« Nur ein Satz prägt sich ihr auf magische Weise ein: »Sture Mure ist tot.« Meta meint, »den großen Sture Mure« einmal gekannt, ihn aber sträflicherweise vergessen zu haben. So plagen sie Schuldgefühle und eine unerklärliche Trauer. Der Stiftersche Satz stammt aus der in der Sammlung *Bunte Steine* enthaltenen Erzählung *Katzensilber* und klingt nun wirklich rätselhaft. Gesprochen wird er von einem geheimnisumwitterten »braunen Mädchen«, das von einer Bauernfamilie, in deren Leben es rettend eingegriffen hat, als Ziehtochter aufgenommen wird. Da es trotz der Güte der Pflegeeltern unglücklich zu sein scheint, fragen diese es, ob es noch Vater und Mutter habe. Das Mädchen antwortet: »Sture Mure ist tot, und der hohe Felsen ist tot.« Aus einem eingestreuten Märchen geht hervor, daß eine ebenso menschenfreundliche und »braune« Magd wohl jene »Sture Mure«, die Mutter des Mädchens, gewesen sein muß. Sture Mure ist also kein Mann, sondern eine Frau. Meta faßt den Satz eben höchst eigenwillig auf, und die Geschichte vom braunen Waldmädchen, vom Naturkind, das sich bei seiner Menschenfamilie bitter fremd fühlt und diese schließlich verläßt, vergißt – oder verdrängt – sie. Dafür glaubt sie später auf ihren Streifzügen durch den Hochwald in einem seltsamen Felsblock das Grab des Sture Mure entdeckt zu haben. Die Szenerie – die kleine Hochebene, der moosbedeckte Boden, die alte Buche – könnte von Stifter sein, und sie sieht jenen märchenhaften Gefilden zum Verwechseln ähnlich, die die Träumerin in Marlen Haushofers bereits zitierter Erzählung auf dem Weg zur *Vergißmeinnichtquelle* durchmißt.[49]

Wenn sich auch die Schriftstellerin Marlen Haushofer später der Sphäre Stifters angenähert haben mag, als kindliche Leserin findet sie keinen Zugang zu ihr. Die Welt Shakespeares hingegen, die sich am Anfang so sehr gegen eine Eroberung sträubt, erschließt sich ihr bald in ihrer verwirrenden Pracht. Gerne hätte Meta aufgegeben, aber da ihr bildungshungriger Vater sich während seiner Militärzeit die Bücher »vom Mund abgespart« und den ganzen Shakespeare gelesen hat, muß sie durchhalten. Obwohl viele Rätsel ungelöst bleiben, merkt sie, daß der Dichter sie in eine Welt führt, die ihrer Mutter äußerst verdächtig wäre. Hier ist nichts zensuriert, vieles unverständlich und »von herzzerreißender Schönheit«. Der Dichter führt vor, was man mit Wörtern machen kann: »Shakespeare ist der allergrößte Zauberer.« Metas Appetit auf neue Wörter ist gewaltig, ihr Reiz kann durch eine Erklärung nur leiden. »Es war ja immer schon ihr Verlangen, Dinge, die ihr gefallen, zu verschlucken. Lesen ist eine Art, sich die geliebten Dinge einzuverleiben, für die man nicht bestraft werden kann.«[50]

Ein letztes Rückzugsgefecht um die Oberhoheit über Metas Lektüre liefert die Mutter um ein Buch von Alexander Roda Roda. Der k.u.k. Militär-Satiriker bringt den Vater zum Lachen, weshalb die Mutter erst recht nicht will, daß Meta das Buch liest. Nach Vaters abendlicher Lektüre versteckt die Mutter das Buch allmorgendlich im Kleiderkasten. »›Aber ich bitte dich‹, sagt Vater beschwörend, ›sie versteht ja kein Wort davon.‹ – ›Da kennst du deine Tochter schlecht‹, zischt Mama, ›je zynischer und unanständiger ein Buch ist, desto besser gefällt es ihr.‹« Wiewohl die Mutter offenkundig recht hat, verliert sie diesen Kampf. Metas Neugier läßt sich nicht mehr bezähmen.[51]

Da Marlen und ihr Bruder Rudolf im Forsthaus wie auf einem kleinen Bauernhof aufwuchsen, waren sie von klein auf mit allen Facetten des Lebens konfrontiert: mit Geburt und Tod, mit körperlicher Arbeit und mit den Naturgewalten. Die Frauendorfers lebten zu neunzig Prozent als Selbstversorger. Sie hielten Schweine und drei bis vier Kühe, sie hatten einen Gemüsegarten und bauten Erdäpfel an. Im kleinen Lebensmittelgeschäft von Frauenstein wurde nur das Notwendigste wie

Marlen mit ihrem Bruder Rudi.

Mehl und Zucker eingekauft, hin und wieder zehn Deka Kaffee. Die Kinder wurden mit der Landarbeit groß und bemühten sich, es den Erwachsenen gleichzutun. Marlen und Rudi bekamen jeder einen kleinen Rechen und eine kleine Sense und durften schon mitmähen. Sie badeten im Bach und fingen Forellen mit der Hand. Bei ihren gemeinsamen Spielen war Marlen als die ältere natürlich die Rädelsführerin. Sie entwickelte unermüdlich neue Ideen, und Rudi machte begeistert mit. Da Marlen außerhalb der Schule wenig Kontakt zu anderen Kindern hatte, wurde ihr Bruder als Spielkamerad und treuer Gefolgsmann für sie immer wichtiger. Beide Kinder hingen sehr an Minna, dem Dienstmädchen. Minna hieß mit vollem Namen Hermine Resch und war als junges Mädchen 1921 ins Forsthaus gekommen, wo sie bis 1932 in Stellung blieb. Weil sie noch keine ›richtige‹ Erwachsene war, fühlte Marlen sich von ihr verstanden. Im Kindheitsroman ist Minna als Berti porträtiert, als die gescheite Tochter eines gescheiten Bauern, der das Denken dem Arbeiten vorzieht. Genau wie Marlen hängt sich Meta an die Kittelfalte der fröhlichen Magd, wenn sie von der Wiese das Grünfutter holt, und fragt sie nach Herzenslust aus.[52]

Obwohl das Forsthaus im letzten Graben von der Welt abgeschnitten schien, kam die Welt zu ihm: Feriengäste, Hausierer und herumziehende Jäger stellten sich ein, die Herberge begehrten, ein-, zweimal im Jahr erschien der jüdische Fellhändler. Im Kindheitsroman gibt der Vater Meta aus diesem Anlaß eine Lektion in Toleranz. Er spricht freundlich mit dem mißtrauischen alten Mann und bewirtet ihn mit kaltem Rindfleisch, nicht wie die boshaften Bauern mit Schweinefleisch. Als Meta später meint, die Juden hätten doch Christus gekreuzigt, entgegnet der Vater, der Fellhändler könne nichts dafür und die Christen hätten auch einiges auf dem Kerbholz. Das Gerede der Leute nennt er eine »alte und hoffnungslose Geschichte«. Mit dieser Haltung stand der Förster im katholisch-ländlichen Raum der zwanziger Jahre recht allein auf weiter Flur. Auch seine Geschwister waren erstaunlich weltoffene und weitgereiste Leute – sie kamen jeden Sommer für einige Wochen ins Forsthaus und bereicherten das Leben der Försterstochter außerordentlich.[53]

Wieder einmal erzählt Marlen Haushofer exakt ihre Familiengeschichte nach: Ihr Vater hatte vier Brüder, der älteste trat in die Fußstapfen des Großvaters, des Schloßgärtners, und wurde Stadtgartenmeister in Dresden. Der zweitälteste, Onkel Sepp, Mathematikprofessor in Steyr – Balladendichter, Zeichner, Geschichtenerzähler – war Marlens Lieblingsonkel. Der jüngste Bruder, Charmeur und Frauenheld, machte als Chemiker und Apotheker sein Glück. Der zweitjüngste, ein Uhrmacher, war schon kurz nach dem Krieg gestorben. Dann gab es noch eine Schwester, eigentlich Halbschwester, namens Maria Schosser: Sie war eine uneheliche Tochter des Großvaters und hatte in der Familie ihrer Mutter gelebt. Nach einer erstklassigen Schulbildung in der Schweiz unterrichtete sie Französisch bei adeligen Familien, zuletzt lebte sie als Erzieherin auf Schloß Triesch bei Iglau. Maria Schosser war Marlens Taufpatin und wurde deshalb in der Familie ›Godi-Tante‹ genannt (von ›Göd‹, Pate). Als Respektsperson mit aristokratischen Umgangsformen stand sie den Kindern nicht so nahe wie die Onkel, genau wie diese vertrieb sie sich aber die Ferientage am liebsten mit allen möglichen Spielen, von Halma bis Schach.[54]

Marlens wichtigste Bezugsperson unter den zu Besuch kommenden Verwandten war aber sicherlich ›Tante Scherer‹, eine Wahltante. Sie war die Handarbeitslehrerin von Maria Frauendorfer gewesen und hatte sich mit ihr später angefreundet. Im Forsthaus war sie oft zu Gast. Sehr gescheit, schlagfertig und aggressiv gegenüber allen Männern, verkörperte sie gewissermaßen eine radikale, vollständig emanzipierte Ausgabe der Förstersgattin. Die Kinder bewunderten sie nicht zuletzt für eine seltene Kunstfertigkeit: Tante Scherer konnte wunderbar stricken und häkeln und gleichzeitig lesen. Sie benutzte dazu ein Buchgestell, blätterte blitzschnell mit der Stricknadel um und strickte dabei die tollsten Muster.[55]

Alle diese Verwandten begegnen uns unter falschen Namen im Roman. Für Meta sind sie willkommene Studienobjekte, will sie doch die Welt der rätselhaften »Großen« ergründen. Ihrer scharfen Beobachtung entgeht nichts. So kommt sie zum Beispiel darauf, daß der jüngste Onkel viel durchtriebener und erwachsener ist als der harmlose älteste. Die Männer-Feldforschung bringt außerdem erste Erkenntnisse auf dem Gebiet der Erotik. Die beiden Onkel haben »eine besondere Art von Fleisch, das zugleich fest und blühend ist. Meta stellt fest, daß sie diese Art Fleisch mag. Sie möchte die beiden tätscheln wie die Kühe.« Alle Onkel verfügen zudem über eine besondere Begabung, mit der sie den Kindern imponieren – der eine kann singen und Gitarre spielen, der andere Gedichte deklamieren, der dritte Gedichte schreiben und zeichnen. In ihrem Ferienschlendrian machen diese Erwachsenen einen unernst kindlichen Eindruck. Meta bemerkt, daß die »geliebten Riesen« ihr nicht immer zur Verfügung stehen und überhaupt nur tun, wozu sie Lust haben. Sie versteht das, denn wenn sie selbst etwas tun muß, was sie nicht will, wird sie »böse und voll Haß«. Die Mutter nennt die Verwandten ihres Mannes »liebenswürdige Egoisten« –, schließlich verursachen ihr die spielsüchtigen Gäste einige Mehrarbeit. Von neun Uhr früh an steht sie in der Küche. Meta würde einen Streik für das Vernünftigste halten: »Aber Mama ist kein liebenswürdiger Egoist, sie ist ein Pflichtmensch, etwas, was Meta leider nie werden wird.«[56]

Die einzige, die der Mutter hilft, ist Tante Scherer, im Buch Wühlmaus genannt. Sonst gefürchtet für ihre scharfe Zunge, hat sie Meta in ihr Herz geschlossen. Tante Wühlmaus schläft bei Meta im Kabinett und erzählt ihr von den vielen unglücklichen Lieben ihres Lebens. Erhaben über die Erziehungsgebote der Mutter, läßt sie sich leicht als Verbündete gewinnen – »eigentlich ein kleines Mädchen, das sich wunderbarerweise in eine alte Dame verwandelt hat«. Sie gilt als Verschwenderin, als Frau mit »modernen Ansichten«, ja als »Anarchistin«, die sich sogar mit dem Bezirksschulinspektor angelegt hat. Von ihr hört das kleine Mädchen zum ersten Mal die Gedichte Heinrich Heines, die die Tante zu rezitieren pflegt, während sie ihr Geschäft auf dem Nachttopf verrichtet. Für Meta bedeutet die zeitlebens ledige Tante Wühlmaus eine widerspenstige Kontrastfigur zur gestrengen Mutter, die aber verwirrenderweise gerade vor dieser Frau Respekt hat wie vor niemandem sonst. Die mit ihrer Rolle unzufriedene Förstersgattin sieht in der alten Lehrerin wohl ein doppeltes Vorbild: in der Perfektion der Hauswirtschaft, aber auch in der durchaus modernen Selbständigkeit als Frau.[57]

Eine zweite wichtige Figur für Meta ist Onkel Schorsch, der in Wirklichkeit Onkel Sepp hieß. Er »gibt von allen Großen die brauchbarsten Antworten« und kann es als Geschichtenerzähler mit dem Vater aufnehmen. In seiner »heiteren Zauberwelt« kommt nichts Furchterregendes vor. Meta beobachtet ihren Onkel genau: Der musische Mathematikprofessor hat eine zarte und eine derbe Seite, die bisweilen miteinander im Widerstreit liegen. Durch Onkel Schorsch kommt Meta auf den Geschmack des Zigarettenrauchens: Das Rauchen befördert seinen Einfallsreichtum, also möchte die Nichte später »auch rauchen und so interessante gelbe Finger bekommen«. Und der Onkel weiß mit Sprache etwas anzufangen, er »kann so herrlich geschraubt reden«. Wenn es ihn überkommt, verlangt er einen Krug Most und zieht sich unter den Birnbaum zurück, um eine Ballade zu schreiben. Seine Dichtungen besingen banale Begebenheiten: die Heilung des kranken Schweins durch die Mutter zum Beispiel oder das Schicksal eines in die Klomuschel gefallenen goldenen Zwickers, aber der Autor verteidigt die literarische Ergiebigkeit dieser Gegenstände gegen jeden in der Familie geäußerten Zweifel.[58]

Nicht nur der Charakter des vielseitig begabten Onkels entspricht der historischen Wahrheit, auch die genannten Balladen gibt es wirklich. Sepp Frauendorfer sammelte sie in seinem ›Gartenbuch‹, einer Mischung aus Tagebuch und Poesiealbum, Gästebuch und Skizzenheft. Der Mittelschulprofessor, schon aus Familientradition ein passionierter Gärtner, hatte in seinem Wohnort Steyr einen Garten angelegt und führte dort Buch über gärtnerische Arbeiten. Er notierte aber auch diverse Gelegenheitsgedichte und klebte seine Aquarelle und Zeichnungen sowie Photos von Familienmitgliedern ein. Auf diese Weise dokumentierte er auch seine Aufenthalte im Effertsbachtal. Jahre später, als Halbwüchsige und Erwachsene, besuchte Marlen ihren Lieblingsonkel oft und trug sich bei diesen Gelegenheiten mit mehr oder minder launigen Bemerkungen in sein Gartenbuch ein. In einer Vorstufe des Romans *Himmel, der nirgendwo endet* findet sich ein imaginärer Dialog mit dem Onkel, der zur postumen Liebeserklärung gerät. »Alter Märchenzauberer« nennt ihn da die Ich-Erzählerin. Er, der Onkel, sei damals mit ihr, dem kleinen Mädchen, in den Gebirgsbach gefallen und könne sich nun nicht daran erinnern. Und er habe ihr all die altösterreichischen »Buseranten-Geschichten« erzählt, wohl nur, weil das Wort so schön klinge. Denn »Buseranten«, also Homosexuelle, sind ja eigentlich kein Thema für Kinder. Im Grunde sei er, »auf eine altväterische Kavalleristenart«, der einzige Kavalier ihres Lebens gewesen.[59]

Die Sehnsucht nach dem Kavalier ist der kleinen Meta noch ganz und gar fremd. Vielmehr grenzt sie sich beinahe überdeutlich von allem ab, was nach mädchenhaftem Verhalten und weiblichem Rollenbild aussieht. Daß ihr Bruder Nandi mit Puppen spielt, findet sie lächerlich, sie selbst würde sie sofort in ihre Bestandteile zerlegen. Sie legt Wert darauf, mit den Buben in die Schule zu gehen, für sie bedeutet es die »große Freiheit«, auf dem Schulweg lauter verbotene Dinge zu tun, mit ihnen Kirschen zu stehlen, in den Felsen zu klettern und zu raufen. Als die Mutter aus Gründen der Schicklichkeit verfügt, Meta müsse sich fortan den Mädchen anschließen, empfindet sie dies als Strafe: »Das Leben wird grau und langweilig. Die Mädchen sind ganz unbrauchbar«. Aber: »Es dauert keine Woche, und Meta erfährt, wo die kleinen Kinder herkommen.« Aus der Sicht der Tochter ist das ein ironischer Triumph: Die ›braven‹ Mädchen verraten etwas, was die ›schlimmen‹ Buben gar nicht wissen. Mädchen sind offenbar kleine Erwachsene. Die mütterlichen Richtlinien für ein damenhaftes Benehmen weist Meta von sich: »eine Dame will sie überhaupt nie werden«. Denn sie fühlt sich zu Hause in der »lustigen Männerwelt« der tiefen Stimmen und des Tabakrauchs. Die Forstkanzlei des Vaters wird ihr zum realen und symbolischen Fluchtraum, wenn sie der Betriebsamkeit der Küche entkommen will.[60]

Auch in Marlen Haushofers Erzählung *Das fünfte Jahr* möchte die Heldin, die vierjährige Marili (eine Koseform von Maria), niemals Westen stricken wie die Großmutter: »Ich möchte überhaupt lieber ein Mann werden und so laut reden wie der Großvater; auch einen weißen Bart möchte ich einmal bekommen.« Marili, eine unverkennbar autobiographische Figur, wächst bei den Großeltern auf, in denen Marlen Haushofer offenkundig ihren alten Vater und ihre schwarzhaarige traurige Großmutter als fiktives Paar porträtiert hat. Die Enkelin registriert genau: Der Großvater darf allerlei, was sonst niemand darf. Er muß die kotigen Schuhe im Haus nicht ausziehen, er darf die Zigarrenasche auf den Boden fallen lassen und Unordnung verbreiten, alles nur, weil er »der Herr« ist. »Im tiefsten Herzen« weiß Marili aber schon, daß ihre Wünsche nicht in Erfüllung gehen werden, »daß sie niemals einen Bart haben würde wie der Großvater«.[61]

Die Vorliebe für die Männerwelt hat wohl etwas mit Metas ödipaler Bindung an den Vater zu tun. Zugleich versucht sie, dadurch Anteil an einer privilegierten Lebensform zu gewinnen, obwohl ihr dazu etwas Entscheidendes von Natur aus fehlt. So ist, tiefenpsychologisch gesehen, die Entdeckung des Geschlechtsunterschieds »das wichtigste Ereignis im Menschenleben«; sehr früh bemerkt jedes Mädchen den Mangel, faßt ihn als »einen Fehler seines Wesens auf« und hofft auf ein Nachwachsen des fehlenden Organs.[62]

Ein sehr praktisches Beispiel dafür, wie schwierig es schon rein physisch sein kann, mit dem von der Natur offenbar bevorzugten Geschlecht mitzuhalten, liefert eine Anekdote, die Marlen Haushofer selbst zum besten gab[63]: Beim Spiel mit den Nachbarsbuben sei es darum gegangen, durch gezieltes ›Pinkeln‹ Grillen in ein Erdloch und möglichst schnell bei einem anderen hinauszujagen. Jeder habe sein eigenes Loch gehabt und da ihr als einzigem Mädchen das Zielen nicht gelingen wollte, habe sie einen Buben gebeten, doch kurz zu unterbrechen und ein bißchen Harn für ›ihr‹ Loch aufzusparen – was wunderbar funktioniert habe.

Abgesehen von diesem bizarren Beispiel für einen durchaus pragmatischen Penisneid, sieht sich die junge Marlen immer wieder in die verwirrende Widersprüchlichkeit von männlicher und weiblicher Identität gestellt. In einer früheren Fassung von *Himmel, der nirgendwo endet* schildert Marlen Haushofer ein spontan inszeniertes Verkleidungsspiel der sommerlichen Forsthaus-Gesellschaft, an dem sich Kinder und Erwachsene beteiligen: Alle männlichen Teilnehmer ziehen sich Frauenkleider an, alle weiblichen Männerhosen. Nandi ist in ein Dirndlkleid geschlüpft, Meta in die alte Lederhose ihres Vaters. Nach einigen Stunden läßt die Begeisterung über das neue Spiel plötzlich nach. Meta findet es nun »unheimlich«, alle, Männer und Frauen, scheinen ihr plötzlich von Grund auf verwandelt. Marlen Haushofer beschreibt hier sicher nicht nur Metas Verunsicherung, sondern zugleich ihre Erkenntnis, daß auch Erwachsene Anteile des anderen Geschlechts in sich tragen, ja, daß die kindliche bisexuelle Veranlagung dem Menschen in einer tieferen Schicht seiner Seele sein Leben lang erhalten bleibt.[64]

Frau zu sein bedeutet in einer Umgebung wie jener, in der Marlen/Meta aufwächst, zwangsläufig die Hausfrauenrolle zu

Verkleidungen: Rudolf im Dirndl, Marlen in Lederhosen. Das Photo schenkte sie einer Schulfreundin »Zur Erinnerung an Deinen Marlenerich«.

ergreifen, und zwar auch für so eigenständige Frauen wie Tante Scherer/Wühlmaus. Wie ihre Mutter, eine »wahre Märtyrerin der Küche«, sich in dieser Rolle verausgabt, muß auf die Tochter als abschreckendes Beispiel wirken. Tagaus, tagein werkt die kleine Frau blaß und abgekämpft am Herd, beginnt jedes Jahr im November mit der Zubereitung von sechsunddreißig Sorten Weihnachtsbäckerei, weil ihre Mutter das auch so gehalten hat und bekommt von Zeit zu Zeit wütende Arbeitsanfälle, feiert wahre Putzorgien, an deren Ergebnissen sie gar nicht froh werden kann. Meta stellt zuerst einmal den Hauptgrund dieser Mühsal in Frage, »diese öde Esserei: Frühstück, Jause, Mittagessen, Jause, Abendessen, jeden Tag und jeden Tag«. Mutter und Tochter sind dünn und quirlig, beide essen nicht gern. Bei Meta mag das einer gewissen Solidarität entspringen, leidet sie doch angesichts der berserkerhaften Arbeitswut ihrer Mutter an »chronisch schlechtem Gewissen«. Während ihr Bruder der Köchin gerne zur Hand geht, langweilt Meta sich in all der Küchenhektik. Als eine gute (freilich unbewußt angewandte) Taktik erweist es sich da, einerseits Hilfe anzubieten, sich aber andererseits möglichst ungeschickt anzustellen: »Beim Umrühren liest sie und läßt die Milch überlaufen und wenn sie den Salat gewaschen hat, sitzt immer noch, wie durch Zauberei, eine kleine Schnecke drin. Mit Schande und Spott wird sie aus der Küche verjagt.« Man könnte nun annehmen, daß ihre Mutter, die überkritische Superhausfrau, der mißratenen Tochter wegen ihres Versagens die Hölle heiß machen würde. Aber dem ist nicht so, sie trägt es mit Gelassenheit: »›Du wirst nie eine gute Hausfrau werden‹, sagt sie. ›Dich lassen wir studieren, denn du hast einen Kopf.‹«[65]

Wenn es um Metas Hineinwachsen in die gesellschaftlich vorgeformte weibliche Rolle geht, verhält sich die Mutter aber keineswegs immer so tolerant. An der körperlichen Entwicklung der Tochter läßt sie im wahrsten Sinne des Wortes kein gutes Haar: Metas goldblonde Haare sind gekräuselt und lassen sich schlecht kämmen und gar nicht flechten, was die Mutter gern mit dem Spruch »Krause Haare, krauser Sinn« quittiert. Meta ärgert sich darüber »bis zur Weißglut«, sie kann das nicht als harmlosen Spott auffassen, weiß sie doch, daß die Großen immer mehr denken, als sie sagen: »Die Wahrheit liegt immer zwischen zwei Sätzen, wenn jene kleine Stille eintritt.« Meta hält es auch für möglich, daß ihre ungebärdigen Haare wirklich etwas mit ihrem Innenleben zu tun haben. Was die Tochter aus der Neckerei zu Recht heraushört, ist nicht bloß ein Kommentar zum permanenten Krieg unter dem Motto ›Der Widerspenstigen Zähmung‹. Mutter und Tochter sind schließlich Rivalinnen: »›Du hast spitze Knie‹, sagt Mama, ›wirst wohl nie einen Mann bekommen.‹ Sie hat natürlich runde Knie.« Der Mann, um den es da unterschwellig geht, ist selbstverständlich der Vater. Er tröstet die Tochter mit dem Argument, daß sich spitze Knie besser zum Laufen eigneten. »Das ist entschieden wichtiger. Meta will nicht kochen und nähen, also braucht sie auch keinen Mann. Aber ein kleiner Stachel bleibt doch zurück. Mama sagt manchmal Dinge, die weh tun.«[66]

Denn trotz aller burschikosen Anstrengung möchte Meta in puncto Attraktivität nicht hinter der Mutter zurückstehen. Entscheidend ist das Urteil des Vaters. Weil Meta ihre langen, schmalen Füße mit der fürwitzig vorstehenden großen Zehe, die sie sich immer blutig stößt, von ihm geerbt hat und er sie für vornehm erklärt, kann sie darauf stolz sein und auf die »runden Patschfüße« von Mutter und Bruder herabblicken. Die Vorstellung, daß spitze Knie ihre Heiratsfähigkeit beeinträchtigen könnten, hält sich bei Meta allerdings hartnäckig. Als sie nach dem ersten Schuljahr im Internat in den Sommerferien nach Hause kommt und der Vater zu ihren körperlichen Unzulänglichkeiten meint, »bis sie heiratet, werde das alles in Ordnung kommen«, bezieht sie das in erster Linie auf das Knieproblem. »Meta glaubt nicht recht daran, sie hat sich schon damit abgefunden, daß sie allein bleiben wird, und findet Gefallen an dieser Vorstellung.«[67]

Vielleicht hat die Mutter diesen kindlichen Glauben nicht nur unbewußt genährt, als Konkurrentin der Tochter um die Gunst des Vaters, sondern auch, weil sie Meta vor einem Leben als Hausfrau bewahren will. Daher könnte auch ihre Nachsicht mit den mangelnden praktischen Fähigkeiten der Tochter rühren. Eines ist jedenfalls unbestreitbar: Obwohl die Mutter des Kindheitsromans die Ausflüge des Vaters ins Reich der Phantasie mißbilligt, obwohl sie Meta, die oft nicht zwischen Traum und Realität unterscheiden kann, wegen ihrer ›Flunkereien‹ tadelt, unterstützt sie das Schreibtalent ihrer Tochter. Eine von Meta verfaßte Geschichte, die die Mutter in einer Schublade findet, liest sie nach Tisch begeistert vor. Meta ist das sehr peinlich, nicht zuletzt, weil sie in der Geschichte auf dem Papier die Geschichte aus ihrem Kopf nicht wiedererkennen kann, im Gegenteil, sie hat »eine schöne lebendige Geschichte mit ihrem Bleistift umgebracht«. Daß die Mutter sie lobt und streichelt, genießt sie zwar – aber nicht unbeschwert, denn Meta möchte gelobt und gestreichelt werden, auch wenn sie keine Geschichte geschrieben hat, »aber daran ist nicht zu denken.« Die frustrierte Förstersgattin richtet ihren Ehrgeiz auf ihr begabtes Kind. Stolz blickt sie auf Metas Schulzeugnis. Weil diese Leistungen dem Vater gleichgültig zu sein scheinen, erlebt Meta seine Liebe dagegen als bedingungslos. Der Beschluß der Mutter, Meta in ein Internat in die Stadt zu schicken, »weil sie nicht für den Haushalt taugt und so spitze Knie hat, daß sie nie einen Mann bekommen wird«, entspringt vermutlich dem Bedürfnis, der Tochter jene Wege zu eröffnen, die der Mutter verschlossen blieben. Darüber hinaus kann durch den Weggang der Tochter die unhaltbare Konfliktsituation gelöst werden. Obwohl der Vater sie nicht ziehen lassen will, spürt Meta, daß die Mutter diesmal recht hat.[68]

Maria Frauendorfer schätzte ihre Tochter durchaus richtig ein, so wünschte sie ausdrücklich, daß Marlen Schriftstellerin werden sollte. Sie dachte dabei allerdings eher an das Verfassen von Ritterromanen oder dergleichen und setzte, wohl das Vorbild der Tante Scherer vor Augen, auf eine solide Ausbildung als Lehrerin.[69]

Wenn es im Kindheitsroman um die Bedeutung geht, die das Schreiben für Meta hat, so dreht sich alles um einen Schlüsselbegriff: Zauberei. Eine Zeitlang hat sich das Kind vor dem Einschlafen prächtige bunte Gläser ausgedacht, mit denen es die Familienmitglieder beschenken wollte. »Jeden Abend ist sie ermattet vor Schöpferfreude eingeschlafen, ganz leer und selig.« Eines Tages, nach einem Streit mit der Mutter, war die Erfindungskraft verschwunden. »Nicht zaubern zu können, ist sehr schlimm (...). Jetzt können wieder alle an sie heran, bei Tag die Menschen und nachts die bösen Träume.«[70]

Das Schöpferische erscheint hier zum ersten Mal im Leben Metas als Kraftquelle und als Schutzschirm gegen die Unbilden des Daseins. Später entzündet sich für sie der kreative Funke an der Sprache aufs neue. Als Lesende läßt sie sich von der Magie der Wörter bezaubern. Im Rückblick sieht Marlen Haushofer sich selbst als früh Entschlossene und vorsichtig Zuversichtliche:

»Sie ist überzeugt davon, daß man nur die richtigen Wörter aneinanderreihen muß, um ganz neue Dinge zu erschaffen. Das wissen alle Zauberer, und darauf beruht ihre Macht. Meta will auch gern einmal diese Macht besitzen, aber gleichzeitig hat sie Angst davor und verschiebt die Zauberei auf später. Es könnte ja geschehen, daß sie damit ein Ungeheuer erweckt.«[71]

Bei allem frühreifen Bewußtsein um die Gefahren des künstlerischen Ausgesetztseins: Die Entscheidung Metas/Marlens für die Zauberei ist zugleich eine Entscheidung gegen die Küche, gegen die Herrschaft der runden Knie und für die krausen Haare. Auch Marlens Großvater war schließlich »ein großer Zauberer«, jener Herr über den alten Schloßpark, der seinen Kindern Jules-Verne-Geschichten erzählt hat und irgendwann dem lieben Gott so ähnlich geworden ist. Wer zaubert, der hat Anteil am Göttlichen. Zaubern können heißt, sich eine aktive Rolle anmaßen. Die Meta der Kindheitserinnerungen weiß das sehr genau und verrät sich in einer höchst aufschlußreichen Episode, die von einem Sommergast aus der Stadt handelt: Sascha ist Gymnasiast und Klassenbester und wird von den Geschwistern wegen seiner Zauberkünste verehrt, von deren Geheimnissen er kein Sterbenswörtchen preisgibt, weil er das angeblich nicht darf. – »Und Meta könnte doch bestenfalls eine Hexe werden, niemals ein Zauberer. Meta erscheint das wenig erstrebenswert; alle Hexen sind alt und häßlich und haben Warzen im Gesicht.« Hier offenbart sich die Ahnung, daß der Zauberakt des Schreibens notgedrungen einer männlichen Haltung bedarf, will er ernstgenommen und nicht als zweitklassig abgetan werden. Daß Meta die Hexenrolle ablehnt, bedeutet nur, daß sie die Hierarchie anerkennt, nicht, daß sie sich ihr unterwirft. Dieser Sascha hat zudem einen Hang zu ziemlich drastischen und wirklichkeitsnahen Spielen. Als Meta von ihm zum Tode durch das Schwert verurteilt, zur Hinrichtung geführt und erst im letzten Moment begnadigt wird, verspürt sie echte Todesangst und bald darauf Wut auf den allmächtigen Spielleiter: »Wie kommt Sascha, wenn er hundertmal ein Zauberer ist, dazu, sie zu köpfen oder zu begnadigen, wie es ihm gefällt. Wenn sie groß ist, wird sie ihn auch fesseln und ihm den dicken Kopf abschneiden.« Auf der symbolischen Ebene ist das eine unverhohlene Kastrationsdrohung: Dieses Mädchen will sich nicht mit dem zweiten Platz zufriedengeben, es will den Zauberer stürzen, es will im Reich der Fiktion die Macht übernehmen.[72]

Die Phantasien und Träume Metas sind überhaupt von einer beträchtlichen Aggressivität. Die sympathische, hübsche Frau, die dem Vater schöne Augen macht, wird im Traum erwürgt, eine vermeintlich böse Besucherin, die sich gegenüber der Mutter listig verstellt, wird in einem regelrechten Autodafé hingerichtet, nur die gelben Knochen – wohl ein Tribut an das Märchen vom Machandelbaum – überstehen die Flammen und auch die Bestattung und beginnen unter der Erde böse zu kichern. Der Traum hallt im Erwachen nach. »Etwas kichert noch immer, und es weiß etwas von Meta, was kein Mensch wissen dürfte.« Auch im Traum ist das väterliche Gebot, niemals einen Menschen ins Gesicht zu schlagen, gegenwärtig. Die Maria der ersten Romanfassung fühlt im Traum oft eine »schreckliche Wut« und erwacht unbefriedigenderweise jedesmal, bevor sie zuschlagen kann. Woher, rätselt sie, kommt denn diese Wut? Wer Marlen Haushofers Kindheitserinnerungen liest, der ahnt es. *Himmel, der nirgendwo endet* ist kein harmloses Buch.[73]

Im Roman *Eine Handvoll Leben* heißt es sehr bestimmt: »Die Kindheit war nicht sanft und idyllisch, sondern der Schauplatz wilder, erbitterter Kämpfe unter der Maske rosiger Wangen, runder Augen und unschuldiger Lippen.«[74] Dieser Kämpfe »auf Leben und Tod« war sich Marlen Haushofer stets bewußt, und so schrieb sie, bei aller Sehnsucht, niemals nostalgisch über ihre Kindheit. Es war die Kindheit eines hochbegabten, wißbegierigen, phantasievollen Mädchens in einer eigentlich ganz normalen Familie, das ganz normale Kämpfe auszufechten hatte, Kämpfe, die ihm freilich einzigartig und lebensbedrohlich erschienen. Es war trotz aller äußeren Idylle eine Kindheit voller Angst: Angst vor dem Unheimlichen der eigenen Einbildungskraft, vor dem Verlust der mütterlichen und dann der väterlichen Liebe, Angst vor der Gewalt der eigenen

Gefühle. In diesem Mädchen, das keines sein wollte, brodelte es ganz gewaltig, und der Krieg mit der Mutter lieferte nicht bloß einen Grund dafür, er bot der Tochter auch ein willkommenes Ventil. Während sie das Trotzalter schon fast bis in Pubertätsnähe ausdehnte, blieb ihr doch die Ernüchterung nicht erspart. Das Paradies, aus dem Marlen Haushofer sich als Erwachsene vertrieben fühlt, scheint für ihr Spiegelbild Meta eigentlich schon damals verloren:

> »Man darf nie zuviel verlangen, dann kann man nie zuwenig bekommen. Das große Mißverständnis ist ohnedies nicht mehr aufzuhalten. Es genügt, daß Vater ihr seine Geschichten erzählt und Mama manchmal ihre Wange streift. Einmal ist es anders gewesen, aber diese Zeit ist vorbei. Sie wird nie mehr ganz klein sein, voll Hingabe und Vertrauen. Nandi ist jetzt dort, wo sie einmal gewesen ist, und er hält sich lange an jenem vergangenen Ort auf, viel länger als sie.«[75]

Das kleine Mädchen sträubt sich gegen das Erwachsenwerden. Das »große Mißverständnis« zwischen Mutter und Tochter, der sie unschuldig verdrängende Bruder, die scheinbar verschmähte Liebe, der nicht mehr steuerbare Trotz, das Tauziehen um den Vater, das Abgestempeltwerden als mißratene Tochter – all das drängt Meta zurück in die Welt der stummen Dinge und Kreaturen. Doch gegen die »Machtmittel« der Großen, gegen Gewalt und Liebe, ist Gegenwehr auf Dauer vergeblich. »Man darf nie zuviel verlangen, dann kann man nie zuwenig bekommen.« Dieser abgeklärte, ja resignative Satz scheint von Marlen Haushofers späterer Lebenserfahrung diktiert. Denn das Mädchen, von dem sie erzählt, hat durchaus noch Wünsche und weiß sie auch zu äußern. Daß es vor den Konflikten in der Familie immer lieber in die Phantasiewelt der Bücher flüchtet, kommt ihm selbst nicht ganz geheuer vor: Das Lesen »ist einfach zu angenehm. Etwas so Angenehmes muß verdächtig sein, denn, so hat man ihr eingeprägt, das Gute und Wertvolle ist nur unter großen Mühen und Plagen zu erreichen. Und sie haßt Mühen und Plagen und wünscht sich ein heiteres leichtes Leben.« Meta liest, während alle anderen um sie herum arbeiten. Sie weiß, daß ihre Eltern noch nie in ihrem Leben Urlaub gemacht haben. Das schlechte Gewissen führt dazu, daß sie mit sich ständig unzufrieden ist. Selbst das Lernen fällt ihr unziemlich leicht. So sperrt sie sich gegen das bürgerliche Erziehungsideal nach dem Motto ›Per aspera ad astra‹, ›Durch das Schwere zu den Sternen‹, und hat es doch schon verinnerlicht.[76]

Von all dem Schweren und Harten kommt in jenem Gedicht, das der produktive Onkel Sepp, vermutlich mit Hilfe eines Kruges Most, im Jahre 1920 zur Geburt seiner Nichte geschrieben hat, nichts vor. Da heißt es: »Und wirst Du einst groß, trittst hinaus in die Welt, / mögest Du lachen, scherzen, wie's Dir nur gefällt!« Und zum Schluß: »Drum hab Sonne im Herzen, werde glücklich zumal, / Maria Helene im rauschenden Tal!« 27 Jahre später schreibt die Nichte einen Text für den Onkel – ein Märchen. Marlen Haushofer widmet es 1947 »meinem lieben Onkel Pepi« zum Namenstag: »Als kleine Gegengabe für die vielen Märchen, die er mir als Kind erzählt hat.« Das Märchen trägt den Titel *Das Waldmädchen*, und es handelt von einem Mädchen, das ohne Vater und Mutter im Wald aufwächst und nur einen einzigen Verwandten hat, einen herzensguten Räuber, der, wenn er von seinen spannenden Abenteuern erzählt, immer wieder einen großen Schluck aus seinem Metkrug nimmt und damit dem beschenkten Onkel Sepp beziehungsweise Pepi dezent ähnelt. Das Mädchen ist mit den Bäumen, den Quellen, den Tieren des Waldes auf du und du, und es lebt eigentlich zufrieden, bis es eines Tages den Wald verläßt – und nichts mehr so ist, wie es einmal war.[77]

2. Kapitel

1930

Die Vertreibung aus dem Paradies

Bis zu meinem vierzehnten Lebensjahr war ich ein todunglücklicher Mensch. Man hatte mich zu den Ursulinen nach Linz gegeben. Der Übergang von der vollkommenen Freiheit im und rund um das Elternhaus zum Klosterleben führte zu schwersten Depressionen.«[1]

Für die zehnjährige Marlen bedeutete der Eintritt ins Internat im Herbst 1930 die große Zäsur ihrer Kindheit. Es gab zwar auch im näher gelegenen Steyr ein Gymnasium für Mädchen, doch eine tägliche Hin- und Rückfahrt hätte gut zwei Stunden in Anspruch genommen. Außerdem entsprach das Internat in der Landeshauptstadt Linz sowohl den Ambitionen als auch den weltanschaulichen Grundsätzen von Maria Frauendorfer. Schule und Internat wurden vom katholischen Orden der Ursulinen privat geführt, der als Schulbetreiber einen hervorragenden Ruf genoß. Das Mädchenrealgymnasium in der Linzer Landstraße, erst 1929 gegründet, galt bald als die beste und vornehmste Mädchenschule Oberösterreichs; an ihm unterrichteten auch ›weltliche‹ Lehrkräfte.

Die erste Zeit im Kloster erlebt Meta im Kindheitsroman – und auch Marlen – wie eine Art Verbannung: »Die Tage und Wochen kriechen dahin, und sie glaubt nicht mehr, daß es das Forsthaus und seine Bewohner wirklich gibt. Sie lebt in einer unbegreiflichen kalten Welt, in der sie bestimmt bald sterben wird müssen.« Da die Briefe, die sie nach Hause schreibt, zensuriert werden, schreibt Meta möglichst wenig. Die Nonnen

Marlen 1932.

verdächtigt sie zudem, die Post der »vielen heimwehkranken Kinder« irgendwo vermodern zu lassen, die Briefe ihrer Mutter zu fälschen und die Mär von den bevorstehenden Weihnachtsferien nur zur Ruhigstellung der Kinder erfunden zu haben. Um so überraschter ist Meta, als eines Tages tatsächlich ihr Vater an der Klosterpforte auf sie wartet, um sie abzuholen. Sie erfährt eine Art Spontanheilung – »und ist mit einem Schlag gesund«. Zurück im heimatlichen Tal, nimmt sie sich vor, den Vater darum zu bitten, daß er sie aus der Schule nimmt, wo sie doch in der Stadt »nicht wirklich leben kann«. Aber sie schiebt das Gespräch immer wieder hinaus und verliert in den ganzen Ferien kein Wort über ihr Heimweh, das sie für eine Schande hält. Und plötzlich merkt sie, daß sie sich innerlich von der Familie entfernt hat, daß sie den Vater nicht bitten kann, weil sich ihr Weggehen nicht ungeschehen machen läßt: »Sie muß ganz allein durch diese Hölle gehen. Vielleicht wird sie dann wieder ganz heimkommen dürfen.«[2]

Das Heimkommen will aber auch in den folgenden großen Ferien nicht gelingen. Vielmehr besiegelt die Rückkehr endgültig ihr Fortgehen und zugleich den Abschied von der Kindheit: »Der Sommer ist ganz anders als alle Sommer vor ihm. (...) Etwas verändert sich von Tag zu Tag, und sie kommt ihm nicht auf die Spur. Ihr Körper, einst so vertraut und geliebt, fängt an, unerfreulich zu werden, und ist nicht mehr eins mit ihr.« Auch die Einheit mit den vertrauten Orten und Dingen läßt sich nicht mehr herstellen, etwas in Meta scheint abgestorben, sie spürt »ein leeres Gefühl wie Hunger«. Nandi hat sich mittlerweile von ihr fortbewegt, die Mutter zeigt sich ungewohnt tolerant, weil die Tochter ja nun bloß ein Feriengast ist. Meta kann ihren Platz im Genrebild nicht einfach wieder einnehmen, als wäre nichts gewesen: Sie hat »das Gefühl, nirgends wirklich daheim zu sein, und etwas wie Panik erfaßt sie«. Weil sie wie in einer »Erleuchtung« erkennt, daß der Verlust unwiederbringlich ist, mündet die depressive Anwandlung schließlich in ›normale‹ Trauer, und die beängstigende Leere weicht einem beinahe wohltuenden Schmerz. Eine Einsicht, die Meta nie vergessen darf und von der sie weiß, daß sie sie doch immer wieder vergessen wird. Hat sie in diesem Sommer schon Haus, Stall und Felsen als seltsam geschrumpft wahrgenommen, so erstreckt sich das Phänomen jetzt auch auf ihre Familie:

> »Alle sehen ein wenig kleiner aus als sonst, als habe eine große Hand sie von ihr abgerückt. Da sitzt Vater und löffelt seine Suppe. Sein Bart ist ein wenig ergraut, und er ist nicht mehr so allmächtig wie früher. Sein Leben lang wird er in den Wald gehen, rechnen, Holz messen und manchmal im Lusthaus träumen. Aber nie wieder kann er in seine Kindheit zurückkehren, und nie wieder wird er die

Stimme seines Vaters hören, zwanzigtausend Meilen unter dem Meer. Und diese kleine blasse Frau ist Mama. Ihre Augen werden den verstörten Augen des kleinen Großvaters immer ähnlicher. Sie wird kochen und nähen bis zu ihrem Tod und die Kirchen und Galerien Roms nie wieder besuchen. (...) Auch Nandi hat schon eine Vergangenheit. (...) Nie wieder wird er mit dicken Fingern jubelnd nach Mamas jungem Gesicht tappen.«[3]

Die Erkenntnis der eigenen Vergänglichkeit ist doppelt schmerzhaft, weil sie zugleich die Souveränität der Eltern entzaubert. Kein Kind mehr sein bedeutet auch, Vater und Mutter von außen betrachten zu können und zu müssen. Die Eltern wirken nun nicht mehr wie unantastbare Autoritäten, die ihr Leben genauso in der Hand haben wie das des Kindes, sie erscheinen als in ihrem persönlichen Geschick Gefangene, als selbst von einer »großen Hand« Bewegte. Das Kind sieht in ihnen zum ersten Mal nicht den Widerpart in seiner egozentrischen Welt, sondern Schicksalsgenossen. So verspürt Meta ein vages Gefühl der Solidarität, einen Hauch von Verstehen. Sie nimmt sich vor, die »Spiele der geliebten Fremden«[4] fortan mitzuspielen.

Was mit ihr in der Zwischenzeit im Internat passiert ist, hat unleugbar den Charakter einer Zähmung: So wie Nandis schöner Pagenkopf von der Mutter geschoren wurde, so hat auch Meta Haare gelassen, weil man sie im Kloster wenig zartfühlend frisiert hat: »Mama sagt: ›Jetzt siehst du nicht mehr aus wie ein junger Löwe‹, und sie scheint es sogar zu bedauern.«[5] Mutter und Tochter erkennen hier sehr wohl den Symbolgehalt der Veränderung: Mit den krausen Haaren geht auch der krause Sinn verloren. Im Kloster soll der »junge Löwe« Meta gebändigt, ihr Löwenmut gebrochen werden.

Marlen Haushofer selbst erzählte von ihrem ersten Schuljahr im Internat, sie habe dort eine Klosterschwester gebissen. Vielleicht hat sich auch jener Tobsuchtsanfall wirklich zugetragen, den sie in ihrem Roman *Eine Handvoll Leben* geschildert hat: Eine Nonne tadelt die schmutzigen Fingernägel der kleinen Elisabeth, worauf diese buchstäblich rot sieht und am liebsten zuschlüge: »Und ich will schmutzig sein, ich will schlecht sein, laß mich los, geh weg, geh weg –«; erst das Erschrecken der kleinen Nonne läßt das Kind erkennen, daß es gegen den falschen Feind losgegangen ist. Aber wer ist der richtige? Für die Klosterschwester liegt es auf der Hand, daß niemand anderer als der Teufel aus der Kleinen spricht und gegen ihn nur Beten helfen kann. Marlen Haushofer rollt in ihrem 1955, also elf Jahre vor *Himmel, der nirgendwo endet*, veröffentlichten Roman in Rückblenden das Leben einer Frau von Mitte Vierzig namens Betty, also Elisabeth, auf. Als Mittelschülerin weist Elisabeth eine enge Verwandtschaft mit Meta auf und trägt wie diese deutliche Züge Marlen Haushofers. Der Eintritt in die Klosterschule wird auch in *Eine Handvoll Leben* als eine Zeit der Prüfung beschrieben: »Die ersten Monate im Internat verbrachte Elisabeth wie ein Mensch, den man brutal ins Wasser geworfen hat und der jetzt um sein Leben schwimmt.« Die Sozialisation des sensiblen Wildfangs verläuft schleppend: »Im ersten Jahr liebte sie weder die Nonnen noch eines der Mädchen, so wenig wie ein Naturforscher die Käfer liebt, die er seiner Sammlung einordnet.« Zuflucht sucht Elisabeth bei den Dingen, beim Maulbeerbaum im Schulhof, der für sie eine Verbindung zu ihrer magischen Welt der Pflanzen und Tiere zu Hause darstellt. Was sie empört, ist Ungerechtigkeit, auch wenn sie ein anderes Mädchen trifft. Daß die Erwachsenen keineswegs unfehlbar sind, erschüttert ihr Vertrauen, reizt sie zum Widerspruch und zu Tränen, bis sie zermürbt beginnt, den Konflikt zu meiden. Das Lob der Schwestern ob ihrer Besserung freut sie nicht, es ist ihr vielmehr verdächtig.[6]

Wo Gott wohnt

Das Kloster bleibt für Marlen Haushofers Alter ego ein Ort des allumfassenden Unbehagens, der unbegreiflichen Strafe nach einer, wie es dem Mädchen nun scheint, paradiesischen Zeit:

> »Sie wollte nicht um sechs Uhr aufstehen und trunken vor Schläfrigkeit in der Kirche singen, sie mochte keinen bitteren Kaffee trinken, und sie war gewöhnt, jederzeit reden

zu dürfen, nicht nur zu gewissen Stunden. Besonders aber haßte sie das kalte Waschwasser, die straff geflochtenen Zöpfe und die Kälte.

Den ganzen Tag lang fürchtete sie sich fröstelnd vor dem eiskalten Bett, in dem sie sich nie erwärmen konnte. Während die feuchtkalte Tuchent sie fast erdrückte, wuchs ihre Verzweiflung von Minute zu Minute, bis sie den Polster auf ihr Gesicht legte und zu weinen begann. Es schien Betty, als hätten diese durchfrorenen Nächte einen kleinen eisigen Kern in ihr zurückgelassen, den niemand auftauen konnte, weil das ein übermenschliches Maß von Wärme und Liebe gefordert hätte.«[7]

Dieses Bild emotionaler Kälte und Erstarrung, das Marlen Haushofer ihrem gesamten Werk geradezu überdeutlich eingeschrieben hat, geht also auf ihr eigenes Erleben als ein frierendes, einsames, heimwehgeplagtes Mädchen zurück, das in der Früh beim frommen Weckruf der Schwester jedesmal meinte, kein Auge zugetan zu haben, und das sich »die Hölle niemals als feurigen Ort, sondern klirrend vor Eiseskälte« vorstellte. War dieses Internat der Ursulinen tatsächlich eine Art Hölle auf Erden? Ihre Schulkolleginnen haben es durchaus anders erlebt, haben auch das Verhalten Marlens anders in Erinnerung. Sie wissen von keinen Kämpfen oder spektakulären Auftritten, sie erinnern sich nicht an einen tätlichen Angriff auf eine Nonne. Marlen sei ein eher ruhiges, zurückhaltendes Kind gewesen, heißt es allenthalben, und ausgesprochen beliebt in der Klasse, vielleicht sogar die Beliebteste. Man habe es mit ihr sehr wohl auch lustig haben können. Und alle sind sich einig: Marlen hat nie geklagt, nie etwas über ihr Unglücklichsein verlauten lassen. Auch nicht Angela ›Elli‹ Trenkler gegenüber, die ebenfalls aus der Gemeinde Molln stammte. Sie war gemeinsam mit Marlen ins Internat eingetreten, und die beiden verstanden sich von Anfang an gut. Einige Mitschülerinnen gingen ausgesprochen gern ins Internat und fanden Unterbringung und Essen gar nicht schlecht. Daß es im Klostergebäude kalt war, besonders in den großen, hohen Schlafsälen, bestätigen sie allerdings. Dort gab es zwar Kachelöfen, aber diese wurden abends nicht geheizt oder waren in strengen Wintern für die riesigen Räume nicht ausreichend. In der Früh konnte man manchmal in der Waschschüssel eine dünne Eisschicht erahnen. Für Josefa Aumayr, genannt Peperl, die in der Oberstufe in Marlens Klasse kam, war auch die sehr mäßige Heizleistung im Kloster immer noch besser als das, was sie von zu Hause gewohnt war: Sie kam von einem Bauernhof, in dem die Wände im Winter mit Eis bedeckt waren, weil es keine Öfen gab.[8]

Die unterschiedliche Herkunft relativiert wohl Kälteempfinden und Leidensdruck. Schließlich hatte man es bei den Frauendorfers im Forsthaus stets schön warm, verfügte man doch über Holz in Hülle und Fülle. So war Marlen im Vergleich mit den anderen Mädchen sicher ein wenig verwöhnt, nicht zuletzt durch die Kochkünste ihrer Mutter. Und kein anderes Kind ihrer Klasse war – bei aller mütterlichen Fürsorge – in so großer Freiheit aufgewachsen. Der kleinen Marlen ›gehörte‹ ja sozusagen ein ganzes Tal, sie durfte auf eigene Faust Ausflüge in den Wald unternehmen. Verglichen damit wurde der Freiraum der Kinder im Internat tatsächlich stark eingeschränkt. Der Tagesablauf war streng reglementiert. Auf das Wecken um sechs Uhr folgte um halb sieben die tägliche Frühmesse in der Klosterkirche, anschließend das Frühstück. Dann gingen die Mädchen über den Hof ins Schulgebäude zum Unterricht. Nach dem Mittagessen absolvierte man einen ein- bis eineinhalbstündigen Spaziergang, selbstverständlich in Zweierreihen, Vorhut und Abschluß wurden von je einer Schwester gebildet. Bis in die achte Klasse ging man in dieser ›Prozession‹ die ganze Linzer Umgebung ab. Am Wochenende fand zusätzlich zur Frühmesse nachmittags ein Segen statt. Und Samstag abends und Sonntag nachmittags stand »Rekreation« auf dem Programm. Aber auch die Freizeit war nicht wirklich frei: Am Sonntag hieß es spazierengehen, in der Gruppe wurde meist ein knapp zweistündiger Marsch zum sogenannten Marienheim unternommen, einem Gut des Ordens im Vorort Urfahr, wo die Mädchen mit einer guten Jause und einem großen Garten zum Spielen für die Mühen des Weges belohnt wurden. Bei Regen versammelte man sich im Studiersaal, wo einige Theater spielten, andere zuschauten und wieder andere lasen. Während der täglichen Studierzeiten und abends im Schlafsaal galt »Silentium«, also strengstes Schweigegebot. Die ›richtige‹ Körperhaltung, das ›richtige‹ Benehmen, Sauberkeit, Ordnung und eine tadellose Erscheinung wurden gepredigt und immer wieder eingemahnt. Einen Tadel hatte der Zögling mit gesenktem Blick demütig zur Kenntnis zu nehmen. Natürlich durfte niemand das Kloster ohne Aufsicht verlassen.

Der Unterschied zwischen Marlen Haushofers Selbstbeschreibung und der Wahrnehmung durch die anderen muß keinen Widerspruch bedeuten. Marlen ist ihren Klassenkameradinnen wohl so in Erinnerung geblieben, wie sie sich die meiste Zeit über verhalten hat – ihr erstes, aufmüpfiges Jahr, von dem vor allem ihre autobiographischen Werke zeugen, mag auf diese Weise in Vergessenheit geraten sein. Daß Marlen Haushofer sich ihre Verzweiflung und ihre Niedergeschlagenheit auch später nicht anmerken ließ, paßt zu dem Stolz eines Kindes, das sich zum Weinen unter dem Kopfpolster versteckt und auch zu Hause gegenüber den Eltern sein Heimweh verschweigt. Dabei dämonisierte sie in ihren Berichten vom Klosterleben die Nonnen keineswegs: Sie sind nicht »herzlos«, sondern »wohlwollend«. Nicht sie sind die Feinde des Mädchens, sondern die Gesetze und Regeln, die sie zu vollziehen haben. Elisabeth, die Heldin des Romans *Eine Handvoll Leben*, bemerkt allerdings gewisse Schwankungen im Verhalten der Schwestern ihr gegenüber. Im nachhinein erklärt sie deren zeitweilige Verhärtung damit, daß die Nonnen vielleicht erkannt hätten, »wie ungerecht es war, dieses schwierige Kind im Herzen den Mustermädchen vorzuziehen«. Um der Versuchung zur Milde nicht zu erliegen, hätten sie daher auf besondere Härte gesetzt. Der »Widerspruch von harten Regeln in den Händen mehr oder minder gütiger Frauen« fasziniert Elisabeth, sie nimmt dahinter eine Gewalt wahr, die sie Mitleid mit ihren »unfreiwilligen Kerkermeisterinnen« haben läßt. Die unpersönliche Freundlichkeit der Schwestern, die getrennt von den Kindern in Klausur leben, ihr Über-den-Dingen-Stehen, die dauerhafte Zufriedenheit, die sich in ihren Gesichtern spiegelt, wirken auf das Mädchen geradezu provokant. Sie »sahen aus, als hätten sie eben einen Löffel Wermut geschluckt und seien froh, ihn unten zu haben. Wann aber schluckten sie die Bitternis und worin bestand sie?« Mit Zuwendung und echter Anteilnahme scheinen sie allzu sparsam hauszuhalten. Elisabeths Eifersucht gilt einem übermächtigen Rivalen: Die katholische Ordensfrau betrachtet sich als ›Braut Christi‹, ihm ist sie versprochen, seinen Ring trägt sie als Zeichen ihres Bundes am Finger, er allein hat Macht über sie. Die Vorstellung, sich einem Stärkeren ganz anheimzugeben, in seinem größeren Willen willenlos aufzugehen und sich vor dem Trubel der Welt in eine Zelle zu flüchten, hat für die Schülerin durchaus etwas Verführerisches. Zugleich weiß sie jedoch nur zu gut, daß Unterordnung ihre Sache nicht ist.[9]

Die katholische Erziehung im Pensionat der Ursulinen bedeutete für die junge Marlen Frauendorfer zwar nichts grundlegend Neues, aber sie stellte in ihrer allumfassenden Durchdringung des Alltags und in der Inbrunst ihrer Ausübung doch eine Steigerung der mütterlichen Bemühungen dar. Gerade weil im Kloster ununterbrochen von Glaubensdingen geredet wurde, war Religion im privaten Gespräch der Schülerinnen kein Thema. Marlen soll jedoch in der Oberstufe, etwa in ihren Deutschaufsätzen, eine von der offiziellen Linie abweichende Haltung zu vertreten begonnen haben. Als Erwachsene deklarierte sie sich als Atheistin. Demnach gehört sie also zur Heerschar derjenigen, denen just die konfessionelle Erziehung den Glauben ausgetrieben hat. Der Grund für ihren Glaubensverlust liegt aber vielleicht doch tiefer. Dieser war wohl nicht einfach eine ›allergische‹ Reaktion auf den Internatsdrill, sondern eine Folge ihrer zunehmend pessimistischen Weltsicht. Auch war Marlen Haushofers Verhältnis zu den im Kloster vermittelten religiösen Wahrheiten schon damals zwiespältig. Einerseits mußte die katholische Lehre mit ihrer Bildfülle auf ein Mädchen mit einer derart starken Vorstellungskraft verwirrend und verstörend wirken, andererseits war sie ungeheuer anregend. So nimmt die kleine Elisabeth in *Eine Handvoll Leben* die Dinge wörtlich bis zur Absurdität, sie stellt sich bildhaft vor, wie der Böse, eine Art große Kellerassel, von ihr Besitz ergreift, wie er in ihr wohnt, wovon er sich ernährt und wie man ihn wohl wieder herauslocken könnte. Da sie dazu neigt, zur unbelebten Welt eine höchst lebendige Beziehung aufzubauen, widmet sie sich voller Hingabe den vielen Heiligenstatuen und -bildern im Klostergebäude. Den heiligen Aloysius mit seinen Lilien findet sie schön und küßt ihn heimlich auf den gemalten Mund. Vom heiligen Judas Thaddäus fühlt sie sich abgelehnt. Das Jesuskind, das zur Weihnachtszeit im Kreuzweg steht und so »verschmitzt« lächelt, liebt sie und versucht es zum Sprechen zu bringen. Gern hat sie auch den Märtyrer mit dem schwierigen Namen, der als Reliquie in der Kapelle in einem Glassarg liegt und dessen Knochen sie gerne Bein für Bein vom Staub säubern würde.[10]

Gar nicht anfreunden kann sich Elisabeth jedoch mit dem Bild des Gekreuzigten:

> »ER hing an der Wand des Kreuzganges und sah auf sie nieder, wenn sie in den Schlafsaal ging, und ER wußte es, daß sie ihn häßlich fand und gar nicht ansehen mochte. Und sie sollte IHN doch ansehen, täglich und ganz genau, um sich seine Leiden vor Augen zu führen und einzuprägen. Aber selbst wenn sie sich dazu überwand, mischte sich in ihr Mitleid schrecklicher Widerwille gegen seine verrenkten Arme, die blutende Herzwunde und die starrende Dornenkrone.«[11]

Der Gekreuzigte wird für das Mädchen zur Schreckensgestalt, es stellt sich vor, er sei vom Kreuz heruntergestiegen und warte vor seiner Tür. Für Elisabeth läßt das demonstrative Leiden Christi all die Kirchenlieder von Liebe und Freude unglaubwürdig erscheinen. Und in der Erzählung *Das fünfte Jahr* (1952) macht auch die kleine (eben im »fünften Jahr« stehende) Marili ihre unliebsamen Erfahrungen mit Christus am Kreuz. Dem Gemälde in ihrem Zimmer, das die Szene auf Golgotha darstellt, dreht sie beim Abendgebet immer den Rücken zu. Der Gott, zu dem sie mit Freuden betet, ist »alt und freundlich, ein entfernter und mächtiger Verwandter ihres Großvaters«. Dieser »liebe Gott« sorgt für alles, was Marilis Welt ausmacht. »Sie konnte nicht begreifen, wozu der große, nackte Sohn Gottes gut sein sollte« – hier handelt es sich nicht nur um eine Frage mangelnder Kompetenzen, dieser Gekreuzigte hat auch etwas Bedrohliches. Er tritt aus dem Bild heraus und belastet das Kind durch sein vorwurfsvolles Schweigen. Die Großmutter hat Marili erzählt, daß Christus den Tod am Kreuz »für unsere Sünden« erlitt, aber sie weiß nicht, was Sünden sind. Die Großmutter vertröstet sie auf später: »Für alles Böse, was du einmal tun wirst, hängt er am Kreuz.« Gutgemeinte Erklärungen dieser Art sind nicht gerade dazu angetan, eine Kinderseele zu erleichtern. Vor dieser Verstrickung in zukünftige Schuld muß Marili kapitulieren, kann sie nur auf Gnade hoffen: »bis ich groß bin und viele Sünden habe, dann werd' ich dich immer anschauen beim Abendgebet. Nur jetzt laß mich wieder einschlafen, ich bin ja noch klein.«[12]

Der gute Himmelvater der kleinen Marili ist unverkennbar derselbe, den die kleine Meta in *Himmel, der nirgendwo endet* mit dem sagenhaft gütigen, Geschichten erzählenden Großvater verwechselt. Neben diesem Gottesbild können Christus und die Muttergottes nicht bestehen. Der Kinderglaube zeigt sich aber schon früh – und unabhängig von der Klostererfahrung – erschüttert:

> »Für sie hat es immer nur Gottvater gegeben. Und der ist jetzt nicht mehr, was er einmal gewesen ist: ein großer alter Mann in einem weiten Radmantel, der sie auf die Arme nimmt und in einem riesigen Obstgarten unter einem hohen weißen Himmel auf und nieder wiegt; Stille, Weisheit und eine Klarheit, in der es keine dunklen Winkel gibt, das Ewige Licht.«

Die Ursache für alle Zweifel an Gott liegt für das Mädchen im Skandalon des Todes. Daß Lebewesen sterblich sind, empfindet Meta als eine empörende Tatsache, als ein Versagen des Schöpfers, der doch laut Katechismus allgütig, allwissend und allmächtig ist.

> »Und doch schaut er zu, wie die Schweine geschlachtet werden, und er sieht die Rehe steif und blutig im Schnee liegen. Er (...) tut gar nichts gegen die Gespenster. Entwe-

> der ist er allgütig und allmächtig, aber nicht allwissend oder allgütig und allwissend, aber nicht allmächtig. Es gibt noch eine dritte Möglichkeit, aber die will Meta gar nicht in Erwägung ziehen.«[13]

Diese dritte Möglichkeit ist wohl noch nicht die, daß Gott womöglich gar nicht existiert, sondern daß er zwar allwissend und allmächtig, aber nicht allgütig sein könnte. Eine Frage, die Marlen Haushofer in ihrem literarischen Werk, ausgesprochen oder nicht, immer wieder stellt. Ob sie diese Probleme der ›Theodizee‹ nun wirklich schon in der Volksschulzeit nach allen Regeln der theologischen Kunst für sich diskutierte, läßt sich nicht entscheiden, es ist aber anzunehmen, daß ihre existentielle Verunsicherung tiefer ging, als das ein katholisches Klosterregiment allein hätte bewirken können. Die Allgegenwart des Todes im Hause des Försters mag da eine ebenso wichtige Rolle gespielt haben, zumindest hat Marlen Haushofer diese Erfahrung ihrer fiktiven Försterstochter Meta zugeschrieben: »Die Todesschreie der Tiere machen den weißbärtigen Vater zu einem hilflosen Gott.« Meta weiß, wenn er die Tiere nicht vom Tode erretten kann, kann er auch den Menschen nicht helfen. Sie »trauert um den lieben Gott, um das schöne Licht, das immer weiter von ihr zurückweicht«, und sie spürt eine »große Verlassenheit«.[14]

Gottes Tod hängt also mit dem der Tiere zusammen. Meta sieht, was passiert, wenn ein Schwein geschlachtet wird. Sie hält sich zwar währenddessen im Zimmer die Ohren zu, um die Todesschreie nicht hören zu müssen, aber dann betrachtet sie den Kadaver im Trog und kann es nicht fassen: »Wohin ist das Leben aus dem Schwein gegangen? Die blaßroten Fleischstücke erinnern nicht mehr an das lustige quiekende Geschöpf, dem Meta den Rüssel gestreichelt hat.« Wenn die Frauen die Gedärme des Schweins im Bach auswaschen, denkt das Mädchen, daß es »innen genauso aussieht wie das Schwein und wohl auch nicht besser riecht«. Meta sieht so mit eigenen Augen, wie Leben vernichtet wird, wie ein Geschöpf den Weg alles Irdischen geht und wie armselig, ja ekelerregend seine Überreste sind.[15]

Diese Lektion hat Konsequenzen. Dem kleinen Bruder erzählt Meta zum Trost, das Schwein oder vielmehr seine Seele sei nun im Himmel: »Sie weiß, das ist eine Lüge; auf dieses Todesröcheln kann kein Himmel folgen. Das ist etwas ganz und gar Endgültiges.« Neben diesem Bild verblassen die Tröstungen der Religion. Das ewige Leben, die unsterbliche Seele, an die Metas Mutter unerschütterlich glaubt, erscheinen der Tochter nicht mehr wirklich vorstellbar – und auch kaum tröstlich. Sieht sie die Würmer in der Jauchegrube, muß sie denken: »Auch sie werden einmal die Würmer fressen. Aber sie kann es einfach nicht glauben.« Der Tod ist unfaßbar, empörend, allgegenwärtig. Ihr Vater spricht nicht darüber, und ihre Mutter hält alle Männer für Feiglinge, die glauben, dem Tod durch Nicht-darüber-Reden entkommen zu können.[16]

Nicht nur die kindlichen Figuren in Marlen Haushofers Werk kennen diese Erschütterung über die Ohnmacht des Glaubens angesichts des Todes. Auch die Gymnasiastin Elisabeth erleidet mit siebzehn, achtzehn Jahren nächtens regelrechte Anfälle von Todesangst, Panikattacken mit Schweißausbrüchen und Herzrasen – nicht aus Furcht vor der Hölle, wie sie weiß: Es ist das »panische Entsetzen des Körpers und der Seele bei der Vorstellung, einmal aufhören zu müssen«. Zu dieser Vorstellung gehört zwangsläufig auch der verwesende Leib, sein Gestank: »Gott selbst mußte zurückschaudern vor dem, was von seinen Geschöpfen übrigblieb.« Ihre Versuche, zu diesem Gott zu beten, müssen scheitern – er ist für sie der Unterlegene, und nicht der Überwinder des Todes: »Klar und deutlich wußte sie in diesen Minuten, daß dies die einzige Wahrheit war und alles andere nur Lüge und Flucht. (...) Es gab keine Liebe, die größer war als der Tod.«[17]

In diesen buchstäblich bis ans Mark gehenden existentiellen Krisen sucht das Mädchen Halt in der Schule – wie auch Marlen Haushofer selbst. Denn für Meta wie für Elisabeth bedeutet der Unterricht, vor allem in der ersten Zeit, den einzigen Lichtblick in der Finsternis des Internats. »Ein Hauch von Sicherheit ging von ihren Heften und Büchern aus. Das war die Welt, in der alles mit rechten Dingen zuging.« Schon rein äußerlich ist es in den Schulräumen wärmer, weil man dort besser heizt. Doch Elisabeth wird auch von einem inneren Feuer ergriffen, einer Mischung aus brennendem Wissensdurst und glühender Neugier. Da sind die »rätselhaften Wesen«, die sie unterrichten, die Professoren, die Elisabeth gespannt beobachtet und die sie am liebsten beschnuppern und angreifen würde. Und da sind die aufregenden Dinge, die sie im Unterricht zu hören bekommt und wie ein Schwamm in sich aufsaugt: »Sie wollte alles wissen, alles hören, sehen und erfahren. Sie saß freiwillig in der ersten Bank, um nur ja dicht an der Quelle zu sein.« Das Klassenzimmer wird zum Zufluchtsort vor den Bedrängnissen des Klosterlebens, ihre Lehrer fallen für die Schülerin unter die Kategorie Geschichtenerzähler. »Ganz benommen von den vielen Neuigkeiten tauchte sie zu Mittag mit brennenden Ohren aus dieser Welt auf, die für sie eine Fortsetzung der dicken Märchenbücher war.«[18]

Auch Marlen Haushofers anderes Spiegelbild, die sonst gar nicht so mustergültige Meta aus dem Kindheitsroman, ist in der Schule ein Star. Die Lehrer schätzen sie wegen ihrer »plötzlichen Anfälle von Gescheitheit«. Was dann aus ihr heraussprudelt, ist nicht das Resultat gründlichen Nachdenkens, es kommt ihr vielmehr vor, »als habe ein viel Gescheiterer ihr etwas eingesagt«. Meta befürchtet, diese Einflüsterungen könnten einmal ausbleiben, aber sie hat auch schon gelernt, daß in der Schule ein guter Ruf ein ebenso langes Leben hat wie ein schlechter. Das tröstet sie, vor allem weil sie mit der Mathematik auf Kriegsfuß steht.[19]

Allerdings verlief das schulische Leben der Autorin nicht immer ganz reibungslos. In der Erzählung *Die Kirschen* schildert Marlen Haushofer eine Episode aus dem Religionsunterricht, der wohl ein reales Erlebnis zugrunde liegt. Sie gibt einen Einblick in die an einer Klosterschule herrschenden strengen Sitten: In der zweiten Klasse des Gymnasiums beginnt die Ich-Erzählerin aus Langeweile während des Diktats des Katecheten die Wörter, die sie schreibt, verschwenderisch mit Rechtschreibfehlern auszustatten. Als der Lehrer dies entdeckt, ist er über die Maßen empört und schaltet Direktorin und Pensionatsvorsteherin ein. Weil die Übeltäterin vor versammelter Klasse nicht einräumen will, die orthographische Verstümmelung aus Dummheit begangen zu haben, unterstellt man ihr Bosheit. Sie fällt in Ungnade, wird von den Schwestern wie von den Kameradinnen gemieden, und man stellt ihr gar die Entfernung von der Schule in Aussicht. Diese Drohung wird nach einiger Zeit zurückgenommen: Man habe die Eltern des Mädchens verständigt, sie mögen kommen und es seiner gerechten Strafe zuführen. Die Erzählerin verbringt schlafarme und tränenreiche Nächte und hofft, die Mutter werde erscheinen und die Sache mit ein paar Ohrfeigen und einer Strafpredigt aus der Welt schaffen. »Wie aber, wenn der Vater selber kommt?« Ihn, der sie noch nie geschlagen und immer in Schutz genommen hat, würde diese Enttäuschung sicher wütend machen. »Ich wußte, wie zornig Vater werden konnte, wenn seine Hunde nicht parierten. Diesmal würde mich sein gerechter Zorn treffen. Vielleicht würde er mich vor allen Kindern züchtigen.«[20]

Tatsächlich holt sie der Vater im Sprechzimmer des Klosters am Sonntag zu einem Ausgang ab. Er sagt kein Wort über ihre Missetat. Sie hat große Angst und traut dem Frieden nicht. Statt einer Strafe spendiert er ein Mittagessen, sie darf zum ersten Mal ins Kino gehen, und vor der Abfahrt schenkt ihr der Vater einen Sack Kirschen. Aus dem Zugfenster ruft er dann: »Ja, was ich noch sagen wollte, so Dummheiten in der Religionsstunde machst du mir nicht mehr, gelt!« Im Kloster teilen zwar die Mitschülerinnen ihr Glück (und die Kirschen), nicht aber die Autoritäten, denen diese Art der ›Bestrafung‹ nicht genügen kann. Die Pensionatsvorsteherin überbringt der Erzählerin die Bedingungen des Katecheten: Sie müsse sich bei ihm entschuldigen und ihm die Hand küssen. Der Handkuß läßt sich trotz allem Betteln nicht abwenden, er wird vom finster blickenden Religionslehrer wortlos entgegengenommen. »Als ich aus dem Zimmer ging, wurde mir auf einmal klar, was der Ausdruck ›sich demütigen‹ bedeutet.« Die sanfte Gewalt des Vaters, seine rechtmäßige und natürliche Autorität hat trotz allem über das unsinnige Strafsystem der Klosterwelt triumphiert. Seine Großmut beschämt und erhebt das Kind, bereitet es aber nicht auf das Erwachsenendasein vor. Später, heißt es am Ende der Geschichte, sei die Erzählerin für ihre

»Dummheiten« immer bestraft worden: »Wahrscheinlich passiert es jedem Menschen nur einmal im Leben, daß er statt Schläge Kirschen bekommt.«[21]

Daß Marlen Frauendorfer in der Klasse eine gewisse Außenseiterrolle gespielt haben könnte, wird von ihren Schulkolleginnen entschieden in Abrede gestellt: Sie gehört stets zu den Besten der Klasse, am meisten beeindruckt sie – naturgemäß – mit ihren Deutschschularbeiten. Kaum steht das Thema auf der Tafel, beginnt ihre Feder zu kratzen, und sie schreibt, als ob ihr jemand diktieren würde, und selbst nach dem Läuten der Pausenglocke hört sie nicht auf. Ihre Aufsätze, etwa zum wenig aufregenden Thema Frühling, werden denn auch oft gelobt und der Klasse vorgelesen. Allerdings fällt Marlens besondere Begabung keineswegs allen auf. Sie galt zwar als gescheit, aber sie »lief so mit der Schar mit«.[22]

In dem Typ des Realgymnasiums, den sie besuchte, wurde Latein erst ab der fünften Schulstufe unterrichtet, als lebende Fremdsprache stand Englisch auf dem Lehrplan. Die einzigen Schwierigkeiten machte der zehnjährigen Marlen Frauendorfer aber die Mathematik: Schon in der ersten Klasse verpatzte ihr ein ›Genügend‹ in diesem Fach ein mögliches Vorzugszeugnis. Das Notensystem bestand damals nur aus vier Stufen: ›Sehr gut‹, ›Gut‹, ›Genügend‹ und ›Nicht genügend‹. Am Ende der zweiten Klasse gelang dann der ›Vorzug‹, und auch in den weiteren Zeugnissen stand ihm – selten, aber doch – immer nur die Mathematik im Wege. So hatte Marlen in der fünften Klasse etwa acht ›Sehr gut‹, und zwar in Betragen, Religion, Deutsch, Englisch, Geschichte, Geographie, Naturgeschichte und Chemie, und nur drei ›Gut‹, in Mathematik, Latein und Turnen; sie war somit »Zum Aufsteigen in die nächste Klasse vorzüglich geeignet«. Da standen dann neun ›Sehr gut‹ im Zeugnis, auch eines im neuen Fach Physik sowie zwei ›Gut‹. In Mathematik bekam sie jedoch wieder nur ein ›Genügend‹: Der Mathematikprofessor, der durchaus widersinnig Dr. Ohnmacht hieß, ein großer, stattlicher Mann, war auch noch der meist gefürchtete Lehrer der Klasse, der auf stures Auswendiglernen Wert legte. In den Zeugnisformularen dieser Jahre nannte man die Schülerin, in leichter Abwandlung des Taufnamens, bald »Marie

Helene«, bald »Marie Helena«. Ihre Klassenkameradinnen riefen sie Marlen, sie selbst unterschrieb aber auch mit »Marlene«.[23]

In einer Vorfassung des Romans *Die Wand* resümiert Marlen Haushofer in einer stark autobiographischen Passage mit der Beschreibung der Schulzeit der Erzählerin auch die eigene: Ihre ganze Bildung sei »dilettantisch«. Man habe ihr nur in der Volksschule etwas Nützliches beigebracht. Sie sei in der Mittelschule eine gute Schülerin gewesen, habe jedoch nie einen lateinischen Text fließend übersetzen können. Französisch könne sie schwer, Englisch gut lesen, beides nicht sprechen. Die Mathematik sei ihr immer »zuwider« gewesen, und alles, was ihr je über Logarithmen beigebracht worden sei, habe sie sofort wieder vergessen. Ähnlich sei es mit Jahreszahlen gewesen: »Ich hab sie vor jeder Prüfung auf meine Fingernägel geschrieben und so ist es auch gegangen.« Die Naturwissenschaften hätten sie sehr wohl interessiert, doch da habe der Unterricht zu wünschen übrig gelassen. »Das einzige was ich in der Mittelschule gelernt habe, war nachzudenken vor einer Arbeit und mit möglichst geringem Aufwand an Fleiß möglichst gute Noten zu erreichen. Ich bin überzeugt, daß ein einziger gebildeter Mensch mir in vier Jahren mehr beigebracht hätte als 20 Lehrer in acht Jahren.«[24]

Abgesehen davon, daß die Autorin, die im Gymnasium nur Englisch lernte, sich mit ihren Bemerkungen über den Französischunterricht eine dichterische Freiheit erlaubt hat, scheint es sich hier um einen wirklichkeitsgetreuen Befund zu handeln. Er spricht weniger gegen die Qualität der Schule von St. Ursula als für Marlen Haushofers schonungslos selbstkritische Haltung. Von der Wißbegierde und dem Lerneifer der Anfangszeit ist hier nicht mehr die Rede. Das Bild der äußerlich ruhigen, ernsthaft interessierten, manchmal aber auch unbeschwert fröhlichen Schülerin entsprach ja von den ersten Schuljahren an nur der Oberfläche ihres Charakters. So stellt sich auch Elisabeth in *Eine Handvoll Leben* die ordentliche Welt der Schule als saubere und glatte Ummantelung ihrer Seele vor: »Gerade wie die Erde, von der sie in der Geographiestunde gehört hatte, daß sie nur außen eine feste, sichere Kruste habe, innen aber feurig und ungebärdig sei.« Wie die »wilde Erdenkraft« im Vulkanausbruch ans Licht drängt, so »brachen auch aus Elisabeth von Zeit zu Zeit Tränen, Schreie und Verwünschungen«.[25]

Kein Wunder also, daß viele Mitschülerinnen nur die solide Oberfläche der Marlen Frauendorfer wahrnahmen und die offenbar immer seltener werdenden Ausbrüche nicht im Gedächtnis behielten. Nicht einmal bei den harmlosen Streichen, die zum Leben im Internat nun einmal gehören, galt sie als Rädelsführerin. Ihre Freundin Elli Trenkler gesteht ihr zwar zu, hier die besten Ideen gehabt zu haben. Andere Kameradinnen können sich jedoch nicht daran erinnern, daß Marlen sich beim Aushecken besonders hervorgetan hätte.

Die Streiche waren der Toleranzgrenze eines Mädchenpensionats angemessen. Man spielt zum Beispiel ein Spiel, zu dem als Requisit ein Teller mit Mehl gehört. Einige Mädchen husten kräftig, sodaß die aufsichthabende Schwester die Mehlwolke ins Gesicht geblasen bekommt. Weil die Täterinnen nicht verraten werden, müssen alle zur Strafe immer wieder niederknien. Andere Unbotmäßigkeiten waren von ähnlicher ›Brisanz‹: Marlen will die Schule schwänzen und weißt sich das Gesicht mit Kreide, um richtig krank auszusehen – es gelingt ihr, der Schwester einen tüchtigen Schrecken einzujagen. Das strenge Schweigegebot im Schlafsaal wird natürlich gebrochen, sobald die Mädchen allein sind. Dann veranstalten sie Polsterschlachten oder knoten Leintücher zusammen und verwenden sie zum Schaukeln. Marlen und ihre Bettnachbarin Gerti erzählen einander ihre Träume.

Nach ihrer eigenen Aussage schrieb Marlen in ihrer Schulzeit auch, »nur so für mich, Geschichten, Gedichte und sehr merkwürdige Romankapitel, die ich leider, wie so vieles aus dieser Zeit, verloren hab'«. An Gedichte ihrer Freundin erinnert sich auch Gerti Semler – die Verse, die Marlen ihr 1935 ins Stammbuch schrieb, klingen nicht selbstverfaßt, sind aber bezeichnend: »Der Ähre Preis erschallt / wenn sie geschnitten / Des Helden wenn er Wunden sich erstritten. / Was willst du Herz mit deiner Sehnsucht Fülle? / Du hast genug erreicht wenn du gelitten.«[26]

Es gibt allerdings ein Gebiet, auf dem Marlen sich im Internat einen besonderen Ruf erwirbt: Einigen Mädchen ist es zu langweilig geworden, am Wochenende bei Regen zu lesen oder Matratzenburgen zu bauen. Im Winter 1933, in der dritten Klasse, beginnen sie, im Studiersaal Theater zu spielen. Die Pulte werden zusammengerückt und dienen als Bühne. Die Schülerinnen der anderen Klassen bilden ein dankbares Publikum. Von Marlen geht meist die dramatische Idee aus, gemeinsam mit Elli und Hilde aus Wien ist sie ›federführend‹ bei der Entwicklung der Plots. So entstehen Stücke mit Titeln wie »Der Lausbub in Hinterindien« oder »Die rosa Seidenbluse«. Sobald die Stegreif-Handlung feststeht, werden die Rollen verteilt. Marlen übernimmt nie eine Hauptrolle, am liebsten hat sie überhaupt stumme Rollen. So gibt sie einmal eine taubstumme Alte, ein anderes Mal geht es darum, wer in einem Stück den Hund spielen soll.

Eine Schulkollegin erinnert sich: »Marlen war sofort begeistert und rief ›Der Hund bin ich‹. Wir kostümierten sie mit allen erdenklichen schwarzen Wollsachen, und sie hüpfte zu unserem großen Vergnügen munter auf der Bühne herum. Dem Hund fehlte nach unserer Meinung aber noch sein Schwänzchen. Aus schwarzen Strümpfen drehten wir es und befestigten es mit einer Sicherheitsnadel an der richtigen Stelle. Der Theaterabend war ein großer Erfolg, und Marlen hüpfte und lief zum Gaudium der Mädchen, bis sie außer Atem war. Die Schwester, die als Aufsichtsperson in der ersten Reihe saß, kam auf die Bühne und untersagte die weitere Aufführung. Wir waren entsetzt. ›Warum nur?‹ wollten wir wissen. Das Stück sei nicht geeignet, und es sei unkeusch. Die Hüpferei und das Wackeln mit dem Schwänzchen seien in unserer Schule unmöglich. Betrübt zogen wir ab.«[27]

Wie man sieht, kann man auch aus einer stummen Rolle eine Hauptrolle machen. Die Episode zeigt nicht nur, wie ausgelassen und unterhaltsam Marlen sein konnte: Es ist sicher kein Zufall, daß sie sich gerade so für die Rolle des Hundes zu begeistern wußte. Die kleine Meta/Marlen sah im unfolgsamen Jagdhund Schlankl den eigenen Freiheitsdrang gespiegelt: Er verkörperte all das Ungestüme, Ungezügelte und Lebendige des Waldkindes. Und die Jagdleidenschaft des Hundes erwies sich als ein Trieb, der sich selbst durch drakonische Strafen nicht unterdrücken ließ. Die triebhafte Vitalität des Tieres steht damit natürlich auch für eine von jeder moralischen Fessel ungehemmte, ganz und gar unschuldige Sexualität. Die Schwester, die Marlens Hundevorführung mitverfolgte und als Spielverderberin einschritt, hat die untergründige Bedeutung des munteren Treibens verstanden. Die auf der Bühne vorgeführte Hemmungslosigkeit war, konsequent betrachtet, tatsächlich eine Gefahr für die klösterliche Moral. Manchmal schossen die Nonnen aber weit übers Ziel hinaus: Weil Marlen einmal in einem Aufsatz die Formulierung »und im Stalle grunzt der Saubär« verwendete, stand sie knapp vor der Relegierung, da man sich darunter bei den Ursulinen nicht die Beschreibung eines Ebers, sondern etwas im übertragenen Sinne ›Säuisches‹ vorstellte.[28]

Sexualität und Schwindsucht

Der Umgang katholischer Erzieher mit der Sexualität war für Generationen von Internatszöglingen die prägende Erfahrung ihrer Jugend. Bei Marlen Frauendorfer bewirkte die Disziplinierung des Leibes nicht zuletzt, daß ihr der eigene, einstmals vertraute und geliebte Körper zusehends fremd und verachtenswert erschien. Sicher, auch im Forsthaus waren der Körpererfahrung Grenzen gesetzt: »Meta muß Wolljacken anziehen, wenn es heiß ist, und ihre Zehen, die so gern in feuchter Erde wühlen, werden in harte Schuhe gezwängt. Und sie darf nie tun, was für sie so wichtig wäre, den Dingen auf den Grund gehen.«[29] Trotz dieser Beschränkung des kindlichen Forscherdrangs durch die Großen befindet sich das Mädchen aber noch im Einklang mit seinem Körper. Es fühlt sich wohl in seiner Haut und entdeckt die Welt mit allen Sinnen, wobei dem Begreifen und dem Riechen eine besondere Bedeutung zukommt: Das Streicheln des bemoosten Lieblingssteins, der Duft der mütterlichen Wange und der väterlichen Pfeife, der Geruch des Lysols im Bücherkasten, des frischen Schweinebluts am Schlachttag, der Gestank der Jauche – die sinnliche Erfahrung gibt der Welt Kontur und prägt sich tief ins Gedächtnis des Kindes ein. Ihr Körper läßt Meta auch später nicht im Stich, als sie verbotenerweise auf Bäume und Felsen klettert.

Im Internat jedoch – so beschreibt es Marlen Haushofer wiederum an Elisabeth – wird der fremde Zugriff auf den Körper schmerzhafter. Das beginnt bei den Füßen: »Es gab im Winter schwarze Schnürschuhe und im Sommer schwarze Halbschuhe und nur während der Ferien Sandalen, auf die sie sich das ganze Jahr freute.« Während das Barfuß-Gehen für das Mädchen den Inbegriff von Freiheit, Naturnähe und Bodenhaftung bedeutet, strahlen die in hartes Leder gezwängten Kinderfüße »ihr Unglücklichsein bis in den Kopf aus«. Körperlich zuwider sind Elisabeth außerdem »kratzende Wollstrümpfe und Wolljacken, die rauhen schweren Kleider auf Schultern und Armen, die schlenkernden Röcke und Unterröcke, enge Kragen, (...) das schlechte Essen, die Kälte und hundert abscheuliche Gerüche.« Elisabeth empfindet Nase und Magen als kommunizierende Gefäße. Sie hat überhaupt das Gefühl, eine Art Gliederpuppe zu sein, deren Teile untereinander auf nicht ganz geheure Weise verbunden sind. Eine punktuelle Störung erfaßt im Nu das gesamte System: »Der Körper, der sich (...) nicht wohl fühlte, wurde mürrisch und eine Last.« Zwischen der »Traurigkeit des Körpers« und der Depression kommt es zur Wechselwirkung.[30]

Die einzige Gelegenheit zu echter Körperpflege bietet einmal wöchentlich das Bad »hinter weißen Vorhängen«: »Aber selbst dabei mußte sie das Hemd anbehalten, um sich nicht selbst zu sehen. Manchmal, wenn Schwester Rosina sich am anderen Ende des Badezimmers beschäftigte (...), zog Elisabeth das Hemd aus und gab sich ganz der sanften, trägen Wärme hin.« Die Zeit in der Badewanne gehört zu den seltenen Momenten im Internatsleben, in denen Privatheit und ungestörte Selbstbetrachtung möglich sind:

> »Ihr dünner Kinderleib lag perlmuttfarben im Wasser, durchzogen von feinem blauem Geäder. Sie betrachtete ihn neugierig und im Wissen, eine Sünde zu begehen, denn dieser Leib war böse und nicht wert, angesehen zu werden.

> Dann fühlte sie wohl heimliches Mitleid und Zärtlichkeit für den Verworfenen und Ausgestoßenen und strich mit den Fingerspitzen leicht über die Innenfläche des Armes. Dabei war ihr sehr beklommen zumute, aber sie kam nicht darauf, die Unordnung anderswo als in ihrem eigenen Herzen zu suchen.«[31]

Erst als sie erwachsen ist, gelingt es der Romanheldin, die »Unordnung« in der klösterlichen Ordnung der Dinge zu orten. Daß der eigene Körper als der Sitz der bösen Lüste als Feind zu betrachten sei, hat man den Kindern in den zwanziger und dreißiger Jahren des 20. Jahrhunderts im christlichen Abendland auch außerhalb der Klostermauern noch ohne Bedenken beigebracht. Der in der Gesellschaft gültige Moralkodex mag zudem in den Händen von erziehenden Nonnen eine gewisse Radikalisierung und Zuspitzung erfahren haben. In einem Punkt aber übertreibt hier die sonst so wirklichkeitsgetreue Chronistin etwas: Beim von den anderen getrennten Bad in der Blechwanne durften sich die Mädchen sehr wohl ganz ausziehen – obwohl man ihnen das Anbehalten des Hemdes nahelegte. Es war dies eine in der katholischen Internatserziehung durchaus übliche Verhaltensmaßregel, die allerdings noch für den vorangehenden Jahrgang im Pensionat St. Ursula gegolten hatte. Nun aber gab man sich damit zufrieden, wenn ein Mädchen etwa erklärte, auch zu Hause nackt baden zu dürfen. Die Pflege des Körpers litt trotzdem unter der verordneten Schamhaftigkeit: Die Mädchen zogen sich die Unterwäsche in der Früh unter der Bettdecke an und legten sie zum Waschen am Waschtisch – mit Krug, Schüssel und kaltem Wasser – nicht ab.

Ein bald vernachlässigter, bald argwöhnisch betrachteter Körper rächt sich und beginnt Schwierigkeiten zu machen. Marlen, die ja zudem insgeheim an starkem Heimweh litt, war häufig krank. Schon in den autobiographischen Berichten aus der früheren Kindheit ist immer wieder von Fieberanfällen und schweren Krankheiten die Rede. Die kleine Marili in *Das fünfte Jahr* erleidet nach einem verstörenden Erlebnis eine Krise, die sich als Fieber mit wilden Träumen äußert. Meta in

Himmel, der nirgendwo endet ist »anfällig für Erkältungen und bekommt wegen jeder Kleinigkeit hohes Fieber«. Psychosomatisch gedeutet ein klarer Fall: Wer krank wird, erzwingt sich die Pflege. Kränklichkeit und häufige, langwierige Erkrankungen sind nach dieser Logik auch Beweis dafür, wie stark der Betreffende noch an die Mutter gebunden ist. Und siehe da: »Wenn Meta ihre Fieberanfälle hat, darf sie in Mamas Bett liegen. Es ist ganz schön, manchmal ein bißchen krank zu sein. Mama ist dann wie verwandelt; eifrig und liebevoll bringt sie Weinchaudeau und Biskotten herbei.« Die Brust- und Halswickel der Mutter sind für Meta zwar eine »Bedrängnis«, aber von ihrer sonst so oft vermißten Liebe läßt sie sich doch gern einwickeln. Während sich die Mutter von ihrer sanftesten Seite zeigt, scheint der Vater als Krankenpfleger hingegen wenig zu taugen. Er, der die Sphäre der Krankheit am liebsten meidet, wird am Bett der Tochter unruhig. Meta versteift sich nicht auf seine Anwesenheit als Beweis seiner Liebe, sondern beurlaubt ihn großzügig. Das Krankenzimmer ist das Reich der Mutter.[32]

Auch Elisabeth ruft im Kloster während ihrer Fieberalpträume nach der Mutter. An deren Stelle sind nun aber die Schwestern getreten: Die Pflege im Krankenzimmer des Internats verlangt ihnen mütterliche Barmherzigkeit und besondere Zuwendung ab. Die Kranke selbst zögert nicht, seelische Gründe für ihre scheinbar so ›handfesten‹ Krankheiten zu vermuten – auch Marlen Haushofer war dieser Zusammenhang also offenkundig bewußt:

> »Niemand wußte, woher das plötzliche Fieber kam, nur sie selbst fand es ganz richtig und natürlich so. Wenn sich zuviel Zorn, Trotz und Heimweh in ihr aufgestaut hatten, brach es als Fieber heraus. Es mußte ja so sein, denn nachher fühlte sie sich schwach, leer und geduldig und mied jede Versuchung. Sobald sie aber etwas kräftiger war, kam der Teufel zurück, und sie verfiel ihm von neuem.«[33]

In dieser Selbsterkenntnis schreibt Marlen Haushofer das Bild von der vulkanischen Explosion fort: Dem unkontrollierbaren

Gefühlsstau entspricht die Hitze des Fiebers so wie das glühende Magma im Erdinneren. Zugleich wird der Krankheit – ganz nach der christlichen Tradition – eine reinigende Wirkung zugedacht: Elisabeths moralische Nöte, ihr Pendeln zwischen Versuchung und Entsagung, Sünde und Läuterung, Befleckung und Katharsis, erhöhen den inneren Druck, der sich von neuem entladen muß.

Marlen Haushofers Kinderkrankheiten waren aber nicht nur harmlos. Wenn Krankheiten symbolisch die inneren Konflikte eines Menschen darstellen, dann läßt sich an der Schwere der Erkrankung die Heftigkeit der Begierde ablesen, gegen die das Ich Widerstand leistet. Und das Bild des Vulkanausbruchs offenbart, daß in der Psyche dieses Mädchens einiges unterdrückt wird: »Reicht die leichte Form des Unwohlseins nicht aus, um den Konflikt zu lösen oder zu verdrängen, so greift das Es zur schwereren, zum Fieber (...), zur Lungenentzündung (...), zum Krebs und der Schwindsucht, die langsam die Kraft untergraben, und schließlich zum Tode.«[34]

Marlen erkrankte an Schwindsucht. Sie selbst stellte später einen direkten Zusammenhang zu den im Internat aufgetretenen »schwersten Depressionen« her: »Ich wurde ernstlich krank und für ein Jahr aus der Schule genommen.«[35] Dies geschah nach der dritten Klasse Gymnasium, im Herbst 1933. In gewisser Weise hatte sie damit erreicht, was sie wollte. Die Tuberkulose hatte in den dreißiger Jahren immer noch den Status einer gefährlichen Volkskrankheit. Je nach Stadium und Verlauf der Erkrankung können die Tbc-Herde in der Lunge vernarben und abheilen oder, unter Umständen nach Jahrzehnten, noch Erreger aussäen. Die ›offene Tuberkulose‹ geht dann mit Gewichtsverlust, starkem Husten und oft blutigem, bakterienhaltigem Auswurf einher.

Für die pubertierende Klosterschülerin Marlen Frauendorfer könnte die Schwindsucht – die »Sucht zum Schwinden« – die zu ihrem seelischen Zustand passende Krankheit gewesen sein, weil mit ihr symbolisch die sexuelle Begierde schwinden soll.[36] Es handelte sich allerdings bei ihr wohl um einen Primärinfekt, also eine weniger spektakulär und dramatisch verlaufende Form der Tuberkulose. Die Informationen über Marlen Haushofers Leiden sind jedoch eher spärlich. Es läßt sich nur rekonstruieren, daß sie gleich im ersten Schuljahr zu einem längeren Erholungsaufenthalt in ein Kinderheim geschickt wurde – die Tuberkulose-Infektion könnte also bereits früher passiert sein, allerdings ohne daß sie erkannt worden wäre. Im Kinderheim waren nämlich keine akut an Tbc Erkrankten zugelassen.[37] Die ersten Symptome der Krankheit ähneln mit Fieber, Brustschmerzen, Husten und Mattigkeit ja denen einer (übergangenen) Grippe.

Im Winter oder Frühling 1934, in jenem außerhalb des Internats verbrachten Jahr, bekam Marlen dann zu Hause in Effertsbach eine lebensbedrohliche Lungenentzündung. Nachdem sie ein Jahr pausiert hatte, trat sie im Herbst 1934 in die vierte Klasse ein, blieb aber mit ihren ehemaligen Mitschülerinnen im Internat in engem Kontakt. Die Anzahl der krankheitsbedingt entschuldigten Fehlstunden, die in Marlens Jahreszeugnissen aufscheinen, ist beachtlich: Schon in der ersten Klasse waren es 104, in der zweiten gab es einen Rekord mit 286 (und dennoch einen ›Vorzug‹!), dann waren es noch einmal 202 in der sechsten Klasse; nie lag ihre Zahl unter 100.[38]

Das Kindererholungsheim des Landes Oberösterreich, in dem Marlen Frauendorfer während ihrer ersten Erkrankung im Winter 1930/31 etliche Wochen verbrachte, befand sich in Kirchschlag bei Linz, im südlichen Mühlviertel. Der Ort war seit dem 18. Jahrhundert als Bad bekannt und galt mit seinen neunhundert Metern Seehöhe auch als Luftkurort. Vor allem ein Kurgast machte ihn berühmt: Adalbert Stifter hielt sich hier von 1865 an einige Male auf und erhoffte sich davon – vergebens – eine Besserung seines Leberleidens. Ob für Marlen die ideelle Gegenwart des bedeutenden Dichters, der zudem nicht zu ihren Lieblingsautoren zählte, ein Trost war, ist zu bezweifeln: Wenn wir einer Erzählung Glauben schenken, die sich eindeutig mit den Kirchschlager Verhältnissen befaßt, dann war das kranke Mädchen aus der Klosterschule gewissermaßen vom Regen in die Traufe gekommen.[39]

Aus dieser Geschichte mit dem Titel *Die Dattelkerne* läßt sich im Vergleich mit einem Bericht des ärztlichen Heimbetreuers einiges über Marlens gesundheitliche Probleme herausfiltern. Empfohlen wurde der Aufenthalt in Kirchschlag unter anderem für Patienten mit chronischer Bronchitis, wie sie häufig nach Keuchhusten und Erkältungen zurückbleibt. Neben dem rauhen Bergklima sollten sich die »vitamin- und fettreiche Nahrung«, die tägliche Freiluftliegekur in einer gedeckten Liegehalle und mäßige körperliche Bewegung für die lungenkranken Kinder positiv auswirken. Vorgesehen war für Marlen Haushofer ein Aufenthalt von mindestens sechs Wochen. In ihrer Erzählung läßt sie die kleine Susi alle Einrichtungen des Heimes voll auskosten: »Seit sechs Wochen war sie jetzt im Kinderheim und sie hustete immer noch ein wenig.« Susi liegt in der Liegehalle auf ihrer Pritsche, während der Schneesturm um das Bretterdach tobt. »Den ganzen Tag hindurch fürchtete sie sich vor dem kalten Wasserguß, der am Abend ihre mageren Schultern treffen würde, und wenn sie dann frierend im Bett lag, fürchtete sie sich vor der Morgendusche.« Weil die Fenster im Schlafsaal auch nachts offenstehen, erwacht Susi manchmal von Schneeflocken auf ihrem Gesicht. Außer unter Husten leidet das Mädchen unter Ohrenschmerzen, weshalb es zeitweise einen Verband tragen muß.[40]

Die Beschreibung des Kinderheims liest sich in jeder Hinsicht wie ein Haftbericht unter verschärften Bedingungen. Auch für Susi ist die Hölle kein »feuriger Ort«: »Nein, die Hölle war ein großes, weißes Haus, in dem die Sünder alle paar Stunden eiskalt geduscht wurden und in harten, weißen Steinbetten liegen mußten. Und es schneite und fror immerzu in der Hölle.« Wieder machen die kratzenden, dicken Wollstrümpfe die Sache nur schlimmer – und die Ungewißheit: »Sie begriff nicht, warum man sie verstoßen hatte und grübelte jeden Tag in der Liegehalle darüber nach.« Die Eltern schreiben zwar wöchentlich einen Brief, aber wie schon Meta im Internat verdächtigt Susi die Oberschwester der Fälschung. Ernsthaft zweifelt sie an der Existenz ihrer vertrauten Welt: »Irgendwann hatte es einmal eine warme Stube gegeben, ein vorgewärmtes Federbett und einen Küchenherd, in dessen Glut man mit einem Span stochern konnte. Wenn sie es aber festzuhalten suchte, war auch das nicht mehr gewiß.« Ein Gefühl, daß Marlen Haushofer lange beschäftigt haben muß. So berichtet im Roman *Die Wand* die

Ich-Erzählerin, sie habe von Kindheit an wider alle Vernunft unter der »närrischen Angst gelitten, daß alles, was ich sah, verschwand, sobald ich ihm den Rücken kehrte.«[41]

Die Wirklichkeit des Kinderheims, einer Vorzeigeeinrichtung des Landes, war objektiv betrachtet bestimmt weniger schlimm. Mag auch der Tagesablauf tatsächlich zahlreiche Waschungen vorgesehen haben sowie eine fixe Liegezeit von 13 bis 15 Uhr 30, so waren doch auch Spielzeiten und Abendunterhaltungen eingeplant. Die üppige Kost, mit drei Hauptmahlzeiten und zwei Jausen täglich, traf allerdings kaum den Geschmack der kleinen Marlen. Ihre subjektive Sicht spiegelt sich in Susi, die sich einer feindlichen Macht ausgeliefert fühlt und die anderen Kinder für naiv und dumm hält, weil sie wirklich an eine baldige Heimkehr glauben. Immerhin hat sie sich mit zwei größeren Buben angefreundet, in deren Gesellschaft es ihr natürlich besser gefällt »als bei den Mädchen, die sie nicht in Ruhe nachdenken ließen«. Mit ihren beiden Freunden teilt sie die Datteln, die sie eines Tages von ihren Eltern geschickt bekommt und deren Kerne auch den Kern der Erzählung ausmachen: Susi ißt alle fünfundzwanzig Datteln auf einmal und weiß nicht, wohin mit den Kernen. Weil sie in einem modernen Kinderheim ist, gibt es eine Zentralheizung, und man kann sie nicht wie zu Hause in den Ofen werfen. Susi versteckt schließlich die Kerne zwischen den Rohren der Heizkörper und lebt von da an in ständiger Angst vor Entdeckung: »In der Nacht erwachte sie und hörte die Telephondrähte singen, aber bei dem Gedanken an die Dattelkerne wurde ihr glühend heiß.« Die silbernen Rohre könnten sich ja schrecklich verwandeln. Dann würde sie sicher nie mehr nach Hause fahren dürfen. Angst wird auch für diese kindliche Protagonistin zum alles beherrschenden Gefühl, und kein Grund ist dafür zu gering. Als man Susi das Kommen des Vaters für den nächsten Tag ankündigt, kann sie sich nicht freuen, weil sie sich ausmalt, »wie das Hausmädchen von Rohr zu Rohr ging und der Reihe nach alle fünfundzwanzig Dattelkerne fand. Ihre Hände waren feucht vor Angst und sie wäre am liebsten weit fortgelaufen.« Daß sie den Vater aber nicht begrüßt, sondern bei seinem Anblick zu weinen beginnt und sich von ihm abwendet, rührt nicht allein von dieser ängstlichen Anspannung und ihrer Auflösung: Ihr Verhalten richtet sich auch gegen den Vater, der die Tochter durch die Verbannung ins Heim dieser Folter ausgesetzt hat, der es zugelassen hat, daß eine kleine Angst sich für ein einsames Kind zur Existenzbedrohung auswächst.[42]

Die Lungenentzündung, an der Marlen drei Jahre nach ihrer Höhenkur zu Hause in Effertsbach erkrankt, bringt sie tatsächlich in Lebensgefahr: Ins Spital kam man damals als Landbewohner nicht so schnell – so bleibt die Schwerkranke daheim und wird vom Gemeindearzt betreut. Maria Frauendorfer, die sich um sie kümmert, gilt im Tal als medizinisch bewandert, sie verarztet die kleineren Verletzungen der Waldarbeiter und interessiert sich für moderne ›alternative‹ Methoden wie die Lehre des Pfarrers Kneipp. Nun aber vertraut sie nicht mehr auf die Medizin, sondern nur noch auf die Kraft des Glaubens. Als sie um Marlens Leben bangt, bittet sie Therese von Konnersreuth um Fürsprache. Die zeitgenössische Heilige (1898–1962), an der sich nach einer wunderbaren Heilung die blutenden Wundmale Christi gezeigt haben sollen, war eine spirituelle Leitgestalt der Zwischenkriegszeit. Als Marlen die Krise der Krankheit übersteht, ist ihre Mutter felsenfest überzeugt, daß dies einzig und allein dem segensreichen Eingreifen der Therese von Konnersreuth zu verdanken sei.[43]

Es ist wohl diese lebensgefährliche Krankheit, die Marlen Haushofers Erzählung *Die Vergißmeinnichtquelle* ihren Rahmen gibt: »Mit vierzehn Jahren wurde ich plötzlich krank, so sehr, daß der alte Hausarzt mich aufgab und jedermann mit meinem Tod rechnete.« Das Mädchen, von dem sie hier erzählt, hat keine Schmerzen, aber ständig Fieber, und es kann nichts essen. Wenn es hustet, erleidet es immer wieder Erstickungsanfälle, dann klopft es mit einem Stock auf den Fußboden, und die Mutter kommt aus der Küche herauf, um ihm beizustehen. »Auf diese Weise muß ich acht Wochen oder noch länger gelegen sein.« Es ist Frühling. Die Taufpatin kommt aus der Stadt, um von ihrem Patenkind Abschied zu nehmen, und bringt ihm ein Sterbekreuz. Das Mädchen fürchtet sich nicht vor dem Tod. Eines Morgens erwacht es, und das Fieber ist verschwunden.[44]

Die Familie Frauendorfer im Mai 1934 nach Marlens Genesung.

Im Sommer 1934 hielt sich Marlen dann zur Erholung in Bad Hall, nahe Steyr, auf. Dort gab es keine Lungenheilanstalt, man wendete Trink- und Badekuren zur Kreislaufstärkung und Blutdrucksenkung an. Marlen wohnte in einer Diätpension im Schloß und wurde von Verehrern belagert – natürlich in aller Unschuld. Eine gewisse Unnahbarkeit, ein Über-den-Dingen-Stehen war für sie damals Ehrensache. Die Zeit ihrer Krankheit fiel für die Klosterschülerin mit ihrer Pubertät zusammen: Ihr Körper stand zwar im Mittelpunkt der allgemeinen Aufmerksamkeit, aber es ging dabei keineswegs um ihr Geschlecht, sondern um ihre Lunge, nicht um eine natürliche Entwicklung also, sondern um eine körperliche Bedrohung. Für die Familie war Marlen vom Störenfried zum Sorgenkind geworden: »Aber es war mir nach dem Kranksein ein Licht aufgegangen. Ich hatte gelernt, mich nicht mehr gegen alle möglichen Hindernisse aufzulehnen. Mit dem Kopf durch die Wand? Das hatte ich aufgegeben.« Hatte das redegewandte Mädchen früher im Familienkreis oft als Alleinunterhalterin agiert, so zog es sich nun auch hier mehr in sich zurück. Die

Jahre der Krankheit hatten ganz offensichtlich an der Substanz gezehrt. Marlens Vitalität und Widerspruchsgeist waren geschwächt. Und auch wenn sich eine äußere Unbefangenheit später wieder einzustellen schien, so blieb ihr doch eine innere Distanz zu allem sie Umgebenden, das Gefühl, eine erste entscheidende Niederlage erlitten zu haben.[45]

Die Entdeckung der Sexualität wurde der Försterstochter – Marlen wie ihrer Figur Meta – nicht leicht gemacht. Die kleine Meta verfolgt die Geheimnisse des Geschlechts wie alle Kinder mit hartnäckiger Neugierde, doch »steht Mama als Hindernis zwischen Meta und den Leuten aus dem Tal«. Weil diese an die Frau Förster und ihren ausgeprägten Sinn für das Schickliche denken müssen, erhält das Kind auf seine Fragen nur verlegene und ausweichende Antworten. Das meiste, was Meta sich so im Laufe der Zeit zusammenreimt, bezieht sie, Ironie der Bildungsbeflissenheit, aus den ›Klassikern‹ und, was die mütterlichen Absichten noch krasser durchkreuzt, aus der Bibel.[46]

Das Alte Testament kann den verwegensten Büchern in diesem Punkt durchaus das Wasser reichen: »Ein Patriarch schläft sogar mit seiner Schnur.« Meta kann ihre Mutter nicht um Erklärung bitten. So nimmt sie an, »es handle sich um eine Person, die ihr aus den Klassikern als Metze, Dirne oder Buhlerin bekannt ist. Das wäre ja nichts Besonderes, erst daß eine Spagatschnur in die Geschichte verwickelt ist, macht sie völlig rätselhaft und geheimnisvoll.«[47]

Wer auf einem Bauernhof aufwächst und Tiere und ihre Jungen beobachtet, kann von der Aufklärung über die menschliche Fortpflanzung nie ganz unvorbereitet getroffen werden. Biographisch läßt sich dieser Erkenntnisgewinn bei Marlen Haushofer nicht festmachen: Meta in *Himmel, der nirgendwo endet* wird gegen Ende ihrer Volksschulzeit von den anderen Mädchen ›aufgeklärt‹, Elisabeth in *Eine Handvoll Leben* erst in der Unterstufe des Gymnasiums – beide versuchen das Erfahrene möglichst bald wieder ad acta zu legen. Meta ist wegen der »grauslichen Geschichte« zunächst einigermaßen durcheinander und bittet den Heiligen Geist – erfolgreich – um Erleuchtung: »Vater und Mama müssen das Abscheuliche ja auch zweimal getan haben, sonst wären sie und Nandi nicht auf der Welt. Endlich versteht sie, warum Kinder ihren Eltern dankbar sein müssen.« An das »große Opfer« erinnert man sie besser nicht. »Zaghafte Freude keimt unter dem Entsetzen auf. Meta darf diese Geschichte wieder vergessen.«[48]

Mag das Erlebte auch im nachhinein ins Komische stilisiert sein, so ist klar: Eine positive oder auch nur neutrale Einstellung zur Sexualität entsteht auf diese Weise nicht. So wird der Tag, an dem Elisabeth »sich sagen mußte, daß sie im Begriff war, eine Frau zu werden«, für sie zu einem Tag des Schreckens:

> »In Zukunft würde sie also aussehen wie einige ihrer früher entwickelten Freundinnen, mit runden Hüften, weißem Busen, und sie würde riechen wie eine Frau. Alles das, was ihr an den anderen gefiel, was sie anziehend und verwirrend fand, mußte sie an sich selber verabscheuen. Verzweiflung überfiel sie bei dem Gedanken, daß jetzt ihr Schicksal ein für allemal beschlossen war. (...) Weinend putzte sie sich die Nase und fühlte sich elend, ganz und gar uneins mit ihrem Körper, der sie plötzlich anekelte.«[49]

Weil es heißt, daß kaltes Wasser »es« vertreiben könnte, überwindet Elisabeth sich zu einem ausgiebigen kalten Bad in der Wanne: »Und wirklich verlief der Tag ohne weitere Belästigungen von seiten ihres Körpers, erst am Abend, als sie schon heimlich triumphierte, war ›es‹ plötzlich wieder da.« Der pubertierende Körper beschert ihr zunächst nur »Belästigungen«, das Unaussprechliche der ersten Menstruation aber besiegelt Elisabeths Schicksal. Die meisten Zöglinge der Ursulinen erlebten das Einsetzen der Regel als Schock. Die Nonnen hatten sie auf dieses Ereignis in keiner Weise vorbereitet, und die Verhaltensmaßregeln, die sie den Mädchen gaben, waren dementsprechend skurril: Sie sollten in dieser Zeit ihre Strümpfe nicht wechseln und sich nur vorsichtig waschen. Elisabeth im Roman weiß nun, daß es sinnlos ist, sich gegen die vorgezeichnete Rolle als Frau aufzulehnen. Sie resigniert und gibt damit auch den Widerstand gegen die Erziehung zum braven Mädchen auf. Was Marlen Haushofer in ihrem Selbstbild dem langen Kranksein zuschreibt, erklärt sie für ihre Romanheldin mit der

Marlen, 2. v. r., bei einem Schulausflug auf der Donau. Links von ihr Toni Baumüller, rechts Peperl Aumayr.

unabänderlichen Festlegung auf das Geschlecht. Für sie selbst wird wohl beides zusammengewirkt haben.[50]

Die erwachsene Marlen Haushofer hat sich dazu einmal geäußert, als sie sich von den jungen Mädchen der sechziger Jahre entschieden abgrenzte: »Auch wir waren halbwüchsig, aber wir waren selbstbewußt, wir wollten uns zum Beispiel keinen Kaffee zahlen lassen. Mit fünfzehn haben wir, was man heute einen Freund nennt, zutiefst verachtet, aber nicht etwa aus moralischen Gründen. Wir haben da noch nicht über Männer und Kleider geredet.« Das sind merkwürdige Erinnerungen für eine ehemalige Klosterschülerin, die eben nicht sehr oft Gelegenheit hatte, eine Einladung zum Kaffee auszuschlagen, und die andererseits wohl kaum fähig dazu war, »moralische Gründe« so einfach auszublenden. Offenbar unbewußt identifiziert sich Marlen Haushofer als Erwachsene mit dem weiblichen Corpsgeist des Klosters und seinem sittlichen Überbau, und zugleich erhebt sie ihr ganz persönliches zähes Festhalten am Kindsein zur Norm. Dahinter verbirgt sich ein pechschwarzes Männerbild. Nur so läßt sich nämlich Marlen Haushofers Überzeugung erklären, daß der frühzeitige Einbruch des Geschlechtlichen – genauer: der Werbung um den Mann – »eigentlich ein entsetzliches Verbrechen« ist: »Was im Kind an Gutem steckt, wird umgebracht.«[51]

Der Horizont ihrer Romanfigur Elisabeth ist zunächst durch die Klostermauern begrenzt. Im Mädchenpensionat erlebt sie dann jedoch intensive Freundschaften und erotische Verwirrungen. Sie entdeckt, daß sie auf andere Menschen sehr anziehend wirken kann, verzichtet aber bewußt darauf, »diese Macht auszuüben«, denn bedingungslose Hörigkeit stößt sie gleichzeitig ab. Statt dessen entwickelt sich eine Freundschaft zu zwei sehr verschiedenen Mädchen: Käthe ist blond, heiter, gesund und auf angenehme Weise banal. Margot ist dunkel, hochbegabt, kompliziert und einfallsreich. Käthes ganze Art hat für Elisabeth etwas beruhigend Normales, beinahe Mütterliches. In Margot aber entdeckt sie eine gleichgestimmte Seele: »Jene prickelnde Freude am Spiel der Gedanken, das rasche Begreifen, noch ehe die andere den Satz zu Ende gesagt hatte, das Aufleuchten von Margots dunklen Augen, die Verständigung mit Blicken und einem Zucken der Mundwinkel« – das Erlebnis eines geistigen und emotionalen Gleichklangs ist für Elisabeth ganz neu und faszinierend. Die beiden Mädchen beflügeln einander in ihrer ohnehin höchst beweglichen Phantasie: »Sie saßen Seite an Seite und erlebten die erregendsten Abenteuer. Sie schrieben Stücke, in denen Vercingetorix, Hannibal, der letzte Hohenstaufe und Mr. Micawber auftraten (...). Niemals wurde ein drittes Mädchen dieser Zweisamkeit beigezogen.«[52]

Ob Marlen Haushofer den Wettstreit von Käthe und Margot um die Gunst ihres Alter ego Elisabeth nach eigenen Erlebnissen geschildert hat, läßt sich nicht mehr klären. Das Bild der gutmütigen Käthe scheint eher aus verschiedenen Mitschülerinnen zu einer hellen Kontrastfigur komponiert. Die düster-brillante Freundin aber hat es wirklich gegeben: Nach den Beschreibungen der Mitschülerinnen kann es sich nur um ein Mädchen namens Toni Baumüller handeln. Toni stammte aus Kollerschlag im Mühlviertel, aus einer im Norden des Landes gelegenen, besonders rauhen Gegend. Sie war der eigentliche Star der Klasse, tat sich in der Schule noch mehr hervor als Marlen, bewegte sich aber am Rande der Gemeinschaft und galt als »eigen«. Man meinte allgemein, es sei ihr eben zu Kopf gestiegen, daß sie so »furchtbar gescheit« war. Obwohl Toni und Marlen als die besten Schülerinnen der Klasse miteinander konkurrierten und es zwischen ihnen auch Spannungen gab, waren sie befreundet. Auf Photos sieht man die beiden oft zusammen, auf einem Bild sitzen sie in ihren langen schwarzen Schulröcken einträchtig in der Wiese des Klostergartens, ›die Baumüller Toni‹ hat ihren Arm um Marlens Schulter gelegt: ein Mädchen mit langen, schwarzen Zöpfen und schmalen, feingeschnittenen Zügen, kleiner noch und zarter als die Freundin.[53]

> »Das Erlebnis, mit einem anderen Menschen geistige Gemeinschaft halten zu können, hatte die kleine Elisabeth überwältigt. (...) Sie war nicht mehr allein in der Welt, die einzige Seele in einer Landschaft voll stummer Dinge, Pflanzen und Tiere, die sie erst mit großen Mühen beleben mußte und aus denen doch immer wieder nur sie, Elisabeth, antwortete. Es gab plötzlich eine zweite Seele, frei wie sie, fähig, allein zu denken, und bereit, mit ihr zu reden.
> Es machte Elisabeth sehr glücklich, bis ein störender Zwischenfall eintrat und Margot sich in sie verliebte. Es war unfaßbar und schrecklich, aber sie mochte Margots Körper nicht.«[54]

Auch Käthes Zuneigung hat eindeutig den Charakter des Verliebtseins: Es geht um Händchenhalten und um Umarmungen, um gemeinsame Spaziergänge und geflüsterte Geständnisse, um einen Kuß und vielleicht gar darum, einmal zur Freundin ins Bett zu schlüpfen. Der Kampf der beiden Rivalinnen wird mit echter Leidenschaft geführt, mit Vorwürfen und Tränen. Nur das Objekt der Begierde schreckt vor dem Gefühlstaumel zurück: Elisabeth würde ihre freundschaftlichen Gefühle gerne zwischen Käthe und Margot aufteilen – aber die beiden »wollten etwas von ihr, was sie sich nicht vorstellen konnte und was ihr Furcht und Abneigung einflößte«. Damit muß nicht unbedingt das Überschreiten gewisser körperlicher Schamgrenzen gemeint sein – Elisabeth will auch eine emotionale Distanz wahren, sie will sich nicht entscheiden, sich nicht mit Haut und Haaren einem Menschen verschreiben. Für den erotischen Reiz ihrer Mitschülerinnen hat sie sehr wohl etwas übrig. Sie wendet ihre Aufmerksamkeit auch anderen Mädchen zu, ohne auf neue Freundschaft aus zu sein. Die »große Verführbarkeit der Männer« leuchtet der erwachsenen Elisabeth in ihrer Rückschau ein.[55]

> »Manchmal im Autobus hinter einer fremden Frau sitzend, glaubte sie zu wissen, was in einem Mann vorging beim Anblick eines schmalen Nackens, in dem sich schwarzes Haar ringelte. Er brauchte nur die Hand auszustrecken nach dieser Lieblichkeit, und die unheilvolle Lawine kam ins Rollen. Es gab so viele glänzende Wimpern, sanft gerundete Wangen, gewölbte Lippen und Schultern, die dazu geschaffen schienen, von einer Männerhand umschlossen zu werden. Selbst sie als Frau konnte nicht ungerührt daran vorübergehen (...).«[56]

Die »unheilvolle Lawine« der geschlechtlichen Liebe kann auch unter Mädchen ausgelöst werden. Marlen Haushofer schildert in *Eine Handvoll Leben* auch, wie die Protagonistin sich in eine junge Lehrerin verliebt und sich von ihrer Obsession wieder befreit. Tatsächlich gab es bei den Ursulinen eine sehr attraktive Professorin namens Dr. Jenne. Ähnliches geschieht mit der Erzählerin in der Geschichte *Die Beichte* – hier ist das Objekt der Begierde ein Mann, der Geographieprofessor Dr. Engelhardt. Auch sein reales Vorbild im Gymnasium St. Ursula, Dr. Angsüsser, wurde von den Mädchen angehimmelt.

Allzu intime Kontakte sind der Romanheldin Elisabeth unangenehm. Als sie Margot eines Nachts vor ihrem, Elisabeths, Bett stehen sieht, stellt sie sich schlafend. »Sie verabscheute sich selbst für ihre hölzerne Kälte, die ihr verbot zu sagen: ›Komm unter meine Decke, bevor du kalte Füße kriegst.‹« Elisabeth weiß natürlich, daß es »aus irgendeinem Grund« streng verpönt ist, zu zweit in einem Bett zu liegen – zwei Mädchen sind wegen dieses Vergehens von der Schule geflogen. Aber das ist es nicht, sie selbst findet es ja »unbequem« und sieht ihr Gegenüber lieber »aus einiger Entfernung«. Das gilt auch für Käthe, gegen deren Körper sie nichts einzuwenden hat. Als sie Elisabeth eines Tages völlig aufgelöst um einen Kuß anbettelt, rückt diese von ihr ab:

»Die heiße, tränennasse Wange an der ihren, der Duft nach dem erregten Mädchenleib, alles zusammen war anziehend und abstoßend zugleich.«[57]

Elisabeths Jungmädchen-Erotik wird zu einem nicht geringen Teil vom Geruchssinn gesteuert. Sie kann ausgerechnet Margot, »die ihr näher stand als irgendein anderer Mensch«, buchstäblich nicht riechen. Was sie von ihr will, ist allein die geistige Ausschweifung. Käthe hingegen duftet gewöhnlich nach »Veilchenseife und darunter nach jungen Kühen«, was auf Elisabeth angenehm und behaglich wirkt. Ihre Nase reagiert äußerst sensibel auf charakterliche Veränderungen, ja sogar auf die Launen ihrer Freundinnen. Düfte lösen bei Elisabeth sogleich mannigfaltige Bilder aus, ihre olfaktorische Phantasie lenkt sie immer wieder von erbaulichen Übungen ab. So könnte man auch den Schnupfen erklären, der das Mädchen im Winter oft heimsucht und seiner ganz privaten Welt mit dem Geruchssinn auch alle Farben und Empfindungen raubt: Der Schnupfen schützt so vor dem Ansturm der Wünsche, die das Über-Ich des Mädchens nicht zulassen kann. Die Nase soll nicht riechen, was verführerisch ist.

Diese Art der Beschreibung von Elisabeths Sinneseindrücken kommt nicht von ungefähr: Marlen Haushofer war bekanntermaßen höchst geruchsempfindlich, auch sie war häufig verschnupft, und in ihrer Prosa signalisiert der »trockene, wilde Heugeruch« des Frühsommers häufig das Hereinbrechen einer vergessenen Erotik in die Alltagsordnung. Was im Mädcheninternat mit Hilfe eines defekten Riechorgans verdrängt und neutralisiert werden muß, ist zweifellos der bewußte Duft »nach jungen Kühen«. Das Tabu der Homosexualität ist allerdings unter Mädchen und Frauen nicht ganz so stark ausgeprägt wie unter Männern. Die gesamte erotische Energie des sexuellen Aufbruchs wird im abgeschlossenen Raum des Klosters für eine Weile konzentriert auf diejenigen gerichtet, die nun einmal verfügbar sind.[58]

Jene verwirrende Attacke der verliebten Freundin findet in Haushofers Roman an einem gruppendynamisch bedeutsamen Fronleichnamstag statt. An diesem hohen katholischen Feiertag erregt Margot mit ihrer inbrünstigen Andachtshaltung bei der großen Prozession durch die Stadt Elisabeths Zorn. Margot läßt sich schließlich »aus ihrer gotischen Pose heraus« in die schmückenden Pfingstrosen fallen. Elisabeth muß lachen, sie und Käthe tauschen Blicke über die Ohnmächtige hinweg, Elisabeth spürt, daß der Preis für die Versöhnung mit der abgewiesenen Käthe hoch war: Sie hat Margot verraten. Der offene Streit zwischen ihr und Käthe spaltet die Mädchen, die sich jedoch bald vereint gegen Elisabeth wenden. Sie zitieren Elisabeth vor ein internes »Ehrengericht« in den Seitenchor der Kirche und eröffnen ihr dort im Halbdunkel, sie sei »treulos« und flatterhaft, sie wirke auf die anderen »wie Gift« und müsse sich endlich für eine Freundin entscheiden. Elisabeth fühlt sich ertappt, verspricht aber nichts, und am nächsten Tag gehen alle Mädchen zur Tagesordnung über.[59]

Marlen Haushofer hält sich in ihrer Beschreibung nicht nur genau an die Topographie des Ursulinenklosters, an den Kreuzgang, an die Kapelle mit dem Märtyrerschrein, an den Maulbeerbaum, der damals im Schulhof stand. Sie überliefert auch die besondere Bedeutung von gewissen Orten: Der Seitenchor, das sogenannte Chörl, war für die Klosterschülerinnen der passende geweihte Platz für feierliche Treffen. Nach Streitigkeiten versöhnte man sich dort gleichsam im Angesicht des Herrn. Die kluge Toni Baumüller neigte tatsächlich zu einer in den Augen der anderen übertriebenen Frömmigkeit und auch zu effektvollen Ohnmachten, vor allem während der Frühmesse. Nach der Matura trat sie ins Kloster ein, man behielt sie aber nicht dort. Offenbar hatte sich ihr Sendungsbewußtsein bereits zum religiösen Wahn gesteigert, denn ein oder zwei Jahre später – während des Kriegs – besuchten ehemalige Klassenkameradinnen Toni Baumüller im Linzer Allgemeinen Krankenhaus. Sie war geschminkt, trug Dauerwellen und rote Schleifen im Haar und behauptete von jedem Entgegenkommenden, er wolle sie heiraten. In ihrer Psychose hatte sich die entsagungsvoll-asketische Klosterschülerin buchstäblich ins Gegenteil verwandelt und gebärdete sich als mannstolle Kokette. Um ihr tragisches Ende ranken sich Gerüchte: Es heißt, sie sei eines Nachts Ziehharmonika spielend durch ihren Heimatort gezogen und habe sich dabei eine tödliche Lungenentzündung geholt. Wahrscheinlich aber wurde sie, die als ›unwertes Leben‹ galt, 1941 im Zuge des NS-Euthanasieprogramms ermordet. Eine als Krankenschwester arbeitende Mitschülerin sah Toni Baumüller noch im Linzer Wagner-Jauregg-Spital. Sie soll dort eine tödliche Injektion erhalten haben.[60]

In *Eine Handvoll Leben* schildert Marlen Haushofer ausführlich Margots in den beiden letzten Schuljahren immer bedenklicher werdendes Bemühen um mystische Versenkung. Während Käthe »noch ein wenig voller und weiblicher« geworden ist, greift Margot zu immer raffinierteren Mitteln der Askese und Selbstbestrafung. Käthe gesteht Elisabeth ihre heimliche Verlobung – die streng geheimen Briefe des Burschen muß sie im Klosett hinunterspülen. Margot hingegen versucht Elisabeth zu zeigen, wie man durch Liegen auf spitzen Steinen Gott näherkommen kann. Elisabeth will von diesen Dingen bald nichts mehr hören, und sogar die Nonnen mißbilligen Margots überspannte Exerzitien. Elisabeth gelingt es zwar von Zeit zu Zeit, die Freundin »aus der unheilvollen Exaltation des Gefühls« zu befreien, doch Margot entgleitet ihr zusehends, wird ihr immer unheimlicher. Ein Jahr nach dem Schulabschluß verliert Margot den Verstand und nimmt sich das Leben. Marlen Haushofer hat hier den politischen Aspekt des Todes ihrer Schulfreundin ganz ausgeklammert und dafür die individuelle Schuldfrage zugespitzt: Elisabeth, die in der Ferne immer ihr Sensorium für ihre Nächsten verliert, hat zwei verzweifelte Briefe Margots nie beantwortet. Sie hat ihre kranke Schwester im Geiste bedenkenlos jenem Dunkel preisgegeben, zu dem es diese hinzog.[61]

In ihrer Adoleszenz sieht sich Elisabeth mit einem Schuldgefühl konfrontiert, das die kleine Meta im Kindheitsroman zum ersten Mal verspürt, als sie den Hund Schlankl den Schlägen des Vaters ausliefert: »nichts, gar nichts kann einen Verrat ungeschehen machen. Schlankl ist tot, und eines Tages wird auch Meta tot sein, aber die große Wiese weiß alles«. Schon zu einem so frühen Zeitpunkt läßt sich an Marlen Haushofers Lebensgeschichte dieses Motiv festmachen, das sich durch ihr gesamtes Werk zieht: Das Thema Verrat ist in ihren Büchern zentral: der Verrat an anderen, der Verrat an sich selbst. Verrat übt Elisabeth nämlich auch an ihrem Selbstbild, das über Anpassung und diplomatische Lügen turmhoch erhaben scheint. Dieses Bild nährt sich von der Kleist-Lektüre und zeigt eine Heldin, die wahrhaftig, tapfer, edelmütig und opferbereit ist. »Je mehr sie selbst an Substanz verlor, desto strahlender, dichter und übermächtiger mußte ihr Bild werden.« Je hemmungsloser Elisabeth in ihre parallele Traumwelt flüchtet, desto öder und banaler erscheint ihr das wirkliche Leben, in dem sie nur noch notdürftig funktioniert. Manchmal dämmert ihr, daß sie sich mit ihrem phantasierten Ersatzleben auf einem ähnlich abschüssigen Pfad bewegt wie Margot. In nüchternen Momenten sieht Marlen Haushofers Alter ego sich selbst ohne allen mythischen Glanz – »als eine dünne Siebzehnjährige mit schlechter Haltung, verkrampften Händen und einem unangenehm weichlichen Zug um den Mund«.[62]

Marlen Frauendorfers letzte Jahre im Kloster stehen ganz im Zeichen einer prekären Normalität. Ihr Gesundheitszustand ist nach wie vor labil. »Liebe Elli!« schreibt sie im Februar 1937 auf einen Briefumschlag. »Endlich darf auch ich heimfahren. Ich bin noch sehr geschwächt aber momentan in bester Stimmung. Sobald es meine zerütteten (sic) Nerven erlauben werde ich Dir einen Brief schreiben. (...) Dein freundliches Zeugnis möchte ich auch nicht haben, weil ich mich nicht mehr bessern könnte. Viele Grüße Marlen.« (Im Semesterzeugnis der sechsten Klasse hat Marlen sogar in Deutsch nur ein Gut.) Die Wochenenden verbringt sie manchmal bei einem Onkel mütterlicherseits, der als Gutsverwalter in einem Schloß in der Nähe von Eferding bei Linz wohnt. In den Ferien kommen Freundinnen mit dem Fahrrad zu ihr nach Effertsbach auf Besuch, dort dürfen die Mädchen mit Heinrich Frauendorfer auf einer Jagdhütte übernachten, wo er ihnen ›Spatzen‹ zubereitet. Gemeinsame Hüttenausflüge mit den Burschen des Dorfes sind natürlich von seiten der Mutter strengstens untersagt, Marlen kann sich aber doch immer wieder davonstehlen. Auch in den letzten Klosterjahren weint die Romanfigur Elisabeth noch vor Heimweh, wenn sie nach den am Schluß schon zu lang gewordenen großen Ferien wieder in der Schule eintrifft. Es bleibt ihr die bohrende Sehnsucht »nach dem Fleck Erde, der ihr aus der

Marlen 1935.

Ferne als Paradies erschien und mit dem sie in Wirklichkeit gar nichts anzufangen wußte«.[63]

Beim Stegreifspiel sind die Mädchen im Kloster nicht mehr mit derselben Begeisterung dabei – einige haben nun doch schon heimlich einen Freund, die Interessen verlagern sich. Im Rahmen des Deutschunterrichts besucht die Klasse das Linzer Landestheater, man sieht Schillers *Wallenstein* und Ferdinand Raimunds *Der Verschwender*. Ihrer theaterbegeisterten Freundin Gerti, die nach Wien übersiedelt ist, schreibt Marlen im November 1937: »Wir waren heuer im ›Faust‹. Der Mephisto hat sehr gut gespielt und auch dazu gepaßt. Der Faust war nur am Anfang gut, als Liebhaber war er wie ein Stock und das Gretchen spielte gut war aber nicht hübsch.« Marlen schreibt von zu Hause, wo sie zu Allerheiligen ein paar Tage verbringt. »Vom Kloster aus wollte ich nicht schreiben, Du weißt ja so wie das ist. Alle Briefe werden gelesen und zwar sehr genau.« Das zum Beispiel hätte sie dann so nicht sagen können: »Im Kloster ist es recht fad; Mater Klementin ist sehr streng und wir dürfen garnicht hinaus. Die achte Gym. darf auch nicht allein fortgehen. Da muß man eben zur Selbsthilfe greifen. Wir nehmen uns eben die Freiheit, die man uns nicht gibt. Am Samstag drücken wir uns fast immer hinaus. Nur Toni und Greli tun nicht mit.«[64]

Daß das Entwischen durch die Klosterpforte überhaupt versucht wurde, zeugt von gelockerten Sitten. In Österreich bahnte sich ein politischer Umsturz an: Die Erste Republik, die schon seit dem Mai 1934 das Gesicht einer katholisch-ständestaatlichen Diktatur trug, neigte sich dem Ende zu, die Anhänger der verbotenen NSDAP gebärdeten sich immer frecher. Im Kloster hatte man allerdings von alldem nicht viel mitbekommen. Nun hörte man in der Früh die paramilitärischen Verbände durch die Straßen marschieren und singen, einige Mädchen schwärmten für den stattlichen ›Heimwehr‹-Führer Fürst Starhemberg. Politik war aber weder im Unterricht noch im privaten Gespräch für die Klosterschülerinnen ein Thema. Der Bürgerkrieg, der die Ausschaltung der Sozialdemokratie durch die christlich-soziale Regierung zur Folge haben sollte, ging im Februar 1934 von Linz aus. Das Hotel ›Schiff‹, in dem sozialdemokratische ›Schutzbündler‹ der Polizei Widerstand leisteten, lag in unmittelbarer Nähe des Ursulinenklosters, wo man die Schüsse hören konnte. Das austrofaschistische Regime und seine Einheitspartei, die ›Vaterländische Front‹, betrachteten die Ordensschulen als Stützen der neu zu begründenden, durch und durch katholisch geprägten Gesellschaft, die ein Bollwerk sowohl gegen den Bolschewismus als auch gegen den Nationalsozialismus bilden sollte. Auf dem Linzer Hauptplatz versammelte man im Mai 1934 die Schüler der Stadt zu einer großen Kundgebung samt Feldmesse, in den Schulen wurde der Gruß ›Treu Österreich‹ verpflichtend eingeführt.[65] Nun, Ende 1937, Anfang 1938, geriet Österreichs staatliche Selbständigkeit stärker unter Druck.

Mit dem Einmarsch der Wehrmacht und dem Anschluß Österreichs an Hitler-Deutschland im März 1938 waren die Tage des Ursulinengymnasiums gezählt. Im Kloster spürte man den neuen, antiklerikalen Wind und ließ Dinge durchgehen, die früher streng geahndet worden wären. Wenn eine Schülerin etwa sagte, sie müsse nur schnell etwas holen, konnte sie nun sogar offiziell die Pfortenschwester passieren und ihren Freund auf dem Bahnhof treffen. So verwundert es nicht, daß der ›Umbruch‹ bei den vorgeblich ›unpolitisch‹, in Wahrheit natürlich katholisch erzogenen Mädchen ein positives Echo hervorrief. Am 12. März 1938 zog Adolf Hitler unter dem Jubel der Bevölkerung in Linz, die Stadt seiner Jugend, ein. Der Tag war schulfrei. Am 16. März wurde im Festsaal der Ursulinenschule eine Feier aus Anlaß der ›Wiedervereinigung Österreichs mit dem Deutschen Reich‹ abgehalten. Bereits am Tag darauf zogen Militärkommandos im Kloster ein und besetzten die Hälfte des Hauses. Noch im März wurde die Lehrerschaft auf den Führer des Deutschen Reiches vereidigt, in den ›Gesinnungsfächern‹ durften nur noch Lehrer unterrichten, die sich zum Nationalsozialismus bekannten. Jeden Samstag fand für die Schülerinnen nun anstelle des Unterrichts eine ›volkspolitische Schulung‹ statt. Das Schuljahr konnte noch beendet werden, doch im Juli 1938 wurde per Erlaß die Schließung der Ursulinenschule verfügt, mit der Begründung, »daß die Ordensfrauen nicht geeignet sind, die Schülerinnen im Geist des Nationalsozialismus zu unterrichten und zu erziehen«. Marlen Frauendorfer hatte soeben die siebente Klasse abgeschlossen.[66]

Marlens Familie stand nicht auf der Seite der Sieger. Ihre Eltern waren christlich-sozial eingestellt und überzeugte Anschluß-Gegner. Die Politik spielte im Hause Frauendorfer aber keine besonders große Rolle. Man hatte das christlich-soziale *Linzer Volksblatt* abonniert, das man nach den Grundsätzen einer sparsamen Haushaltsführung kleingeschnitten als Klosettpapier weiterverwendete. Die konservative Einstellung war im ländlichen Raum um Frauenstein-Molln allerdings keine

Selbstverständlichkeit. Schon vor der Jahrhundertwende war dort das klerikale Lager auch in der bäuerlichen Bevölkerung von seiten der Liberalen unter Druck geraten, unter denen sich auch ein Lambergscher Oberförster als Agitator hervortat. Nach dem Krieg, in der jungen Republik, wurden die Sozialdemokraten zur stärksten Partei, die ihren Zulauf vor allem der Belegschaft der ansässigen Sensen- und Messerwerke verdankte. In den dreißiger Jahren war die wirtschaftliche Lage im Steyrtal wie im übrigen Land katastrophal; die industrielle Produktion lag darnieder, die Arbeitslosigkeit war hoch, der landwirtschaftliche Preisverfall ließ viele Bauern verarmen.[67]

Während die Zahl der Nazi-Sympathisanten wuchs, konnten die Frauendorfers ihrem oberösterreichischen Landsmann Adolf Hitler nichts abgewinnen. Als fest angestellter Förster war Marlens Vater von der allgemeinen Not nicht betroffen. In den dreißiger Jahren betrug sein monatliches Gehalt rund 180 bis 190 Schilling, davon war das Schulgeld für die Tochter und später auch für den Sohn zu berappen – Rudolf kam ins Knabeninternat der Franziskaner nach Steyr. Heinrich Frauendorfer durfte zudem die Felle der erlegten Marder und Füchse auf eigene Rechnung verkaufen und verdiente sich durch das Binden von Hirsch- und Gamsbärten ein Zubrot. Außerdem waren die Bewohner des Forsthauses ja fast gänzlich Selbstversorger, und so kam die Familie finanziell über die Runden: »Reich sind ihre Eltern nicht, das hat sie schon begriffen, aber es ist immer alles vorhanden, was man zum Leben braucht. (...) Meta vermutet, daß Geld etwas leicht Anrüchiges und Unanständiges ist. Manchmal sind Vater und Mutter bedrückt, und dann ahnt Meta Geldsorgen dahinter.«[68]

Im Gegensatz zu Marlen nahm ihr Bruder Rudolf im Internat der Franziskaner lebhaften Anteil an der politischen Entwicklung im Land. Er besuchte das öffentliche Gymnasium in Steyr. Mit den anderen Schülern, darunter etliche aus sozialistischen und ›großdeutschen‹ Familien, saß er abends stundenlang im Schloßpark und diskutierte die politische Lage vor und nach dem Bürgerkrieg.

Für Marlen als Mädchen brachte die neue Zeit nicht nur im Kloster neue Freiheiten. Die Erziehungsideale der Nazis ließen

Raum für einen etwas ungezwungeren Umgang der Geschlechter und für ein burschikoses Frauenbild – sofern nur die spätere Mutterschaft zum Nutzen der Volksgemeinschaft davon unberührt blieb. Konnten etwa Mädchen vom Lande vorher nur mit Röcken skifahren, so waren jetzt auch für sie Hosen gestattet. Die christliche Erziehung der Mutter und das menschliche Beispiel des Vaters mußten freilich den Nationalsozialismus, trotz dem modernen Anstrich, den er sich gab, für Bruder und Schwester unannehmbar machen. Maria Frauendorfers Ablehnung der neuen Machthaber war besonders ausgeprägt. Ihr Mann aber hatte sich nach außen zu fügen, wenn sich auch an der Art seines Dienstes nichts änderte: 1938 verkauften die Grafen Lamberg ihren Waldbesitz an die Reichsforste – Heinrich Frauendorfer war damit zum Staatsbeamten geworden.

Im Schuljahr 1938/39 wechselten die ehemaligen Schülerinnen der Ursulinen in das Gymnasium der Kreuzschwestern, wo man für sie eigene Klassen einrichtete. Dieser Orden war in Linz sozusagen die ›zweite Adresse‹ und galt als nicht ganz so exklusiv und streng wie die Ursulinen. Auch Schule und Internat der Kreuzschwestern wurden natürlich konfessionell geführt und fielen deshalb unter den Schließungserlaß. Die NS-Schulbehörden richteten aber in den dortigen Räumlichkeiten eine öffentliche Schule ein. Der Lehrkörper der Ursulinen wechselte ebenfalls dorthin.

Da bei den Kreuzschwestern keine Internatsplätze frei sind, muß – und darf – Marlen sich für ihr letztes Schuljahr in Linz eine Privatunterkunft suchen. Durch eine Klassenkollegin findet sie einen Platz bei einer Kostfrau in der Goethestraße 55, etwa zwanzig Gehminuten von der Schule entfernt. Das große Zimmer dort teilt Marlen sich mit ihrer Freundin Peperl Aumayr, im Kabinett logiert die Kollegin. Die Zimmerwirtin kocht für die Mädchen, sie essen gemeinsam. Die neue Freiheit außerhalb der Klostermauern wird von ihnen ganz unterschiedlich genützt: Peperl hat einen gleichaltrigen Freund, mit dem sie jede freie Minute verbringt, wissend, daß ihm nach der Matura der Militärdienst bevorsteht. Marlen hingegen zeigt keinerlei Interesse an der Männerwelt. Am liebsten bleibt sie auch am Wochenende in ihrem Quartier – sie legt sich dann am Samstag ins Bett, um zu lesen, und verläßt es buchstäblich nicht vor Montag früh. Das Essen läßt sie sich von der Kostfrau bringen. Will Peperl Marlen zum Mitkommen animieren, so muß sie sie aus ihrer häuslichen Bequemlichkeit schon richtig aufrütteln. Dann fahren sie manchmal zu dritt in Peperls Heimatort, unternehmen Radpartien oder Bootsfahrten auf der Donau. Für zünftige Wanderungen ist die Försterstochter jedoch nicht zu begeistern, sie zieht Spaziergänge vor. Bei einer dieser Gelegenheiten lernt Marlen auch Peperl Aumayrs Cousin kennen, einen routinierten Charmeur, mit dem sich ein harmloser Flirt ergibt – zu harmlos wohl für seinen Geschmack, denn er erinnert sich an Marlen als »hochnäsig«.[69]

Die neue Selbständigkeit war für die Klosterschülerin Marlen eine zwiespältige Sache. Das »wirkliche Leben« beeindruckte sie zunächst offenbar genausowenig wie ihr Roman-Spiegelbild Elisabeth, die den »lästigen, aber vertrauten Zwang« vermißt: »Es gab plötzlich nichts mehr, wogegen man sich mit Gewalt oder List zur Wehr setzen mußte.« Marlens Lese-Lethargie ist wohl als ein Zeichen der Realitätsverweigerung zu interpretieren, deutet aber nicht unbedingt auf eine Depression hin. Eine frühe Erzählung Marlen Haushofers trägt den Titel *Das kleine Glück*. Darin beschreibt sie selbst eine ganz ähnliche Weltflucht: Johanna, eine junge Bibliotheksgehilfin, zelebriert ihre häuslichen Abende als Leseweihestunden. Die »schweigsamste und angenehmste Zimmerfrau, die man sich denken kann«, bringt ihr Tee und Brötchen, die Johanna zugleich mit ihrem Buch zu verschlingen beginnt. Nur mit einer »gewaltigen Anstrengung« kann sie sich für die Abendtoilette von ihrer Lektüre losreißen. »Aber schon beim Zähneputzen war sie ganz fiebrig vor Erwartung.« Der Samstagnachmittag, »der ganz ihr gehörte«, ist der Höhepunkt der Woche. Auf der Straße sieht sie junge Paare, gestreßte Hausfrauen und junge Burschen. »Und jedesmal fühlte Johanna beglückt, wie daheim sie war in ihrem jungen Körper, ganz abgesondert von aller Welt und ohne jedes Verlangen, dieses wildfremde Leben kennenzulernen.« Statt dessen geht sie mit einem Buch zu Bett. Der schöne, behagliche Friede findet ein Ende, als ein Betrunkener sie auf offener Straße packt und auf den Mund küßt: »Plötzlich war das Leben eine höchst verdächtige und unsichere Angelegenheit.« Das »kleine Glück« geschieht gleichsam in der Windstille dieses unsicheren Lebens, es ist die Ruhe vor dem Sturm.[70]

In schulischer Hinsicht stellte dieses letzte Jahr keine besondere Herausforderung mehr dar. Am 18. März 1939 legte Marlen Frauendorfer an der ›2. Oberschule für Mädchen in Linz‹ die Matura ab. Wieder kam ein ›Genügend‹ in Mathematik einer Auszeichnung in die Quere, bis auf zwei ›Gut‹ (in Latein und diesmal auch in Englisch) wies das Maturazeugnis lauter ›Einser‹ auf.[71]

Gleich für Anfang April ließ Marlen sich zum ›Reichsarbeitsdienst‹ verpflichten, obwohl es durchaus Möglichkeiten gegeben hätte, Aufschub zu erwirken oder dieser Pflicht überhaupt zu entgehen. So hätte sie etwa angeben können, im landwirtschaftlichen Betrieb der Eltern mithelfen zu müssen. Marlen aber wollte zum ›RAD‹, an dem sie besonders verlockte, daß sie ihren Dienst im fernen Ostpreußen ableisten sollte. Die Zeit des Stubenhockens war vorbei. Nach acht Jahren im Kloster sah Marlen den Arbeitseinsatz als eine Art Abenteuerreise, die Ostsee hatte für sie den Duft der weiten Welt.[72]

Im Gebiet des ehemaligen Österreich war der ›Reichsarbeitsdienst für die weibliche Jugend‹ seit Oktober des Jahres 1938 verpflichtend.[71] Wie die Burschen hatten auch die Mädchen einen sechsmonatigen Zivildienst zu leisten, der allerdings schon in Friedenszeiten paramilitärisch organisiert war. Dabei sollten die Mädchen sowohl den berufstätigen Frauen in der Großstadt als auch den Bäuerinnen und Siedlerfrauen auf dem Land bei ihrer Arbeit zur Hand gehen und so frühzeitig ihr Scherflein zum Wohle des Volksganzen beitragen. Durch diese Einrichtung wurde die Rolle der jungen Frau im NS-Staat scheinbar aufgewertet. Zugleich nutzte das Regime die Möglichkeit, propagandistisch auf die jungen Menschen einzuwirken. De facto wurden die meisten Mädchen – vor allem als Erntehelferinnen – in der Landwirtschaft eingesetzt. Auch künftige Studentinnen sollten so körperliche Arbeit kennenlernen. Die

Marlen 1938, vor dem Antritt des NS-Reichsarbeitsdienstes.

jungen Frauen, die den holden Titel ›Arbeitsmaiden‹ führten, bekamen für ihre Tätigkeit nur ein Taschengeld und waren daher praktisch Gratis-Arbeitskräfte.

Ostpreußen, wo Marlen Frauendorfers Einsatzort lag, bildete den östlichsten Vorposten des ›Großdeutschen Reiches‹ und war geopolitisch ziemlich exponiert: Der sogenannte Korridor, der Polen den freien Zugang zur Ostsee verschaffte, trennte ja das Gebiet östlich der Weichsel vom deutschen Staatsgebiet. Für Hitler war dieser polnische ›Keil‹ so etwas wie ein Stachel im Fleisch der Deutschen, und er benutzte den Konflikt um die unter Völkerbundverwaltung stehende ›Freie Stadt‹ Danzig dazu, den Ton gegenüber dem Nachbarland zu verschärfen. Auch die in Ostpreußen lebende polnische Minderheit bekam die zunehmenden Spannungen zu spüren. Schon am 28. April 1939 kündigte Hitler den Nichtangriffspakt mit Polen.

Marlen ist zu dieser Zeit gerade dabei, sich im RAD-Lager Christburg bei Elbing, nach einer ersten Schockphase, halbwegs einzurichten. »Es ist immer soviel zu tun, daß man gar nicht zum Denken kommt«, schreibt sie am 23. April an ihre Eltern, die sie auch gleich hinsichtlich ihrer Verpflegung beruhigt:

> »Entweder habe ich auch schon einen ostpreußischen Saumagen bekommen oder meine Geschmacks- und Geruchsnerven sind kaputt gegangen. Ich esse das unglaublichste Zeug zusammen, verschlinge Salzheringe, Quark und Puffer ohne Magenbeschwerden, das macht alles der Hunger. Das beste sind die Schnitten, Honig, Marmelade und Streichwurstschnitten. Damit haue ich mich an, trotzdem habe ich immer Hunger. Pakete dürfen wir immer bekommen, es ist aber nicht notwendig. Wenn Ihr mir etwas schicken wollt, so bitte Obst, Wurst und Vanillekipferl und Rosinenstrizl.«[74]

Die Gewöhnung an die Lagerdisziplin fällt Marlen nicht allzu schwer: »Wenn etwas los ist und der Stab wütend ist (kommt oft vor) dann hat ein Menagerielöwe ein angenehmes Dasein gegen uns. Anfangs war ich ganz betroffen über derartige Anfälle. Jetzt bin ich so weit daß mir alles egal ist.« Auch Schikanen erduldet die einstmals Widerspenstige nun gleichmütig: »Die meisten Mädl sind sehr unglücklich weil sie hier sind. Aber mit Gleichmut kommt man am Besten vorwärts. Meine Vorschulung im Kloster ist mir hier sehr von Nutzen.« Marlen, die sich zu Hause stets erfolgreich vor der Haushaltsarbeit gedrückt hat, wird zunächst zum ›Hausdienst‹ eingeteilt. Sie muß putzen, den Boden aufwaschen und wachsen und die Öfen heizen – eine »ganz gemeine Schinderei«, noch dazu, wo alles »mit einer peinlichen Genauigkeit« vor sich gehen muß. Nach dem Putzdienst gibt es eine Stunde Pause, dann folgen »Sport, wüster Geländelauf, Schulung und Volkstanz bis nach 9h abends, dann waschen, Fahne und Bett«. Zeit zum Lesen oder für eigene Arbeiten bleibt ihr da nicht. In einer autobiographischen Notiz zum Roman *Die Wand* wird Marlen Haushofer später bekennen, daß sie die meisten dieser Haushaltsarbeiten damals zum allerersten Mal und ganz ohne Anleitung gemacht habe. Nach dem Hausdienst standen ihr zwei Wochen Wäschewaschen und Bügeln bevor, worauf zwei Wochen Kochen »für 40 Personen und 3 Schweine« folgten, der »schwerste Dienst, den es gibt«, und als nächstes war ein vierwöchiger Einsatz bei einem Siedler vorgesehen.

Die Grenzposten deutscher Kultur hält die Neunzehnjährige für »ein bischen (sic) zurückgeblieben nach unseren Begriffen«, sie nimmt sich da kein Blatt vor den Mund: »Diese Siedler sind auch ein Kapitel für sich. Einfach unbegreiflich dreckig, dabei hat fast jeder ein Auto, wäscht und kocht elektrisch und hat Staubsauger. Viele haben akademische Bildung oder Matura. (...) Die Siedler sind durchwegs deutsch.« In einem Brief an ihre Freundin Elli Trenkler berichtet Marlen, bei ihnen würden »Nachtgeschirr und Kaffeeschalen zusammen abgewaschen, Katzen, Hund fressen vom selben Teller, den morgen die Maid bekommt od. ein Rind.«[75]

Im Gegensatz zum Kloster werden die Briefe im RAD-Lager offenbar nicht zensuriert. Marlen äußert sich gegenüber ihren Eltern recht freimütig und spricht in einem komplizenhaften Ton über »diese blödsinnige Schulung« und »diesen blöden Drill«. Eine Sache glaubt sie ihrer Mutter berichten zu müssen, wobei sie um ihr Verständnis wirbt:

»In Christburg ist eine kath. Kirche. Aber nur die polnischen Siedler gehen hin. Anfangs durften wir auch gehen, gestern sagte Frl. Just (die Lagerführerin, D.S.), daß es wegen der politischen Zustände nicht mehr angehe, daß eine deutsche Organisation wie der RAD in die polnische Kirche gehe. Sie finden doch immer Mittel und Wege. Offiziell ist es ja erlaubt aber man kann nicht gehen. (...) Die Zustände hier sind sehr bedrohlich. In Schneidemühl und auch hier gehen immer deutsche Flüchtlinge über die Grenze.«

In den vielen, ausführlichen Briefen an ihre Eltern bemüht Marlen sich sichtlich, zugleich mit den Härten des Lagerlebens die eigene Tüchtigkeit zu betonen und die Ängste ihrer Mutter zu zerstreuen. Zu Hause traut man der behüteten und kränklichen Tochter nicht zu, daß sie die Strapazen des Arbeitsdienstes ohne körperliche Schäden überstehen würde. Tatsächlich ist gerade die Feldarbeit, wie Marlen gegenüber ihrer Freundin Elli einräumt, manchmal »entschieden zu schwer für ein Mädchen«, das einen Knecht ersetzen soll. Aber auch Elli gegenüber zeigt sie sich trotz allem guten Mutes. Die schwere Arbeit gibt ihr die Möglichkeit, einmal bis an ihre Grenzen zu gehen. Das nationalsozialistische Erziehungsprinzip der Abhärtung deckt sich offenkundig mit ihrem eigenen Wunsch nach Bewährung. Paradoxerweise verhilft das Lager Marlen trotz dem Drill zu größerer Selbständigkeit, weil sie zum ersten Mal dem Einflußbereich der Familie ganz entzogen ist. Sie sieht sich mitten hineingestellt in einen Konflikt von historischer Bedeutung. Dazu lebt sie in einer reizvollen Landschaft mit Birken, hohen Tannen und vielen Seen, »die alle ganz himmelblau sind, dazu die lichten Wiesen und die vielen Pferdeweiden«, auf denen sich Fohlen tummeln. Es ist eine exotische Welt, und die Ostpreußen sind für Marlen exotische Menschen: »Nicht gerade unfreundlich aber so fremdartig, daß man nie warm wird. Verschlossen und wortkarg und dabei furchtbar jähzornig und heftig.« Die Cafés in Christburg sind stets leer, die Leute »spießbürgerlich bis dorthinaus«. Marlen trifft beim RAD Mädchen aus allen Teilen Deutschlands, Mädchen mit einem ganz anderen familiären und religiösen Hintergrund als dem ihren. Anfangs tut sie sich mit ihren Kameradinnen schwer: »man kann absolut nicht blödeln mit ihnen, dazu sind sie zu steif, das geht mir manchmal sehr ab.«[76]

Marlen ist im Lager die einzige Österreicherin, was sie wiederum für ihre Kameradinnen interessant macht. So bleibt sie in den Pfingstferien mit einer kleinen Gruppe im Lager zurück und profiliert sich als Kaffeeköchin: »Alle nehmen eine Tasse Bohnen und das soll Kaffee werden. Ich nehm drei und braue Mocca und die denken der Kaffee ist so stark weil eine Österreicherin ihn kocht.« Auch ihre gute Kinderstube schreibt man ihrer Herkunft zu. Außerdem fasziniert Marlens Redeweise die anderen Mädchen, »alle beginnen zu ›österreichern‹« und Dialektausdrücke wie »Pomperletsch, Pipihendi, Bisgurn« einzustudieren, die Führerin spricht »ein gräßliches Gemisch von Berlinerisch und Wienerisch«. Freilich: Marlens Briefen ist wiederum der Einfluß des ›reichsdeutschen‹, schnoddrig-schneidigen RAD-Jargons anzumerken, der wohl ein Gemeinschaftsgefühl vermittelte. Gegenüber den Eltern betont Marlen: »Ich bemühe mich nicht im geringsten und verleugne meine Abstammung durchaus nicht.« Dies ist nicht nur als beruhigender Hinweis für die beiden Anschluß-Gegner zu verstehen. Marlen spricht darüber hinaus den Minderwertigkeitskomplex an, unter dem auch österreichische Nazis nach der ›Heimkehr ins Reich‹ litten. Gegenüber den ›Volksgenossen‹ aus dem ›Altreich‹ fühlten sie sich als Deutsche zweiter Klasse. Indem Marlen in ihren Briefen von »Österreich« schreibt, hinkt sie dem amtlichen Sprachgebrauch hinterher. Mittlerweile ist das Land zur ›Ostmark‹ geworden, und Oberösterreich heißt jetzt ›Oberdonau‹.[77]

Wenn Marlen ihre Urlaubstage im Lager in den rosigsten Farben schildert und von einem Leben »ganz gegen den Vierjahresplan« schwärmt, dann schwingt bei aller Selbstironie auch der Stolz einer Erwachsenwerdenden mit, die Genugtuung, endlich einmal nicht beaufsichtigt zu sein. Die Eltern sollen von der neuen Freiheit ruhig erfahren: »Abends feiern wir bis 12h, 1h bei Kaffee, Likör und Bonbons und das muß man leise sagen, auch bei Zigaretten, also ganz wüste Orgien, dann tanzen wir bei einer Radiomusik und treiben Unfug.« Mag sein, daß sie Angst vor der eigenen Courage bekommt, in ihrer

Rechtfertigung schwingt jedoch ein leiser Vorwurf mit: »Bitte ärgert Euch nicht über meinen Leichtsinn, ich sehe erst jetzt wie schwerfällig ich eigentlich bin im Vergleich zur übrigen Menschheit.« Schließlich haben die Eltern ihr acht Jahre Klostererziehung zuteil werden lassen und ihr stets arbeitsreiche Pflichterfüllung vorgelebt. In ihren Briefen kokettiert Marlen denn auch mit ihrem familiären Ruf als schlampige Person: »Ist das Haus nicht ein wenig langweilig ohne ein Weibi das überall etwas herumliegen läßt?« Das »Weibi« droht, bei seiner Heimkehr das Forsthaus einmal mit »preußischem Drill« aufzuräumen, dann »findet man nie mehr etwas«. Immer noch schwankt sie zwischen äußerer Anpassung und innerem Widerstand gegen die Umerziehung zur Ordnung: »Aber wenn ich hier nicht ordentlicher werde, dann bewundere ich selber meine Standhaftigkeit.« Das Heimweh läßt sich diesmal unter Kontrolle halten, wenngleich es unterschwellig vorhanden ist: »An Effertsbach will ich nicht zuviel denken, denn da wird mir doch ein bischen (sic) anders und das will ich nicht.«[78]

Zu der intensiven ideologischen Beeinflussung durch ihre Vorgesetzten äußert sich Marlen nicht. Und selbst wenn sie deren politische Anschauung in gewisser Weise als Kontrastprogramm zum katholischen Weltbild konsumiert haben sollte, so blieb sie in zwei wesentlichen Punkten gegen das nationalsozialistische Denken gefeit. Zum einen war ihr Antisemitismus zeitlebens fremd, und zwar auch in jener landläufigen katholischen Spielart, wie sie die Ursulinen gepflegt hatten; für die Ordensfrauen waren Juden wie Freimaurer die ›Feinde Christi‹. Heinrich Frauendorfers Vorbild hat Marlens tolerante Haltung zweifellos geprägt. Der Vater war es auch, der ihr seine Abneigung gegen den Krieg weitergab – und das, obwohl er ihn in den prägenden Jahren seines Lebens miterlebt hatte und ihm keineswegs nur unangenehme Erinnerungen verdankte. Wie er seine kritische Sicht Marlen vermittelte, wird an einer frühen Fassung des Kindheitsromans deutlich. Meta, die hier noch Maria heißt, wird von ihrem Vater im Kloster abgeholt und zur »Messenfeier« seines alten Regiments, der »Hessen«, mitgenommen. Maria ist vom wirklichen Erscheinungsbild der sagenhaften Gestalten etwas enttäuscht, sieht aber, wie sehr sich ihr Vater über das

Wiedersehen mit seinen Kameraden freut. Als die beiden auf dem Rückweg im Park beim »Hessendenkmal« vorbeikommen und der Vater die Inschrift in Versform liest, schlägt seine gute Laune in Verstörung und Geistesabwesenheit um: Das seien schöne Worte, aber die machten »keinen mehr lebendig«; der Krieg sei »ganz anders«.[79]

Nun, im Frühling und Sommer 1939, wird in Ostpreußen wieder überall vom Krieg geredet. Auch Marlen kann sich der aufgeheizten Stimmung im Grenzgebiet nicht entziehen. In eigener Sache versucht sie den protestantischen Siedlern beizubringen, daß es auch katholische Deutsche gibt. Wenn sie im Radio »Wiener Walzer aus einem undefinierbaren Sender« hört, spreche manchmal »Warschau ganz gehässig hinein«. Am 8. Juli bittet Marlen ihre Eltern, »das vom Krieg u. so« nicht weiterzuerzählen, es sei verboten, darüber zu schreiben. Gleich darauf berichtet sie, die anderen hätten sie gefragt, ob sie sich vor dem Krieg nicht fürchte. Sie habe geantwortet: »Nein, es ist doch ganz egal, ob man fünfzig Jahre früher oder später stirbt.« Sie »müsse dann immer an Vater denken«. Die Rolle der Frühreifen gefiel Marlen sichtlich, immer wieder kehrt sie in ihren Briefen die Phlegmatikerin hervor. Am 10. August schreibt sie ihren Eltern, Verbot hin oder her, von einer immer bedrohlicher werdenden Zuspitzung der Situation. Das benachbarte Lager Marienburg soll angeblich geräumt werden. Würde sie nach ihrer Meinung über den bevorstehenden Kriegsausbruch gefragt, gebe sie diplomatisch Auskunft. Am 25. August klingt der Lagebericht überraschend positiv: »Jetzt wird ja doch alles recht werden, nachdem sich die Lage so plötzlich verändert hat. Von Samstag bis Montag hatten wir Einquartierung. Jeder Siedler bis zu 10 Mann. Wir hatten nur 3 Offiziere, die sehr nett waren.« Sollte nun »alles recht werden«, weil die Wehrmacht mobil macht? Mit der plötzlich veränderten Lage könnte die altkluge Arbeitsmaid auch den Nichtangriffspakt zwischen Deutschland und der Sowjetunion meinen, der am 22. August zur Überraschung der Weltöffentlichkeit publik gemacht wurde. Jetzt ist klar, daß Rußland Polen nicht zu Hilfe kommen wird, und ein Weltkrieg scheint vielen nun doch noch vermeidbar. Der Krieg gegen den Nachbarn wird freilich im RAD-Lager als unausweichlich angesehen: »Überhaupt ist jetzt immer etwas los, die Straße wird nicht frei von Autos u. Tanks, alles an die Grenze. Jetzt geht es bestimmt bald los, hoffentlich geht es schnell vorüber.« Von welcher Seite der Angriff ausgeht, ist hier eindeutig. Auch sonst, so deutet Marlen an, könne sie »ja soviel Interessantes« erzählen, aber sie darf nun offenbar doch »nicht alles schreiben«. Hitler hatte den Termin für den Überfall auf Polen ursprünglich schon für den 26. August festgesetzt und zog den Befehl im letzten Moment noch einmal zurück.[80]

Bis dahin hat Marlen fünf Wochen auf dem Rübenacker gearbeitet und anschließend bei der Getreideernte geholfen: »Ich hätte nie geglaubt daß ich so widerstandsfähig bin.« Für einen Siedler fuhr sie mit dem Fahrrad stundenlang zum Geldkassieren über Land und führte Selbstgespräche, weil sie »immer noch ein bisserl menschenscheu« sei, »aber natürlich lang nicht mehr so wie früher«. Daß die polnischen Siedler ihr die Tür wiesen, brachte sie augenscheinlich nicht aus der Ruhe. Sie hat sich im Lager bewährt, man ist zufrieden mit ihr, weil sie »noch nie eine Dummheit gemacht« hat, und man schickt sie schließlich »in Geldgeschäften« täglich in das eine Wegstunde entfernte Christburg. Die Arbeit im Kindergarten, zu der sie nun eingeteilt ist, wird ihr bald langweilig, ja, sie will sich sogar zum einst gefürchteten Hausdienst versetzen lassen. Der Abschied vom Lager fällt ihr jetzt schwerer als erwartet, vor allem ein Mädchen namens Laux – der Nachname ist zugleich Spitzname – werde sie vermissen. Tatsächlich wird diese Freundin in ihrem Leben noch eine wichtige Rolle spielen. Wenn Marlen schreibt, manche würden freiwillig bis zum 1. November im Lager bleiben, »da ich aber studieren will geht das ja nicht«, dann klingt Bedauern mit. Dabei zählt sie schon die längste Zeit wie ein Rekrut vor dem ›Abrüsten‹ die Tage bis zu ihrem Dienstende am 28. September. Sie malt sich aus, wie sie in Effertsbach den »Spitz«, den Hausberg, besteigen und überhaupt »wie wild herumlaufen« würde. Am 8. Juli hat sie ihren Eltern noch geschrieben: »Ich komm mir jetzt so vor wie in Kirchschlag. Es ist ja Blödsinn, aber ich kann mir nicht vorstellen daß ich wieder heimkomme.«[81]

Bevor es so weit ist, kommt es aber zu einer Begegnung, die Marlens Leben entscheidend beeinflussen wird. Anders als im Kloster sind die Mädchen beim Arbeitsdienst nicht vollständig von der Männerwelt abgeschirmt. So treffen sie beim Kreisparteitag männliche RADler, wobei Marlen – so lautet jedenfalls die für die Eltern bestimmte Version – von den sogenannten Arbeitsmännern »ziemlich verwöhnt« wird: »und ausgerechnet der hübscheste (groß, blond so recht zum Verlieben für kleine Mädchen, wie Mutter so gerne sich ausdrückt!) war hier bei mir, er war aber gutartig und vernünftig u. so war ich ganz harmlos u. nett zu ihm.« Hier verrät Marlen nicht nur ihren – zeitlebens – bevorzugten Typ, sondern in der Wortwahl auch das Männerbild, das sie offensichtlich mit ihrer Mutter gemein hat: Der Mann ist eine Art wildes Tier, und nur der ›gutartige‹ verdient es, daß die Frau ihm »harmlos« begegnet. Der schöne Kollege scheint ihr Verhalten jedoch als Ermunterung verstanden zu haben, denn er schickt Marlen einen Liebesbrief, mit dem er aber an die Falsche gerät: »Wenn er ein Österreicher wäre und ich nicht zu bequem zur Liebe, wäre es vielleicht möglich, aber so –, ich staune selbst über meine Abgeklärtheit, er war nämlich unverschämt hübsch.« All das, so erklärt Marlen nun wirklich altklug, schreibe sie nur, weil sie »Mutters Vorliebe für derartige Kindereien« kenne.[82]

Dem Flirt folgt ein Erlebnis, das die Auffassung vom Mann als einem höchst gefährlichen Wesen zu bestätigen scheint: Als sie bei einem Siedler Dienst tut und gerade niemand anderer auf dem Hof ist, wird sie von einem betrunkenen Mann handgreiflich bedrängt und am Gehen gehindert. Da packt sie »die Wut so furchtbar, und ich lasse meine Hände los und wir spielen ›Watschenmann‹. 20 Stück hat er mindestens bekommen«. Der Mann ähnelt dem Störenfried der Leseratte Johanna in der Erzählung *Das kleine Glück*, aber in Wirklichkeit ergeht es ihm viel schlechter, weil er die alte, wütende Marlen zum Leben erweckt hat: Das wilde Mädchen schlägt ihm sogar noch mit der Faust die Nase blutig und geht ab. Mag sein, daß sich der Vorfall nicht ganz so dramatisch-heroisch abgespielt hat – die Eltern sollen jedenfalls wissen, daß sich die Tochter ihrer Haut zu wehren weiß.[83]

Die männlichen RADler im Kindergarten – »ich kümmere mich nicht viel um die Kerls« – beeindrucken Marlen genausowenig wie die »ausgewählten« Soldaten, Unteroffiziere und Offiziere der einquartierten Truppe, die einmal für einen Nachmittag bei den ›Maiden‹ zu Gast sind. Aber am 25. August schreibt Marlen ihren Eltern:

> »Jetzt hab ich einen Medizin Studenten kennengelernt, aus Dortmund, sein Vater ist aus Steiermark, ich war ganz glücklich darüber. Er war auf Erntehilfe da, acht Tage bin ich immer mit ihm zur Stadt gefahren und er hat mich immer im Kindergarten besucht, ich war so froh wieder einmal mit einem kultivierten Menschen zu reden, und er war so furchtbar nett und anständig zu mir und hat mir das Leben erleichtert wo er nur konnte.
> Heute ist er leider heimgefahren wir haben noch rührenden Abschied bei Schlach gefeiert. Da der Stab so dumm ist und nichts merkt, konnte ich mir diesen kleinen ›Seitensprung‹ leisten. So schade, daß ihr ihn nicht kennt, ich bin überzeugt, daß er Euch sehr gefallen hätte. (...) Deshalb braucht ihr aber noch lange nicht zu denken daß ich vielleicht verliebt bin oder so. Aber hier in diesem öden Leben freut man sich über jeden netten Menschen.«[84]

Marlen hat sich also verliebt. Der Medizinstudent aus Dortmund ist wohl nicht mit jenem ›hübschen‹ Arbeitsmann identisch, von dem Anfang Juli die Rede war. Wer Medizin studierte, mußte keinen Arbeitsdienst leisten. Die Erntehilfseinsätze, an denen sich Studenten zu beteiligen hatten, fanden naturgemäß nur in den Sommerferien statt. Der Student heißt Gert und ist zwar kein Österreicher, wie dies Marlens Anforderungsprofil eigentlich vorsieht, aber immerhin ein halber, da sein Vater aus der Steiermark stammt, was Marlen auch »ganz glücklich« macht. Sie, die angeblich »zu bequem zur Liebe ist«, plant zumindest einen weiteren brieflichen Kontakt zu ihm: Gert hat Photos von ihr gemacht und versprochen, sie ihr zu schicken.

Ihre sechs Monate muß Marlen nicht zur Gänze abdienen. Mit Beginn der Polenoffensive am 1. September wird das RAD-

Lager Christburg geräumt. Da Ostpreußen nun ringsum von Feindesland umgeben ist, bringt man die Mädchen in die Hauptstadt Königsberg, von wo sie per Schiff ins ›Reich‹ transportiert und nach Hause geschickt werden.

Entgegen ihren Plänen begann Marlen ihr Studium erst im Jänner 1940. Daß sie studieren wollte und sollte, stand schon des längeren fest. Heinrich Frauendorfer war gerne bereit, dafür neuerlich finanzielle Opfer zu bringen. Nach ihrer Schulzeit in der Stadt, die sie nicht als die ihr gemäße Umgebung empfand, hatte Marlen einmal den Wunsch geäußert, eine Gartenbauschule zu besuchen – ihr Vater (und wohl auch ihre Mutter) wollte davon aber nichts wissen. »Der Gedanke, seine Tochter, der er eine gute Erziehung hatte angedeihen lassen, solle zeitlebens in der Erde wühlen, (...) schien ihm einfach absurd.« – So wird dieses verbürgte Vorhaben im Roman *Eine Handvoll Leben* kommentiert.[83] Die Heldin Elisabeth lebt nach der Matura wieder bei ihren Eltern, ein angenehmer Trott nimmt sie in diesem Herbst gefangen:

> »Die Mutter verwöhnte sie, der Vater war froh, endlich die Tochter wieder im Haus zu haben, und niemand schien im Ernst daran zu denken, auf ihre Zukunftspläne einzugehen. Es war, als wollten ihre Eltern sich jetzt schadlos halten für die langen Jahre, die sie auf ihr einziges Kind verzichtet hatten, sie behandelten Elisabeth wie eine Zehnjährige, als die sie vor neun Jahren von ihnen gegangen war.«[86]

Die Tage verlaufen gleichförmig, man läßt sie lange schlafen und nicht im Haushalt mithelfen, weil sie sich »erst einmal erholen« soll. »Sie fing an, sich müde zu fühlen, war immerzu schläfrig, je mehr sie aber schlief, desto matter und teilnahmsloser wurde sie.« Elisabeth fühlt sich, »benebelt vor Gemütlichkeit«, außerstande, etwas gegen die Lethargie zu unternehmen. Immer öfter sucht sie Zuflucht im Schlaf – »und allmählich wurde sie krank davon: Es fing damit an, daß sie am Morgen erwachte und kein Glied regen konnte.« Ihren Eltern kann sie diese beängstigenden Zustände nicht erklären. Abends findet sie keinen Schlaf, weil die Körperwahrnehmung ihr einen bösen Streich spielt: Die Glieder machen sich selbständig, scheinen zu wachsen und zu schrumpfen, alles wird fremd, sogar ihre »Tränen, so schien es ihr, waren nicht ihre Tränen«.[87]

Was Marlen Haushofer hier beschreibt, sind eindeutig die Symptome einer klinischen Depression. Inwieweit die Schilderung der Krankheit in dieser konkreten Lebensphase autobiographisch ist, läßt sich nicht mit Sicherheit feststellen. Haushofers Schreibpraxis spricht freilich dafür, daß die neunzehnjährige Elisabeth mit der neunzehnjährigen Marlen in ihrer seelischen Befindlichkeit weitgehend identisch ist. Wenn Marlen bald nach ihrer Schulzeit an einer Depression erkrankte, dann muß es jedenfalls in den vier Monaten geschehen sein, die sie nach dem Arbeitsdienst zu Hause verbrachte.

Anders als die wissende Einsamkeit des Alters, so heißt es in *Eine Handvoll Leben*, ist die Einsamkeit der Jugend »wirklich tragisch, weil die Jugend glaubt, sie allein erlebe diese Verwirrungen, dieses Unglück und die Ausweglosigkeit des Lebens. Ihre Abgeschlossenheit ist die des Gefangenen, der in seiner Zelle sitzt und nicht ahnt, daß er von Mitgefangenen umgeben ist, mit denen er sich durch Klopfzeichen verständigen könnte.« So hat Elisabeth nachts Angst, verrückt zu werden, während sie tagsüber die familiäre Geborgenheit als »eine zähe Flüssigkeit« erlebt, die sie dazu verlockt, sich einfach fallenzulassen. Als es im November zum ersten Mal schneit, kommt sie plötzlich wieder zu sich: »Sehnsucht nach Härte, Kühle und Arbeit überfiel sie, nach einem Widerstand, der zu brechen wäre.« Die Lähmung löst sich, die Lebensenergie kehrt zurück. Die Romanheldin entschließt sich, einen Handelskurs zu besuchen, und auch Marlen soll in jenem Herbst in Steyr einen solchen Kurs in Maschineschreiben begonnen haben. Der Bann scheint gebrochen. »Aber das alte Gefühl, sich in einer bekannten Gegend zu bewegen, stellte sich nicht mehr ein. Es blieb alles ein wenig unverbindlich, die Trauer sanft und die Freude gedämpft und unpersönlich.« Die Vertreibung aus dem Paradies der Kindheit ist nicht in erster Linie ein physischer Vorgang: Für Marlen Haushofer bedeutete sie den Verlust der existentiellen Intensität.[88]

3. Kapitel

1940
Sonderbare Liebesgeschichten

Im Jahr 1940 veränderte sich Marlens Leben entscheidend. Zunächst inskribierte sie am 8. Jänner an der Universität Wien Germanistik und Kunstgeschichte. Statt der bisherigen Semesterregelung hatte man das Studienjahr vorübergehend in Trimester eingeteilt. Das erste Trimester dauerte bis zum 21. März, und wie viele ›Erstsemestrige‹ mutete sich Marlen mit 27 Wochenstunden zu Beginn ein wenig viel zu: vom Minnesang bis zur Literatur des 19. Jahrhunderts, von der Verfassung des römischen Kaiserreiches bis zur deutschen Kunst, »vom Barock bis zur Gegenwart«.[1]

Die philosophische Fakultät der Universität Wien hatte sich ebenso wie die medizinische in den dreißiger Jahren einen hervorragenden Ruf erworben. Die Professorenschaft war freilich mehr oder minder einheitlich katholisch-konservativ oder großdeutsch-nationalsozialistisch eingestellt, und infolge der Besetzungspolitik der Regierung waren im Professorenkollegium schon vor dem Anschluß kaum Juden vertreten. So wurde nach dem März 1938 die Säuberung von rassisch und politisch Mißliebigen an der Wiener Universität besonders rasch und gründlich durchgeführt. Unter den verbleibenden Lehrern gab es kaum einen, der sich nicht mit dem neuen Regime arrangierte. Von den vierzehn habilitierten Germanisten, Theaterwissenschaftlern und Volkskundlern in Wien war nur einer nicht Mitglied der NSDAP: Edmund Wießner hielt Übungen in Mittel- und Althochdeutsch ab, die auch Marlen Frauendorfer absolvierte. Einige Professoren gehörten zu den Prominentesten ihrer Zunft im gesamten deutschen Sprachraum: so der Altgermanist Dietrich von Kralik, der Literarhistoriker Josef Nadler und der Historiker Heinrich Ritter von Srbik. Hans Sedlmayr, der nach dem Krieg mit seinem kulturkritischen Buch *Verlust der Mitte* Furore machte, verkörperte in der Nazizeit die ›Wiener Schule der Kunstgeschichte‹. Beim Philosophen und Anthropologen Arnold Gehlen belegte Marlen »Allgemeine Psychologie«. Die für die nationalsozialistische Wissenschaftspolitik bedeutsamsten Professoren aber waren sicher Srbik und Nadler, die neben Sedlmayr Marlens Studium dominierten: Heinrich von Srbik, formell kein Nationalsozialist, begrüßte das Dritte Reich als zeitgemäße Verwirklichung der großdeutschen Idee. 1935 erhielt er den offiziösen deutschen Mozart-Preis, von 1938 bis 1945 war er Reichstagsabgeordneter. Und Josef Nadler sah sich als Pionier einer nationalen – statt ›liberalen‹ – Literaturwissenschaft, die sich von einem rein ästhetischen Urteil verabschieden müsse. In seiner *Literaturgeschichte des deutsches Volkes* mit dem programmatischen Untertitel *Dichtung und Schrifttum der deutschen Stämme und Landschaften* nahm er Blut und Boden zum Maßstab der literarischen Betrachtung und profilierte sich damit als einer der führenden Germanisten des Dritten Reiches.[2]

Gerade die von Marlen gewählten geisteswissenschaftlichen Studienfächer – sie belegte auch Vorlesungen in Geschichte, Philosophie und Psychologie – waren ideologisch besonders überfrachtet. Schließlich galt es, Wissenschaft nicht um ihrer selbst willen, sondern als Bekenntnis zum deutschen Volkstum zu betreiben. Der deutschen Philologie kam dabei die unumstrittene Rolle der Königsdisziplin zu.

Angesichts dieser den Geist des Nationalsozialismus atmenden Lehre verwundert es nicht, daß auch das studentische Leben in den Händen der Partei lag. Voraussetzung für ein Studium war die Mitgliedschaft beim NSD, dem Studentenbund der NSDAP, der Sportveranstaltungen, Schulungen und Erntehilfseinsätze organisierte. Bis zum vierten Semester mußte jeder Student eine körperliche ›Grundausbildung‹ ableisten. Im April 1940 erfüllt Marlen, die natürlich selbst Mitglied war, ihre »studentische Dienstpflicht«, offenbar bei einem Sanitätsdienst. Vom Einsatz bei der Erntehilfe 1940 wurde sie, vielleicht aus gesundheitlichen Gründen, befreit.

Trotz dem Krieg und der staatlichen Bevormundung erlebt die Studentin Marlen Frauendorfer in Wien nun eine anscheinend unbeschwerte Zeit. Sie wohnt zunächst »in einem finsteren Hofkabinett« in der Gumpendorferstraße, »verfolgt von einer kleinstbürgerlichen Witwe, die alle paar Stunden die Tür aufriß, ohne anzuklopfen, versteht sich, um sich davon zu überzeugen, daß ihre Untermieterin nicht den Kopf an die Wand lehnte und Fettflecken verursachte«. Vorübergehend kommt sie dann bei ihrem Onkel Hans Frauendorfer und seiner jungen Frau Käthe in der Sternwartestraße im noblen Grünbezirk Währing unter, ehe sie in der Nähe des Franz-Josefs-Bahnhofs ein annehmbares und nicht allzu weit von der Uni gelegenes Zimmer bei einer Malerin findet. Das Försterkind, das es zum ersten Mal in eine ›richtige‹ Großstadt verschlagen hat, fühlt sich am Anfang etwas verloren und nimmt Kontakt mit aus Wien stammenden Mitschülerinnen auf, die nun wieder dort leben. Gerti Menzl, ihre Schlafsaalnachbarin, erhält eines Tages einen ziemlich verzagt klingenden Anruf Marlens, die beiden vereinbaren gemeinsame Theaterbesuche und treffen sich häufig zu vertraulichen Gesprächen im Erkerzimmer der elterlichen Villa der Menzls. Zwischen Februar und Juli 1940 hat die Freundin so sieben mit Marlen verbrachte Abende im berühmten ›Theater in der Josefstadt‹ vermerkt. Im Juli fahren die beiden gemeinsam mit dem Zug zu einem Klassentreffen nach Linz. Auch bei der Familie der stegreifbegeisterten Hilde Peichl ist Marlen öfter zu Gast. Mit Elli Trenkler, die in Wien Pharmazie studiert, verabredet sie sich gern im Kaffeehaus.[3]

Bald schloß Marlen auch an der Universität neue Freundschaften. Besonders gut verstand sie sich mit ihrer Studienkollegin Edith ›Dita‹ Strasser. Die beiden verfolgten die Vorlesungen der akademischen Koryphäen nach anfänglichem ehrfürchtigem Staunen mit kritischer Ironie und heimlichem Schulmädchengekicher. So zogen sie etwa Srbiks glasklaren Vortrag dem pompösen Stil Hans Sedlmayrs vor. Zwar wurde unter ihnen durchaus politisiert, im Vordergrund aber stand das kulturelle Angebot der nunmehr gleichgeschalteten und ›arisierten‹ Donaumetropole: Ausstellungen, Kinofilme, Theaterbesuche auf dem Stehplatz und Predigten prominenter Priester, deren Rhetorik von den Studentinnen nach ihrer ästhetischen und intellektuellen Qualität – und wohl auch nach ihrem verdeckt oppositionellen Gehalt – bewertet wurde. Die Mädchen befaßten sich mit christlicher Mystik, diskutierten über Franz Werfel und Thomas Mann, die aus dem Lehrplan der Germanistik verbannt waren. Trotz ihrer geistigen Regsamkeit scheinen sie heute der Freundin aus der Distanz von sechs Jahrzehnten von einer großen Naivität und Unbekümmertheit gewesen zu sein: Sie nahmen nichts wirklich tragisch.[4]

Marlen, die in Wien mit hundert Reichsmark monatlich auskommen muß, genießt es, in ihrem Untermietzimmer ein eigenes Reich zu haben und nach der Disziplinierung beim Arbeitsdienst wieder so richtig schlampig sein zu können. Strümpfe auf dem Tisch mögen Dita stören, sie selbst stören sie keineswegs. Von melancholischen Anwandlungen ist in dieser Zeit an ihr nichts zu bemerken (allerdings war es das ja früher auch nicht).

Wie in ihrer Zeit bei den Kreuzschwestern braucht Marlen freilich immer wieder einen Anstoß von außen, um aktiv zu werden. In Gesellschaft ist ›Me‹, wie die Freundin sie nennt, eine Schweigsame, die die anderen beobachtet, ein bißchen grinst und innerlich alles notiert. Hinter der Attitüde des Dorfkindes, der hilflosen Unschuld vom Lande, verbirgt sie ihre spöttische Überlegenheit.

Und die Männer? »Den Männern, die ihr heftig nachstellten, ging sie aus dem Weg, ein wenig ungehalten und gelangweilt von Liebeserklärungen, die ihr nur lästig waren.« Ganz so, wie in *Eine Handvoll Leben* beschrieben, war es sicher nicht. Da betrachtet Betty, die Romanheldin, ein altes Gruppenphoto »von jungen Leuten, an die sie sich nicht mehr erinnern konnte, und doch hatte sie mit ihnen getanzt, gelacht und sich unterhalten«.[5] Marlen Frauendorfer war wohl zu höflich, einen Verehrer gleich eiskalt abblitzen zu lassen. Die Langeweile einer Zweisamkeit, die die Frau aus romantischer Konvention bloß über sich ergehen läßt, wird jedoch in so manchem Haushoferschen Text beschworen. Schon die erste Anbahnung des erotischen Kontakts hat da etwas Mühseliges und Ödes. »Der erste Kuß«, den in der gleichnamigen Erzählung eine Schülerin von einem jungen Galan bekommt, wird schon im vorhinein durch ihre allzu nüchternen Gedanken entwertet und kippt zuerst ins Befremdliche, dann ins Lächerliche: »Sie will seinen feuchten Mund nicht auf ihren Lippen, und außerdem bekommt sie zu wenig Luft. (...) Das soll die Liebe sein?« Auf die Tränen des Zorns folgt ein befreites Lachen: »Wie lächerlich er aussieht mit seinen runden, erstaunten Augen und dem kleinen Schnurrbart – wie ein großer Kater!« Ist das Balzritual einmal durchschaut, ist es auch schon entzaubert. In der Geschichte *Die Zeit* erinnert sich eine Dame mittleren Alters an ihr erstes Rendezvous als Maturantin in Wien: »Sie bildete sich ein, in den betreffenden jungen Mann verliebt zu sein, und das stimmte auch. Was sie nicht wußte, war, daß sie sich in jeden anderen jungen Mann genauso hätte verlieben können.« Außer der täglichen »Schulmädchenwelt« und einer Traumwelt voll märchenhaft schöner Liebespaare existiert für die Heldin der Geschichte nichts. Ihre Jugend ist »ein Gefängnis aus festem Fleisch, das keinen Strahl der Wirklichkeit in sie eindringen ließ«. Der junge Mann, der in der Konditorei auf sie wartet und plötzlich so gewöhnlich aussieht, daß sie am liebsten wieder umgekehrt wäre, holt sie aus ihrer traumhaften Entrücktheit und schaltet gleichsam die Zeit ein, die reale Lebenszeit, deren unerbittliches Uhrwerk von da an tickt.[6]

Die Mädchen in Marlen Haushofers Werken gehen nicht aus eigenem Antrieb mit jungen Männern aus, sondern nur, weil es nun einmal zum Erwachsenwerden gehört, weil alle anderen es längst tun und sie nicht zurückstehen wollen.

> »Ich legte damals keinen Wert auf einen besonders guten Ruf und tat alles, was mir gefiel, nur daß mir das, was ich tat, nicht wirklich gefiel. (...) Ich wollte mich nicht von den anderen jungen Leuten unterscheiden und um keinen

> Preis als altmodisch und prüde gelten. Tief in mir steckte aber noch immer das Entsetzen eines braven Landmädchens vor der Verworfenheit der Großstadt. Ich wollte es nur nicht wahrhaben. Vielleicht ist das der Grund dafür, daß ich fast alles aus dieser Zeit vergessen habe, so als hätte es mich nicht wirklich betroffen.«[7]

Dieses Bekenntnis aus Marlen Haushofers letztem Roman *Die Mansarde*, der in Wien spielt, ist als stilisierte Selbstaussage nicht einfach für bare Münze zu nehmen. Und daß Marlen zu Hause in der Familie nun provokant die freie Liebe propagierte, bedeutet ja nicht, daß sie sie auch praktizierte. Denn irgendwie war die Erotik für sie offenbar eine zu anstrengende und lästige Angelegenheit. Jedenfalls deutet einiges darauf hin, daß die Klostererziehung auch bei einer noch so modernen Einstellung nicht so leicht abzuschütteln war. Das Bedürfnis nach Wärme und Anlehnung wird im Blick zurück nicht selten mit einer abgebrühten Kaltschnäuzigkeit zugedeckt:

> »Ich weiß nur, daß es großen Eindruck auf mich machte, wenn ein Mann sehr warme Hände hatte. Freilich, meine Mädchenjahre in dieser Stadt erscheinen mir heute als ein einziger langer Kriegswinter, und ich nahm mir Wärme, wo ich sie nur bekommen konnte. Einige junge Männer, die ich damals kannte, litten nicht unter der Kälte, für mich gaben sie wunderbare große Kachelöfen ab, und wenn ich mich auch nicht an ihre Gesichter erinnern kann, bin ich ihnen noch immer dafür dankbar.«[8]

Der Mann als ›wunderbarer großer Kachelofen‹, das klingt wie eine späte Rache der Autorin für die als lästig empfundenen Annäherungen des starken Geschlechts. Es war wohl alles in allem kein besonders aufregendes, sondern ein ganz normal verworrenes Studentenleben, das die junge Marlen Frauendorfer in Wien führte. Doch was ist eigentlich aus jenem Gert geworden, in den sie sich in Christburg so ausdrücklich ›nicht verliebt‹ hat? Ihre Freundin Hilde erinnert sich daran, daß sich für Marlen eines Tages ein »Besuch aus Ostpreußen« ankündigte. Marlen wollte den jungen Mann nicht sehen und bat Hilde, an ihrer Stelle zum Treffen zu gehen, Hilde lehnte jedoch ab. Marlen wird schließlich doch selbst gegangen sein. Es läßt sich also mutmaßen, daß die beiden die ganze Zeit über in brieflichem Verkehr standen, daß Gert kurzerhand nach Wien fuhr und Marlen es mit der Angst zu tun bekam. Beim RAD hatte sie jedenfalls keine andere Eroberung gemacht, die sie so aus dem Gleichgewicht gebracht hätte. Gert kam natürlich nicht »aus Ostpreußen«, aber er blieb Hilde im Zusammenhang mit Marlens Arbeitsdienstzeit in Erinnerung.

Die Wunde

Nun, da die beiden in Wien vereint sind, funkt es zwischen ihnen erst so richtig. Gert Mörth, geboren 1916 in Essen, stammt aus einer begüterten Dortmunder Familie. Sein Vater Paul Gert Mörth ist Kaufmann und betreibt ein Transportunternehmen. Gert studiert im zweiten Semester Medizin in Marburg an der Lahn. Offiziell ist er als Wehrdienstpflichtiger zum Studium nur beurlaubt. Die Vermutung liegt nahe, daß Gert Mörth zu Beginn des Polenfeldzuges zur Wehrmacht eingezogen wurde und man ihm erst im Sommersemester 1940 erlaubte, sein Studium fortzusetzen.[9]

Rein äußerlich entspricht Gert Marlens Idealbild, er ist gutaussehend, groß, ein hellhäutiger Typ mit rotblondem Haar. Daß es dem um vier Jahre Älteren mit Marlen ernst ist, kann man daran erkennen, daß er am 14. Oktober 1940 sein Studium an der Universität Wien aufnimmt. Irgendwann in diesem Herbst ist die Verlobung quasi offiziell: Marlen bringt ihren Gert, vielleicht zu Allerheiligen, nach Frauenstein mit und stellt ihn den Eltern vor. Auch ihr Bruder lernt ihn bei dieser Gelegenheit kennen. Gert dürfte auf den ersten Blick durchaus dem Bild des idealen Schwiegersohns entsprechen, schließlich war Marlen ja schon in Ostpreußen davon überzeugt, daß er den Eltern »sehr gefallen hätte«. Es ist ihnen sicher ganz recht, daß der junge Mann aus Deutschland Katholik ist. Was nun weiter geschieht, läßt sich nur vermuten: Anfang Dezember merkt Marlen, daß sie schwanger ist. ›Es‹ muß Ende Oktober, Anfang November passiert sein. Aber nun folgt nicht etwa die rasche Hochzeit mit dem Verlobten, sondern der endgültige Bruch – vielleicht hat dieser auch schon stattgefunden. Fest steht nur, daß die Beendigung der Beziehung von Marlen ausgeht.[10]

Die wahren Gründe dafür liegen im dunkeln. War ihre Verliebtheit einfach verflogen? Oder gab es doch ein traumatisches Erlebnis? Die große Enttäuschung? Einiges spricht dafür. Gert wollte sich wohl nicht mehr bis zur Ehe gedulden und hatte Marlen mit dem ›letzten Schritt‹, der für sie ein allererster war, überrumpelt. Der Schriftstellerin Jeannie Ebner sagte Marlen Jahre später, daß sie einen solchen Mann unmöglich hätte heiraten können. Gert wird als jemand beschrieben, der zugleich schüchtern und geltungsbedürftig war und es mit der Wahrheit nicht immer genau nahm. Vielleicht war er Marlen gegenüber nicht ganz ehrlich. So soll er angedeutet haben, er sei homosexuell, um seine Harmlosigkeit in erotischer Hinsicht zu signalisieren und um in Marlen den Wunsch zu wecken, ihn davon zu ›heilen‹. Eine Idee, die ihr nicht fremd war: In *Eine Handvoll Leben* fällt Elisabeth der »alte Mädchentraum« ein, »vom Ungeheuer, das erlöst werden muß. Es schien aber Ungeheuer zu geben, die ihre Erlöserin auffraßen.« Marlen war jedenfalls bitter enttäuscht. Einerseits war die Unschuld im Jahre 1940 für eine junge Frau tatsächlich noch etwas, was sie ›verlieren‹ konnte. Andererseits hatte Marlens Verlobter, was für sie wohl schwerer wog, ihr Vertrauen mißbraucht.[11]

»Vor Jahren war mir etwas geschehen, das mich in einem reduzierten Zustand zurückgelassen hatte, als einen Automaten, der seine Arbeit verrichtet, kaum noch leidet und nur für Sekunden zurückverwandelt wird in die lebendige junge Frau, die er einmal war.« Das Resümee der Erzählerin in Marlen Haushofers Novelle *Wir töten Stella* könnte sehr gut die seelische Verletzung durch die Jugendliebe meinen: »Seither glaube ich es nicht ertragen zu können, daß, unfaßbar für mein Hirn und Herz, Gut und Böse eins sind.« Von dem schönen Bild des kultivierten jungen Mannes, der, wie es in Marlens Brief an die

Eltern hieß, »so furchtbar nett und anständig« ist und ihr »das Leben erleichtert«, wo er nur kann, war nichts übriggeblieben. Bemerkenswerterweise wird Gerts Wohnadresse im 7. Bezirk, die Lerchenfelderstraße, in *Die Mansarde* zweimal als eine Straße erwähnt, »an der nichts schön ist als ihr Name«.[12]

Marlens erste große Liebe war zu einem ersten Trauma geworden. Es scheint so, als habe das Erlebnis mit dem Verlobten Marlens Verhältnis zum anderen Geschlecht nachhaltig geprägt, ihre Skepsis in tiefes Mißtrauen verwandelt, ja ihr Grundvertrauen in das Leben erschüttert. Immer wieder wird später bei Marlen Haushofer verschlüsselt davon die Rede sein, daß einmal etwas in ihr abgestorben, verschüttet worden sei. Ging mit dem Eintritt ins Internat und dann endgültig mit der Zeit der Krankheit Marlens Kindheit zu Ende, so bedeutete die verhängnisvolle Affäre in Wien für sie das Ende ihrer Jugend.

Für ein streng katholisch erzogenes Mädchen vom Lande war eine uneheliche Schwangerschaft zu dieser Zeit eine Katastrophe. Der neue Mutterkult des Nationalsozialismus konnte da kaum Trost spenden. Für Marlens Kindheit, die zwanziger und frühen dreißiger Jahre, trifft die Diagnose der allgemeinen Schwangerschaftsfurcht gewiß zu:

> »Der Ruhm großer Fruchtbarkeit, der früher der kinderreichen Frau die Mühen zu tragen half, gilt nichts mehr. Im Gegenteil, das Mädchen wächst in der Angst vor dem Kinde auf. Recht betrachtet, besteht die Erziehung unsrer Töchter darin, daß wir sie vor zwei Dingen zu hüten suchen, vor der geschlechtlichen Ansteckung und vor dem unehelichen Kinde, und wir wissen zu diesem Zwecke nichts anderes zu tun, als ihnen die Geschlechtsliebe an sich als Sünde darzustellen und die Entbindung als große Gefahr.«[13]

Ganz so hatte man es offenbar im Forsthaus am Effertsbach gehalten: Die Frauen dort redeten am liebsten über »Krankheit und Auflösung oder über das Kinderkriegen. Wenn aufs Kinderkriegen die Rede kommt, wird Meta allerdings aus dem

Zimmer geschickt. So viel hat sie aber doch gehört, daß es eine ganz schreckliche Plage sein muß.«[14] In den Augen der gestrengen Förstersfrau war der voreheliche Geschlechtsverkehr ganz nach kirchlicher Lehrmeinung eine Sünde. Der Fehltritt ihrer Tochter mußte für sie darüber hinaus eine persönliche Niederlage und Schande bedeuten. Marlen wußte das und beschloß, ihre Eltern nicht einzuweihen. Von einer Abtreibung wollte sie nichts wissen. Auch verbot das Gesetz einen solchen Eingriff, wobei die Tötung ungeborenen Lebens von den neuen Machthabern weniger aus moralischen als aus bevölkerungs- und rassenpolitischen Gründen verpönt war.

Entschlossen, ihr Kind trotz allen Widrigkeiten auszutragen, findet Marlen in ihrer Freundin Dita eine tatkräftige Helferin. Sie bringt die Schwangere mit einem Bekannten zusammen, dessen Onkel Anwalt ist und Marlen gratis vertritt. Die finanzielle Unterstützung durch den Kindesvater wird vertraglich geregelt. Nach den Weihnachtsferien, am 7. Jänner 1941, verläßt Gert Mörth offiziell die Universität Wien. Es ist anzunehmen, daß er ins ›Altreich‹ zurückkehrt. Dann verliert sich seine Spur – mit Marlen hat er vermutlich keinen weiteren Kontakt. Gert Mörth gehörte als SS-Oberjunker dem SS-Panzerregiment ›Das Reich‹ an. Im November 1944 verunglückte er bei einem Kraftfahrunfall in der Nähe von Köln tödlich.[15]

Nach außen hin läßt sich Marlen in dieser schwierigen Zeit nichts anmerken. Im ersten Trimester 1941 studiert sie mit unvermindertem Eifer, beschäftigt sich mit dem Nibelungenlied und dem »Erwachen der Europäischen Kunst«, als wäre nichts geschehen.

Die Schwangerschaft belastet sie aber sehr wohl, körperlich und psychisch; wie man in ihrem Werk nachlesen kann, wo neben dem Mutterglück immer wieder auch die innere Abwehr gegen die mütterliche Rolle beschrieben ist. So denkt in Marlen Haushofers erstem Roman Betty über das Elend der vielen gegen ihren Willen verheirateten Frauen früherer Jahrhunderte nach: Gab es nicht genug Leute, die wirkten, als seien sie »in einem Leib gewachsen, der sich verzweifelt gegen sie gewehrt hatte? Sie sah deutlich den mörderischen Kampf der kleinen

Embryoschmarotzer gegen den feindlichen Mutterleib, der sich damit quälte, sie auszustoßen aus der weichen, dunklen Wärme.«[16]

Der Psychoanalytiker kennt jedoch diese innere Gegenwehr werdender Mütter nicht nur bei ungewollten Schwangerschaften: Jede Schwangere empfindet nicht allein Freude, sondern unbewußt auch Ablehnung, ihr Es wehrt sich gegen das, was in ihrem Inneren wächst, von ihren Kräften zehrt, sie ausfüllt, unförmig und immer unbeweglicher macht. Und jede Mutter hegt für ihr Kind, ob geboren oder ungeboren, nicht nur Gefühle der Liebe, sondern auch des Hasses. Die Übelkeit, unter der Schwangere häufig leiden, entspringt dem Bemühen, den Fremdkörper durch Erbrechen loszuwerden, sie ist ein untauglicher Versuch der Abtreibung, eine Abwehrmaßnahme gegen die »Vergiftung durch den Samen des Mannes«. Marlen Haushofer, die ja auch Psychologie studierte, mag diese Zusammenhänge geahnt haben. In ihren Werken zeichnet sie jedenfalls oft klassische psychosomatische Krankheitsbilder. Bei der zwanzigjährigen Marlen Frauendorfer könnte dazu der Konflikt mit ihrer Mutter eine wesentliche Rolle gespielt haben, und zwar nicht nur, weil diese den Sündenfall der Tochter moralisch verdammte, sondern auch, weil ihre Abneigung gegen die Mutter die eigene Schwangerschaft belastete: »Wer seine Mutter haßt, der fürchtet sich vor dem eigenen Kind.« Es könnte seiner Mutter ja vergelten, was diese einst ihrer Mutter angetan hat, könnte ihr dieselbe Rolle aufzwingen, die diese an ihrer Mutter gehaßt hat.[17]

»Das so oft beschriebene Glücksgefühl der werdenden Mutter will sich nicht einstellen. Vorläufig ist mir immer nur übel. Ich fühle mich vergiftet wie bei einer Gelbsucht.« Mit dem Roman *Die Tapetentür* (1957) hat Marlen Haushofer das ungeschönte Protokoll einer gar nicht glücklich verlaufenden Schwangerschaft verfaßt. Was die Protagonistin Annette ihrem Tagebuch anvertraut, verrät einen tiefen inneren Konflikt: »Wie kommt es, daß dieses winzige Kind mir ein so abscheuliches Gefühl von Klebrigkeit und Unsauberkeit macht? Ich möchte mich den ganzen Tag waschen.« Der jahreszeitliche Verlauf der neun Monate von November bis August folgt etwa dem von Marlen Haushofers eigener Schwangerschaft. Annette empfindet ihren Zustand als Krankheit, schließlich kann sie kaum noch etwas essen und magert ab: »Nichts scheint mehr in mir Platz zu haben als dieses Kind, das mich aushöhlt und auffrißt.« Sie wartet ungeduldig auf die Geburt, »um endlich von dieser Last befreit zu werden«, und zweifelt daran, daß ihre Kraft ausreichen wird. Annettes innerer Widerstand gegen ihre Schwangerschaft ist nicht nur darauf zurückzuführen, daß sie die Zukunft ihrer Ehe in Frage stellt und ihr Mann sie betrügt – sie widersetzt sich auch der Natur ihres Geschlechts, dem Überwältigtwerden von »einer anonymen Kraft«. Sie wehrt sich gegen »dieses Sumpfgefühl«, gegen die Versuchung, sich »ganz in warmes, vegetatives Leben gleiten zu lassen«. Ihre Rebellion gegen das Kind ist eine Rebellion gegen die Mutterrolle an sich, getarnt durch Sorge um »den neuen Menschen in ihr, der das Recht besaß, eine normale, gute Mutter zu besitzen«.[18]

Annette kann sich nicht vorstellen, daß sie diese normale Mutter sein könnte, und das verursacht ihr Schuldgefühle. Sie sieht sich an einen Scheideweg gestellt:

> »Eine Frau, die ein Kind hatte, hörte auf, ein freier Mensch zu sein. Man war eine gute Mutter und nichts sonst, oder man versagte als Mutter und behielt seine Persönlichkeit. (...) Niemand konnte eine Sache gleichzeitig behalten und aufgeben, und hatte man sich dazu entschlossen, sie aufzugeben, so mußte man es rückhaltlos tun. Es gab keinen Weg, der zur jungen Frau in der kleinen Wohnung zurückführte, die gewohnt war, zu tun und zu lassen, was ihr beliebte.«[19]

Hier ist Marlen Haushofers Bilanz in eigener Sache unüberhörbar. Ihre Romanfigur Annette entzieht sich den eigenen Pflichten dadurch, daß sie ihr Kind tot auf die Welt bringt. Für die Logik der Romanheldin ist der Zusammenhang zwischen dem Un- und Halbbewußten ihrer Ängste und den Konsequenzen des Körpers zwingend: »das Kind war tot, weil sie nicht an seine Wirklichkeit geglaubt hatte«.[20]

Marlen Haushofer erzählt im Roman also nicht die eigene

Geschichte, aber sie beschreibt sichtlich eigene Gefühle. Nach dem unglücklichen Ende ihrer Liebe muß sie zur Jahreswende 1940/41 befürchten, daß das Kind, das sie erwartet und von dem ihre Familie nichts weiß, ihrem ungebundenen Studentenleben ein Ende machen würde. An die Wirklichkeit dieses Kindes und an die eigene Zukunft zu glauben, war für sie tatsächlich nicht leicht.

An einem Wintertag vor Weihnachten fährt Marlen mit der Straßenbahn, alle Sitzplätze sind von jungen Uniformträgern besetzt. Daß sie schwanger ist, sieht man ihr noch nicht an. Ein junger Mann steht schließlich doch auf, ein langer, schlanker Blonder, und bietet ihr seinen Platz an, sie kommen ins Gespräch, er spricht das kultivierte, nur leicht steirisch gefärbte Deutsch der Grazer Bürger. Soeben kehrt er von einer Militärübung zurück. In Wien studiert er als Soldat der Luftwaffe Medizin. Manfred Haushofer kommt als ein Retter in der Not, ohne es zu ahnen.[21]

Geboren 1917 in Judendorf bei Graz, wuchs Manfred Anton Georg Haushofer ab seinem vierten Lebensjahr vaterlos auf. Sein Vater Anton, ein Militärbeamter, hatte über einigen Grundbesitz verfügt. Er stand bei der Geburt seines Sohnes bereits im Pensionsalter und starb 71jährig im Jahr 1921. Manfred war kein Wunschkind, sondern die Frucht einer Liaison zwischen diesem begüterten alten Herrn und der viel jüngeren, mittellosen Therese Schabelreiter, die er erst geheiratet hatte, als sie bereits schwanger war. In seinem Testament setzte er, der schon Kinder aus einer früheren Ehe hatte, Frau und Sohn vermutlich auf den Pflichtteil – es mag auch sein, daß die Inflation der Nachkriegszeit das Erbe zusammenschmelzen ließ. Jedenfalls konnte Therese in dieser Zeit der allgemeinen Not sich und ihren Sohn in Graz mit ihrer Witwenpension und einer kleinen Gemischtwarenhandlung nur mühsam über Wasser halten. Trotzdem ermöglichte sie ihrem Manfred eine gute Schulausbildung.[22]

Nach der Matura absolvierte Manfred Haushofer die Lehrerbildungsanstalt in Graz, übte jedoch den Beruf des Volksschullehrers nie aus. Zunächst hatte er im österreichischen Bundesheer seinen Militärdienst abzuleisten und wurde nach dem Anschluß wie alle Heeresangehörigen in die deutsche Wehrmacht übernommen und auf den Führer vereidigt. Im Sommer 1939, kurz vor Kriegsbeginn, bewarb Manfred Haushofer sich um eine Stelle als ›Sanitäts-Offiziers-Anwärter der Luftwaffe‹, vielleicht schon mit dem Hintergedanken, auf diese Weise ein Medizinstudium beginnen zu können. Seine Bewerbung wurde jedoch abgelehnt, weil er die strenge Eignungsprüfung für die ›Wehrfliegertauglichkeit‹ nicht bestand. Daß er, wie die Gestapo auf Anfrage der Heeresbehörde mitteilte, bis 1938 Mitglied des ›österreichischen Heimatschutzes‹, einer ständestaatlich-patriotischen Vereinigung, gewesen war, dürfte für die Ablehnung keine Rolle gespielt haben.

1940 wurde auf Wunsch von Luftwaffenchef Hermann Göring in den Universitätsstädten Prag, Graz und Wien eine Studentenkompanie gegründet, die ihren Angehörigen in Kriegszeiten ermöglichte, im Sold der Wehrmacht ein Medizinstudium zu absolvieren. Denn im Zusammenhang mit der geheimen Planung für den Krieg gegen Rußland befürchteten die deutschen Strategen für die riesigen Ostgebiete, die man erobern wollte, eine medizinische Unterversorgung, der auf diese Weise vorgebeugt werden sollte. Für die Studenten war zwar nur eine Unteroffiziersausbildung vorgesehen, aber dafür mußten sie, solange sie entsprechende Prüfungserfolge vorzuweisen hatten, nicht mit einem Fronteinsatz rechnen. Die Kriterien wurden äußerst streng gehandhabt, und nach dem ersten Rigorosum war ein halbes Jahr Kriegsdienst verpflichtend vorgeschrieben. In Wien gehörten der Kompanie etwa 120 bis 180 Studenten an. Sie trugen die Uniform der Luftwaffe und hatten immer wieder Übungen und Lazarettdienste abzuleisten. Bis 1942 waren sie nicht kaserniert, sondern in privaten Unterkünften untergebracht.[23]

Für den in bescheidenen finanziellen Verhältnissen lebenden Manfred Haushofer war diese Studienmöglichkeit in jeder Hinsicht attraktiv. Vom April 1940 an diente er in der 2. Schülerkompanie der ›Sanitäts-Ersatz-Abteilung 17‹ der Luftwaffe in Wien. Bald darauf wurde er »zum nebendienstlichen Medizinstudium an der Universität Wien im 3. Trimester 1940

Manfred Haushofer um 1940.

zugelassen«. Genau zu dieser Zeit begann auch Gert Mörth in Wien zu studieren, es könnte also durchaus sein, daß die beiden einander gekannt haben. Noch wußte Manfred Haushofer aber nichts von der Rolle, die Gert in Marlens Leben gespielt hatte.

Ein Wintermärchen

Marlen verliebt sich Hals über Kopf in ihren Straßenbahnkavalier, und er verliebt sich in sie. Sie sind ein ansehnliches Paar, er, mit seinem gutgeschnittenen Gesicht und seinem Gardemaß von einem Meter fünfundachtzig, hager, blauäugig, dunkelblond, und sie, einen Kopf kleiner, apart, zierlich, die braunen Haare leicht gekraust, die großen Augen »veilchenblau«[24].

Je heftiger die beiderseitige Verliebtheit sich entwickelt, desto mehr bedrückt Marlen ihr Geheimnis. Da sie sich weder ihren Eltern noch ihren in Wien lebenden Schulfreundinnen anvertraut hat, ist Dita ihre einzige Stütze. Marlen beschließt, Manfred in einem Brief über ihren Zustand und die Vorgeschichte aufzuklären. Als darauf keine Reaktion kommt, ist sie verzweifelt. Als heulendes Häufchen Elend sitzt sie bei den Strassers zu Hause auf der Kohlenkiste und weiß nicht weiter. Daraufhin nimmt die energische Freundin die Sache in die Hand. Sie ruft Manfred Haushofer an und bestellt ihn in die ›Figaro-Bar‹. Dort stellt sich heraus, daß er den Brief aus irgendeinem Grund nicht erhalten hat. Dita eröffnet ihm, wie es um Marlen bestellt ist. Manfred fällt aus allen Wolken, nimmt aber Ditas Vorschlag an: ›Me‹ und sie würden am nächsten Tag zum Nadler-Seminar an der Uni erscheinen. Käme er auch, hieße das, er wolle trotz allem zu Marlen halten. Als Marlen dann in ihrem Kunstpelzmantel mit dem kleinen Kragen, grün im Gesicht, mit Dita zum Seminar eintrifft, ist Manfred wirklich da. Wortlos nimmt er Marlen beim Arm, und die beiden überlassen Dita allein der Germanistik.[25]

In ihrem Roman *Die Mansarde* hat Marlen Haushofer dieser glücklichen Zeit des Einander-Kennenlernens ein unpathetisches Denkmal gesetzt:

»Wir gingen über den Graben und hielten uns an den Händen (...). Er war in Uniform, und wir ärgerten uns jedesmal, wenn ein Offizier vorüberkam und Hubert salutieren und dabei meine Hand loslassen mußte.
Wir redeten wirklich miteinander, nicht nur so nach den üblichen Spielregeln, sondern ganz ohne Hintergedanken und Vorbehalte, wie vielleicht zwei Kinder miteinander reden, die sich auf dem Spielplatz kennengelernt haben.
Es war ein wunderbares Gefühl, plötzlich nicht mehr allein zu sein (...). Der Schnee sank lautlos nieder auf den Kragen seines Uniformmantels und auf meinen kleinen Pelzkragen, und die Luft roch beinahe wie daheim.«

Hubert, der künftige Ehemann, begleitet die Erzählerin in ihre Wohnung in der bewußten Lerchenfelderstraße und löscht damit gleichsam den nur für Eingeweihte sichtbaren dämonischen Glanz dieses Straßennamens aus.

»Vor der Haustür küßte er mich, eher freundschaftlich, und ich legte meine Wange an die seine, und sein Gesicht war so kalt wie meines. Ich hatte immer schon eine Schwäche für schöne Gesichter, und ich fand Huberts Gesicht im Schein der schwachen Lampe schön, und ich wünschte mir, es zeichnen zu können. Aber das war nicht das Wesentliche, wichtig war nur, daß wir so miteinander geredet hatten. (...) Wir waren dafür geschaffen, einander im Winter kennenzulernen, langsam aufzutauen und endlich wieder zu erstarren.«[26]

Der Hubert im Roman ist – wie wohl Manfred in der Realität – ganz ohne Zweifel kein Lückenbüßer, sondern ›erste Wahl‹. »Er war nicht der erste Mann in meinem Leben, aber als ich ihn kennenlernte, vergaß ich alles, was vor ihm gewesen war, auf der Stelle. Hubert (...) war mir ganz vertraut, als hätten wir einander von Kindheit auf gekannt.«[27]

Trotz ihren Sorgen konnte Marlen nun aufatmen. Sie hatte einen Mann gefunden, der zu ihr hielt, obwohl sie das Kind eines anderen austrug. Manfred Haushofers Großmut jedoch barg in sich bereits den Keim für späteres Mißtrauen von seiner und für ein Schuldgefühl auf ihrer Seite. Hatte sie ihn etwa genommen, weil sie jemanden brauchte und kein anderer da war? Oder damit, wie es heißt, das Kind einen Namen hatte? War sie vielleicht, ohne es selbst zu wissen, in diese Ehe geflüchtet, auch vor dem Makel des Fehltritts, der der Mutter eines unehelichen Kindes damals anhaftete? Und hatte andererseits er das Recht, von seiner Frau lebenslange Dankbarkeit zu erwarten für etwas, das er doch aus Liebe getan haben mußte?

In jener Zeit aber sind solche Gedanken den beiden noch fremd. Manfred Haushofer, soeben zum Sanitäts-Feldwebel befördert, wird Ende April 1941 nach Prag versetzt. Und Marlen hat nicht vor, ihr Kind bei den Eltern in Effertsbach auf die Welt zu bringen. Die Unterstützung des Vaters wäre ihr sicher gewesen, aber vor der Konfrontation mit der Mutter hat sie solche Angst, daß sie sich dafür entscheidet, ihrer Familie nicht nur die Schwangerschaft, sondern auch die Geburt zu verheimlichen. Trude Laux, die Freundin vom Arbeitsdienst, soll ihr dabei helfen: Trudes Mutter ist bereit, Marlen in ihrem Haus in Bayern, in Herrsching am Ammersee, Unterschlupf zu gewähren. Bliebe sie bis zur Entbindung in Wien, könnte sich das Ereignis allzu leicht bis nach Oberösterreich herumsprechen. Was Marlen nun wirklich tut, läßt sich nicht eindeutig rekonstruieren: Von Elli Trenkler nimmt sie gegen Ende des Wintersemesters, also im März, Abschied, um nach Bayern zu gehen. Am 7. Mai schreibt sie von dort eine Ansichtskarte an Manfred nach Prag, der noch nichts von sich hat hören lassen.[28]

Geht man jedoch nach Marlen Frauendorfers Studien-›Meldungsbuch‹, so studierte sie gerade in dieser Zeit mit bemerkenswerter Disziplin: Von April bis Juli (man war nun wieder zur Semestereinteilung zurückgekehrt) absolvierte sie Lehrveranstaltungen im Ausmaß von 21 Wochenstunden, Vorlesungen über Wolfram von Eschenbach, Goethe und Schiller, das Wiener Drama des 19. Jahrhunderts und die Philosophie des Rationalismus.[29] Es ist nicht nur festgehalten, daß sie inskribiert war, sondern auch die »Frequenz« und Anrechenbarkeit der Lehrveranstaltungen wurde von den Vortragenden bestätigt. Zur üblichen Zeit der Prüfungen am Semesterende muß Marlen bereits hochschwanger gewesen sein. Offensichtlich war sie also noch einmal nach Wien zurückgekehrt. In diesen Monaten mag der von den Nationalsozialisten betriebene Kult der Mutterschaft im universitären Alltagsleben für Marlen eine gewisse moralische Unterstützung bedeutet haben. Schließlich brauchte Deutschland Mütter, die bereit waren, dem Führer künftige Helden zu gebären. Marlen konnte also sicher auf ein gewisses Entgegenkommen von seiten der Professoren zählen; vielleicht gestattete man ihr etwas frühere Prüfungstermine, vielleicht nahm man es mit der Anwesenheit nicht so genau. Doch es steht außer Zweifel, daß sie, um das Semester ordnungsgemäß abschließen zu können, bis in den Juni hinein ernsthaft in Wien studiert haben muß. Offenbar hatte sie sich vorgenommen, sich durch ihre Schwangerschaft – sie war dann schon im achten Monat – nicht in ihrem Arbeitsprogramm beirren zu lassen, auch um nach außen, etwa gegenüber den Eltern, auf einen ordentlichen Studienfortgang verweisen zu können.

Von 28. Juni bis 1. Juli erhält Manfred Haushofer einen Sonderurlaub nach Herrsching bewilligt, der dann wieder gestrichen wird – ob auf eigenen Wunsch oder wegen dienstlicher Erfordernisse, ist nicht ersichtlich. Ihren ahnungslosen Eltern erzählt Marlen, daß sie diesmal in den Ferien nicht nach Hause kommen könne, weil sie in Bayern einen Arbeitseinsatz abzuleisten habe. Die letzten Juliwochen verbringt sie bei Mutter und Tochter Laux in Herrsching.

Am 30. Juli 1941 ist es so weit: In einem Entbindungsheim im nahen Pähl (Landkreis Weilheim) kommt der kleine Christian Georg Heinrich zur Welt. Den zweiten Namen Georg verdankt der Kleine möglicherweise seinem künftigen Stiefvater, den dritten Namen sicherlich seinem Großvater Heinrich Frauendorfer, dessen Familiennamen er als uneheliches Kind trägt. Der Vater ist in der Geburtsurkunde nicht vermerkt. Marlens Freundin Trude wird Christians Taufpatin.[30]

Zwei Wochen nach der Geburt schreibt die junge Mutter einen Brief an ihre Eltern, in dem sie den Sohn mit keinem Wort erwähnt.[31] Statt dessen läßt sie Großmutter und Tanten schön grüßen und schildert ihre angebliche Arbeit, die »sehr langweilig« sei, »immer registrieren u. Karteiblätter schreiben und so. Aber bald ist's ja überstanden.« Dann kündigt sie an, sie wolle ihr schwarzes Seidenkleid nach Hause schicken, das die Hausschneiderin länger machen möge, und resümiert die Angabe ihrer aktuellen Maße mit dem lapidaren Satz »Ich bin wieder etwas schlanker geworden«. Nach all diesen Vorreden kommt sie zur Sache: »Nun muß ich Euch eine kleine Neuigkeit berichten, das heißt, ganz neu ist es ja nicht, aber da Mutter immer behauptet, ich stelle Euch vor die vollendeten Tatsachen, ohne zu fragen, will ich es vermeiden und Euch langsam aufklären.« Die langsame Aufklärung erlaubt es nicht, die Eltern schon jetzt von der Geburt ihres Enkels zu benachrichtigen, aber auch die »kleine Neuigkeit« ist nicht so klein:

> »Ich habe mich nämlich ernstlich verlobt. Bitte befürchtet deswegen nichts, es ist bestimmt zum letzten Mal. Und wahrscheinlich werdet Ihr im Herbst od. Winter diesbezügliche Sorgen überhaupt los werden. (...) Glaubt bitte nicht, daß ich übereilt handle, ich hab mir die ganze Sache schon seit Weihnachten überlegt und habe auch Manfred immer wieder davon abhalten wollen, aber er hat es sich so fest in den Kopf gesetzt, daß er sich doch die Folgen selbst zuschreiben muß.«

Diese merkwürdige Verlobungsmitteilung ist nur vor dem Hintergrund des gescheiterten ersten Versuchs verständlich. Offenbar haben die Eltern ihrer Tochter das Ende der Beziehung zu Gert Mörth als ein Zeichen der Flatterhaftigkeit oder jedenfalls der Wankelmütigkeit ausgelegt. Die Art, wie Marlen die Idee einer gemeinsamen Zukunft als etwas darstellt, das sie dem Verlobten förmlich ausreden will und dessen »Folgen« er sich aufgrund seiner Hartnäckigkeit »selbst zuschreiben muß«, offenbart ihre Zweifel am eigenen Wert wie an der eigenen Ehetauglichkeit. Daß sie sich ihrem künftigen Gatten wegen ihres ›Makels‹ nicht ebenbürtig fühlt, klingt durch, ist aber für die Eltern nicht erkennbar. Das ungenannte Neugeborene erscheint als Hypothek, die von Anfang an auf Marlen Haushofers Ehe lastet.

Manfred, berichtet Marlen weiter, habe in letzter Zeit drei Prüfungen mit Auszeichnung abgelegt, müsse aber nun wieder ein Semester aussetzen, weshalb sich das Studium verzögere. Er könne aber wohl ohnehin »vom Militär nicht mehr loskommen«, einmal verheiratet, würde er einen Sold von vier- bis fünfhundert Mark erhalten. Wenn Manfred mit seiner Mutter gesprochen hat und alle Einzelheiten geklärt sind, will Marlen noch einmal ausführlicher schreiben. Den Eltern erlegt sie einstweilen Stillschweigen auf: »Wir wollen gar kein Aufsehen haben, Manfred ist da genauso wie ich.« Ganz die gehorsame Tochter mimend, versichert Marlen, ihre Heiratspläne nur zu verwirklichen, »wenn Ihr nicht ganz dagegen seid«. Aber:

> »Ich glaube, Manfred wird Euch gefallen, obwohl man ihn erst näher kennen muß, bis er auftaut, weil er ziemlich verschlossen und ein wenig menschenscheu ist, aber ich finde gerade seine stille, ruhige Art sehr wohltuend. Jedenfalls müßte ich mich selbst ohrfeigen, wenn ich noch einmal eine Dummheit machen würde, denn so einen guten Mann krieg ich nie wieder. Aber derartige Berechnung liegt meinem Entschluß nicht zu Grunde. Wir könnten ja beide noch warten, aber wir sehen nicht ein warum, wo wir doch zu leben haben. Und wenn wir beide in Wien sind und uns jeden Tag sehen kostet das Kaffehaus u. Theater u. Kino u.s.w. wo wir uns dann treffen, mehr Geld als wenn wir beisammen wohnen. Außerdem friere ich im Winter immer so schrecklich und geh so ungern abends aus dem Haus. Außerdem sind wir beide nicht auf Vergnügen aus, sondern sitzen viel lieber zu Hause.«

Während Marlen da auf geradezu rührende Weise den Spareffekt des Verheiratetseins rühmt und die Ehe als Glück gemeinsamen Stubenhockens ausmalt, kommt das Wort Liebe im Brief nicht vor: »Wohltuend« findet sie die ruhige Art des Verlobten. Damit soll vielleicht der Verdacht ausgeräumt werden, die leichtsinnige Marlen sei wieder das Opfer einer blinden Verliebtheit geworden. Daß sie ihrem ersten Verlobten den Laufpaß gab, bezeichnet sie hier indirekt als »Dummheit«.

Wahrscheinlich hat sie ihren Eltern nie etwas über die wahren Gründe gesagt. Ihnen präsentiert sie Manfred Haushofer als einen »guten Mann«, den sie sich nicht durch die Lappen gehen lassen dürfe. Diese »Berechnung« wird sehr wohl etwas mit Marlens Entschluß zu tun haben, jedenfalls mehr als die Berechnung der Einsparungen als Folge des Ehelebens.

Marlen Haushofer läßt die Erzählerin in der *Mansarde* ihren jugendlichen Entschluß rückblickend selbstkritisch beurteilen:

> »Ich wollte nicht länger allein sein, ich mußte dringend eine Familie gründen und als ihr Mittelpunkt jeden Abend stark und behäbig wie mein Großvater unter der Lampe sitzen und Geschichten erzählen. Dabei übersah ich nur, daß ich nicht stark und behäbig war und nie ein Mittelpunkt sein konnte und daß ich auch keine Geschichten erzählen konnte, jedenfalls keine Geschichten, die einer Familie gefallen hätten.«[32]

Das kann man als Marlen Haushofers Kommentar zum eigenen Werk lesen, aber die Aussage trifft auch biographisch zu: Immer wieder muß Marlen ihrer Familie Geschichten erzählen, von denen sie weiß, daß sie ihr nicht gefallen werden. Ob sie ihren Eltern dann in dem versprochenen zweiten Brief die Nachricht vom Enkelkind mitgeteilt hat? Oder erst im Herbst, als der Hochzeitstermin feststeht, der Vater und Mutter beruhigen soll? Die beiden Verlobten, die »doch zu leben haben«, leben vorerst noch getrennt. Marlen bleibt nach der Geburt gut drei Monate in Herrsching und läßt ihr Kind in der Obhut von Trudes Mutter Berta Laux zurück. Am 11. November 1941 heiraten Marlen Frauendorfer, »Studentin der Philosophie«, und Feldwebel Manfred Haushofer, »Student der Medizin«, auf dem Standesamt Molln. Tags darauf findet die kirchliche Trauung in der Pfarrkirche von Frauenstein statt. Die Messe hält Anton Kranzl, der Pfarrer, der Marlen von klein auf kennt und den sie auch in *Himmel, der nirgendwo endet* verewigt hat. Trauzeugen sind Heinrich Frauendorfer und ein Studien- und Kompaniekamerad Manfreds.[33]

Marlen und Manfred Haushofer als Brautpaar vor der Kirche von Frauenstein.

Nach kurzem Heiratsurlaub der beiden Frischvermählten in Graz bei Manfreds Mutter fuhren sie nach Prag. Das Ehepaar wohnte privat im ehemaligen Haus der patriotischen ›Sokol‹-Vereinigung, weshalb Marlen immer wieder mulmig zumute war – schließlich befanden sie sich hier in besetztem Feindesland. Marlen besuchte auch Vorlesungen der Prager Universität, schrieb sich aber nicht ein. Manfred bereitete sich mit einem Studienkollegen intensiv auf sein erstes Rigorosum vor.

Die Goldene Stadt wird die Kunstgeschichtsstudentin sicher beeindruckt haben; literarisch hat sich der Aufenthalt jedoch nicht niedergeschlagen. Sicherlich aber war Prag die passende Kulisse für eine junge Ehe: »Alles ging ganz einfach, und wir waren glücklich und konnten uns gar nicht vorstellen, daß wir früher ohne einander ausgekommen waren«, heißt es etwa in *Die Mansarde*. »Hubert war am Anfang unserer Ehe sehr zärtlich zu mir. Davor hatte ich manchmal ein bißchen Angst.« Ihre Überforderung, ihr vertracktes Verhältnis zur Erotik überhaupt, beschreibt Marlen Haushofer in einem treffenden Bild: »Als Kind hatte ich einmal Angina und litt sehr unter Durst, aber wenn man mir zu trinken gab, konnte ich nicht schlucken. Ich hoffe, er hat es nie bemerkt. Ich war ja auch vollkommen glücklich, so glücklich ein erwachsener Mensch eben sein kann.« Im Rückblick erscheint diese Zeit sehr weit weg: »Damals war Hubert nicht so auf seine Würde bedacht, wir haben viel gelacht und hundert Spiele erfunden, die er offenbar vergessen hat und an die auch ich mich immer undeutlicher erinnere.«[34]

Auch da kann man einen autobiographischen Bezug vermuten. In Manfred Haushofers dienstlichen Beurteilungen sind fast durchwegs seine hohe Intelligenz, seine zurückhaltende Art und seine »große überschlanke Gestalt« hervorgehoben. Zwar »geistig regsam«, wirke er beim Erteilen von Kommandos noch etwas unsicher, er verstehe aber, sich »trotz seines ruhigen Wesens durchzusetzen«. Ein einziger Vorgesetzter bescheinigt ihm eine nur durchschnittliche geistige Veranlagung und außerdem »wenig Frontpersönlichkeit« (»wirkt etwas weich«). Bei seinen Kameraden galt Manfred Haushofer nicht nur als sehr fesch und sehr gescheit, sondern auch als angenehmer, ausgesprochen ruhiger und ausgeglichener Zeitgenosse.[35]

Im Jänner 1942 wurde Manfred Haushofer zur Luftwaffen-Sanitäts-Staffel Krems in Niederösterreich bzw. ›Niederdonau‹ abkommandiert. Dort zog er sich ein Leiden zu, das sein – und auch Marlens – Leben überschatten, seine Lebensqualität schwer beeinträchtigen sollte: Eine verschleppte Angina, die er sich beim winterlichen Dienstsport geholt hatte, griff den Herzmuskel an und schädigte diesen nachhaltig. Nach dem

Abklingen der akuten Symptome wurde die Gefährlichkeit der Krankheit zunächst unterschätzt. Im April versetzte man Manfred Haushofer nach Wien, wo er im Luftwaffenlazarett seine Pflichtfamulatur ableisten sollte.

Erst jetzt nimmt Marlen, die in der Zwischenzeit wohl auch ihren Sohn in Bayern besucht hat, ihr Studium an der Wiener ›Alma mater Rudolphina‹ wieder auf. Mit ihrer Freundin Gerti Menzl beginnt sie, wieder regelmäßig ins Theater zu gehen; am 16. Mai sieht Marlen im Akademietheater ein Stück mit dem beziehungsvollen Titel *Die bestrafte Spröde*.[36] Die beiden Eheleute wohnen noch zur Untermiete. Die Betreuung des kleinen Christian und das Studium, das ihr weiterhin wichtig ist, scheinen für Marlen unvereinbar. Sie hat ihren Sohn allerdings auch nicht nach Prag mitgenommen, obwohl sie dort keine derartigen Verpflichtungen kannte. Hat sie Angst davor, als Mutter überfordert zu sein? Möchte sie noch einmal unbeschwert jung sein? Oder will sie ihrer jungen Ehe die Störung durch eine lebendige Erinnerung an ihr Vorleben nicht zumuten?

Im Sommer 1942 fahren Marlen und Manfred für einige Tage nach Bayern, anschließend verbringen sie ihre Ferien im Forsthaus in Frauenstein. Nach Wien zurückgekehrt, schreibt Marlen ihrer Mutter einen Brief, der zunächst einmal ihre mangelnde Begeisterung für ehefrauliche Haushaltspflichten verrät: »Seit gestern ist Manfred im L.W. Lazarett u. es geht ihm ganz gut. Nur Essen bekommt er keines, so daß ich doch kochen werde.« Dann ist wieder von Kleiderstoffen die Rede, ehe Marlen zur Sache kommt:

> »Liebe Mama, bitte sei nicht traurig, wenn ich Dir jetzt schreibe, warum ich so grantig war. Ich bekomme nämlich Anfang April ein Kind, wie mir der Arzt jetzt sagte u. da keine Anzeichen dafür dawaren, außer einer gewißen (sic) Übelkeit, wollte ich Dich nicht beunruhigen. Zuerst war ich auch recht traurig, aber wer weiß wozu es so gut ist, jetzt bin ich garnicht mehr grantig u. Manfred ist auch sehr lieb zu mir und vielleicht wird doch auf diese Weise alles recht. Ich fühle mich diesmal viel wohler als vor 2 Jahren u. es geht mir auch viel besser. Jetzt werden wir uns

um eine Wohnung bemühen, das ist momentan die ärgste Sorge. Bitte lb. Mama reg Dich nicht auf darüber, ich kann ja auch nichts dafür u. vielleicht wird es recht ein liebes herziges Kind.«[37]

Und ganz prosaisch fährt sie fort: »Liebe Mama, bitte bestelle die 2 Kleider (braun u. schwarz) ab u. laß 2 nette Umstandskleider daraus machen.«

Auch dieses Kind kommt also ungeplant, die Umstände sind jedoch ungleich günstiger, und so hat sich Marlen nach dem ersten Schrecken wohl recht schnell mit dem Gedanken angefreundet. Ihre Eltern hätten es wahrscheinlich lieber gesehen, wenn die Eheleute zuvor ihre Studien abgeschlossen und sich eine finanzielle Basis erworben hätten. Auch haben sie sich die Zukunft ihrer begabten und ›studierten‹ Tochter sicher nicht als die einer Hausfrau und Mutter vorgestellt: »Viele Küsse von Manfred u. Ihr sollt nicht bös sein auf ihn.«

Das Ehepaar findet schließlich in Wien eine Wohnung im 18. Bezirk, den Marlen schon gut kennt. Sie schließt auch noch das Wintersemester 1942/43 ab, ihr insgesamt 7. Semester, allerdings sind nur mehr Vorlesungen und Übungen im bescheidenen Ausmaß von zehn Wochenstunden nachgewiesen.

Diesmal kann Marlen ihre Niederkunft zu Hause bei ihren Eltern erwarten, Manfred ist in die mährische Hauptstadt Brünn zur Pflichtfamulatur abkommandiert. Als einige Tage vor dem Termin nachts die Wehen einsetzen, ist gerade Marlens Bruder Rudi, den man bereits zur Wehrmacht eingezogen hat, auf Kurzbesuch in Effertsbach. Mit dem Fahrrad fährt er in die Bezirksstadt Kirchdorf, um im dortigen Spital die Rettung zu alarmieren. Die kommt zwar nach Effertsbach, kann Marlen aber nicht nach Kirchdorf bringen, weil man dort überlastet ist, und fährt sie daher ins gut vierzig Kilometer entfernte Wels. Hier wird Marlen Haushofer am 27. März 1943 von einem Buben entbunden, der den Namen seines Vaters erhält. Von diesem glücklichen Ausgang sollte Rudolf Frauendorfer, der noch in derselben Nacht zurück zu seiner Truppe muß, erst viel später erfahren.[38]

Kurz darauf erkrankte der frischgebackene Vater lebensgefährlich und wurde im Luftwaffenlazarett Brünn, wo er als Famulant Dienst tat, als Patient aufgenommen. Nur knapp entging Manfred Haushofer dem Tod, die diagnostizierte Herzmuskelentzündung fesselte ihn für sechs Wochen ans Krankenbett. Nach Wien zurückgekehrt, war der Genesende noch so schwach und schonungsbedürftig, daß ihn sein Freund (und Trauzeuge) über die Treppen zu seiner Wohnung hinauftragen mußte.[39] An einen weiteren Dienst in der Wehrmacht war nicht zu denken. Bereits nach wenigen Tagen wurde ein Dienstunfähigkeitsverfahren eingeleitet, und Manfred Haushofer durfte den Ausgang des Verfahrens von Anfang Juni an in Frauenstein abwarten.

Der angehende Mediziner konnte nun damit rechnen, daß ihn der Krieg bald nichts mehr anging und daß er sich auch die für die ›Schülerkompanie‹ vorgeschriebenen sechs Monate Frontdienst ersparen konnte. Eine schwere Krankheit zum richtigen Zeitpunkt, das war in diesen Zeiten ein Glück, um das ihn sicher viele beneideten. Mit seinem lebenslangen Leiden zahlte Manfred Haushofer freilich einen hohen Preis. In Frauenstein, wo er seine Frau wieder und seinen Sohn wohl zum ersten Mal sah, stand denn auch die Wiederherstellung seiner Gesundheit im Vordergrund.

Marlen und Manfred machten in diesen Jahren den Eindruck eines glücklichen Paares, zusammen mit ihrem Sohn bildeten sie geradezu ein familiäres Idyll. Schließlich hatte Marlen als Zwanzigjährige, allen kindlichen Beteuerungen zum Trotz, kein Hehl daraus gemacht, daß sie sich einen Mann und Kinder wünschte. Auf die Dorfbewohner wirkten die Eheleute ruhig und sympathisch, Marlens Eltern freuten sich am Glück der Jungen mit. Dabei war es noch gar nicht lange her, daß Maria Frauendorfer auffallend viel geweint hatte. Ausgehend vom Sekretariat der Gemeinde, waren im Tal Gerüchte aufgekommen, die Försterstochter habe ein uneheliches Kind. Aber noch wurde darüber nur gemunkelt, im Forsthaus war das Thema tabu.[40]

Mit Wirkung vom 22. September 1943 wurde Manfred Haushofer wegen Dienstunfähigkeit aus dem Dienst der Luftwaffe entlassen und eine »Nachuntersuchung in 2 Jahren« angeordnet – aber in zwei Jahren sollte es keine Luftwaffe mehr geben. Nun konnte Manfred sich ohne jede Ablenkung durch das Militär auf das Studium konzentrieren, allerdings erhielt er nun auch keinen Sold mehr. Marlens Eltern sprangen von Anfang an großzügig ein und halfen dem jungen Paar finanziell über die Runden.

Für das Wintersemester 1943/44 bezogen Manfred und Marlen eine Wohnung in Graz. Den kleinen Manfred ließen sie bei den Großeltern in Effertsbach zurück, wohl auch deshalb, weil auf dem Land die Versorgungslage besser war und die alliierten Luftschläge gegen deutsche Städte immer bedrohlicher wurden. Die Unterkunft in der Grazer Mandellstraße lag vis à vis der Wohnung von Manfreds Mutter.

In Marlens Augen entsprach Therese Haushofer dem typischen Bild der bösen Schwiegermutter. Im Roman *Die Mansarde* etwa wird Hubert von der Erzählerin, deren Tbc-kranke Eltern einst jeden Körperkontakt mit ihr vermieden, sogleich als Schicksalsgenosse erkannt: »Er sah auch aus wie ein Kind, das sich nie die Zehen an seiner Mutter hatte anwärmen dürfen.« Die Erfahrung, daß die Mutter Kälte vermittelt und nicht zur emotionalen Zuflucht taugt, verbindet die Liebenden. Über Huberts Mutter heißt es: »die Hofrätin hätte mich ruhig wie einen Menschen behandeln können. Sie tat aber, als gäbe es mich gar nicht. Heute wäre mir das einerlei, damals aber hätte mir ein bißchen Entgegenkommen gutgetan.« Die Erzählerin hat nichts davon, daß auch Hubert sich mit der alten Frau nicht gut versteht. Sie vermutet, daß er »seine Mutter in früher Kindheit sehr geliebt hat, später bildete er sich ein, sie nicht zu mögen, und lebte mit ihr in ständigem Hader«. Und die Mutter nimmt ihrem Sohn auch übel, »daß sie ihn an eine Frau hatte abtreten müssen, die sie nicht mochte. Was nicht viel bedeutet, denn sie mochte kaum einen Menschen.«[41]

An der Grazer Uni hört Marlen Haushofer Vorlesungen über die Romantik und die deutsche Prosa des 19. Jahrhunderts beim stramm nationalsozialistischen Rektor Karl Polheim ebenso wie »deutsche Operndichtung« und die Methoden der

Literaturwissenschaft beim oppositionell eingestellten Nichtparteimitglied Hugo von Kleinmayr. Und sie beginnt mit ihrer Dissertation – Thema und Betreuer lassen sich heute nicht mehr feststellen. In ihrem 10. Semester im Winter 1944/45 belegt sie zwar noch einige Vorlesungen, besucht sie aber nicht mehr regelmäßig und kann so etwa von den »Rassendiagnostischen Übungen« im Fach Psychologie nicht mehr ›profitieren‹.[42]

Kurz vor Kriegsende, Anfang April 1945, wird Manfred Haushofer zum Doktor der Medizin promoviert. Als die NS-Behörden angesichts der anrückenden sowjetischen Truppen Graz zur ›Festungsstadt‹ erklären und Kampfhandlungen zu befürchten sind, beschließen Marlen und Manfred, sich per Fahrrad nach Frauenstein durchzuschlagen. Um die Bevölkerung an der Flucht zu hindern, haben die Behörden das Passieren der Stadtgrenzen mit Autos oder Fuhrwerken verboten. Manfred Haushofer läßt sich den Arm eingipsen, um auf Freund und Feind einen gleichermaßen unbrauchbaren Eindruck zu machen. Die abenteuerliche Flucht über gebirgige Straßen erschöpft das Paar so sehr, daß es unterwegs Ballast in Form von Gepäck abwerfen muß. Einen Koffer mit Wertsachen und wichtigen Papieren haben die beiden zuvor auf einem Bahnhof deponiert – eine strategisch kurzsichtige Maßnahme, da Bahnhöfe und Gleiskörper ein bevorzugtes Ziel von Luftangriffen waren. So wird der Bahnhof tatsächlich von einer Bombe getroffen, der Koffer ist verloren. Er soll unter anderem Marlens frühe Manuskripte und ihre Dissertationsunterlagen enthalten haben.[43]

In Frauenstein war die Familie schließlich in Sicherheit. Am 2. Mai kapitulierten die deutschen Truppen auch auf westösterreichischem Gebiet – Wien war schon seit Mitte April in russischer Hand. Am 27. April hatte dort die provisorische österreichische Regierung die Wiedererrichtung der Republik Österreich proklamiert. Am 6. Mai besetzten die Amerikaner Linz und Steyr. Nach der Befreiung durch die Alliierten wurde Österreich in vier Besatzungszonen aufgeteilt, Graz stand nun unter der gefürchteten sowjetischen Verwaltung, weshalb eine Rückkehr der Haushofers zunächst nicht in Frage kam.

Marlen Haushofer sollte das Private dieser Kriegsjahre später immer mit einem leicht verklärten Blick sehen. Bedeutete es für sie doch intensives Leben trotz Kriegsnot und Gefährdung. Auch die Erzählerin in *Die Mansarde* gibt als die glückliche Zeitspanne ihres Erwachsenendaseins jene fünf ersten Jahre an, die sie mit ihrem Hubert verbracht hat – im ›wirklichen Leben‹ waren es für Marlen Haushofer die fünf Jahre des Krieges:

> »Damals hatte ich fast kein Geld mehr, kaum etwas anzuziehen, keine eigene Wohnung, aber einen Mann und einen Sohn. Weder das Einrichten einer Wohnung noch ihre Pflege hatten mich von den beiden abgelenkt, auch nicht Kleider, Vorhänge und Bettwäsche, keine Großeinkäufe und schon gar nicht das Kochen, denn es gab sehr wenig zu kochen. Die meisten unserer Freunde besaßen auch nicht mehr, manche noch weniger. Und wir waren alle ziemlich gesund und voller Hoffnung, und es gab eine Menge kleiner Kinder rundum.«[44]

Ein solches Lob der Beschränkung und der stillen Häuslichkeit mutet in der Kriegs- und unmittelbaren Nachkriegszeit seltsam an. Kann es sein, daß Marlen Haushofer Diktatur und Krieg nicht als Bedrückung empfunden hat? In ihren autobiographisch geprägten Texten spielt dieses Thema eine eher untergeordnete Rolle, und wenn doch, dann erscheint der Krieg meist bloß als unzumutbare Störung des Privatlebens. In dem Mitte der fünfziger Jahre entstandenen Hörspiel *Ein Mitternachtsspiel* etwa führt Marlen Haushofer in einer Rückblende zwei durchschnittlich unglückliche Ehepaare zurück in ihre Verlobungszeit, als der Krieg wie ein Damoklesschwert über den Frischverliebten schwebte. Von dem »Schuldigen« ist zwar die Rede, er wird aber nicht beim Namen genannt.

> »TILLY: Weißt du, was eigentlich sehr merkwürdig ist. Den ganzen Tag verfolgen sie uns mit Radiogebrüll, Sondermeldungen und Sirenengeheul, und mich berührt das gar nicht. Wenn mich eine Bombe erschlagen würde, so wäre das gar nicht mein wirklicher Tod, sondern ein dummer Zufall. (...) draußen tobt die Schlacht, wie es so

schön heißt. Schiffe werden versenkt, Städte verbrennen, und du denkst nur: Robert, das Kind, ein bißchen Milch und Fleisch, Holz und Kohle... Wie kommt das, warum erreicht uns die Wirklichkeit nicht?
EVA: Weil es nicht unsere Wirklichkeit ist. (...) die Wirklichkeit eines jeden Menschen ist so: meine Familie, mein Haus und mein bißchen Leben. Mehr geht in einen Menschen ja gar nicht hinein.«[45]

Eva glaubt, gar keine andere Wahl zu haben, als so weiterzuleben wie bisher: »Ich werd' weiterhin meine Blumen gießen, mich um Milch anstellen und Kohlen tragen und auf das Kleine warten.«

Marlen Haushofers Kriegsfrauen begnügen sich mit jener häuslichen Sphäre, die ihnen, sofern sie nicht für die Produktion von Kriegsgeräten benötigt werden, vom Regime zugedacht ist. Und obwohl diese Frauen die Worthülsen der Propaganda erkennen, ziehen sie nicht einmal in ihrem Denken Konsequenzen, begreifen nicht, daß sie, die Frauen im Hinterland, es sind, die den Krieg erst möglich machen. Der Rückzug auf das heikle private Glück hat vielleicht etwas Trotziges, aber er bedeutet in erster Linie ein Resignieren und Sich-Bescheiden. Blumengießen ist kein Akt der Rebellion. Daß Frauen sich nicht um Politik, sondern um ihre Familie zu kümmern haben, vermittelte schon die bürgerlich-katholische Mädchenerziehung, die so der reibungslosen Verwendbarkeit der Frau im NS-System Vorschub leistete.[46]

Auch im Werk der von dieser Erziehung geprägten Marlen Haushofer erscheint der Weltkrieg nicht als etwas politisch Gemachtes, sondern gleichsam als eine Naturkatastrophe, die die Frauen – wie schon ihre Mütter den Ersten Weltkrieg – tapfer hinzunehmen haben. Über den Krieg heißt hier über die ›conditio humana‹ nachdenken: Der Krieg vermittelt Marlen Haushofers Figuren Erkenntnisse über die menschliche Natur. Wenn eine Frau die Bombennächte im Luftschutzkeller übersteht und das tagelange Anstellen um Lebensmittel und Bescheinigungen aushält, dann erfährt sie etwas über ihre eigene Zähigkeit: »Zu wissen, daß man so war, unter einem Mantel von Urbanität, so gierig, schamlos und von einer so wütenden Widerstandskraft, dies zu wissen war vielleicht das Schlimmste, was sie der Krieg gelehrt hatte.«[47]

Marlen Haushofers junge Familie überstand den Krieg besser als viele andere. Für Marlen bedeutete das Kriegsende in jeder Hinsicht einen glücklichen Ausgang: Österreich existierte wieder als selbständiger Staat, und sie selbst besaß die Familie, die sie sich gewünscht hatte. Marlen erlebte in dieser Zeit echtes, ungetrübtes Mutterglück. So scheint das »Waldmädchen« sein Happy-End gefunden zu haben: In dem gleichnamigen Märchen, das Marlen 1947 ihrem Lieblingsonkel Pepi zum Namenstag verehrte, findet die Hauptfigur Glück und seelische Genesung erst mit der Geburt eines Sohnes. Zuvor schlagen alle Versuche des Königs fehl, seine junge Frau von ihrem Heimweh nach dem Wald zu heilen. Als sie ihr Gatte aber nach der Geburt des Kindes fragt, ob sie nicht in den Wald zurückkehren wolle, da »legte die Königin den Kopf an seine Brust und sagte: ›Nein, denn jetzt ist der Wald zu mir gekommen.‹« Das kleine Kind, das den Wald, also die Natur, verkörpert, eröffnet der Mutter den Weg zurück zu ihrem Ursprung. So märchenhaft schön deutete Marlen Haushofer die Mutterschaft später nicht mehr: Auch Annette, die Heldin des Romans *Die Tapetentür*, ist einmal weit fortgegangen, ist abtrünnig geworden und konnte »Natur nur noch als zwei Zeilen eines Gedichtes ertragen«: »Dafür hat sie sich nun gerächt und mir eine Falle gestellt, Gregor und das Kind in meinem Leib.« Mann und Kind, die ›natürliche‹ Bestimmung der Frau als Erfüllung – oder als Falle? Der Marlen Haushofer des Jahres 1945 stand die glückliche Figur des ›Waldmädchens‹ sicher näher.[49]

Zwischen Bourgeoisie und Bohème

Wenn das Familienidyll der Haushofers in den ersten Friedenstagen einen Schönheitsfehler hatte, dann den, daß einer fehlte. Marlens älterer Sohn Christian war mittlerweile vier Jahre alt. Berta Laux, die geschieden war, hatte ihn in Herrsching wie ihren eigenen Sohn – oder Enkel – aufgezogen. Er wurde heiß

Marlen mit ihrem Sohn Manfred im Mai 1943.

geliebt und als einziger ›Mann‹ im Haus ein wenig verwöhnt. Seine Mutter kannte der kleine Christian nur von Besuchen. Im Herbst 1945 wurde für den Buben, der ja nun mit einem Mal im Ausland lebte, die Frage der Staatsbürgerschaft aktuell. Marlen und Manfred beschlossen, ihn zu sich nach Österreich zu holen. Er sollte zunächst bei den Großeltern in Effertsbach bleiben. Marlen und Manfred wohnten zu dieser Zeit mit dem zweiten Sohn wahrscheinlich schon wieder in Graz, wo Manfred Haushofer seine zahnärztliche Fachausbildung begann. Seit Juli 1945 wurde die steirische Landeshauptstadt von den Briten verwaltet, und einer Rückkehr stand so nichts mehr im Wege.[49]

Eines Tages sagt also die ›Frau Förster‹ zu ihrem Dienstmädchen, sie, Pauline, wisse ja ohnehin, daß die Marlen ein uneheliches Kind habe, und das wäre jetzt ›auf der Bahn‹ abzuholen. Pauline, so berichtet sie, weiß zwar wirklich davon, gibt es aber nicht zu. Sie wird zu einem benachbarten Bauern geschickt, der Pferd und Wagen hat und das Mädchen zum Bahnhof kutschiert. Dort trifft der kleine Christian in Begleitung von Frau Laux ein. Der nicht gerade herzliche Empfang durch die Familie läßt in Frauenstein gerüchteweise die drastische Version entstehen, der Bub sei ganz allein mit einer umgehängten Namenstafel auf dem Bahnsteig gestanden, und niemand habe ihn dort erwartet.

Die Leute im Tal hatten immerhin richtig erkannt, daß dieser Familienzuwachs nicht willkommen war. Der Fehltritt ihrer Tochter hatte die sittenstrenge Maria Frauendorfer schwer getroffen. Sie, die in der ganzen Gegend als moralische Autorität gefürchtet und bei vielen als überheblich und dünkelhaft verschrien war, fühlte sich gedemütigt. Im Ort mochte sie sich mit dem kleinen Christian gar nicht zeigen. Doch je mehr die Frauendorfers ihr Enkelkind versteckten, desto mehr Gerede gab es im Tal.

Für den aus seiner vertrauten Umgebung entwurzelten Buben war die Situation traumatisch. Er hatte seine geliebte Ziehmutter verloren und gegen eine Reihe mehr oder minder Fremder eingetauscht, die sich ihm gegenüber zunächst eher abweisend verhielten. Zwar wuchs er seinen Großeltern bald ans Herz, und auch Maria Frauendorfer gelang es, über ihren Schatten zu springen. Der vollkommenen Geborgenheit seiner ersten Jahre trauerte Christian jedoch von nun an vergeblich nach.

Sehr viel größere Probleme ergaben sich, als auch seine Mutter und sein Stiefvater mit dem kleinen Manfred nach Effertsbach kamen. Schließlich war jeder der beiden Söhne bisher in der Familie der einzige gewesen, nun sollte er die Aufmerksamkeit der Erwachsenen mit einem anderen teilen. Die Eifersucht war groß, die Kämpfe waren heftig. Naturgemäß befand sich der Jüngere, der seinen angestammten Platz verteidigte, gegenüber dem ›Eindringling‹ im Vorteil. Dem verriet man nicht, daß der Mann, zu dem er Vater sagen sollte, nicht sein leiblicher Vater war. Die Eltern ließen Christian in dem Glauben, er sei eben infolge der Kriegswirren in Bayern geboren und aufgewachsen.

Manfred Haushofer fiel es sehr schwer, dieses Kind wirklich als seinen Sohn anzunehmen. Seine emotionale Distanz blieb stets fühlbar. Erst 1947 gab er ihm offiziell den eigenen Namen, allerdings ohne ihn zu adoptieren.[50] So hieß Christian zwar auch Haushofer, hatte aber nicht die Rechte eines Sohnes und war somit auch (erb)rechtlich gegenüber seinem Halbbruder benachteiligt. Ob Marlen diese Entscheidungen kampflos gutgeheißen hat? Einerseits war ihre Bindung an den jüngeren Sohn schon deshalb viel stärker, weil sie seine ersten Kinderjahre miterlebt hatte. Andererseits hinderte sie wohl eine gewisse Loyalität gegenüber ihrem Mann, sich stärker für Christian zu engagieren. Christian selbst sollte erst nach dem Tod der Mutter von seiner wahren Herkunft erfahren.

Im Jahr 1946 leben sie wieder zu dritt in Graz: Marlen, Manfred und Manfred junior. Man wohnt nun aber draußen im Grünen. Weil es nichts zu essen gibt, sammelt die Familie in der Umgebung Weinbergschnecken, mit denen sie allerdings nicht fachgerecht verfährt. Als die Schnecken zu lange liegen bleiben, bilden sie Häutchen aus, und man wirft sie lieber wieder weg.[51] Die Entbehrungen der unmittelbaren Nachkriegszeit und die Verantwortung für ihren dreijährigen Sohn halten Marlen davon ab, ihr ziemlich weit gediehenes Studium nun abzuschließen und mit ihrer Doktorarbeit von vorne anzufangen.

Dafür beginnt sie wieder – und nun ernsthaft – zu schreiben. Während des Krieges hat Marlen Haushofer, nach eigener Aussage, »keine Zeile« geschrieben. »Erst 1946 hab' ich wieder angefangen, und diesmal mit der Absicht, meine Geschichten anzubieten.« Das ist vielleicht nicht ganz wörtlich zu nehmen: Zum 20. Geburtstag ihres Bruders Rudolf am 5. Juni 1944 schickt sie diesem per Feldpost ein Prosagedicht, betitelt *Der Traum vom kleinen Bruder*. Die liebevolle Beschwörung des kleinen Spielkameraden endet mit Ernüchterung und zarter Wehmut: »Eine Tür schlug zu im Hause, / Weit sind alle Frühlingswiesen / Und mein kleiner, sanfter Bruder / trippelt nun auf Traumeswolken / über hundert schwarze Wälder.« Einer späteren handschriftlichen Version des Textes ist ein Gedicht mit dem Titel *Die Mutter* beigefügt, ebenfalls eine Traumerzählung in Versen, eine verklärte Erinnerung an die Mutter, die den kleinen Bruder herzt, an ihre Düfte und Lieder. Die beiden nostalgischen Gedichte haben sicherlich eher private Bedeutung, sie sind aber die einzigen Beispiele, die von Marlen Haushofers Lyrik erhalten sind.[52]

Noch in den letzten Kriegstagen – daran jedenfalls erinnerte sich ihr Ehemann – entstand Marlen Haushofers erste ›richtige‹ Erzählung, inspiriert durch eine madonnenartige Sandsteinfigur, »die ihre Phantasie beflügelte«. Dabei kann es sich nur um das *Wintermärchen* handeln, eine ironisch-süße Geschichte von einer gar lieblichen kleinen Heiligen aus Stein, die eines Tages von ihrem Sockel steigt, um einen Menschen glücklich zu machen, ihn aber unglücklich macht, weil er sich in sie verliebt und sie ja doch wieder zu Stein werden muß. Bald folgten weitere Märchen und Kurzgeschichten, wobei der Gedanke, das knappe Haushaltsbudget durch eine Veröffentlichung in Zeitungen aufzubessern, für Marlen sicher einen Anreiz darstellte. Noch von Graz aus nahm sie im September 1946 an einem »Dichterwettbewerb« des *Linzer Volksblattes* teil, das für die »beste Kurzgeschichte, Skizze oder Erzählung« einen Preis von fünfhundert Schilling ausgesetzt hatte. Den ersten Preis gewann mit der Novelle *Die Heimkehr* Herbert Eisenreich, der zu einem der bekanntesten österreichischen Autoren in der Bundesrepublik werden sollte. Marlen Haushofer, die ihre Geschichte *Die blutigen Tränen* unter ihrem zweiten Taufnamen Helene eingesandt hatte, ging auch beim zweiten und dritten Preis leer aus, obwohl in der Jury neben dem Dichter Arthur Fischer-Colbrie auch Marlens ehemaliger Deutschlehrer Dr. Josef Angsüsser vertreten war. Er wird sie allerdings unter dem Namen Helene Haushofer schwerlich erkannt haben. Immerhin nahm die Zeitung aber die Geschichte zur Veröffentlichung an und druckte sie am 7. Dezember 1946 ab. Höchstwahrscheinlich ist dies Marlen Haushofers erste Publikation.[53]

In *Die blutigen Tränen* hat sie zum ersten Mal einen Ausschnitt aus ihrer eigenen Kindheitswelt verarbeitet: Sie erzählt aus der Perspektive eines kleinen Mädchens. Zugleich enthält die Erzählung im Keim bereits ein weiteres Hauptthema ihres Schaffens: die Rebellion gegen das Hausfrauendasein. Es rebelliert die Tochter, still für sich, und es rebelliert die Mutter mit deutlichen Worten: Die kleine Martina strickt an ihrem ersten Strumpf und schwört sich, daß sie das nie wieder tun wird, wenn sie groß ist. Ihre Mutter sticht sich beim Stopfen in den Finger und sieht still zu, wie das Blut auf die Socken des Vaters tropft. »Ihre Augen glänzen und das Blut ist ihr in die Wangen gestiegen. Sie dehnt sich, streckt die Arme über den Kopf und sagt aufrührerisch: ›Einmal zieh ich meinen neuen Mantel an und geh fort, und ihr seht mich nie wieder. Dann könnt ihr euch die Socken selber stopfen!‹« Der Vater dieser Geschichte ist ganz und gar nicht gutmütig, seine Antwort macht die banale Eheszene zu einer existentiellen Auseinandersetzung: »Das, mein liebes Kind, hättest du dir vor zehn Jahren überlegen müssen. Du hast dich ja freiwillig für dieses Leben mit zerrissenen Socken und langen Winterabenden entschieden.« Vor zehn Jahren war die Mutter erst siebzehn, und nun ist die Lebensfalle zugeschnappt. Martina ergreift insgeheim die Partei ihrer Mutter, doch als sie zu Bett geschickt wird, quält sie nur die Angst, die Eltern könnten sich scheiden lassen. Sie träumt davon, daß ihre Mutter das Haus verläßt, ohne sich nach ihr umzudrehen. Deshalb weint sie im Traum blutige Tränen – ihr

Herzblut eben. Am nächsten Morgen jedoch ist der Groll zwischen den Eltern verflogen, der Aufstand der Mutter im Keim erstickt. Und »für einen ganzen Tag« ist »alles wieder gut«.[54]

Weil Marlen Haushofer die Geschichte aus der Sicht des kleinen Mädchens erzählt, kann sie den Schluß als rundum glückliches Ende ausgeben. Der Leser ahnt – wie das Kind –, daß die Wunde nur unsichtbar ist, nicht geheilt. Ein weiteres Lebensthema der Marlen Haushofer klingt damit an: Die Versöhnung, das Sich-Arrangieren mit den Verhältnissen ist stets ein aggressiver Akt gegen sich selbst. Der ersten Selbstverletzung, dem Nadelstich, der zum Innehalten zwingt, folgen weitere. Deutlich spürbar ist in dieser Erzählung, daß ihre Autorin nicht nur mit dem Kind, sondern auch mit der Mutter sympathisiert, daß hier zwei Erlebniswelten überblendet sind, zwischen denen eine gewisse Spannung besteht – der Fortbestand der Familie, den das Kind sich wünscht, fesselt die Mutter an ihre Pflichten.

Während Marlen solche Geschichten schrieb, war sie gerade dabei, sich mit ihrem Mann eine bürgerliche Existenz aufzubauen. Manfred Haushofer fand gleich nach dem Ende seiner Facharztausbildung 1947 eine Stelle als ärztlicher Leiter des Zahnambulatoriums der Krankenkasse in Steyr. Er wohnte dort zunächst allein und ließ seine Familie erst aus Graz nachkommen, als er eine größere Dienstwohnung im Vorort Münichholz zugewiesen bekam. Dort war nach dem Anschluß, auf Betreiben der ›Reichswerke Hermann Göring‹, ein ganzer Stadtteil mit Wohnhäusern aus dem Boden gestampft worden. In Münichholz gab es damals ein KZ-Nebenlager. Die von den Nazis forcierte Rüstungsindustrie hatte der Stadt Steyr einen beträchtlichen Aufschwung beschert. Im Jahr 1944 war die Einwohnerzahl mit rund 49 000 mehr als doppelt so groß wie zehn Jahre zuvor, zur Zeit der ärgsten Wirtschaftskrise. Nicht nur die Waffen-, auch die Fahrzeugproduktion der Steyr-Werke, des größten eisenverarbeitenden Betriebs in Österreich, wurde nach der NS-Machtübernahme ganz in den Dienst der Kriegserfordernisse gestellt.[55]

Bei Kriegsende war ein Großteil der Werksanlage durch

Bombenangriffe zerstört. Im Zuge des allgemeinen Wirtschaftsaufschwungs erlangte das Unternehmen jedoch bald wieder seine frühere Bedeutung für die gesamte Region. Die Einwohnerzahl der Stadt pendelte sich Anfang der fünfziger Jahre, nachdem Tausende Flüchtlinge aus Steyr wieder abgewandert waren, bei rund 37 000 ein, Steyr war damit nach Linz und Wels die drittgrößte Stadt Oberösterreichs. Als die klassische Arbeiterstadt blieb Steyr politisch fest in sozialistischer Hand: 1951 waren rund sechzig Prozent der Bevölkerung in Industrie und Gewerbe tätig.

Die malerische mittelalterliche Altstadt von Steyr zeigt ein ganz anderes Gesicht. Ihre prachtvollen Bürgerhäuser bezeugen den Reichtum, den die Stadt im Laufe der Jahrhunderte mit dem Eisenhandel erwarb. Um das Jahr 980 erbauten die Otakare auf dem Felsen über dem Zusammenfluß von Enns und Steyr die ›Stirapurch‹, nach der nicht nur die Stadt, sondern auch das Land Steiermark benannt ist. Schon um 1280 erlangte Steyr das Stadtrecht. Die Burg der Markgrafen und späteren Landesfürsten ging im 17. Jahrhundert in den Besitz der Grafen Lamberg über. Dem Besucher präsentiert sich ein schmuckes, romantisches Städtchen mit engen, steilen Gassen, Renaissance-Innenhöfen und versteckten Gärten und mit einem der größten und imposantesten Stadtplätze Österreichs, dessen Fassaden die Baugeschichte von der Gotik bis zum Jugendstil spiegeln.[56]

Marlen Haushofers Familie siedelt sich 1947 also gleichsam im industriellen Hinterhof der Stadt an. Münichholz ist eine wüste Gegend. Bombenruinen und Autowracks prägen das Ortsbild, viele Häuser haben noch den dunklen Tarnanstrich aus den Kriegsjahren. Marlen und Manfred holen nun auch den kleinen Christian zu sich. Er soll im Herbst in die Schule kommen. Daß sein Nachname vorher noch schnell von Frauendorfer in Haushofer geändert wird, leuchtet ein: Spätestens in der Schule wäre das Familiengeheimnis sonst gelüftet worden. Auch Christians Geburtsurkunde wird vom Standesamt Pähl nachträglich auf den Namen Haushofer ausgestellt, als Vater scheint nun Manfred Haushofer darin auf.[57]

Während die Familie zusammenfand und nach außen immer gefestigter schien, zeigten sich in der Ehe der Eltern die ersten großen Risse. Die heftigen Streitigkeiten zwischen Manfred und Marlen blieben den Kindern nicht verborgen. Marlen war überzeugt, ihr Mann habe sich nach dem Krieg zu seinem Nachteil verändert. Sicher verändert hat sich jedenfalls ihr Bild von ihm. Man kann es in dem scharf konturierten Porträt erkennen, das Marlen Haushofer später in der ersten Fassung ihres Romans *Die Wand* zeichnet. Die Erzählerin erinnert sich hier an ihren Mann Georg – Georg ist Manfred Haushofers dritter Vorname:

> »Wenn ich an ihn denke, sage ich immer, der ›arme‹ Georg. Und er war ja wirklich arm. Nicht an Geld, denn solange er arm an Geld war hab ich nie gedacht der ›arme‹ Georg.
> Er war so ein freundlicher junger Mann eigentlich lange noch ein Kind und dann haben sie ihn langsam ruiniert. Ich weiß nicht wer, aber es hat damit angefangen, daß er nach dem Krieg so verändert war. Es war noch immer sein Gesicht, seine Lippen, die Wimpern noch immer geschwungen wie bei einem Kind aber etwas hat angefangen in ihm zu fressen u. zu bohren u. er hat nie darüber gesprochen. Vielleicht hat er es selber nicht gewußt was es war. Und zu mir u. den Kindern war er unfreundlich u. oft gereizt, denn er hat gewußt, daß er mir nichts mehr geben konnte. (...) oft war ich müde u. unglücklich und böse aus Enttäuschung.«[58]

Den Grund für die Entfremdung sieht die Erzählerin in der erzwungenen Trennung während des Kriegs, »gleich nach den ersten Monaten«. Man hat ihren Mann damals »in einen Haufen stinkender grober Männer gesteckt, die ihm gemeine Sachen erzählt haben. Und etwas war in ihm, das wollte auch grob und großsprecherisch sein und gleichzeitig war es ihm zuwider«. Ihr Mann sei nicht stark genug gewesen, um erwachsen zu werden. So sei er »nichts geworden als ein verdorbenes Kind u. unglücklich dazu«.

Das Bild, das Marlen Haushofer hier zeichnet, ist gewiß nicht vollkommen wirklichkeitsgetreu, sondern zeigt eine Facette. Fügt man mehrere solcher Facetten aus ihrem Werk zusammen, dann ergibt sich so etwas wie ein biographischer Näherungswert: Marlen nahm ihrem Mann offenbar nicht übel, daß er nicht erwachsen werden konnte, sondern daß er nicht wirklich Kind geblieben war. Es war die gespielte Stärke, die sie durchschaute und die sie verstörte. Früher hatte sie das nicht bemerkt: »Hubert plagte sich sehr damit ab, den sicheren Familienvater zu spielen, und ich hielt seine Sicherheit für echt. Damit tat ich ihm unrecht, ohne es zu wollen.« Auch der Ehemann in *Die Mansarde* müht sich mit dem Erwachsensein ab: »Ununterbrochen muß er sich und der Welt beweisen, daß er genauso gesund und tüchtig und robust ist, wie seiner Meinung nach ein Mann sein sollte. Wäre er das je gewesen, hätte ich ihn nie geheiratet.« Offenbar hat die Erzählerin ihn unbewußt gerade wegen seiner Schwächen erwählt, hat hier mit Hilfe eines verborgenen Sensoriums eine beschädigte Seele die andere erkannt. Hubert darf das »aber nicht erfahren. Er will ein Held sein und weiß nicht, daß diese Anstrengung ganz überflüssig ist.«[59]

Marlen Haushofer trauert dem Kind im Manne nach, weil es für sie einen utopischen Zustand der Unschuld verkörpert. Der Geliebte ihrer Erinnerung lebte ungeschützt, jagte keiner gesellschaftlichen Position hinterher, war hinter seiner Maske noch nicht verkrustet, sondern weich und formbar. Die Mühen, die es den Mann kostet, den Helden zu spielen, machen ihn in den Augen Marlen Haushofers zugleich gefährlich und bemitleidenswert. So ist auch Toni Pfluger in *Eine Handvoll Leben*, der wohl netteste aller Haushoferschen Ehemänner, ein »armer Toni«. Aus seinen ach so vernünftigen und wohlgedrechselten Worten klingt etwas »Schiefes und Oberflächliches, das sein ehrliches Gesicht Lügen strafte«. Wer auf den »echten Toni« treffen will, muß erst »die dicke, ölige Schicht anerzogener und übernommener Vorurteile« durchdringen, und das wird zusehends schwieriger: »Der Verhärtungs- und Verflachungsprozeß hatte eingesetzt, der viele Männer mit den Jahren in einen gutgebügelten Anzug verwandelt mit irgendeinem Kopf darauf, in dem nichts mehr Platz hat als Zahlen, Statistiken, Propagandareden und Schlagworte.« Muß man hier noch darauf hinweisen, daß Manfred Haushofer mit seinem dritten Vornamen Anton heißt?[60]

Die Frau, die diese unbarmherzigen Diagnosen stellt, macht freilich als Schreibende kein Hehl daraus, daß sie sich selbst am falschen Platz weiß. Schließlich hat auch sie den Trotzkopf in sich weitgehend zum Schweigen gebracht, schließlich spielt auch sie ein Spiel, aus dem sie nicht ausbricht: das Treusorgende-Mutter-und-Gattin-Spiel. Das läuft bald anders, als sie es sich vorgestellt hat.

In den Vorstudien zu *Die Wand* spricht die Erzählerin davon, wie ihr die beiden Kinder – zwei Mädchen – mit der Zeit entglitten sind. Der Krieg habe sie »gezwungen sie aufs Land zu schicken«, so habe sie wenig von ihnen gehabt, solange sie klein waren. »Und dann bekam ich zwei erwachsene 5 u. 6 Jährige, die älter waren als ich. Nicht immer natürlich. (...) Aber es war etwas hartes u. Berechnendes an ihnen, das ich immer gefürchtet hab. Sie waren mir fremd geworden durch den Krieg.« Wie Marlen Haushofer ihren eigenen Weg durch die Kriegsjahre hier zu einem Diktat der Verhältnisse umdeutet, verrät ein gewisses Schuldbewußtsein. Es zeigt sich außerdem, daß selbst die Kinder ihr nicht kindlich genug sind, daß sie auch an ihnen mit Argusaugen den verderblichen Prozeß des Erwachsenwerdens verfolgt. Für einige Jahre war ihr die Mutterrolle durchaus auf den Leib geschrieben: »damals hab ich nie tief geschlafen, immer bereit aufzustehen, eine Decke festzustecken, ein Glas Wasser zu reichen oder die Flasche zu geben. Manchmal war ich damals sehr glücklich. (...) Später war ich traurig u. leer weil es vorüber war«.[61]

Je älter ihre Kinder werden, desto schwerer fällt es Marlen Haushofer, ihre Rolle auszufüllen. Langsam realisiert sie nun, daß es sie ungeheure Kraft kostet, den ruhenden Pol der Familie darzustellen. Ihre Söhne machen es ihr nicht gerade leicht, sie gehen häufiger und verbissener aufeinander los, als dies Brüder gewöhnlich tun. Das geht so weit, daß die Bauklötze, die die Buben zu Weihnachten bekommen, Stück für Stück mit ihren Initialen bezeichnet werden müssen, damit ihre Besitzer sich darüber nicht in die Haare geraten. Bei ihren Spielen sind sie wild und wenig zimperlich, die unbebauten ›Gstetten‹ in Münichholz erscheinen ihnen als Paradies; mehr als einmal kommt es vor, daß sie dort beim Herumtoben in die großen Dieselöllacken fallen. Nach dem Umzug an die Enns lassen die beiden sich später in alten Autoreifen im Fluß treiben, obwohl Christian nicht schwimmen kann. Passanten gelingt es gerade noch, ihn herauszufischen. Marlen muß nicht nur die Kinder vor den Gefahren der Natur und voreinander schützen, sondern auch vor ihrem Vater, der insbesondere Christian gegenüber allzu leicht in Rage gerät.[62]

Der ältere Sohn hatte schon in der Volksschule große Schwierigkeiten mit dem Lernen und stieß damit bei Vater und Mutter auf Unverständnis. Die Ferien verbrachten die Buben, meist ohne die Eltern, bei den Großeltern im Forsthaus, wo es ihnen ausnehmend gut gefiel. Aber auch dort verstand man Christian nicht. Wie konnte ein normales, intelligentes Kind nicht lernen *wollen*? Wie war es möglich, daß es lieber die Ohrfeigen der ratlosen Großmutter in Kauf nahm, als sich zu seinen Schulheften zu setzen? In einer Familie, in der beste Noten und eine frühreife Begeisterung für das Lesen als selbstverständlich galten, mußte Christian förmlich wie ein Kind von einem anderen Stern wirken. Sollte seine in ihrer Literatur so scharfsichtige Mutter tatsächlich nicht erkannt haben, daß die Lernverweigerung für Christian ein Akt der Notwehr war, eine Form des Protests und zugleich ein Hilferuf? Nach den glücklichen Jahren bei seiner Pflegemutter mußte er das Leben bei den Haushofers als eine Art Verbannung empfinden: Sein vermeintlicher Vater lehnte ihn spürbar ab und wandte sich ganz dem jüngeren Bruder zu. Selbst seine Mutter bevorzugte den kleinen Manfred in geradezu auffälliger Weise. Das bemerkten nicht nur ihre Bekannten, das bemerkte auch er selbst.[63]

Neben all diesen familiären Spannungen gab es aber auch konkrete Gründe für die Verschlechterung des ehelichen Klimas: Marlen hatte begründete Ursache zur Eifersucht. Der junge Herr Doktor hatte sich in der Kleinstadt schnell den Ruf eines ›womanizers‹ erworben …

So ist es nur zu verständlich, daß Marlen Haushofer 1948 Anschluß an die literarische Szene in Wien suchte. Dort meldete sich eine Generation zu Wort, die wild entschlossen war, das Versäumte nachzuholen und nach der Geistesöde des Nationalsozialismus künstlerisch zu neuen Ufern aufzubrechen. Es waren insbesondere die Jahrgänge 1920 bis 1925, die mit dem Kriegsende das Gefühl hatten, ihre Jugend könne doch noch nicht vorbei sein. In ihren Ausdrucksformen und Stilrichtungen unterschieden sich diese jungen Autoren sehr: Von der verblasenen Rilke-Nachahmung bis zum antifaschistischen Aufruf, von der Naturidylle bis zum Heimkehrer-Psychogramm reichten die Reaktionen auf den Schock des moralischen Desasters. Etliche renommierte Autoren hatten ihr ehemals braunes Mäntelchen nach dem Wind gehängt und segelten nun wieder (wie schon in der Ersten Republik) unter katholisch-patriotischer Flagge – sie prägten nach wie vor das offiziöse literarische Leben und heimsten die großen Literaturpreise des Landes ein. In diesem höchst konservativen kulturellen Klima, das sich am Österreich-Konzept des Ständestaats orientierte und die sieben Jahre des Nationalsozialismus tunlichst ausblendete, hatten es junge, unbekannte Schriftsteller – und erst recht Schriftstellerinnen – besonders schwer. Die wenigsten äußerten sich allerdings so unverblümt kritisch wie Ilse Aichinger, die 1946 in Otto Basils Zeitschrift *Plan* ihren *Aufruf zum Mißtrauen* erließ. Die meisten Schreibenden der jungen Generation befaßten sich zunächst eher bieder mit dem ›Allgemeinmenschlichen‹ und mit individuellen Fragen, die im Propagandagetöse der vergangenen Jahre kaum vernehmbar gewesen waren.[64]

Im Wien der Nachkriegszeit waren es einige wenige, die sich bemühten, den vielfältigen Stimmen der Jungen Gehör zu verschaffen. Federführend agierten hier zwei jüdische Remigranten, die einander durchaus auch als Rivalen betrachteten: Hermann Hakel und Hans Weigel. Hermann Hakel (1911–1987) war aus dem Exil in Palästina zurückgekehrt und ging mit Verve daran, literarische Talente um sich zu scharen und zu unterstützen. Unter der Schirmherrschaft des PEN-Clubs rief er 1948 eine Aktion zur Förderung junger Autoren ins Leben. Die Öffentlichkeit sollte unter der Devise »Der österreichische

Erika Danneberg und Hermann Hakel.

PEN-Club stellt vor« durch eigene Leseabende auf die neuen Literaten aufmerksam gemacht werden. Hakel kümmerte sich darüber hinaus um den Vertrieb ihrer Texte, die er bei verschiedenen Zeitungen unterbrachte. Er hielt sich dabei an den Grundsatz der Überparteilichkeit: Um die politische Zugehörigkeit der Schreiber kümmerte er sich ebensowenig wie um die politische Ausrichtung der Blätter.[65]

Marlen Haushofer hat von dieser Aktion gehört und spricht bei Hakel vor. Der erste Text, den sie präsentiert, ist die Erzählung *Für eine vergeßliche Zwillingsschwester*. Der imaginäre Dialog, in dem die Erzählerin ihrer mondänen Zwillingsschwester eindringlich die gemeinsamen Kindheitserlebnisse in Erinnerung ruft, findet bei Hakel und seiner späteren Ehefrau Erika Danneberg Anklang. Hermann Hakel vermittelt in der Folge einige Erzählungen Marlen Haushofers an die Wiener *Arbeiter-Zeitung*, das sozialistische Parteiorgan. Er gibt zudem eine eigene Zeitschrift namens *Lynkeus* heraus, die sich neben den literarischen Debütanten vor allem der Dichtung der von den Nazis vertriebenen Autoren widmet. Ausgerechnet dort erscheint 1949 Marlen Haushofers Erzählung *Das Morgenrot*, die nicht nur ausgesprochen kitschig ist, sondern in manchem an den Blut-und-Boden-Ton der Nazizeit erinnert: Eine junge, blonde Frau muß gegen Ende des Krieges im Winter nachts allein im Wald ein Kind zur Welt bringen. Verblutend schleppt sie sich zur Straße, wickelt dort den Sohn in ihre Kleider, legt ihn auf einen »Altar aus frischgeschnittenem Fichtenholz«, kriecht nackt zurück in den Straßengraben und wartet auf den Tod, während ihr Blut den Waldboden tränkt: »Laut und hell schrie ihr Kind in den Morgen. (...) Mit großer Anstrengung bohrte sie den Blick in den Nebel, der über der Straße lag. ›Laß sie kommen‹, flüsterte sie, ›ich will sie noch sehen.‹« Die Zeitgenossen erblicken im hier geschilderten mütterlichen Opfermut wohl eher das Morgenrot einer neuen Zeit denn das Abendrot des Dritten Reiches.[66]

Eine andere Erzählung Marlen Haushofers, die ebenfalls im *Lynkeus* abgedruckt wird, ist in ihrer nüchternen Bitterkeit wesentlich charakteristischer: *Der Staatsfeind* handelt von der Unmöglichkeit, eine Vergangenheit zu bewältigen, die schon als Gegenwart nicht zu bewältigen war. Ein völlig unauffälliger Mensch ist politisch auffällig geworden und darf sich nun nicht das geringste Vergehen leisten. Der Uhrmacher, der hier in das Räderwerk der Kriegsmaschinerie gerät, hat als kleines Rädchen zu funktionieren. Befehlsgemäß erschießt er einen Zivilisten, weil es sonst seine betrunkenen Kameraden getan hätten. An diesem Erlebnis zerbricht er innerlich, wenn er auch äußerlich in den Alltag des Friedens zurückfindet. Vordergründig klagt Marlen Haushofer hier die Wehrmacht an, gleichzeitig beschreibt sie jedoch einen Menschen, der die besten Absichten, aber keine Wahl hat.[67]

Die Geschichte vom wehrlosen »Staatsfeind« wird auch an einem Leseabend vorgetragen, der unter dem Titel ›Junge Dichter sehen ihre Zeit‹ im Rahmen der PEN-Club-Aktion stattfindet. Insgesamt bringt dieses Unternehmen keinen durchschlagenden Erfolg. Eine Wiener Zeitung berichtet 1948, das Publikum der Lesungen setze sich hauptsächlich aus Verwandten und Freunden der Autoren zusammen. Zugleich nimmt der Zeitungskritiker aber wohlwollend zur Kenntnis, »daß die Jungen gar nicht an der Zeit vorbeidichten und nicht vorherrscht, was angeblich internationale Mode ist: existentialistische Angst, Verzweiflung, Pessimismus«. Marlen Haushofers »lebendige Prosa« wird in dem Artikel ebenfalls lobend erwähnt.[68]

Wenn Hakels Aktion auch nicht den öffentlichen Durchbruch erzielte, so erreichte sie doch zweierlei: Die Teilnehmer fühlten sich zum einen als Schreibende ernstgenommen und durch die Publikationen angespornt. Zum anderen knüpften sie erste Kontakte zu Kollegen. Vor allem für die Autorinnen und Autoren aus der Provinz war dies oft die erste Gelegenheit, ihre Isolation zu durchbrechen und mit Gleichgesinnten zu sprechen. Zu Hermann Hakels Kreis der ersten Nachkriegsjahre gehörten neben etlichen anderen Ingeborg Bachmann, Gerhard Fritsch, Ilse Aichinger, Hertha Kräftner, Christine Busta, Andreas Okopenko, Friederike Mayröcker, Walter Toman und Reinhard Federmann. Später stießen Elfriede Gerstl, Gerhard Amanshauser, Walter Buchebner und Hans Lebert dazu.

Hermann Hakel übte als Mentor eine faszinierende Wirkung auf die rund zehn Jahre jüngeren Schriftsteller – und vor allem auf die Schriftstellerinnen – aus. Ungeheuer belesen, scharfsinnig, witzig und geistreich, dabei hilfsbereit und privat engagiert, trat er als leidenschaftlicher und überzeugender Lehrer in Sachen Literatur auf. In der Form konservativ, in der politischen Haltung revolutionär, stand er für ein eigenwilliges ästhetisches Programm, von dem sich einige seiner Schützlinge schon bald wieder verabschiedeten. Während er seinen Schülern den symbolistischen Lyriker Paul Valéry zur Lektüre empfahl, hielt er sie gleichzeitig zum realistischen oder auch proletarisch-wahrhaftigen Schreiben an.

Mit seiner eigenen literarischen Produktion als Lyriker und Erzähler war Hakel zeit seines Lebens unzufrieden, der große Wurf wollte ihm nicht gelingen, und als ein Mann von unbestechlichem Urteil wußte er das auch. Daß er als Herausgeber von wienerischen und jiddischen Geschichten Anerkennung fand, war ihm da kein Trost. Seine ebenso scharfen wie oft bösartigen Beobachtungen der Literaturszene und ihrer Akteure haben Hermann Hakel als Tagebuchschreiber bekannt und berüchtigt gemacht. Legendär ist sein vernichtendes – charakterliches – Urteil über Ingeborg Bachmann, die zu seinen prominentesten Eroberungen zählte. Die Rolle als Mentor und väterlicher Freund vertrug sich für ihn gut mit der Rolle des Liebhabers. Der »literarische Geburtshelfer«, wie er selbst sich nannte, war zugleich der Hahn im Korb.[69]

Bald macht Hermann Hakel auch Marlen Haushofer Avancen. Sie fühlt sich durch seine Annäherungsversuche zuerst gedemütigt und beklagt sich bei ihrem Kollegen Gerhard Fritsch darüber. Schließlich erliegt sie Hakels Charme, und eine intensive Beziehung beginnt. Unter dem Titel *Drei Frauen* hält Hermann Hakel den ersten Eindruck im Tagebuch fest: »Marlene H: Försterstochter. Hohe Stirne. Große Traumaugen. 2 Kinder. Ländlicher Dialekt. Schüchtern und verhalten, aber innerlich einheitlich und fest.« Hier sieht Hakel genauer und schärfer als die meisten anderen Männer, die Marlen Haushofers demonstrative Hilflosigkeit für bare Münze nehmen. Zwischen dem kleingewachsenen Juden, der so gar nicht Marlens Vorstellung von einem schönen Mann entsprochen haben dürfte, und der von ihrer Ehe enttäuschten Försterstochter entsteht bald zugleich eine enge geistige Gemeinschaft. Am 9. Juni 1948 notiert Hermann Hakel: »Marlene paßt zu mir. Mit ihr kann ich sprechen und träumen wie sonst mit keiner Frau, einfach als Dichter. Eine Innigkeit, aus der ich durch die anderen gerissen werde.«[70]

Im Juli schreibt Marlen ihrem Geliebten und literarischen Ratgeber ins oberösterreichische Ampflwang, wo er seinen Urlaub verbringt:

> »Ich hab mir jetzt einen Arbeitskalender gemacht. Es nützt nichts, ich muß mich zwingen zum Schreiben, dabei hält mich wirklich nur die fast körperliche Abneigung vor dieser Tätigkeit davon zurück. Aber jetzt werd ich mich hoffentlich endlich daran gewöhnen.
> Denk manchmal an mich – Du kannst mich ja zwingen, wenn Du es sehr fest willst. (Übrigens eine praktische Lösung für willensschwache Leute!)«[71]

Offenbar hat Hakel seiner Freundin eine gewisse Schreibdisziplin empfohlen. Der »Arbeitsplan« weist darauf hin, daß Marlen nun ein größeres Projekt in Angriff genommen hat – ihren ersten Roman. Trotzdem gilt ihre Hauptsorge Hakel und seiner exzessiven, selbstquälerischen Neigung. So rät sie dem Unvernünftigen, »nicht drei Kilo Honig auf einmal« zu essen und den Landaufenthalt erst zu beenden, wenn er »alles Gift« der Stadt ausgeschieden habe: »Ich wünsche Dir ja so sehr, daß Du Dich wohl fühlen kannst und ein wenig glücklich bist. Spürst Du nie, wie fest ich Dir das wünsche??« Marlen unterschreibt mit »Deine Maria«, und so wird Hermann Hakel sie auch in Zukunft immer nennen. Für ihn ist sie nicht die schwierige, komplizierte Melancholikerin, sondern die helle Frau aus den dunklen Wäldern. Sie gibt ihm das Gefühl, daß sie von ihm etwas lernen kann und will. Sie sorgt sich um ihn, heitert ihn auf, besucht ihn, wenn er krank ist: »Das wunderbare Märchengesicht mit den großen Augen und der hohen Stirn. Fragt: ob sie mich ermüdet. Aber sie macht mich leiden. Sie möchte mich hören. Erkläre ihr den Tod von Romanpersonen. Für sie ist er die beste Lösung, für mich das Weiterleben.«[72] Das klingt nun freilich gar nicht mehr so hell.

In ihrem Wiener Freundeskreis gab Marlen sich als richtige Landpomeranze, bescheiden, ruhig, zurückhaltend, sie war aber auch warmherzig und herzlich. Was für ein Kaliber diese Försterstochter war, die aussah und redete, als könne sie kein Wässerchen trüben, welche intellektuelle Potenz und Willenskraft sich da hinter einer vordergründigen Schwäche verbargen, merkten die Freunde bald. Und sie erkannten auch, daß sie sich von einem Moment auf den anderen in sich zurückziehen konnte, daß sie sich ab einem gewissen Punkt einem allzu vertraulichen Umgang verweigerte. Für Erika Danneberg, die damals Lyrik schrieb und Hermann Hakel bei seiner Arbeit unterstützte, war Marlen ein »Nixenwesen«, eine Frau, die, in ständiger Gefährdung, an der Grenze lebte, Botin einer anderen, unter der Oberfläche liegenden Sphäre, immer bereit, in ihr Reich abzutauchen. Eine »Elfe« nannte sie später ein Freund: »unglaublich liebenswürdig, charmant, freundlich, andererseits aber auch ein bißchen unheimlich. Wäre sie nicht so hübsch, so jugendlich und so wohlerzogen gewesen, hätte man auch sagen können eine Hexe«.[73]

Trotz den erotischen Verwicklungen, denen gegenüber Marlen eine entwaffnende Unbekümmertheit an den Tag legt, entsteht zwischen Erika Danneberg und ihr eine herzliche Freundschaft. Für Marlen Haushofer bedeuten die Besuche in Wien einen Einblick in die reizvoll verderbte Welt der literarischen Bohème. Dort muß sie nicht die Zahnarztsgattin mimen, dort nimmt man ihre schriftstellerischen Ambitionen ernst. Während sie sich gerade in der engen Häuslichkeit eines kleinstädtischen Familienlebens einzurichten sucht, stößt sie in Wien ein Fenster zu einer ganz anderen Welt auf. Der Umgang mit Hermann Hakel und seinem Kreis und die bescheidenen Publikationserfolge bei Wiener Zeitungen ermuntern sie, den Weg einer Schriftstellerin ernsthaft weiterzugehen: mit einem ersten Roman zu beginnen. Es ist ein Buch, das seine Leser nie erreichen wird. In ihm erzählt Marlen Haushofer die Geschichte eines abgrundtief bösen Hausmeister-Ehepaares. Während Marlens Lehrmeister Hermann Hakel in seinem Journal fruchtlose literaturtheoretische Überlegungen darüber anstellt, er müsse sich für einen Roman einmal mit konkreten Menschen befassen, zum Beispiel mit den drei Hausbesorgern seiner früheren Wohnung, setzt seine Schülerin ein solches Vorhaben in die Tat um.[74]

Das Schreiben wird für Marlen Haushofer nun immer wichtiger. Der dreißigste Geburtstag rückt näher, und das Leben in Steyr bedrückt sie mehr und mehr. In ihrer Ehe spitzen sich die Ereignisse zu, Manfred Haushofers Affären sind stadtbekannt.[75] Die Situation erscheint ihr bald unerträglich. In ihrer Novelle *Wir töten Stella* stellt die Erzählerin in Frage, daß der Mensch sich an alles gewöhnen könne. Nur die leise Hoffnung, eben doch »eines Tages die Gewohnheit zerbrechen zu können«, lasse ihn sein Leiden ertragen:

> »Wenn wir in ein gewisses Alter kommen, befällt uns Angst und wir versuchen etwas dagegen zu tun. Wir ahnen, daß wir auf verlorenem Posten stehen, und unternehmen verzweifelte kleine Ausbruchsversuche.

Wenn der erste dieser Versuche mißlingt, und er tut es in der Regel, ergeben wir uns bis zum nächsten, der schon schwächer ist und uns noch elender und geschlagener zurückwirft.«[76]

Von der Macht der Umstände getrieben, unternimmt Marlen Haushofer ihren ersten, gar nicht so kleinen Ausbruchsversuch.

4. Kapitel
1950
Schreckliche Treue

Das neue Jahrzehnt begann für Marlen Haushofer mit einem einschneidenden Ereignis, das vielen ihrer Freunde und Bekannten verborgen blieb, weil sie erst Jahre später davon erfuhren. Zunächst änderte sich aber für alle sichtbar etwas: Im Frühling 1950 gab Manfred Haushofer seine Stelle als Leiter des Ambulatoriums auf und richtete sich eine Zahnarztpraxis im historischen Zentrum von Steyr, direkt gegenüber der Stadtpfarrkirche, ein. Von Marlens Eltern konnte er für seine berufliche Existenzgründung einen beträchtlichen Betrag leihen, wie sich der Bruder erinnert.[1] Marlen übernahm in der Praxis die Aufgaben einer Assistentin. Die Familie Haushofer lebte nun allem Anschein nach in wohlgeordneten bürgerlichen Verhältnissen.

An einem Junitag des Jahres 1950 begibt sich das Ehepaar Haushofer mit dem siebenjährigen Manfred in die Steyrer Innenstadt und läßt ihn in einem Café am Hauptplatz zurück. Sie hätten, heißt es, bei Gericht zu tun. Erst Jahre später sollte Manfred im Internat von Mitschülern erfahren, daß seine Eltern sich in jener halben Stunde, die er im Kaffeehaus auf sie wartete, scheiden ließen.[2]

Eskaliert war der Zwist zwischen den Ehepartnern wegen einer Frau, zu der Manfred Haushofer nach Marlens Überzeugung seit einiger Zeit eine außereheliche Beziehung unterhielt. Da Derartiges nicht zum ersten Mal vorkam und sich im Kreise der »oberen Tausend« von Steyr schwerlich verheimlichen ließ, fühlte sich Marlen Haushofer nicht nur gekränkt, sondern auch bloßgestellt.[3]

Nach gut achteinhalb Jahren Ehe wurde Marlen am 24. Juni 1950 aus dem Verschulden von Manfred Haushofer geschieden. In ihrem Leben änderte sich jedoch nichts. Weder zog ihr Mann, wie ursprünglich von ihr verlangt, aus der gemeinsamen Wohnung aus, noch suchte sie sich mit ihren Kindern eine neue Bleibe. Ihr Bruder Rudolf versuchte sie dazu zu überreden, nach einer kurzen Übergangsfrist nach Wien zu übersiedeln und dort, mit Unterstützung der Wiener Freunde, neu anzufangen. Marlen stimmte prinzipiell zu, schob jedoch den Auszugstermin immer weiter vor sich her, bis der ›Aufbruch zu neuen Ufern‹ endgültig im alltäglichen ›Fortwursteln‹ versandete. Nach wie vor glaubte sie, ihrem Ex-Mann Rücksichtnahme und Unterstützung bei seinem beruflichen Fortkommen zu schulden. Also versorgte sie weiterhin den gemeinsamen Haushalt und betreute die Kinder, als sei nichts geschehen, half weiterhin, selbstverständlich ohne Entgelt, in der Ordination ihres geschiedenen Mannes mit. Niemand in Steyr erfuhr von dem Geheimnis der beiden. Auch in Marlens Wiener Bekanntenkreis sickerte die Geschichte von der Scheidung der vermeintlich biederen Steyrer Bürgersfrau erst Jahre später durch.

In der schwierigen Zeit nach der Scheidung schreibt Marlen Haushofer unverdrossen an ihrem Roman weiter. Und es ergibt sich ein Kontakt, der für ihre Verankerung im österreichischen Literaturbetrieb entscheidend werden wird: Hans Weigel lädt sie mit einer Postkarte ein, ihm Texte zu schicken. Anfang November 1950 sendet Marlen ihm einige Arbeiten und vermerkt im Postskriptum knapp: »Gedichte schreibe ich nicht.« Daß Hans Weigel auch nach Gedichten gefragt hatte, lag ganz im Trend der Zeit, war doch die Lyrik als *die* Gattung der Innerlichkeit in den fünfziger Jahren hoch im Kurs. Wer sich auf dem Literaturmarkt plazieren wollte, der versuchte es auf jeden Fall mit Gedichten. Mit ihrer Selbstbeschränkung auf Prosa stellte Marlen Haushofer unter den ›Newcomern‹ sicher eine Ausnahme dar.[4]

Hans Weigel (1908–1991) begann um 1950, sich als ›Zampano‹ der Wiener literarischen Manege zu etablieren. Hatte er sich vor seiner Emigration in die Schweiz in erster Linie als Kabarettist und Textautor einen Namen gemacht, so profilierte er sich nach dem Krieg als Theaterkritiker, Feuilletonist und Molière-Übersetzer. Seine literarische Begabung tendierte eher zum Journalistischen, sein Stil war elegant, leichtfüßig und ausgesprochen witzig. Als Kritiker schreckte Weigel um einer Pointe willen nicht davor zurück, persönlich zu werden. Legendär wurde er in Wien als Adressat einer Ohrfeige, die ihm die berühmte Burgschauspielerin Käthe Dorsch, empört über eine freche Bemerkung, coram publico verabreichte. Weigel verfügte in der zwischen Rot und Schwarz, zwischen Sozialisten und den Anhängern der ›Volkspartei‹, aufgeteilten Republik über beste Beziehungen zum roten Lager. Sehr bald wurde er zur Schlüsselfigur im Kulturbetrieb der Nachkriegszeit: Ohne ihn ging wenig, gegen ihn gar nichts. Hatte er in Otto Basils fortschrittlicher Zeitschrift *Plan* noch das Hohelied der Revolution gesungen, neigte er kurze Zeit später einer österreichisch-pragmatischen, das hieß im kalten Krieg: antikommunistischen, Position zu. Zusammen mit dem Schriftsteller und Publizisten Friedrich Torberg war Hans Weigel für den sogenannten Brecht-Boykott verantwortlich: Von 1952 an wagten die größeren Theater Wiens elf Jahre lang nicht, Brechts Stücke auf ihre Spielpläne zu setzen.[5]

Unter den Arbeiten, die Marlen Haushofer an Hans Weigel schickt, befindet sich auch ein Kapitel des Romanerstlings. Weigel wählt es für die ›Österreichische Buchwoche‹ aus, die im November 1950 im unzerstörten Foyer der zerbombten Wiener Staatsoper veranstaltet wird. Man lockt das Publikum mit bekannten Autoren, etwa Karl Heinrich Waggerl, aber auch mit der Versicherung, daß die Räume geheizt seien. Während junge Schriftsteller wie Ilse Aichinger und Johannes Mario Simmel namentlich angeführt werden, scheint Marlen Haushofers Name im Hauptprogramm nicht auf. Ihr Beitrag wird an einem von Hans Weigel gestalteten Abend unter dem wenig hoffnungsvollen Motto ›Dichter, die uns nicht erreichen‹ präsentiert. Ein Schauspielerpaar liest Texte von Ingeborg Bachmann, Hertha Kräftner, Friederike Mayröcker, Christine

Marlen Haushofer 1951.

Busta, Herbert Eisenreich, Gerhard Fritsch, Andreas Okopenko, Jeannie Ebner und anderen. Marlen Haushofers »Romankapitel« wird vom beliebten Josefstadt-Akteur Leopold Rudolf vorgestellt.[6]

Zwei Jahre später, Marlen arbeitet inzwischen an einem neuen Roman, schickt sie ihrem Mentor den gesamten Erstling und merkt dazu an, sie finde ihn »sehr mangelhaft mit ein paar guten

Stellen«. Weigel möge ihr schreiben, was sie damit tun solle. In seiner Erinnerung an dieses Werk war Hans Weigel später in seinem Urteil gespalten. Einmal meinte er, der Roman habe sich in der Nähe von Illustriertenklischees bewegt, dann wieder, er sei »als Erstling der Publikation durchaus würdig, wenn auch noch etwas unreif« gewesen: »Doch da kam ein Hausmeister-Ehepaar von infernalischer Dämonie vor, das alle äußere Harmlosigkeit der persönlichen Erscheinung dementierte.« Mehr wird über dieses Manuskript heute vermutlich nicht mehr zu erfahren sein: Weigel hat Marlen Haushofer wohl von einem Publikationsversuch abgeraten, und diese hat den Rat nicht nur befolgt, sondern das Manuskript ziemlich sicher vernichtet. Im Nachlaß findet sich jedenfalls keine Spur davon.[7]

Als Hans Weigel 1951 für den zur ›roten Reichshälfte‹ gehörenden Jungbrunnen-Verlag die Herausgabe einer Reihe namens »Junge österreichische Autoren« übernehmen soll, lädt er Marlen Haushofer ein, ihm einen Text im Umfang von fünfzig Seiten vorzuschlagen. Für Marlen eine wirklich gute Nachricht: »Ich würde mich <u>sehr</u> freuen, wenn endlich etwas von mir erscheinen würde, schon damit ich in den Augen meiner Umgebung eine gewisse Daseinsberechtigung hätte.« Sie wählt schließlich die lange Erzählung *Das fünfte Jahr* aus, »die aber wahrscheinlich die meisten Leute langweilen wird«. Am liebsten wäre ihr eine Auswahl von sieben Geschichten, von den Kurzgeschichten hingegen möchte sie »Abstand nehmen, ich schreibe sie ja hauptsächlich für Zeitungen und um etwas zu verdienen, also nicht gerade mit Begeisterung«. Dann äußert sie eine Bitte, die ihr Mentor zeit ihres Lebens als Verpflichtung auffassen wird: »Lieber Herr Weigel, ich wäre Ihnen dankbar, wenn Sie mich auf Verschiedenes, das ihnen nicht gefällt, aufmerksam machen würden. (...) Oder verlange ich damit zuviel von Ihnen?« Nein, das tut sie nicht. *Das fünfte Jahr* gefällt Hans Weigel. Später erkennt er darin »eine konstituierende Wurzel ihres Wesens und ihres Schreibens: die Hinwendung zum verlorenen Paradies der Kindheit«. 1952 erscheint nun endlich Marlens erstes Buch.[8]

Die Erzählung konzentriert Marlen Haushofers Kindheitsbild in einem – eben dem fünften – Lebensjahr der kleinen Marili, die als Waise bei ihren Großeltern auf dem Land aufwächst. Hier ist vieles von dem vorgeformt, was Marlen Haushofers spätere Werke prägt: Die bald heitere, bald furchteinflößende Welt der Dinge und der Pflanzen, der gütige Großvater, die traurige Großmutter, die fröhliche Magd und vor allem der Mann als Zerstörer: Der Bub, auf den Marili sich empört stürzt, weil er ankündigt, er wolle seine kleinen Katzen ertränken, ist die kleine Ausgabe des unheimlichen Vagabunden, dem das Mädchen zum Schluß sein Kostbarstes, ein kleines Porzellankörbchen, schenkt und der es verächtlich »an den nächsten Stein« wirft. In seiner unsinnigen und skrupellosen Zerstörungslust verkörpert er das Urbild des feindlichen Mannes in Marlen Haushofers Werk, das des Schlächters, des Geistesgestörten, des gefährlichen Eindringlings. Er spricht unverständlich und erscheint Marili zugleich abstoßend und anziehend: »Sie wollte fliehen, aber gleichzeitig fühlte sie sich von einem starken Strudel gezogen, gerade in den großen, häßlichen Mund hinein, der wie eine dunkle Drohung über ihr hing.«[9]

Marlen Haushofer erhielt für diese Erzählung 1953 ihre erste offizielle Anerkennung, den sogenannten kleinen Österreichischen Staatspreis, der als »Förderungspreis« des Unterrichtsministeriums ausgeschrieben war und mit dem immerhin auch Thomas Bernhard ausgezeichnet werden sollte. Dieser Preis verlieh Marlen in der Familie und im Bekanntenkreis gewissermaßen die Legitimität, sich als Schriftstellerin zu bezeichnen und ihre Zeit dem Schreiben zu widmen. Nun mußte man ihr ›Hobby‹ notgedrungen ernst nehmen. »Und ich weiß nicht, was für einen Preis ich kriegen müßte, daß ich mich nochmals so freuen könnte wie damals. Da war ich eben noch sehr jung«.[10]

»Für Minuten fast glücklich«

Mit dreiunddreißig ist Marlen Haushofer eigentlich nicht mehr »sehr jung«. Außer dem schmalen Büchlein hat sie bereits einige Erzählungen in der ambitionierten Mittelschüler-Zeitschrift *Neue Wege* veröffentlicht, deren Redaktion maßgeblich von

Hermann Hakel beeinflußt wird. Hans Weigel hat Marlen Haushofers Kurzgeschichte *Patience* in sein literarisches Jahrbuch *Stimmen der Gegenwart* aufgenommen. Bei den von ihm gestalteten und von der amerikanischen Besatzungsmacht finanzierten ›Österreichischen Abenden‹ lesen bekannte Schauspieler immer wieder auch ihre Texte. Um jedoch in Österreich einigermaßen bekannt zu werden, muß Marlen Haushofer einen Roman vorlegen. Hans Weigel, der ihr die Hausmeister-Geschichte ausgeredet hat, weiß das natürlich und versucht Marlen spaßeshalber mit einem Schuldschein für ein opulentes Essen zur Arbeit an einem neuen Roman zu beflügeln: »Ihr verlockendes Anerbieten hat mich so aufgeregt, daß ich, so Gott will, noch heute anfangen werde, einen Roman zu schreiben«, antwortet ihm Marlen Haushofer nicht ganz ernst am 29. März 1951. »Eigentlich wäre mir der zweite Preis lieber, da ich kein ausgesprochener Schlemmer bin.« Ein Jahr später ist sie mitten in der Arbeit: »Ich schreibe seit einer Woche <u>sehr fleißig</u> und bin ganz glücklich darüber. Da es sich nicht anders machen läßt, schreib ich von 9h abends bis Mitternacht – mit Hilfe von Cola u. Kaffee.« Im Mai 1952 ist das Buch fertig: »Den Roman schicke ich sehr schweren Herzens weg, nicht nur, weil ich ihn jetzt sehr schlecht finde, (das geht mir aber immer so) sondern weil ich eine ganze Menge Hemmungen unterdrücken mußte, um ihn überhaupt zu schreiben.«[11]

Auch dieses Buch wird die Öffentlichkeit nie zu Gesicht bekommen – wiederum dank Hans Weigel, der dem Roman später heftig nachtrauerte: »Er war großartig geschrieben, er war lebendig, plastisch, er hatte alles, was ein Roman haben soll.« Was also war der Fehler? Der Roman handelte von ein paar Frauen, die »es auf sorgsam ausgeklügelte Manier schließlich dazu bringen, daß ein Mann von ihnen umgebracht wird, ohne daß sie als Täterinnen belastet sind.« Weigel stellte die moralische Bedenklichkeit über die von ihm selbst erkannte literarische Qualität: »Der klassische ungesühnte Mord. Vielleicht war ich zu vorsichtig, zu altmodisch: Ich riet ihr, dieses Buch nicht zu publizieren.« Marlen Haushofer habe sich da auf ihn verlassen. »Ich möchte es wieder lesen, aber ich glaube bis heute, daß ich recht habe.« In Wirklichkeit glaubte Hans Weigel das natürlich nicht. Einige Jahre später gab er offen zu, daß ihm sein Ratschlag leid tue und er immer noch hoffe, daß Marlen das Manuskript nicht verbrannt, sondern irgendwo aufgehoben habe. Den Inhalt des Romans präzisierte er: Es sei ein Buch über »eine Gesellschaft« gewesen, »ein paar Leute zu Gast auf einem Schloß«, und das Verbrechen habe einem »besonders widerlichen Mann« gegolten. Offenbar hatte Marlen Haushofer mit diesem Buch so etwas wie eine literarische Vorahnung von Peter Greenaways bitterböser männermordender Filmsatire *Drowning by Numbers* geschaffen. Das Manuskript, für das sich begreiflicherweise gerade die feministisch engagierten Leserinnen der achtziger Jahre interessiert haben, ist bis heute nicht aufgetaucht. Marlen Haushofer muß es nicht gleich vernichtet haben, nur weil sie es nicht veröffentlichen wollte. So hat sie etwa auch frühe Erzählungen aufbewahrt, die sie ausdrücklich nicht publiziert sehen wollte.[12]

Wie sich Hans Weigel damals ihr gegenüber zu dem Roman äußerte, läßt sich nur aus Marlens Antwortbrief rekonstruieren – und der ist nicht allein für ihre Lebens- und Schreibsituation in den fünfziger Jahren höchst aufschlußreich:

> »Ich bin sehr froh, daß Sie so aufrichtig zu mir sind. Daß ich ein recht schwerer Fall bin, weiß ich ja selber auch. Es stimmt nicht, daß ich nicht idyllisch sein <u>will</u>. Ich möchte sehr gern, aber das wäre gelogen. Gerade diese Mischung von Dämonie u. Idylle, auf die ich unentwegt stoße, bereitet mir das größte Unbehagen u. fasziniert mich zugleich. Vielleicht wäre es meine Aufgabe gerade das glaubwürdig zu gestalten. Wahrscheinlich fehlt mir dazu die dichterische Kraft. Oder ich müßte einmal ein paar Monate allein sein und Ruhe haben. Ich steh auf einem Platz, auf den ich nicht gehöre, lebe unter Menschen, die nichts von mir wissen u. die Hälfte meiner Kraft geht schon auf, in der Anstrengung die es mich kostet unauffällig zu bleiben. Je älter ich werde, desto klarer sehe ich, wie hoffnungslos wir alle verstrickt sind und ich bin froh für jeden, der nie zu Bewußtsein kommt.
> (...) Was meinen Roman betrifft, hab ich oft das Gefühl,

ich könnte (rein handwerklich) einen guten Durchschnittsroman schreiben, aber dazu fehlt mir der nötige Fleiß u. die Selbstverleugnung. Also werde ich mich weiterhin mit Versuchen herumschlagen. Sie bemängeln, daß sich in meinem Roman die Personen nicht ändern u. das beweist mir, daß ich eben nicht im Stand war, das glaubhaft zu machen. Gerade, daß sich nichts ändert war ja mein Thema.
Ich muß wirklich ein Patzer sein, daß man's nicht merkt. Daß der ungesühnte Mord ein sehr gefährliches Thema ist, hab ich gewußt. Ich lasse ihn von einer Frau begehen, für die ja die männlichen Moralgesetze eigentlich nicht bestehen. (...) Tatsächlich wünsch ich mir jetzt einen handgreiflichen Erfolg nur, damit man mich endlich in Ruhe arbeiten läßt u. nicht behaupten kann, daß ich meine Zeit u. Gesundheit für eine fixe Idee opfere. Im übrigen ist die Zeit in der ich schreiben kann (und ich schreib sehr mühsam) für mich die erträglichste, da bin ich manchmal für Minuten fast glücklich.«[13]

So schreibt niemand, der durch eine Kritik in seinen Grundfesten erschüttert ist. Die demütige Geste dieses Briefes ist gespielt. Marlen Haushofer weist Weigels Ansinnen, sich mehr der Idylle zu weihen, souverän zurück. Obwohl sie sich selbst als »Patzer« denunziert und alle Schuld auf sich nimmt, fällt es doch auf den Kritiker zurück, wenn er die literarische Absicht der Autorin nicht erkannt hat, nämlich zu zeigen, wie unabänderlich ein jeder in sein Leben verstrickt ist. Geradezu unerhört ist ein Gedanke, der später in *Die Wand* zum Ausdruck kommt und der hier ganz beiläufig erwähnt wird: daß die männlichen Moralgesetze für eine Frau ja ohnehin nicht gelten würden.

Damit hat sie Weigels Einwand im Grunde vom Tisch gewischt. In Wahrheit zweifelt Marlen Haushofer keineswegs an ihrer ›dichterischen Kraft‹. Sie hat erkannt, daß »gerade diese Mischung aus Dämonie u. Idylle« ihre künstlerische Domäne ist, und spricht dem Schreiben ein, wenn auch sehr reduziertes, Glücksversprechen zu. Und so harrt sie eisern auf dem Platz aus, auf den sie »nicht gehört«.

Nach wie vor mimt die geschiedene Frau Haushofer bei sich in Steyr die verläßliche Mutter und Hausfrau, der man ihre Neigung zum Abgründigen nicht anmerkt. Tatsächlich führt sie eine Art Doppelleben. Doch die Verstellung daheim kostet Kraft und geht allmählich an ihre Substanz. Anfang der Fünfziger beginnt Marlen Haushofer an schweren Depressionen zu leiden. Ein Gefühl, das ihr von früher gut bekannt ist: »Als junges Mädchen bildete ich mir zeitweilig ein, einen Stein in der Brust zu tragen. Damals wußte ich noch nicht, daß man diesen Zustand Depression nennt«, notiert die Heldin des Romans *Die Tapetentür* in ihr Tagebuch. Die »grundlose Traurigkeit« kommt oft im Herbst. »Wahrscheinlich könnte ich sie verdrängen, wenn ich unter Leute gehen würde, aber ich mag nicht.« Gerade diese Menschenscheu ist freilich ein Symptom der Krankheit. Marlen Haushofers literarische Spiegelbilder zeigen die klassischen Anzeichen der Melancholie: Sie verlieren das Interesse für die Umwelt ebenso wie ihre Liebesfähigkeit. In ihrem Tun gehemmt, sind sie in ihrer Selbsteinschätzung gnadenlos negativ. Sie schließen sich ein und von der Außenwelt ab und erleben das als Glück und Unglück zugleich, als Rettung und Gefangenschaft. Die verlorengegangene Ordnung versuchen sie durch übertriebene Ordnungsliebe im Alltag wiederzuerlangen. Und sie empfinden das Verrinnen der Zeit, das Ticken der Uhr, als unerbittliches, alles bestimmendes Diktat.[14]

In der Erzählung *Die Höhle* aus den frühen fünfziger Jahren entwickelt Marlen Haushofer zum ersten Mal das Bild eines imaginären Refugiums, das seinen Ursprung in der Kindheit hat: Eine fast fünfzigjährige Frau kehrt nach Jahrzehnten an den Ort zurück, an dem sie aufgewachsen ist und findet ihren Lieblingsplatz, eine kleine Höhle am Bachufer, zerstört und mit Abfall bedeckt vor. Die verlorengegangene Zufluchtsstätte, ihre »warme, saugende Dämmerung«, Beruhigung und Betäubung erlangt sie erst im dämmrigen Schutzraum einer Apotheke wieder – durch ein Medikament »gegen alle Schmerzzustände«. Psychoanalytisch versinnbildlicht die Höhle natürlich die Leibeshöhle der Mutter. Der Ursehnsucht des Menschen, zurück in die Geborgenheit des Mutterleibs zu gelangen, entspringt auch das Bett. Das besondere Schlafbedürfnis des Depressiven hat mit dem Versprechen völliger Sorglosigkeit zu tun. Wer von der übergroßen Liebe zu seiner Mutter loskommen will, muß die Lust am Schlafen zu überwinden suchen. So steht ein auffälliger Fleiß bei so manchen im Widerspruch zu ihrer ›natürlichen‹ Faulheit: »Ihr unablässiges Arbeiten ist eine Auflehnung gegen die Fessel der Kindesliebe, die sie mitschleppen.«[15]

In Marlen Haushofers selbstverfaßtem Nachruf zu Lebzeiten findet sich diese Theorie bestätigt:

> »Es muß einmal gesagt werden, Marlen Haushofer hätte es weiter bringen können. Ihr Unglück war ein angeborener Widerwillen gegen mühsame oder langwierige Arbeiten, vielleicht gegen Arbeiten überhaupt. Deshalb ist es, nach meiner Meinung, einer der wenigen bewundernswerten Züge dieser Persönlichkeit, daß sie jemals ein Buch zu Ende geschrieben hat. Man stelle sich vor, wie dieses Leben verlaufen ist, als ununterbrochener Kampf zwischen Trägheit und Ehrgeiz. Denn natürlich war sie ehrgeizig und eitel wie jeder Schrifsteller. Wahrscheinlich kann nur ich als ihre Zwillingsschwester ermessen, wie groß dieser Ehrgeiz gewesen sein muß, wenn er sie davon abgehalten hat, jeden Abend um neun Uhr freudig mit einem Buch ins Bett zu steigen. Denn dies war zeitlebens ihr größtes Verlangen, und je weniger sie dieses Verlangen stillen konnte, desto verlockender und gefährlicher wurde diese Vorstellung für sie.«[16]

Marlen Haushofer betrachtete ihr Zuhause, trotz der familiären Situation, als Zufluchtsort. Sie war alles andere als eine begeisterte Gastgeberin und empfing auch gute Freunde aus Wien nur selten in Steyr. Das einstmals so schlampige Mädchen war als Erwachsene auffallend ordentlich geworden. Es bleibe ihr, meinte sie, mit drei chaotischen Männern in der Familie gar nichts anderes übrig. Eine solche Sehnsucht nach äußerer Ordnung meint jedoch immer auch ein tieferes In-Ordnung-Sein: »Einmal war alles gut und in Ordnung, und dann hat jemand die Fäden verwirrt. Ich kann den Anfang nicht mehr finden«, heißt es in Marlen Haushofers Novelle

Wir töten Stella. »Aber das Grauen und das Wissen um die Wahrheit, die man nicht wissen sollte, sind eingefügt in die Ordnung des Alltags. (...) Ich liebe diese Ordnung, die es mir möglich macht zu leben.«[17]

Für den akut depressiven Menschen wird aber gerade das Aufrechterhalten dieser beruhigenden Ordnung zum Problem. Zum klinischen Bild der Depression gehört, daß dem Kranken selbst die kleinsten Handgriffe entsetzlich schwerfallen. Für Marlen Haushofer wächst in dieser Zeit die Haushaltsarbeit, die ihr ohnehin zuwider ist, zu einem immer größeren Hindernis empor. Da hilft es nichts, daß unter der Woche täglich eine Bedienerin zum Putzen kommt und daß die größere Wäsche zum Reinigen außer Haus gebracht wird. Subjektiv ist die Arbeit trotzdem kaum zu bewältigen. Als Meisterin der Selbstbeherrschung läßt Marlen sich innerhalb der Familie nicht einmal den psychischen Ausnahmezustand wirklich anmerken. Eher kann sie bei ihren Wiener Freunden auf Verständnis hoffen. Rückhaltlos vertraut sie sich in diesem Punkt wohl nur Hans Weigel an. Ihm gegenüber nennt sie die Dinge beim Namen: »Halten Sie die Daumen, daß ich diesmal ohne neuerliche Depression durchhalte«, lautet Marlens Kommentar zu ihrer Arbeit am zweiten Roman. Dann erscheint es ihr wieder notwendig, sich zurückzuziehen und »über Verschiedenes« nachzudenken. Zu einem Literatentreffen im Frühling 1953 in Linz, wo sie Hans Weigel sehen wollte, fährt sie nicht: »Ich war schon angezogen zum Weggehen u. voll der besten Vorsätze – und plötzlich ging's doch nicht. Vielleicht können Sie sich vorstellen, daß es schon ziemlich arg sein muß, wenn ich ein Versprechen nicht halte. Schließlich hab ich mich hingesetzt und geheult.« Um Hans Weigel zu besänftigen, fragt Marlen sogar betont vernünftig: »Glauben Sie, daß ich einmal zum Arzt gehen sollte?« Anders, als es dem klassischen Krankheitsbild entspricht, lähmt die Depression Marlen Haushofers Kreativität nicht: »Was den Roman betrifft, bin ich brav. Ich hab endlich die richtige Methode gefunden u. schreib von ½ 5h – ½ 7h früh u. überarbeite das Geschriebene am Nachmittag.«[18]

Im Sommer hofft sie, »die Depression für einige Monate überwunden zu haben«. Trotzdem rät Weigel ihr bei ihrem nächsten persönlichen Treffen, endlich ärztliche Hilfe in Anspruch zu nehmen. Ein Ansinnen, dem sie nachgibt. Man ist mittlerweile per Du: »Wie ich Dir's versprochen hab, war ich bei Doz. Frankl und hab mich dort sehr unglücklich gefühlt, was aber bestimmt an mir liegt. Ich weiß nicht wie sich diese Sache weiterentwickeln wird, jedenfalls aber hab ich bewiesen, daß ich nicht eigensinnig bin.« Viktor E. Frankl war ein enger Freund Hans Weigels. Der KZ-Überlebende, der später als Begründer der ›Logotherapie‹ und als versöhnender Sinnstifter internationale Berühmtheit erlangen sollte, war damals dabei, sich in Wien als Psychiater und Psychotherapeut einen Namen zu machen. In Abgrenzung zur Freudschen Psychoanalyse entwickelte er in seinen Vorlesungen an der Universität Wien ein religiös fundiertes, existenzphilosophisches Weltbild, nach dem »existentiell sinnvolles Leiden« nicht bekämpft, sondern als notwendiges Durchgangsstadium zur persönlichen Reife erkannt werden solle. Der Arzt dürfe »einen Menschen nicht um den Preis der Selbstaufgabe von seinen Schmerzen befreien«: »Dann könnte es geschehen, daß ein Mensch mit seinem Schmerz sein Selbst verliert.«[19]

Was Frankl 1950 in seinem Buch *Homo patiens* formuliert, macht sich Marlen Haushofers Romanfigur Annette in *Die Tapetentür* zu eigen, wenn sie am Ende gelobt, »auch den Schmerz lieben« zu wollen: »Man konnte einem Kranken nicht helfen, wenn seine Krankheit sein eigentliches Leben war. (...) Sie wollte nicht geheilt werden zu einer ganz fremden Person.«[20]

Ob Viktor Frankl seine Thesen auch in der Therapie der depressiven Dichterin vertreten und angewandt hat, läßt sich nur mutmaßen. Einer medikamentösen Behandlung, die ja den, nach seinem Verständnis womöglich heilsamen, Schmerz betäubt hätte, stand Frankl jedenfalls grundsätzlich skeptisch gegenüber. Marlen ging öfter zu ihm. War sie länger in Wien, vereinbarte sie alle vierzehn Tage einen Termin. Im April 1954 berichtet Marlen Hans Weigel, »daß Doz. F. mir damals gesagt hat, daß ich wahrscheinlich wirklich krank bin und meine Depressionen nur mit äußerster Anstrengung überwinden kann. Er hat mir auch gesagt, ich solle Dir sagen, daß das von mir keine Bosheit ist u. zureden nichts nützt.« Abgesehen davon, daß sich Depressionen definitionsgemäß eben gerade nicht »mit äußerster Anstrengung überwinden« lassen, gewinnt man beinahe den Eindruck, als habe die Kranke den Psychiater nur dem Freund zuliebe aufgesucht. Sie benutzt Frankl dabei als eine Art Dolmetsch, denn Weigel hält ihre Zustände offenbar für Überspanntheit, tatsächlich hat es zwischen den beiden nun schon seit einiger Zeit Verstimmungen gegeben. Er möge, bittet Marlen ihn, Frankls Diagnose für sich behalten und sich – ein Stereotyp ihrer Briefe – »keine Sorgen« machen, »es ist mir ja jetzt ein halbes Jahr sehr gut gegangen. Ich schreib Dir das nur als Warnung, wenn ich mich plötzlich wieder einmal recht blöd benehmen sollte.«[21]

Nach Freud setzt sich der verborgene Mechanismus der Melancholie bei einer Rückverschiebung der Libido in Gang: Hat das Ich einen Menschen geliebt und wird von diesem gekränkt und enttäuscht, so gibt es diesen Menschen auf, nicht aber die Liebe zu ihm, die gleichsam ›herrenlos‹ zum Ich zurückkehrt. Weil sich das Ich narzißtisch mit dem verlorenen Geliebten identifiziert, verwandelt sich dessen Verlust in einen Verlust des Ich, das seinen Haß nun gegen sich selbst richtet, wobei die »unzweifelhaft genußreiche Selbstquälerei« des Melancholikers indirekt auch die ursprünglichen Liebesobjekte bestraft, die meist in der Familie des Kranken zu finden sind.[22]

Warum Marlen Haushofer nach ihrer geheimgehaltenen Scheidung psychisch erkrankte, und vor allem, daß die Depressionen gerade 1952/53 massiv auftraten, verwundert daher nicht. Zu dieser Zeit beginnt Manfred Haushofer zudem ein Verhältnis mit seiner Ordinationshilfe Inge, der geschiedenen Frau seines Trauzeugen und einer guten Freundin von Marlen. Da Inge nach dem Scheitern ihrer Ehe mit ihren Kindern völlig mittellos dasteht, bedeutet die schlecht bezahlte Anstellung in der Zahnarztpraxis für sie zunächst eine Überlebenshilfe. Sie löst als Assistentin Marlen ab, die sich von da an nur noch der anfallenden Büroarbeit widmet. Die Beziehung zwischen Manfred und Marlen Haushofer, die als ›geschiedene Leute‹ getrennte Zimmer bewohnen, oft tagelang nicht miteinander reden und das Ehepaar nur gegenüber den Kindern und nach außen markieren, wird durch das Dreiecksverhältnis noch komplizierter. Obwohl Marlen selbst in Wien ein freies Leben führt, stellt die Beziehung zwischen ihrem Ex-Mann und ihrer äußerst attraktiven blonden Freundin für sie eine Kränkung dar. Zum einen weiß man in Steyr ja nichts von der Scheidung und hält Marlen schlicht für die betrogene Ehefrau. Zum anderen scheint Marlen sich dem Mann, den sie vor dem Gesetz aufgegeben hat, emotional noch verbunden zu fühlen. Die Situation ist insbesondere aber durch die Wohnverhältnisse belastet: Nach einem kurzen Intermezzo im Viertel Neuschönau, direkt an der Enns, haben die Haushofers 1952 die Wohnung oberhalb der Praxis im Zentrum der Altstadt bezogen. So befinden sich tagsüber alle Beteiligten des Beziehungsdreiecks unter einem Dach.[23]

Marlen Haushofer reagiert zwiespältig. Einerseits fällt ihren Freunden Marlens unerklärliche Toleranz auf. »Heirate doch du den Manfred«, rät sie der Rivalin einmal ganz im Ernst. Als ihr Mann und Inge gemeinsam nach Jugoslawien fahren wollen, borgt sie der Freundin – »sie hat ja nix zum Anziehen« – Kleider von sich. Schließlich sei sie ja mit ihr »nicht bös«. Während eines Spitalaufenthalts ›schickt‹ sie Manfred Haushofer und Inge später auf eine Italienreise und nimmt mit einer gewissen Genugtuung die Blumen und Mitleidsbekundungen ihrer Freunde entgegen. Andererseits denkt sie nun doch ernsthaft über eine räumliche Trennung nach. Im Sommer 1953 zieht sie schließlich ›probeweise‹ nach Wien. Einiges spricht dafür, daß Marlen Haushofer dort allein wohnte. Vielleicht hatte sie ein Zimmer im Hotel Mozart in der Nordbergstraße, in der Nähe ihrer einstigen Studentenunterkunft beim Franz-Josefs-Bahnhof; jedenfalls verwendet sie in einem Brief aus Steyr vom Dezember 1953 an Jeannie Ebner das Briefpapier dieses Hotels. Stolz berichtet sie Hans Weigel, sie habe in Wien immerhin hundertsiebzig Romanseiten geschrieben. Das Buch, das später *Eine Handvoll Leben* heißen wird, erzählt von einer Frau, die aus ihrem Leben aussteigt. »Ich hab in Wien gemerkt, daß bei mir tatsächlich die ungünstigen Arbeitsverhältnisse Schuld sind; wenn ich allein bin, kann ich ganz gut schreiben.« Und ihre eigene Urlaubsreise unternimmt Marlen Haushofer

Das geschiedene Paar Haushofer mit den Söhnen Manfred (links) und Christian 1951.

auf eigene Faust, mit einer befreundeten Familie und ihrem jüngeren Sohn – ebenfalls nach Jugoslawien. Doch man ist ja »nicht bös«: Manfred und Inge kommen aus Steyr zu Marlen zu Besuch, in der Großstadt treten die beiden offen als Paar auf.[24]

Der Ausbruchsversuch scheitert abermals. Manfred Haushofer will wohl nicht, daß Marlen auszieht, und Marlen wiederum will ihm die damit verbundene finanzielle Belastung nicht zumuten. Man trifft ein Arrangement, das aber offenbar nicht funktioniert. Im August 1954 schreibt Marlen Haushofer an Friederike Kästenbauer, eine enge Freundin, die seit dem Frühjahr in Wien lebt, über ihren Ex-Mann: »Jetzt schwärmt er für eine Italienerin, ist aber mit Inge noch einige Tage weggefahren, obwohl er sie nicht mehr mag. Sie hat ihm solange zugesetzt. Er weiß überhaupt nicht was er will und ist vollkommen willens u. hemmungslos. Und mir sind die Hände gebunden. Ich müßte unabhängig von ihm werden u. seit 7 Jahren bemüh ich mich darum. Aber weil er meine ganze Kraft beanspruchtu. meine ganze Zeit, komm ich nie aus dieser Sklaverei heraus.«[25]

Daß Marlen sich in der Zwischenzeit ihrerseits auf eine Affäre in Steyr eingelassen hat, macht alles für sie nicht einfacher. Nicht nur weil ihr Geliebter verheiratet ist, sondern auch weil sie selbst sich nach außen so verhält, als wäre sie es noch, hält sie die Liaison streng geheim. »Friedl« Kästenbauer dürfte in dieser Sache ihre einzige Vertraute gewesen sein: »Es entwickelt sich alles so wie Du, gescheite Person, es vorausgeahnt hast. Ich und noch jemand sitzen ganz tief im Fegefeuer. Trotzdem bin ich zeitweise glücklich.« Und nur wenige Monate später: »Manchmal überfällt mich eine so schreckliche Angst, daß mir mitten auf der Straße der Schweiß ausbricht und das Herz aussetzt. Aber ich weiß natürlich daß ich diese Suppe, die ich mir allein eingebrockt hab, auch allein auslöffeln muß. Du hast ja vorausgesehen, daß ich nicht nur ins Fegefeuer, sondern ganz in die Hölle muß.«[26]

Die Freundschaft mit der acht Jahre älteren Friedl bleibt auch über die Distanz hinweg intensiv. Die beiden Frauen treffen einander oft in Steyr und Wien, der Sohn der Kästenbauers ist mit dem kleinen Manfred befreundet, die Buben verbringen die Ferien einmal bei der einen, dann bei der anderen Familie. Als ständige Gesprächspartnerin vermißt Marlen Friedl freilich schmerzlich, ihr »klarer Blick u. unbestechlicher Verstand« fehlen ihr: »Manchmal wünsch ich mir, daß mir jemand den Kopf abschneiden würde, damit ich nicht mehr denken kann. Wenn Du in Steyr bleiben hättest können, wäre alles für mich erträglicher. Du warst mein guter Engel; jetzt hab ich manchmal Angst vor mir selber.«[27]

Die Freundin rät ihr, die überaus belastende Beziehung zu beenden, was Marlen Haushofer auch tut, allerdings wird sie offenbar mehrmals rückfällig. Insgesamt zieht sich die Affäre zumindest über zweieinhalb Jahre: »Ich staune über meine eigene Zähigkeit, denn ich hab ja seiner unerschöpflichen Vitalität und (auch in der Liebe) unbewußten Herrschsucht nichts entgegenzusetzen als meine tiefere Liebesfähigkeit. In ihm steckt ein Gewaltmensch und sogar ein Intrigant, der über Leichen geht, aber auch ein überraschend zartfühlender, gütiger und großzügiger Mensch. Es würde mir genügen, diesem anderen Menschen ein bißchen weiter ans Licht verholfen zu haben.«[28]

Was Marlen – abgesehen von der Vorstellung einer quasi höheren Mission – das Loskommen vom Geliebten erschwert, ist der Umstand, daß »D.« zum gemeinsamen Bekanntenkreis der Haushofers gehört, ja in ihrem Haus verkehrt: »Unsere Abendgesellschaft war recht anstrengend u. D. sehr ›anhabig‹. Er scheint sich tatsächlich kein Gewissen daraus zu machen, mich wieder in die alte Situation zu bringen. Ich hoffe aber doch, daß ich ihm widerstehen kann, nicht aus Tugendhaftigkeit oder Klugheit, sondern weil ich einfach nicht mehr die Kraft dazu hab.« Gegenüber der Freundin in Wien klagt Marlen, ihre »Schreibfaulheit« entschuldigend, ihr seien durch diese Geschichte »soviele angenehme Züge meines Wesens abhanden gekommen«: »Du mußt mich halt nehmen, als das was ich bin, ein sehr reduzierter Mensch.« Allzu sehr will sie ihre Vertraute durch ihre Klagen aber auch nicht beunruhigen: »Du weißt ja, letzten endes bin ich doch immer wieder vernünftig – weil mir vor allem Pathos u. allem was nach Theater schmeckt, graust.«[29]

Nichtsdestoweniger eskalieren in dieser Zeit die Auseinandersetzungen an der anderen, der offenen Front der Familie Haushofer. 1955 oder 1956 kommt es zwischen Manfred Haushofer, seiner Freundin Inge und Marlen zum großen Krach, zu einer Aussprache zu dritt. Die Spannung entlädt sich in der Praxis, man wechselt zum Weiterreden in die Wohnung. Inge fühlt sich als ›Scheidungsgrund‹ und hat ein schlechtes Gewissen, obwohl sie von Rechts wegen ja keines haben müßte. Die Freundschaft zwischen ihr und Marlen wird nun nach dem Streit auf Eis gelegt, doch schon im folgenden Jahr scheint alles so wie früher: Marlen, Manfred und Inge fahren, bald zu dritt, bald zu viert, mit dem kleinen Manfred nach Italien, und Inge besucht Marlen häufig mit ihren beiden eigenen Söhnen.[30]

Im Mai 1956 schreibt Marlen an Friedl Kästenbauer: »Ich hab viel Sorgen und spiele sehr mit dem Gedanken ganz nach Wien zu gehen. Mein Leben hier ist einfach unwürdig und es schaut nichts dabei heraus. Aber ich weiß nicht, ob ich den großen Sprung wagen kann, es hängt für B.[ubi, Manfred jun.] soviel davon ab.« Sie bleibt in Steyr.[31]

Daß Marlen in ihrem Innersten, dem zur Schau getragenen Gleichmut zum Trotz, sich doppelt verletzt fühlte, durch den Mann und durch die Freundin, läßt sich nicht nur indirekt an ihren Depressionen ablesen: In Stellas egoistischer Mutter in der Novelle *Wir töten Stella*, aber auch in der Figur der mannstollen Cousine der Erzählerin in *Die Wand* – beide Frauen heißen Luise – hat Marlen Haushofer ihren Groll auf die Freundin literarisch umgemünzt.

Daß Marlen Haushofer sich in ihrer Situation gefangen fühlt, hat auch etwas mit dem Modell der bürgerlichen Familie zu tun, die im gesellschaftlichen Bewußtsein der fünfziger Jahre ganz selbstverständlich als Besitzstand des Mannes gilt. So kritisiert sie in ihren Werken nicht nur indirekt den Ex-Gatten, sondern auch die gesellschaftliche Realität: In *Wir töten Stella* legt der Ehemann und notorische Ehebrecher größten Wert darauf, den Urlaub mit seiner Frau zu verbringen und nach außen alles zu vermeiden, was nach ›schlampigen‹ Zuständen aussehen könnte. Als »ein Mensch, der im geheimen in der tiefsten Anarchie lebt, schätzt er nichts mehr als die äußere Ordnung und Genauigkeit. Keiner hütet die Moral strenger als der heimliche Gesetzesbrecher«. Die Erzählerin ist davon überzeugt, daß sie von ihrem Mann nicht als Person, sondern als sein Besitz geliebt wird:

> »Eine beliebige Person an meiner Stelle hätte er ebenso geliebt, und auf diese Weise liebt er seine Kinder, sein Haus, kurz alles, was zu seiner Person gehört. (...) Keine seiner Geliebten wird ihn je dazu bringen, seine Familie, das heißt seinen Besitz, aufzugeben, und wenn es mir eines Tages einfallen sollte, ihn zu verlassen, wird er hartnäckig und rachsüchtig mein Leben zerstören. Aber Richard gehört zu den Männern, die ihren Frauen den Geschmack an Liebhabern verderben.«[32]

Die beschriebene Abhängigkeit geht über das Materielle weit hinaus. Für Erika Danneberg, die psychoanalytisch geschulte Freundin, war das von Marlen betriebene Hin und Her um eine ›echte‹ Scheidung auch eine »Ent-Scheidung zwischen Pflicht und Neigung«. Marlen Haushofer habe eben »nie wirklich weggehen können«. Aus »diesem tiefen Verhaftetsein, wo sie grad war, und das war halt Steyr an der Enns und der Mann und die Kinder und die Ordination«, rühre dieser »tiefe, kindliche Haß der Abhängigkeit, der die Männer nur mehr als die Verbrecher sehen kann«.[33] In solchen Fällen nimmt man allzu leicht auf der einen Seite nur Drahtzieher und auf der anderen Seite nur Marionetten wahr. Marlen Haushofer jedoch hat selbst sehr genau erkannt, daß sie in diesem Spiel der sich verwirrenden Fäden nicht nur Opfer war. Sie befand sich vielleicht in einem ›goldenen Käfig‹, die Käfigtür stand aber offen, ohne daß sie, die Gefangene, die Möglichkeit zur Flucht genutzt hätte.

Marlen Haushofers unheldische Heldinnen trauern alle einem früheren Ich nach, dem sie untreu geworden sind, das sie verraten und preisgegeben haben. In ihnen hat sich die Autorin selbst abgebildet.[34] Aus der kleinen Meta, die »leider« nie ein »Pflichtmensch« wie ihre Mutter werden wird, ist schließlich genau das geworden. Und wenn Marlen Haushofer sich wie Meta, die »Mühen und Plagen haßt«, ein »heiteres leichtes Leben« gewünscht hat, dann muß sie jetzt feststellen, daß ihr Wunsch nicht in Erfüllung gegangen ist. Maria Frauendorfers Beispiel war nicht abschreckend genug, ihre Tochter hat sich nach einer burschikosen Sturm- und Drang-Phase willig ins eheliche Joch begeben. Als Marlens Bruder seine Schwester 1942 zum ersten Mal nach der Heirat wiedersah, erschrak er: Geradezu von einem Tag auf den anderen hatte die 22-Jährige ihre bisherige Selbständigkeit aufgegeben, um in der Fürsorge für Mann und Kind aufzugehen, eine Rolle, aus der sie sich auch über ein Jahrzehnt später nicht zu lösen vermag.[35]

Ein ähnliches Erschrecken wie das des Bruders ergreift auch die Mutter in Marlen Haushofers früher Erzählung *Der Sonntagsspaziergang*:

»Immer, denkt sie, möchte ich so weitergehen, und plötzlich, mit einem kleinen, schwachen Schreck, merkt sie, wie sehr sie sich verändert hat. Ich könnte genausogut meine Mutter oder meine Großmutter sein, denkt sie, aber auch diese waren nicht mehr sie selbst. Sie nicht und die lange Reihe von Müttern nicht, die vor ihnen gelebt haben. Ich möchte wissen, wo ich hingekommen bin! Aber sie ist eigentlich nicht sehr neugierig. Dieses frühere ›Ich‹ ist schon so weit weg, ein blasser Schatten, an den man ein bißchen wehmütig und voll verhaltener Sympathie denkt.«[36]

Dem Lesepublikum der Provinzzeitung, die die Geschichte abdrucken soll, wird die bittere Selbsterkenntnis nur wohldosiert und mild gewürzt verabreicht. Und doch ist es allerhand, was Marlen Haushofer der heilen Familienwelt der frühen Fünfziger da entgegenzusetzen wagte. Was sie in ihren Büchern radikal in Frage stellte, versuchte sie jedoch in ihrem Leben schlecht und recht zu bewältigen.

Von ihrer Mutter hat sie das hausfrauliche Pflichtgefühl ›geerbt‹, aber nicht die Effizienz. Noch immer kochte Marlen mittags für ihren (ehemaligen) Ehemann – auch ein eher frustrierendes Unterfangen, weil dieser wegen Magenschmerzen und anderer Beschwerden stets sehr wenig zu sich nahm. Ohnehin war sie keine besonders begabte oder passionierte Köchin, vielleicht weil sie nicht wirklich gern aß. Im Roman *Die Mansarde* hat sie beschrieben, wie auch das tägliche Essen zum Gegenstand der ehelichen Nichtkommunikation wird. Hubert, der von Zeit zu Zeit den Asketen spielt, kommentiert die von seiner Frau zubereiteten Rindsrouladen nie, egal, ob sie – wie meistens – gut oder ob sie schlecht gelungen sind. »Das scheint eine ungute weibliche Eigenschaft zu sein, daß man immer gelobt werden will, wenn man seine Sache so macht, wie es sich gehört.« Diese Selbstbezichtigung ist hier jedoch ironisch gebrochen, stellt die Erzählerin doch das ganze System in Frage: »Ich koche ja überhaupt nur meiner Familie zuliebe. Wäre ich allein, würde ich mich mit einem Butterbrot begnügen. Der ganze Aufwand eines bürgerlichen Haushalts ist nur für die Männer gut, und die plagen sich ihr Leben lang ab, um diesen Aufwand bezahlen zu können.«[37]

Das Jahr 1951 war für Marlen Haushofer nicht nur bedeutsam, weil endlich ihr erstes Werk veröffentlicht worden war. 1951 erschien ein Buch in deutscher Übersetzung, das für sie sehr wichtig wurde: Simone de Beauvoirs Studie *Das andere Geschlecht.* Wie intensiv sie das Buch gelesen hat, ist an dem Exemplar dieser Ausgabe in ihrer Bibliothek zu erkennen. Marlen Haushofer wurde nicht erst durch Simone de Beauvoir zur Feministin: Mit der Arbeit an dem verschollenen Roman über die mörderischen Frauen hatte sie schon vor dem Erscheinen von *Das andere Geschlecht* begonnen. Bei ihr aber entdeckte sie eigene Erfahrungen und Beobachtungen in einer überzeugend und elegant formulierten Theorie gebündelt. Daß Freunde und Bekannte Marlen Haushofers heute höchst erstaunt sind, wenn man die sanfte, liebenswürdige, bürgerliche Frau, die sie kannten, als Feministin und Männerfeindin bezeichnet, verwundert nicht weiter. Schließlich behielt sie viele ihrer wahren Ansichten für sich und lebte in so manchem nicht nach ihren Neigungen und Überzeugungen. Das gehörte dazu, wollte man unauffällig bleiben. Das Tarnen und Täuschen in Gesellschaft war ihr wohl zur zweiten Natur geworden, und nur mit einigen wenigen Freunden sprach Marlen Haushofer ganz offen über ihre Ansichten. Der Schriftsteller Oskar Jan Tauschinski (1914–1993), den Marlen Haushofer 1952 kennenlernte, gehörte zu diesen Vertrauten, sicher gerade weil er nach seiner eigenen Definition kein Klischee-Mann war. In einem Brief bestätigt er Marlens Nähe zum Feminismus: »Marlen liebte und bewunderte Simone de Beauvoir, las mit höchster Anerkennung Rosa Mayreder und fühlte sich den Vorkämpferinnen der Frauenbewegung schwesterlich verbunden, war aber selbst *keine* Kämpfernatur.«[38]

In ihren Texten führt Marlen Haushofer freilich eine scharfe Klinge, hier richtet sie ihren Haß eben nicht gegen sich selbst, sondern in erster Linie gegen diejenigen, die sich als Adressaten anbieten: die Männer. So gesehen war das Schreiben für die zu Depressionen Neigende gewiß auch ein therapeutisches Ventil: Schließlich beginnt sie kurz nach ihrer folgenlosen Scheidung

1951 mit einem Roman, in dem ein hassenswerter Mann von Frauen umgebracht wird, die straflos ausgehen.

Im selben Jahr publiziert Marlen Haushofer auch einen – für sie eher untypischen – parabelhaften und eindeutig politischen Text in der Wiener Zeitschrift *Neue Wege*: *Die Geschichte vom Menschenmann* erzählt die Geschichte der Zivilisation als Gleichnis. Eines Tages eröffnet der Menschenmann der ›großen Mutter‹, er müsse sich zurückziehen, um nachzudenken. Seine Frau glaubt zu wissen, was sie von solch einer Ankündigung zu halten hat – es ist »nichts als ein Vorwand, um sich von der Arbeit zu drücken«. Doch der Menschenmann wird zum Aktivisten. Er tötet einen Tyrannen, offenbar aus reinem Idealismus, was der großen Mutter unverständlich erscheint, und entdeckt dann, daß auch die Frau möglicherweise eine Seele haben könnte. Diese Entdeckung macht ihn sentimental. Für die Frau heißt das: »Wenn er mich jetzt umarmen will, erklärt er mir zuvor, daß er im Begriff ist, etwas Heiliges, Geheimnisvolles und Einmaliges zu vollziehen. Erst wenn er mir das gesagt hat, fällt er wie früher über mich her. Übrigens nennt er das Liebe und schreibt viele Gedichte darüber.«[39]

Die große Mutter versucht die immer magerer werdende Frau damit zu trösten, daß der Mann ja noch jung sei, man müsse Geduld haben. Bald aber beginnt »ein großes Morden«, und die Frau berichtet der großen Mutter, der Mann habe »schon wieder etwas Neues erfunden. Er hat beschlossen, alle seine Brüder abzuschlachten, bei denen die große Zehe länger ist als die zweite. Diese Leute seien an allem Übel in der Welt schuld, behauptet er.« Als aber die große Mutter nun zornig wird und den Mann vernichten will, bittet die Frau für ihn um Gnade. Doch eines Tages kehrt sie zur Mutter zurück. Sie will sterben, denn der Mann hat ihre Kinder erschlagen: »Töte ihn, große Mutter – er ist ein Ungeheuer!« Dem Mann nützt es nichts, daß er die große Mutter einfach zum Hirngespinst erklärt. Diese überläßt ihn einer hungrigen Wölfin zum Fraß, damit »sein Leben nicht ganz ohne Sinn war«.[40]

In dieser drastischen, ja höhnischen Parabel beschreibt Marlen Haushofer zum ersten Mal in ihrem Werk das von den

Ideen der Männer beherrschte Menschengeschlecht als eine Landplage, die vom Antlitz der Erde verschwinden muß: Am Ende verstreut die große Mutter Natur Samen auf der Erde und läßt Gras über die Sache wachsen.

Aus dieser Geschichte spricht deutlich der Wunsch Marlen Haushofers nach einer höheren weiblichen Instanz, die dem männlichen Vernichtungstreiben Einhalt gebieten und den Frieden des Matriarchats wiederherstellen könnte. Auch die Greuel der Nazi-Vergangenheit stehen in dieser Parabel unter den Vorzeichen männlicher Willkür: Ungewöhnlich deutlich benennt Marlen Haushofer die nationalsozialistische Judenverfolgung und -ermordung in dem Bild der wegen einer zufälligen körperlichen Andersartigkeit zum Tode Verurteilten.

Marlen Haushofer illustriert in *Die Geschichte vom Menschenmann* Simone de Beauvoirs Thesen vom ursprünglichen Mutterrecht und von der Frau als der Sklavin des Mannes, die stets enger an ihren Unterdrücker gefesselt ist als an ihre Geschlechtsgenossinnen. Die Frau agiert als Beschützerin ihrer kleinen Welt, während der Mann nach außen wirkt und seine Freiheit nie aufgibt. Noch deutlicher aber verweist Marlen Haushofers Erzählung auf Rosa Mayreder (1858–1938), die in der Mutterschaft eine Garantie dafür sah, »daß der Intellektualismus die Frauen nicht in jenes Mißverhältnis zu den natürlichen und primitiven Dingen des Lebens stürzen wird, wie es bei den Männern der Geistigkeit geschieht«. Die bedeutende Wiener Theoretikerin der Frauenbewegung nahm in mancher Hinsicht in ihren Essaysammlungen *Kritik der Weiblichkeit* (1905) und *Geschlecht und Kultur* (1923) bereits eine radikalere Haltung ein als Simone de Beauvoir in ihrer 1949 publizierten Schrift. Doch wie diese betrachtete Rosa Mayreder das Geschlecht als eine gesellschaftliche Kategorie. Für sie stellte der Erste Weltkrieg eine Bankrotterklärung der modernen Zivilisation dar, die als reines »Männerwerk« lebensfeindlich und zerstörerisch sei. Mit dem Tempo des zivilisatorischen Fortschritts könne die kulturelle Entwicklung nicht Schritt halten. Und geradezu prophetisch kritisierte Rosa Mayreder die Verdinglichung des Menschen durch den Drang zur technischen Perfektion. Sie sah zwar sehr genau, daß die Frau zur

Mütterlichkeit ›domestiziert‹ werden soll, ordnete aber doch die schöpferische, heilsame, lebensbejahende *Kultur* – als den Gegenbegriff zur *Zivilisation* – der Sphäre der Frau als Mutter zu.[41]

Die radikale Konsequenz, die Marlen Haushofer in ihrer Parabel aus derartigen Überlegungen zog, nämlich die probeweise Auslöschung des Mannes zur Gesundung der Welt, erregte auch bei aufgeschlossenen Zeitgenossen und -genossinnen Befremden. So reagierte die durch und durch emanzipierte Schriftstellerkollegin Jeannie Ebner, deren Bekanntschaft Marlen 1951 gemacht hatte, zunächst skeptisch: »Den ›Menschenmann‹ habe ich im letzten Heft der Neuen Wege nochmals gelesen (Sie erinnern sich doch an unser Gespräch) und habe ihn besser gefunden, als ich ihn in Erinnerung hatte.« Die Geschichte scheint ihr aber »immer noch ein bißchen polemisch, vor allem muß man sich die Frage stellen, ob (…) die Welt anders aussähe, wenn sie von Frauen gebildet wäre.« Und mit der ganzen Überlegenheit der großstädtischen Intellektuellen gegenüber der Kollegin aus der Provinz meint Jeannie Ebner, Marlen werde das Geschlechterproblem wohl »später doch noch gestalten können«. Zur Lektüre empfiehlt sie ihr zwei Bücher: Johann Jakob Bachofens *Mutterrecht und Urreligion* und *Mütter und Amazonen* von Sir Galahad – ein Pseudonym der extravaganten Wiener Großbürgerin Bertha Eckstein. Marlen möge diese Werke »nicht nur wegen ihrer Arbeitspläne« lesen, »sondern auch weil Sie Ihr Weltbild, das von einer kleinen Umgebung bedenklich eingeengt ist, sehr erweitern«.[42]

Es zeugt von Marlens betont bescheidenem Auftreten, daß Jeannie Ebner sie und ihren Wissensstand am Beginn ihrer Freundschaft derart unterschätzte. Marlen Haushofer wußte wahrscheinlich durchaus mit Sir Galahads brillanter Mythologie des Matriarchats etwas anzufangen, und Bachofens universale, zeitlose Sicht des Männlichen und Weiblichen war von Simone de Beauvoir gewissermaßen bereits überwunden worden, deren Buch Marlen damals wohl schon kannte. Letztlich geht es bei dieser Denkerin schließlich darum, wie und warum aus einem kleinen Mädchen eine ›weibliche‹ oder ›unweibliche‹ Frau wird – eine Frage, die gerade Marlen Haushofer trotz aller äußeren Anpassung interessiert haben muß. Nach Simone de Beauvoir ist das »andere« Geschlecht immer über das der Männer definiert, und es bleibt in der Welt der Männer stets fremd. Der Mann ist derjenige, der Recht spricht und im Recht ist. Die Frau geht nach der Heirat in der Familie des Mannes auf, sie muß ihre Individualität aufgeben, während der Mann die seine erst durch den Besitz der Frau besiegelt.[43]

So gern Marlen Haushofer sich mit theoretischen Arbeiten und kritischen Aufsätzen beschäftigte, so fern lag ihr jede dogmatische Konsequenz. Sie urteilte ganz ohne Bedenken subjektiv und berief sich des öfteren darauf, nicht logisch gründlich, sondern in Bildern zu denken. Sie war keineswegs davon überzeugt, daß eine weibliche Welt in jeder Hinsicht besser sein würde, aber sie machte doch die als Überlegenheit des Intellekts getarnte Unvernunft der Männer für die Katastrophen des Jahrhunderts verantwortlich. Auch die Protagonistin des Romans *Eine Handvoll Leben* stellt diese Diagnose, zieht aber – unter Marlen Haushofers Federführung – eigenwillige Konsequenzen: Sie will keinesfalls »in einer weiblichen Welt der Nützlichkeit und der Vernunft« leben, in der es zwar keine gigantischen Kriege, keinen Hunger, aber auch nichts mehr zu lachen gäbe.«[44] Wie Simone de Beauvoir glaubte Marlen Haushofer also nicht an eine natürliche weibliche Solidarität. So tut sich auch Annette in *Die Tapetentür* schwer mit den geschwisterlichen Gefühlen unter Frauen:

> »In ausgesprochenen Damengesellschaften überfällt mich manchmal Furcht vor meinem eigenen Geschlecht.
> (...) Diese abschätzenden Blicke und zuckersüßen Beleidigungen hinzunehmen, geht über meine Kraft, da ich sie nicht mit gleicher Münze zurückzahlen kann. Ich weiß ja, warum viele Frauen so und nicht anders sind, und mein Mitgefühl und Verständnis müßten stärker sein als meine Furcht und Abneigung.«[45]

Wenn auch in ihrem Werk das eigene Geschlecht mitunter zum ›anderen‹ werden kann, so blieb für Marlen Haushofer die eigentliche, die fundamentale Fremdheit gerade gegenüber jenen spürbar, die ihr doch am meisten vertraut waren: gegenüber ihren Angehörigen. Die Frauen in ihren Prosatexten haben häufig das Gefühl, bei der eigenen Familie nur zu Gast zu sein. In der Erzählung *Schreckliche Treue* entwickelt Marlen Haushofer eine handfeste Vorgeschichte zu diesem diffusen Gefühl des Deplaziertseins: Eine junge Frau, die im letzten Kriegswinter mit ihrem kleinen Sohn aus Norddeutschland in die ›Ostmark‹ fährt, verläßt in einem Bahnhof den Zug, um Essen zu holen, und sieht ihr Kind nie wieder. Der Zug ist früher abgefahren, Bahnhöfe wurden bombardiert. Jahrelang sucht sie ihren Sohn und ihren Mann, einen kindlichen, verspielten Burschen, der aber aus dem Krieg nicht mehr heimkehrt. Nun ist sie mit jenem tüchtigen, verläßlichen und sehr erwachsenen Menschen verheiratet, der sie bei ihrer Suche unterstützt hat; zu ihren zwei Kindern hat sie ein distanziert freundliches Verhältnis. Da bildet sie sich »für Minuten ein, bei ihrer Familie nur als Gast zu sein. Überhaupt konnte sie ein schwaches Gefühl der Unwirklichkeit nie mehr loswerden.« Ihrem Mann und ihren Kindern sagt sie davon nichts. »Sie konnten ja nichts dafür, daß sie ihre wirkliche kleine Familie nicht vergessen konnte.«[46]

Mit diesem auch biographisch in vieler Hinsicht bemerkenswerten Stoff hat sich Marlen Haushofer schon in einer früher entstandenen Erzählung beschäftigt. Wie es für eine Frau ist, ihr Kind durch höhere Gewalt zu verlieren, weiß sie nicht aus eigener Erfahrung: Sie hat die Trennung von ihrem Erstgeborenen schließlich selbst gewählt. Die Geschichte verrät aber, daß Marlen unter dieser Trennung mehr gelitten haben muß, als sie sich wohl eingestand. In der literarischen Verwandlung ist die Mutter von aller Schuld freigesprochen. Jemand anderer hat die Weichen gestellt, die Züge verschoben. Zudem hat Marlen Haushofer ihre Wunschfamilie abgebildet. Der bubenhafte Mann, der im Krieg verschollen ist, gleicht Marlens erstem Verlobten – oder besser: seinem Ideal, das hier mit dem Bild Manfred Haushofers zum Beginn der Ehe überblendet scheint – auch dieser trat ja seinerzeit als Helfer in der Not auf. Ein halbes Jahr nur war die Protagonistin mit diesem Mann verheiratet.[47]

Auch Annette in *Die Tapetentür* blickt auf eine solchen ›Kurzzeitehemann‹ zurück, den ihr der Krieg genommen oder eher *ab*genommen hat: »Wahrscheinlich hätte sich auch der arme Hubert zu einem rechten Ekel entwickelt, wäre ihm nicht jede Gelegenheit dazu so plötzlich genommen worden.« Der ideale Mann ist bei Marlen Haushofer demnach jener, der so rechtzeitig abtritt, daß man sich nach ihm sehnen, von ihm träumen kann. Die ideale Ehe atmet eine kindliche Geschwisterlichkeit, sie geht auf eine dem Wesentlichen gewidmete Schicksalsgemeinschaft zurück. Die »schreckliche Treue«, mit der diese Frau an der Vergangenheit hängt, bedeutet in Wahrheit eine zweifache Untreue: gegenüber dem geliebten Toten und gegenüber dem zweiten Ehemann, der sich ständig an der Idealgestalt seines Vorgängers messen lassen muß.[48]

Während Marlen Haushofer sich scheinbar mit der komplizierten Wirklichkeit ihres Familienlebens abfindet, unternimmt sie regelmäßige Ausflüge in ihr zweites Leben in Wien. Mit Hermann Hakel verbringt sie dort nach wie vor viel Zeit. Aus ihrer Affäre hat sich eine enge Freundschaft entwickelt. Bei den Hakels wohnt Marlen auch einmal mit ihrem Sohn Manfred, den sie zu einer Ohrenoperation nach Wien mitgenommen hat und der das literarische Treiben mit eifersüchtigem Staunen verfolgt. Mit Hermann Hakel spricht Marlen unbefangen und sehr offen. Sie berichtet ihm von einem unappetitlichen ›Dichter‹, der sich der Reihe nach bei diversen Autorinnen, so auch bei ihr, einquartiere, der sich von ihnen die Hemden waschen lasse und sie um Geld ›anschnorre‹. Sie kolportiert ihm den Spruch eines Cafetiers in der auch Hakel vertrauten Kurstadt Bad Hall: »Gott sei Dank gibts die Syphilis! Der haben wir alles zu verdanken!« Sie erzählt ihm von den erotischen Verirrungen und Verwirrungen ihrer Freundinnen, die nach außen so respektabel und bürgerlich wirken. Und sie beschreibt das Akademiker-Milieu von Steyr, aus dem sie Anregungen für ihre Männergestalten schöpft: »lauter Ärzte und Juristen und deren Unterhaltungen: Suff, Jagd und Sex. (Der Primarius zu ihr: ›Darf ich Sie in die Brüste beißen?‹) Alle sind ehemalige Noch-immer-Nazis. Ein Advokat weinte erschüttert, weil es keinen Krieg gibt und er nicht mehr Offizier sein kann.« Von dessen Bruder, einem prominenten Arzt und Jäger, erzählt Marlen Haushofer eine haarsträubende Geschichte von Krieg und Mord, um einen kapitalen Hirsch und eine kapitale Jägerfeindschaft, um eine Vergewaltigung und eine feige Rache mit dem Skalpell – eine Geschichte, die Hakel ausführlich notiert, die Marlen selbst aber erstaunlicherweise nicht literarisch verwertet hat, vielleicht weil sie schwer zu verschlüsseln gewesen wäre.[49]

Das Abgründige hinter der Rokokofassade, das Unerlaubte in der Gartenlaube, der Mörder im honorigen Bürger: Diese Doppelbödigkeit ist es, die Marlen Haushofer immer fasziniert hat. Das adrette, harmlose (Selbst-)Bild der Provinzstadt Steyr verstärkt den Kontrast, der gerade in einer Gesellschaft zutage treten muß, in der jede Zusammenkunft zum Besäufnis ausartet und so manche Hemmschwelle überschritten wird. Die Gespräche mit dem Wiener Juden sind für Marlen sichtlich ein Ventil: Ihm kann sie erzählen, was sich an gehörtem Unerhörtem in ihr angestaut hat. Marlen Haushofer ist in der Gesellschaft der ehrenwerten »Noch-immer-Nazis« und Antisemiten eine absolute Außenseiterin, fällt aber als solche nicht auf und genießt, wie eine gute Spionin, die Möglichkeit zu ungestörter Beobachtung.

Hermann Hakel wiederum erlebt Marlen als Botschafterin einer fremden, archaischen Welt: »Mittags kam Maria und erzählte von bäuerlichen ›Zauberern‹, welche Menschen ›wenden‹, ohne sich bezahlen zu lassen. Die ›Geheimnisse‹, seit Jahrhunderten in der Familie, werden dem Sohn vererbt.« Wie später auch in ihrem Roman *Himmel, der nirgendwo endet* berichtet ihm Marlen von einem ›Wender‹, der kranke Kühe heilt. Eine Frau zaubere Warzen durch ihren Blick weg. Ein Gutsbesitzer stille Blut per Telephon. Mit Hermann Hakel und Erika Danneberg entspinnt sich einmal eine Diskussion über die Realität magischer Kräfte. Ein andermal sprechen die drei über den Begriff der Freiheit. Gemeinsam mit Andreas Okopenko sehen sie sich Vittorio de Sicas neoveristischen Film *Fahrraddiebe* an, dabattieren nachher darüber in der Gastwirtschaft gegenüber dem Kino. Marlen, die sich sonst so gar nicht als Intellektuelle gebärdet, geht in diesem Kreis aus sich heraus.[50]

Daß Marlen Haushofer zur selben Zeit auch von Hans Weigel literarisch betreut und protegiert wird und regelmäßig in seinem Stammcafé Raimund beim Volkstheater verkehrt, stellt für sie kein Problem dar, für die anderen allerdings schon. Die beiden Schutzherren der jungen österreichischen Literatur stehen Anfang der fünfziger Jahre in einem immer deutlicher zutage tretenden Konkurrenzverhältnis. Hakel fühlte sich durch Weigels Präsenz auf der literarischen Bühne zunehmend bedrängt: »Ich kann nirgends mehr sein und sprechen, wo nicht von ihm gesprochen wird.« Hermann Hakel ist als Kommunistenfreund verschrien, obwohl in seinem Tagebuch gleichzeitig von der »Notwendigkeit außerhalb zu bleiben« und sich keinesfalls einer Partei zu verschreiben, zu lesen ist. Und den USA wirft er vor, sie nutzten die moralischen Vorwürfe gegen die Sowjetunion nur zur »Kriegspropaganda«. Die »Schreiber, die davon leben«, seien daran mitschuldig.[51]

Hans Weigel hingegen war wohl der diplomatischere und im Umgang mit den politisch maßgeblichen Stellen der geschmeidigere Charakter. Als Vertrauensmann der sozialistischen Partei hatte er die größeren Einflußmöglicheiten. So liefen etliche Autorinnen und Autoren zu Weigel ins Café Raimund über, unter ihnen Ingeborg Bachmann, die auch privat die Fronten wechselte. Jahre nach dem Ende ihrer Beziehung maßregelte Hans Weigel sie einmal öffentlich, weil sie es gewagt hatte, einen eigenen politischen Standpunkt zu vertreten. Im Gegensatz zu Weigel lag Hakel eine politische-ideologische Vereinnahmung seiner Schützlinge fern. Die Verquickung von erotischen und literarischen Interessen kennzeichnete aber beide. Einerseits waren die »Bemühungen von Weigel und Hakel um die Gunst junger Autorinnen unter dem Vorwand, sie literarisch zu fördern«, wohl wirklich »eines der peinlichsten Kapitel der Wiener Nachkriegsentwicklung« (Hermann Schreiber), andererseits war die Förderung kein bloßer Vorwand: Sie war ehrlich gemeint, und sie war effektiv. Hermann Hakel drehte im nachhinein den Spieß um: Ingeborg Bachmann habe *ihn* und seine literarischen Beziehungen gezielt ausgenützt. Bei der Rivalität der beiden Platzhirsche war immer auch erotische Eifersucht im Spiel, ging es nicht zuletzt schlicht um gekränkte männliche Eitelkeit.[52]

Für den Bruch zwischen Marlen Haushofer und Hermann Hakel war aber nicht ausschlaggebend, daß Marlen eine Zeitlang auch mit Hans Weigel liiert war. Schuld daran war vielmehr ihre Weigerung, in literaturpolitischer Hinsicht Partei zu ergreifen und sich dezidiert öffentlich zu einem ihrer Mentoren zu bekennen. Ihre Unlust, unter Druck eine ausschließliche Wahl zu treffen, hat sie ihrer Romanfigur Elisabeth aus *Eine Handvoll Leben* vermacht, die sich partout nicht zwischen ihren beiden Freundinnen entscheiden will. Marlens Einstellung gegenüber Hakel und Weigel war allerdings durchaus pragmatisch. Sie konnte und wollte nicht einsehen, warum sie nicht mit beiden Männern befreundet sein durfte und warum sie auf Hans Weigels wertvolle Unterstützung verzichten sollte, um sich Hermann Hakels Zuneigung zu erhalten. Dieser notiert noch, um sie besorgt, in sein Tagebuch: »Gestern von Kinderlähmung in Steyr gelesen (...). Angst um Marlen und die Kinder. Abends fiel der kleine Kaktus, den sie uns beim letzten Besuch geschenkt hat, aus dem Fenster und jemand muß ihn im Vorbeigehn mitgenommen haben. Gleich das Gefühl einer schlechten Vorbedeutung.«[53]

Im Spätherbst 1953 erkrankt Marlen Haushofer an einem hartnäckigen Fieber. Im Spital stellt man fest, daß ihre Tuberkulose nach zwei Jahrzehnten wieder aktiv geworden ist und entdeckt ein Infiltrat in der Lunge. »Natürlich bin ich wegen meiner Familie sehr unglücklich darüber. Der einzige Vorteil wird sein, daß ich in Ruhe schreiben werde können.« Marlen liegt sechs Wochen im Krankenhaus Steyr. Kaum genesen, fährt sie im Dezember zur Staatspreisverleihung nach Wien. An ihre Freundin Jeannie Ebner schreibt sie: »Sehr gefreut hätte es mich, wenn wir uns den Preis teilen hätten können u. wenn ich an Dich denke, hab ich ein ungutes Gefühl. Ich hoffe, es bleibt deshalb doch alles zwischen uns wie es war?« Hakel, der das Gefühl hat, inmitten seiner hilfsbedürftigen und ratsuchenden Schützlinge eine Art »Privatklinik« zu betreiben, rät Marlen, sich zwei Monate auszuruhen. Davon kann freilich keine Rede sein, der Haushalt liegt nach ihrer langen Abwesenheit danieder, die Kinder brauchen sie.[54]

Im folgenden Jahr werden die letzten entscheidenden Weichen für Marlen Haushofers weitere literarische Karriere gestellt – und nicht gestellt. Zum einen beginnt sie, das Manuskript ihres dritten Romans unter dem Arbeitstitel *Die Reise der Betty Russel* an mehrere Verlage zu schicken. Offenkundig will sie sich nicht mehr dem Urteil Hans Weigels unterwerfen, weil sie befürchtet, er könnte auch ihren nunmehr dritten Roman für nicht publikationswürdig halten. Etwas gegen seinen ausdrücklichen Rat zu unternehmen, kann sie sich aber wohl nicht vorstellen. Endlich will sie ein ›richtiges‹ Buch veröffentlichen und ist selbstbewußt genug, um einen Alleingang zu wagen.

Zudem erhält sie im April 1954 eine briefliche Einladung ihres Kollegen Milo Dor, der sie auffordert, gemeinsam mit ihm und seinem Freund Reinhard Federmann an der Tagung der Gruppe 47 in Italien teilzunehmen und dort aus dem neuen Roman zu lesen: »Es sind dort immer eine Menge deutsche Manager von Presse, Rundfunk und Verlagen und es ergibt sich bei jeder Tagung Gelegenheit zum Abschluss kleinerer oder größerer Geschäfte.« Die geplante Fahrt zu dem mit Alberto Moravia und Ignazio Silone prominent besetzten Treffen kam jedoch nicht zustande. Es hätte Marlen Haushofers Position in der deutschsprachigen Literatur entscheidend beeinflussen können. Das Auftreten bei der deutschen Gruppe 47 hatte in den Jahren zuvor Paul Celan, Ilse Aichinger und Ingeborg Bachmann den öffentlichen Durchbruch beschert. Die Österreicherinnen Aichinger und Bachmann hatten jeweils den Gruppenpreis zugesprochen erhalten und waren damit in Deutschland schlagartig bekannt geworden. Auch später knüpfte Marlen Haushofer keine Kontakte in diese Richtung, obwohl sie mit Milo Dor und Reinhard Federmann die wichtigsten österreichischen Mittelsmänner der ›Gruppe‹ kannte. Für die Wirkung ihres Werkes in der Bundesrepublik sollte diese strategische Nachlässigkeit eine entscheidende Bedeutung haben.[55]

In Wien gerät Marlen Haushofer nun wirklich zwischen die Fronten des Literaturbetriebs. Im Mai 1954 schreibt sie an den

Lyriker Wilhelm Szabo (1901–1986) und seine Frau Valerie, mit denen sie in den fünfziger Jahren in engem Kontakt steht:

> »Die H's sind auf mich böse, weil ich Erikas Aufforderung eine Antwort auf einen Artikel W's im Monat zu schreiben, abgelehnt hab. Das tut mir sehr leid, weil ich beide sehr gern hab. Leider werden sie immer unleidlicher; ich hab ihnen weißgott nie weh getan. Vielleicht läßt sich die Sache einrenken, aber es wird immer wieder Schwierigkeiten geben, weil ich mich nicht gern bevormunden lasse.«[56]

Marlen Haushofer bezieht sich hier zweifellos auf einen Artikel, den Hans Weigel in der deutschen Kulturzeitschrift *Der Monat* veröffentlicht hat. Unter dem Titel *Das Unbehagen an der Kultur* stellt Weigel darin seine Sicht der kulturellen Situation in Österreich dar, wobei er sich vor allem gegen zwei Dinge wendet: gegen den Exodus heimischer Künstler und Intellektueller ins reichere Deutschland, wo man ja auch nur mit Wasser koche, und gegen die Ignoranz der österreichischen Politiker, die nicht einsehen wollten, daß man den Bereich der Kultur und die so begabte junge Generation nicht aushungern dürfe. Diese sei ganz auf sich gestellt, »ohne Vorbild, Hilfe und Ermutigung«. Weigel sieht nicht nur eine drohende »Verödung« des geistigen Lebens, er ortet zudem eine »Krise der Persönlichkeiten«: »Wo aber sind heute die bedeutenden Männer im Mannesalter? Weit und breit brave und wackere Funktionäre, weit und breit keine Persönlichkeit!«[57]

Weigel erwähnt hier weder den rührigen Lyriker Rudolf Felmayer (1897–1970) noch Otto Basil (1901–1982), der als Herausgeber der Zeitschrift *Plan* zum Schutzpatron der modernen, am Surrealismus orientierten Richtung innerhalb der österreichischen Literatur geworden ist. Auch Hermann Hakel muß sich in diesem »Brief aus Österreich« bewußt übergangen gefühlt haben. Daher hatten er und sein Kreis offenbar ihre Ehrenrettung aus der Feder einer ›jungen Autorin‹ im Sinn, die dem deutschen Publikum erklären sollte, daß es in Wien – neben Hans Weigel – sehr wohl »Persönlichkeiten« gebe, die sich um die Literatur verdient machten.

Marlen Haushofer aber stellt sich für diesen publizistischen Gegenschlag nicht zur Verfügung. In der Folge verlangt das Ehepaar Hakel von ihr, sich endlich zu erklären. So teilt Erika Danneberg ihr in einem erbitterten Brief mit, sie müsse sich nun entscheiden: Hakel oder Weigel. Beide könne sie nicht haben. Marlens Nicht-Handeln führt schließlich doch zu einer Entscheidung. Die Hakels brechen die Verbindung zu ihr ab.[58]

Marlen Haushofer unternimmt noch einige Versuche, den Bruch zu kitten. »Lieber Hermann«, schreibt sie ihm am 1. Februar 1955, »wenn Du auch nichts mehr von mir wissen willst, möchte ich Dir doch zum Erscheinen Deines Gedichtbandes Glück wünschen.« Letztlich bleibt ihr aber nichts übrig, als sich damit abzufinden, daß ihr erster Mentor sie verstoßen hat:

> »Ich bin immer noch überzeugt davon, daß wir nur durch ein Mißverständnis auseinandergekommen sind. Da diese Mißverständnisse sich aber wiederholen würden, ist es vielleicht wirklich besser, wenn wir uns nicht sehen. Ich möchte aber, daß du weißt, daß ich nur in Freundschaft an Erika und Dich denke und, daß ich Euch nur das Beste wünsche. Maria«[59]

Erst um 1960, nach ihrer Scheidung von Hermann Hakel, nahm Erika Danneberg den Faden der alten Freundschaft wieder auf.

Wohl bei Hermann Hakel hatte Marlen Haushofer um 1950 Reinhard Federmann (1923–1976) kennengelernt, der auch im Kreis von Hans Weigel verkehrte. Vermutlich im Laufe des Jahres 1954, vielleicht aber schon im Jahr davor, wurde aus der kollegialen Bekanntschaft eine Liebesgeschichte: War Reinhard Federmann jener geheimnisvolle Unbekannte, mit dem die Geschiedene laut Oskar Jan Tauschinski eine Beziehung einging, »die, zwar unglücklich in ihrem Verlauf, für Marlen Haushofer von Bedeutung gewesen sein muß?« Oder war das ein anderer? Denn zu dieser Zeit befand sich ja auch die Liaison in Steyr auf ihrem Höhepunkt.[60]

Reinhard Federmann und Hermann Hakel.

Der 1923 geborene Reinhard Federmann war verheiratet und Vater einer Tochter. Er hatte in der Wehrmacht an der Ostfront gedient und war in sowjetische Kriegsgefangenschaft geraten. Sein Vater, ein hoher Richter, war als Halbjude von den Nazis aus dem Dienst entlassen worden und hatte sich gegen Kriegsende das Leben genommen. Nach seiner Rückkehr entschied Reinhard Federmann sich für den dornigen Weg des freien Schriftstellers. Sein Roman *Chronik einer Nacht* (1950) behandelt das Schicksal eines jüdischen Emigranten, verschränkt mit den Erlebnissen seiner in Wien zurückgebliebenen Frau. Weil dieses Thema damals keinen Verleger interessierte, erschien das Buch nur in Fortsetzungen in der *Arbeiter-Zeitung*. Auch Federmanns großangelegter Roman *Das Himmelreich der Lügner* (1959), eine literarische Aufarbeitung der Bürgerkriegsereignisse des Februar 1934, stieß auf wenig Echo. Um in der Nachkriegszeit im besetzten Wien zu überleben und um schreiben zu können, versuchte Federmann sich, gemeinsam mit dem gebürtigen Serben Milo Dor, sogar im Schleichhandel. Später verlegten sich die beiden auf das Verfassen von Unterhaltungsromanen. Der von Federmann geplante große Roman über die Juden Wiens kam nie zustande. Aus Geldmangel emigrierte er für einige Jahre nach Deutschland, wo er sich in München mit literarischen Gelegenheitsarbeiten mehr schlecht als recht durchbrachte.[61]

Unter Insidern wurde Reinhard Federmann wegen seines klaren, prägnanten Stils und seiner souveränen Kompositionstechnik gerühmt. Er galt im Kollegenkreis nicht nur als sehr gescheit und begabt, sondern auch als absolut integer. Einerseits war sein Selbstwertgefühl erkennbar beschädigt, andererseits verfolgte er seine Ziele mit Zähigkeit und hartnäckigem Optimismus. Federmann war zeit seines Lebens psychisch und physisch gefährdet: Als ständig verschuldeter Familienvater stand er unter ungeheurem Existenzdruck, und durch maßloses Trinken betrieb er Raubbau an seiner ohnehin schwachen Gesundheit.[62]

Im Sommer 1953 sind Marlen Haushofer und der drei Jahre jüngere Reinhard Federmann bereits eng befreundet. In einem langen Brief berichtet Federmann ihr aus Frankfurt ausführlich von seinen hektischen Geldbeschaffungsaktionen und literarischen Kontakten. Er habe seinen Landsmann Johannes Mario Simmel bei *Quick* in München angepumpt, und der habe sich als »perfect gentleman« erwiesen, auch der junge Rundfunkredakteur Joachim Kaiser in Frankfurt habe ihn sehr nett aufgenommen und Aufsätze bei ihm bestellt. Federmann hat ein Interview gegeben, »interessanterweise über die Situation der jungen Schriftsteller in Österreich, die bekanntlich allen schon zum Hals heraushängt, ausser Weigel, der davon lebt«. Nun versucht er, ein Hörspiel, das Marlen ihm geschickt hat, im Rundfunk unterzubringen. Die Figur, die Federmann für ein Hörspiel eingefallen ist, verrät etwas von seinem Selbstbild: »ein ewiger Pläneschmied, der immer Pech hat, sich aber dadurch als siegreich erweist, dass er immer wieder von vorn anfängt«.[63]

In seinem literarischen Frontbericht versteht Federmann sich als Marlens Agent und Berater. So fordert er sie auf, ihm drei, vier »sehr kurze Geschichten« zu schicken und ein, zwei »zu vier Seiten. Ich habe zwar keine Ahnung, ob ich sie anbringen werde, aber ich will es versuchen. Das mit dem halben Honorar ist Blödsinn.« Vom Jungbrunnen-Verlag, der einen Band mit Marlen Haushofers Erzählungen machen will, soll sie einen Vertragsentwurf verlangen und dann gleich Vorschuß: »Laß Dich aber nicht mit einer Pauschalsumme abfinden, diese Sachen verkauft er bis aufs letzte Exemplar.« Federmann kündigt an, bis zum Beginn der Buchmesse in Frankfurt zu bleiben und dann nach Linz zu fahren, wo offensichtlich ein Treffen geplant ist. »Im Ganzen bin ich seit Frankfurt wesentlich optimistischer, nur abends überfällt mich immer das Bewusstsein der Heimatlosigkeit, das ich natürlich in der Heimat genauso habe.«

Der Beginn der Liebesgeschichte zwischen Marlen Haushofer und Reinhard Federmann spielte sich in verschwiegenen Wiener Kaffeehäusern ab, unbemerkt vom literarischen Freundeskreis, mitverfolgt nur von Reinhard Federmanns Schreib- und Trinkkumpan Milo Dor. In Federmanns freundlich-ironischem Schlüsselroman *Herr Felix Austria und seine Wohltäter*, erschienen 1970, in dem Dor, Weigel, Bachmann und der Autor im Kreis des Café »Verschwender« alias Café Raimund leicht zu erkennen sind, bleibt Marlen Haushofer diskret ausgespart. Es waren zwei unglückliche Menschen, die da aneinander Halt suchten. Und beide hatten Rücksichten auf andere zu nehmen: Reinhard auf seine Frau, Marlen auf ihren geschiedenen Mann und Lebensgefährten, dem gegenüber sie sogar harmlose Freundschaften äußerst diskret behandelte. Wie sehr sie diese Rücksichtnahme – und darüber hinaus eine vollendete Höflichkeit – verinnerlicht hatte, zeigt etwa die Begründung, mit der sie einen Heiratsantrag ihres ritterlichen Verehrers Hermann Schreiber ablehnte: Er sei gewiß ein Mann zum Heiraten, aber das könne sie ja dem Manfred nicht antun. – Für Reinhard Federmann hätte Marlen aber wohl auch die Bloßstellung ihres Ex-Gatten in Kauf genommen. Mit Federmann war es ihr ernst, für ihn hätte sie eine Entscheidung gewagt. Die Beziehung, die über Jahre in der schützenden Anonymität der Großstadt verborgen blieb, endete für sie aber enttäuschend. Reinhard Federmann konnte sich nicht entschließen, einen Schlußstrich unter seine Ehe zu ziehen.[64]

Ob Marlen Haushofer in einer dauerhaften Bindung mit ihm glücklich geworden wäre? Bedenkt man, wie sensibel und seelisch exponiert beide Liebenden waren, muß man das bezweifeln. Marlens Freundinnen Erika Danneberg und Jeannie Ebner will es heute überhaupt scheinen, sie wäre mit keinem Mann glücklich geworden. Sie habe die Männer eben nicht wirklich zu ihrem Glück gebraucht. Denn diese sahen in Marlen wiederum nur die *femme fragile* und liebten gerade das scheinbar Hilflose an ihr. Marlen Haushofer wußte das sehr gut: »Die Männer fliegen auf mich, sie halten mich für ein Tschapperl«, also ein Kind, eine einfältige, dumme Person. Daß sie die Männer einmal als ›große, traurige Tiere‹ bezeichnet hat, ist den Freundinnen als Charakteristikum nachdrücklich in Erinnerung geblieben. Und auch für Oskar Jan Tauschinski war Marlen »ein äußerst kritischer, kühl denkender Mensch, daher zu leidenschaftlicher Liebe nicht recht geeignet«. In den achtzehn Jahren ihrer Freundschaft habe sie ihm nie von einer großen Liebe zu einem Mann erzählt. Über Derartiges redete sie auch mit ihren Freundinnen nicht wirklich offenherzig. »Nicht einmal zehn Prozent unseres innerlichen gemeinsamen Wissens ist zwischen uns je zur Sprache gekommen«, notiert Jeannie Ebner über ihre Beziehung zu Marlen Haushofer. »Es war auch nicht nötig.« So schrieb Ebner, die von Marlen bei ihren Wienbesuchen immer »wie ein Firmling« zu gekochtem Rindfleisch mit Spinat eingeladen wurde, einmal an die Freundin: »Ein gutes Rindfleisch wäre fällig, und ein langes Gespräch, in dem wir einander fast alles verschweigen, was wir über die Männer wissen, weil es ohnedies klar ist.«[65]

War Marlen Haushofer wirklich die ganz und gar Ernüchterte und Desillusionierte, als die sie selbst sich darstellte? Dagegen spricht allein jenes romantische Liebesideal, das Marlen ihren jugendlichen Leseerlebnissen verdankte. In der ersten Niederschrift der *Wand* resümiert so die Erzählerin, das exzessive Lesen sei für sie als Kind gar nicht gut gewesen, sie habe später »völlig umlernen« müssen und zwanzig Jahre dazu gebraucht, ihre »Hirngespinste« aufzugeben.[66] Man kann mutmaßen, daß Marlen Haushofer diese Phantasmen von der »großen Liebe« nie wirklich aufgegeben und auch ihre Beziehung zu Reinhard Federmann daran gemessen hat. Die Wirklichkeit der Liebespraxis in der literarischen Bohème mußte vor der Kleistschen Dimension der Gefühle freilich verblassen. In dem Roman *Die Tapetentür* räsoniert Annette darüber, daß die Funktion des Liebhabers nicht zu ihrem Freund Alexander passe,

> »sie paßt überhaupt zu den wenigsten Männern und nur ganz selten zu einem Intellektuellen. Die Vorstellung, daß alle diese ernsthaften, dezent gekleideten Männer manchmal die Kleider ablegen und, bleich wie Kartoffeltriebe, darangehen, sich eine Stunde mit der Liebe zu beschäftigen, hat etwas Obszönes und Lächerliches an sich. Man kann eben nicht ungestraft durch Generationen das Fleisch verachten und mit dem Hirn allein leben. Eines Tages rächt sich das Fleisch.«[67]

›Die Männer‹, über die die Freundinnen beim Rindfleischessen *nicht* sprechen, sind das kollektive Zerrbild des romantischen Helden. So beginnen sie, der Annette im Roman »auf die Nerven zu fallen«. Frauen seien doch »viel individueller und weniger eitel. Außerdem kommt man mit ihnen (von Ausnahmen abgesehen) nicht in die peinliche Lage, daß sie plötzlich, mitten im Gespräch, anfangen, einem die Bluse aufzuknöpfen.«[68] In diese »peinliche Lage« konnte eine Frau in der besten Gesellschaft von Steyr genauso geraten wie in den Künstlerkreisen der Hauptstadt.

Mitte der fünfziger Jahre beginnt Marlen Haushofer endlich, sich im österreichischen Literaturbetrieb zu etablieren. Der

Wiener Paul Zsolnay Verlag, der traditionsreichste und damals größte belletristische Verlag des Landes, nimmt das Manuskript ihres dritten Romans an, der nun als ihr ›Erstling‹ herauskommen soll. Hans Weigel wird darüber nur knapp informiert: »Meinen Roman hab ich Zsolnay gegeben (mit 6000 S Vorschuß).« Das ist zwar eine ansehnliche Summe, Marlen verrät hier aber nicht, worüber sich Jeannie Ebner in einem Brief »empört« zeigt, daß nämlich als Autorenhonorar nur 6 Prozent vereinbart sind.[69]

Auf die Bitte des Verlagslektors Wolfgang Kraus, einen zugkräftigeren Titel für das Buch vorzuschlagen, antwortet Marlen Haushofer im September 1954:

> »Titel will mir absolut keiner einfallen. ›Schlaflose Nacht‹ ist kitschig und ›Der Weg zurück‹ vielleicht zu wenig reißerisch. ›Die Reise der Betty Russel‹ ist schon deshalb unmöglich, weil kein Mensch, der Russel nicht aussprechen kann, das Buch kaufen würde. (...) Wie wärs mit ›Eine Handvoll Leben‹; jetzt kommt mir aber schon alles unmöglich vor.«[70]

Unter diesem »unmöglichen« Titel erscheint im September 1955 Marlen Haushofers erster Roman. Das publizistische Echo auf *Eine Handvoll Leben* ist beachtlich. Neben den kleinen und großen heimischen Blättern bringen auch Schweizer und deutsche Zeitungen Besprechungen; in- und ausländische Rundfunkstationen befassen sich mit dem Buch der Debütantin. Der Tenor der Rezensionen ist zustimmend, nur einzelne Kritiker stellen stilistische Mängel fest. Als repräsentativ darf die Besprechung in der Hamburger *Zeit* gelten, deren Verfasser »einer noch jungen österreichischen Schriftstellerin« seine »große Bewunderung« zollt. Er vergleicht *Eine Handvoll Leben* mit dem Roman einer Amerikanerin, mit Carson McCullers' *Das Herz ist ein einsamer Jäger*: »Aber Carson McCullers ist trotz aller Schwere der Erlebnisse davon überzeugt, daß man das Leben bewältigen kann – Marlen Haushofer nicht. (...) Sie erzählt so sublim und doch so klar und kurz, daß sich auf den schönsten Seiten des Buches Dichtung unberufen eingestellt hat.«[71]

Aus dem noch ungedruckten Roman hat Marlen Haushofer bereits, wie sie ihrem Lektor berichtet, im steirischen Kapfenberg und im Juli 1955 in Salzburg gelesen – »u. ich glaube er hat gefallen. (zumindest einigen Leuten)«. Zu der Lesung auf der Feste Hohensalzburg im Rahmen der »Wochen österreichischer Dichtung« hat sie ein damals noch nicht prominenter Kollege geladen: Thomas Bernhard. »Die Lesungen werden – Gott sei Dank! – von ›reinen‹ Privatleuten in Salzburg veranstaltet. Ich bin ersucht worden, Ihnen zu schreiben, ob Sie mitmachen würden.« Der »bittere Tropfen«: Es ist nicht nur keine Rede von einem Honorar, sondern auch »die Spesen müssten selbst ausgelegt werden, da alle, die an der Sache arbeiten, kein Geld – oder nur das unumgänglich notwendigste – haben.« So bestreitet Marlen Haushofer, die nicht selbst liest, den »Dichterabend« auf der Festung gemeinsam mit Thomas Bernhard. Ein Kritiker der *Salzburger Nachrichten*, der mit sicherem Urteil Thomas Bernhards Durchbruch zur Prosa konstatiert, befindet über *Eine Handvoll Leben*: »ein solides Stück Prosa, Rückblick und Umschau einer heimgekehrten Frau, gelassen und gegenständlich erzählt aus dem untrüglichen Wissen eines reifen und in sich gerundeten Menschen heraus«. Man könne sich gut vorstellen, daß die Oberösterreicherin, »die zum Glück nicht die Hypersensibilität, sprich: Nervosität vieler Dichterinnen ihrer Generation teilt, den langen Atem (aber nicht die Langatmigkeit) zu einem großen Romanwerk besitzt.«[72]

Eine Handvoll Leben erzählt die Geschichte einer Frau Mitte Vierzig, die unerkannt ihre Heimatstadt besucht und dort jenes Leben besichtigt, aus dem sie zwanzig Jahre zuvor ausgebrochen ist. Marlen Haushofer hat die Hauptfigur Betty um gut zehn Jahre älter gemacht, als sie selbst zur Zeit der Abfassung des Romans war. Die Rahmenhandlung spielt im Jahr 1951. Ein Nägelfabrikant ist verunglückt, seine Witwe und sein Sohn Toni suchen einen Käufer für ihr Landhaus. Es meldet sich eine Dame mit Sonnenbrille, die sich als Mrs. Betty Russel vorstellt. Bald offenbart sich dem Leser, daß sie Elisabeth sein muß, die erste Frau des verstorbenen Anton Pfluger, die leibliche Mutter des jungen Toni, die allgemein für tot gehalten wird. Marlen Haushofer wendet im Aufbau dieses Romans bereits eine ihrer Lieblingstechniken an: die Rückblende, kombiniert mit konkretem Material, an dem die erzählerische Erschließung der Vergangenheit ansetzt. Hier ist es eine Schachtel mit (praktischerweise chronologisch geordneten) alten Ansichtskarten und Photographien, in denen Betty, zu Gast in ihrem alten Haus, in einer schlaflosen Nacht stöbert. Mit jeder neuen Karte, jedem neuen Photo wird ein Stück Vergangenheit aufgeblättert: der Kindheitssommer auf dem Land, die Schrecknisse des Klosterlebens, die Kämpfe der heiteren Käthe und der düsteren Margot um ihre Gunst, der Selbstmord der begabten Freundin, die depressive Ratlosigkeit nach dem Schulabschluß, die bald gelöste Verlobung aus Pflichtgefühl. Der Mann, den sie dann aus Liebe geheiratet und dem sie einen Sohn geschenkt hat, kann nichts dafür, daß die Musterfamilie ein schwaches Glied hat: »Plötzlich wußte Elisabeth, daß sie gar nicht hierhergehörte, daß die Stimmen von nebenan die eines fremden Mannes und eines fremden Kindes waren. Es war, als habe sie sich in das behagliche Bürgerhaus nur eingeschlichen und warte beklommen darauf, entdeckt zu werden.« Ein Tagtraum öffnet ihr den Blick in eine ganz andere Zukunft: »Die Familie trat aus der Tür, ein gutgekleideter Mann, der Toni ähnlich war, nur etwas älter, eine Frau in grauem Kostüm und ein etwa zehnjähriger Sohn in kurzen Hosen und Söckchen. Die Frau erkannte sie nicht.« Die Frau, die ihren Platz in der Familie einnehmen wird, ist niemand anderer als ihre beste Freundin Käthe.[73]

Elisabeth läßt sich auf eine Affäre mit einem Mann namens Lenart ein, der ihr für Augenblicke eine heilsame Selbstvergessenheit beschert: »Dunkelheit umfing sie, irgendwo lag ihr Körper, von dem sie sich gelöst hatte, auf einem fremden Bett unter dem Gewicht eines fremden Mannes, während sie schwerelos und glückselig in einer großen Stille dahinstarb.« Dieses Einswerden von Eros und Thanatos im ›kleinen Tod‹ wird immer wieder von wachsender Verzweiflung über das Unhaltbare der doppelten Existenz abgelöst: »Und diese beiden Welten, die sie bis dahin zu trennen vermocht hatte, fingen an, zu einer abscheulichen, monströsen Vermischung ineinanderzufließen.« Eines Tages sieht Elisabeth keinen anderen Ausweg mehr, sich von der »Naturgewalt Lenart« zu befreien, als den Tod: Sie geht ins Wasser, macht aber auf halbem Wege kehrt, denn sie erkennt, daß sie gar nicht geliebt werden will, auch nicht von Lenart, und daß sie nur lieben kann, was für sie unerreichbar scheint. So muß jede gestillte Sehnsucht eine Enttäuschung sein. »Und dann ertappte sie sich zum ersten Mal bei dem Wunsch, Toni, Lenart und das Kind möchten tot sein und sie befreit von der unerträglichen Last des Gefühls.« Elisabeth unternimmt einen zweiten Fluchtversuch, diesmal täuscht sie den Selbstmord im Fluß aber nur vor. Der vermeintliche Witwer heiratet ihre ganz und gar unproblematische Freundin Käthe, die an dem kleinen Sohn die Mutterstelle vertritt. Bei ihrer Rückkehr nach zwanzig Jahren widersteht Elisabeth der Versuchung, sich Käthe und dem mittlerweile erwachsenen Sohn zu erkennen zu geben.[74]

Trotz mancher stilistischen Plattheit und einer gewissen Unausgewogenheit in der Komposition zeigt Marlen Haushofer in *Eine Handvoll Leben* bereits ihre literarischen Stärken: Ihr klinischer Blick erfaßt die bürgerliche Wirklichkeit der fünfziger Jahre genauso wie die jenseits vom Gut und Böse der gängigen Moral angesiedelte seelische Realität der Hauptfigur. Die Geschichte wird unaufgeregt, ja beinahe beiläufig erzählt, stets nahe am sinnlich Erfahrbaren, lediglich die eigenwilligen gedanklichen Bilder fallen auf. So konventionell Marlen Haushofers Sprache anmutet, so radikal wirkt der Verzicht auf jede Sinn- und Trost-Schminke für das Gesicht der zutage beförderten häßlichen Wahrheit.

Autobiographisches findet sich nicht nur in den äußerst dicht erzählten Kindheitspassagen des Romans, sondern auch in der Beschreibung der erwachsenen Elisabeth: das Fremdheitsgefühl in der bürgerlichen Familie, das kräfteraubende Doppelleben, das seinem Schicksal überlassene Kind, die Freundin, die sich dem Ehemann als Nachfolgerin anbietet. Elisabeths Wunsch, durch den Tod ihrer Lieben frei zu werden, deutet darauf hin, daß sich in der im Krieg verlorenen Familie, der Marlen Haushofer in anderen Texten nachtrauert, wohl ein realer Todeswunsch verbirgt. Die eigentliche biographische Bedeutung von *Eine Handvoll Leben* besteht jedoch in der Utopie des nicht gelebten Lebens: In diesem Roman malt Marlen Haushofer sich eine Flucht aus, die glückt, aber auch nicht glücklich macht.

Was wird aus einer Frau und Mutter, die dem egoistischen Wunsch nach dem Alleinsein nachgibt? Wenn auch »die Freiheit, die sie sich genommen hatte, unvergleichlich härter war als die Gefangenschaft«, hat sie doch die heroischere Rolle gewählt, denn in der Geborgenheit der Familie wäre aus Elisabeth »eine freundliche, ein wenig zerstreute Frau geworden, die mit ihrem Kind spazieren geht, Romane liest, Gäste empfängt, Blumen in Vasen ordnet und das Leben sanft und ohne Bedauern davonrinnen spürt«. Kurzum: »Eine von den vielen Frauen, deren Wille gebrochen ist und die gar nicht mehr wirklich sind.« Was dieser Frau bleibt, die zum Schluß am Grab ihres geliebten Vaters Bilanz zieht, ist allein ein tröstlicher Fatalismus: »Wie immer sie ihr Leben gelebt hätte, heute würde sie auf diesem Stein sitzen, mit dem Verdacht im Herzen, den falschen Weg gegangen zu sein.« Wieder hat eine Heldin Marlen Haushofers ihrer Vergangenheit eine »entsetzliche Treue« bewahrt.[75]

Eine solche Frau ist beim gesellschaftlichen Wiederaufbau natürlich nicht zu gebrauchen. Mit der herrschenden Ideologie der fünfziger Jahre läßt sich die Ratlosigkeit, die in diesem Debutroman zum Ausdruck kommt, in keiner Weise vereinbaren. So vertragen sich die provokant deutlichen Aussagen zur homoerotischen Mädchenliebe ebensowenig mit der zeittypischen Beschreibung keimfreier Erotik wie etwa die Bekenntnisse sexueller Hörigkeit, die ohne jede Verbrämung durch ›Liebe‹ auskommen. Für damalige – patriarchalische – Verhältnisse ist es bemerkenswert, daß hier ganz aus der Perspektive einer Frau berichtet wird, die sich zu ihren erotischen Empfindungen unpathetisch bekennt und diese analysiert. *Eine Handvoll Leben* gibt nicht nur in dieser Darstellung der Protagonistin einen Kommentar zur Emanzipation der Frau ab; im Buch finden sich auch klare Worte zum Verhältnis zwischen Männern und Frauen um die Jahrhundertmitte, Worte, die die zurückhaltende Frau Haushofer wohl weder in Steyrer Ärztekreisen noch an Weigels Tisch im Café Raimund in den Mund genommen hätte.

Was Marlen Haushofer in diesem Roman vor allem ins Visier genommen hat, ist der Diskurs zwischen den Geschlechtern. So reizt Elisabeth der »gewisse Ton, in dem erwachsene Männer zu Kindern, Frauen und Schwachsinnigen zu reden pflegen«, an ihrem Geliebten besonders. Sie verfolgt das mit Hilfe von Cognac und Zigaretten als Arbeitsgespräch getarnte Geschwätz der Männer, deren Schreibtischtaten sie nicht ernst nehmen kann, weil nichts »Wirkliches« aus ihnen hervorgeht. Elisabeth lauscht den »endlosen, unfruchtbaren Debatten ihrer Freunde«, die »Papierblasen« zu produzieren scheinen: »Sie sah graue Scheitel, rosige Glatzen, Zwicker, Bärte, ehrwürdige Bäuche und hagere Eifererschultern und den tödlichen Ernst der Männergesichter, als handle es sich um Leben und Tod und nicht um ein bloßes Spiel der Eitelkeit.« Am liebsten würde sie »diese bedeutenden Köpfe« streicheln und die Streiter beruhigen: »Ist ja schon gut, ihr habt das sehr schön gesagt, wirklich sehr schön …« Daß sich die Unterlegene insgeheim überlegen fühlt, ändert noch nichts an ihrer Position: »Damals wußte sie noch nicht, daß ein Sklave die Sprache seines Herrn verstehen und sprechen muß, wenn er sich einigermaßen in der Welt behaupten will.« Erst als sie sich – ganz der Lehre Simone de Beauvoirs gemäß – den Jargon der Männer aneignet, wird sie zu jener äußerlich erfolgreichen, emanzipierten Frau, als die sie Jahre später ihr früheres Leben besichtigt.[76]

Marlen Haushofer legt in ihrer ersten Romanveröffentlichung aber nicht nur ein frühes feministisches Bekenntnis ohne jede Heilserwartung ab, sie leistet vielmehr einen eigenwilligen Beitrag zu *der* philosophischen Modeströmung der fünfziger Jahre: zum Existentialismus. Zwar beruft sie sich nirgends ausdrücklich auf Jean Paul Sartre und Albert Camus, aber bei Marlen Haushofers intellektueller Neugier und ihrem beachtlichen wöchentlichen Durchschnittskonsum von drei Büchern[77] scheint kaum vorstellbar, daß sie die beiden Galionsfiguren der französischen Literatur bei ihrer Lektüre ausgespart haben sollte. Schließlich waren Sartre und Camus die wohl meistdiskutierten Autoren dieser Zeit, und schließlich war auch Simone de Beauvoir in erster Linie eine existentialistische Denkerin.

Albert Camus' Essay *Der Mythos von Sisyphos. Ein Versuch*

über das Absurde erschien auf deutsch im Jahr 1950. Am Beginn steht ein Satz, der auch von Marlen Haushofer stammen könnte: »Wenn man zu denken anfängt, beginnt man untergraben zu werden.« Für Camus bildet der Selbstmord, den er als Lösung ablehnt, das einzige ernsthafte Problem des Denkens: Es gehe nicht darum, das Absurde aufzuheben, sondern ihm ins Auge zu sehen und sich dagegen aufzulehnen. Die Auflehnung ist »kein Sehnen, sie ist ohne Hoffnung«; sie ist »die Gewißheit eines niederwerfenden Schicksals«. Mit dem Tod läßt sich kein Arrangement treffen: »Es geht darum, unversöhnt und nicht aus freiem Willen zu sterben. (...) Der absurde Mensch kann nur alles ausschöpfen und sich selber erschöpfen.«[78]

Auch Marlen Haushofers Elisabeth entschließt sich, »nicht vor der Wahrheit die Augen zu schließen, aber Gott zu beschämen und so zu leben, als gäbe es nicht den häßlichen, klebrigen Tod«. In dem Roman hat die Autorin für das Leben das Bild des Urwalds entworfen: Die Heldin baut von klein auf an einem Weg durch das Unwegsame, sie verzichtet auf vielbegangene Schleichwege, sie fällt den Fuchsfallen zum Opfer und den Wegelagerern, »aber noch auf allen vieren kroch sie weiter, ein weißes Steinchen neben das andere schiebend«. Elisabeth ist ein ›absurder Mensch‹ im Sinne Camus', und die Arbeit, die sie tut, gleicht der des Sisyphos. Sie weiß, sie wird nie ins Herz des Urwalds gelangen, und nach ihrem Tod wird sich die Wildnis »hinter ihren Knochen auf der weißen Straße schließen, als wäre sie nie gewesen«. Daß das Individuum mit seiner Vernichtung einverstanden sein kann, ist ein Gedanke, der später im Roman *Die Wand* wieder auftaucht: »Man mußte das Ganze auch mit den Augen des Urwalds sehen können, mit den alten, wissenden und mitleidlosen Augen.«[79]

Am Ende von Elisabeths Lebensweg steht Camus' »Gewißheit eines niederwerfenden Schicksals«:

> »Aber sie bereute nichts, das Leben war schön, grauenhaft, sanft und ohne Gnade und immer stärker als ihr Herz, das sich dagegen stemmte. Man konnte nicht einmal von einem Pyrrhussieg sprechen, es war eine glatte Niederlage, die sie erleiden mußte. Und das war es im Grund, was

sie wollte: nach unmenschlichem Wehren überwunden werden und sich bedingungslos ergeben dürfen.
Niemals, das war ihr plötzlich klar, hatte sie ernstlich gewünscht, ein Sieger zu sein, denn sie hatte immer die tödliche Leere geahnt, die den Sieger erwartet.«[80]

Mag Marlen Haushofer in ihrer Sprache nicht modern sein – in ihrer Weltanschauung ist sie es. Ihren Freunden galt sie als »echte Heidin«. Die Freiheit, die Elisabeth sich nimmt und die so schwer auszuhalten ist, bezieht sich nicht nur auf die Lebenspraxis, sondern sie meint auch die Freiheit von Religion, also von jeder ›Bindung‹ im wörtlichen Sinn. Diese Literatur stellt weder transzendente Geborgenheit in Aussicht noch stiftet sie Sinn. Auch Albert Camus' Sisyphos sucht den Sinn der Existenz nur noch in dieser selbst, in ihrer kurzen irdischen Spanne, weshalb sein einziges Rezept für das absurde Dasein lauten muß: »so intensiv wie möglich leben«. So ist schon der Romantitel *Eine Handvoll Leben* ein existentialistisches Programm. »Eine Handvoll«, das drückt ein Sichbegnügen, ein Achselzucken aus. Leben heißt manchmal nur Überleben. Marlen Haushofer hat dem Roman ein Motto des amerikanischen Lyrikers Robert Frost vorangestellt: »Und sie lebten, da sie ja nicht / der Tote waren, ihr Leben weiter.« Bei aller konsequenten Diesseitigkeit spricht Marlen Haushofer freilich immer wieder, und sei es *ex negativo*, von Gott: von einem gleichgültigen, abwesenden, mitunter ziellos gehaßten Wesen. So ist das ungläubige Credo der Romanfigur wohl auch eine sehr persönliche Stellungnahme: »Alles, was sie getan hatte, war sinnlos, ein Mosaik von winzigen Lebensteilchen (...). Vielleicht, daß ein sehr entferntes Auge eine geheime Schrift aus diesem Splitterwerk enträtseln konnte, aber selbst das war kein Trost, solange sie nicht selbst die Schrift entziffern konnte, und das würde ihr niemals gelingen.« Das »sehr entfernte Auge« Gottes ist nicht nur durch ein ›vielleicht‹ in Frage gestellt, es bietet auch keinen Trost. Im Buch des Lebens kann der nie lesen, der lebt.[81]

Das alltägliche Leben in Steyr beschert Marlen Haushofer einen ständigen Kampf um ein paar Schreibstunden. Zu dieser

Zeit schreibt sie am frühen Morgen, vor dem Frühstück. In der ganzen Wohnung liegen und hängen Schreibblocks, auf denen sie während der Hausarbeit Einfälle notiert. Ihre Erzählungen und Romane trägt sie in Schulhefte ein, ihre langen Texte bringt sie in mehreren Fassungen mit der Hand zu Papier, die einzelnen Versionen sind kaum korrigiert. Über die praktische Schwierigkeit, in einem Haushalt mit zwei Kindern Zeit für eine Geschichte zu finden, hat Marlen Haushofer die heiter resignierende Erzählung *Die Geschichte* verfaßt: »Wer hat mich eigentlich dazu verurteilt, Geschichten zu schreiben? Andere Frauen, beispielsweise, nähen Anzüge und Kleider für die ganze Familie, und aus den Stoffresten weben sie noch reizende Teppiche.« In aller Unschuld machen die Söhne der Schreibenden das Leben schwer. Schließlich hat der geschäftstüchtige Burschi seiner Mutter dreißig Groschen abgeknöpft und dafür versprochen, seinen Bruder Guggi zu beruhigen, der buchstäblich stundenlang brüllen kann. Die lyrische Geschichte, an der die Mutter arbeitet, hat sich unter der Hand zu einer Kriminalstory entwickelt: »Meine Heldin, dieses ehedem so zarte Geschöpf, hat sich erschreckend verändert.«[82]

»Wenn ich vorher gewußt hätte, daß Schreiben mein Lebensinhalt ist«, gesteht Marlen einmal ihrer Freundin Jeannie Ebner, »hätte ich vielleicht keine Kinder bekommen. Kinder sind kein Lebensinhalt.« In die Familie eingespannt zu sein bedeutet für Marlen »vormittags Hausarbeiten, nachmittags lernen mit den Kindern, Wochenende Büroarbeit«. Die Arbeit an ihrem nächsten Roman, den sie zum Erscheinen von *Eine Handvoll Leben* im Herbst 1955 fertig haben will (es sollte ein Jahr länger dauern), leidet darunter. »Ich hab sogar große Arbeitslust, die aber am Abend völlig verbraucht ist«, schreibt sie den Szabos. Immer wieder klagt Marlen Haushofer über die zeitraubende Kinderbetreuung. Mit dem kleinen Manfred muß sie für das Gymnasium lernen, noch mehr aber, drei Stunden jeden Nachmittag, nimmt Christian sie in Anspruch, der sich nur für die Hauptschule qualifiziert hat. Dabei zeigt die Mutter sich erbittert, »daß er so faul und indolent ist«, ohne eine psychische Verletzung hinter der Verweigerungshaltung zu vermuten. Sie nimmt ihn aber doch zu einem befreundeten Psychologen nach Wien mit, der klipp und klar feststellt, daß der Sohn sich von der Mutter vernachlässigt fühlt. Konsequenzen hat diese Diagnose nicht. Auf dem Höhepunkt der Auseinandersetzungen mit ihrem (Ex-)Mann im Jahr 1953 gibt Marlen Haushofer ihren ›schwierigen‹ Ältesten vielmehr für ein Jahr ins Internat in Steyr, wo er auch über Nacht bleibt. Das Institut der Franziskaner im Schloß Voglsang liegt fünf Gehminuten von der Wohnung der Familie entfernt.[83]

Christians Benachteiligung durch seine Mutter war so offensichtlich, daß Freunde Marlen darauf ansprachen. Bei gemeinsamen Wienbesuchen nahmen die Haushofers stets nur den jüngeren Manfred mit. Auch bei den Urlaubsreisen der Familie nach Italien oder Jugoslawien fehlte Christian. Seine Mutter tat ihren Freunden gegenüber so, als wäre das ganz natürlich, ließ sich aber doch ihr schlechtes Gewissen anmerken. So schrieb sie an die Szabos im Juli 1955, ihr Mann – wie sie ihn nach wie vor stets nennt – und sie wollten »mit Zelt u. dem kleineren Buben irgend wohin fahren. Brauchen alle 3 dringend Erholung. Den größeren hab ich bei einer Tante auf dem Land untergebracht, wo es ihm sehr gut geht.« Gegen den unleidlichen pubertierenden Großen, dessen Spezialität es immer schon war, sich auf den Boden zu werfen und ausdauernd zu schreien, erschien der Kleine als der angenehmere Zeitgenosse. Die Ohrfeigen, die Christian von seinem Stiefvater erhielt, waren nicht dazu angetan, die Situation zu verbessern. Manchmal blieb der Sohn auf Bitten der Mutter in seinem Zimmer, um kein Donnerwetter zu provozieren, manchmal kam der Vater ihm auch dorthin nach. Vor allem das sowohl gespannte, als auch distanzierte Verhältnis zu ihm ist Marlen Haushofers älterem Sohn in Erinnerung geblieben: Im Unterschied zu seinem Bruder habe der Vater ihn nie geküßt oder umarmt. Selbst auf dem Familienbild ist Christian offenkundig Außenseiter.[84]

Die Reisen mit ihrem Mann waren – darin gleicht die Autorin ihren Romanfiguren – nicht nach Marlens Geschmack. Manfred Haushofer war ein unermüdlicher und begeisterter Autofahrer und Städtebesichtiger. Im Gegensatz zu Marlen, die als Erwachsene so gar nicht mehr dem Kindheitsbild der Meta

Marlen Haushofer 1954 am Gardasee.

entsprach, liebte er Abenteuer und Fahrten ins Blaue. Da konnte es vorkommen, daß die Familie nach einer Tagesreise abends im italienischen La Spezia eintraf, kein Quartier fand und der Vater noch in der Nacht über die Berge nach Lignano weiterfuhr, wo man erst am nächsten Morgen ankam.

In charakterlicher Hinsicht war Manfred Haushofer, sicher auch bedingt durch seine schwere Herzkrankheit, immer schwieriger geworden. In Marlens Briefen an ihre Freunde heißt es häufig, er kränkle, sei nervös und deprimiert. Manfred Haushofer arbeitete zuviel und liebte seinen Beruf nicht. Außer bei seinen guten Bekannten war er in Steyr als Zahnarzt gefürchtet – nicht aus fachlichen Gründen, sondern weil er als ungeduldig und cholerisch galt, mit seinen Patienten nur das Notwendigste sprach und sie gelegentlich auch anschrie. Wer über Schmerzen klagte, den hielt er für wehleidig. Seiner eigenen Frau erging es als Patientin nicht besser, die lautstarken Auseinandersetzungen der beiden waren bis ins Wartezimmer zu hören. Nicht zufällig gibt es in Marlen Haushofers Büchern immer wieder Exkurse über Zahnärzte, deutlich ist die Spitze gegen den Gatten in der ersten Fassung der *Wand*: »Mein Zahnarzt bleibt stur dabei, es könne nicht wehtun. Er lächelte dabei, aber es klang doch so als wollte er sagen, hysterischen Weibern tut alles weh, schon wenn man ihnen in den Mund schaut.«[85]

Den Freunden der Söhne wiederum schien Dr. Haushofer eher als hysterisch, der in seinem Ordnungssinn zu Überreaktionen neigte, wenn sich einer der beiden etwas zuschulden hatte kommen lassen. War einmal gar eine Fensterscheibe zu Bruch gegangen, ließen Manfred junior und Christian lieber sämtliche Scherben verschwinden, um ein intaktes Glas vorzutäuschen. Manfred Haushofers Jähzorn war seinem Herzen ebensowenig zuträglich wie seine Reiselust. Fast gewaltsam versuchte er, sein gesundheitliches Handikap bei seinen Aktivitäten zu ignorieren. Sein harmlosestes Hobby war noch das Fischen, aber auch das konnte, bei geöffneten Schleusen in einem Stausee, unversehens zum Abenteuer werden. Marlen war es, die ihren Mann immer wieder bremste: in seiner Geselligkeit, bei riskanten Unternehmungen und bei riskanten Geschäften, zu denen er sich von Freunden hin und wieder überreden ließ. Manfred Haushofer konnte mit Geld nicht gut umgehen. Im Gegensatz zum Klischee des Zahnarztes war er praktisch immer in finanziellen Nöten. In ihren Briefen schreibt Marlen Haushofer oft von Sparenmüssen und Sicheinschränken, und auch ihre Romanfiguren kennen diese Geldnot. Zur ersten Vorstellung des wiedereröffneten Wiener Burgtheaters können die Haushofers zum Beispiel nicht gehen, weil sie »weder Smoking noch großes Abendkleid« besitzen. »Wir haben keine kostspieligen Gewohnheiten«, überlegt die Erzählerin in *Die Mansarde*. »Wo also bleibt das Geld? Es schmilzt dahin, und man weiß nicht wie. (...) Wir machen einmal im Jahr eine Reise, Hubert hat eine Schwäche für Kunstbücher, und dafür muß es doch reichen. Wir treiben keinen Aufwand. Da ist natürlich das Auto, aber das müssen wir haben.« Bei Manfred Haushofer mußte es freilich immer das neueste Modell sein.[86]

Marlen Haushofer mit Iwan.

Eine weitere Belastung für das Haushaltsbudget stellten die häufigen Übersiedlungen dar: 1955 zog die Familie Haushofer erneut um, diesmal nur ein paar Häuser weiter, in die Pfarrgasse. Für Christian fand Marlen in Steyr eine Lehrstelle als Textilkaufmann, sodaß er sich langsam von der Familie lösen konnte. Nun hatte aber auch Manfred Schwierigkeiten in der Schule, und weitere Kosten kamen auf die Haushofers zu: Nach der dritten Klasse schickten ihn seine Eltern in eine Privatschule nach Bad Aussee im steirischen Salzkammergut, eine klimatisch unwirtliche Gegend, die dem Sohn am Anfang wie eine Art Verbannungsort erschien. Das Internat wurde ausgerechnet von einem ehemaligen SS-Obersturmbannführer geleitet und war auf Scheidungskinder und andere Problemfälle aus reichen Familien spezialisiert.

Warum hat Marlen Haushofer, die selbst so unter der Klosterschule litt, ihren beiden Söhnen überhaupt ein Internat zugemutet? Von Freunden wollte Marlen diese Frage nicht hören, sie berührte offensichtlich einen wunden Punkt. An die Szabos schreibt Marlen einmal: »Der Jüngere ist in Aussee im Internat und fehlt mir sehr. Ich hab schon angefangen, mit meinem Kater zu reden, wenn ich allein bin.« Versuchte sie mit der Entscheidung für das Internat wenigstens einen Teil der Last, die sie am Schreiben hinderte, loszuwerden, oder hielt sie eine gewisse Härte für erzieherisch ratsam? In der Erzählung *Der Entschluß* entscheidet sich eine Mutter dafür, ihren Sohn ins Internat zu geben, weil er so besonders an ihr hängt: »dazu gab es ja Internate und Freunde, um die Söhne von den Müttern zu befreien«. Sie weiß, daß er Heimweh hat: »Auch sie hatte einmal geglaubt, vor Heimweh sterben zu müssen, und war nicht gestorben.« Marlen Haushofer beleuchtet die Floskeln der zeitgenössischen Pädagogik über das, was einem Kind angeblich guttut, aber durchaus (selbst)kritisch. Unter ihrem harten Entschluß hat die Mutter in der Erzählung auch selbst zu leiden: »Das war die Zukunft: (...) am Abend ein Buch, Theaterbesuch mit Freunden, Gäste, Reisen, Arbeit, eben alle diese Dinge, die nichts bedeuten.«[87]

Der kleine Tigerkater, mit dem Marlen Haushofer sich mangels anderer Gesprächspartner unterhält, heißt Iwan, und sie nennt ihn bald ihr »drittes Kind«. In der Familie ist er »das einzige Wesen, über das es keine Meinungsverschiedenheit« gibt. Aus Iwans Sicht erzählt Marlen Haushofer 1964 in einem heiteren Buch für Kinder und Erwachsene *Bartls Abenteuer* bei Mama, Papa, Hansi und Friedl, einem freundlichen Abbild der Familie Haushofer. Marlen Haushofer benutzt den Kater fortan als willkommenen Vorwand, um sich den gefürchteten Urlaubsreisen zu verweigern. So fährt Manfred Haushofer manchmal mit den beiden Buben für ein paar Tage zum Fischen in ein Landgasthaus.[88]

Da ihre Söhne nun zumindest zeitweise aus dem Haus sind, hat Marlen Haushofer etwas mehr Zeit für sich. Vormittags besucht sie meist ihre Eltern, die seit der Pensionierung des Vaters im Jahr 1953 ebenfalls in Steyr leben. Auch den schönen

Ferienaufenthalt bei ihnen gibt es also nicht mehr, das Forsthaus ist endgültig verloren.

Ab und zu traf sich Marlen mit Freundinnen in der Konditorei. In der Kleinstadt war sie keineswegs isoliert. Sie verkehrte nicht nur mit ihrem Mann in den sogenannten besten Kreisen, sie hatte nicht nur viele Bekannte, sondern auch ein paar ›echte‹ Freundinnen. Zwei von ihnen waren ebenfalls Schriftstellerinnen und als solche im damaligen Bewußtsein der Stadt eher präsent als Marlen Haushofer.

Die eine, Dora Dunkl, war Lyrikerin und galt in Steyr als *femme fatale* von extravagantem Äußeren. Sie lebte als Frau eines Architekten in einem prachtvollen gotischen Hof, wo sie einmal jährlich einen literarisch-musikalischen Abend gab, bei dem auch die katholische Vorzeigeautorin Gertrud Fussenegger aufzutreten pflegte. Etwa alle zwei Monate veranstaltete Dora Dunkl außerdem Lesungen im Steyrer Hotel Minichmayr und in der Kapelle auf Schloß Lamberg. Sie trug dabei nicht nur eigene Gedichte vor, sondern immer wieder auch Texte ihrer Freundin Marlen, die in Steyr prinzipiell nicht selbst las. Lesungen waren Marlen Haushofer überhaupt ein Greuel, sie war überzeugt, nicht lesen zu können, und so las sie leise, monoton, stockend und unsicher. Nur wenn es sich gar nicht vermeiden ließ und auch kein Schauspieler in die Bresche sprang, nahm sie das Opfer einer Lesung auf sich.[89]

Die andere Freundin, Veronika Handlgruber, kam aus einer ›national‹ eingestellten Familie und war in der Öffentlichkeit als ehemalige Nazi-Autorin abgestempelt. Sie schrieb besinnliche, heimatverbundene Gedichte und Geschichten und veröffentlichte 1950 auch in den *Neuen Wegen*, ehe sie dort – vermutlich wegen ihrer politischen Vergangenheit – ausschied. Marlen Haushofer hat da keinerlei Berührungsängste: Vroni Handlgruber sucht den Kontakt mit ihr, nachdem eine Erzählung Marlens in den *Oberösterreichischen Nachrichten* publiziert worden ist. Sie hat nach der Lektüre eine selbstbewußt auftretende, dominante Persönlichkeit erwartet und ist vom Understatement ihrer Kollegin überrascht. Die beiden Frauen freunden sich an, gemeinsam mit ihren Männern fahren sie auf Urlaub. Gespräche über Politik bleiben vorsichtshalber ausgeklammert. Marlens konzilianter Umgang, auch und gerade mit Männern, will für die Freundin so gar nicht zu ihrem Charakter als Autorin passen.

Vermutlich 1955 entsteht jene Novelle, die zu Recht als ein Meisterwerk Marlen Haushofers gilt. In diesem Jahr nimmt Marlen an einem Novellen-Preisausschreiben des Bertelsmann Verlags teil, für das sie mit ziemlicher Sicherheit eigens einen Text verfaßt. Da der Zsolnay Verlag eine Option auf alle ihre Arbeiten hat, die mehr als 100 Seiten umfassen, fragt der Lektor bei ihr wegen des Umfangs besorgt nach, wird jedoch beruhigt: Die Novelle habe nur etwa fünfzig Seiten. Weil der eingesandte Text bei Bertelsmann nicht prämiert wird, kommt Marlen Haushofer doch noch auf den Zsolnay Verlag zurück, wo man zu dem Schluß gelangt, *Wir morden Stella* sei für eine eigene Publikation doch zu schmal. Marlen Haushofer versucht nun Hans Weigel für die Vermittlung der Erzählung einzuspannen: »Wenn ich nichts Besseres finde, will der Bergland Verlag sie bringen. Aber sag das bitte nicht weiter. Nun ist die Novelle, glaub ich, wirklich gut und ich fürchte sie wird in der Versenkung verschwinden.«[90]

Im kleinen Bergland Verlag gibt Rudolf Felmayer, die wohl stillste der literarischen Vaterfiguren, die Reihe »Neue Dichtung aus Österreich« heraus. 1956 ist dort unter dem Titel *Die Vergißmeinnichtquelle* Marlen Haushofers erster Erzählungsband erschienen, der im Jungbrunnen Verlag nicht zustandekam. Tatsächlich findet sie »nichts Besseres«, und so wird die Novelle 1958 unter dem leicht geänderten, aber kaum abgeschwächten Titel *Wir töten Stella* bei Bergland veröffentlicht.

Die Novelle ist in einer prekären Häuslichkeit angesiedelt, die von den Lebensumständen ihrer Autorin her bekannt anmutet. Eine Schreibsituation bildet die Rahmenhandlung: Die Ich-Erzählerin Anna ist allein zu Hause geblieben, während Richard, ihr Mann, das Wochenende mit dem Sohn und der kleinen Tochter bei seiner Mutter verbringt. In dieser Zeit soll Stellas »jämmerliche Geschichte« geschrieben werden, die »auch meine jämmerliche Geschichte ist«: Jene Stella hat sich vor ein Lastauto gestürzt. Stella, die neunzehnjährige Tochter einer selbstsüchtigen Freundin, war für etliche Monate bei der Familie der Erzählerin zu Gast, weil sie in der Stadt einen Handelskurs besuchte. Der Haushalt der Erzählerin hat zugleich etwas von einer Festung und einer geschlossenen Anstalt, verträgt weder Eindringlinge noch Gäste: »Richards Freunde können niemals meine Freunde sein, und meine Freunde sind Richard unbehaglich. Außerdem kennt ein anderer nicht die unzähligen Tabus, die wir im Umgang mit einander beachten müssen.« Richard hat ein Auge auf Stella geworfen, er verführt sie, schwängert sie, veranlaßt eine Abtreibung und beendet das Verhältnis, worauf Stella Selbstmord begeht. Seine Ehefrau Anna, die Ich-Erzählerin, hat das schöne, aber schlecht angezogene Mädchen neu eingekleidet, das Opferlamm gleichsam geschmückt, und dadurch, ohne es zu wollen, die Dinge erst ins Rollen gebracht. Ihre eigene Untat besteht in ihrer Untätigkeit, denn die Gefahr war ihr von Anfang an bewußt: »Man müßte sich angewöhnen, an den Menschen und Dingen vorbeizuschauen, man dürfte niemals seine Gedanken ins Auge treten lassen. Noch besser wäre es freilich, man könnte aufhören zu denken, denn schon unsere Gedanken töten. Ich dachte: ›Er wird Stella zugrunde richten.‹ Ich dachte es so lange, bis es geschah.«[91]

Richard ist als vitaler, amoralischer Verführer beschrieben, er gleicht Elisabeths Liebhaber aus *Eine Handvoll Leben*, nur fehlt seiner Körperlichkeit alles Traurige:

> »Richard ist der geborene Verräter. Mit einem Körper ausgestattet, der ihn zum unaufhörlichen Genuß befähigt, könnte er zufrieden leben, wenn er nicht obendrein mit einem blendenden Verstand begabt wäre. Dieser Verstand erst macht die Vergnügungen seines genußsüchtigen Körpers zu Untaten. Richard ist ein Ungeheuer: fürsorglicher Familienvater, geschätzter Anwalt, leidenschaftlicher Liebhaber, Lügner und Mörder.«[92]

Auch Anna fühlt sich nach Stellas Tod wie eine Verräterin. Ein jeder Mensch, meint sie, habe sein Gesetz: »Mein Gesetz war die Unantastbarkeit des Lebens.« Dieses Gesetz hat Anna aus Feigheit und Bequemlichkeit verletzt, nicht zuletzt, weil sie die traute Zweisamkeit mit ihrem fünfzehnjährigen Sohn nicht gefährden wollte. Marlen Haushofer beschreibt in *Wir töten Stella* auch ein ödipales Verhältnis, das gerade deshalb sein Ende nimmt, weil es um jeden Preis aufrechterhalten werden soll: Der Sohn, der ohnehin alles begriffen hat, »verabscheut« nach Stellas Tod seinen Vater und »verachtet« seine Mutter und meldet sich heimlich in einem Internat an. Für eine, der es nie gelingen wird, »an den Menschen und Dingen vorbeizuschauen«, gibt es kein Zurück mehr und keine Zukunft: »Ich könnte in einer anderen Stadt zwei Zimmer mieten, für mich und die Kinder, und noch einmal von vorne anfangen. Aber ich wußte natürlich, daß es unmöglich war.«[93]

Wir töten Stella gehört als unheimliches und dichtes Psychogramm einer Familie sicher zu den wesentlichen Texten der österreichischen Literatur der fünfziger Jahre. Marlen Haushofer operiert hier mit einer atemberaubenden Schärfe. Angesichts der Bonhomie der schlechten Menschen und der Untaten der guten scheint jede Orientierung unmöglich. Der einzelne steht im Grunde vor der Alternative, entweder den Freitod zu wählen wie Stella oder gute Miene zum bösen Spiel zu machen wie Anna. Dann aber entscheidet er sich für eine lebenslange Gefangenschaft.

Äußerst schmucklos in der Sprache, weist die Novelle ein enggeknüpftes Netz von Anspielungen und, manchmal überdeutlichen, symbolischen Bezügen auf. Auch weil Marlen Haushofer hier auf nachdenkliche Anmerkungen zu den Zeitläufen verzichtet und sich ganz auf die eigentliche Geschichte konzentriert hat, ist die Bezeichnung Novelle gerechtfertigt: Die Geschehnisse ereignen sich mit der Zwangsläufigkeit einer griechischen Tragödie, in der nichts Überflüssiges Platz hat. Das ›Unerhörte‹, das die klassische Novelle verlangt, tritt nicht erst mit Stellas Tod ein; es besteht in der Tatsache, daß ein Familienvater ein unerfahrenes Mädchen, das unter seinem Dach wohnt, »um eines Vergnügens willen« in den Tod treibt, das ihm »jedes Straßenmädchen« bieten könnte, und darin, daß seine Frau dem tatenlos zusieht. Am Schluß der Novelle ist alles Unversöhnbare in einem krönenden Bild zusammengefaßt: Richard kommt, die kleine Tochter an der Hand, auf das Haus zu. »Und während Stellas Fleisch sich von den Knochen löst und die Bretter des Sarges tränkt, spiegelt sich das Gesicht ihres Mörders im blauen Himmel unschuldiger Kinderaugen.«[94]

Die öffentliche Reaktion auf *Wir töten Stella* war überschaubar – schließlich handelte es sich um eine Veröffentlichung in einem Kleinverlag –, war aber überwiegend positiv. Jeannie Ebner bezeichnet die Novelle in einem Brief an ihre Freundin Anfang 1959 als »das reifste und geschlossenste Ding, das Du bisher gemacht hast«, findet aber die Anspielung auf den Abtreibungsarzt wiederum »ein wenig polemisch«: »die Männer kommen durchwegs gar so schlecht weg«. Marlen Haushofer räumt das ein. »Aber Du lebst nicht in bürgerlichen Kreisen und ich bin überzeugt, Deine Reaktion darauf wäre noch viel schärfer. Übrigens bin ich in den letzten Jahren nachsichtiger geworden. Ich hoffe, an meinem nächsten Buch wird man nichts von Ressentiments mehr finden.« Das nächste Buch, das erst vier Jahre später erscheinen sollte, war *Die Wand* – und Marlen Haushofers sogenannte Ressentiments lieferten ihr wohl überhaupt erst die Motivation dazu, es zu schreiben.[95]

Hinter der Tapetentür

Eine Erzählung wie *Wir töten Stella*, die mit Vehemenz den freundlichen Bürger als Mörder entlarvt, die den Zuschauer in seiner Untätigkeit beschuldigt, die gegen das Vergessen gerichtet ist und es zugleich als heilsam beschwört, läßt sich natürlich auch als eine indirekte Stellungnahme zur historischen Schuld der Deutschen und Österreicher lesen. Marlen Haushofers Interesse galt allerdings ganz und gar dem Individuum und seiner Verantwortung, nicht der Geschichte. Zur NS-Vergangenheit hatte sie eine klare Haltung, sie war aber für sie kein Thema, es sei denn, in Randbemerkungen und Nebenwerken, wie etwa in der Erzählung *Die Willows*, die einen autobiographischen Kern haben könnte. Zwei Studentinnen lernen während des Krieges ein vornehmes und geheimnisvolles altes Ehepaar kennen, das unter Polizeiaufsicht steht. Über das ›goldene Wienerherz‹ in Zeiten der Diktatur macht Lisl, das eine der beiden

Mädchen, sich keine Illusionen: »Sie wußte, daß alle die netten Hausmeister, Verkäuferinnen und Schaffner auch ganz anders sein konnten.« Eines Tages hat man die beiden Alten nach Theresienstadt gebracht, ihre Wohnung mutwillig verwüstet – »sie wußte jetzt, daß alles möglich war«. Marlen Haushofer sah in den Verbrechen der Nazis ihr düsteres Menschenbild bestätigt, und verurteilte sie unter einem existentiellen Aspekt als Verstoß gegen die von ihr immer wieder betonte »Unantastbarkeit des Lebens«.[96]

Während Ingeborg Bachmann, Gerhard Fritsch, Thomas Bernhard, Hans Lebert oder Albert Drach in ihren Prosawerken der fünfziger und vor allem der sechziger Jahre dem satten und selbstzufriedenen Nachkriegsösterreich im doppelten Sinne den Krieg erklären, begnügt Marlen Haushofer sich mit der einen oder anderen sarkastischen Bemerkung. Am intensivsten befaßt sie sich ausgerechnet in ihren Hörspielen, die sie gerne als bloße Brotarbeit abtut, mit Geschichte und individueller Verantwortung. So stellt sie in ihrem Fernsehspiel *Der Knabe im Dschungel* ganz direkt die Frage nach der Schuld und dem Verschweigen: Thomas, der herausfinden will, was sein Vater im Krieg verbrochen hat, sieht sich bald in einem Dschungel schuldhafter Verstrickungen: Die allumfassende Ambivalenz macht Täter und Opfer in gewisser Weise gleich. Für Thomas bedeutet diese Erkenntnis einen schmerzlichen Schritt hin zum Erwachsenwerden, das freilich bei Marlen Haushofer nie als ein erstrebenswerter Zustand erscheint.[97]

Auch das Bewußtsein der Nachkriegsgesellschaft wird von Marlen Haushofer gleichsam als ein erwachsenes gesehen, als ein Bewußtsein, das einer lähmenden Gewöhnung und Erstarrung anheimfällt. Die kleine Stadt, deren Kriegsgeschichte Marlen Haushofer in *Eine Handvoll Leben* kurz Revue passieren läßt, heißt nicht etwa Steyr, sie heißt Österreich:

> »Und dann gibt es plötzlich Krieg (...). Und eines Tages kommt das Ende, und jeder hat jetzt gewußt, es wird so kommen, einige sind tot, ein paar andere ruiniert, und neue Leute sitzen im Stadtrat und haben dieselben Gesichter und Namen wie ihre Vorgänger.

Alles kommt langsam ins alte Geleise, die Witwen heiraten wieder, neue Kinder werden geboren, und was aufgewacht war, schlummert leise wieder ein. Die große Trägheit schlägt wieder über dem Städtchen zusammen.«[98]

Noch vor *Wir töten Stella* erschien im Jahr 1957 jener Roman, an dem Marlen Haushofer zum Zeitpunkt des Novellen-Preisausschreibens schon gearbeitet hatte: *Die Tapetentür*. An Annette führt Marlen Haushofer eine andere Art des Fluchtversuchs aus dem bürgerlichen Leben vor, indem sie sie den Weg der Emanzipation in umgekehrter Richtung gehen läßt: Während Elisabeth in *Eine Handvoll Leben* aus ihrer Familie aussteigt und die Geborgenheit im Gewohnten einer neuen Freiheit opfert, gibt Annette das selbständige Leben als Bibliothekarin auf, um sich in eine Ehe zu flüchten.

Annette lebt in Wien zwar frei, aber nicht unbeschwert. Ihre Wohnung, »diese kleine Höhle«, verheißt ihr zwar Geborgenheit, doch Annette kann *Das kleine Glück* des Alleinseins, des Lesens und Sich-Verkriechens, das Marlen Haushofer in ihrer gleichnamigen frühen Erzählung beschrieben hat, nicht ungetrübt genießen. Annettes wechselnde Liebhaber, die sie im Grunde als Störung ihrer schönen Ruhe empfindet, dienen in erster Linie dazu, ihre Angst vor dem Unheimlichen zu vertreiben, vor dem Nichts, das in der leeren Wohnung zu lauern scheint. »Ist das der Grund, dachte sie, warum sie heiraten, in Gesellschaft gehen oder sich Hunde und Katzen halten?« Jedenfalls scheint es der eigentliche Grund zu sein, warum Annette heiratet. Nicht zufällig verliebt sie sich ausgerechnet in Gregor, jenen Anwalt, der die Hinterlassenschaft ihres verantwortungslosen Vaters abwickelt. Zum ersten Mal fühlt sie sich von der Leidenschaft zu einem Mann überwältigt und förmlich zum Leben erweckt. Annette ist bereit, diesem Gefühl alles zu opfern, was ihr bisher wichtig war, und sich Schritt für Schritt tiefer in die Abhängigkeit zu begeben. Sie wird schwanger, Gregor macht ihr einen Heiratsantrag, den sie annimmt. Sie gibt zuerst ihre Wohnung auf, dann ihre Arbeitsstelle. Schon nach wenigen Ehemonaten beginnt Gregor seine schwangere Frau zu betrügen. Sie nimmt es hin, ahnt aber, daß diese Liebe keine Zukunft hat: »Ihre Leidenschaft für Gregor war kein Gefühl, das man in das sanfte, gleichgültige Bett einer normalen Ehe lenken konnte.« Bei der Geburt verliert Annette das Kind – und, wie sie sogleich weiß, damit auch ihren Mann. Ihre Selbstmordabsichten setzt sie nicht in die Tat um, statt dessen beginnt ein heikler und schmerzhafter Genesungsprozeß.[99]

In einem Interview hat Marlen Haushofer betont, daß ihre eigenen zwar »weitgehend mit den Ansichten und Meinungen« ihrer jeweiligen Protagonistin identisch seien, sie selbst »aber nicht mit der Person«. Diese Frauen würden sich ja auch alle voneinander unterscheiden. In jedem Menschen seien »so verschiedene Persönlichkeiten«, »man könnte, sagen wir, siebenundzwanzig Ich-Romane schreiben, und jedes Ich wird ein bißchen anders«. Annette ist tatsächlich »ein bißchen anders«. Gerade sie, die anfangs besonders stark zu sein scheint, stellt sich bald als besonders schwach heraus. Gewiß ist sie, wie Oskar Jan Tauschinski meinte, eine Neurasthenikerin, eine krankhaft empfindliche und in ihrer Egozentrik nicht sehr einnehmende Person, man erfährt aber zugleich, daß sie auf ihre Umwelt anders wirkt.[100]

Die geradezu inbrünstige, stufenweise Selbstdemontage Annettes im Namen der Liebe muß heutige Leser und vor allem Leserinnen provozieren. Marlen Haushofer gibt Annettes Beweggründe in einer Tagebuchnotiz preis:

> »Da Lesen mein Beruf ist, ergreift mich nur noch selten ein Buch. ›Adrienne Mesurat‹, eines dieser wenigen Bücher. Man sieht das Schicksal seine Gefangene einkreisen und wehrt sich so heftig dagegen, und man glaubt sich zwischen die Zeilen werfen zu müssen. Letzten Endes kommt man dahin, zu verstehen. Adrienne muß untergehen. Die innere Notwendigkeit überzeugt und macht einen versöhnlichen Schluß undenkbar. Der Schriftsteller darf nicht willkürlich mit seinen Helden umspringen, er muß wissen, daß das Schicksal eines Menschen sich aus Kindheitserlebnissen und Charakteranlagen entwickelt.«[101]

In Annettes – unbewußtem – Selbst-Kommentar verrät Marlen Haushofer auch etwas über ihre eigene Schreibabsicht und fatalistische Überzeugung. Bei aller Gefährdung endet Annette jedoch nicht wie Julien Greens *Adrienne Mesurat* im Wahnsinn: Marlen Haushofer hat ihr zwar keinen versöhnlichen, aber immerhin einen offenen Schluß zugedacht.

Daß Annette sich sehenden Auges in ihr Unglück begibt, ist nicht die Schuld Gregors. Er gehört zu jenen vitalen Naturen, die in aller Unschuld über Leichen gehen. Und Annette hat keine Wahl. »Umsonst, daß du betrüben / dich lässest lebenlang. / Sieh, Lieb hat kein Belieben, / Lieb kennt nur Hang und Drang.« Diese Strophe aus Wilhelm Szabos Gedicht *Ein Lied von Liebe* hat Marlen Haushofer als Motto für den Roman gewählt.[102]

Die »Tapetentür« eröffnet Annette im Traum den Weg zurück in ihre Kindheit, an einen Ort, der dem Effertsbachtal Marlen Haushofers sehr ähnelt: Ihr alter Hund Pluto holt sie ab und trägt sie auf seinem Rücken zu ihrem Vaterhaus, doch der geliebte Vater ist nicht dort, er hat sie verlassen. Der Ritt auf dem Hund steht als Bild zweifellos für eine autoerotische Phantasie: Die Objekte ihres Begehrens, der Vater und Gregor, haben ihr beide ein- für allemal bewiesen, daß »Liebe und Verlassenwerden« eins sind. »Ich finde nach wie vor, daß ›Die Tapetentür‹ ein sinnvoller Titel ist«, hat Marlen Haushofer dem Zsolnay-Lektor Hans W. Polak geschrieben. »Diese Tür ist ja der Angelpunkt der ganzen Geschichte.«[103]

Die meisten Pressestimmen spendeten Marlen Haushofers zweiter Romanpublikation Beifall, doch einige fanden die Innenwelt der Heldin unerträglich, andere ihre Tagebuchgedanken banal. In der Tat wirkt das Buch, bei aller überzeugenden Psychologie der Figuren, insgesamt uneinheitlich. Das liegt nicht nur daran, daß die Erzählperspektive der dritten Person mit Tagebucheintragungen in der Ich-Form wechselt, auch diese Notizen sind von sehr unterschiedlicher Substanz: Da finden sich Gedanken über eine Résistance-Bewegung der Frauen, über Zahnschmerzen, Schneiderinnen, Briefkastenonkel und den »standardisierte(n) Halbkomfort« der Wirtschaftswunder-

Zeit: »Der Mensch war der Herr der Erde und hatte es im günstigsten Fall zu einem winzigen Gefängnis mit Kühlschrank, Elektroherd und Waschmaschine gebracht.« Diese konservative Zeitkritik, die Skepsis gegen Fortschritt und Konsumwahn, steht ganz im Zeichen des Existentialismus: »Der wirkliche Sündenfall war ein Abfall vom Leben.« Da Marlen Haushofer selbst eine konsequente Tagebuchschreiberin war, die das Geschriebene aber regelmäßig verbrannte, ist durchaus vorstellbar, daß sie authentische Notizen als Bausteine in diesen Roman eingefügt hat. Heterogen wirken aber schließlich auch die erzählenden Passagen: Die kühle, distanzierte Beobachtung, etwa in der suggestiven, gut zwanzig Seiten langen Beschreibung einer einzigen schlaflosen Nacht, ist immer wieder durch sentimentale Entgleisungen unterbrochen.[104]

Hans Weigel resümierte über Marlen Haushofers Frühwerk, vieles, so etwa *Wir töten Stella*, sei »perfekt« gewesen. »Die beiden Zsolnay-Romane waren es noch nicht. Die Kindheit stimmte, die ›erwachsenen‹ Partien weniger. Der Schrecken der Existenz als Frau wurde mehr vorausgesetzt als gestaltet.«[105] Die Schwächen von *Eine Handvoll Leben* und *Die Tapetentür* liegen wohl in erster Linie in der Form, der Komposition. Für Marlen Haushofer waren diese Romane so etwas wie eine literarische Versuchsanordnung für ungelebte Leben. In jedem der beiden Bücher erproben die Hauptfiguren auf unterschiedliche Weise die beiden realen Lebenswelten ihrer Autorin, die familiäre und die (zeitweise) selbständige. Es gibt für die Heldinnen zwar einen Gewinn an Erkenntnis, aber keine Lösung: Am Schluß stehen sowohl Annette als auch Elisabeth ganz allein da. Allein ist aber auch die Erzählerin in *Wir töten Stella*, die in der Familie ausgeharrt und ihre moralische Bankrotterklärung mit verschuldet hat.

Im Februar 1958 heiratet Marlen Haushofer ihren Mann Manfred zum zweiten Mal. Ihre Beziehung mit Reinhard Federmann ist zuvor endgültig gescheitert. Auf die Frage einer Freundin, was sie nach acht Jahren des Geschiedenseins zu diesem Schritt bewogen habe, meint sie lapidar: »Du kannst in Steyr nicht geschieden sein.« In Steyr bekommt man freilich

Marlen Haushofer und Jan Tauschinski in Steyr.

von der Wiederverheiratung der Haushofers ebensowenig mit, wie man einst von der Scheidung erfuhr.[106]

Im selben Jahr starb eine Frau, die unter den Freundinnen Marlen Haushofers eine besondere Stellung eingenommen hatte: die Schriftstellerin Helene Lahr. Sie war die Lebensgefährtin von Oskar Jan Tauschinski. Bei ihren Wienbesuchen logierte Marlen oft in der Wohnung der beiden in der Neubaugasse. Zwischen der 26 Jahre älteren Helene und Marlen entwickelte sich in langen, intensiven Gesprächen eine geistige Mutter-Tochter-Beziehung.

Der Krebstod der Freundin trifft Marlen tief. In einem Brief an Oskar Jan Tauschinski schreibt sie, sie habe das Bedürfnis, über Lene zu reden, sie träume noch immer von ihr, »immer dasselbe in Variationen«. Anderen könne sie »schon aus Taktgefühl« nicht sagen, »was Lene für mich bedeutet«. Wien, »die Stadt, die ich so geliebt habe«, sei ihr jetzt verleidet. »Du bist der einzige Mensch, der mich noch an Wien bindet – alles andere ist plötzlich ganz uninteressant geworden.« Durch Lene habe sie »zum erstenmal in meinem Leben eine Bestätigung meiner selbst gefunden«: »Glaub nicht, daß ich mir einbilde, für Lene sei diese Freundschaft von ähnlicher Bedeutung gewesen. (...) ich war auf jeden Fall die reich Beschenkte.« Offenbar bekam Marlen von der mütterlichen Freundin, was ihr die eigene Mutter immer vorenthalten hatte: das Gefühl, bedingungslos anerkannt zu sein.[107]

Marlen Haushofer war sicherlich prädestiniert für Frauenfreundschaften – die mitunter auch eine unterschwellige erotische Komponente haben konnten. Immerhin, man erinnere sich: Frauen knöpfen einem nicht mitten im Gespräch die Bluse auf. So war Marlens Verhältnis zu Jan Tauschinski, dem vielleicht einzigen Mann, der ihr gegenüber nicht den Eroberer spielte, ein besonders inniges. Gegenüber ihrem Wiener Freundeskreis gab sie sich offener als vor ihren Steyrer Vertrauten, die selbst ins Netz der Kleinstadtbeziehungen eingebunden waren. Die langen ›Palawer‹ mit Jeannie Ebner oder Helene Lahr brauchte Marlen, ausgehungert nach geistigem Austausch, förmlich wie einen Bissen Brot. Da sie selbst keinen Führerschein hatte, war sie oft darauf angewiesen, von ihrem Mann chauffiert zu werden. So war die kleine Stadt Weitra im niederösterreichischen Waldviertel, wo ihr Dichterkollege Wilhelm Szabo mit seiner Frau als Hauptschuldirektor lebte, mit der Bahn praktisch nicht zu erreichen. Immer wieder heißt es in Marlens Briefen an die Szabos, gewisse Dinge könne man nicht schreiben, »eine Aussprache wäre schon brennend notwendig«. Folgt man Marlens Darstellung, so konnte sie ihren Manfred nur mit der Aussicht auf eine Angelpartie dort zur Fahrt nach Weitra verlocken. Während er sich zum Fischen zurückzog, besprach Marlen mit ihren Gastgebern ihre ›Ehe‹- und sonstigen Probleme: »Eigentlich lebe ich ja wie ein Mensch, der immerfort zu wenig Sauerstoff bekommt. Bei Euch habe ich wieder einmal tief atmen können.«[108]

In ihren depressiven Phasen neigte Marlen Haushofer dazu, sich »in eine Höhle zu verkriechen und wie ein krankes Tier meine Wunden zu lecken, bis es wieder besser wird«. Nun, mit Ende dreißig, hatte sie nicht nur mit psychischen Problemen zu kämpfen. Abgesehen von ihrer Lungenkrankheit, litt sie an extrem hohem Blutdruck in Zusammenhang mit einem alten Nierenleiden, an chronisch leichtem Fieber und einer Anämie. Im Jänner 1958 stürzte sie in Wien in einem Schwindelanfall sogar aus der – damals noch offenen – Straßenbahn und zog sich schwere Wirbelprellungen zu. In einem Brief an Hans W. Polak beim Zsolnay Verlag zeigt sie sich deprimiert, »daß sich um *Die Tapetentür* so garnichts rührt«. – »Und wenn ich schon einmal einen Unfall habe, fall ich ganz prosaisch aus der Straßenbahn, statt mit meinem Jaguar gegen einen Baum zu fahren. Ein typisch österreichisches Schriftstellerschicksal.«[109]

War es das – einmal abgesehen von Marlen Haushofers »grantigem«, also mißmutigem Humor? In gewisser Weise: ja. Die meisten österreichischen Schriftsteller waren – wie Marlen Haushofer – in den fünfziger Jahren nicht über die Landesgrenzen hinaus bekannt. Der von Hans Weigel und anderen inszenierte »Wirbel« um die junge Literatur brachte dieser nicht den erhofften Durchbruch – immerhin wurde Marlen Haushofer 1959 vom österreichischen PEN-Club zur Mitgliedschaft eingeladen.[110]

Tatsächlich zog sie sich aber nach dem Tod Helene Lahrs ein wenig aus der Wiener Literaturbetriebsamkeit zurück. Gegenüber Hans Weigel war eine gewisse Entfremdung eingetreten. Zum Jahreswechsel 1957/58 schreibt Marlen ihm:

> »Ich würde Dir gern einen sehr persönlichen Brief schreiben, aber Du wirkst leider wieder einmal sehr einschüchternd auf mich. Ich weiß nicht woran es liegt, bilde ich mir ein, daß Du mich manchmal kränken willst, oder bildest Du Dir ein, daß ich ekelhaft bin? Irgendetwas stimmt jedenfalls nicht.
>
> Zum Teil kommt es vielleicht daher, daß wir in so verschiedenen Welten leben (äußerlich), aber der wirkliche Grund ist wohl, daß wir beide nicht reden wollen oder

können. (...) Daß Dir meine Schreibereien nicht gefallen, kann, von mir aus, nicht Schuld daran sein, denn mein Ehrgeiz liegt auf einem ganz anderen Gebiet. (Die Beistriche werden es wohl auch nicht sein, denn ein so übler Ästhet bist Du auch wieder nicht)«[111]

Gerade daß Marlen Haushofers Ehrgeiz (auch) auf einem anderen Gebiet lag, dürfte zur Verstimmung zwischen dem Mentor und seinem Schützling beigetragen haben. Marlen Haushofer ging mit ihrem Hausfrauen-Handikap ins Rennen um literarischen Erfolg – schließlich gab es auch noch andere, untypische ›österreichische Dichterschicksale‹, es gab Dichterinnen wie Ilse Aichinger und Ingeborg Bachmann, die zum gegebenen Zeitpunkt auf die Schirmherrschaft der Patriarchen verzichtet und in Deutschland längst ihr Glück gemacht hatten.

Ingeborg Bachmann, die Ende der fünfziger Jahre bereits als berühmt gelten konnte, ist vielleicht *die* Kontrastfigur zu Marlen Haushofer, obwohl es zwischen beiden gewisse Gemeinsamkeiten gibt: Beide Autorinnen stammten aus der Provinz, beide besuchten ein Gymnasium der Ursulinen, beide studierten Philosophie, beide machten auf Männer den Eindruck besonderer Schutzbedürftigkeit. Ihre Lebenskreise berührten einander immer wieder: 1946 hielten sie sich in Graz auf, später hatten sie in Wien dieselben literarischen Schutzherren respektive Liebhaber. Zu einer mehr als flüchtigen Begegnung zwischen Marlen Haushofer und der um sechs Jahre jüngeren Kollegin kam es aber nicht – Ingeborg Bachmann traf sich mit Hakel und Weigel vorzugsweise allein und verkehrte sonst nur mit Ilse Aichinger, die bereits 1948 durch ihren Roman *Die größere Hoffnung* international bekannt geworden war. Von Anfang an legte Ingeborg Bachmann Wert darauf, als Favoritin zu starten und nicht unter ›ferner liefen‹ in einem Pulk ›junger Autoren‹ unterzugehen. Ihr bohrendes Interesse für die historische Schande des Nationalsozialismus und deren kollektive Verdrängung war Marlen Haushofer fremd, zur Gewalt der Väter und zum Krieg der Geschlechter hatten allerdings beide Autorinnen etwas zu sagen. Ingeborg Bachmanns Formwille, ihr ästhetisches Bewußtsein, ihre ›männliche‹ Anmaßung in

Kunstdingen und ihre philosophisch-abstrakte Denkweise lassen sich gewiß kaum mit Marlen Haushofers Haltung vergleichen.[112]

Aber weshalb wird ›die Haushofer‹ auch heute noch so gar nicht als Zeitgenossin ›der Bachmann‹ wahr- und ernstgenommen, und wenn doch, dann bestenfalls als ihre kleine, unbedeutende Schwester? Ingeborg Bachmann und Marlen Haushofer hatten nicht nur eine grundverschiedene Einstellung gegenüber der Kunst und lebten in völlig anderen Lebensumständen, sie betrieben auch eine unterschiedliche Selbststilisierung. Blieb die eine die Försterstochter, die Zahnarztensgattin, die die Provinzerde nie von ihren Schuhen abschütteln konnte, so wurde das Lehrerkind aus Klagenfurt bald zur Weltbürgerin. Ordnete Ingeborg Bachmann ihr Leben einzig und allein dem »grausamen Gesetz der Kunst« unter, so präsentierte Marlen Haushofer sich mit Vorliebe als »geplagtes Haustier« mit maßvollen literarischen Ambitionen.[113]

Was sie an ihre Freunde Wilhelm und Valerie Szabo schrieb, wäre Ingeborg Bachmann wohl nie eingefallen:

> »Ich bin manchmal ganz verzagt, weil ich trotz aller Anstrengungen in menschlichen u. erzieherischen Belangen nicht vom Fleck komm. Das gibt mir das Gefühl, daß ich meine besten Kräfte sinnlos verschwende. Anderseits hätte ich nicht die geringst Freude an einem gelungenen Buch, wenn ich das Gefühl hätte, mich meiner Familie gegenüber nicht genug bemüht zu haben. Ich glaube wirklich, man kann nicht gleichzeitig ein guter Mensch u. ein guter Künstler sein.«[114]

Marlen Haushofers Selbststilisierung bestand gerade im demonstrativen Verzicht auf die Selbststilisierung als Künstlerin. Weder ihre provinziell-biedere äußere Erscheinung noch ihr völlig unprätentiöser, umgangssprachlicher Briefstil verrieten etwas von einer Künstlernatur. Marlen Haushofer haßte öffentliche Auftritte, war eine schlechte Interpretin ihrer Werke, erhob ihre Stimme nur leise und übte sich in Bescheidenheit. Ihre Krankheiten versuchte sie zu ignorieren oder herunterzuspielen, statt sie als Ausdruck existentieller Gebrochenheit und Sensibilität zu inszenieren. So »prosaisch« wie ihr Sturz aus der Wiener Elektrischen war das ganze Bild, das die dezidierte Nicht-Lyrikerin von sich vermittelte. Das Pathos der Ingeborg Bachmann war ihre Sache nicht – das gilt auch für ihre Literatur, die dort, wo sie gelungen ist, abgeklärtes Understatement mit Sachlichkeit vereint, bisweilen auch mit bitterem Witz. War die Kunst für Ingeborg Bachmann »eine harte Herrin«, so spielte sie für Marlen Haushofer nur die zweite Geige:

> »Ich hab eingesehen, daß niemand zwei Herren dienen kann u. daß (für mich) immer der lebende Mensch den Vorrang hat.
> Wenn meine Kinder (17 ½ und 16) aus dem Wasser sind, in etwa 3 Jahren, werde ich mich wieder meinem 2. Herrn zuwenden. Und sollte ich dann zu müde oder total verblödet sein, so macht es auch nichts aus. Es ist nicht schade um ein Talent, das diese Probe nicht aushält. Diese Einstellung kann z. B. H.W. nicht verstehen.«[115]

Marlen Haushofer schrieb das ihrer (kinderlosen) Kollegin Jeannie Ebner, auch um zu erklären, warum sie sich von Hans Weigel etwas zurückgezogen hatte. Gemeinhin hat man diese Degradierung der Literatur zum »2. Herrn« bedauert und gemeint, Marlen Haushofers Unterordnung unter die Herrschaft des Haushalts habe dazu geführt, daß sie nicht schrieb, was sie hätte schreiben können. In rein technischer Hinsicht mag das stimmen. Doch man sollte sich mit Eva Pfister die Frage stellen, ob nicht »gerade die zwiespältige Existenz die Bedingung für Marlen Haushofers Schreiben gewesen sein könnte, die Doppelgleisigkeit von Nähe und Distanz die Voraussetzung für ihre besondere Qualität, das alltägliche Leben in seiner Abgründigkeit zu erfassen«.[116] Tatsächlich hätte eine als flotter Single in Wien lebende Marlen Haushofer wohl kaum *Wir töten Stella* geschrieben. Der Verdacht drängt sich auf, die Dichterin könnte sich hinter dem Hausfrauendasein auch versteckt haben, um sich den unerbittlichen Forderungen ihres »2. Herrn«, der Kunst, zu entziehen, eines Herrn, der von ihr womöglich verlangte, in seine Alleinherrscher-Rechte eingesetzt zu werden. Die Haushaltspflichten waren, so gesehen, auch eine gute Ausrede, um absolute Ansprüche gar nicht zuzulassen. Schließlich müßte eine Mutter nicht unbedingt noch drei Jahre warten, um ihren sechzehn-, siebzehnjährigen Söhnen etwas mehr Selbständigkeit zuzumuten. Hans Weigel stand es als ihrem literarischen Mentor gut an, das zu kritisieren. Indem sie ihr Werk bewußt zur ›Hausfrauenprosa‹ stilisierte, hat Marlen Haushofer sich von vornherein einer weiblichen Autorenschaft verschrieben und sich, anders als Ingeborg Bachmann, die männliche Rolle nie angemaßt. Andererseits hat sie sich so auch nie dem Gesetz des männlichen Genie-Ideals unterworfen. Ihre legendäre Bescheidenheit diente ihr als Schutzschild gegen allzu große Erwartungen, sie war Ausdruck einer Verweigerung. Doch trotz allem war Marlen Haushofer sich ihres Ranges als Schriftstellerin sehr wohl bewußt. Mit jenem Buch, das ihr berühmtestes werden sollte, gelang ihr endgültig der Befreiungsschlag, die Flucht aus der Mittelmäßigkeit.

5. Kapitel
1960
Flucht durch die Wand

Das Jahr 1960 brachte der Familie Haushofer einen neuerlichen Umzug, der Marlens Arbeitssituation entscheidend verbesserte. Fast ein Jahrzehnt sollte sie in der neuen Wohnung leben und dort ihre drei wichtigsten Bücher schreiben. Die mehrere hundert Jahre alten Innenstadthäuser, die die Haushofers in den Fünfzigern bewohnt hatten, wirkten zwar sehr romantisch, es mangelte ihnen aber an neuzeitlichem Komfort. Außerdem waren die Wohnungen für eine vierköpfige Familie ziemlich eng, die Zimmer klein. Das Haus Pfarrgasse 8 gehörte noch dazu einem Fleischhauer, der auch sein Geschäft dort hatte. Ausgerechnet Marlen Haushofer, die in ihren Büchern die erschütternde Kindheitserfahrung der Schlachtungen thematisiert hat, wohnte fünf Jahre lang mitten in der Stadt über einem Hof, in dem regelmäßig Tiere geschlachtet wurden. Man hörte das Quieken der Schweine, das Brüllen der Rinder, und man roch das Blut.

Das einzige Lebewesen, das sich dort wohl fühlte, war ein schwarzer Kater: Er »gehörte dem Fleischhauer im Haus. Da er immer unmäßig viel gefressen hatte, war er größer und dicker als jeder andere Kater in der Stadt«. Dieser Kater, der auch »sehr wild, tückisch und grausam war«, wurde zum großen Widersacher des kleineren, zarteren Iwan, aus dessen Blickwinkel Marlen Haushofer in *Bartls Abenteuer* den Umzug detailgetreu schildert. Da traf es sich nämlich »sehr gut, daß die Familie, die schon lange aus der alten unbequemen

Wohnung ausziehen wollte, endlich eine passende Wohnung in einem Zweifamilienhaus am Stadtrand fand«. Das Haus lag jenseits des Flusses Steyr auf einer Anhöhe im Stadtteil Tabor, der diesen Namen (tschechisch für Festung) bei der Belagerung durch ein böhmisches Heer im 15. Jahrhundert erhalten hatte.[1]

In einem Brief an Hans Weigel kündigt Marlen Haushofer im Spätsommer 1960 voll Vorfreude die bevorstehende Übersiedlung an: Dort oben gebe es genug Luft und Licht und kaum Lärm. Das Haus hat einen Garten und sogar Zentralheizung, in Zukunft muß sie »im Winter nicht mehr bitter frieren«. Im Oktober soll der ältere Sohn zum Militär kommen: »Da er bis jetzt das Leben eines alten Hofrats geführt hat, gönne ich es ihm. Ich werde viel weniger Arbeit haben und endlich schreiben können. Außerdem werden mich die zu schlachtenden Kälber und Schweine im Hof nicht mehr deprimieren.« Der Sommer war »einer der anstrengendsten meines Lebens«. Marlens Mutter lag vier Wochen im Spital, Manfred junior hatte Mumps.

> »Der Roman ist im Kopf fertig. Bitte halt mir die Daumen, daß diesmal nichts dazwischenkommt. Er ist sehr schwer zu schreiben, weil nur eine Person vorkommt und keine einzige Zeile Dialog. Wenn er mir nicht gelingt, werd ich endlich wie ein normaler Mensch leben, Gespenstergeschichten und utopische Romane lesen und in Würde alt werden.«[2]

Der Roman, von dem Marlen Haushofer hier berichtet, ist *Die Wand*. Seit dem Erscheinen ihres letzten ›großen‹ Buches, *Die Tapetentür*, sind bereits drei Jahre vergangen, und noch gibt es ein neues Werk erst »im Kopf«. Ein Brief an den Zsolnay-Verlag vom Februar 1958 läßt allerdings den Schluß zu, daß es zuvor noch ein anderes Romanprojekt gegeben haben könnte: »Mein neuer Roman zieht sich hin und ich kann unmöglich zu dem gewünschten Termin fertig werden. Es sieht ohnehin nicht gut aus, wenn Jahr für Jahr ein Roman erscheint.«[3] Hat Marlen Haushofer, die hier den Ruf künstlerischer Seriosität über die Gesetze des Buchmarktes stellt, ihrem Verleger etwas vorgeschwindelt? Hat sie ihm ein Buch versprochen, das sie gar nicht schreiben wollte und auch nie geschrieben hat? Oder hat sie damals womöglich schon konkret an den Stoff der *Wand* gedacht? Oder ist sie mit dem erwähnten Roman gescheitert und hat die Arbeit daran abgebrochen, das Geschriebene vernichtet? Sollte Hans Weigel ihr vielleicht deshalb die Daumen halten, »daß diesmal nichts dazwischenkommt«?

Diese Fragen lassen sich heute nicht mehr beantworten. Es gibt nur eine undeutliche Spur, einen Zeitungsausschnitt aus dem Nachlaß, der unter dem Titel *Die großen Hähne* offenbar die überarbeitete Fassung der frühen Erzählung *Entfremdung* enthält. Auf diesem Ausschnitt hat Marlen Haushofer handschriftlich notiert: »Aus einem ungedruckten Roman«. Die Geschichte handelt von riesigen, mörderischen Hähnen, die wie in einer alptraumhaften Vision eine ganze Stadt entvölkern, in der außerdem eine rätselhafte Seuche ausgebrochen ist. Man könnte diese Katastrophe durchaus als Variante oder Vorläufer der in der *Wand* angedeuteten Ereignisse auffassen. Vielleicht ist die Erzählung wirklich von einem verunglückten Romanvorhaben übriggeblieben. Marlen Haushofer war in dieser Hinsicht nämlich rigoros: »Gefällt mir etwas gar nicht, verwerfe ich es und versuche nicht, es umzuschreiben.«[4]

Nun aber, Anfang November 1960, macht Marlen Haushofer sich an ihr *opus magnum*. »Der Stoff zur *Wand* muß immer schon dagewesen sein«, sagt sie dazu in einem Gespräch. »Ich habe ihn mehrere Jahre herumgetragen, aber ich habe mir nicht einmal Notizen gemacht (...). Ich habe auch mit niemandem darüber gesprochen.« Jetzt scheint die Zeit für die Niederschrift reif, die äußeren Umstände sind günstig: Die neue Wohnung am Taborweg 19 ist geräumig, die Familie bewohnt das obere Stockwerk des Hauses, unten logieren die Hausherren, mit denen die Haushofers vorerst kaum Kontakt haben. Für Kater Iwan lassen sie eine massive Leiter tischlern, die am Balkon befestigt wird und der Adresse den Vulgo-Namen »das Haus mit der Leiter« einträgt. Der Balkon geht vom Wohnzimmer aus auf die Straßenseite, das Küchenfenster sieht nach hinten zum Garten hinaus. Marlen schreibt selten im Wohnzimmer, am liebsten setzt sie sich nach wie vor an den

Küchentisch, der in der gemütlichen Wohnküche steht. *Ein Zimmer für sich allein*, wie es Virginia Woolf in ihrem berühmten gleichnamigen Buch als Grundbedingung für die schriftstellerische Arbeit von Frauen forderte, besitzt Marlen Haushofer – im Gegensatz zu ihren Romanheldinnen – auch in der neuen Wohnung nicht. Ihrer eleganten Jugendfreundin Dita Bauer, die aus Deutschland zu Besuch kommt, erscheint die kleinbürgerliche Einrichtung samt orangebraunen Möbeln überhaupt erstickend. Auf die Frage, wie sie denn da schreiben könne, antwortet Marlen ihr handfest-bodenständig mit einer ihrer Lieblingsredensarten: »Red do net so halbert, da setz ich mich in die Küche und schau aufs Gewürzkasterl.«[5]

Die karg bemessene Zeit zum Schreiben ist für Marlen Haushofer nach wie vor ein »schmerzliche(r) Punkt«. Mit der Übersiedlung beginnt sie aber, ihre Arbeitsgewohnheiten umzustellen: Hat sie bisher vor dem Frühstück, also vor halb sieben, geschrieben, so wird ihr nun »mein früher Morgen einfach zu früh«, und sie arbeitet statt dessen nachmittags von drei bis sechs Uhr.

> »Das ist zwar nicht die ideale Zeit und auch das ist nur möglich geworden, weil meine Kinder erwachsen geworden sind und ich in diesen drei Stunden allein bin. Der Abend gehört der Familie. Da auch die Wochenenden wegfallen und häufig nachmittags etwas Unaufschiebbares dazwischen kommt, bleiben mir zum Schreiben durchschnittlich drei Nachmittage. Seit Jahren nehme ich mir vor, regelmäßig zwei bis drei Seiten am Tag zu schreiben, bis heute ist es mir nicht gelungen. Meist wird dann doch wieder ein schubweises Schreiben daraus. Schuld daran ist, daß ich nur arbeiten kann, wenn ich ganz allein bin. Außerdem bin ich von Natur aus faul und daher gezwungen, von Zeit zu Zeit über meine Kräfte zu arbeiten.«[6]

Marlen Haushofer vertrat die paradoxe, aber einleuchtende These, daß »gerade die faulsten Leute« am meisten arbeiten, »vielleicht von der Hoffnung erfüllt, endlich einmal alle anfallenden Pflichten hinter sich zu bringen und mit gutem Gewissen faul sein zu dürfen«. Ihre Wohnung verriet jedenfalls in keiner Weise, daß es sich um das Heim einer Schriftstellerin handelte. Zeitweise verschwand Marlen für einige Monate aus dem Gesichtskreis ihrer Freunde und Bekannten, dann hieß es, sie schreibe an einem neuen Buch. Sie selbst machte davon kein Aufhebens. Ihre Freundin Inge, die in diesen Jahren längst wieder praktisch zur Familie gehörte, kam fast täglich mit ihrem Sohn zu Besuch. Im Sommer frequentierte man den Swimming-pool im Garten, man grillte gemeinsam, abends lief der Fernsehapparat meist bis Sendeschluß. Marlen rauchte, damals am liebsten ›Reno‹-Mentholzigaretten, ab neun Uhr abends war sie, der Morgenmensch, todmüde. Bald fand sich das Ehepaar Haushofer auch einmal bei der Hausherren-Familie zum Fernsehen ein und beeindruckte die Gastgeber bei den beliebten Quizsendungen durch seine Bildung. Den Hausbewohnern fiel freilich auf, daß Marlen nicht besonders kontaktfreudig war. Wenn sie allein sein wollte, waren ihr Nachbarn jeglicher Wesensart schlicht ein Greuel: »Von mir aus«, meinte sie einmal, »sollen sie sich Dinosaurier im Garten halten, wenn sie mich nur in Ruhe lassen.« Auch in Phasen besonderer nervlicher Belastung wirkte Marlen Haushofer sehr beherrscht. Weil sie so ganz auf den Nimbus der Schriftstellerin verzichtete, wußten viele Nachbarn nichts von ihrem Beruf. Eine junge Bewohnerin des Nebenhauses wunderte sich, daß diese Frau in mittleren Jahren, die da im Garten spazierenging, die Blumen betrachtete und sinnierte, so viel Zeit zu haben schien.[7]

Vom richtigen Leben im falschen: *Die Wand*

Es ist durchaus wahrscheinlich, daß Marlen Haushofer während dieses scheinbaren Müßiggangs über ihr neues Buch nachgedacht hat. Sie beginnt die Niederschrift in ein gewöhnliches liniertes Schreibheft der Größe A4. Auf den orangen Umschlagkarton setzt sie als Titel »Die gläserne Wand I«. Wie immer schreibt sie »mit der Hand, weil mich das Geklapper der Maschine stört«.[8] Sie benutzt Tinte und Feder.

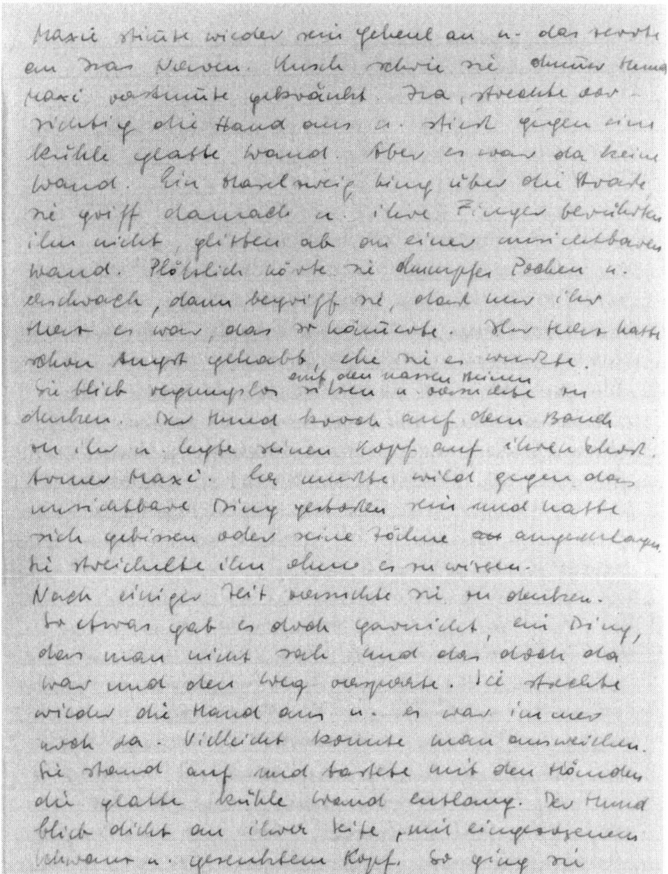

Manuskriptseite aus der ersten Niederschrift des Romans Die Wand. *Die spätere Ich-Erzählerin heißt hier noch Isa, der Hund Maxi.*

Die Fabel des Romans ist schnell erzählt: Eine Frau fährt mit ihrer Cousine und deren Mann zu einem Kurzurlaub in ein Jagdhaus. Das Ehepaar macht abends einen Spaziergang ins Dorf, von dem es am nächsten Morgen nicht zurückkehrt. Bei dem Versuch, ins Dorf zu gehen und dort Ausschau nach den beiden zu halten, stößt die Frau auf eine durchsichtige Wand, hinter der es offenbar kein Leben mehr gibt, nur die Pflanzenwelt scheint unversehrt. Die Frau muß sehen, wie sie in dem vom Rest der Welt abgeschnittenen Waldgebiet überleben kann. Geblieben ist ihr der Jagdhund ihrer Gastgeber, sie findet noch eine trächtige Kuh, die ein Stierkalb wirft, und später läuft ihr eine Katze zu. Eines Tages taucht ein zweiter Überlebender der rätselhaften Katastrophe auf, ein Mann, der den Jungstier und den Hund der Frau tötet und dafür von ihr mit ihrem Jagdgewehr erschossen wird.

Nach der Erinnerung des damals halbwüchsigen Sohns einer befreundeten Familie soll der Einfall zu diesem Buch eine literarisch etwas anrüchige Geschichte haben: Marlen Haushofer hatte nicht nur eine Schwäche für Krimis, sondern auch für Groschenromane, vor allem für Science fiction. Sie besaß eine reiche Sammlung der einschlägigen zeitgenössischen Reihen *Utopia* und *Terra* und versorgte besagten Burschen regelmäßig mit ihrem utopischen Lesestoff. Der meint sich nun zu erinnern, es habe darunter eine Geschichte mit dem Titel *Die gläserne Kuppel* gegeben, die von einer Gruppe von Menschen handelte, die unter dem Schutz einer riesigen Kuppel aus Glas eine Art Eiszeit überlebt.[9]

Ein Heftroman dieses Titels ist allerdings nicht ausfindig zu machen – es existiert lediglich eine Folge der Perry Rhodan-Serie mit dem Titel *Die strahlende Kuppel*, die K(arl) H(erbert) Scheer, der Erfinder des Mondraketen-Kommandanten, 1961 herausbrachte, in dem Jahr, in dem Juri Gagarin zum ersten Mal rund um die Erde flog: Der friedliebende Perry Rhodan und seine Mannschaft verteidigen sich in der Wüste Gobi mit Hilfe einer vom Mond importierten Technologie, einer Kuppel aus reiner Strahlungsenergie, gegen die massiven Angriffe der vereinten Ost- und Westmächte. Es ist gut möglich, daß Marlen Haushofer dieses Heft gelesen und an ihren jungen Freund verliehen hat. Aber als Keimzelle für den Roman kommt der Text kaum in Frage: 1961 steckte Haushofer bereits mitten in der Arbeit an der *Wand*, und den Stoff dazu hatte sie ja »mehrere Jahre« mit sich herumgetragen.[10]
Wie dem auch sei: Die Autorin begann ihr Romanprojekt unter dem Titel »Die gläserne Wand«. Aber schon das zweite der

Die Lackenhütte in den zwanziger Jahren.

insgesamt fünf Schreibhefte ist mit »Die Wand« beschriftet: Hans Weigels Anekdote, er habe auf Bitten Marlens das noch titellose Typoskript nach der Lektüre in einer plötzlichen Eingebung *Die Wand* getauft, ist damit ins Reich der Legenden verwiesen: Zur Entstehungszeit der ersten Fassung hatte Weigel den Text gar nicht zu Gesicht bekommen. Auf den ersten 25 Seiten wird darin die Geschichte einer Frau namens Isa erzählt – dann nahm die Autorin wohl einen neuen Anlauf, und die Perspektive wechselte von der dritten zur ersten Person: Die Romanheldin war nun eine namenlose Frau.[11]

Damit hatte Marlen Haushofer den Schlüssel für den Aufbau gefunden: »Bis ich mich dann eines Tages für die Ichform entschied, war es eigentlich nicht mehr schwer. Mit diesem Buch habe ich am wenigsten Mühe gehabt. Ich mußte mich nur in die Lage jener Frau im Wald versetzen, und wenn ich ein Bild vor mir habe, geht es weiter wie von selbst.«
Rückblickend sah Marlen Haushofer sich auf die Rolle einer Protokollführerin reduziert: »Es war ja alles vorgezeichnet, und ich habe nichts ändern müssen.« In einem Rundfunk-

Interview erklärte sie das näher: »Ich hab eben immer nur weitergehen müssen, das kannte ich, das war begrenzt, die Möglichkeiten dieser Frau. Sie hat ja wirklich nichts anderes tun können als das, was ich eben beschrieben habe.«[12]

Die Wand fällt in mehrfacher Hinsicht aus dem Rahmen ihres übrigen Werkes. Sowohl die Fabel als auch die Form des Romans bereiteten Marlen Haushofer sonst die größten Schwierigkeiten, wie sie – etwas überspitzt – bekannte: »Ich gehe nie von Fabeln aus, weil ich unfähig bin auch nur die einfachste Fabel zu erfinden. Meist gehe ich von Landschaften, Häusern, Steinen, Pflanzen und Tieren aus, häufig auch von Traumerlebnissen.«[13] Die für Marlen Haushofers Werk einmalige Idee, eine realistische, ja sachlich akribisch recherchierte Geschichte in einen utopischen Raum zu stellen, war bei der *Wand* durch das Science-fiction-Vorbild der »gläsernen Kuppel« vorgegeben, das auch bereits den Rohstoff zur Fabel lieferte.

Die Bilder, die Marlen Haushofer für die Entwicklung eines Themas benötigte, bezog sie aus der vertrauten Kindheitsumgebung. Das Original jener Jagdhütte, in der die Ich-Erzählerin haust, steht eine gute Stunde Fußmarsch bachaufwärts vom Forsthaus Effertsbach entfernt: »Das Jagdhaus ist eigentlich eine einstöckige Holzvilla, aus massiven Stämmen gebaut und heute noch in gutem Zustand. Im Erdgeschoß ist eine große Wohnküche in Bauernstubenart, daneben ein Schlafzimmer und eine kleine Kammer. Im ersten Stock, um den eine Holzveranda führt, liegen drei kleine Kammern für die Gäste.«[14] Die sogenannte Lackenhütte, die noch heute in nahezu unverändertem Zustand erhalten ist, wurde 1924 als Unterkunft für den Förster und die Jagdpächter erbaut, daneben befand sich eine kleine Hütte für die Holzknechte. Marlen ging mit ihrem Vater oft zur Lackenhütte und unternahm von dort auch längere Wanderungen. Die im Roman so genannte »Schlucht« nimmt sich in Wirklichkeit weit weniger dramatisch aus. Schon in den sechziger Jahren hatte sich hier allerdings viel geändert: »Leider führt jetzt durch die Schlucht, durch die in meinen Kindheitstagen bloß die Holzfäller fuhren, eine schöne Straße hinauf ins Revier.« Die Alm, auf die die Erzählerin der *Wand* mit ihren Tieren im Sommer übersiedelt, heißt in Marlen Haushofers wirklicher Welt Haidenalm. Sie liegt etwa 1300 Meter hoch und ist auch heute nur zu Fuß zu erreichen. Doch nicht nur die Örtlichkeiten sind im Roman bis ins Detail wirklichkeitsgetreu beschrieben, auch die ›Persönlichkeiten‹ der Tiere haben reale Vorbilder: von der sanften Kuh Bella, über den klugen und verläßlichen Hund Luchs bis zu den Sprößlingen der Katze – der fröhliche Kater Tiger ist natürlich ein Abbild des Familienlieblings Iwan, und hinter Perle, der prächtigen weißen Angorakatze verbirgt sich eine Katze aus Marlens Kindheit, die vom Jagdhund eines Gastes getötet wurde.[15]

Im Mai 1961 schrieb Marlen Haushofer an Rudolf Felmayer und seine Frau Erna, mit denen sie inzwischen gut befreundet war:

> »Ich schreibe an meinem Roman u. alles ist sehr mühsam, weil ich nie viel Zeit hab u. vor allem, weil ich mich ja nicht blamieren darf u. ich immer nachfragen muß, ob das, was ich über Tiere u. Pflanzen schreibe, auch stimmt. Man kann da nicht genau genug sein. Ich wäre sehr glücklich, wenn ich diesen Roman nur halb so gut schreiben könnte, wie er mir vorschwebt.«[16]

Auskunft in Einzelfragen gab Marlen vor allem ihr Bruder Rudolf, der ein Studium der Forstwirtschaft abgeschlossen hatte. Während er der Welt der Kindheit so auf ganz praktische Weise treu geblieben war, hatte Marlen ihr nur in ihrer Phantasie die Treue gehalten. Marlen Haushofers Naturverbundenheit war eher eine romantisch-schwärmerische als eine wirklich gelebte. Schon als Zwanzigjährige wollte sie sich den Touren von Jagdhütte zu Jagdhütte nicht anschließen, und Wanderungen waren ihr als Erwachsene zu beschwerlich. Von den äußeren Umständen her ist das Leben ihrer Heldin in *Die Wand* also sehr weit von Marlen Haushofers eigener Lebenswirklichkeit entfernt. In ihrem ironischen *Nachruf auf eine vergeßliche Zwillingsschwester* zog Marlen Haushofer selbst einen Vergleich und wandte sich gegen ein falsches Bild. Sie wollte dem Publikum »den Star« stechen »in bezug auf die Naturliebe meiner Zwillingsschwester«:

> »Es tut mir leid, wenn ich das Bild einer Einsiedlerin zerstören muß, die das einfache Leben liebte und menschenscheu war. An diesem Märchen stimmt, daß sie alle Pflanzen, vielleicht mit Ausnahme der Brennesseln und Kakteen, liebte, schon darum, weil Pflanzen nicht Lärm schlagen können und immer hübsch still sind. (...) Marlen Haushofer hatte große Angst vor Hunden (...). Daß sie trotzdem weiterhin freundlich über Hunde schrieb und sie aus sicherer Entfernung gern hatte, ist ein schöner Zug dieser widersprüchlichen Natur. (...) In einem Blockhaus im Wald hätte meine Schwester nie leben mögen, sie legte großen Wert auf heißes Wasser, außerdem brauchte sie dringend in der Nähe ein Kaffeehaus mit möglichst vielen Zeitungen und eine Bibliothek. Sie hätte wirklich unmöglich allein hausen können, weil sie sich seit ihrer Kindheit nachts vor Gespenstern fürchtete und weil sie bestimmt schon in der dritten Nacht den Verstand verloren hätte vor Schreck über unerklärliche Geräusche im Kamin.«[17]

Ihrem Bruder verdankt Marlen Haushofer gleichsam die wissenschaftliche Grundlage für ihre eigenwillige Robinsonade. Ihn fragt sie nach den genauen Namen von Tieren und Pflanzen, von ihm will sie etwa wissen, was denn das für rote Blumen gewesen seien, die in ihrer Kindheit da und dort gewachsen sind, welche Vegetationszyklen bestimmte Gemüsesorten haben, wie lange die Tragezeiten verschiedener Tiere sind, welche Munition für welches Gewehr geeignet ist und auf wieviel Schritt Entfernung man damit ein Reh erlegen kann. Manches, wie das Heuen oder das Setzen von Bohnen und Kartoffeln, kennt Marlen Haushofer selbst von der kleinen Landwirtschaft ihrer Eltern. Sie trägt diese Informationen in ein Notizbuch ein, in dem auch ein grober Arbeitsplan ihres Romans verzeichnet ist. Der Plan ist ergänzt durch Stichworte zur Handlung und zu deren jahreszeitlichem Gerüst, zu Krankheiten und Zwischenfällen sowie durch eine Inventarliste der im Haus vorrätigen Dinge. Während des Schreibens wirft Marlen Haushofer diesen Plan immer wieder über den Haufen und ruft sich wichtige Themen in Erinnerung. »Hirschbrunft nicht vergessen!« notiert sie sich innen auf den Umschlag eines Hefts. Tatsächlich wird die Romanheldin von Fassung zu Fassung immer naturverbundener, werden die Bezeichnungen von Fauna und Flora immer exakter.[18]

Die erste Niederschrift der *Wand* vermittelt eine Vorstellung davon, wie das Buch aussehen würde, hätte Marlen Haushofer in den weiteren Fassungen nicht bewußt die eigene Biographie hinter sich gelassen und auf sich darauf beziehende Einschübe verzichtet. Zu Beginn der Arbeit am Roman ist die Heldin der Geschichte noch ganz ihrem bisherigen Leben verhaftet und durch die realen Koordinaten von Raum und Zeit – Österreich zu Beginn der sechziger Jahre – bestimmt. Am Ende steht mit der letzten Fassung eine exemplarische Erzählung, die über Entstehungszeit und Schauplatz weit hinausweist. Mann und Kinder, die in der ersten Version noch das Denken der Erzählerin beherrschen, sind in der Buchfassung schließlich zu blassen Erinnerungen verkümmert. Der Ehemann ist nun zum Zeitpunkt der Katastrophe schon verstorben. Vieles von dem, was Marlen Haushofer aus der ersten Niederschrift nicht weiter übernommen hat, trägt Züge eigener Tagebuchaufzeichnungen. Faßt man diese – vermutlichen – Selbstaussagen zusammen, so ergibt sich ein beklemmendes Bild: Hier äußert sich nicht einfach eine vom Alltag überforderte Frau in ihrer Midlife-crisis, hier zieht eine Vierzigjährige eine absolut hoffnungslose und unerbittliche Bilanz: »Eigentlich hätte ich fast alles was ich getan habe lieber nicht getan.« Nie im Leben sei sie auch nur einen Tag frei gewesen. »Ich träume immer noch davon frei zu sein und jetzt weiß ich auch daß ich eines Tages frei sein werde – nämlich nach meinem Tod. Nur werde ich es nicht mehr wissen und das kränkt mich ein wenig.« Die Erzählerin der ersten *Wand*-Niederschrift war in ihrem früheren Leben eine Nur-Hausfrau, die wie alle Protagonistinnen Marlen Haushofers das Gefühl hatte, sich selbst entfremdet zu sein: »Ich war weniger von der Sorge u. Arbeit müde, als von dem halben Leben, das ich führte. Weil ich mich selber aufgegeben hatte konnte ich niemandem mehr von wirklichem Nutzen sein. Niemand soll sich für Dinge opfern an die er nicht glaubt.«[19]

Vornehmlich ein Gefühl beherrscht das Leben dieser Frau. Es ist eine existentielle Langeweile, die sich als »rasende Ungeduld« bei allem äußert, was eigentlich zur Zerstreuung gedacht ist: beim damals noch jungen Fernsehen und seiner Politiker-Parade, im Kino, bei Einladungen und Gesellschaftsspielen. Das *ennui*, die Langeweile, »die mich geradezu körperlich erfüllte«, ist eine klassische Voraussetzung der Utopie, die den Leerraum mit Tatendrang erfüllt, aber auch der Schwermut. Für die Erzählerin der Urfassung von *Die Wand* wird die Verstellung, die zum Rollenspiel nun einmal gehört, zur Schwerarbeit:

> »Ich brauchte meine ganze Kraft um zu verhindern daß meine Umwelt merkte wie ich litt u. gewöhnte mir an, die Lippen automatisch breitzuziehen um ein Lächeln vorzutäuschen. Manchmal wurde meine Nase ganz gefühllos von diesem Lächeln. Schön dumm war das alles von mir. Ich hätte einfach nicht mitmachen sollen – aber ich konnte doch in Gottes Namen meiner Familie keine Schande machen. Ich war eine ganz gewöhnliche Frau und konnte mir nicht leisten so exzentrisch zu sein, mein Leben so zu leben, wie ich wollte. Meine Langeweile war also eine künstliche Langeweile.«[20]

Eine »ganz gewöhnliche Frau« war die Schriftstellerin Marlen Haushofer gewiß nicht, aber es würde zu ihr passen, wenn sie sich selbst so charakterisiert hätte, nach dem Motto: Wenn nur ein Exzentriker sein Leben so leben kann, wie er es will, dann haben ›ganz gewöhnliche‹ Menschen prinzipiell kein Anrecht auf Glück. Marlen Haushofers in mancherlei Gestalt auftretendes literarisches Alter ego hat eine lange Erfahrung mit dem Begriff des Exzentrischen: Schon im Roman *Himmel, der nirgendwo endet* erklärt die Mutter Meta das Wort am Beispiel eines ihrer Verwandten: Es gibt da einen Cousin, bei dem »hat es auch mit dem vielen Lesen angefangen«. Eines Tages folgt er den Spuren Strindbergs nach Paris, bis irgendwann der Geist Strindbergs *ihn* zu verfolgen beginnt. Exzentrisch, erklärt die Mutter, »das ist, wenn man eine Spur zu wenig verrückt ist, um in ein Irrenhaus gesteckt zu werden«. Meta möge sich hüten. »Meta beschließt, sich zu hüten. Um keinen Preis will sie exzentrisch werden.« Das ist Marlen Haushofer, nimmt man die Fiktion einer aus dem Werk ›zusammensetzbaren‹ Person an, gelungen.[21]

Weil die Familie, der zuliebe die Erzählerin der Ur-*Wand* Fassung und Fasson bewahrt, immer mehr vom Zeitgeist der technoiden Wohlstandsgesellschaft angekränkelt ist, lebt die Frau als »krasser Außenseiter« in einer falschen Umgebung. Die Katastrophe greift in Wahrheit korrigierend in ihr Leben ein und befreit sie von den Zwängen der – sozialen – Fremdbestimmung: »Hier im Wald bin ich eigentlich auf dem mir angemessenen Platz«. Ihren geheimen Wunschtraum kann sie sich allerdings auch dort nicht erfüllen: Er besteht in einer völlig asozialen Selbstgenügsamkeit, lakonisch zusammengefaßt in einem schottischen Volkslied, dessen Verse sie immer schon magisch berührt haben: »I am the miller of the Dee and I care for nobody and nobody care (sic) for me.« – »Ich bin der Müller am Flusse Dee, ich scher' mich um niemand, und niemand schert sich um mich.« Das ist ein radikales Lebensprogramm, das, wie die Erzählerin meint, eben nur einem Mann zustehe: Eine Frau würde sich in dieser Rolle als »Monstrum« ausnehmen. Weil ihr nach der Katastrophe in Gestalt der Tiere eine Art Ersatzfamilie zuwächst, um die sie sich kümmern muß, die aber umgekehrt auch sie am Leben erhält, ist das Ideal der Autarkie wiederum nicht verwirklicht. Im Buch resümiert die Erzählerin: »Die Katastrophe hatte mir eine große Verantwortung abgenommen und, ohne daß ich es sogleich merkte, eine neue Last auferlegt.« Die Last besteht aber nicht nur in der Versorgung der Tiere, eine Last ist das Überleben, das Leben an sich.[22]

Als Marlen noch mitten in der Arbeit an der ersten Fassung steckte, kündigte der Literat Erich Landgrebe im Juli 1961 seinen Besuch in Steyr gemeinsam mit Sigbert Mohn an: Mohn, der Bruder des damaligen Bertelsmann-Chefs, hatte im deutschen Gütersloh einen literarischen Verlag im Rahmen des Konzerns ins Leben gerufen, Erich Landgrebe war

»Freund und Berater des Unternehmens, sozusagen Botschafter in Österreich«, wie Hans Weigel einmal äußerte. Sigbert Mohn machte sich als besonders engagierter Verleger schnell einen Namen. Neben Jeannie Ebner und Herbert Eisenreich lud man auch Marlen Haushofer ein, ihre Werke im neugegründeten Verlag zu veröffentlichen. Sie war damals mit dem Verkauf ihrer Bücher beim Zsolnay Verlag nicht zufrieden. Zwar wurde mit mehreren Verlagen konkret über Übersetzungsrechte verhandelt und eine Option auf die Übertragung von *Eine Handvoll Leben* ins Französische verkauft, Marlen Haushofer erwartete sich jedoch mehr Engagement von seiten des Verlags. Zu dieser Zeit war sie bereits eine Autorin, für die sich auch andere Verlage interessierten. Schon 1958 fragte Klaus Piper bei ihr an, im selben Jahr verhandelte der kleine Bergland Verlag wegen einer Option auf die französische Übersetzung von *Wir töten Stella*. 1961 kam ein Angebot der Illustrierten *Praline*, die Novelle in Fortsetzungen abzudrucken.[23]

Beim Besuch von Sigbert Mohn und Erich Landgrebe in Steyr scheint die geplante Partnerschaft mit Marlen Haushofer konkret angebahnt worden zu sein. *Die Wand* ist nun nicht mehr für den Zsolnay Verlag bestimmt. Im Februar 1962 berichtet Marlen den Felmayers:

> »Ich bin entsetzlich fleißig. Mein Roman ist in der ersten Niederschrift fertig. Von der Überarbeitung hab ich 100 S. Im ganzen wird er etwa 360 Seiten. Das Schreiben strengt mich sehr an und ich leide jetzt unter Kopfweh. Aber ich hoffe doch, daß ich bis Anfang Mai fertig werde. (4 Wochen muß ich ja schon für das Schreiben mit der Maschine rechnen.)«[24]

Wenn man annimmt, daß Marlen Haushofer ihren Zeitplan ungefähr einhalten konnte, dann hat sie für *Die Wand* vom Beginn der ersten Niederschrift bis zum Abtippen der zweiten nur eineinhalb Jahre gebraucht – eine kurze Zeitspanne für einen so umfangreichen Roman. Wenn sie, wie Sigbert Mohn berichtete, »alle ihre Manuskripte zwei- bis viermal im Wortsinne von Hand geschrieben« hat, ist sie diesmal mit dem Minimum ausgekommen. Ihr neuer Verleger Mohn rät ihr, Zsolnay nicht um Erlaubnis zu fragen, sondern einfach vom Verlagswechsel zu informieren. Marlen Haushofer tut das in einem Brief vom August 1962 an Hans W. Polak, der nun den Verlag leitet, in höflicher Form:

> »Ich möchte meinen Vertrag mit dem Zsolnay-Verlag lösen. In den letzten Jahren habe ich ja vom Verlag nur noch die Abrechnungen erhalten und hatte nicht mehr das Gefühl, dass man grossen Wert auf meine Mitarbeit gelegt hätte. Ich weiss, dass dies nicht Ihre Schuld war (...). Sie müssten aber verstehen, dass ich nicht mehr jung genug bin, um auf diese Weise weiterarbeiten zu können. Vielleicht geht der Versuch, den ich vorhabe, auch nicht gut aus; dann werde ich mich damit abfinden. (...) Bitte, versuchen Sie, Verständnis für meine Lage aufzubringen und legen Sie mir nichts in den Weg.«[25]

Am 5. September 1962 schreibt Sigbert Mohn seiner neu gewonnenen Autorin: »Im Herbst des nächsten Jahres soll die Wand stehen.« Auf ihren Brief an den Zsolnay Verlag hat Marlen Haushofer aber offenbar eine unbefriedigende Antwort erhalten: Sie schickt zu einem Zeitpunkt, als *Die Wand* schon bei Mohn gedruckt ist, ein Schreiben an ihren früheren Verlag, das sichtlich ein Jurist verfaßt hat – vermutlich der Anwalt Hans Weigels, den dieser immer wieder für Marlen konsultierte. Der Verfasser des Briefs kommt ohne persönliche Anrede in kurzen Worten zur Sache – eine Vertragslösung sei nicht notwendig, weil rechtlich kein Vertrag mehr bestehe: »Fassen Sie also meinen Brief nicht als Bitte auf, sondern als Mitteilung einer Tatsache, deren Zustandekommen am allerwenigsten bei mir gelegen war. Hochachtungsvoll Marlen Haushofer«

Hans W. Polak reagiert nobel, aber verständlicherweise gekränkt – den Wunsch nach einem Wechsel könne er verstehen, nicht aber, »wie und in welcher Form Sie Ihren Wunsch in die Tat umsetzen wollten«. Marlen Haushofer lenkt nun zwar mit versöhnlichen Worten ein, in der Sache hat sie sich aber mit bemerkenswerter Konsequenz durchgesetzt.[26]

Hans Weigel, der mittlerweile bereits bei seinem Schützling nachgefragt hat, wo denn der neue Roman bleibe, hat zur Antwort erhalten: »Der wird dir nicht g'fallen – es ist eine Katzengeschichte.« Bevor Marlen Haushofer den Roman ihrem Mentor zeigt, gibt sie ihn ihrer Hausgenossin, die die Geschichte im Handumdrehen ausgelesen hat. Er sei so spannend gewesen, daß sie gar nicht aufhören konnte, berichtet sie Marlen. Bis zum Ende habe sie darauf gewartet, daß sich etwas tue, doch es habe sich nichts Aufregendes getan. Ein ähnliches Leseerlebnis hat auch der ›Profi‹ Hans Weigel. Marlen überreicht ihm das Typoskript persönlich im Café Raimund. Weigel hat mit ihr nämlich einmal einen »Vertrag« geschlossen: Da sie in ihrem maschinegeschriebenen Script (wie auch in den handschriftlichen Fassungen) kaum Absätze und Interpunktionszeichen zu machen pflegte, verpflichtete er sich, diese »bei allen künftigen größeren Arbeiten« einzuzeichnen. Marlen Haushofers Beistrichsetzung war stets völlig unbekümmert: »ich hab, seit ich Sie kenne, den Beistrichverfolgungswahn!« schreibt sie, mit zwei korrekten Kommas, in einem frühen Brief.[27]

Weil der Verlag zur Eile drängt, nimmt Hans Weigel das Typoskript der *Wand* auf eine Bahnfahrt nach Graz mit. Für ihn bedeutet es »ein literarisches Inferno erster Ordnung«, ein »großartiges Manuskript, das man nicht kennt, zu lesen, und es nicht so lesen zu dürfen, wie man möchte, in atemloser Spannung Inhalt und Sprache auf sich wirken zu lassen, weil man immer wieder bremsen muß, um einen neuen Absatz, ein Komma (...), einen Gedankenstrich einzuzeichnen«. Hans Weigel reiht *Die Wand* unter seine wenigen »große(n) Lese-Erlebnisse«, neben Balzacs *Verlorene Illusionen*, Stifters *Abdias* oder Ingeborg Bachmanns verschollenen Roman *Stadt ohne Namen* ein. Auf dem Wiener Südbahnhof gibt er ein begeistertes Telegramm an Marlen Haushofer auf und schickt das Konvolut an sie zurück.[28]

Ihrer Schulfreundin Angela Mohr, die seit 1961 in Steyr lebte, gestand Marlen, Hans Weigels Begeisterung habe sie überrascht. Sie sei sich nicht so sicher gewesen. Dem Mentor erschien sie stets »selbstbewußt und doch demütig« – »wenn ich ihr zu erklären versuchte, was sie geschrieben hatte, hielt sie das für Komplimente, für Pädagogik, für Symptome meiner freundschaftlichen Sympathie«. Wirklich pflegte »die sehr liebe Adoptivtochter« in ihren Briefen an Hans Weigel den Ton einer Schülerin gegenüber ihrem Meister, den sie auch in Fragen der Lebensführung als solchen akzeptiert. Was sie *über* Weigel sagte, etwa zu Jeannie Ebner, die lange als seine ›rechte Hand‹ fungierte, klang zwar auch liebevoll, war aber durchaus respektlos kritisch. In der Einschätzung der eigenen Bücher neigte Marlen Haushofer zum Tiefstapeln, war aber keineswegs ahnungslos, wie etwa ihr Urteil über *Wir töten Stella* zeigt. »Ich werde nie wissen, ob sie gewußt hat, wer sie gewesen ist und was sie geschrieben hat – ob ›es ist eine Katzengeschichte‹ wirklich gemeint oder unterspielt war«, meinte Hans Weigel. Es mag sein, daß Marlen Haushofer erst aus einer gewissen Distanz zu einem gerechten Selbsturteil über ihr Werk gefunden hat. 1968 nannte sie in einem Interview auf die Frage nach ihrem wesentlichsten Buch ohne Umschweife *Die Wand*: »und ich glaube nicht, daß mir ein solcher Wurf noch einmal gelingen wird, weil man einen derartigen Stoff wahrscheinlich nur einmal im Leben findet.«[29]

Im Sommer 1963 las Marlen Haushofer in Salzburg aus dem Umbruch der *Wand*, und zwar, wie sie Hans Weigel mitteilte: »Vom Anfang bis zur ersten Nacht, nach dem Auftauchen der Wand, dann den abgeschlossenen Abschnitt ›... und wie verbringe ich die Tage dieses Winters ...‹ Dann 2 kurze Abschnitte vom 1. Sommer auf der Alm u. die zwei oder drei letzten Seiten des Buches«. An Jeannie Ebner schrieb Marlen lapidar: »Die Lesung war fürchterlich!« Von der Freundin hatte sie aus Wien einen begeisterten Brief erhalten: »Der Weigel hat nicht übertrieben (...): Der Roman ist sehr gut, besser als die meisten Produkte unserer zornigen männlichen Kollegen, gescheiter, fundierter und origineller. Er ist vollkommen.« Die Tiefe der realistischen Schilderung im Roman erinnerte Jeannie Ebner an Adalbert Stifter: »Er beschreibt ganz einfach einen Wald, ein Haus, die Möbel darin. Und auf einmal wird es ganz weit, und die ganze Welt ist darin.«[30]

Bei der Kritik fand *Die Wand* eine völlig geteilte Aufnahme. Begeisterte Zustimmung und strikte Ablehnung hielten einander die Waage. Nicht wenige Rezensenten verurteilten den Roman aus moralischen Gründen: weil Gott darin keine Rolle spiele und weil der Erzählerin die anderen Menschen gar nicht wirklich fehlen würden. Die Tötung des männlichen Eindringlings am Schluß des Buches wurde in diesen Besprechungen weitgehend ignoriert. Der Kritiker einer Science-fiction-Fachzeitschrift tadelte anläßlich des Erscheinens der Neuauflage 1968 das Übergewicht des Autobiographischen und den »Drang zur Sentenz«, der sich in »manieristische(n) Plattheiten« äußere. Er vermißte schlicht »the sense of wonder« und konnte mit dem »altbackenen SF-Brot aus dem österreichischen Winkel« wenig anfangen: »Zäh ißt es sich und lange und schmeckt nach Erde. Auszusagen hat die Autorin eigentlich wenig. Hauptsächlich spielt sie das Spiel: Erkenne dich selbst.« Was dem Science-fiction-Fachmann »schwunglos und langweilig« erschien, war für Edwin Hartl »vermutlich die orginellste Utopie der modernen Weltliteratur: weil sie es wagt, auf alles ›Originelle‹ zu verzichten.«[31]

Das Gros der Rezensionen wurde erst 1964 veröffentlicht, weshalb Marlen Haushofer im Oktober 1963 »noch keine einzige Besprechung« hatte und gestand, eine Zeitlang »deprimiert« gewesen zu sein. In einem Brief an Hans Weigel dankte sie ihm für alles, auch »wenn die Wand spurlos untergeht, (was ich vermute) Deine Schuld war es sicher nicht.« Marlen hatte gerade wieder eine Lesung in Wien gehabt, zu der ihr Freund nicht erschienen war. Wehmütig erinnerte sie sich an eine Buchpräsentation, die einen Monat zuvor ebenfalls in der Hauptstadt stattgefunden hatte, und wo Hans Weigels zweite Frau, die beliebte Schauspielerin Elfriede Ott, aus der *Wand* gelesen hatte. »Damals war ich zwar todmüde aber fast glücklich. Die Elfriede Ott hab ich sofort sehr gern gehabt. Sie verkörpert einen Teil von mir, der völlig unterdrückt worden ist. Mit 12 Jahren war ich ihr sehr ähnlich.«[32]

Mit Elfriede Ott, der leidenschaftlichen Tierfreundin, an der ihr eben jene unbekümmerte Impulsivität und kindliche Egozentrik gefielen, die sie an sich selbst vermißte, freundete sich Marlen Haushofer bald an.

Die Wand wurde trotz der Beachtung, die der Roman in den Medien immerhin finden konnte, kein wirklicher Verkaufserfolg. Dennoch war es das Buch Marlen Haushofers, das zu ihren Lebzeiten die meisten Leser fand.[33] Wie jede gute Literatur erweist *Die Wand* ihre Qualität nicht zuletzt durch ihre Vielschichtigkeit: Man kann in dieser auf den ersten Blick so einfachen Geschichte immer noch ein bißchen tiefer graben und wird dabei auf neues Gestein, auf eine neue Erzader stoßen. Der Roman hält den unterschiedlichsten Interpretationen stand und läßt etliche plausible Deutungen zu. Auf der biographischen Ebene ist *Die Wand* die wohl radikalste Phantasie eines selbstbestimmten Lebens, die Marlen Haushofer sich geleistet hat: Um die Romanheldin von ihrem abgestumpften Hausfrauendasein zu befreien, läßt ihre Autorin eine Katastrophe über den Rest der Welt hereinbrechen. Wie in *Eine Handvoll Leben* verläßt die Protagonistin ihre Familie für immer – diesmal aber täuscht nicht sie ihren Tod vor, sondern die Familie – und mit ihr die Menschheit – muß sterben, damit die Frau freie Bahn für ihren neuen Lebensentwurf hat. Im Unterschied zu ihren anderen Büchern schildert Marlen Haushofer hier nicht nur eine Frau, die melancholisch in ihrem Gefängnis ausharrt, sondern zugleich ein utopisches Experiment: So kann sich in der Buchfassung die Hauptfigur wandeln; sie ist nicht nur eine andere, als sie früher in der Stadt war, sie verändert sich in den zweieinhalb Jahren ihres Waldlebens noch weiter.

Natürlich ist der Roman auch das, als was er sich wohl am eindeutigsten deklariert: ein Stück Kulturkritik. Um 1960, zur kältesten Zeit des Kalten Krieges, war der ›Tag X‹, an dem der Atomkrieg ausbrechen könnte, allgegenwärtig. Die Theorie der Heldin über die Beschaffenheit der Wand bewegt sich in ebendiese Richtung:

> »Ich nahm an, sie wäre eine neue Waffe, die geheimzuhalten einer der Großmächte gelungen war; eine ideale Waffe, sie hinterließ die Erde unversehrt und tötete nur Menschen und Tiere. (...) Wenn das Gift, ich stellte mir jedenfalls eine Art Gift vor, seine Wirkung verloren hatte, konnte man das Land in Besitz nehmen. Nach dem friedlichen Aussehen der Opfer zu schließen, hatten sie nicht ge-

litten; das ganze schien mir die humanste Teufelei, die je ein Menschenhirn ersonnen hatte.«[34]

Nicht zufällig ereignet sich die Katastrophe in einer von Männern dominierten Welt: Seit den fünfziger Jahren wurde in den USA an der Entwicklung der Neutronenbombe gearbeitet, deren zerstörerische Wirkung sich weitgehend auf Menschen und Tiere beschränken sollte – ins allgemeine Bewußtsein drang die ›saubere‹ Bombe erst Anfang der achtziger Jahre.

Da sich im Roman nach dem Einsatz der Wunderwaffe keine Sieger einstellen wollen, muß man daran zweifeln, daß es überhaupt Sieger gibt. So solidarisiert sich die Überlebende einerseits mit der Gattung Mensch, andererseits gelten ihr nicht allein die »Erfinder« der Wand als Feinde, sondern alle, die einst den Ton angaben: »Ich hatte nur dieses eine kleine Leben, und sie ließen es mich nicht in Frieden leben.« Der Vernichtungskrieg und die automobile Gesellschaft entspringen demselben männlichen Erfindergeist. Nun, da es ums nackte Überleben geht, erweisen sich die »Götzen« der Wirtschaftswunderzeit als tot, unnütz. Der Protagonistin steht wie ein Menetekel dieser lebensfeindichen Kultur der Mercedes von Hugo, dem Mann ihrer Cousine, vor Augen: »Er war fast neu, als wir damit herkamen. Heute ist er ein grünüberwuchertes Nest für Mäuse und Vögel. Besonders im Juni, wenn die Waldrebe blüht, sieht er sehr hübsch aus, wie ein riesiger Hochzeitsstrauß.« Die Erzählerin – und mit ihr die Autorin – beobachtet den Triumph der Natur über die Technik mit unverhohlener Genugtuung, denn Marlen Haushofer haßte das Auto, das unumstrittene Kultobjekt der fünfziger und sechziger Jahre, und sie wußte, daß das ein Sakrileg war: »Niemals hat es ein stilleres und schöneres Auto gegeben u. keiner ist hier, der mich wegen Ketzerei verklagen kann«, heißt es in der Urfassung der *Wand.*[35]

Die Wand entspringt einem heimlichen Wunschtraum und erscheint zugleich als eine Schreckensvision. Sie ist so etwas wie die apokalyptische Utopie einer katholisch geprägten, erklärten ›Heidin‹: Die Menschen haben sich am Leben versündigt, und sie wurden dafür bestraft. Das rätselhafte Gift erinnert in seiner Wirkung an den göttlichen Auftrag der Heuschrecken in der Offenbarung des Johannes: »Und es wurde ihnen gesagt, sie sollten das Gras der Erde nicht schädigen, auch gar kein Grün und gar keinen Baum, sondern nur die Menschen, die nicht das Siegel Gottes auf den Stirnen tragen.« Marlen Haushofers Menschenbild in der *Wand* ist um nichts optimistischer als das der Apokalypse. Ein Neuanfang ist nur möglich, wenn der Tod reiche Ernte hält. »Und die übrigen Menschen, die durch diese Plagen nicht umkamen, bekehrten sich nicht von den Werken ihrer Hände und hörten nicht auf, die Dämonen anzubeten und die Götzenbilder aus Gold, Silber, Erz, Stein und Holz, die weder sehen noch hören noch gehen können; auch bekehrten sie sich nicht von ihren Mordtaten.« Was im Roman freilich fehlt, ist die Aussicht auf Erlösung, auf das himmlische Jerusalem, das ja auch von einer unüberwindlichen Mauer umgürtet ist: »Draußen die Hunde und die Zauberer, die Unzüchtigen und die Mörder, die Götzendiener und jeder, der die Lüge liebt und übt.« Marlen Haushofer mag sich in der Rolle des Evangelisten gesehen haben, der das Buch des Engels verschlingen muß, um daraus weiszusagen: jenes Buch, das im Mund süß wie Honig schmeckt, jedoch den Magen mit Bitterkeit erfüllt, schließlich hat sie in ihrer Novelle *Wir töten Stella* die Seherin Kassandra ausdrücklich als »die wahre Heldin« der Ilias gelten lassen.[36]

Die Geschehnisse der *Wand* spiegeln nicht nur die kosmischen Katastrophen der Geheimen Offenbarung, das Feuer, das vom Himmel fällt, sondern auch die biblische Erzählung von Noahs Arche: Ein Gerechter überlebt mit einer Abordnung von Tieren die Sintflut. Daß die Wand in Marlen Haushofers Geschichte eher Schutzwall als Bedrohung ist, findet sich bereits in der Groschenheft-Story von der gläsernen Kuppel angelegt. Doch bereits von ihrem ersten Roman an hat Marlen Haushofer das Bild der Wand als zwiespältige Metapher eingesetzt. Einmal steht sie trennend zwischen den Dingen und der Hauptfigur, einmal verbirgt sie die verbotene, gefährliche Welt der Erinnerung, einmal wächst sie als Hindernis zwischen Mutter und Tochter, einmal fungiert sie als Schutz des alltäglichen Lebens vor dem Unbegreiflichen, dem Grauen.[37]

In einem Gespräch deutet Marlen Haushofer selbst die titelgebende Wand nicht realistisch, sondern psychologisch:

> »Ob die Wand je über die Menschheit kommt, jene äußerliche Wand nämlich, von der die Apokalyptiker unter den Technikern gerne reden, kann ich nicht sagen. Aber vorstellen könnte ich es mir schon. Aber, wissen Sie, jene Wand, die ich meine, ist eigentlich ein seelischer Zustand, der nach außen plötzlich sichtbar wird. Haben wir nicht überall Wände aufgerichtet? Trägt nicht jeder von uns eine Wand, zusammengesetzt aus Vorurteilen, vor sich her? (...) eine einmal aufgerichtete Wand muß gar nicht immer als negativ angesehen werden. (...) Man sitzt rund um einen Tisch und ist – so viele Menschen, so viele Wände – weit, sehr weit von einander entfernt.«[38]

Diese eindimensional anmutende Erklärung der Wand als eines Symbols für zwischenmenschliche Barrieren enthält wiederum eine positive Bewertung, weist aber zugleich in eine neue Richtung: Wenn die Wand ein »seelischer Zustand« ist, »der nach außen plötzlich sichtbar wird«, dann ist auch der Weg für eine psychoanalytische Annäherung an den Roman offen. Erika Danneberg sieht vor allem die tiefe Aggression, die hinter dem Bild der Wand steht, die offenkundige Verweigerung, die Verachtung des Menschlichen und damit auch der eigenen Menschlichkeit: Was überlebt und überleben hilft, sind die Tiere. Die Menschen sind unfähig, das Leben zu bewahren, sie sind es, »die sich selbst zum Tod verurteilen, das heißt, von der Marlen zum Tod verurteilt werden, weil sie nicht liebesfähig sind«. Die Deutung des Romans wird bei Erika Danneberg unversehens zur Charakterdeutung der Freundin, die aus dem kindlichen Haß einer Ohnmächtigen heraus die Männer kurzerhand mit Verbrechern gleichgesetzt habe, »denen man nur den Untergang wünschen kann, obwohl klar ist, daß damit die ganze Welt untergehen muß«. Professionell analysiert, ist *Die Wand* für die Psychoanalytikerin die »grandiose Darstellung eines schizophrenen Schubs, des Verlustes sämtlicher Objekte« – beziehungsweise der emotionalen Beziehungen zu ihnen: Ihre Familie wird der Ich-Erzählerin geradezu schlagartig unwichtig. »Es ist eine tote Welt außerhalb des schizophrenen Kosmos.«[39]

In einer kurzen Studie, in der sie die namenlose Heldin der *Wand* ungeniert »M.« nennt, interpretiert Erika Danneberg die Wand schlüssig als ein Resultat von »Ms.« innerer Wahrnehmung, das von der Heldin auf die äußere Realität übertragen wird: Denn die Annahme einer ›wirklichen‹ Wand sei für sie immer noch erträglicher als die Erkenntnis, daß diese Trennwand in ihrer eigenen seelischen Realität existiert. In Wahrheit ist es die Angst vor den unkontrollierbaren Gewalten des Es, die sie um ihren Verstand fürchten läßt. Den Satz »Ich hätte mich leichter mit einer kleinen Verrücktheit abgefunden als mit dem schrecklichen unsichtbaren Ding« hält die Analytikerin für eine glatte Verkehrung der Tatsachen. Denn die Verrücktheit, vor der die Heldin Angst hat, ist keineswegs klein, sondern »eine grenzenlose Bedrohung ihres Ich«.[40]

Was die Erzählerin gegen die Gefahr der Ich-Auflösung setzt, ist das Schreiben. Wieder verankert Marlen Haushofer die eigentliche Geschichte in einer Rahmenerzählung, wieder schreibt die Ich-Erzählerin ihren Bericht zur Selbstvergewisserung, wieder hantelt sie sich gleichsam an vorhandenen Aufzeichnungen – diesmal in ihrem Kalender – entlang.

> »Ich schreibe nicht aus Freude am Schreiben; es hat sich eben so für mich ergeben, daß ich schreiben muß, wenn ich nicht den Verstand verlieren will. Es ist ja keiner da, der für mich denken und sorgen könnte. Ich bin ganz allein, und ich muß versuchen, die langen dunklen Wintermonate zu überstehen. Ich rechne nicht damit, daß diese Aufzeichnungen jemals gefunden werden. Im Augenblick weiß ich nicht einmal, ob ich es wünsche.«[41]

Mit diesem Bekenntnis ist zugleich die existentielle Ausgangslage des Schriftstellers beschrieben, der nicht aus freien Stücken und schon gar nicht für eine mögliche Leserschaft schreibt, sondern um dem Wahnsinn zu entkommen. Marlen Haushofers persönliche Handschrift läßt sich hier genauso erkennen wie in dem existentialistischen Credo, das *Die Wand* im ganzen und im Detail verkündet. Denn nicht zufällig ähnelt die Versuchsanordnung der Handlung jener von Albert Camus' berühmtem Roman *Die Pest*, der auf deutsch 1948 erschien: Da wie dort bricht ein unbegreifliches Unglück über die satte, im Fortschrittsglauben befangene Menschheit herein, führt zur Isolation und wirft den einzelnen auf sich selbst zurück. Bei Marlen Haushofer gibt es Nächstenliebe und Mitmenschlichkeit aber nur noch in Gedanken, nicht mehr als gelebte Praxis. So gesehen, hat sie die radikalere Parabel absurder Existenz geschrieben. Das Leben hinter – oder vor – der Wand ist ganz klar für einen einzigen Menschen reserviert. In dieser Utopie beschränkt sich die soziale Verantwortlichkeit auf die Tiere.[42]

Sehr bald wird im Laufe der Geschichte klar, daß es für die Ich-Erzählerin im Grunde nicht darum geht, *diese* Existenz mit ihren besonderen Umständen auszuhalten, sondern die Existenz an sich. Die erzwungene absolute Einsamkeit spitzt die Lebensfragen nur zu. Die einstige Klosterschülerin Marlen Haushofer provoziert hier die christliche Glaubenslehre weit mehr als etwa Camus, denn ihre Erzählerin weigert sich, zwischen Mensch und Tier einen mehr als nur graduellen Unterschied zu machen: »Ich kann nicht sehen, was daran unehrenhaft sein sollte, wie jedes Tier die auferlegte Last zu tragen und letzten Endes wie jedes Tier zu sterben.« So meint sie ihrer Katze nicht viel voraus zu haben: »Die Katze und ich, wir waren aus dem selben Stoff gemacht, und wir saßen im gleichen Boot, das mit allem, was da lebte, auf die großen dunklen Fälle zutrieb. Als Mensch hatte ich nur die Ehre, dies zu erkennen, ohne etwas dagegen unternehmen zu können.« Die Erzählerin weiß, daß sie »wie Millionen Menschen vor mir« in den Dingen nur deshalb einen Sinn sucht, »weil meine Eitelkeit nicht gestatten will, zuzugeben, daß der ganze Sinn eines Geschehnisses in ihm selbst liegt«.[43]

Während die Toten jenseits der Wand einer sichtbaren Versteinerung und Erstarrung zum Opfer gefallen sind, kommt das Leben der vermeintlich einzigen Überlebenden durch das Unglück erst richtig in Bewegung. Oben auf der Alm – der Berg ist ja der traditionelle Ort der Gottesschau – hat sie sogar so etwas wie eine diesseitige Erleuchtung. Es gelingt ihr, in dieser Zeit

»... ganz ohne Illusionen und mit großer Klarheit zu denken. Ich suchte nicht mehr nach einem Sinn, der mir das Leben erträglicher machen sollte. (...) Den größten Teil meines Lebens hatte ich damit zugebracht, mich mit den täglichen Menschensorgen herumzuschlagen. Nun, da ich fast nichts mehr besaß, durfte ich in Frieden auf der Bank sitzen und den Sternen zusehen, wie sie auf dem schwarzen Firmament tanzten. Ich hatte mich so weit von mir entfernt, wie es einem Menschen möglich ist, und ich wußte, daß dieser Zustand nicht anhalten durfte, wenn ich am Leben bleiben wollte. (...) Seit meiner Kindheit hatte ich es verlernt, die Dinge mit eigenen Augen zu sehen, und ich hatte vergessen, daß die Welt einmal jung, unberührt und sehr schön und schrecklich gewesen war. (...) die Einsamkeit brachte mich dazu, für Augenblicke ohne Erinnerung und Bewußtsein noch einmal den großen Glanz des Lebens zu sehen.«[44]

Die Verwandlung, die mit der Erzählerin geschieht, stellt für sie auch die Gültigkeit von »Menschenschrift und Menschenworten« in Frage, denn sie kann ihre Träume damit nicht mehr wirklich erfassen: »Vielleicht müßte ich diese Träume mit Kieselsteinen auf grünes Moos zeichnen oder mit einem Stock in den Schnee ritzen. Aber das ist mir noch nicht möglich.«[45] Daß der Mensch, der der Erde ihre Unschuld geraubt hat, von ihr verschwinden muß, ist nach diesem Weltbild nur folgerichtig. Wie schon in ihrem ersten Roman *Eine Handvoll Leben*, beschreibt Marlen Haushofer die Vorstellung, das eigene Ich im großen Ganzen aufzulösen, als schaurig-süße Verlockung. Ihre Erzählerin weiß, daß sie für den Wald »kein ernst zu nehmender Störenfried« ist:

»Einmal werde ich nicht mehr sein, und keiner wird die Wiese mähen, das Unterholz wird in sie einwachsen, und später wird der Wald bis zur Wand vordringen und sich das Land zurückerobern, das ihm der Mensch geraubt hat. Manchmal verwirren sich meine Gedanken, und es ist, als fange der Wald an, in mir Wurzeln zu schlagen und mit meinem Hirn seine alten, ewigen Gedanken zu denken.«[46]

Wenn sogar die Grenzen zwischen Individuum und unbelebter Natur verschwimmen, müssen die Tiere dem Menschen erst recht näherrücken: »In jenem Sommer vergaß ich ganz, daß Luchs ein Hund war und ich ein Mensch.« Überhaupt wünschen sich die Mädchen und Frauen in Marlen Haushofers Prosa oft ein starkes, schönes Tier als Freund und Beschützer: einen Löwen, einen Hund. Mag hinter dem Wunsch eine erotische Triebfeder stecken, so gilt er doch einfach einem Wesen, das in einer denaturierten Welt die Natur verkörpert. Von allen Tiergestalten Marlen Haushofers ist Luchs die wohl ›menschlichste‹, ohne daß er auf irgendeine Weise vermenschlicht beschrieben wäre: Luchs bleibt ein Hund. Zugleich aber ist er der wichtigste Partner der Erzählerin, weshalb sie sich zwangsläufig mit seinem Charakter und seiner Befindlichkeit auseinandersetzen muß. Luchs' Tod durch das Beil des fremden Mannes beendet den Entwurf einer Partnerschaft jenseits des Menschlichen.[47]

Als eine Geschichte über den »Austritt aus der Geschichte« ist *Die Wand* mit dem Werk eines anderen Österreichers verwandt, das ebenfalls 1963 erschien: mit Thomas Bernhards Erstling *Frost*. In beiden Romanen ist ein Rückzug ins Gebirge beschrieben, in die Natur, die freilich nicht zum Refugium wird, sondern fremd und abweisend bleibt und sich der Deutung verweigert. Beide Texte sind aber auch eine Reaktion auf die österreichische Wirklichkeit um 1960, auf die optimistische Familien- und Fortschrittsideologie der Zweiten Republik. Die Hauptfiguren verlieren ihre Fähigkeit zur Kommunikation, sie setzen ihren Monolog gegen eine Welt, »die sich so völlig dem Realitätsprinzip verschrieben hatte, daß sie die eigene Rede darüber für die einzig mögliche hielt«.[48] Während die ›Wiener Gruppe‹ dem herkömmlichen Erzählen eine Absage erteilte und die Sprache als Material benutzte, mit dem es sich gut spielen ließ, antworteten Marlen Haushofer und (auf eine artifiziellere Weise) auch Thomas Bernhard auf diese realitätssüchtige Welt unbeirrt mit literarischem Realismus. Auf die Frage, was sie von »experimenteller Dichtung« halte, sagte Marlen Haushofer trotzig:

»Jede Dichtung ist ein Experiment, von der Form oder vom Inhalt her, oder auch von beiden. Ich bin dagegen, daß man jede Fingerübung ein Experiment nennt. Ich selber bin im Lauf der Zeit zu der Erkenntnis gekommen, daß mir eine Wahrheit, die ich zu sehen glaube, wichtiger ist als jede Formfrage. Ich bemühe mich, diese Wahrheit, die natürlich nur subjektiv sein kann, so auszudrücken, daß auch meine Leser sie verstehen können, und es macht mir gar nichts aus, wenn irgendwer mich deshalb für konservativ halten sollte.«[49]

Zur Wahrheit der Wand gehört die Einübung in das Absurde, das Sichabfinden mit der Vergeblichkeit: Die Erzählerin, die nach der gefährlichen Entrücktheit auf der Alm ihr Butterfaß zu Tal schleppt und »die schwere Last willig« auf sich nimmt, wiederholt jenen mythischen Augenblick, der Albert Camus vor allem interessiert: Sisyphos beim Abstieg vom Gipfel. Diesem weiblichen Sisyphos ist das Pathos der Auflehnung jedoch fremd. In der *Wand* hat Marlen Haushofer die hausfrauliche Sisyphosarbeit gleichsam veredelt und jener Banalität enthoben, die ihr nicht nur in ihren anderen Romanen, sondern auch im Alltag der Autorin anhaftet. Weil die Hausarbeit Teil des Überlebenskampfes ist, darf die Last der täglichen Verrichtungen hier minutiös geschildert werden. Für Marlen Haushofer selbst ist die Erzählerin der *Wand* »vielleicht die einzige Gestalt, die zu einer Bejahung ihrer Pflichten gefunden hat, weil jede Nachlässigkeit das Ende ihrer Welt bedeuten würde«. Anders als bei Camus können wir uns Marlen Haushofers Sisyphos aber nicht gut »als einen glücklichen Menschen vorstellen«. Oder nur in jenen Augenblicken, da die Vertreibung aus dem Paradies rückgängig gemacht scheint.[50]

Bei den Kindern anfangen

In den Jahren nach dem Erscheinen der *Wand* veröffentlichte Marlen Haushofer in rascher Folge zwei leichtgewichtigere Bücher: 1964 *Bartls Abenteuer*, das erste von insgesamt fünf

Kinderbüchern mit dem Untertitel *Ein Katzenbuch*, und 1965 *Brav sein ist schwer*, das sehr bald zu einem österreichischen Kinderbuchklassiker avancierte. Zwei Verlage waren an sie herangetreten, beim zweiten, Jugend und Volk, dessen Cheflektor ein gemeinsamer Freund von Marlen und Hans Weigel war, wurde sie heimisch. Die Kinderbücher stellten für Marlen Haushofer in jeder Hinsicht ein Kontrastprogramm zu ihrem ›ernsten‹ Werk dar: Das Schreiben ging ihr leicht von der Hand und bereitete ihr Vergnügen. Sie brauchte meist nicht mehr als ein, zwei Wochen für ein Buch. »Da setz' ich mich an den Küchentisch, versetz' mich in einen achtjährigen Buben, und es geht schon«, sagte sie einmal, als Freunde sie fragten, wie sie das denn so schnell schaffe. Außerdem war das Kinderbuch ein Genre, mit dem man Geld verdienen konnte.[51]

In *Brav sein ist schwer* bekennt Marlen Haushofer sich offen zu dieser Motivation: Natürlich verbirgt sie selbst sich hinter jener Tante Susi, die einen neuen Mantel braucht, weil sie im Winter immer so schrecklich friert, und deshalb dem zehnjährigen Fredi vorschlägt, ihr seine Ferienerlebnisse zu erzählen, sie würde sie aufschreiben und dann den Gewinn mit ihm teilen. Fredi findet das »sehr anständig von ihr«, weil Schreiben so mühsam ist: »Sie sagt, man kann sich sogar an das Schreiben gewöhnen wie an jede andere Arbeit.« Marlen Haushofer schildert die kindlichen Abenteuer konsequent aus Fredis Blickwinkel und greift dabei auf den Schauplatz ihrer eigenen Kindheit zurück: Fredi und sein ungezogener kleiner Bruder Buz werden von ihren Eltern in den großen Ferien zu den Großeltern aufs Land geschickt. Der Großvater, der ein Sägewerk besitzt und gütig und gerecht ist, gleicht bis in kleinste Eigenheiten Heinrich Frauendorfer, die Großmutter wirkt wie eine freundliche Ausgabe von dessen Frau und trägt dazu Züge von Marlens ›kleiner schwarzer Großmutter‹. In den beiden Buben hat die Autorin, mit altersmäßig vertauschten Rollen, ihre Söhne porträtiert, in den Cousinen Micky und Lise ihre kleinen Nichten, die als Kinder wirklich so genannt wurden. Angesichts der realen Verhältnisse in der Familie Haushofer klingen die Überlegungen, die Fredi in *Schlimm sein ist auch kein Vergnügen* (1970), der Fortsetzung der Geschichte, über seinen mißratenen Bruder anstellt, fast zynisch: »Ich kann mir nicht vorstellen, wie ein solches Kind in unsere Familie gekommen ist. (...) Eine Zeitlang dachte ich, unsere gute Mutter hat Buz irgendwo im Straßengraben gefunden und aus Mitleid mit heimgenommen, so wie sie einmal eine kleine Katze brachte.« Erst seit kurzem weiß Fredi, daß er »wirklich mein Bruder ist«: Fredi hat seine Papiere gesehen, die zur Einschreibung in die Schule vorbereitet waren, »auch einen Taufschein«. Gerade Christians Geburtsurkunde war ja vor dem Schuleintritt neu ausgestellt und von Frauendorfer auf Haushofer geändert worden.[52]

Seinen Reiz verdankt das Buch zu einem Gutteil dem Kunstgriff, den älteren der beiden Buben zum Erzähler zu machen, der in allen Turbulenzen und Streitigkeiten, die er ein wenig altklug kommentiert, zugleich selbst Partei ist. So wirkt seine Darstellung – auch für zehn- bis zwölfjährige Leser – einerseits glaubwürdig, andererseits verdächtig. Bei aller Heiterkeit mutet Marlen Haushofer ihren kindlichen Lesern nicht nur die Unterscheidung von subjektivem und objektivem Standpunkt zu, sondern auch Gestalten, die traurig, einsam und verschroben sind, die altern müssen. In *Bartls Abenteuer* schlägt der Tod mehr als einmal zu – es sind zwar nur Katzen, die sterben, aber die sind in diesem Buch ja gerade die Hauptpersonen, und die Beschreibung ihres Todes unterscheidet sich gar nicht so sehr von den Tierszenen in der *Wand*. Indem Marlen Haushofer sich in *Brav sein ist schwer* und *Schlimm sein ist auch kein Vergnügen* in die einst erträumte Bubenrolle versetzt, läßt sie sich auch genüßlich auf ein Spiel mit Rollenerwartungen ein. Ohne den Horizont der sechziger Jahre demonstrativ zu überschreiten, rüttelt sie listig an festgefügten Klischees: So nimmt Fredi anerkennend zur Kenntnis, daß seine Cousine Micky ein guter Kamerad und beim Kraftwerksbau im Bach sehr tüchtig ist und außerdem einen Vertrag in richtigem Amtsdeutsch aufsetzen kann. Dafür gelingt es dieser nicht, ein Kleid zu stricken, und sie trägt fortan wieder Blue Jeans und will »lieber noch zwanzig Stauseen bauen helfen als ein zweites Kleid stricken«.[53]

Ihrem Freund und Berater Hans Weigel waren Marlens ›Seitensprünge‹ im Kinderbuchsektor ein Dorn im Auge. Er, der selbst aus seinen Molière-Übertragungen sichere Einkünfte bezog, gönnte ›seinen‹ Autoren zwar ein finanzielles Zubrot, betrachtete jedoch die kindgerechten »Schmalspurtexte von literarisch erwachsenen Autoren« als reine Zeitverschwendung. Marlen Haushofer verfaßte freilich ihre Kinderbücher nicht anstatt ernsthafter Prosa, sondern zusätzlich und zwischendurch, wenn sie sich einmal eine Erholungspause gönnte. Immerhin erhielt sie insgesamt dreimal den Kinderbuchpreis der Stadt Wien. Mit dem etwas einfacher gestrickten *Müssen Tiere draußen bleiben?* (erschienen 1967) gelang ihr sogar ein richtiger Kinderbuch-Bestseller. An Jeannie Ebner schrieb sie damals: »Mein regelmässiges Einkommen sind jetzt Kinderbücher. Es fällt mir leicht sie zu schreiben und ich finde nicht, dass es eine Schande ist. Jeder kann halt leider nicht Moliere übersetzen.«[54]

Gleich nach dem Abschluß der *Wand* begann Marlen Haushofer sich auch auf eine andere Weise mit dem Thema Kindheit zu befassen. Nach dem Lesen der Druckfahnen ihres großen Romans schrieb sie an Hans Weigel:

> »Als ich jetzt die Wand wieder lesen mußte, kam ich darauf wie unheimlich gescheit Du bist. (d.h. geahnt hab ich es ja schon!)
> Du hast ganz recht; ich muß wieder ganz von vorne anfangen, bei den Kindern, denn wollte ich in der Richtung Wand weiterschreiben kämen die Toten an die Reihe. Und das geht nicht, zumindest noch lange nicht.«[55]

Weigel hatte ihr wohl deshalb geraten, ein Buch über ihre eigene Kindheit zu schreiben, weil er ihre frühe Erzählung *Das fünfte Jahr* in bester Erinnerung hatte, und es schien so, als würde Marlen Haushofer auf ihren »unheimlich« gescheiten Freund hören (von dem sie zu sagen pflegte, er sei »noch gescheiter« als Hermann Hakel). Anfang Juli 1963, als gerade erst der Umbruch der *Wand* fertig war, berichtete sie ihrem literarischen Über-Ich mit sicherem Gespür für das Potential des Stoffes:

»Den neuen Roman hab ich angefangen (8 Seiten). Er wird entweder sehr gut oder garnichts.« Marlen Haushofer begann die erste Fassung ihres Kindheitsromans, der später *Himmel, der nirgendwo endet* heißen sollte, unter dem Titel *Das Haus*. Im Oktober versicherte sie Weigel, sich von der bisher enttäuschenden Resonanz der *Wand* bei der Arbeit nicht beirren zu lassen. Sie schreibe »das neue Buch; ganz egal ob es in der Versenkung verschwindet oder nicht. Wahrscheinlich bin ich verrückt und unbelehrbar, aber da kann man halt nichts machen. Zumindest Du wirst Dich darüber freuen, daß ich so verrückt bin.« Im Dezember 1963 erstattet sie, mit einer koketten Anspielung auf ihr Meister-Schülerin-Verhältnis, Hans Weigel erneut Bericht: »Ich bin ganz mit meinem neuen Buch beschäftigt. Wenn es mir nicht gelingt, darfst Du nicht schimpfen. Du bist ja schließlich der geistige Vater, auch wenn es eine Mißgeburt wird.«[56]

Während ihrer Arbeit an den Kindheitserinnerungen bleibt das Spannungsverhältnis zwischen literarischen und familiären Verpflichtungen für Marlen kaum gemildert bestehen, obwohl die Situation objektiv wiederum leichter geworden ist: Mittlerweile hat Manfred das Gymnasium in Bad Aussee abgeschlossen und nach einigen Schwierigkeiten maturiert – die Schule hatte wegen der NS-Vergangenheit ihres Leiters das Öffentlichkeitsrecht verloren. Marlens jüngerer Sohn überlegt, seinen Neigungen folgend, Archäologie zu studieren, entscheidet sich aber dann für das zukunftsträchtigere Medizinstudium und übersiedelt zu diesem Zweck nach Wien. Christian arbeitet in einem Tuchgeschäft in Linz. Er wird bald darauf seine künftige Frau kennenlernen, die Arbeitsstelle wechseln und in einer Bank anfangen, den ›zweiten Bildungsweg‹ beschreiten, nach der Matura noch ein Wirtschaftsstudium absolvieren – und so seiner Mutter vor Augen führen, daß die Blockade seiner Fähigkeiten etwas mit seiner familiären Umgebung zu tun gehabt haben muß.[57]

Doch schon die Ablenkung durch banale Alltagssorgen macht Marlen Haushofer weiter zu schaffen, »weil ich mich nur auf eine Sache konzentrieren kann und wenn man mich zwingt vielseitig zu sein, werde ich nervös. Ich habe das Gefühl, in die Luft zu schreiben«.[58] In einem langen Brief klagt sie Jeannie Ebner ihr Leid:

»Der neue Roman quält mich sehr. Ich geh stundenlang auf und ab u. leide unter meiner Impotenz. Alles, was mir wie ein Traum vorschwebt, werde ich wieder zerstören durch meine Unfähigkeit es niederzuschreiben. Es ist auch sehr störend für mich, dauernd in mehreren Welten zu leben, die durch Abgründe getrennt sind. Dabei ist es seit Jeher mein Bestreben, ein fast triebhafter Drang, Gegensätze zu versöhnen, Harmonie zu erzeugen u. die große Schizophrenie zu heilen.
Nur, ich bin zu schwach dazu u. brauche zuviel Kraft um nicht selber dieser Spaltung zu verfallen. Unaufhörlich produziere ich Liebe und wickle damit alles wie in Watte ein, gerade wie der Organismus Kavernen in der Lunge abkapselt. Es bleiben eben doch abgekapselte Kavernen, auf die man ständig achtgeben muß. Alles steht auf so schwachen Füssen. Schon eine körperliche Störung genügt (wie ich eben wieder gesehen habe) um die ganze künstliche Ordnung ins Wanken zu bringen. Es geht mir ja wieder besser, aber jetzt soll ich auch noch auf mich selber aufpassen und das war nie meine Stärke. Ich werd eben so weitertun bis ich einmal nicht mehr kann.«[59]

Marlen erhält in dieser Zeit wegen Schwindelanfällen und akuter Anämie Infusionen, sie fühlt sich matt und zerschlagen. »Ich könnte Tag u. Nacht schlafen u. hab soviel Arbeit«, ist fast zu einer stereotypen Wendung ihrer Briefe geworden. Dementsprechend resignativ klingt das, was sie über ihre und Jeannie Ebners Rolle als Schriftstellerin meint. »Manchmal denk ich mir, wir müßten für unsere Geduld u. für unsere ›Härte im Nehmen‹ doch endlich einmal belohnt werden. Jetzt aufzuhören lohnt sich in unserem Alter auch gar nicht mehr.« Sie seien ganz auf sich gestellt, die »professionelle Kritik« versage völlig. Sie, Marlen, habe es besser, weil sie in der Provinz nicht direkten Angriffen ausgesetzt sei, »und so lebe ich auf dem Mond u. hör nicht wie geschimpft wird«. Marlen Haushofer lebt so sehr auf dem Mond, daß sie sich nicht zu einer Reise zu ihrem Verleger Sigbert Mohn nach Gütersloh aufraffen kann, seine Besuche bei ihr in Steyr wiederum sind für sie unbefriedigend, weil er stets einen »Dolmetsch« bei sich habe und man »nicht *einmal* fünf Minuten allein mit ihm reden« könne. Das gallige Postskriptum wird sich nie erfüllen: »Wenn wir einmal *viel* Geld haben, machen wir zwei eine Reise durch Deutschland u. besuchen Mohn. Der wird staunen! Wahrscheinlich werden wir dann würdige Greisinnen sein.«

Bezog Marlen Haushofer ihre Bemerkung von der Liebe, mit der sie alles »wie in Watte« einwickle, auch auf ihre engere Familie? Auf Außenstehende wirkte das Verhältnis zwischen den Eltern Haushofer und ihren erwachsenen Kindern nicht besonders innig. Daß die Söhne weiter kein Interesse für die Bücher ihrer Mutter aufbrachten, daß sie vielmehr von Kindheit an auf Marlens Bekannte aus der Literaturwelt eifersüchtig waren, ist aus ihrer Sicht verständlich. Nachbarn sahen den Vater, Manfred junior und Christian sonntags gutgelaunt zum Ausflug aufbrechen, während die Mutter zu Hause blieb. Manchmal ging Manfred senior mit einem kleinen Kreis von Freunden in einem nahen Bach, den er gepachtet hatte, fischen, und auch da tat Marlen nicht mit, weil ihr die Fische leid taten und überhaupt. Und die Ehe der beiden? Hatten sie einen *modus vivendi* gefunden? Lebten sie »nicht miteinander, sondern nebeneinander«, wie die Frau eines guten Freundes von Manfred Haushofer meint, oder waren sie jenes »freundlich miteinander älter werdende Paar«, als das Erika Danneberg sie wahrnahm? Wer war denn nun eigentlich auf wen angewiesen? War sie die Weltfremde, die Musische, und er der Realist, der praktisch Veranlagte mit den geschickten Händen, der im Garten Rosen pflanzte? Oder war er so lebensuntüchtig, wie sie ihn gern darstellte? Schürte er das chronisch schlechte Gewissen, das sie wegen ihrer Doppelrolle ohnehin hatte? Oder tat und wollte sie einfach immer zuviel des Guten? Es gibt wohl keine Antwort, die eine andere völlig ausschließen würde. Die Wahrheit dieser Ehe ist gewiß nicht auf eine einfache Formel zu bringen.[60]

Eine ständige Quelle des Ärgers stellten für Marlen die Besuche der Schwiegermutter dar. Diese quartierte sich gewöhnlich gleich für einen Monat bei den Haushofers ein und tyrannisierte die ganze Familie, weil sie nicht nur verbittert, sondern auch paranoid war und immer wieder behauptete, ihr Schmuck sei verschwunden und man würde sie bestehlen. Ihr Sohn pflegte bei der Ankunft seiner Mutter fluchtartig zu verschwinden und sich während ihres Aufenthalts möglichst viel außer Haus aufzuhalten. Marlen litt unter diesen regelmäßigen Heimsuchungen, konnte sich aber lange nicht zu einem effektiven Widerstand entschließen. Gemäß seinem ›Erziehungsprogramm‹ riet Hans Weigel ihr offenbar zu einer radikalen egoistischen Lösung. Jedenfalls berichtet Marlen ihm brieflich einmal stolz, sie sei »brutal« gewesen und habe ihre Schwiegermutter in ein Untermietzimmer vertrieben. »Angefangen von der Bedienerin jubeln alle darüber.« Marlen gelobt, brutal zu bleiben: »So wie Du mich erzogen hast.«[61]

Zu denen, die Marlen Haushofer liebevoll »in Watte« zu packen versuchte, gehörten sicherlich ihre Eltern. Vormittags ging sie über die steile Taborstiege hinunter in die Stadt zum Einkaufen. Im einzigen klassischen Wiener Kaffeehaus der Stadt, im Café Stark am Hauptplatz, las sie Zeitungen und traf Bekannte, so auch jeden Samstag vormittag ihre Schulfreundin Angela Mohr. Danach besuchte sie praktisch täglich ihre Eltern, die ganz in der Nähe des Zentrums auf der anderen Seite der Enns wohnten, und brachte ihnen Einkäufe mit. Vor allem an ihrem Vater, der nicht gesund war, hing Marlen sehr und ihrer Mutter gegenüber zeigte sie sich viel duldsamer als früher. Für Maria Frauendorfer war Marlen mitunter noch immer die kleine, unvernünftige Tochter. Marlens Bruder erinnert sich daran, daß die Mutter, die ihn mit einigem Respekt behandelte, einmal zu Weihnachten der vierzigjährigen Tochter flugs den Rock hochhob und sie fragte, ob sie denn auch eine lange Unterhose anhabe.[62]

Nun, da Marlen für ihr Kindheitsbuch recherchiert, ist sie auf die Erinnerungen ihrer Eltern angewiesen. Es stellt sich jedoch heraus, daß diese sich meist an ganz andere Dinge erinnern als sie selbst. Marlens Nachforschungen in Frauenstein machen sie traurig. Wie sie dem aus Molln stammenden Psychologen Lambert Bolterauer schreibt, will sie nun nie mehr dorthin zurückkehren: Die Realität sei für sie zu schmerzlich, sie fühle sich zu sehr auf die Erinnerung angewiesen. Auch diesmal ist in die erste Niederschrift vieles aus Marlen Haushofers aktueller Lebenswelt eingeflossen. In einem »Kapitel der Erinnerungen«, das im Buch fehlt, führt ein erwachsenes Ich imaginäre Dialoge mit der Mutter, dem Vater, dem Lieblingsonkel, mit dem Mädchen Minna und mit dem Bruder, der einmal Nandi war und sich wegen einer Gehirnerschütterung an gar nichts erinnern kann und der nun glaubt, seine Schwester erfinde Geschichten, was sie bestreitet: »Ich kann gar nichts erfinden nicht einen einzigen Satz.« Viele Erinnerungen gibt es also beim Bruder nicht zu holen, und »alle anderen die ich noch fragen könnte sind tot«.[63] Auch die Eltern taugen nicht als Informanten: »Ihr sitzt da wie zwei alte Kinder u. laßt Euch von mir Geschichten erzählen. Nein, so war das? Was Du noch alles weißt.« Der Vater hat alles der Reihe nach aufgegeben, das Trinken, das Rauchen, das Kartenspielen und sogar die Kriegsgeschichten. Er leidet unter Schwindel, spricht kaum und dämmert auf dem Sofa dahin.

»›Was denkst Du denn Vater‹ Du hebst langsam die dünnen Lider ›Wie wir marschieren in Rußland, das kommt mir oft unter‹ Genug der Mitteilungen. Die Bläue der Augen verschwindet wieder unter den Lidern. Du machst mich ganz verzagt. (...) Mach ruhig die Augen wieder zu u. geh dort hin wo du daheim bist. Ich trinke mit Mama Kaffee u. unterhalte mich mit ihr u. Du gleitest auf deinem Diwan von uns weg, weit weg, dorthin wo du allein u. ungestört bist, denn Du hast rechtzeitig gelernt Ohren, Augen u. Nase zu schließen u. dich zurückzuziehen in dein Haus.«

Die Abwesenheit des Vaters ist kränkend, denn in seinem »Haus« ist für die Tochter kein Platz. Viel mehr noch und endgültiger als damals der kleinen Meta, entzieht sich dieser alte Vater jeder Gemeinschaft. Die Beschreibung seiner zeitweiligen Unnahbarkeit in *Himmel, der nirgendwo endet* erscheint vor dem realen Verstummen Heinrich Frauendorfers zur Entstehungszeit des Buches so in einem anderen Licht.

Mit der Mutter ist in Wirklichkeit zwar Verständigung möglich, aber kein offenes Gespräch. Bestimmt hat die in der Vorfassung wiedergegebene Aussprache nie stattgefunden, in der sie, die über ein ausgezeichnetes Gedächtnis verfügte, sich just an den großen Stein hinter dem Forsthaus nicht erinnern kann, der sich dem Kind eingeprägt hat: »Du mußt einsehen, Mama, ein Mensch, der sich nur an derartige Dinge erinnert ist in diesem Leben fehl am Platz.« Mit der Mutter kann die Tochter in der literarischen Rückschau nur in der wehmütigen »Anbetung kleiner Buben« einig werden. Alle waren sie einmal so lieb und brav, der Bruder, der Sohn, die Enkel. Die Erzählerin äußert sich nun eindeutig wie jemand, der Simone de Beauvoir gelesen hat: »Niemals kann ein kleines Mädchen so harmlos u. gutartig sein wie ein Bub u. so herzzerbrechend unschuldig. (...) Mädchen können es sich einfach nicht leisten.« Auch die Tochter ist natürlich ein solches Mädchen, das es sich nicht leisten konnte, brav zu sein. Solange die Mutter die »langjährige Fehde vergißt« und in ihr eine erwachsene Frau sieht, »auch nicht mehr die Jüngste«, geht zwischen Mutter und Tochter alles gut.

> »Aber wehe, das kleine Mädchen fällt dir ein, jenes winzige aufsässige Geschöpf. Dann fällt sofort ein Hieb, ein Hieb ins Leere. Denn das kleine Mädchen gibt es nicht mehr. Versteh doch endlich. Es ist tot, an seiner eigenen Aufsässigkeit erstickt, vor Zorn zerplatzt wie Rumpelstilzchen, in der Fremde umgekommen, hat sich den Kopf eingeschlagen als es damit durch die Wand hat wollen. Es ist gestorben u. tot, nicht einmal sondern hundertmal. Du solltest mit Hochachtung u. Respekt von ihm reden und nicht einer wildfremden erwachsenen Frau die Untaten dieses Kindes nachtragen.«

Dieses Grundtrauma Marlen Haushofers, die Entfremdung von ihrem ungebrochenen kindlichen Ich, war für sie wohl ein wesentliches Motiv, den Roman ihrer Kindheit zu schreiben. Sie begab sich auf die Suche nach den Spuren ihrer kindlichen Persönlichkeit, nach den Bruchstellen und sicher auch nach dem, was sie Simone de Beauvoirs Lehre zufolge zu einem Mädchen gemacht hatte. Es ist sicher kein Zufall, daß Marlen Haushofer ihrem kindlichen Alter ego den Namen Meta gegeben hat: So heißt auch die geradlinige, *scham*lose, wilde Freundin der komplizierten Hauptfigur im Roman *Die Tapetentür,* das Naturkind, zu dem die Autorin sich genausogut hätte entwickeln können. Die klar resignative Bilanz der Frau Anfang Vierzig hat Marlen Haushofer zwar in der Urfassung niedergeschrieben, aus dem Kindheitsroman aber später ausgeblendet. In der frühen Textversion verdächtigt die Erzählerin ihre alte Mutter, dem widerspenstigen Mädchen, das »nie zu Kreuz gekrochen ist«, nachzutrauern und die »liebevolle höfliche Erwachsene«, zu der es geworden ist, langweilig zu finden. Im Grunde habe die Mutter nämlich immer etwas für Helden übrig gehabt. Die Erzählerin selbst empfindet den Verrat jedoch als schmerzlich: Daß sie ihre heldische Natur verleugnet, daß sie Konversation macht und dabei den »Leuten nach dem Maul« redet, weil man sich sonst »mit 99% der Bevölkerung duellieren müßte«, kann sie sich nicht verzeihen.

Tatsächlich war Marlen Haushofer im ›wirklichen Leben‹ nicht unbedingt als Wahrheitsfanatikerin und eigensinnige Diskutantin verschrien. Eher hielt sie mit ihrer Meinung hinterm Berg, vor allem, wenn sie ihre Gesprächspartner nicht gut kannte. »Sie saß still in einem der großen Lehnsessel, während die anderen Gäste plauderten«, schilderte ein örtlicher Schriftstellerkollege Marlens Auftreten bei einer Einladung der Dunkls in Steyr. »Marlen Haushofer schaute und hörte dem Treiben zu.« Sie habe sich nicht in den Kreis der anderen ziehen lassen, sondern sei »leidensvoll im Winkel geblieben.« Ihre Langmut war bekannt, aber sehr wohl auch ihr Jähzorn, der schnell ausbrechen konnte, sobald jemand ihrem Gefühl nach den Bogen überspannt hatte: Dann verwandelte sie sich für Augenblicke wieder in das wütende kleine Mädchen. Legendär ist ein Auftritt Marlen Haushofers als Gastgeberin bei einem Familientreffen. Sie war bereits genervt, dann machte vielleicht noch ihre Mutter eine kritische Bemerkung – Marlen betrat jedenfalls das Eßzimmer mit einer großen Schüssel Spinat und schmiß sie den versammelten Angehörigen vor die Füße.[64]

In Gesellschaft sprach Marlen Haushofer gewöhnlich leise und stockend, nicht selten in einem eher faden, larmoyanten Ton. Sie konnte dann aber sehr wohl einen trockenen Humor an den Tag legen und manch überraschende Pointe anbringen. Sie sagte, wie Jeannie Ebner meint, »nie etwas Dummes«, plapperte nie nur so dahin. Fühlte sie sich wirklich wohl, wurde sie im Gespräch lebhaft und vermochte als Erzählerin ihre Zuhörer zu fesseln und mitzureißen. Ihr erzählerisches Talent zeigte sich nicht zuletzt in der Fähigkeit, einen Gesprächsgegenstand plötzlich von einer ganz neuen Seite her zu beleuchten. Unter vier Augen verfügte sie zweifellos über jene in *Eine Handvoll Leben* definierte »Gabe, im Zuhörer den Eindruck zu erwecken, es werde ihm außergewöhnliches Vertrauen bezeigt, während man ihm das Wesentliche verschwieg«. Marlen Haushofer galt aber auch als gute Zuhörerin. Freundinnen schütteten ihr gerne das Herz aus, und es scheint durchaus vorstellbar, daß sie – wie Dita Bauer sich erinnert – am Telephon zwar stets geduldig blieb, in Wirklichkeit aber gar nicht mehr richtig zuhörte. Marlen selbst achtete in ihren Freundschaften stets auf einen gewissen Abstand und entzog sich jedem allzu intimen Anspruch. Prinzipiell verhielt sie sich unverbindlich-verbindlich. War ihr jemand unsympathisch oder schien ihr zu aufdringlich, fiel sie nicht aus der Rolle, sondern verstand es, sich im Guten zurückzuziehen. Im Kollegenkreis war Marlen Haushofer überaus beliebt, man traute ihr weder Neid noch Intriganz zu. Auch hielt man sie jeglicher Bosheit gegen ihre Geschlechtsgenossinnen für unfähig.[65]

Diese harmlos-freundliche Wesensart stand im Gegensatz zu ihrem hellwachen, überaus kritischen Verstand und ihrer psychologischen Scharfsicht. Als Beobachterin von Menschen war Marlen Haushofer gewissermaßen niemals ›außer Dienst‹. Wenn sie bei ihren Wienbesuchen mit ihrem Bruder im Kaffeehaus saß, musterte sie nebenbei und wortlos die anderen Gäste. Man habe ihr förmlich angesehen, wie sie sich innerlich Notizen machte. Ihr scharfes Urteil und ihre quasi berufsmäßige Neugier waren »kaum unter einen Hut zu bringen mit

Marlens Taktgefühl und ihrer subtilen Diskretion in bezug auf eigene Dinge«. Jeannie Ebner gegenüber hat Marlen einmal mehr bekannt, immer nur beschreiben zu können, »was ich erlebt und beobachtet habe und ganz genau kenne«. Weil sie niemandem weh tun wollte, habe sie in ihren Büchern so oft lügen müssen, auch auf Kosten der literarischen Qualität.[66]

Ihr Mann und ihre Söhne lasen Marlen Haushofers Bücher nicht: »Wenn sie Geld einbringen, werden sie ernst genommen, da braucht man sie aber nicht mehr zu lesen.« Für Marlen bedeutete dies im Grunde eine Erleichterung. So konnte sie nämlich manchmal riskieren, »die Wahrheit zu schreiben«. Meist aber hatte sie große Hemmungen und beneidete ihre männlichen Kollegen um deren Rücksichtslosigkeit. Trotz dieser Zurückhaltung und obwohl Marlen Haushofer ihre Figuren oft aus mehreren realen Vorbildern zusammengesetzt hat, sind ihre Texte so durch und durch autobiographisch und in ihrer Personencharakteristik so schonungslos, daß die Lektüre für die nächsten Angehörigen ausgesprochen unangenehm gewesen sein muß. Daß sie die Bücher nicht (mehr) lasen oder vorgaben, sie nicht zu lesen, mag also weniger mit Desinteresse zu tun haben als mit Selbstschutz. So gab der Ehemann sich nur zu gerne mit Marlens Auskunft zufrieden, daß mit den literarischen Männergestalten nicht er gemeint sei. Allein jener Satz in der *Wand* hätte ihm zu denken geben müssen: »Ich kann mir erlauben, die Wahrheit zu schreiben; alle, denen zuliebe ich mein Leben lang gelogen habe, sind tot.« Marlen Haushofer konnte offenbar nicht nur in ihrer nächsten Umgebung auf eine Art Sicherheitssystem setzen – auf Hans Weigels Interviewfrage, ob es schon vorgekommen sei, »daß jemand sich wiedererkannt hat, daß er gesagt hat, das bin ja ich«, erwiderte sie trocken: »Nein, das ist noch nie vorgekommen. Die Leute erkennen sich nicht wieder, erkennen aber ihre Bekannten wieder.«[67]

Wenn Marlen Haushofer einen Vorsatz der kleinen Meta verwirklicht hat, dann ist es der, als Erwachsene dem Rauchen zu frönen. Selbstkritisch verbucht sie eine Neigung zur »Hemmungslosigkeit«: Sie pflegte »abwechselnd Ketten zu rauchen oder monatelang gar nicht« – was einer zyklischen Abfolge

Marlen Haushofer 1965.

von Hochstimmung und Depression entsprechen könnte. Auch ihr Mann rauchte, seinem Herzleiden zum Trotz, und zwar vierzig bis sechzig Zigaretten täglich. Bei den Versuchen, ihm dieses Laster abzugewöhnen, gewöhnte Marlen es sich regelmäßig wieder an. War sie bei Jeannie Ebner zum Tee, dann saßen die Freundinnen spiegelbildlich da, »den rechten Ellbogen in die linke Hand gestützt«, »die rechte Hand mit der Zigarette in Mundhöhe seitlich etwas vor der Wange haltend, bereitgehalten für den nächsten Zug, den Kopf leicht zur Seite geneigt«.[68]

Vom wilden Mädchen war sonst äußerlich nichts übriggeblieben. In ihrem ganzen Erscheinungsbild hatte Marlen Haushofer nichts Unkonventionelles oder auch nur Burschikoses. Sie war apart, aber unauffällig, und zog sich nie extravagant an, sondern eher »gutbürgerlich-oberösterreichisch«; auf manche machte sie in ihrer Bescheidenheit sogar einen kleinbürgerlichen Eindruck. Als Frau in den Vierzigern hatte sie Angst, sich zu jugendlich zu kleiden: Einen bunt geblümten Stoff, den ihr Christian zum Geburtstag geschenkt hatte, bot sie ihrer jungen Nachbarin günstig zum Kauf an – sie sei dafür zu alt. Marlen trug gern dezente Kostüme und Kleider und hatte eine Vorliebe für Pastellfarben und Blau: »Meine Farbe ist Blau. Es gibt mir Mut und rückt alle Menschen und Dinge von mir ab. Richard glaubt, ich trage meine blauen Kleider nur, weil sie mir zu Gesicht stehen; er weiß nicht, daß ich sie zu meinem Schutz trage.« Und was ist aus der unkämmbaren Löwenmähne der kleinen Meta geworden? Mit ihrer, wie Jeannie Ebner meint, »immer etwas zu braven und zu neuen Friseur-Frisur« hat Marlen Haushofer sich sozusagen selbst domestiziert: »Ich hab so furchtbar gekraustes Haar, ich kann es nicht bändigen, wenn ich nicht oft zum Friseur gehe, sehe ich aus wie ein Mop!« Aus dem kleinen Trotzkopf war eine stille Rebellin geworden.[69]

Im Sommer 1965 erhält Marlen Haushofers Verleger Sigbert Mohn das Manuskript des Kindheitsromans und zeigt sich davon sehr angetan. In der Folge entspinnt sich eine Diskussion um den Titel. Marlen Haushofers Vorschlag »Ausgrabungen« ist dem Verleger zu düster, und »Der große Sture Mure ist tot« enthält für seinen Geschmack zuviel Stifter. Im Spätherbst treffen die Fahnen bei der Autorin ein, der man für die Korrektur nur fünf Tage einräumt. Hans Weigel bekommt daher diesmal erst ein Umbruchsexemplar zu sehen. Marlen kündigt es ihm mit vorauseilender Selbstkritik an: »Du wirst ja sehen. Die

›Wand‹ ist es natürlich nicht. Ich hab's halt nicht besser gekonnt.« Ihre Jahresbilanz fällt eindeutig negativ aus: »Das Jahr 1965 war abscheulich. Sogar meine liebe Katze hab ich im Mai mit Chloroform umbringen müssen. Ich will auch keine mehr nehmen.« Im Jänner 1966 muß Marlen Haushofer sich wegen gutartiger Wucherungen die Gebärmutter entfernen lassen. Sie hat schon länger unter starken Schmerzen gelitten und erholt sich rasch von der Operation. Bald nimmt sie das Schreiben wieder auf – es entstehen Erzählungen, die Sigbert Mohn bei ihr bestellt hat. Im Frühling erscheint dann der Kindheitsroman unter dem Titel *Himmel, der nirgendwo endet* mit der Widmung »Für meinen Bruder«. Marlen beklagt sich bei Jeannie Ebner über die Lektoren des Verlags: »Das nächste Buch laß ich auf eigene Kosten korrigieren. (...) Ich hab noch im Umbruch eine Menge Fehler gefunden, aber es mußte ja sofort gedruckt werden, weil gerade eine Möglichkeit gegeben war.« Da sie selbst die Fehler nicht entdeckt, macht sich das Fehlen von Hans Weigels Adlerauge negativ bemerkbar: »Ich geb nichts mehr aus der Hand, was nicht durchgesehen ist.«[70]

Trotz diesen Schönheitsfehlern war die öffentliche Reaktion auf den Roman äußerst positiv. Allgemein bescheinigte die Kritik dem Buch Poesie, es lebe »aus einer tiefen, inneren Wahrheit« und sei von Sentimentalität völlig frei. Seine Tiefe verdanke es der »leichten Resignation dessen, der den Rätseln des Lebens nachgegangen ist, ihre Unlösbarkeit erkannt und sich mit ihr abgefunden hat«. Für Marlen Haushofer selbst nahm *Himmel, der nirgendwo endet* eine Sonderstellung in ihrem Werk ein. Als die Freundin und Kollegin Dora Dunkl sie in einem Interview nach ihrem »liebste(n) Kind« fragte, antwortete sie: »Meine Bücher sind alle verstoßene Kinder. Mich interessiert nur der Vorgang des Schreibens. Die einzige Ausnahme ist der Roman *Himmel, der nirgendwo endet*, eine Autobiographie meiner Kindheit. Auch dieses Buch lese ich nicht wieder, es genügt mir, in ihm ein Stück Vergangenheit eingefangen zu haben und manchmal daran zu denken.«[71]

Der *Himmel, der nirgendwo endet* ist jene »tiefblaue Gasse«, in welche die kleine Meta am Beginn des Romans vom Grund ihres Regenfasses aus blickt. Mit ihm ist natürlich auch der Himmel der Kindheit gemeint. Da die Erinnerung ja, einem geflügelten Wort zufolge, das einzige Paradies ist, aus dem wir nicht vertrieben werden können, hat Marlen Haushofer ihre Geschichte folgerichtig im Präsens erzählt. Das Kind, das die Welt entdeckt, von ihr überwältigt ist, bleibt so ganz und gar gegenwärtig. Gerade in ihrer Einfachheit erweist sich die von Marlen Haushofer gewählte Erzählhaltung als äußerst raffiniert: Der Blickwinkel und der Horizont des Wissens wachsen mit der kleinen Heldin mit, deren Erinnerung im zarten Alter von zweieinhalb Jahren einsetzt. Um sich zu erinnern, bedarf es auch der Phantasie: Der Roman zeichnet plastisch eine Welt nach, in der nichts selbstverständlich ist. »Es gibt Hunde, die im Haus herumlaufen, und Hunde, die in Bilderbüchern wohnen. Auch Menschen gibt es in den Büchern, Katzen, Kühe und Hähne. (...) Meta möchte wissen, was mit diesen Figuren geschieht, wenn Mama das Buch zuschlägt. Ganz heimlich schleicht sie sich an und klappt das Buch wieder auf. Da stehen sie noch immer starr und unbewegt.«[72]

Der Stil der Geschichte gibt sich bescheiden: Die vielen kurzen Sätze und die Beschränkung auf einen im weitesten Sinne kindlichen Wortschatz täuschen Einfalt vor. Diese Naivität ist naturgemäß eine künstliche: Die Autorin macht sich zur Fürsprecherin eines gar nicht beschränkten, gar nicht unbedarften Kindes, und sie tut dies mit der Lebenserfahrung einer ernüchterten Erwachsenen. Dabei ergreift sie eindeutig Partei – die Partei des Kindes, das sie war, aber auch die Partei aller Kinder gegen die Erwachsenen, zu denen sie nun gehört. Das Buch verarbeitet nicht nur Marlen Haushofers ganz persönliche Familiengeschichte, es appelliert gleichzeitig an die Großen, Kinder ernst zu nehmen, auch indem man einmal versucht, sich selbst mit ihren Augen zu sehen. Der scheinbar harmlose Kinderton eignet sich daher besonders gut für eine listige Kritik an den Erwachsenen – das Staunen des Kindes stellt die angeblich so vernünftige Welt von Grund auf in Frage.

Himmel, der nirgendwo endet ist so auch eine Schöpfungsgeschichte mit Fragezeichen. Denn sehr bald glaubt Meta nicht mehr alles, was man ihr sagt. Dabei geht es schließlich um nichts Geringeres als um Sein oder Nichtsein. Man zeigt Meta die durchschossene Uniformkappe ihres Vaters: »einen Finger breit tiefer, und sie wäre nicht auf der Welt«. Um zu wissen, wie das ist, »übt Meta das Nicht-auf-der Welt-Sein«: »Meta ist nie geboren worden. Es ist nicht unangenehm, nicht dazusein. Es ist überhaupt nichts. Dann wird sie langsam wieder in diese Welt geboren. (...) Sie ist wieder da und den anstürmenden Geräuschen, Gerüchen und Bildern ausgeliefert. Dieses Sich-nicht-wehren-Können ist das Leben.« Zum ersten Mal bezweifelt Meta, daß man dafür dankbar sein muß. »Sie ist nicht dankbar. Sie lebt, und da kann man gar nichts machen. Manchmal ist es angenehm, oft unangenehm und immer eine große Bedrängnis.«[73]

Wer in der Kinderseele nach solchen Erkenntnissen forscht, läuft nicht Gefahr, die ersten Lebensjahre im Rückblick zu verklären. Von essentieller Bedeutung war diese Zeit der Welterschaffung und -aneignung jedenfalls für die Dichterin Marlen Haushofer. Im Kindheitsroman spürt sie zudem den Anfängen ihres Schreibens nach: Aus der Lust des Kindes, die Dinge zu be*greifen*, sie zu packen und sich einzuverleiben, wird die Lust, sie schreibend festzuhalten und dadurch neu zu erschaffen. In der ersten Fassung von *Himmel, der nirgendwo endet* erklärt Marlen Haushofer ganz explizit, was schreiben für sie bedeutet: »Alles, dem ich zu nahe komme, mache ich kaputt. Ich kann nichts besitzen, garnichts, ohne es zu zerstören. Deshalb schreibe ich über die Dinge u. Menschen, zaubere sie aufs Papier. Ich mache mir ein Abbild u. betreibe Götzendienst, denn er ist der einzige Ersatz für alles was ich nicht haben kann, für die ganze Welt.«[74] Nur die Zauberei des Schreibens eröffnet einen »Himmel, der nirgendwo endet«, auch in der Realität des Erwachsenenalltags.

Marlen Haushofers Kindheitsroman ist darüber hinaus nämlich ein Buch über das Erwachsensein: »Denn mit dem Erwachsensein ist es solch eine Sache; man ist es selten, nur auf der Oberfläche, spielt es nur, wie das Kind auch Großsein spielt. Sobald wir tief leben, sind wir Kind.« An der Oberfläche regiert die Beherrschung. Wir weinen nicht mehr, wir lachen nicht mehr aufrichtig: »Wir heucheln, das ist das Ganze.« Georg Groddeck beschreibt hier zweifellos auch das Lebensgefühl der Marlen Haushofer, die in *Himmel, der nirgendwo endet* ein trotziges Bekenntnis zu ebendiesem verschütteten Kindsein abgelegt hat. Groddecks Bild könnte als Motto über Marlen Haushofers gesamtem Œuvre stehen: »Wenn man es sich ein wenig zurechtlegt, kommt einem das Leben wie ein Maskenfest vor, zu dem man sich verkleidet, vielleicht zehn-, zwölf-, hundertmal verkleidet, aber man geht doch hin als das, was man ist, und geht wieder davon, genauso wie man hinging.«[75]

»Keiner kann den Schmerz ungeschehen machen«

In einem Brief an Jeannie Ebner berichtet Marlen im April 1966, daß sie mit ihren Geschichten für den geplanten Band nicht vorankommt: Die drei Nachmittage pro Woche, die sie für ihre Arbeit reservieren kann, genügen nicht:

> »Es läßt sich aber nicht anders machen, weil ich soviel andere Verpflichtungen hab. Und vor allem kann ich die Besuche bei meinen Eltern nicht kürzen. Mein Vater, der ja nicht mehr ausgehen kann, erwartet mich jedesmal sehnsüchtig. Jetzt hat er seit 3 Jahren aufgehört zu lesen. Mein Buch hat er aber gleich gelesen u. hat geweint dabei: Weißt Du, diese Schwäche mitanzuschauen ist schrecklich; Vater weiß ja, zumindest zeitweise, genau was mit ihm geschieht. Er ist furchtbar lieb u. will mir immer etwas zustecken. Er ist ja nicht verwirrt oder verblödet, nur sehr schwach u. vergeßlich.«[76]

Kurz zuvor hat Marlen ihre traditionelle Frühlingsfahrt nach Wien unternommen. Zu einer Lesung von Marie Luise Kaschnitz ist sie ohne Jeannie Ebner gegangen: »Es war sehr schön u. vor allem sehr gut gelesen. Ich war, was ich selten bin, sehr beeindruckt.« Überhaupt kommt es selten vor, daß Marlen Haushofer sich zu zeitgenössischen Autorinnen und Autoren äußert. In einem Radiointerview hebt sie, allerdings erst auf Drängen Hans Weigels, unter ihren Landsleuten Gerhard

Fritsch mit seinem Roman *Moos auf den Steinen* lobend hervor, weil er »österreichisch ist« und den geschichtlichen Zusammenhang bewahre, dazu Jeannie Ebners Roman *Die Wildnis früher Sommer* und die Erzählungen des konservativen Programmatikers Herbert Eisenreich. Insgesamt gefielen ihr die »früheren« Werke ihrer Generation besser als die späteren. Wohl deshalb berief sie sich auch auf Alexander Lernet-Holenia, den Grandseigneur einer kakanisch geprägten Literatur, der ihr Frühwerk bis in einzelne Wendungen hinein beeinflußt habe. Sonst führte sie stets nur verstorbene Autoren an: die Lieblingsschriftsteller ihrer Kindheit, Heine, Kleist und Dickens, außerdem Tolstoi, »überhaupt die Engländer und Russen«. In einem Verlagsfragebogen nannte Marlen Haushofer als für sie wichtige Schriftsteller darüber hinaus Laurence Sterne, Iwan Gontscharow und Anton Tschechow. Tschechow, meinte sie einmal im Interview, sei ihr »großer Liebling« und der einzige Dichter, den sie »auch in produktiven Zeiten« lesen könne, und zwar seine Erzählungen. »Der wirkt dann immer sehr besänftigend und beruhigend auf mich und immer irgendwie ermunternd.« In Marlens Briefwechsel mit der in Australien geborenen Jeannie Ebner spielte die angelsächsische Literatur die Hauptrolle, die Freundinnen tauschten regelmäßig Bücher aus. Marlen Haushofer las die Werke oft im englischen Original. Beide liebten Evelyn Waugh, Virginia Woolf und Katherine Mansfield. Mit James Joyce, der Ikone der modernen Prosa, konnte Marlen hingegen nicht viel anfangen. Den Bloom im *Ulysses*, schrieb sie einmal an Hermann Hakel, könne sie sich nicht vorstellen, obwohl sie sein Innenleben in allen Details kennengelernt habe.[77]

Anfang Dezember 1966 ist das Manuskript des neuen Erzählbandes trotz allen Widrigkeiten fertig und geht an den Mohn Verlag. Im Jänner 1967 notiert Marlen Haushofer in ihr Tagebuch – es ist das einzige, das erhalten geblieben ist, wenngleich etliche Seiten herausgerissen wurden:

> »Eigentlich kann ich nur leben, wenn ich schreibe u. da ich derzeit nicht schreibe fühle ich mich versumpft u. ekelhaft.
> Werde Kinderbuch machen, besser als garnichts.

Sehe daß die Erzählungen wahnsinnig depressiv u. hoffnunglsos sind, dabei in einer halbwegs guten Zeit geschrieben in der ich mich ›stark‹ fühlte! Kein Mensch wird das lesen wollen, mit Recht, das böse Ende steht uns doch allen bevor, wozu sich jetzt schon betrüben lassen durch diese Geschichten.

Dabei schreibe ich gern lustige Geschichten, die ich aber als unbefriedigend empfinde, als völlig abgesplitterten Teil einer Wirklichkeit, der aufgeblasen wird u. so Aspekte erreicht, die ihm nicht zustehen.«[78]

Marlen muß für sich selbst erkennen, was sie einst Hans Weigel klarzumachen versuchte: Die Idylle läßt sich nicht erzwingen – am ehesten noch stellt sie sich ein, wenn Marlen ein Buch für Kinder verfaßt, was so zu einer Art Beschäftigungstherapie für sie wird. Das geplante Kinderbuch, vermutlich *Wohin mit dem Dackel?* (1968), kommt rasch zustande. Zwei Monate später heißt es im Tagebuch: »Kinderbuch weggeschickt. Abschreiben war mir elend mühsam diesmal. Das Buch selber in 8 Tagen geschrieben.«

Im Februar 1967 teilte Sigbert Mohn seiner Autorin brieflich mit, daß er die für den Herbst geplante Publikation auf das folgende Jahr zu verschieben gedachte. Er führte die wirtschaftliche Lage an und verwies auf eine mögliche Zusammenarbeit mit der großen Buchklub-Kette Donauland. Bei Marlen Haushofer läuteten daraufhin wahrscheinlich die Alarmglocken, und als ihr alter Freund Hermann Schreiber sie darauf ansprach, ob sie nicht zum Claassen Verlag wechseln wolle, willigte sie ein. Der Chef der Econ-Gruppe Erwin Barth von Wehrenalp hatte kurz zuvor eine Beteiligung an diesem Verlag erworben und Hermann Schreiber beauftragt, für Claassen österreichische Autoren anzuwerben. Diese Aktion galt eigentlich Thomas Bernhard, der aber nicht ›anbiß‹. Anfang Mai 1967 bat Erwin Barth von Wehrenalp seine neue Autorin bereits um das Manuskript der fertigen Erzählungen – Marlen Haushofer möge es seinem Sohn Uwe zur Ansicht schicken. Zur selben Zeit teilte Marlen Haushofer Sigbert Mohn ihren Entschluß mit, die Erzählungen einem anderen Verlag zu geben und drückte die Hoffnung aus, das werde »unseren guten persönlichen Kontakt nicht stören«. Hans Weigel empfand dies als »Treubruch, denn wir alle waren mit Sigbert Mohn befreundet – über das Maß hinaus, das heutzutage Autoren an Verleger bindet«.[79]

Im Frühling 1967 unternimmt Marlen Haushofer mit Angela ›Elli‹ Mohr, Trude Laux-Johnson, der Freundin vom RAD, und einer Freundin von Elli eine Fahrt nach Rom. Für die ehemalige Kunstgeschichtestudentin, die zum ersten Mal in der Ewigen Stadt ist, wird die Reise zum großen Erlebnis. Die vier Damen absolvieren, wie man Marlens minutiösen Notizen im Tagebuch entnehmen kann, ein beeindruckendes Besichtigungsprogramm. Die kunsthistorisch interessierte Elli Mohr, die Rom bereits kennt, übernimmt die Führung der Gruppe. Gleich beim ersten Spaziergang packt Marlen am Lago Argentina das von Steyr mitgebrachte Katzenfutter aus, worauf von allen Seiten hungrige Katzen herbeiströmen und Elli einer aufgebrachten Römerin erklären muß, daß die Katzen nicht vergiftet werden sollen. Marlen selbst notiert: »3 Katzen im Forum gefüttert, sehr gescheit, nehmen Kitekat.« Die Freundinnen verbringen in Rom eine intensive, vergnügliche Zeit, sie finden ein Stammlokal mit einem freundlichen Wirt und genehmigen sich den einen oder anderen Einkaufsbummel. Angela Mohr erinnert sich nicht, Marlen je so gelöst erlebt zu haben wie auf dieser Reise. Nach einem weißweinseligen »Beisel«-Besuch sitzen die vier am letzten Abend in einem Eissalon auf der Piazza Navona, als Elli von der antiken Statue des Pasquino ganz in der Nähe erzählt, auf der man in der Renaissance Spottgedichte anzubringen pflegte. Marlen und Trude tuscheln und verschwinden kurz, und auf dem Rückweg klebt an dem Pasquino ein Gedicht: »Reiseleiter miserabel, / doch mit wohlgeformtem Nabel. / Unermüdlich ging der Schnabel: / Friß die Nudel mit der Gabel.«[80]

Diese Reise nach Rom war für Marlen Haushofer vielleicht die letzte unbeschwerte Zeit. Im Laufe des Jahres 1967 machte sich bei ihr ein ziehender Schmerz in der Hüftgegend immer stärker bemerkbar, den sie bisher ignoriert hatte. Marlen konsultierte einen praktischen Arzt, der Rheuma oder Ischiasbeschwerden diagnostizierte und eine Salbe verschrieb. Als die Schmerzen anhielten, ließ sich Marlen von einem befreundeten Unfallchirurgen röntgen, der auf dem Bild jedoch nichts Auffälliges entdecken konnte. Marlen Haushofer wurde mit Butazolidin behandelt, einem schmerzstillenden und entzündungshemmenden Antirheuma-Medikament, das wegen seiner schweren Nebenwirkungen heute nur noch in der Tierheilkunde erlaubt ist.[81]

Im Herbst 1967 stellte sich heraus, daß Marlen Haushofer bei ihrem Abschied vom Mohn Verlag den richtigen Riecher bewiesen hatte: Sigbert Mohn wurde von seinem Bruder, dem Chef der Bertelsmann-Gruppe, gezwungen, das literarische Verlagsexperiment abzubrechen. Für die meisten Autoren bedeutete dies eine Katastrophe, und Hans Weigel war nun froh, »daß Marlen rechtzeitig ein brauchbares Obdach gefunden hatte«. Im Oktober berichtete Jeannie Ebner Marlen in einem Brief, der Mohn-Verlag habe alle ihre Bücher verramscht, es gebe Gerüchte, daß der Verlag ganz aufgelöst werden solle. Jetzt erst weihte Marlen sie in ihren Verlagswechsel ein: Bei dem »Ärger mit Mohn« habe sie »noch Glück gehabt, weil ich so verärgert war, dass ich schon im Mai von ihm weggegangen und sofort bei Claassen (Econ) angekommen bin, der jetzt im Frühling meine Erzählungen bringen wird«. Mohn könne zwar nichts dafür, doch er hätte »nicht so geheimniskrämen« sollen. Sogleich kündigte sie an, für die Freundin bei Claassen etwas tun zu wollen. Sie selbst müsse umso mehr arbeiten, je älter sie werde: »Meine Söhne brauchen immer mehr Geld.«[82]

Jeannie Ebners Mitteilung, sie habe ein Angebot, von Gerhard Fritsch die Redaktion der bekannten Zeitschrift *Literatur und Kritik* zu übernehmen, fand Marlen Haushofer »wunderbar«: »Besser als diese indolenten Mannsbilder kannst Du es bestimmt. Seit einem Jahr ungefähr liegen bei Fritsch Erzählungen von mir.« Mit Gerhard Fritsch, den sie für überheblich hielt, hatte Marlen sich nie besonders gut verstanden. Wenig später schickte sie der Freundin zwei neue Erzählungen zum Abdruck, darunter *Der Bruder*, die Jeannie Ebner jedoch nicht gefielen. Marlen war ihr deshalb »natürlich« nicht böse. Sie wisse selbst kaum je, ob etwas von ihr gut oder schlecht sei – »u. hab ja auch keinen Menschen, der mir etwas dazu sagt«. Daß die Erzählungen nicht gut in die Zeitschrift paßten, sah sie ein: »Nur hätte mir Fritsch das längst bestätigen können. Aber soviel Mut kann man wohl nur von einer Frau erwarten.«[83]

Nicht im Widerspruch zu dieser Haltung steht die Selbstverständlichkeit, mit der Marlen Haushofer in einem Fragebogen ihres neuen Verlags als Berufsbezeichnung »Schriftstell*er*« angibt: So hieß dieser Beruf eben damals, und wer als Frau darin ernstgenommen werden wollte, nannte sich so. Für Marlen Haushofer war es, verglichen mit der »Zahnarztensgattin«, immerhin ein Fortschritt. Die Frage »Welche Ideen bzw. Richtungen repräsentieren Sie?« beantwortete sie ebenso lakonisch wie treffend mit »keine«. Als Hobbies gab sie an: »Vorliebe für Katzen, Sammeln von unheimlichen Geschichten«.[84]

Marlen Haushofers eigene Geschichten erschienen im Frühjahr 1968 unter dem Titel *Schreckliche Treue* nach einigen Verhandlungen über das Honorar und die Textgestalt – Thea von Wehrenalp, die Frau des Verlegers, hatte einige stilistische Korrekturen vorgenommen, mit denen Marlen Haushofer sich nur schwer abfinden konnte. Jeannie Ebner gegenüber machte sie ihrem Ärger Luft: »Dabei ist es so ermüdend und zwecklos, mit Leuten zu streiten, die in Düsseldorf sitzen und nicht einmal anständig Deutsch können.«[85]

Für einen Autorenalmanach verfaßt sie einen kurzen Text zur Frage *Warum ich mein Buch schrieb*. Es ist eine der wenigen Aussagen Marlen Haushofers über ihre literarische Produktion:

> »Nachdem ich in den vorhergehenden dreieinhalb Jahren zwei Romane geschrieben hatte, fühlte ich mich ein wenig erschöpft und fand, es gebe keine mühseligere Arbeit, als Romane zu schreiben. Das ist auch wirklich so, besonders wenn man nebenbei noch anderen Beschäftigungen nachgehen muss und dauernd gestört und unterbrochen wird. Endlich, nach Jahren, wieder einmal Erzählungen schreiben zu dürfen, schien mir geradezu eine Erholung zu sein. Nun, es wurde keine Erholung, sondern eine einzige Auf-

regung und Mühe. Trotzdem wurde es aber auch eine grosse Freude für mich.«[86]

Beim Verfassen von Romanen müsse der Autor, um den Schreibfluß zu gewährleisten, allerlei Dinge behandeln, die ihn »nicht gerade brennend interessieren«. Bei Erzählungen darf er hingegen wählerisch sein und dann »dieses winzige Stückchen Leben wie durch eine Lupe betrachten«. Sie führt hier aus, was sie im Tagebuch schon angedeutet hat: »Vielleicht werden manche Leser finden, meine Erzählungen wären zu düster und pessimistisch. Das kommt daher, daß ich mich beim Schreiben dieses Buches in relativ heiterer und friedlicher Stimmung befand. Vor Jahren, als ich einmal besonders deprimiert war, habe ich eine Reihe von Humoresken geschrieben.« Doch darüber will sie nicht nachdenken: »Lieber werde ich mich wieder hinsetzen und ein neues Buch schreiben und werde mich von mir selber überraschen lassen.«

Der Band *Schreckliche Treue* stieß bei der Kritik auf breiteres Interesse als der Kindheitsroman oder ein Erzählband, den Oskar Jan Tauschinski 1966 für den österreichischen Verlag Stiasny unter dem Titel *Lebenslänglich* zusammengestellt hatte. Die neuen Erzählungen in *Schreckliche Treue*, die fast alle ab 1965 entstanden waren, wurden überwiegend gelobt. Herbert Eisenreich umriß als ihr Thema »die heimliche Ungeheuerlichkeit des Lebens und die Bewußtwerdung dieser Ungeheuerlichkeit, die Stunde der Wahrheit«. Eisenreich spielte seine Tischgenossin aus dem Café Raimund sogar gegen den *shooting star* der deutschsprachigen Literatur aus: Im Banalen mache sie »das hinter den Phrasen und Konventionen lauernde Gräßliche sichtbar, deutlicher sichtbar sogar als ihr Landsmann Thomas Bernhard, der, weil ihm der Kontrapunkt fehlt, nicht glaubwürdig ist«. Marlen Haushofer betreibe die Desillusionierung des Lebens ohne moralische Attitüde, leidenschaftslos und mit sprachlicher Diskretion. Eine Geschichte hob er als charakteristisch hervor: *I'll be glad when you're dead?...* beschreibt den Zerfallsprozeß einer scheinbar harmonischen Ehe, die durch einen Zufall ihren Todesstoß empfängt:

Der englische Satz, in einem Lied gehört und zugleich in einem Buch gelesen, verfolgt die beiden Ehepartner wie ein schrecklicher Verdacht, der sich nicht mehr entkräften läßt.[87]

Für *Schreckliche Treue* wurde Marlen Haushofer 1968 zum zweiten Mal der ›kleine‹ österreichische Staatspreis zugesprochen, der ihr allerdings, gemeinsam mit Andreas Okopenko, erst im Mai 1969 überreicht wurde. Bereits 1962 hatte sie ein einmalig zu Schnitzlers 100. Geburtstag gestiftetes Arthur-Schnitzler-Stipendium bekommen. Von den erhaltenen Preisgeldern pflegte sie sogleich Geschenke für Freunde und Verwandte zu kaufen. Bei den großen Preisen des Landes ging Marlen Haushofer leer aus. In jenen Jahren hießen die Träger des ›großen‹ Staatspreises Carl Zuckmayer, Fritz Hochwälder, Elias Canetti, Ingeborg Bachmann, Christine Busta oder Christine Lavant. Und in ihrer näheren Heimat Oberösterreich nahm man Marlen Haushofer überhaupt nicht wahr: Der Adalbert-Stifter-Preis des Landes wurde unter anderem Alexander Lernet-Holenia, dem Südtiroler Franz Tumler und der ehemaligen Naziautorin Erna Blaas verliehen. Auch eines Förderungspreises, wie er an ihre Freundin Dora Dunkl, an Gertrud Fussenegger und den einst ›tiefbraun‹ eingestellten Robert Hohlbaum ging, wurde die Steyrerin nicht für würdig befunden. Der Freundin Dita Bauer gegenüber, die ihre Briefe an die »Heimatdichterin« Haushofer zu adressieren pflegte, winkte Marlen ab: Wäre sie eine Heimatdichterin, so wäre sie längst reich.[88]

Anfang 1968 macht sich Marlen Haushofer tatsächlich an ein neues Buch und präsentiert sich Jeannie Ebner gegenüber als ›Wiederholungstäterin‹: »Ich denke an einem Roman herum, wenn ich nur ein bißchen Ruhe u. Frieden hätte u. Zeit, könnte es etwas werden. Ich muß wirklich nicht bei Trost sein, daß ich es noch immer nicht aufgebe.« Sie hat freilich weder Ruhe noch Frieden noch Zeit:

> »Mein grösster Kummer ist natürlich immer noch mein kranker Vater, der weder leben noch sterben kann. (...) Im Herbst hatte er wieder einen Schlaganfall und hat fast al-

les vergessen was er jemals erlebt hat. Gemütlich hat er sich aber garnicht verändert, das heisst, er ist eher liebesbedürftiger und zärtlicher als früher, keine Spur von Bosheit oder Ungeduld und dabei muss er so leiden durch diesen elenden Dauerkatheter. Dabei wird es langsam auch eine Frage, wie lange meine Mutter das noch aushalten kann. Sie wird immer eigensinniger und verkalkter und lässt sich von mir nichts sagen. (...) Dabei soll ich mich nicht aufregen und hab einen viel zu hohen Blutdruck, muss täglich zwei Pillen nehmen, die machen mich nur müde und gedrückt, aber ich muss sie nehmen. Glaub nicht, dass ich auf meine alten Tage ein Hypochonder geworden bin, ich schreib Dir so nur die Hälfte aller Zwidernussen und nur, damit Du Dir ein Bild von meinem Leben machen kannst.«[89]

Zu jener Hälfte, von der Marlen nichts berichtet, gehören ihre mittlerweile chronischen Schmerzen in der Hüfte. Wenn ihre eigene Theorie stimmt, daß sich die Stimmung ihrer Werke gewöhnlich verkehrt proportional zur eigenen Gemütslage verhalte, dann hätte das Buch, an dem sie arbeitet, ein sehr heiteres werden müssen. Ebenfalls Anfang 1968 versucht Marlen Haushofer ihren Verleger für eine Neuausgabe von *Die Wand* und *Himmel, der nirgendwo endet* zu gewinnen: *Die Wand* ist seit zwei Jahren vergriffen, die Auflage des Kindheitsromans zur Hälfte verkauft. Von der *Wand* existierte damals nur eine einzige fremdsprachliche Ausgabe, eine finnische Übersetzung. »Beide Bücher sind durchaus lesbar, nur wurde nie genug Reklame gemacht«, schreibt sie an von Wehrenalp, auch hätten die Buchhändler sie nicht geschätzt. Als dieser ihr berichtet, daß *Die Wand* ab März 1968 von ihrer Freundin Elfriede Ott im ORF-Radio gelesen werden soll, wird sie gegenüber von Wehrenalp deutlicher: »Das ist sehr schön, kommt aber einige Jahre zu spät.« Sie erhalte schon längere Zeit Anfragen, wo das Buch noch aufzutreiben sei: »›Die Wand‹ ist mein bestes Buch, und ich glaube, es würde sich auch für einen Verleger lohnen, sich für sie einzusetzen.« Bei Claassen rennt Marlen Haushofer mit ihrem Wunsch offene Türen ein: Man bittet sie, die

Rechte von Mohn bzw. Bertelsmann zurückzufordern, und entschließt sich dann sogar, *Die Wand* noch im Herbst desselben Jahres als Sonderausgabe herauszubringen.[90]

Die Lesung der *Wand* im österreichischen Rundfunk in der Vormittagsreihe ›Roman in Fortsetzungen‹ brachte Marlen Haushofer in ihrer Heimat einen deutlichen Popularitätsschub. Zum ersten Mal erfuhr sie, wie es ist, auch im eigenen Umfeld als öffentliche Person wahrgenommen zu werden. Sie erhielt viele Briefe, »wirklich manchmal ganz rührende Zuschriften. Und da hab ich zum ersten Mal richtig einen Erfolg erlebt, also so, daß man das Gefühl hat, daß andere Menschen Anteil nehmen, fremde nämlich, die man gar nicht kennt, das war sehr merkwürdig.« Im ORF mußte eine Sekretärin eigens für die Beantwortung der Hörerpost freigestellt werden. Kaufen konnte man *Die Wand* damals jedoch nicht. »Nach der Lesung im Radio hätte man bestimmt ein paar Tausend anbringen können«, bedauerte Marlen brieflich. Dafür konnte Erwin Barth von Wehrenalp nun das Interesse eines englischen Verlages an ihrem Werk melden, was sie begeisterte: »Eine Übersetzung der ›Wand‹ ins Englische ist sozusagen der Traum meines Lebens. Nicht nur aus materiellen Gründen, sondern hauptsächlich, weil ich ein sehr inniges Verhältnis zur englischen Sprache und Literatur habe und weil ich mich dort mehr daheim fühle als in der deutschen Literatur.«[91]

Im Mai 1968 fährt Marlen Haushofer wieder nach Rom, diesmal gemeinsam mit ihrem Mann. Die Reise hat sie schon im Winter geplant, das würde sie »wieder für vieles entschädigen«. Gesundheitlich sind die beiden den Strapazen einer Besichtigungsreise aber nicht gewachsen: Marlen leidet unter ihren Beinschmerzen, Manfred abwechselnd an Kreuzschmerzen, Herzbeschwerden, Müdigkeit, Übelkeit und Migräne. In ihrem Tagebuch vermerkt Marlen nicht nur detailliert das Programm, sondern auch das Befinden ihres Gatten, den sie bald zärtlich ›kleiner Hase‹ nennt, bald wegen der Leidenschaft für seine Dias belächelt, bald besorgt beobachtet und bald wegen seiner Unvernunft kritisiert: »M. nicht gut. Eigensinnig, rennt zu viel und setzt keinen Hut auf.« Sie hält es nun für keine gute

Idee mehr, ihren Mann nach Rom gebracht zu haben. Ihre Vorlieben decken sich nicht unbedingt mit seinen: »Sehr viele Schwalben, zu meiner Freude, wecken aber Manfred auf.« Einig sind sich die Eheleute in ihrer Liebe zu den römischen Katzen: »Katzen gefüttert im Katzenforum, dann irrsinnig weiter sogenannter Spaziergang. Ewig kein Beisel gefunden, leicht grantig wegen Erschöpfung. Dieser Mann bringt uns um mit seinen langen Haxen. Jetzt liegt er auf der Nase. 9 Stunden zu Fuß. Armer kl. H.«. Zum abendlichen Ritual gehören »Waschungen u. Salbungen« mit der Rheumasalbe. Aber das Wiedersehen mit dem freundlichen Wirt vom Vorjahr, die Wiederbegegnung mit den Kirchen und Museen Roms sind für Marlen eine echte Freude. Ihre Liebe gilt der Antike, der frühchristlichen Kunst, Giotto und dem Quattrocento: »Um 1500 herum hört für mich die Kunst auf.« Am letzten Tag fahren Manfred und Marlen nach Ostia Antica, wo die Ausgrabungen das plastische Bild einer römischen Stadt vermitteln: »Großer Eindruck, leider M. krank.«[92]

Den Sommer über arbeitete Marlen Haushofer an ihrem Roman, den sie vorläufig *Ein Zwischenspiel* nannte. Im September konnte sie dann ihrem Verleger mitteilen: »Das neue Buch ist in der ersten Fassung fertig. Ich arbeite jetzt an der zweiten Fassung (das tu ich jedesmal) und dann muss ich es noch abtippen. Da ich im Dezember übersiedeln muß, kann es sein, dass Sie das Manus erst im Jänner bekommen.« Die Hausbesitzer hatten ihren Freunden den Mietvertrag wegen Eigenbedarfs gekündigt. Die Haushofers entschieden sich, eine Eigentumswohnung in einer neugebauten Wohnanlage am Rand der Stadt zu erwerben. Für Marlen Haushofer ein Anlaß, darauf hinzuweisen, daß sie froh wäre, käme einmal »ein bisschen Geld« herein: »Ich verstehe ja sehr gut, dass ich garnicht in diese Zeit passe und daher keine Bestseller schreiben kann, es deprimiert mich nur manchmal sehr.«[93]

Im Oktober 1968 unternimmt Marlen Haushofer mit Elli Mohr eine Reise nach Florenz, bei der ihr die in den Oberschenkel ausstrahlenden Hüftschmerzen derart zu schaffen machen, daß sie sich für die Spaziergänge in der Stadt »Patschen«, also weiche Hausschuhe, kaufen muß. Wieder zurück in Steyr, läßt sie sich von einem Facharzt gründlich untersuchen und nochmals röntgen. Diesmal wird am rechten Hüftgelenk eine bereits apfelgroße Geschwulst festgestellt. Elli Mohr erinnert sich noch an Marlens »ruhige, aber tiefbewegte Worte« am Telephon: »Es ist Knochenkrebs – oder Knochentuberkulose.« Marlen vergleicht das neue Röntgenbild mit der früheren Aufnahme, und erkennt dort selbst einen kleinen Fleck an der bewußten Stelle. Sie, die immer versucht hat, die Äußerungen ihres Körpers zu verdrängen oder zu verharmlosen, ist nun gezwungen, sich mit dieser Diagnose auseinanderzusetzen. Schon Jahre zuvor hat Jeannie Ebner ihr ins Gewissen geredet, sie solle ihre »(oberösterreichisch eigensinnige) Skepsis, mitsamt dem ›Nutztehnix‹, ›Wirdauchsogutwerden‹ und ›eigentlich bin ich zu faul, wenn es sich nur um meinen eigenen Körper handelt‹« schleunigst aufgeben. Erfolglos.[94]

Marlen Haushofer entschloß sich, zur weiteren Behandlung nach Wien zu gehen – Hans Weigel empfahl ihr einen seiner Bekannten, Dr. Rudolf Falkner, der damals einer der bekanntesten Internisten war und beinahe den Ruf eines ›Heilers‹ genoß. Er behandelte einige von Weigels Schützlingen zu ermäßigten Künstlerhonoraren. Vor allem Dr. Falkners Patientinnen konnten sich seiner Aura kaum entziehen – Marlen blieb in dieser Hinsicht aber immun.[95]

Die Diagnose Krebs stand sehr bald fest, Marlen Haushofer erfuhr wohl davon, denn sie erzählte Oskar Jan Tauschinski von der Auffassung ihres Arztes, jeder Krebs sei eine »unbewußt gewollte Krankheit«, eine Art stiller Selbstmord. Auch ein Lexikonartikel vermutet in der Krebserkrankung der Autorin den »Versuch einer durchgeführten Selbstauslöschung«. Der hellsichtigen Psychologin Marlen Haushofer war eine derartige psychosomatische Deutung keineswegs fremd, auch nicht, wenn sie selbst betroffen war. So schrieb sie einmal in ihr Tagebuch: »Soll zum Arzt, weiß daß er nichts tun kann gegen eine Veranlagung. Rasche Abnützung. Tendenz zur Verschwendung wie in jeder anderen Hinsicht. Ebenso die Neigung zu Blutungen u. Durchfällen. Nur alles hergeben, verströmen, nichts behalten. Äußerst ungesunde Veranlagung so kann man eigentlich nicht alt werden.«[96]

»Äußerst depressiv oder eher wütend. Vielleicht hormonelle Störungen Blutdruck 190. Es nagt alles mögliche an mir. Längstvergangene Ärgernisse sind quicklebendig. Habe überhaupt garnichts vergessen oder verziehen. Wundert mich, da sonst so vergeßlich. Komme sichtlich über garnichts hinweg.« Was Marlen Haushofer als ihre Befindlichkeit beschreibt, entspricht einer landläufigen Auffassung der psychischen Disposition für Krebs. Auf ähnliche Weise ließ sie schon 1960/61 in der Urfassung der *Wand* die Erzählerin über sich nachdenken, deren Veranlagung zugleich Beweggrund des Schreibens ist: »Ich werde mich überhaupt mit nichts abfinden – ich kann es nicht«; »ich kann nur das Unglück ertragen aber ich schleppe es mit mir und es wird nicht kleiner und leichter davon.« Alles Unrecht, auch das fremde »liegt wie ein Stein auf mir, wie ein Felsen der seine scharfen Zacken in mein Fleisch drückt«. Er werde sie erdrücken, nie werde sie ihn abwerfen können. »Das Unglück ist ein Teil von mir geworden, ein ewiges unausgetragenes Steinkind – man müßte mich in Stücke reißen um es auszulöschen.« Es geht der Erzählerin nicht allein um ihr privates Leiden, sie will mit ihrem Schreiben vielmehr das wahrgenommene Unrecht bezeugen: »einer muß sein der nicht vergißt, der registriert und behält«, auch wenn das dumm ist. Denn sonst schiene alles in Ordnung. – »Nichts war in Ordnung nichts wird verziehen u. vergessen und keiner kann den Schmerz ungeschehen machen.« Die Erzählerin weiß, sie ist ein »Wiederkäuer«, eine »Registriermaschine aus Fleisch«.[97]

Marlen Haushofers Sprachbilder verraten ihren Hang zur Selbstzerstörung, aber auch, daß ihr eigenes »Fleisch« unter dieser Behandlung leidet. Ingeborg Bachmann sagte einmal, sie schreibe »gegen etwas«, gegen »einen andauernden Terror: Man stirbt ja auch nicht wirklich an Krankheiten. Man stirbt an dem, was mit einem angerichtet wird.« Tatsächlich könnte man angesichts von Marlen Haushofers Schicksal auch an das denken, was Ingeborg Bachmann als »Todesarten« beschrieben hat. Die reine Opferrolle entspricht jedoch nicht Marlen Haushofers Selbstverständnis – »Vergesse dabei ganz daß ich selber zu verschiedenen Leuten abscheulich war«, heißt es nach einem Lamento in ihrem Tagebuch –, doch: Das Unglück, das herumgetragen, aber nie ausgetragen, nie geäußert wird, bringt den, der es erleidet, am Ende um. Das vergängliche Fleisch und die Knochen als die Substanz des menschlichen Körpers, die den Tod am längsten überdauert, haben Marlen Haushofers Phantasie von jeher beschäftigt. Ihre Faszination durch die Vergänglichkeit, die Vorstellung vom Fleisch, das zu Staub wird, ist eine zutiefst katholische. Die Knochen spielen seit dem ›Märchen vom Machandelbaum‹ in Marlen Haushofers Kindheitswelt eine große Rolle. Immer wieder finden sich ihre Figuren in Gedanken auf die blanken Knochen reduziert.[98]

Merkwürdig mutet auch an, daß sich die Krankheitsängste von Marlen Haushofers Figuren seit Jahrzehnten auf die Beckenregion und die Leibesmitte konzentrieren: »Die Schmerzen im Becken werden immer lästiger. Angeblich sollen sie von einem Nerv kommen, der gedrückt wird«, heißt es in der um 1955 verfaßten *Tapetentür*. Und in der ersten Niederschrift der *Wand* steht: »Manchmal träume ich daß ich Schmerzen habe, schreckliche, bohrende u. brennende Schmerzen ganz tief mitten in meinem Leib.«[99]

Daß die Träume der Figuren denen der Autorin ähneln, findet sich in Marlen Haushofers Tagebuch bestätigt.[100] Denn darin notiert Marlen schon Anfang 1967 einen Traum, der auf beklemmende Weise ihre Krebsangst dokumentiert: Sie sieht einen Delphin, von dem es heißt, er sei krebskrank. Er hat ein rundes, lachendes Kindergesicht und klagt über Durst.

> »Lasse ihn aus dem Wasserschlauch trinken, bemerke, daß er eine volle Frauenbrust hat u. eine ganz kleine, nehme an Brustkrebs. 2. Teil: ich bin der Delphin liege auf einem Operationstisch u. sehe meinen Flossenschwanz. Weiß daß ich sterben muß. Durch Schwindeln erreich ich, daß man mir mehrere Morphiuminjektionen gibt. Spüre wie ich einschlafe u. bewußtlos werde, sehr zufrieden darüber. Gleich darauf erwache ich (im Traum) u. eine Schwester sagt, bei Delphinen wirke Morphium oft aufmunternd.«[101]

Marlen Haushofer mit Hans Weigel im Dezember 1968.

Die Angst, die Marlen Haushofer in der im Prolog zitierten Erzählung *Die Ratte* artikuliert hat, kommt auch in diesem Traum zum Ausdruck. Es ist eher eine Lebensangst als eine Todesangst: Die Angst davor, todkrank zu sein, Schmerzen zu leiden und nicht sterben zu können.

Anfang 1967 schreibt Marlen Haushofer anläßlich des Begräbnisses einer Verwandten – natürlich noch ohne Bezug zu ihrer eigenen Krankheit – in ihr Tagebuch: »Wozu dieses entsetzliche Leiden. Möglichkeit einer Läuterung nicht abzusprechen, nur subjektiv sinnvoll wenn man an ein Weiterleben glaubt. Oder doch sinnvoll, weil erträglicher für den Kranken als Unbeherrschtheit. Wozu das alles.«[102]

Im Spätherbst 1968 war Marlen Haushofer dieser Einstellung zum Trotz bereit, sich einer Therapie zu unterziehen. Zur selben Zeit arbeitete sie mit eiserner Disziplin an der Fertigstellung ihres Romans, den sie schließlich nach nur neun Monaten beenden sollte. Noch vor Weihnachten wurde sie auf Betreiben Hans Weigels in der ›Wiener Privatklinik‹ aufgenommen, an der Dr. Falkner tätig war. Außerdem arbeitete dort die Anästhesistin Dr. Hilde Tetsis, die zu Weigels Freundeskreis zählte. Über Elfriede Ott hatte Marlen 1965 ihre Bekanntschaft und die ihres Mannes Georg gemacht, eines gebürtigen Griechen. An der Klinik versuchte man, den Tumor operativ zu entfernen, brach den Eingriff jedoch ab, da die Geschwulst an einer praktisch ›unzugänglichen‹ Stelle saß und die Blutungen bedrohliche Ausmaße annahmen.[103]

Hans Weigel informierte den Claassen-Verlag über Marlens Erkrankung und bat, die Diagnose der Patientin gegenüber diskret zu behandeln: »Man wird versuchen, eine Tuberkulose-Diagnose plausibel zu machen.« Vom Spital aus bedankte sich Marlen Haushofer brieflich bei Erwin Barth von Wehrenalp für einen Blumengruß: »Den Roman habe ich schon unter großen Schwierigkeiten fertig geschrieben u. bin froh, daß meine Kraft doch noch ausgereicht hat. Wie Sie vielleicht von Herrn Weigel wissen, habe ich eine Operation hinter mir und werde jetzt einige Wochen Rö bestrahlt.« Marlen ihrerseits spielte dem Verleger ebenfalls die Gutgläubige vor. »Es handelt sich um einen nicht bösartigen aber sehr schmerzhaften u. langweiligen Knochenprozeß.« Tatsächlich erhielt von Wehrenalp den Roman, der nun *Die Mansarde* heißen sollte, termingerecht Mitte Jänner 1969 und würdigte ihn Marlen Haushofer gegenüber als »großartiges Manuskript, obwohl es ja in weiten Bereichen manchmal sehr quälend wird«.[104]

Die Mansarde oder Wer hat Angst vor Marlen Haushofer?

In gewisser Weise ist *Die Mansarde* eine Fortsetzung der Novelle *Wir töten Stella*: Die Geschichte spielt in einer Familie, die Eltern sind um die fünfzig, der Vater ist Anwalt, die Mutter Hausfrau, auch die Kinder sind, verglichen mit denen der Novelle, sozusagen in die Jahre gekommen. Der Sohn studiert, die Tochter geht noch in die Schule. Hubert, der Familienvater, unterscheidet sich von Richard dadurch, daß er keine dämonischen Züge aufweist. Daß er einmal wöchentlich eine Geliebte besucht, wird hier nicht behauptet, sondern nur listig suggeriert – in erster Linie ist Hubert rührend und sieht »sehr harmlos aus«: »Auf seinen nicht sehr breiten Schultern liegt eine Last, die zu schwer für ihn ist.« Seine Frau, die Ich-Erzählerin, hat früher einmal Kinderbücher illustriert, jetzt zieht sie sich abends in die Mansarde des Hauses zurück, um zu zeichnen. Die Ehe der beiden scheint in einer seltsamen Mischung aus Überdruß und Vertrautheit zu bestehen: Manchmal, heißt es, hätten sie einander »satt bis zum Hals«, aber: »Wir können es uns einfach nicht lange leisten, einander satt zu haben, denn wem sollten wir uns sonst zuwenden?«[105]

Eines Tages bekommt die Erzählerin Post von einem anonymen Absender: Das Kuvert enthält Aufzeichnungen, die sie selbst siebzehn Jahre zuvor während einer großen persönlichen Krise verfaßt hat. Damals war sie durch das Hören einer Feuerwehrsirene plötzlich taub geworden, und Hubert hatte sie zur Genesung, unter dem Einfluß seiner herrschsüchtigen Mutter, in das Jagdhaus seines verstorbenen Vaters abgeschoben und die Ich-Erzählerin so von ihrem dreijährigen Sohn getrennt. Außer ihr ist dort nur der Jäger, der auf sie aufpassen soll, ein finsterer Geselle, der seinen Hund prügelt. Die Frau soll im Jagdhaus bleiben, bis ihr Mann sich – ohne die Belastung durch eine taube Frau – eine Existenz aufgebaut hat.

Allmählich fängt sie sich wieder. Sie lernt einen Ortsfremden kennen, den sie in ihren Aufzeichnungen X nennt. Zu ihm, dem ein schreckliches Geheimnis, eine verbrecherische Tat, auf der Seele zu lasten scheint, entwickelt sie eine sonderbare Beziehung: Er sehnt sich nach ihren Besuchen, weil er sich vor der Tauben hemmungslos aussprechen, ausschreien und ausweinen kann, und bittet sie schließlich mit ihm fortzugehen. Doch sie beschließt, zu ihrer Familie zurückzukehren. Als X in einem Gefühlsausbruch ein Glas zerdrückt, kann die Frau plötzlich wieder hören. Am Ende der Verbannung steht ein falsches Happy-End, denn sie, ihr Mann und die Kinder werden nie mehr eine »wirkliche Familie«.[106]

Ihre Notizen muß X wohl damals an sich genommen haben,

denn eine Woche lang, von Montag bis Samstag, wird der Protagonistin täglich ein neues Paket mit ihren Schriften zugestellt. Einmal mehr arbeitet Marlen Haushofer also mit einer Rückblende, die sie mit Tagebuchnotizen montiert.

Die Erzählerin vernichtet die letzte Sendung wie alle früheren. Nun, in der Gegenwart des Romans, gibt es für die Frau doch so etwas wie ein glückliches Ende: Über Jahre hinweg hat sie vergeblich versucht, einen ganz besonderen Vogel zu zeichnen, einen Vogel nämlich, der ausdrückt, daß er nicht allein auf der Welt ist. Nun, da sie an ihre Vergangenheit erinnert worden ist und diese symbolisch vernichtet hat, gelingt es der Erzählerin. Was sie zeichnet, ist aber kein Vogel, sondern ein Drache, ein Wesen, »das einsam aussehen darf«.[107]

Wie in *Wir töten Stella* beschreibt Marlen Haushofer hier eine Familie, deren Mitglieder nebeneinander herleben, im Umgang auf eine freundliche Distanz bedacht sind, weil sie zuviel voneinander wissen. Folgerichtig befindet sich die rundum gesunde Tochter Ilse, die nach jenen Ereignissen geboren wurde, in dieser Woche gerade auf einem Schikurs. In der *Mansarde* hat Marlen Haushofer ihre eigenen Lebensumstände so unverdeckt nachgedichtet wie nirgendwo sonst: Die Hauptfigur ist eine Hausfrau und Mutter, deren künstlerische Begabung zum Lebens-Mittel wird. Gleich zwei Möglichkeiten, aus dieser Realität zu fliehen, hat Marlen Haushofer hier durchgespielt. Da ist zum einen die Flucht durch die Ertaubung, die aber in ein Gefängnis führt mit den Bergen als »Kerkermeister«, in eine Szenerie der Abgeschiedenheit, die an die der *Wand* erinnert. Doch diese Flucht ist bereits Vergangenheit, sie ist gescheitert. Der zweite Zufluchtsort in der Geschichte ist die Mansarde. In ihrem letzten Roman scheint sich Marlen Haushofer also offenbar damit abgefunden zu haben, daß ihre Existenz durch die vier Wände eines bürgerlichen Hauses begrenzt wird und eine Flucht gleichsam nur nach oben, nur in den virtuellen Raum einer höchst privaten Dachkammer, möglich ist. Wie die Frau in der *Mansarde* hat Marlen Haushofer wohl lernen müssen, ihre »Mansardengedanken«, auch ihre Existenz als Künstlerin, die meiste Zeit über zu verdrängen, um ihr »Leben nicht ganz und gar in ein Chaos münden zu lassen. Ich habe einen bürgerlichen Mann geheiratet und muß mich entsprechend benehmen. Der Abend in der Mansarde genügt für meine unbürgerlichen Ausschweifungen.« Hubert wiederum freut sich, »daß ich etwas habe, das in seinen Augen ein Hobby ist. Daß es das nicht ist, soll er gar nicht wissen. Vielleicht ahnt er es ohnedies längst. Eheleute wissen eine Menge Dinge übereinander, auch wenn sie nicht darüber reden.«[108]

Als Roman einer Ehe beleuchtet *Die Mansarde* eine erstarrte, aber freundliche Alltäglichkeit, in der sich gelegentlich Abgründe auftun. Da tritt die Ehefrau ins Zimmer, als der Ehemann vor dem Fernseher sitzt: »Der Kristallaschenbecher stand auf dem Tisch und sah sehr schwer aus. Ich hätte Hubert ganz leicht damit erschlagen können, aber ich spürte nicht das geringste Verlangen, es zu tun.« Dieses Leugnen macht den unerhörten Gedanken nicht ungedacht, sondern verstärkt ihn sogar, auch wenn es dann achselzuckend heißt: »Genauso gut hätte ich mich selbst erschlagen können, heute würde das keinen Unterschied mehr ausmachen.« Daß die Erzählerin ihrem Gatten den Tod wünscht, wäre nur zu verständlich, schließlich hat er sich damals, als sie taub war, auch einmal gewünscht, sie hätte die Nacht des Sirenengeheuls nicht überlebt. Manchmal weiß sie nämlich ganz plötzlich, was ein anderer denkt: »Er sah mich im Licht stehen, und seine Augen wurden ganz schwarz vor Schmerz. Ich war in seinem Gehirn und wußte, daß er mir den Tod wünschte.« Dieses Erlebnis gab damals für sie den Ausschlag, das zu tun, was ihr Mann und ihre Schwiegermutter insgeheim von ihr erwarteten: wegzugehen.[109]

Ist das in der Erzählung *I'll be glad when you are dead ...* – Ich werde froh sein, wenn du tot bist – noch ein Trennungsgrund, so haben sich die Eheleute in der *Mansarde* sogar mit dem Einander-den-Tod-Wünschen abgefunden. Auch der Ehemann im Roman ist ein Mensch, der auf nichts mehr hofft. In den Augen seiner Frau muß er immer mit jenem unvernünftigen und ganz lebendigen »jungen Hubert aus der Legende« konkurrieren, in den sie sich im Krieg verliebt hat. Das Lächeln ihres Mannes vermag sie nur aufzuheitern, wenn sie darin »das Lächeln eines jugendlichen Schemens« erblickt. Ganz so hat auch die Erzählerin in der ersten Fassung der *Wand* ihren Gatten, der im Buch kaum mehr vorkommt, als Abglanz seiner früheren Erscheinung beschrieben. Er sei ein »verdorbenes Kind« geworden und »unglücklich dazu«: »In den letzten Jahren war ich manchmal entsetzt. Das Unglücklichsein hat sich in sein Gesicht gegraben. Aber immer war da noch unter der fahlen Haut, den bitteren Falten das strahlende Jünglingsgesicht u. manchmal für Sekunden ist es durchgebrochen.«[110]

Für die Vorstellung, etwas könnte die Erstarrung dieser Ehe aufbrechen, ist kein Raum, es führt kein Weg zurück in die Wesentlichkeit, in das eigentliche Leben, in die Unschuld des Begehrens.[111] Die äußerste Form der Zuneigung besteht für die Ich-Erzählerin darin, daß sie Hubert für Momente »wirklich sehr gern« hat, wenn er etwa an seinem Schreibtisch sitzt und der Anblick seines Rückens und seines Hinterkopfs sie rühren. Was sie ganz am Schluß des Buches denkt, ehe sie wieder zu ihrem Drachen in die Mansarde hinaufsteigt, kann als sehr persönliche Anmerkung Marlen Haushofers aufgefaßt werden: »Wenn ich eines Tages nicht mehr dasein sollte, und das könnte ja immerhin geschehen, wird er mich sehr vermissen, auch wenn er jetzt keine Zeit für mich hat.«[112]

Während die gegenseitigen Liebeserklärungen der Eheleute diese recht indirekte Form nie überschreiten, wird die Erzählerin mit der Erinnerung an die aufwühlenden, von sexueller Spannung erfüllten Begegnungen mit X konfrontiert. In einer früheren Fassung des Romans geht sie mit ihm sogar wirklich ein sexuelles Verhältnis ein, das sie einen »Tauschhandel« nennt: »Zweimal in der Woche lasse ich mich von ihm umbringen und gehe auferstanden heim.« Der Unbekannte verkörpert also auch die Figur eines bösen, häßlichen, kranken Zerstörers, wie sie Marlen Haushofer stets – von der Erzählung *Das fünfte Jahr* bis zur *Wand* – fasziniert hat, er ist der Ich-Erzählerin nur auf der Basis einer gestörten Kommunikation erträglich.[113]

Von der Taubheit der Erzählerin heißt es im Roman ausdrücklich, sie sei nicht organisch bedingt. Ein Arzt erklärt, die Frau habe die Taubheit selbst bewirkt und nur sie allein könne sie wieder aufheben; sie habe nur vergessen zu hören. Derartige psychosomatische Phänomene sind bekannt: Ein Organ versagt den Dienst, weil seine Wahrnehmungen ununterbrochen verdrängt werden – ein Auge wird kurzsichtig oder blind, weil es nicht sehen, ein Ohr taub, weil es nicht hören soll. Marlen Haushofer deutet im Buch, angeblich auf Anraten Hans Weigels, immer wieder die Ursache der Erkrankung an: »Warum will ich oder jenes fremde Wesen in mir nicht mehr hören? Und warum zu einer Zeit, in der ich endlich das hatte, was ich immer wollte, eine Familie ganz für mich allein?« Die Antwort liegt nahe, daß sie das alles in Wahrheit eben nicht wollte, daß ihr Unbewußtes dagegen rebellierte, weil ihre erotische und künstlerische Selbstbestimmung nun ein Ende haben sollte. Die Krankheit bedeutet also ein Sich-Taubstellen gegen alle Anforderungen einer bürgerlichen Umwelt – deshalb erscheint die Taube ihren Angehörigen auch so anstößig, ja unheimlich. Der biblischen Weisung »Wer Ohren hat, der höre« widersetzt sie sich jedoch nur scheinbar, denn mit dem Abbruch der Kommunikation mit der Außenwelt geht ein neues Horchen nach innen einher.[114]

Das Nichthörenkönnen schafft eine akustische Wand zwischen Ich und Außenwelt, und wie durch die Wand im gleichnamigen Roman entsteht Distanz zu den Menschen. In der Verbannung unterhält sich die Frau mit den Fischen, die bekanntlich nicht nur als taub, sondern auch als stumm gelten. Im Jagdhaus liest sie ein Buch »über den Aufstieg und Untergang des Römischen Reiches«. Gemeint ist die sechsbändige *Geschichte des Verfalls und Untergangs des Römischen Reiches* (1776–1788) des englischen Historikers Edward Gibbon. – Über dieses Werk, in dem das Christentum für den Niedergang des alten Rom verantwortlich gemacht wird, unterhielt sich Marlen Haushofer gerne mit dem historisch interessierten Georg Tetsis, der eines Tages ein großes Paket aus England bekam. Marlen hatte ihm die Bände kurzerhand schicken lassen. – In der *Mansarde* findet die Verbannte Trost in dieser Lektüre: »Es tut mir gut, wenigstens mit dem Römischen Reich Mitleid haben zu dürfen. Dieses Mitleid ist nämlich ganz ungefährlich für mich und schmerzt nicht wirklich.« Schließlich ist das Reich »schon lange tot, und tote Dinge darf man lieben, ohne dafür bestraft zu werden«. – Wer nicht hören will, der möchte vielleicht auch nicht fühlen.[115]

Die triviale und jedenfalls zutreffende Erklärung für die Taubheit der Heldin ist, daß sie seit jeher Lärm haßt; sie selbst erinnert sich später sehnsüchtig an jene »absolute Stille, in der ich einmal gelebt hatte«, und sie erschrickt über ihre Sehnsucht: »Vielleicht war das nur eine Schutzmaßnahme gewesen, und ich hatte es nicht begriffen.« Marlen Haushofer hat sich in diese Figur gleich doppelt eingebracht: Sie selbst war ja höchst lärmempfindlich, wobei sich ihre Abneigung wie bei vielen Menschen vor allem gegen Motorengeräusche richtete, aber auch Musik, vor allem im Radio, ging ihr auf die Nerven. Auf Reisen führte sie stets eine Schachtel Ohropax mit sich. Sie, die jahrelang neben einer Kirche wohnte, haßte Glockengeläut und meinte einmal zu einer Freundin, sie verbitte sich Kirchenglocken bei ihrem Begräbnis. Doch auch die Taubheit ist nicht frei erfunden: Nach einer Krankheit, wahrscheinlich in den frühen fünfziger Jahren, ertaubte Marlen Haushofer für einige Zeit völlig. Nur mit einem Ohr konnte sie später wieder hören, das andere blieb taub. Um besser einschlafen zu können, pflegte sie sich auf ihr gesundes Ohr zu legen – das andere sorgte für die gewünschte akustische Abschirmung.[116]

Weitere autobiographische Hinweise sind in der *Mansarde* dicht gesät: Da gibt es den Baum vor dem Schlafzimmerfenster, über dessen korrekte Bestimmung das Ehepaar rituelle Diskussionen abhält und der auch im Garten der Haushofers am Taborweg 19 stand. Da pilgern die beiden jeden Sonntag ins Arsenal, in das Wiener Heeresgeschichtliche Museum, wohin es auch Manfred und Marlen Haushofer immer wieder zog. Da studiert Ferdinand, der Sohn im Roman, wie sein Vater Jus, und nicht Archäologie, weil damit kein angenehmes Leben gewährleistet wäre. Eine besonders authentische Note vermittelt nicht zuletzt die Beschreibung des Hausfrauenalltags der Erzählerin: Das auf den einzelnen Wochentagen fußende Gerüst einer durchschnittlichen Woche, zwischen Zahnarztbesuch, Bedienerin und Schneiderin, zwischen Konditorei und familiärer Bridge-Runde, findet sich hier wie in einer später gestrichenen Passage der Ur-*Wand* und ähnelt Marlen Haushofers eigenem Wochenablauf.[117]

Die Putzarbeit erlegt sich die Erzählerin der *Mansarde* als eine Art Strafe auf, sie verordnet sie sich als Mittel gegen Selbstmitleid und ungesundes Grübeln, das sich auf diese Weise freilich nur selten abstellen läßt. Marlen Haushofer hat mit ihrem Roman so gleichsam auch eine sozialpsychologische Studie über das Hausfrauendasein geschrieben. Ihre Schilderung der Hausarbeit mutet streckenweise wie eine Paraphrase auf Simone de Beauvoirs *Das andere Geschlecht* an. »Nur wenige Tätigkeiten haben so sehr den Charakter einer Sisyphusarbeit wie die der Hausfrau«, heißt es darin. Die Erzählerin der *Mansarde* hält jeden Mittwoch Putztag und wird beim Abstauben häufig von Überdruß befallen, »vielleicht weil diese Tätigkeit wie keine andere mir die Vergeblichkeit allen menschlichen Strebens vor Augen führt«.[118]

Die bürgerliche Hausfrau kann sich bei diesem Kreuzzug dienstbarer Geister bedienen, und das hat Marlen Haushofer auch getan. Zeitweise dreimal wöchentlich, zeitweise auch täglich kam eine Bedienerin zu ihr, jahrelang eine freundliche alte Frau, die in den letzten Jahren durch eine Bekannte ersetzt wurde, mit der Marlen Haushofer jeden Morgen zunächst gemeinsam Kaffee trank. So harmlos das klingt, äußert sich doch in Marlen Haushofers Büchern ein regelrechter Bedienerinnen-Komplex: Die Putzfrauen, die ja als Fremde in die privateste Häuslichkeit eindringen, üben den Frauenfiguren gegenüber eine subtile Tyrannei aus. Die Erzählerin der *Mansarde* bezeichnet sich als »nicht menschenfreundlich genug, um eine Bedienerin ertragen zu können«, weshalb es ihr recht geschehe, wenn sie sich plagen müsse. Sie habe in solchen Dingen auch »keine glückliche Hand; ich verwöhne die Leute zu sehr, um sie mir vom Hals zu halten«. Und Anna ist in *Wir töten Stella* eine Bedienerin immerhin lieber als ein Mädchen, weil sie den weniger störenden Eingriff in die Familie bedeutet.[119]

Dem Tod kommt neben all diesen Alltäglichkeiten in Marlen Haushofers letztem Buch keine größere Rolle zu als in ihren anderen Werken auch: Die Erzählerin fürchtet ihn, doch nur nachts und auch da nicht immer:

> »Was geschieht mit uns in diesen Nächten, in denen wir, auf dem Rücken liegend, dahintreiben und dem fernen

Brausen des mächtigen Wasserfalls lauschen, der uns unter sich begraben wird? Wir wissen, daß keine Wunder geschehen, daß dem Wasserfall noch kein Mensch entronnen ist und daß uns von denen, die ihn vor uns erreicht haben, nichts trennt als ein Stückchen Zeit. Ein Tag, drei Jahre, zehn Jahre, zwanzig Jahre. Manchmal ist es gar nicht so unangenehm. Ich muß mich nicht anstrengen, brauche nicht einmal die Hände in dem schwarzen Gewässer zu bewegen, ganz von selbst trägt es mich fort.«[120]

Im »Zwischenspiel« in der Jagdhütte sehnt sich die ertaubte Erzählerin sogar nach dem Tod, in einer geträumten Szenerie, die vom Untergang des Römischen Reiches inspiriert scheint, aber auch der Welt hinter der »Wand« gleicht, einer geräuschlosen Welt, in der die Menschen versteinert sind und in der die Natur wieder ihr Recht geltend macht:

»Ich träume jetzt viel von zerfallenen Städten und von Landschaften, in denen es keine Menschen mehr gibt, nur verwitterte Statuen. Ich gehe dann von einer Statue zur andern, und sie betrachten mich aus weißen Augenhöhlen (...) Ich lege mich auf den Boden, der von Gras überwuchert ist, und schlafe ein. Aber es ist kein Schlaf, sondern Bewußtlosigkeit, und es ist für immer. Im letzten Augenblick des Erlöschens bin ich immer sehr glücklich.«[121]

Die Sehnsucht, eine Art Nirwana zu erlangen, durchzieht Marlen Haushofers gesamte Prosa. Dies Gefühl ist auch der Lohn für die Erzählerin der *Mansarde*, als ihr endlich die Zeichnung des Drachen glückt: »Endlich einmal dachte ich an gar nichts. In meinem Kopf war eine wunderbare Leere und Stille. So stelle ich mir den Himmel vor. Ich schloß die Augen, und kein Bild zeigte sich, ich war ausgehöhlt, eine Hülle über dem Nichts.«[122] Viel schrecklicher als eine solch friedliche Vorstellung vom Tod ist jenes Absterben zu Lebzeiten, jene Versteinerung, in der das Ehepaar gefangen ist.

Die Frage, ob sie nicht doch irgendeine Hoffnung für ein geglücktes Leben sehe, verneinte Marlen Haushofer denn auch in einem Gespräch mit Dora Dunkl kategorisch: »Schon die Tatsache des Todes läßt ja alles, was wir tun, vergeblich erscheinen. In meinen Büchern kommen häufig Menschen vor, die sich nie ganz vom Gedanken an den Tod lösen können und deshalb ihr Leben, längst vor seinem natürlichen Ende, verloren haben.« Sie betont, sich mit diesen Figuren nicht zu identifizieren – es fällt schwer, das zu glauben.[123]

Ist *Die Mansarde* so etwas wie Marlen Haushofers literarisches Vermächtnis? Dazu fehlt es dem Roman vielleicht an gravitätischem Ernst, doch viele Grundthemen ihres Gesamtwerks sind darin in einer souveränen Dichte gebündelt. *Die Mansarde* ist mit unaufdringlicher Meisterschaft komponiert. Der Stil scheint völlig unangestrengt und über jeden Drang zur Selbstdarstellung erhaben. Die Sprache ist gleichsam ein Destillat des Wesentlichen. Und wie in allen geglückten Prosaarbeiten Marlen Haushofers – abgesehen von den erklärt autobiographischen Texten zur Kindheit – bürgt das Erzählen aus der Ich-Perspektive für Glaubwürdigkeit. Charakteristischerweise ist die Erzählerin verwaist, der durchaus problematische, leichtsinnige Vater und die lieblose Mutter werden als ein Teil der Vergangenheit abgehandelt. Und wieder hat Marlen Haushofer vom Verlust eines Kindes berichtet. Die Erzählerin selbst nennt das Kind beim Namen: Man habe ihr den kleinen Sohn »weggenommen, wie man der Katze die Jungen nimmt. Nein, das stimmt nicht, ich selber habe ihn mir weggenommen und ihn im Stich gelassen. Warum nur?« Die Frage bleibt unbeantwortet, die Lebenswunde bleibt offen. Marlen Haushofer zieht als Roman-Ich eine selbstkritische Bilanz: »Niemand und nichts sollte jemals Ersatz für irgendeinen oder irgend etwas sein. Offenbar hatte ich seit meinem neunzehnten Lebensjahr eine Menge Verbrechen begangen und Menschen nur dazu benützt, meine Kinderträume ungestört weiterträumen zu dürfen.« Seit dem neunzehnten Lebensjahr – da war sie im Arbeitsdienst, verliebte sich. Seit langem zum ersten Mal hat Marlen Haushofer hier auch die historische Hypothek von Krieg und Naziregime angesprochen: Ihre ganze Generation sei wohl ein wenig verrückt. »Wahrscheinlich gibt es Ereignisse, denen keine Generation gewachsen ist.«[124]

Trotz diesem offenkundigen Bemühen um Gerechtigkeit läßt sich *Die Mansarde* nicht als Beispiel einer neuen Objektivität feiern, zu der Marlen Haushofer sich endlich durchgerungen hätte. Auch ihr letzter Roman ist nicht objektiv, bei allem Selbsthinterfragen bleibt der Mann, Hubert, doch immer der Verräter, der sich seinen Verrat ebensowenig verzeihen kann wie seine Frau. Schließlich macht die Erzählerin sich über ihren Mann lustig, der im Grunde nicht nur rührend und bemitleidenswert ist, sondern auch lächerlich wirkt. In *Die Mansarde* huldigt Marlen Haushofer einem sanft daherkommenden, hintersinnigen Sarkasmus, der sich bisweilen in pure Satire verwandelt, etwa bei der Beschreibung der lieblichen Friseurin, der rundum perfekten ›lieben Dame‹ oder der haßerfüllten alten Baronin. »Es ist mir nicht gegeben, mit Tellern zu werfen, aber ich möchte auch nicht gehässig oder ironisch werden, und dazu besitze ich eine leichte Neigung.« Das behauptet die Erzählerin in aller Unschuld, um im folgenden erst recht gehässig und ironisch zu werden. Im Unterschied zur Frau in der *Wand* verfügt sie entschieden über Humor, Galgenhumor nämlich. *Die Mansarde* ist trotzdem wahrlich kein heiteres Buch, eher ein witziges. In ihrem letzten Werk hat Marlen Haushofer so mit resignativem Witz und geradezu boshafter Abgeklärtheit alle Klippen des Sentimentalen umschifft.[125]

In den ersten Monaten des Jahres 1969 findet zwischen dem Verleger auf der einen und Marlen und Hans Weigel auf der anderen Seite ein Tauziehen um Titel und Untertitel des Romans statt. Den von seiner Autorin verlangten Honorarsatz von 10 % setzt Erwin Barth von Wehrenalp zwar mit nobler Geste sogleich in den Vertrag ein: »In einer solchen Lage darf man nicht handeln«; doch er stößt sich an der Bezeichnung »Roman« und schlägt statt dessen zunächst »Lebensbeichte«, dann »Seelenbeichte« vor. Auch mit dem Titel ist er nicht glücklich, er verfällt auf »Das Zimmer im Dachgeschoß. Bekenntnisse«. Hans Weigel, der für Marlen die Korrespondenz wie auch die Fahnenkorrektur übernommen hat, kontert mit: »Die Mansarde. Ein Protokoll der Einsamkeiten« – die abgeschrägten Wände der Mansarde seien für ihn ein »sehr schönes Symbol für das quasi ›reduzierte‹ Leben«.[126]

Schließlich schreibt Marlen Haushofer recht aufgebracht an Hans Weigel, der verreist ist, sie müsse ihn »mit Wehrenalp (Alp würde auch genügen) belästigen«. Dieser habe sie angerufen und wolle nun den Untertitel »Aufzeichnung über ein abgeschrägtes Leben«. Sie habe sich aber damit herausgeredet, daß ja er, Weigel, nun alles entscheide. Frau von Wehrenalp, die den Roman lektoriert habe, sei ganz begeistert. Doch: »Wie soll man mit dem ›abgeschrägten‹ Leben fertig werden? Darauf ist er besonders stolz. Sicher ist es von ihr.« Marlen Haushofer reagiert aber auf den Anruf ihres Verlegers auch direkt mit einem kurzen Brief, in dem sie ihn bittet, auf ihre Mitwirkung bei den Korrekturarbeiten gänzlich zu verzichten, sie müsse noch ein halbes Jahr pausieren: »Da aber der Prozeß gutartig ist, bin ich noch sehr glücklich davongekommen. Nun liegt mir sehr viel daran, daß Sie sich in dieser Pause, die ich einlegen muß, mit Herrn Weigel (...) auf angenehme Weise einigen können.« Dieser Wunsch verfehlt seine Wirkung nicht. Postwendend berichtet Erwin Barth von Wehrenalp von einer sofortigen Einigung »auf ›die Mansarde‹ und ›Roman‹ – ohne Untertitel.«[127]

Hans Weigel erinnerte sich später, er habe in Marlens Namen nicht nur um den Titel kämpfen müssen, sondern auch um »gewisse sprachliche Selbstverständlichkeiten. Der Verlag wollte vor allem alles, was ihm als Austriazismus inopportun schien, tilgen, zum Beispiel sollte es nicht ›Bücherkasten‹ heißen, sondern ›Bücherschrank‹.« Weigel, wie Herbert Eisenreich ein überzeugter Vertreter eines österreichischen Nationalbewußtseins, gab nicht nach. »Schließlich schrieb ich dem Lektorat einen sehr kurzen Brief: ›Ich verweise auf Adalbert Stifter und Heimito von Doderer.‹ Damit hatte ich Ruhe.« Auch Marlen Haushofer selbst wollte prinzipiell keine Konzessionen an den bundesdeutschen Sprachgebrauch machen. Sigbert Mohn, meinte sie einmal, habe ihr in dieser Hinsicht völlig freie Hand gelassen, mit dem neuen Verlag sei es schwieriger.[128]

Während die Verhandlungen mit Claassen über die endgültige Gestalt der *Mansarde* liefen, setzte Hans Weigel sich auch in anderer Hinsicht sehr für seine schwer erkrankte Freundin ein. Sein Anwalt versuchte die Rechte an den Bänden *Die Vergißmeinnichtquelle* und *Wir töten Stella* vom Bergland Verlag für die Autorin zurückzuholen. Im Österreichischen Rundfunk intervenierte Weigel beim Generalintendanten und setzte durch, daß *Die Mansarde* vom Februar 1969 an, wie im Vorjahr *Die Wand*, in rund vierzig Fortsetzungen im Radio gelesen wurde – natürlich von Elfriede Ott. Damit nicht genug, übernahm der Freund sogar einen Teil der Rechnungen für Marlens Behandlung im teuren Privatspital, vermutlich, ohne ihr davon zu erzählen. Vielleicht wollte sie aber auch nur ihre Mutter beruhigen, als sie dieser schrieb: »Mein lieber Hans Weigel hat beim Rundfunk für mich soviel erreicht, daß ich alles bezahlen konnte, die ganzen Klinikkosten. Außerdem haben die meisten Ärzte garnichts von mir verlangt. Nicht einmal für die Operation.«[129]

»Ich habe mich ergeben«

Noch im Jänner 1969 beginnt man Marlen Haushofer zusätzlich zur Chemotherapie einer Strahlenbehandlung zu unterziehen. Auch als Schwerkranke wirkt sie stets unglaublich beherrscht. In der Klinik bevorzugt Marlen gegenüber ihren Besuchern unverfängliche Themen und plaudert mit ihnen wie die Dame des Hauses. Nicht nur Oskar Jan Tauschinski, Hans Weigel und Elfriede ›Evi‹ Ott kümmern sich rührend um sie und besuchen sie täglich, auch ihr Bruder Rudolf sitzt jeden Abend an ihrem Bett. Die Geschwister haben einander über die Jahre hinweg nicht oft gesehen, aber ihre innere Verbindung ist stark. Anfang Februar nimmt die Ärztin Hilde Tetsis Marlen zu sich in ihr Haus im Wienerwald, von dort fährt ihr Mann Georg die Freundin täglich mit dem Auto zur Therapie ins Allgemeine Krankenhaus. Weil das für Marlen Haushofer auf Dauer zu anstrengend wird und sie unter starken Nebenwirkungen leidet, wird sie wieder in die Privatklinik aufgenommen und von dort zum nahen AKH chauffiert. Auch Elfriede

Ott betätigt sich als Fahrerin. Vor dem Eingeschlossensein im Bestrahlungsgerät hat Marlen panische Angst, in den Behandlungsraum nimmt sie immer einen kleinen Frosch aus Stoff mit. Überhaupt ist ihre Art, Trost zu suchen, sehr kindlich: Als Jeannie Ebner Marlen bei einem Spitalbesuch einen Plüsch-Seehund schenkt, sieht sie, wie diese ihn küßt, als sie sich unbeobachtet glaubt.[130]

Sosehr sich Marlen vor den Bestrahlungen fürchtet, so erleichtert ist sie jedesmal danach. Ganz besonders wohl fühlt sie sich in der Gesellschaft von Georg Tetsis, sie liebt die Seemannsgeschichten, mit denen der ehemalige Soldat der griechischen Marine, der nun in Wien Welthandel studiert, sie unterhält. Die beiden sprechen über byzantinische Geschichte und österreichische Literatur, über Marlens sorgsam kultivierte Feindschaft gegenüber Hausmeistern und Hausmeisterinnen und ihre dazu passende Vorliebe für den Romancier Heimito von Doderer. Mit diesem verbindet sie auch das Faible für ausgefallene Namen, von denen sie eine ganze Sammlung angelegt hat. Zu Marlens größtem Vergnügen gibt Georg Tetsis immer wieder auch einige der legendären Streiche des Kabarettisten Ernst Waldbrunn zum besten, mit dem Elfriede Ott früher verheiratet war. Für die Kranke bedeuten diese Gespräche eine heitere Ablenkung von der Spitalstristesse.

Inwieweit Marlens Familie von der Aussichtslosigkeit der Situation wußte und inwieweit sie dieses Wissen vor der Kranken geheimhielt, ist nicht zu klären. Es scheint überhaupt so, als hätten sie Marlen vorgespielt, sie sei nicht todkrank, und als hätte sie ihnen vorgespielt, daß sie ihnen glaube. Ein Verhalten, das diese Familie einmal mehr als Geheimniskrämer charakterisiert. Marlens Mann äußerte später, er habe von der Tödlichkeit der Krankheit von Anfang an gewußt, sie seiner Frau aber verheimlicht. Die schmerzliche Erinnerung spielte ihm hier wohl einen Streich. Marlens Wiener Freunde hatten jedenfalls den Eindruck, daß die Familie den Ernst der Lage nicht wahrhaben wollte. Ihrem Vertrauten Jan Tauschinski verbot Marlen ausdrücklich, ihrem Mann und ihren Söhnen reinen Wein einzuschenken. Erika Danneberg erinnert sich an einen Besuch Manfred Haushofers in Wien, bei dem man in gelöster Stimmung gemeinsam auf einen Befund anstieß, der angeblich von einer relativ harmlosen Knochentuberkulose ausging. Marlens Ehemann, der als Hobby-Goldschmied sehr geschickt war, zeigte Erika Danneberg und ihrem Lebensgefährten ein schönes Goldcollier, das er für seine Frau gemacht hatte. Die Freunde um Hans Weigel fanden, Manfred Haushofer habe auf Marlen keine besondere Rücksicht genommen, da er nicht mit ihrem baldigen Tod rechnete. Später sollte er sich aber bei ihnen bitter beschweren, weil sie ihm nicht die Wahrheit gesagt hatten. Ein Mediziner hätte sie allerdings wohl auch aus eigenen Stücken herausfinden können. Wahrscheinlich ging es ihm wie den beiden Söhnen. Er ahnte die Wahrheit, verdrängte jedoch das Unvorstellbare: Daß sie so bald sterben könnte.[131]

Daß man den Ehemann nicht einweihte und einbezog, war kein Zufall: Marlens Wiener Freunde wollten im Grunde nicht, daß er öfter nach Wien kam. Überhaupt hatte es der Zahnarzt aus Steyr mit ihnen nicht leicht: Hans Weigel mochte Manfred Haushofer nicht, weil er ihn für Marlens familiäres Angekettetsein verantwortlich machte, und behandelte ihn laut Georg Tetsis ausgesprochen herablassend – aus dem Gespräch blieb er »immer ein bißchen ausgeschlossen«.[132] Kein Wunder, daß Manfred in diesem Kreis als verschlossener Sonderling galt, der mit sich selbst Schach zu spielen pflegte. Hier konnte Marlens Mann seinen Charme, für den er in Steyr sehr wohl auch bekannt war, nicht entfalten. So wurde ihm in Wien stets eine nicht sehr angenehme Rolle zugedacht: Hier war er nicht der Herr Doktor Haushofer, sondern ›der Mann von der Marlen‹, der sie ihr Leben lang von ihrer eigentlichen Aufgabe, dem Schreiben, abgehalten hatte. Allerdings wird ihm auch die ganz banale Eifersucht auf den beruflichen Erfolg seiner Frau nicht fremd gewesen sein. Für Erika Danneberg steht es aber außer Zweifel, daß Manfred Haushofer Marlen auf seine Weise geliebt hat, daß sie ihm wichtig war. Ein »Riegel von einem Mann« und in gewisser Weise tolpatschig, habe er nicht gewußt, wie er mit ihr umgehen sollte. Marlen jedenfalls sorgte sich noch als Schwerkranke um seine Gesundheit, sein Herz und seinen Magen. Der Kulturjournalistin und Weigel-Jüngerin Elisabeth Pablé, die Marlen anläßlich einer Lesung Anfang der sechziger Jahre in Salzburg kennenlernte, fällt zu ihrer Freundin etwas ein, »was man als Anekdote bezeichnen könnte, wenn es nicht so wahr gewesen wäre«: Marlen habe fast immer ein schlechtes Gewissen gehabt, weil sie »nicht genug Zeit etc. für ihre Familie hatte (beinahe bis ganz zum Schluß). Spital. Hans Weigel (in meiner Gegenwart, sie mild zu sich selber bringend): Du weißt, Marlene, was Du falsch machst (...), wenn der Manfred dich um ein Butterbrot bittet, dann machst du ihm *drei.*«[133]

Im März 1969 neigt sich die 34 Behandlungen umfassende erste Serie der Strahlentherapie ihrem Ende zu. Marlen übersiedelt in das Haus ihres Onkels Hans im 18. Bezirk, dessen Frau Käthe sie liebevoll betreut. »Meine lieben alten Mauserln!« schreibt Marlen an ihre Eltern, denen sie Zuversicht vermitteln will. »Heute geht es mir besser, habe weniger Schmerzen u. möchte zu Mittag mit Käthe in den Garten gehen (10 Minuten).« Das Schreiben fällt ihr schwer, weil sie am Tag »ungefähr 14 Pulver nehmen muß«. Ihre Freunde, ihren Bruder und ihre Gastgeberin lobt sie in den höchsten Tönen, aber: »Langsam wird mir das Warten sauer«. Sie freue sich schon darauf, schreibt sie, dem Vater die Fingernägel schneiden zu dürfen. »Die kleine Bachbauer aus Weyer hat mir 8 Briefe geschrieben (so alt wie Maria) und Schneerosen geschickt. So eine Tochter könnte man auch wollen.« Bärbl Bachbauer, die sechzehnjährige Tochter einer befreundeten Familie, ist nicht erst seit *Brav sein ist schwer* ein Haushofer-Fan. Marlens erwähnte Nichte Maria hat ihre Tante Lene ebenfalls im Spital besucht: Diese habe genau gespürt, wie sehr sie damals mit ihrem Äußeren unzufrieden war, und ihr Ratschläge für eine bessere Frisur gegeben.[134]

Die ausführlichen Briefe, die Marlens Mutter an ihre kranke Tochter schreibt, zeugen von einer tiefen Liebe, die Maria Frauendorfer ihr wohl sonst nicht vermitteln konnte: »So und nun liebes Weibi wir denken u. beten Tag und Nacht mit jedem Herzschlag für Dich. Das Einzige was wir 2 für Dich noch tun können.« Und mit ähnlich schlichtem Pathos:

Marlene Haushofer 1969.

»Wenn wir Dir nur helfen könnten dafür würden wir beide gern sterben, es ist ja so nichts mehr los mit uns.« Die Mutter erwähnt zwar immer wieder das Gesundwerden, sie weiß aber Bescheid. Ihre Schwägerin habe ihr auch eröffnet, »die ganze Stadt« wisse schon, daß Marlen »den Krebs hat«: »Sie meinte wahrscheinlich mir eine große Neuigkeit zu bringen. Was wird wohl von Dir schon alles geredet werden.« Ganz egal ist der ehemaligen Kammerzofe das Gerede der Leute immer noch nicht. Doch die 78jährige hat sich ihren scharfen Blick bewahrt – en passant bemerkt sie: »Manfred sagt, daß Du viel ruhiger geworden bist. Ja, Du hättest wohl schon lange von hier fortgehört.«[135]

Noch vor Ostern darf Marlen nach Hause fahren. Sie kommt in eine neue Wohnung – ihr Mann hat mittlerweile den Umzug über die Bühne gebracht. Der Schwerkranken fällt das Eingewöhnen schwer, auch stehen noch Handwerkerbesuche ins Haus. Neubauwohnungen mit dünnen Wänden hat Marlen Haushofer noch nie leiden können, und nun wohnen gleich vier Kinder über ihr. Wie sie Käthe schreibt, kocht sie sogar selbst und geht auch einkaufen. Bei ihrem nächsten Wien-Aufenthalt in vier Wochen will sie »keine solche Plage mehr« sein, sondern viel mit ihrer Gastgeberin lachen und einiges unternehmen. »Vielleicht machen wir einen Haupttreffer und fahren miteinander nach England.« Natürlich weiß Marlen Haushofer, daß sie nie mehr nach England fahren wird, als Meisterin im Verbergen mutet sie ihren Nächsten aber nicht zu, dieses Wissen mit ihr zu teilen.[136]

Auch als Schwerkranke, trotz Schmerzen und ständiger Benommenheit, gibt Marlen Haushofer ihre literarischen Projekte nicht auf. Das Schreiben wird so gleichsam zum Anschreiben gegen den Tod, als hoffe sie, daß sie wie Scheherazade nicht sterben muß, solange sie erzählt, solange sie spricht. Es mag dies ein letzter Versuch sein, die Zauberkraft der Schriftstellerei anzurufen. Ganz ihrer eigenen Theorie entsprechend, daß Seelenlage und literarische Tonart einander entgegengesetzt sind, macht Marlen Haushofer sich ausgerechnet nun an ein *Heiteres Theaterstück*. Das anspruchslose Werk handelt von zwei Freundinnen, die beschließen, die Ehemänner zu tauschen, um die Erotik in ihren Beziehungen etwas zu beleben. Das frivole Vorhaben wird nicht in die Tat umgesetzt, und am Schluß gibt es eine allgemeine Versöhnung. Marlen, die eine Hauptrolle Elfriede Ott zugedacht hat, läßt Hans Weigel das Lustspiel zukommen. Vermutlich sagt er ihr ganz ehrlich, daß er nichts davon hält, denn Marlen meint brieflich, das mache gar nichts, sie habe mit Theaterstücken ja keinerlei Erfahrung, das Schreiben habe ihr auch so verdächtig viel Spaß gemacht. Nun werde sie eben mit einem Kinderbuch beginnen. So schreibt Marlen Haushofer als letztes Werk *Schlimm sein ist auch kein Vergnügen*, in dem sie noch einmal in das Forsthaus am Effertsbach zurückkehrt. Das Buch erscheint erst postum und wird in Österreich bald zum Klassiker für Kinder.[137]

Im Mai 1969 erlitt Marlens Vater einen weiteren Schlaganfall; während seines Spitalsaufenthalts verbrachte sie jeden Nachmittag bei ihm. Die Verleihung des Staatspreises im Unterrichtsministerium stellte in dieser Zeit den einzigen Lichtblick für die Kranke dar. In ihrem letzten Sommer fuhr Marlen wiederholt zur Kontrolle nach Wien. Die Bestrahlungen brachten keinen Fortschritt. Die intensive Chemotherapie benebelte ihr die Sinne, ließ ihr die Haare ausfallen. Das Kortison schwemmte ihre Züge auf, veränderte ihre zarte Gestalt. Bei ihren Besuchen in Wien wurde Marlen zusehends menschenscheuer, sogar die Gegenwart ihres geliebten Jan Tauschinski wurde ihr mitunter zuviel.[138]

Dennoch fahren ihr Mann und sie in der zweiten Julihälfte 1969 nach Malcesine am Gardasee auf Urlaub, wo sie auch ihren alten Freund Hermann Schreiber und seine Frau treffen. Von dort schreibt Marlen an Jeannie Ebner, wobei sie die Fiktion einer gutartigen Knochentuberkulose eisern aufrechterhält:

> »Ich schau recht gut aus u. die Ärzte sind mit dem Fortschreiten der Verkalkung (in der Haxe!) zufrieden. Leider hab ich aber seit 14 Tagen wieder viel mehr Schmerzen u. das ist sehr zuwider, weil ich wieder viel mehr einnehmen muß u. fortschreitend verblöde. Es ist jetzt wie ein Dauerischiasanfall. Ich bemühe mich, arbeite soviel halt geht u. versuche nicht depressiv zu sein. Alles eine Frage der Nerven.«[139]

Wohl aus dieser Zeit am Gardasee, der schon in den fünfziger Jahren ein bevorzugtes Reiseziel der Haushofers war, oder aus den Wochen nach der Reise stammt eine beklemmende Prosaskizze, die Marlen Haushofers wahre Angst jenseits der Durchhalteparolen zeigt:

> »Mond, Luna / Selene Ichtar / einstmals Angebetete und Gefürchtete jetzt für ewig Besudelte, zeigst mit gelbem Finger durch die zerbrochene Jalusie genau auf mein Herz.

> Auf mein Herz, nicht auf mein Hirn, denn du weißt was zählt. Auch mich hat das Ungeziefer der gepeinigten Nachbarn überfallen u. aufgefressen bis auf die Knochen, wie es dich auffressen wird.
> Zieh deinen gelben Finger zurück. Ich bin nicht mehr jung u. es bleibt mir kaum Zeit zu trauern. Außerdem, vergiß nicht, ich bin ein Verräter eine entartete Laus, die Läuse nicht mag und ihre Fußspuren auf deinem Gesicht verabscheut Zieh deinen gelben ehedem goldenen Finger zurück und laß mir meinen seichten Verräterschlaf. Deine Tränen u. meine Tränen werden nicht geweint. Steine u. Läuse weinen nicht.«[140]

Am 20. Juli 1969 war das Raumschiff Apollo 11 auf dem Mond gelandet, und der Astronaut Neil Armstrong hatte als erster Mensch seinen Fuß auf den Mondboden gesetzt. Deshalb war Luna, Selene, Ischtar, die Mondgöttin der Römer, der Griechen, der Assyrer, »für ewig« besudelt. Die völlige Hoffnungslosigkeit, mit der Marlen Haushofer hier die Welt sieht, und die Unbarmherzigkeit, mit der sie ihre eigene Person beschreibt, sind frappierend. Noch einmal greift sie auf ein Motiv zurück, das sich durch ihr Gesamtwerk zieht: der Mensch als das Ungeziefer, das die Erde auffrißt, und vom »gepeinigten Nachbarn« aus auf den bisher unberührten Trabanten übergreift – der Mensch als das Krebsübel der Schöpfung. Wie die Erzählerin der *Wand* nimmt das Ich sich da nicht aus: Als Mensch hat es teil an der Schuld der Gattung, hat es mitgespielt, hat es seine Überzeugung verraten. So ist es *entartet*, aus der Art geschlagen und andererseits vom entarteten Wachstum der eigenen Zellen bestraft: »eine entartete Laus, die Läuse«, also Menschen, nicht mag. Marlen Haushofers Gleichsetzung des Mondes mit dem eigenen Körper ist erstaunlich, liegt ihr doch die Vorstellung zugrunde, daß ihr eigenes Fleisch vom »Ungeziefer der gepeinigten Nachbarn« aufgefressen, ihre Krebserkrankung also durch das parasitäre, schmarotzende Leiden ihrer Mitmenschen verursacht wurde. Doch die Mondgöttin der Antike hatte nicht nur Einfluß auf Gesundheit und Krankheit, sie war auch für die Liebe zuständig – und sie galt als Schutzherrin der Zauberer. Von der Vorstellung, daß die eigene Versteinerung noch durch Zauberei – die Kraft des Schreibens – zu lösen sei, hat Marlen Haushofer sich in diesem Dokument der Kapitulation wohl für immer verabschiedet.

Anfang September 1969 erschien *Die Mansarde*. Die Kritik war wieder einmal uneins: Etliche Stimmen empfahlen das Buch als Lektüre für Damen, manche lobten die Darstellung der nur scheinbar harmlosen Häuslichkeit und der durch Abgründe getrennten Innenwelten von Mann und Frau, andere hielten den Roman für pädagogisch schädlich. Die FAZ brachte gar einen Verriß: »Altfränkischer Alltag« und »Mansardenschmock« hieß es da. Einen stürmischen Verehrer ihrer Kunst hingegen hatte Marlen in dem Komponisten Gottfried von Einem gefunden, der ihr anläßlich der *Mansarde* schrieb, »in der Unerbittlichkeit der Darstellung des Existierenden, dem Mut zu gedeckten Farben und der Liebe zur Sprache« kenne er heute kaum ihresgleichen. Herbert Eisenreich bescheinigte dem Roman, er stelle und beantworte die »ewige Frage, wie denn der Mensch dieses Leben überhaupt auszuhalten vermag«. Deshalb sei das Buch von »allüberdauernder Aktualität«, obwohl weder Mord noch Inzest »und schon gar nicht Studenten-Revolte oder Vietnam-Greuel« darin vorkämen. Tatsächlich existierten die aktuellen politischen Ereignisse des Jahres 1968 weder in Marlen Haushofers Prosa noch in ihren Briefen oder ihrem Tagebuch.[141]

Sicher hat Marlen Haushofer sich über solch lobende Worte gefreut, wirklich berührt hat sie das Hin und Her der Meinungen aber wohl nicht mehr. Im September nahm sie noch an einem Leseabend zu ihren Ehren in der Kapelle von Schloß Lamberg teil: Jan Tauschinski hielt die Einführung, Dora Dunkl las die Erzählung *Schreckliche Treue* und ein Kapitel aus der *Mansarde*.[142]

Wenige Tage zuvor hatte Marlen Haushofer einen merkwürdigen Prosatext verfaßt, der, obwohl nicht ausgefeilt, in seinem entrückten Pathos viel über den Gemütszustand der Autorin verrät. In ihm findet Marlen Haushofers letzte Reise nach Rom einen literarischen Niederschlag:

»Mein Geliebter ist aus Stein und besitzt nur einen Kopf. Er steht in Ostia Antika in einem Museum. Er weiß nicht, daß ich ihn liebe, denn er ist ungefähr tausend Jahre tot. Was sind schon tausend Jahre. Er ist lebendiger als ich. Sein Mund und seine Augen haben mich geweckt. Ich könnte ihn küssen u. er wüßte es nicht.
Die angenehmste Form der Liebe wäre uns beschieden. Sein steinerne(r) Mund ist spöttisch und ein bißchen grausam, vielleicht auch nur hoffnungslos und zynisch, denn damals fingen sie an den Tod zu begreifen.«[143]

Diese Abwandlung des Themas Versteinerung ins Positive – oder zumindest sanft Resignative – erinnert an die Träume in der *Mansarde*, die tröstlichen Bilder von Ruinenlandschaften und verwitterten Statuen, die die Besucherin »aus weißen Augenhöhlen« wohlwollend betrachten und ihren ewigen Schlaf bewachen. Das Prosastück spinnt ein Thema fort, das schon fast dreißig Jahre zuvor in Marlen Haushofers Parabel *Die Geschichte vom Menschenmann* angeklungen ist: die Entdeckung der Seele. Auch in dieser Anrufung des steinernen Geliebten, der den Menschen der Antike verkörpert, ist diese Entdeckung fatal, denn sie bringt das leidvolle Erwachen aus der schönen Bewußtlosigkeit mit sich und damit die Liebe und den Tod oder genauer, die Angst vor dem Tod: »Blandula vagula das Schmeichelseelchen Ein Schmeichelseelchen zu verlieren ist bitterer als als Lunge Leber Hirn und Herz in einem Winkel zu verwesen.« – »Blandula vagula«, das ist gewiß eine verkürzte Anspielung auf das schöne Gedicht Kaiser Hadrians, das mit den Worten »Animula vagula blandula« beginnt: »Seelchen, schweifendes, Liebes, Gast und Gefährtin des Leibes, ins Finstere, Tiefe und Kalte mußt du nun gehn, wirst nimmer so froh sein wie einst.«[144]

Die Einsicht in die Endgültigkeit des Todes habe die Menschen zu dem gemacht, was sie heute seien: »Sie taten das Böse nicht mehr unschuldig wie Tiere sondern bewußt und verzweifelt.« Marlen Haushofers ungläubiges Credo, das zum Schluß für die Menschheit eine noch schlimmere Zukunft ausmalt, verbindet den Kulturpessimismus mit einem Bekenntnis in eigener Sache:

»Mein Geliebter aus Stein steht in Ostia Antika und war einer von ihnen. Er war sehr stolz, sehr böse und sehr verzweifelt. Er würde mich, könnten seine Steinaugen mich sehen, aber Steinaugen sehen nicht, verachten, denn ich bin nicht stolz, nicht böse u. nicht verzweifelt. Nicht mehr. Ich habe mich ergeben und würde meine Seele gerne zurückgeben, ich weiß nur nicht wem: kein Mensch mehr sein, sondern die Smaragdeidechse die sich auf Ostias Mosaiken sonnt, ein Körper der die Sonne aufnimmt, ein winziges Hirn, das nicht denken kann u. für das es nur Gegenwart gibt u. das nicht weiß warum ein Mensch es zertritt.«

Marlen Haushofer sieht in den leeren Augen einer römischen Statue die Geschichte der modernen Seele gespiegelt, und sie

Marlen Haushofer 1970.

benutzt die Ewige Stadt für eine Phantasie der Selbstauslöschung, die auf jene absolute und gründliche Selbstvergessenheit setzt, die Sigmund Freud einmal am Beispiel Roms für unmöglich erklärt hat.[145] Marlen Haushofers Sichdreinschicken ist eine Einübung in den Tod, mit der sie früh, sehr früh, begonnen hat. Mit dem stolzen und verzweifelten Sisyphos eines Albert Camus hat das Ich dieses Textes nichts mehr gemein.

Zu Weihnachten 1969 schreibt Marlen Haushofer Jan Tauschinski eine Karte, in der ihre Selbstverleugnung und das Herunterspielen ihres Zustands einen erstaunlichen Grad erreichen: Sie wolle den Freund nicht mit ihrem Gesundheitszustand langweilen. Er sei »eher ziemlich mies«: »Aber hoffen wir fröhlich auf 1970. Dir wird vielleicht ein neues Rückgrat, mir ein neuer Popo und Manfred ein neues Herz wachsen.« Bei ihrem Verleger Erwin Barth von Wehrenalp entschuldigt Marlen sich am 10. Februar 1970 mit einer Ansichtskarte für ihr langes Schweigen. Sie habe vor Weihnachten eine »sehr tückische Grippe« bekommen und liege schon seit sieben Wochen. »Ganz langsam wird es besser. Natürlich war das auch für meinen sonstigen Zustand schlecht.« Als eine Schulfreundin sie in ihrer Wohnung besucht, ist Marlen nicht mehr in der Lage, das mitgebrachte Buch zu signieren und bittet sie, es ein andermal mitzubringen. Doch dazu sollte es nicht mehr kommen.[146]

Am 26. Februar verfaßt Marlen Haushofer einen letzten Text, der so etwas ist wie ihr literarisches Testament:

»Mach Dir keine Sorgen

Mach Dir keine Sorgen. Du hast zuviel und zu wenig gesehen, wie alle Menschen vor Dir. Du hast zuviel geweint, vielleicht auch zu wenig, wie alle Menschen vor Dir. Vielleicht hast Du zuviel geliebt und gehaßt – aber nur wenige Jahre – zwanzig oder so. Was sind schon zwanzig Jahre? Dann war ein Teil von Dir tot, genau wie bei allen Menschen, die nicht mehr lieben oder hassen können.

Du hast viele Schmerzen ertragen, ungern – wie alle Menschen vor Dir. Dein Körper war Dir sehr bald lästig, Du hast ihn nie geliebt. Das war schlecht für Dich – oder auch gut, denn an einem ungeliebten Körper hängt die Seele nicht sehr. Und was ist die Seele? Wahrscheinlich hast Du nie eine gehabt, nur Verstand, und der war nicht bedenkend der Gefühle. Oder war da manchmal noch etwas anderes? Für Augenblicke? Beim Anblick von Glockenblumen oder Katzenaugen und des Kummers um einen Menschen, oder gewisse Steine, Bäume und Statuen; der Schwalben über der großen Stadt Rom.

Mach Dir keine Sorgen.

Auch wenn Du mit einer Seele behaftet wärest, sie wünscht sich nichts als tiefen, traumlosen Schlaf. Der ungeliebte Körper wird nicht mehr schmerzen. Blut, Fleisch, Knochen und Haut, alles wird ein Häufchen Asche sein und auch das Gehirn wird endlich aufhören zu denken. Dafür sei Gott bedankt, den es nicht gibt.

Mach Dir keine Sorgen – alles wird vergebens gewesen sein – wie bei allen Menschen vor Dir.

Eine völlig normale Geschichte.

Steyr, 26.2.1970 Marlen Haushofer«[147]

Dieser Text erschüttert, gerade weil ihm jedes Selbstmitleid fehlt, weil diese Lebensbilanz für die Vergangenheit wie für die Zukunft auf jeden Trost verzichtet. Sein Resignieren hat etwas Souveränes. Das Ich, das spricht, das Du, das angesprochen ist, scheint zum Schritt durch die Wand bereit – freilich ohne jemand anderem die Schuld zu geben. *Seelen*ruhig verzichtet es auf seine Individualität, auf das Bewußtsein seiner Einmaligkeit. [148]

Durch Datierung und Unterschrift hat Marlen Haushofer diesen Brief an sich selbst tatsächlich als ihren Letzten Willen bekräftigt und sichtlich zur Veröffentlichung bestimmt. Schon bei seiner ersten Publikation in Jeannie Ebners *Literatur und Kritik* sollte Marlen Haushofers Vermächtnis jedoch verfälscht werden: Man ließ einfach die zweite Hälfte des Satzes »Dafür sei Gott bedankt, den es nicht gibt« weg und stellte ihn so auf den Kopf. Auch in einer säkularisierten Welt ist die Gelassenheit, mit der Marlen Haushofer die Existenz einer Himmelsmacht leugnet, offenbar unerträglich. In einer Tagebuchaufzeichnung von 1967, eineinhalb Jahre vor der Krebsdiagnose, hat Marlen Haushofer anläßlich einer Krankheit über die Verwandlung des Menschen durch körperliche Leiden nachgedacht: »Kein Wunder wenn die Leute letzten Endes fromm werden, sie hören auf sie selber zu sein.« Sie ist auch letzten Endes sie selber geblieben. Dabei sagt der zensurierte Satz alles über Marlen Haushofers Dilemma: Ein ›überzeugter Atheist‹ bedankt sich nicht bei Gott, auch nicht bei einem, den es nicht gibt. Zeit ihres Lebens ist es der Dichterin schwergefallen, die Negativität Gottes ohne Gottesvorstellung, ohne das Bild eines abwesenden Gottes zu denken.[149]

Am 6. März wurde Marlen Haushofer wieder in die Wiener Privatklinik eingeliefert. Ihre Schmerzen waren schier unerträglich geworden, ihr Zustand war hoffnungslos. Es ist verblüffend, wie genau sich für Marlen Haushofer gerade ihre schrecklichsten Befürchtungen bewahrheitet haben, wie sie sie die Erzählerin der *Wand* hegen läßt: »Als ich noch jung war (...), stellte ich mir oft vor, wie ich mich zum Sterben in eine Höhle zurückziehen wollte, um nie gefunden zu werden.« Nun aber habe sie das nicht nötig: »Keiner wird bei mir sein, wenn ich sterbe. Niemand wird mich betasten, anstarren und seine heißen lebendigen Finger auf meine erkaltenden Lider pressen. An meinem Sterbebett werden sie nicht zischeln und flüstern und mir die letzten bitteren Tropfen zwischen die Zähne zwängen.« In der ersten Fassung des Romans präzisiert Marlen Haushofer ihre Angst weiter: Im Spital beginne die Hölle, »dieses nicht allein sein können (...) und bis zum letzten Moment mit Spritzen gequält zu werden«, sei ein »unmenschlicher, würdeloser Tod.« Für sie, die Erzählerin, sei das »immer eine schreckliche Vorstellung« gewesen.[150]

In der Klinik entschließt man sich am 10. März zu einer Operation des Rückenmarks, um mit einer Durchtrennung der die Hüfte versorgenden Nerven die Schmerzbahn zu unterbrechen. Die Operation mißlingt, eine Infektion führt zu einer Gehirnhautentzündung. Marlen Haushofer erhält nun stärkste Schmerzmittel. Sie ist nicht mehr ansprechbar, leidet unter Krämpfen und fällt ins Koma. Am 19. März schreibt ihr ihre tiefkatholische Mutter: »Ich denk mir immer jede Mutter sollte ihre Kinder beim Kommen um Verzeihung bitten, daß sie in diese Welt kommen müssen.« Der Brief erreicht Marlen nicht mehr. Als Hans Weigel ein letztes Mal bei ihr ist, fragt er sie: »›Was macht dein Seelenleben?‹ Sie sagt lächelnd: ›Ich hab' überhaupt kein Seelenleben mehr.‹«[151]

Marlens Bruder erinnert sich an ihre letzte Nacht, die er »bis zum Schluß« an ihrem Bett verbrachte, während ihr Mann und die Söhne draußen warteten. Offiziell festgestellter Todeszeitpunkt ist allerdings der 21. März 1970, vormittags um 11 Uhr 15, drei Wochen vor ihrem fünfzigsten Geburtstag. Der Absprung, von dem Marlen Haushofer die Kranke in der Erzählung *Die Ratte* träumen läßt, ist geglückt.[152]

In ihrem Testament setzte Marlen Haushofer Oskar Jan Tauschinski als ihren Nachlaßverwalter ein. Ihm selbst, der über Monate fast täglich an ihrem Krankenbett gewesen war, hatte sie davon nichts gesagt – Tauschinski, der dieses Ehrenamt auch für seine beiden verstorbenen Gattinnen versah, nahm das als Indiz dafür, daß Marlen es »faustdick hinter den Ohren hatte«. Ihrem Mann und ihren Söhnen traute – oder mutete? – sie die Sorge um ihr Werk offenbar nicht zu.[153]

Am Morgen des 26. März fand in der Feuerhalle Wien-Simmering die feierliche Einäscherung der Toten statt. Viele Freunde waren gekommen. Die Urne wurde nach Steyr überführt und dort auf dem Stadtfriedhof beigesetzt. Dabei gaben die oberösterreichischen Verwandten und Freunde Marlen Haushofer das letzte Geleit. Natürlich läuteten die Kirchenglocken.

In der *Wand* hat Marlen Haushofer einen Allerseelentag auf menschenleeren Friedhöfen ausgemalt, wo kein Licht brennt und nur der Wind raschelt, wo die Grabsteine in der Erde versinken und Gras über alles wächst:

»Ich erinnerte mich der Menschenprozessionen mit den Einkaufstaschen voll riesiger Chrysanthemen und des geschäftigen, verstohlenen Wühlens und Gießens auf den Gräbern. Ich habe Allerseelen nie gemocht. Das Geflüster der alten Frauen über Krankheit und Auflösung, und dahinter die böse Angst vor den Toten und viel zu wenig Liebe. So sehr man versucht hatte, dem Fest einen schönen Sinn zu geben, die uralte Angst der Lebenden vor den Toten war unausrottbar. Man mußte die Gräber der Toten schmücken, um sie vergessen zu dürfen. Es tat mir schon als Kind immer weh, daß man die Toten so schlecht behandelte. Jeder Mensch konnte sich doch ausrechnen, daß man bald auch ihm den toten Mund mit Papierblumen, Kerzen und ängstlichen Gebeten stopfen würde.«[154]

Zum Schluß also keine Papierblumen und keine Kerzen, statt dessen jene ein wenig boshaften Zeilen, die die Dichterin selbst als »würdige(s) Ende« für ihren eigenen Nachruf gewählt hat:

»Marlen Haushofer, meine Zwillingsschwester, hat sich zu einem langen Schlaf zurückgezogen und wir wollen ihn diesem schlafsüchtigen Wesen von Herzen gönnen. Da sie nichts von ihrem Glück weiß, wird sie es ja kaum genießen können.«[155]

Anmerkungen

Wo der Nachlaß Marlen Haushofers erwähnt ist, handelt es sich um die Gegenstände des Nachlasses, den die Rechtsnachfolgerin Sybille Haushofer (Steyr/Wien) verwaltet.
Die Schreibweise der Zitate richtet sich nach den Originaldokumenten. Nur das von Marlen Haushofer häufig verwendete »m̄« wird als »mm« wiedergegeben.

Vorwort

[1] Brief Oskar Jan Tauschinskis an Sabine Haas vom 23.3.1989, Korrespondenz Tauschinski, Manfred Haushofer, Klosterneuburg.

[2] Marlene Streeruwitz im Interview mit Günter Kaindlstorfer: *»Isabel Allende produziert politischen Stillstand«*. In: *Der Standard*, 25.9.1999. Marlene Streeruwitz gab ihr Projekt einer Biographie über Anna Mahler, die Tochter von Gustav und Alma Mahler, auf: »Meine Interviewpartner waren sich nicht einmal darüber einig, ob Anna Mahler geraucht hat oder nicht.«

[3] Marlen Haushofer: *Die Tapetentür.* Roman. München: dtv 1991, S. 96.

[4] Marlen Haushofers Reisepaß, Nachlaß.

[5] Marlen Haushofer im Gespräch mit Elisabeth Pablé: *Begegnungen – Erfahrungen. Marlen Haushofer oder die sanfte Gewalt.* In: *Die Furche*, 13.4.1968.

[6] Daran erinnert sich Marlen Haushofers Arzt Dr. Rudolf Falkner, Wien.

[7] Marlen Haushofer: *Nachruf für eine vergeßliche Zwillingsschwester.* In: Christine Schmidjell: *Marlen Haushofer 1920–1970. Katalog einer Ausstellung.* Wien: Dokumentationsstelle für neuere österreichische

Literatur und Linz: Adalbert Stifter Institut 1990 (= Zirkular, Sondernr. 22), S. 41–44, S. 43.

Prolog

1 Marlen Haushofer: *Schreckliche Treue.* Erzählungen. Hildesheim: Claassen 1992, S. 117, 119.

2 Wahrscheinlich entstand die Erzählung 1966, nachdem Haushofer sich wegen gutartiger, aber schmerzhafter Myome einer Gebärmutterentfernung hatte unterziehen müssen. Vgl. Brief an Jeannie Ebner vom 26.1.(1966) und vom 23.2.1966, Briefwechsel Marlen Haushofer – Jeannie Ebner, Sammlung Ebner, Wiener Stadt- und Landesbibliothek.

3 Haushofer: *Die Tapetentür,* S. 15f, 115.

4 Marlen Haushofer: *Begegnung mit dem Fremden.* Gesammelte Erzählungen Bd. 1. Düsseldorf: Claassen 1985, S. 284f.

5 Martin Walser zitiert bei: Christoph Bartmann: *Auf dem Baum der Wörter.* In: Die Presse, 1.8.1998. Oskar Jan Tauschinski in der Einleitung zu Marlen Haushofer: *Lebenslänglich.* Erzählungen. Eingeleitet und ausgewählt von Oskar Jan Tauschinski. Graz, Wien, Köln: Stiasný 1966 (= Stiasny-Bücherei 165), S. 7.

1. Kapitel

1 Anstandsregeln der Herrschaft Steyr für den Förster in Effertsbach (1655), Abschrift, Rudolf Frauendorfer, Wien.

2 Marlen Haushofer: *Himmel, der nirgendwo endet.* Roman. Hildesheim: Claassen 1992, S. 154.

3 Stammbaum der Familie Frauendorfer-Leitner, Rudolf Frauendorfer, Wien.

4 Haushofer, *Himmel, der nirgendwo endet*, S. 79f.

5 Mündliche Auskunft von Gertrud Semler, Wien.

6 Haushofer, *Himmel, der nirgendwo endet*, S. 58. Vgl. Pfarrchronik Molln. Ich danke Adolf Staufer, Museum im Dorf, Molln.

7 Vgl. Schmidjell: *Marlen Haushofer 1920–1970*, S. 7. Vgl. außerdem Angela Mohr: *Althäuser der Gemeinde Molln in Oberösterreich.* Molln: Eigenverlag der Gemeinde 1991, S. 140.

8 Vgl. Marlen Haushofer: *Das Haus.* Handschriftliche Erstfassung des Romans *Himmel, der nirgendwo endet*, Nachlaß.

9 Haushofer, *Himmel, der nirgendwo endet*, S. 119.

10 Haushofer, *Himmel, der nirgendwo endet*, S. 7.

11 Mündliche Auskunft von Rudolf Frauendorfer, Wien.

12 Vgl. Haushofer, *Das Haus*, Nachlaß.

13 Etwa im Brief an Erwin Barth von Wehrenalp, Claassen-Verlag, vom

2.6.1968, Briefwechsel Marlen Haushofer – Erwin Barth von Wehrenalp, Claassen-Verlag, München.

14 Sepp Frauendorfer: *Im Effertsbachtal, im Forsthaus am Bach (...)*. Gedicht ohne Titel. Abschrift, Rudolf Frauendorfer, Wien. Onkel Sepp ist in *Himmel, der nirgendwo endet* als Onkel Schorsch abgebildet.

15 Haushofer, *Himmel, der nirgendwo endet*, S. 11.

16 Vgl. Haushofer, *Das Haus*, Nachlaß.

17 Haushofer, *Himmel, der nirgendwo endet*, S. 36, 14f.

18 Haushofer, *Himmel, der nirgendwo endet*, S. 39f.

19 Haushofer, *Himmel, der nirgendwo endet*, S. 40, 120, 199f. Auch in einem anderen Roman werden die Verse zitiert – vgl. Marlen Haushofer: *Eine Handvoll Leben*. Roman. München: dtv 1991, S. 22. Vgl. auch den Fiebertraum S. 38. Hier geht es um die Kindheitsperspektive des kleinen Lieserl.

20 Mündliche Auskunft von Rudolf Frauendorfer, Wien, und Jeannie Ebner, Wien, die das Märchen auch sehr liebte. Die beiden Freundinnen rezitierten es miteinander auf plattdeutsch. In ihren Briefen verwendete Jeannie Ebner auch die Anrede »Marlenicken« oder »Marleneken«.

21 Vgl. *Kinder- und Hausmärchen der Brüder Grimm*. Hrsg. von Dr. Hans Körnchen. Berlin: Volksverband der Bücherfreunde/Wegweiser-Verlag (o.J.), S. 200–209, bes. S. 202, 204, 207. Die Zitate wurden von mir ins Hochdeutsche übertragen, nur der Liedtext entspricht dem Original. Jacob und Wilhelm Grimm hatten die mundartliche Aufzeichnung des Hamburger Malers Philipp Otto Runge übernommen. Den Namen Marleenken führen sie auf Marianchen, Marie Annchen, zurück. Der Wacholder, niederdeutsch Machandelbaum, hieß althochdeutsch auch Queckholder, angelsächsisch quicbeam – die Silben ›wach‹, ›queck‹, ›quick‹ verweisen auf die Bedeutung ›(quick)lebendig‹. – Vgl. Anmerkungen aus der 3. Auflage des 3. Bandes (1856), S. 626, 628f.

22 Haushofer, *Himmel, der nirgendwo endet*, S. 200.

23 Georg Groddeck. *Das Buch vom Es. Psychoanalytische Briefe an eine Freundin.* Wiesbaden: Limes Verlag 1961, S. 187, vgl. auch S. 178f. Es ist durchaus möglich, daß die einstige Psychologiestudentin Marlen Haushofer Groddecks Werk kannte. Auch Ingeborg Bachmann bezog sich darauf.

Der eigenwillige Freud-Schüler und Begründer der Psychosomatik Georg Groddeck beschäftigt sich in seinem 1923 erschienenen Buch u.a. mit dem von jedem Kind bald verdrängten Schwangerschafts- und Geburtskomplex. Nach seiner Überzeugung weiß jedes Kind, daß es aus dem Bauch der Mutter stammt. Es befaßt sich aber immer intensiver mit der Frage, wie es denn in den Bauch hinein- und wieder herausge-

kommen sei. Haushofer stellt dieses Interesse in *Himmel, der nirgendwo endet* (S. 190) für Meta in Abrede: »Sie hat nie an das Märchen vom Storch geglaubt, aber der Gedanke ist ihr neu, daß die Kinder irgendwie in die Mutter hineinkommen müssen. Sie ist immer so beschäftigt gewesen mit anderen Dingen.«
Zum Machandelbaum als dem Sinnbild für den Kreislauf des Lebens und die magisch heilenden Kräfte der Natur paßt im Märchen das Blut, das die Frau unter ihm vergießt, während sie den Apfel (eine Frucht als Lebenskeim!) schält. Der unter dem Baum beschworene Kinderwunsch geht in Erfüllung, und obwohl die Wacholderbeeren die Frau krank und traurig machen, will sie unter dem Baum begraben sein. Unter ihn legt auch Marlenchen die Knochen des Bruders, der zunächst als Vogel und später – ebendort – als Mensch wieder zum Leben erweckt wird.

24 Mündliche Auskunft von Rudolf Frauendorfer, Wien, und Adolf Kerbl, Molln. »Die Frau« ist Metas Mutter auch für die Dienstmagd Berti, vgl. Haushofer, *Himmel, der nirgendwo endet*, S. 66. In Haushofers Erzählung *Das fünfte Jahr* wird der Großvater der kleinen Marili »der Herr« genannt. Vgl. Marlen Haushofer: *Schreckliche Treue*. Erzählungen. Hildesheim: Claassen 1992, S. 21.

25 Mündliche Auskunft von Rudolf Frauendorfer, Wien, Manfred Haushofer, Wien, Adolf Kerbl, Molln, Hilde Glassauer, Wien. Haushofer, *Himmel, der nirgendwo endet*, S. 151.

26 Mündliche Auskunft von Pauline Lichtenwöhrer, die von 1940–1946 bei den Frauendorfers »in Dienst« war.

27 Haushofer, *Himmel, der nirgendwo endet*, S. 71, 74.

28 Haushofer, *Begegnung mit dem Fremden*, S. 16f. Vgl. Haushofer, *Das Haus*, Nachlaß.

29 Haushofer, *Himmel, der nirgendwo endet*, S. 71. Infolge einer Typhuserkrankung während des Krieges hatte Heinrich Frauendorfer sein Haupthaar verloren.

30 Haushofer, *Himmel, der nirgendwo endet*, S. 24.

31 Haushofer, *Himmel, der nirgendwo endet*, S. 43, 46. Entsprechend auch die mündliche Auskunft von Rudolf Frauendorfer.

32 Vgl. Haushofer, *Himmel, der nirgendwo endet*, S. 14,132f., 44, 130.

33 Christine Schmidjell hat sogar die Vaterfigur als »eigentlich« negative charakterisiert, gerade weil sie eine offene Auseinandersetzung mit der Tochter vermeidet. Schmidjell interpretiert das Märchen vom Machandelbaum nur anhand der Vater-Mutter-Tochter-Beziehung: Die Mutter ›zerhackt‹, zertrennt die Bindungen Metas zu ihr, der Vater »hat sie ›genüßlich‹ aufgegessen, sie sich ein-ver-leibt und verhin-

dert so die Ablösung der Tochter.« Vgl. Christine Schmidjell-Hoffmann: *»›Meine Mutter, die mich schlacht, mein Vater, der mich aß …‹ Und hastig rollt Meta im Traum den Schutt über die üble Stätte, bis man sie nicht mehr sehen kann.«* Die elterliche Zer-/Verstörungsarbeit in *Himmel, der nirgendwo endet* von Marlen Haushofer. In: Sylvia Wallinger, Monika Jonas (Hrsg.): *Der Widerspenstigen Zähmung. Studien zur bezwungenen Weiblichkeit in der Literatur vom Mittelalter bis zur Gegenwart.* Innsbruck: Amoe 1986 (= Innsbrucker Beiträge zur Kulturwissenschaft, Germanistische Reihe 31), S. 295–309, S. 307f.

34 Haushofer, *Himmel, der nirgendwo endet*, S. 144, 121f.

35 Haushofer, *Himmel, der nirgendwo endet*, S. 130f. Vgl. Elke Brüns: *Die Funktion Autor und die Funktion Mutter. Zur psychosexuellen Autorposition Marlen Haushofers.* In: Anke Bosse, Clemens Ruthner (Hrsg.): *»Eine geheime Schrift aus diesem Splitterwerk enträtseln …« Marlen Haushofers Werk im Kontext.* Tübingen-Basel: Francke, 3/2000. Brüns sieht im geprügelten Hund ein Symbol für die – vom Vater – unterdrückte weibliche Triebnatur. Meta werde als »Subjekt des Begehrens« nicht anerkannt. Tatsächlich bekennt Meta (S. 120f.) sich ausdrücklich zu Schlankls »unselige(r) Leidenschaft«, tut sie doch »auch immerfort Dinge, die sie nicht tun sollte. Sie kennt den Drang, der Schlankl in den Wald treibt«.

36 Haushofer, *Himmel, der nirgendwo endet*, S. 103, 106, 71; vgl. auch S. 45.

37 Haushofer, *Eine Handvoll Leben*, S. 66f. In *Die Tapetentür* zeichnet Marlen Haushofer eine Vaterfigur, deren Schattenseiten eindeutig überwiegen: Der Vater ist ein leichtsinniger Egoist und Lebemann, der seine Tochter verläßt und von ihr dafür verantwortlich gemacht wird, daß »Liebe und Verlassenwerden für sie eine Erfahrung bedeutete, die ihr in Fleisch und Blut saß« (S. 147).

38 Haushofer, *Himmel, der nirgendwo endet*, S.103f.

39 Haushofer, *Himmel, der nirgendwo endet*, S. 42, 48, 104, 158.

40 Groddeck, *Das Buch vom Es*, S. 86f.

41 Haushofer, *Himmel, der nirgendwo endet*, S. 189, 186.

42 Haushofer, *Himmel, der nirgendwo endet*, S. 213, 45, 96f.

43 Haushofer, *Himmel, der nirgendwo endet*, S. 55, 107, 131. Vgl. Haushofer, *Das Haus* und *Ausgrabungen*, zweite handschriftliche Fassung des Romans *Himmel, der nirgendwo endet*, Nachlaß.

44 Haushofer, *Himmel, der nirgendwo endet*, S. 131, 133, 187; vgl. auch Schmidjell-Hoffmann, *»Meine Mutter, die mich schlacht, mein Vater, der mich aß …«*, bes. S. 307: »Diese Verwundung aber ist eine lebens-

längliche, auch wenn der Vater noch einmal begütigend die äußere Wunde mit Jod ›betupft‹.«

45 Mündliche Auskunft von Adolf Kerbl, Molln. Von ihm stammen auch die weiteren Angaben zur Volksschulzeit. Vgl. auch Schmidjell, *Marlen Haushofer 1920–1970*, S.12.

46 Vgl. Haushofer, *Himmel, der nirgendwo endet*, S. 159ff. Vgl. zur Welteislehre Brigitte Hamann: *Hitlers Wien. Lehrjahre eines Diktators*. München: Piper 1996, S. 322–325. *Kindernazi* nannte etwa Andreas Okopenko seinen autobiographischen Kindheitsroman (1984).

47 Vgl. Haushofer, *Himmel, der nirgendwo endet*, S. 90f, 114ff; 35, 114. Mündliche Auskunft von Rudolf Frauendorfer.

48 Haushofer, *Himmel, der nirgendwo endet*, S. 108ff. Vgl. Haushofer, *Ausgrabungen*, Nachlaß.

49 Haushofer, *Himmel, der nirgendwo endet*, S. 112; vgl. S. 142.

Adalbert Stifter: *Ausgewählte Werke in einem Band*. Hrsg. von Alexander Heine. Essen: Phaidon Verlag o.J., S. 252; vgl. auch 195f. Bei der Erklärung des Namens läßt sich als Gegenstück zum »hohen Felsen« (der der Vater sein soll) auch eine Mure, also erdige Naturgewalt, denken.

50 Haushofer, *Himmel, der nirgendwo endet*, S. 111.

51 Haushofer, *Himmel, der nirgendwo endet*, S. 193f.

52 Mündliche Auskunft von Rudolf Frauendorfer, Wien. Vgl. auch das Tonbandinterview, das Christine Schmidjell mit der mittlerweile verstorbenen Hermine Resch geführt und mir freundlicherweise zur Verfügung gestellt hat. Vgl. Haushofer, *Himmel, der nirgendwo endet*, S. 64ff.

53 Vgl. Haushofer, *Himmel, der nirgendwo endet*, S. 125ff, 74.

54 Mündliche Auskunft von Rudolf Frauendorfer, Wien. Vgl. Geburts-Zeugnis und Taufschein Maria Helene Frauendorfer, Nachlaß.

55 Marlen Haushofer hat Tante Scherer und ihre erstaunliche Kunst auch in der Erzählung *Der Mörder kam abends* verewigt. Vgl. Haushofer, *Begegnung mit dem Fremden*, S. 69–73.

56 Vgl. Haushofer, *Himmel, der nirgendwo endet*, S. 169f, 82f.

57 Vgl. Haushofer, *Himmel, der nirgendwo endet*, S. 74ff.

58 Vgl. Haushofer, *Himmel, der nirgendwo endet*, S. 161, 163ff.

59 Mündliche Auskunft von Rudolf Frauendorfer, in dessen Besitz sich das Gartenbuch seines Onkels befindet. Onkel Sepp ist sichtlich auch das Vorbild für den kultivierten Onkel Eugen in *Die Tapetentür*.

Vgl. *Das Haus*, Nachlaß. Die ›Busaranten‹ wurden von Robert Musil im *Mann ohne Eigenschaften* in die Literatursprache eingeführt. Vgl. Peter Wehle: *Sprechen Sie Wienerisch? Von Adaxl bis Zwutschkerl.* Wien-Heidelberg: Ueberreuter 1980, S. 110.

60 Vgl. Haushofer, *Himmel, der nirgendwo endet*, S. 59, 15f, 128f, 29, 189f, 180.

61 Vgl. Haushofer, *Schreckliche Treue*, S. 20f.

62 Groddeck, *Das Buch vom Es*, S. 42, vgl. auch S. 208, 88. In der Vorstellungswelt des Kindes hatten auch die Mädchen ursprünglich ein solches Schwänzchen, das man (vermutlich der mächtige Vater) ihnen nun strafweise abgeschnitten hat. Der Kastrationskomplex nach Freud, also die Angst um den Penis beim Knaben, der Penisneid beim Mädchen, hängt eng mit dem Ödipuskomplex zusammen. Das Mädchen empfindet Scham und Schuldgefühle ob des unbehebbaren Fehlers, in ihm entsteht eine Leere, die es sich nach Empfängnis und Schwangerschaft sehnen läßt, nach einem Sohn, dem dieser Makel nicht anhaftet – im Unbewußten hält sich dabei der Wunsch, das Kind vom Vater zu empfangen. Neuere feministische Ansätze haben die Beschreibung der Frau als einen defekten Mann kritisiert und die allgemeine Gültigkeit dieses Modells der klassischen Psychoanalyse in Frage gestellt. Eine literarhistorische Betrachtung einer Kindheit der zwanziger Jahre kann aber jedenfalls davon ausgehen, daß Freuds Modell der zeitgenössischen Gesellschaft angemessen war. Vgl. dazu Brüns, *Die Funktion Autor und die Funktion Mutter*.

63 Mündliche Auskunft von Nelly Bachbauer und Bärbl Steineck, geb. Bachbauer, Weyer.

64 Haushofer, *Ausgrabungen*, Nachlaß. Zur permanenten Bisexualität des Menschen vgl. Groddeck, *Das Buch vom Es*, S. 236.

65 Vgl. Haushofer, *Himmel, der nirgendwo endet*, S. 107f, 184, 70f.

66 Vgl. Haushofer, *Himmel, der nirgendwo endet*, S. 90ff.

67 Vgl. Haushofer, *Himmel, der nirgendwo endet*, S. 89f, 215. In Haushofers *Eine Handvoll Leben* gibt es eine autoerotische Szene aus dem Blickwinkel des fünfjährigen Lieserl (S. 20): »Ganz fremd sahen diese Knie aus, rund und bräunlich. Sie steckte einen Finger in den Mund und zog eine feuchte Schneckenspur über die glatte, warme Haut. Das war angenehm und ein wenig beunruhigend. Plötzlich fing ihr Herz laut zu pochen an, und sie beugte sich schnell vor und drückte die Lippen auf das Knie – aber das Herzklopfen blieb.« Georg Groddeck deutet, ausgehend von der sprachlichen Verwandtschaft im Griechischen und Lateinischen, das Knie als ein Symbol des Geschlechts und der Fortpflanzung – etwa ›gony‹, Knie, und ›gignesthai‹, entstehen, geboren werden, auf griechisch, ›genu‹, Knie, und ›genus‹, Geschlecht, auf lateinisch. Vgl. Georg Groddeck: *Psychoanalytische Schriften zur Literatur und Kunst*. Hrsg. von Egenolf Roeder von Diersburg. Wiesbaden: Limes Verlag 1964, 276–281.

68 Vgl. Schmidjell-Hoffmann, *»Meine Mutter, die mich schlacht, mein Vater, der mich aß …«*, S. 305. Elke Brüns betont die Autor-Funktion von Metas kreativem Vater und ordnet der Mutter eher den Bereich der nonverbalen Sprache zu. Vgl. Brüns, *Die Funktion Autor und die Funktion Mutter.*
Vgl. Haushofer, *Himmel, der nirgendwo endet*, S. 142f, 60, 216, 200.

69 Mündliche Auskunft von Rudolf Frauendorfer, Wien.

70 Haushofer, *Himmel, der nirgendwo endet*, S. 63f.

71 Haushofer, *Himmel, der nirgendwo endet*, S. 110f.

72 Vgl. Haushofer, *Himmel, der nirgendwo endet*, S. 80, 85, 88. Auch Sascha hat laut Rudolf Frauendorfer ein reales Vorbild, das Alex hieß.

73 Vgl. Haushofer, *Himmel, der nirgendwo endet*, S. 52, und *Das Haus*, Nachlaß.

74 Haushofer, *Eine Handvoll Leben*, S. 42.

75 Haushofer, *Himmel, der nirgendwo endet*, S. 124.

76 Vgl. Haushofer, *Himmel, der nirgendwo endet*, S. 133, 216f.

77 Sepp Frauendorfer: *Im Effertsbachtal, im Forsthaus am Bach (...)*, Abschrift, Rudolf Frauendorfer, Wien.
Vgl. Marlen Haushofer: *Das Waldmädchen.* Typoskript und Widmung, Rudolf Frauendorfer, Wien. Abgedruckt ist das Märchen in: Marlen Haushofer: *Das Waldmädchen.* Drei Märchen. Wien-München: Jugend und Volk 1972. (= Die goldene Leiter 87)

2. Kapitel

1 Marlen Haushofer in einem Interview. Raimund Lackenbucher: *»In jener fernen Wirklichkeit …« Ein besinnliches Gespräch mit Marlen Haushofer, der Verfasserin des Romans »Die Wand«.* In: Neue Illustrierte Wochenschau, 29.12.1968.

2 Vgl. Haushofer, *Himmel, der nirgendwo endet*, S. 206f, 211.

3 Haushofer, *Himmel, der nirgendwo endet*, S. 221f. Zum zuvor Zitierten vgl. S. 217ff.

4 Haushofer, *Himmel, der nirgendwo endet*, S. 222.

5 Haushofer, *Himmel, der nirgendwo endet*, S. 214.

6 Von einem Biß berichtet Haushofer selbst in einem allerdings ironisch verfremdeten Text. Vgl. Marlen Haushofer: *Nachruf für eine vergeßliche Zwillingsschwester*. In: Schmidjell, *Marlen Haushofer 1920–1970*, S. 41–44, S. 43. Laut Marlen Haushofers Sohn Manfred Haushofer hat seine Mutter von einem tätlichen Angriff auf eine Schwester berichtet. Zit. bei Dagmar C. Lorenz: *Biographie und Chiffre. Entwicklungsmöglichkeiten in der österreichischen Prosa nach 1945, dargestellt an den*

Beispielen Marlen Haushofer und Ilse Aichinger. Phil. Diss. Cincinatti 1974, S. 37.

Vgl. Haushofer, *Eine Handvoll Leben*, S. 30, 44ff.

7 Haushofer, *Eine Handvoll Leben*, S. 32.

8 Diese und die folgenden Informationen über Marlen Haushofers Schulzeit stammen von den ehemaligen Mitschülerinnen Angela Mohr, geb. Trenkler, Linz; Josefa Bergmann, geb. Aumayr, Weyer; Herta Holzinger, Kronstorf; Gertrud Semler, Wien; Josefa Hager, Aurolzmünster; Hilde Glassauer, Wien; Grete Morawek, Bad Hall.

9 Vgl. Haushofer, *Eine Handvoll Leben*, S. 32, 48ff.

10 Vgl. Haushofer, *Eine Handvoll Leben*, S. 30f, 40f, 36, 46. An kritische Äußerungen Marlens zum Thema Religion erinnert sich Josefa Hager, Aurolzmünster. Zu den in Schule und Elternhaus Anstoß erregenden Deutschaufsätzen vgl. Lorenz, *Biographie und Chiffre*, S. 37f. Von Marlen Haushofers Atheismus berichtet u.a. Manfred Haushofer, Klosterneuburg.

11 Haushofer, *Eine Handvoll Leben*, S. 34f.

12 Vgl. Haushofer, *Schreckliche Treue*, S. 6f.

13 Haushofer, *Himmel, der nirgendwo endet*, S. 173.

14 Vgl. Haushofer, *Himmel, der nirgendwo endet*, S. 173f.

15 Vgl. Haushofer, *Himmel, der nirgendwo endet*, S. 100f.

16 Vgl. Haushofer, *Himmel, der nirgendwo endet*, S. 102, 179.

17 Vgl. Haushofer, *Eine Handvoll Leben*, S. 91.

18 Vgl. Haushofer, *Eine Handvoll Leben*, S. 39, 33.

19 Vgl. Haushofer, *Himmel, der nirgendwo endet*, S. 216.

20 Vgl. Haushofer, *Begegnung mit dem Fremden*, S. 33.

21 Vgl. Haushofer, *Begegnung mit dem Fremden*, S. 36ff. Auch in der frühen Roman-Fassung *Das Haus*, Nachlaß, wird erwähnt, daß der Vater einmal strafweise ins Internat bestellt worden sei und das für die Tochter mit einem »Triumph« geendet habe.

22 So formulierte es Herta Holzinger, Kronstorf, im Gespräch.

23 Vgl. Marlen Haushofers Schulzeugnisse, Nachlaß, sowie den Haupt- und Klassenkatalog der Mädchen-Mittelschulen der Ursulinen Linz, Archiv der Ursulinen-Schule, Wien. Zu Haushofers Unterschrift vgl. ihre Eintragung in das Poesiealbum einer Mitschülerin vom 4. Feber 1935, Gertrud Semler, Wien.

24 Vgl. erste handschriftliche Fassung des Romans *Die Wand* in fünf A4–Schreibheften, Heft 1 mit der Aufschrift *Die gläserne Wand I*, Dokumentationsstelle für neuere österreichische Literatur, Wien.

25 Haushofer, *Eine Handvoll Leben*, S. 39.

26 Marlen Haushofer in einem Gespräch. Elisabeth Pablé: *Begegnungen –*

Erfahrungen. Marlen Haushofer oder die sanfte Gewalt. In: Die Furche, 13.4.1968.
Poesiealbum, Gertrud Semler, Wien.

27 Hilde Glassauer: *Erinnerungen an Marlen.* Typoskript, von Hilde Glassauer zur Verfügung gestellt. Von ihr und Angela Mohr stammen die detailliertesten Beschreibungen des Stegreiftheaters.

28 Über die Rolle, »die der Hund im verschwiegenen Leben des Menschen spielt«, und über den daran erkennbaren »pharisäischen Abscheu des Menschen vor perversem Empfinden und Handeln«, vgl. Groddeck, *Das Buch vom Es*, S. 23f, 257f.
Mündliche Auskunft von Rudolf Frauendorfer, Wien.

29 Haushofer, *Himmel, der nirgendwo endet*, S. 13.

30 Vgl. Haushofer, *Eine Handvoll Leben*, S. 43.

31 Haushofer, *Eine Handvoll Leben*, S. 44.

32 Vgl. Haushofer, *Himmel, der nirgendwo endet*, S. 147, 150. Vgl. Groddeck, *Das Buch vom Es*, S. 129: »Jede Erkrankung ist eine Wiederholung der Säuglingssituation, entspringt der Sehnsucht nach der Mutter, jeder Kranke ist ein Kind, jeder Mensch, der sich des Kranken annimmt, wird zur Mutter.« Der kränkliche Mensch verrät eine starke Bindung an die ›Mutterimago‹, das Bild, das er sich von seiner Mutter gemacht hat.

33 Haushofer, *Eine Handvoll Leben*, S. 38.

34 Vgl. Groddeck, *Das Buch vom Es*, S. 119.

35 Marlen Haushofer zit. bei: Lackenbucher, *»In jener fernen Wirklichkeit ...«*.

36 Vgl. Groddeck, *Das Buch vom Es*, S. 120: »Die Begierde soll schwinden, die Begierde nach dem Aus und Ein, nach dem Hin und Her der Erotik, das sich in der Atmung symbolisiert. Und mit der Begierde schwinden die Lungen, diese Darsteller des Empfängnis- und Geburtssymbols, schwindet der Leib, dieses Phallussymbol, muß schwinden, weil die Begierde in der Erkrankung wächst, (...) weil die Sucht zu schwinden aus der Verdrängung dieser ins Bewußtsein strebenden Symbole immer wieder neu entsteht, weil das Es durch die Lungenerkrankung schöne Augen und Zähne, hitzende Gifte entstehen läßt.«

37 Im Kinderheim wurden nur Tbc-gefährdete oder rekonvaleszente Kinder aufgenommen, nicht solche, die an aktiver oder gar offener Tuberkulose litten und daher für die anderen eine Ansteckungsgefahr darstellten. Man verlangte für die Aufnahme ins Heim einen »Infektionsfreischein«, in Zweifelsfällen ein Lungenröntgen und einen Sputumbefund.

38 Mündliche Auskunft von Rudolf Frauendorfer, Wien. In Rudolf Frau-

endorfers Familienalbum ist ein Photo vom Mai 1934 mit »Die kranke Marlene nach dem Winterschlaf« beschriftet. Vgl. Marlen Haushofers Schulzeugnisse, Nachlaß.

39 Die Datierung des Aufenthalts in Kirchschlag ergibt sich einerseits aus einem Brief Marlen Haushofers an ihre Eltern vom 8.7.1939, geschrieben während ihrer Zeit beim ›Reichsarbeitsdienst‹ (Nachlaß): »Ich komm mir jetzt so vor wie in Kirchschlag. Es ist ja Blödsinn, aber ich kann mir nicht vorstellen daß ich wieder heimkomme (...). Ihr seht ich bin heute noch genau so dumm wie mit 10 Jahren (...).« Andererseits gibt es in einem Brief des verstorbenen Grazer ORF-Literaturredakteurs Alfred Holzinger an Marlen Haushofer vom 21.1.1968 (Nachlaß) eine Anspielung auf eine gemeinsame Kindheitszeit in Kirchschlag. Seine Schwägerin Emilie Holzinger, Straßengel, bestätigt nach Aufzeichnungen seines ebenfalls verstorbenen Bruders Fritz, Alfred habe sich im Jahr 1930 wegen einer Tbc-Infektion mehrere Monate in Kirchschlag aufgehalten. Daß Marlen im Spätherbst oder Winter ihres ersten Schuljahres im Heim gewesen sein muß, ergibt sich aus der im folgenden angeführten Erzählung *Die Dattelkerne*.

Vgl. *25 Jahre Landes-Kindererholungsheim in Kirchschlag. Festschrift.* Hrsg. vom Amte der o. ö. Landesregierung (Hofrat Dr. Josef Zehetner). Linz 1950, S. 34–38.

40 Vgl. Haushofer, *Begegnung mit dem Fremden*, S. 205, 207.

Vgl. den Bericht von Hausarzt Karl Pinsger in: *25 Jahre Landes-Kindererholungsheim in Kirchschlag*, S. 12.

41 Vgl. Haushofer, *Begegnung mit dem Fremden*, S.206. Vgl. Haushofer, *Die Wand*, S. 186.

42 Vgl. *25 Jahre Landes-Kindererholungsheim in Kirchschlag* , S. 16f. Vgl. Haushofer, *Begegnung mit dem Fremden*, S. 206ff. Susis zwölfjähriger Freund Otto dürfte mit dem damals zwölfjährigen Alfred Holzinger (Anm. 39) identisch sein.

43 Mündliche Auskunft von Rudolf Frauendorfer.

44 Vgl. Haushofer, *Begegnung mit dem Fremden*, S. 275f.

45 Mündliche Auskunft von Josefa Bergmann, Weyer, und Grete Morawek, Bad Hall.

Marlen Haushofer zit. bei Lackenbucher, *»In jener fernen Wirklichkeit ...«*. Vgl. Lorenz, *Biographie und Chiffre*, S. 37.

46 Vgl Haushofer, *Himmel, der nirgendwo endet*, S. 138.

47 Vgl. Haushofer, *Himmel, der nirgendwo endet*, S. 148.

48 Vgl. Haushofer, *Himmel, der nirgendwo endet*, S. 190.

49 Haushofer, *Eine Handvoll Leben*, S. 52.

50 Vgl. Haushofer, *Eine Handvoll Leben*, S. 52. Mündliche Auskunft von Hilde Glassauer, Wien.

51 Haushofer zit. bei Lackenbucher, *»In jener fernen Wirklichkeit …«*.

52 Haushofer, *Eine Handvoll Leben*, S. 54f.

53 Mündliche Auskunft von Josefa Bergmann, Weyer, und Herta Holzinger, Kronstorf. Käthe ähnelt in manchem Peperl Aumayr, verh. Bergmann.

54 Haushofer, *Eine Handvoll Leben*, S. 56.

55 Vgl. Haushofer, *Eine Handvoll Leben*, S. 58f.

56 Haushofer, *Eine Handvoll Leben*, S. 59f.

57 Vgl. Haushofer, *Eine Handvoll Leben*, S. 84ff, 64, und *Begegnung mit dem Fremden*, S. 60f.

58 Vgl. Haushofer, *Eine Handvoll Leben*, S. 76f, 38. Zum Gefährlichen des Duftes, vgl. etwa auch die Erzählung *Herrn von Gayens nächtliche Begegnung*: Haushofer, *Begegnung mit dem Fremden*, S. 19. Die doppelgeschlechtliche Orientierung des Kindes, die normalerweise mit der Pubertät aufhört oder besser: verschüttet wird, kann sich gerade in einem reinen Knaben- oder Mädcheninternat ins Gleichgeschlechtliche wenden.
Für die Psychoanalyse ist der Mensch in seiner natürlichen Anlage homosexuell – eine notwendige Folge aus der narzißtischen Liebe zu sich selbst. Die spätere Entdeckung des anderen Geschlechts verhindert nicht, daß er sein Leben lang bisexuell bleibt, mag er die gleichgeschlechtliche Neigung noch so sehr verdrängen und einengen.
Vgl. Groddeck, *Das Buch vom Es*, S. 228f, 232, 236, 239.

59 Vgl. Haushofer, *Eine Handvoll Leben*, S. 65f, 69ff.

60 Mündliche Auskunft von Josefa Bergmann, Weyer, Herta Holzinger, Kronstorf, und Josefa Hager, Aurolzmünster.

61 Vgl. Haushofer, *Eine Handvoll Leben*, S. 73ff, 78f.

62 Haushofer, *Himmel, der nirgendwo endet*, S. 123. Georg Groddeck sieht im Judaskuß das mythische Symbol für die »Ambivalenz des Unbewußten«. So sei das menschliche Dasein »von Anfang bis zu Ende mit dem erfüllt«, was »unser wägendes Urteil als verächtlichste und schwerste Sünde brandmarkt, mit Verrat«. Vgl. Groddeck, *Das Buch vom Es*, S. 225f.
Vgl. Haushofer, *Eine Handvoll Leben*, S. 89ff.

63 Brief Marlen Frauendorfers an Angela ›Elli‹ Trenkler vom Februar 1937, zit. bei Schmidjell, *Marlen Haushofer 1920–1970*, S. 14. Vgl. Marlen Haushofers Schulzeugnisse, Nachlaß. Mündliche Auskunft von Gertrud Semler, Wien, Angela Mohr, Linz, Adolf Kerbl, Molln. Vgl. Haushofer, *Eine Handvoll Leben*, S. 72.

64 Brief Marlen Frauendorfers an Gerti Menzl vom 4.11.1937, Gertrud Semler, Wien.

65 Vgl. Johann Wolfslehner: *Das Schulwesen der Ursulinen in Linz 1918–1968*. Sonderdruck aus dem 77. Jahresbericht des Bischöflichen Gymnasiums und Diözesanseminars am Kollegium Petrinum, Linz/Donau, Schuljahr 1980/81. S. 54.

66 Mündliche Auskunft von Josefa Bergmann, Weyer, und Rudolf Frauendorfer, Wien. Vgl. Wolfslehner, *Das Schulwesen der Ursulinen in Linz 1918–1968*, S. 70f, 55.
Wolfslehner, *Das Schulwesen der Ursulinen in Linz*, S. 29.

67 Mündliche Auskunft von Rudolf Frauendorfer. Von ihm stammen auch die folgenden Informationen zu Familie und Zeitgeschehen. Vgl. Pfarrchronik Molln.

68 Haushofer, *Himmel, der nirgendwo endet*, S. 185.

69 Mündliche Auskunft von Josefa Bergmann, Weyer, und Herta Holzinger, Kronstorf. Diese zog bei der Vermieterin ein, nachdem die Kollegin Lisl Pühringer ausgezogen war. Herta Holzinger, geb. Ruprechtsberger, schloß sich den gemeinsamen Ausflügen gelegentlich an.

70 Vgl. Haushofer, *Eine Handvoll Leben*, S. 94, und *Begegnung mit dem Fremden*, S. 52ff, 55.

71 Vgl. Marlen Haushofers Maturazeugnis, Nachlaß.

72 Mündliche Auskunft von Josefa Bergmann, Weyer, und Rudolf Frauendorfer, Wien.

73 Vgl. Schmidjell, *Marlen Haushofer 1920–1970*, S. 15.

74 Brief Marlen Frauendorfers an ihre Eltern vom 23.4.1939, Nachlaß. Diesem Brief sind auch die folgenden Zitate entnommen.

75 Vgl. Haushofer, erste Fassung *Die Wand*, Heft 1, *Die gläserne Wand I*, Dokumentationsstelle für österreichische Literatur. Vgl. auch Brief Marlen Frauendorfers an Elli Trenkler vom 26.5.1939, Christian Haushofer, Gallneukirchen.

76 Vgl. Marlen Frauendorfers Brief an Elli Trenkler vom 26.5.1939, Christian Haushofer, Gallneukirchen.

77 Vgl. Marlen Frauendorfers Brief an ihre Eltern vom 28.5.1939, Nachlaß. »Pomperletsch« heißt Kind, »Pipihendi« ist ein Kinderwort für Kücken, eine »Bisgurn« ist eine zänkische Frau.

78 Vgl. Marlen Frauendorfers Briefe an die Eltern vom 28.5.1939 und 23.4.1939, Nachlaß.

79 Mündliche Auskunft von Angela Mohr, Linz. Vgl. *Das Haus*, Nachlaß.

80 Vgl. Marlen Frauendorfers Briefe an ihre Eltern vom 9.6.1939, 8.7.1939, 10.8.1939 und 25.8.1939, Nachlaß.

[81] Vgl. Marlen Frauendorfers Briefe an ihre Eltern vom 25.8.1939, 29.7.1939, 10.8.1939 und 8.7.1939, Nachlaß.

[82] Vgl. Marlen Frauendorfers Brief an ihre Eltern vom 8.7.1939, Nachlaß.

[83] Vgl. Marlen Frauendorfers Brief an ihre Eltern vom 29.7.1939, Nachlaß.

[84] Marlen Frauendorfers Brief an ihre Eltern vom 25.8.1939, Nachlaß. Dieser Brief enthält auch die folgenden Informationen.

[85] Daran erinnert sich Rudolf Frauendorfer, zit. bei Lorenz, *Biographie und Chiffre*, S.35.
Haushofer, *Eine Handvoll Leben*, S. 101.

[86] Haushofer, *Eine Handvoll Leben*, S. 97.

[87] Vgl. Haushofer, *Eine Handvoll Leben*, S. 97f.

[88] Vgl. Haushofer, *Eine Handvoll Leben*, S. 99f. An den zumindest begonnenen Handelskurs erinnert sich Rudolf Frauendorfer – Marlen Haushofer lernte allerdings nie perfekt Maschineschreiben.

3. Kapitel

[1] Vgl. Marlen Frauendorfers Studienbuch, Nachlaß. Die folgenden Informationen zum Studium entstammen diesem Dokument. Vgl. auch Nationale der philosophischen Fakultät, Universitätsarchiv Wien.

[2] Vgl. Uwe Baur: *»Eine Mehrheit an Methoden muß zur Verfügung stehen…«. ›Innere Emigration‹ eines Germanisten: Hugo (v.) Kleinmayr.* In: Johann Holzner, Karl Müller (Hrsg.): *Literatur der ›Inneren Emigration‹ aus Österreich.* Wien: Döcker 1998 (= Zwischenwelt 6), S. 357–375, bes. S. 359f, 368.

[3] Haushofer, *Schreckliche Treue*, S. 206. Das Zitat stammt aus der Erzählung *Die Willows*.
Die Wohnadressen lauten: 6. Bezirk, Gumpendorferstraße 63 E; 18. Bezirk, Sternwartestraße 55; 9. Bezirk, Wasserburgergasse 2. Mündliche Auskunft von Rudolf Frauendorfer, Gertrud Semler, Hilde Glassauer, Wien, und Angela Mohr, Linz.

[4] Mündliche Auskunft von Dita Bauer, geborene Strasser, München, auch zum folgenden.

[5] Vgl. Manuela Reichart: *»Eine völlig normale Geschichte«. Auf den Spuren von Marlen Haushofer – eine Reise nach Österreich.* In: Anne Duden et al.: *»Oder war da manchmal noch etwas anderes?« Texte zu Marlen Haushofer.* Frankfurt/M.: Neue Kritik 1986, S. 21–42. S. 39f.

[6] Haushofer, *Eine Handvoll Leben*, S. 101f, *Begegnung mit dem Fremden*, S. 46, *Schreckliche Treue*, S. 183f.

7 Marlen Haushofer: *Die Mansarde.* Roman. Düsseldorf: Claassen ^{2}1985, S. 80.

8 Haushofer, *Die Mansarde,* S. 125.

9 Vgl. Nationale der medizinischen Fakultät der Universität Wien. So ist vielleicht zu erklären, weshalb Gert Mörth Marlen im Sommer 1939, während seines Erntehilfe-Einsatzes in Christburg, bereits als Student begegnete. Bei einem normalen Studienverlauf ohne Unterbrechungen hätte sich ja, rechnet man zurück, ein Studienbeginn erst im Herbst ergeben.

10 Mündliche Auskunft von Dita Bauer, München, und Rudolf Frauendorfer, Wien. Die in der Familie überlieferte Annahme, daß Jugendliebe und Kindesvater nicht identisch gewesen seien, ist jedenfalls falsch.

11 Mündliche Auskunft von Jeannie Ebner, Wien, und Dita Bauer, München. Vgl. Reichart, »*Eine völlig normale Geschichte*«, S. 40.

Haushofer, *Eine Handvoll Leben*, S. 124.

In ihrer frühen Erzählung *Die Schneebeeren*, die sich der autobiographischen Eindeutigkeit entzieht, versucht Marlen Haushofer offenbar, sich die Liebesgeschichte mit einem glücklichen Ausgang zu denken: Ein Soldat fährt eine Nacht und einen Tag, um für eine Nacht zu seinem Mädchen zu kommen. Die beiden spazieren in der Novemberkälte stundenlang durch die Stadt (die Steyr sehr ähnlich sieht) und flüchten sich dann doch in ein Stundenhotel, wo aber nichts ›passiert‹ und sie glücklich sind »wie zwei Kaninchen im Heu«. Die Unschuld der Liebe ist hier durch nichts getrübt und wird durch romantische Wehmut noch veredelt. Vgl. Haushofer, *Begegnung mit dem Fremden*, S. 242.

12 Haushofer, *Schreckliche Treue*, S. 70, *Die Mansarde*, S. 81, 84; die Lerchenfelderstraße ist hier die Adresse der Erzählerin.

Vgl. Marlen Frauendorfers Brief an ihre Eltern vom 25.8.1939, Nachlaß.

13 Groddeck, *Das Buch vom Es*, S. 82.

14 Haushofer, *Himmel, der nirgendwo endet*, S. 179.

15 Mündliche Auskunft von Dita Bauer, München. Mitteilung der Deutschen Dienststelle, Berlin, an die Verf. vom 16.12.1999. Die Schreibweise des Vornamens lautet hier ›Gerd‹. Der Unfall ereignete sich am 24.11.1944. Gerd Mörth ist auf dem Friedhof in Neuß am Rhein begraben.

16 Haushofer, *Eine Handvoll Leben*, S. 96.

17 Vgl. Groddeck, *Das Buch vom Es*, S. 29f, 13, 87f.

18 Vgl. Haushofer, *Die Tapetentür*, S. 64f, 131, 98, 112f. Georg Groddeck, *Das Buch vom Es*, S. 36, spitzt pointiert zu: »ich bin der Über-

zeugung, daß das Kind aus Haß geboren wird. Die Mutter hat es satt, dick zu sein und eine Last von vielen Pfunden zu tragen, und deshalb wirft sie das Kind hinaus, recht unsanft übrigens. Tritt dieser Überdruß nicht ein, so bleibt das Kind im Leibe und versteinert.« Vgl. dazu Metas Überlegungen zum »Steinkind« in Haushofer, *Himmel, der nirgendwo endet*, S. 138.

Zur »Desexualisierung« der Frau in ihrer Mutterrolle vgl. Brüns, *Die Funktion Autor und die Funktion Mutter.*

19 Haushofer, *Die Tapetentür*, S. 113.

20 Haushofer, *Die Tapetentür*, S. 148.

21 Manfred Haushofer sen. in Marie Bardischewskis Film *Die Frau hinter der Wand*, Bayerischer Rundfunk/ORF, 1993. Mündliche Auskunft von Dita Bauer, München.

22 Vgl. Wehrmachts-Personalakt Manfred Haushofer, Österreichisches Staatsarchiv. Diesem Akt sind auch die weiteren Angaben zu Person und militärischer Laufbahn entnommen. Mündliche Auskunft von Sybille Haushofer, Steyr-Wien, und Manfred Haushofer jun., Klosterneuburg. Von ihrem verstorbenen Mann sprach Therese Haushofer nie. Die familieninterne Überlieferung, Anton Haushofer sei Gerichtspräsident gewesen, die Marlen Haushofer auch im Roman *Die Mansarde* aufgreift, ist nirgends belegt. Nach den Dokumenten war er kein Akademiker.

23 Mündliche Auskunft von Kurt Steyrer, Wien, und Hans Palt, Wien.

24 Die Bezeichnung »veilchenblau« stammt von Dita Bauer, München.

25 Mündliche Auskunft von Dita Bauer, München.

26 Haushofer, *Die Mansarde*, S. 80ff.

27 Haushofer, *Die Mansarde*, S. 42.

28 Mündliche Auskunft von Rudolf Frauendorfer, Wien, und Angela Mohr, Linz. Vgl. Marlen Frauendorfers Ansichtskarte an Manfred Haushofer vom 7.5.1941, Nachlaß, und Liliane Studer, *Die Frau hinter der Wand. Aus dem Nachlaß der Marlen Haushofer,* München 2000.

29 Vgl. Marlen Frauendorfers Studienbuch, Nachlaß.

30 Das Gerücht, die NS-Organisation ›Lebensborn‹ habe das Entbindungsheim betrieben, hat sich nicht bestätigt. (Mitteilung der Gemeinde Pähl-Raisting an die Verf. vom 9.12.1999.)

Vgl. Christian Haushofers Geburtsurkunde, Nachlaß. Mündliche Auskunft von Christian Haushofer, Gallneukirchen.

31 Vgl. Marlen Frauendorfers Brief an ihre Eltern vom 14.8.1941, Nachlaß. Die folgenden Zitate stammen aus diesem Brief.

32 Haushofer, *Die Mansarde*, S. 30.

33 Vgl. Marlen Haushofers Heiratsurkunde und kirchliches Trauungszeugnis, Nachlaß.

34 Mündliche Auskunft von Manfred Haushofer jun., Klosterneuburg, und Rudolf Frauendorfer, Wien. Vgl. Haushofer, *Die Mansarde*, S. 82, 138, 199.

35 Wehrmachts-Personalakt Manfred Haushofer, Österreichisches Staatsarchiv. Vgl. dort auch zu den weiteren Angaben. Mündliche Auskunft von Hans Palt, Wien.

36 Mündliche Auskunft von Gertrud Semler, Wien, nach ihren Aufzeichnungen.

37 Brief Marlen Frauendorfers an ihre Mutter vom 4.9.1942, Rudolf Frauendorfer, Wien. Diesem Brief entstammen auch die folgenden Zitate.

38 Die Wiener Adresse lautet: 18, Gentzgasse 135. Zu den Umständen der Geburt: Mündliche Auskunft von Rudolf Frauendorfer, Wien, und Manfred Haushofer, Klosterneuburg.

39 Mündliche Auskunft von Sybille Haushofer, Steyr-Wien.

40 Mündliche Auskunft von Pauline Lichtenwöhrer, Molln, vgl. auch ihre Aussagen im Tonband-Interview mit Christine Schmidjell. Pauline Lichtenwöhrer war von Februar 1940 bis November 1946 im Forsthaus als Magd in Dienst. Von den kursierenden Gerüchten berichtet auch Hilde Glassauer, Wien, die in Molln Verwandte besaß.

41 Manfred und Marlen Haushofer logierten in der Mandellstraße 7, Manfreds Mutter Therese Haushofer wohnte in der Mandellstraße 6. Haushofer, *Die Mansarde*, S. 42, 30f, 29.

42 Vgl. Marlen Haushofers Studienbuch, Nachlaß.
Über Marlen Haushofers Doktorvater läßt sich nur spekulieren. Sie besuchte in dieser Zeit lediglich zwei Seminare, eines über Mittelhochdeutsch (Jutz) und ein literaturwissenschaftliches bei Karl Polheim. Hier hat sich im Nachlaß die Mappe ihrer Seminararbeit über *Die Mär vom Ritter Manuel* von Agnes Miegel erhalten. Marlen Haushofer bewahrte in dieser Mappe später ihre Hörspiele auf, vgl. Abb. in Haushofer, *Die Überlebenden*, S. 224. Wenn Polheim ihre Dissertation betreut hat, dann wäre darin ein möglicher Grund zu sehen, warum Haushofer ihr Studium nach dem Krieg nicht beendete: Als hochgradiger NS-Universitätsfunktionär verlor Polheim 1945 seinen Lehrstuhl. Zu ihm und Hugo von Kleinmayr, dessen Methodenpluralismus sich unausgesprochen gegen Josef Nadler richtete, vgl. Baur, *»Eine Mehrheit an Methoden muß zur Verfügung stehen ...«*, bes. S. 361, 364, 368.

43 Mündliche Auskunft von Manfred Haushofer, Wien, Sybille Haushofer, Steyr-Wien, und Rudolf Frauendorfer, Wien.

Daß sich im vernichteten Koffer, wie Dagmar Lorenz (*Biographie und Chiffre*, S. 28) meint, auch ein erst im Krieg fertiggestellter Roman befunden habe, ist nicht zu belegen. Das von ihr zitierte Vogelbild aus *Die Mansarde*, das »im Krieg verloren«ging, muß sich nicht darauf beziehen – die verlorengegangene Zeichnung eines Stares, der die »Ahnung« eines zweiten vermittelt, meint wohl eher die mittlerweile erkaltete Kriegsliebe von Anna und Hubert. Auch Marlen Haushofers Selbstaussagen sprechen gegen eine Romanproduktion während des Krieges.

44 Haushofer, *Die Mansarde*, S. 28.

45 Marlen Haushofer: *Die Überlebenden. Unveröffentlichte Texte aus dem Nachlaß. Aufsätze zum Werk.* Hrsg. von Christine Schmidjell. Linz: Landesverlag 1991 (= Schriften zur Literatur und Sprache in Oberösterreich 2), S. 54f. Nun wird hier schon auch gesagt, daß in »ihnen« anscheinend alles mögliche Platz hat, »die Welt, der Kosmos, die Erde, das Volk«. Vielleicht, meint Eva, »sind sie innen ganz leer und fürchten sich, und deshalb schreien sie gar so laut«. Aber zugleich beharrt sie darauf, daß sie das nichts angehe: »es ist ihre Sache.« Dem Einwand Tillys, daß es zwangsläufig auch ihre eigene Sache sei, wenn ihnen ihr Weniges noch genommen werden soll, begegnet Eva mit entwaffnender Selbstaufgabe: »Wir können gar nichts tun, wir sind ganz wehrlos. Alles, was wir haben, ist ein wenig Liebe und Geduld.«

46 Vgl. Schmidjell, *Marlen Haushofer 1920–1970*, S. 18.

47 Haushofer, *Die Tapetentür*, S. 20f.

48 Haushofer, *Das Waldmädchen*, S. 12, und *Die Tapetentür*, S. 99.

49 Mündliche Auskunft von Christian Haushofer, Gallneukirchen, Rudolf Frauendorfer, Wien, und Pauline Lichtenwöhrer, Molln. Von ihnen sowie von Adolf Kerbl, Molln, stammen auch die folgenden Informationen. An seine Ankunft in Frauenstein kann sich Christian Haushofer nicht erinnern.

50 Bescheid des Standesamtes Wien, Innere Stadt-Mariahilf über die Namenserteilung vom 11.8.1947, Nachlaß. Für eine Wiener Behörde entschied Manfred Haushofer sich wohl aus Gründen der Anonymität.

51 Mündliche Auskunft von Manfred Haushofer, Klosterneuburg.

52 Marlen Haushofer zit. bei Pablé, *Begegnungen – Erfahrungen.*
Marlen Haushofer: *Der Traum vom kleinen Bruder.* Typoskript, Rudolf Frauendorfer, Wien. Rudolf Frauendorfer erhielt das Gedicht erst 1946 in britischer Gefangenschaft. Die im Nachlaß vorhandene handschriftliche Fassung, die auch das Gedicht *Die Mutter* enthält, ist mit »Graz, 4.6.1946« datiert und trägt die Widmung »Meinem lieben Bruder zum 23. Geburtstag von seiner Schwester Marlen« (ein Irrtum, denn der Bruder wurde an diesem Tag erst 22).

53 Manfred Haushofer sen. zit. bei Reichart, »*Eine völlig normale Geschichte*«, S. 34. Vgl. Marlen Haushofer: *Wintermärchen*, unvollständiger Zeitungsausschnitt ohne Datum und Quellenangabe, Dokumentationsstelle für neuere österreichische Literatur.

Vgl. Schmidjell, *Marlen Haushofer 1920–1970*, S. 22.

54 Vgl. Haushofer, *Begegnung mit dem Fremden*, S. 25ff.

55 Die Wohnung der Familie Haushofer befand sich in Münichholz, Leharstraße 7.

Vgl. Manfred Brandl: *Neue Geschichte von Steyr. Vom Biedermeier bis Heute*. Steyr: Ennsthaler 1980, S. 40, 25ff, 152f. Siehe dort auch die folgenden Informationen zur Stadtgeschichte.

56 Vgl. *Reclams Kunstführer Österreich*, Bd. 1. Bearbeitet von Karl Oettinger et al. Stuttgart: Philipp Reclam 1961.

57 Geburtsurkunde Christian Haushofers, ausgestellt am 12.10.1947, Nachlaß.

58 Haushofer, Erstfassung *Die Wand*, Heft 1, *Die gläserne Wand*, Dokumentationsstelle für neuere österreichische Literatur. Siehe dort auch die Zitate im folgenden Absatz.

59 Haushofer, *Die Mansarde*, S. 30, 79.

60 Vgl. Haushofer, *Eine Handvoll Leben*, S. 103, 112f.

61 Haushofer, Erstfassung *Die Wand*, Heft 1, *Die gläserne Wand*, Dokumentationsstelle für neuere österreichische Literatur.

62 Mündliche Auskunft von Manfred Haushofer, Klosterneuburg; Marlen Haushofer setzte bei ihren Strafaktionen vorzugsweise den Kochlöffel ein.

63 Mündliche Auskunft von Christian Haushofer, Gallneukirchen, Rudolf Frauendorfer, Wien, Manfred Haushofer, Klosterneuburg.

64 Vgl. etwa Wendelin Schmidt-Dengler: *Bruchlinien. Vorlesungen zur österreichischen Literatur 1945 bis 1990*. Salzburg-Wien: Residenz 1995. Klaus Zeyringer: *Österreichische Literatur 1945–1998. Überblicke, Einschnitte, Wegmarken*. Innsbruck: Haymon 1999. Christine Hoffmann (Schmidjell): *Die Verrücktheit einer Generation. Schreibweisen von ›Jungen Autorinnen‹ nach 1945 in den Romanen Marlen Haushofers*. Phil. Diss. Wien 1988. Klaus Amann: *P.E.N. Politik – Emigration – Nationalsozialismus. Ein österreichischer Schriftstellerclub*. Wien-Köln-Graz: Böhlau 1984. Friedbert Aspetsberger: *Literarisches Leben im Austrofaschismus. Der Staatspreis*. Königstein/Ts.: Hain 1980 (= Literatur in der Geschichte, Geschichte in der Literatur 2).

65 Mündliche Auskunft von Erika Danneberg, Wien, Emmerich Kolovic, Wien. Von ihnen stammen auch die weiteren Informationen zum Hakel-Kreis.

[66] Vgl. Haushofer, *Begegnung mit dem Fremden*, S. 186ff, 171f.

[67] Vgl. Haushofer, *Begegnung mit dem Fremden*, S. 243ff.

[68] *Der Abend*, Wien, vom 18.11.1948, zit. bei Schmidjell, *Marlen Haushofer 1920–1970*, S. 24. Vgl. auch S. 23.

[69] Vgl. Hermann Hakel: *Dürre Äste, welkes Gras. Begegnungen mit Literaten. Bemerkungen zur Literatur.* Wien: Lynkeus 1991. S. 195ff, 324.

[70] Mündliche Auskunft von Jeannie Ebner, Wien.
Hermann Hakels Tagebuch, Typoskript, Nachlaß Hermann Hakel, Hermann Hakel Gesellschaft, Wien. Das erste Zitat ist nur grob mit 1948 datiert.

[71] Brief Marlen Haushofers an Hermann Hakel vom 22.7.1948, Nachlaß Hermann Hakel, Hermann Hakel Gesellschaft, Wien. Auf diesen Brief, der mit der Anrede »Lieber« beginnt, beziehen sich auch die folgenden Zitate.

[72] Hermann Hakels Tagebuch, Eintragung vom 15./16.1.1949, Nachlaß Hermann Hakel, Hermann Hakel Gesellschaft, Wien.

[73] Mündliche Auskunft von Erika Danneberg, Wien.
Zit. bei. Reichart, *»Eine völlig normale Geschichte«*, S. 24. Das Zitat erfolgt ohne Quellenangabe, aus dem Zusammenhang ist es aber am ehesten Oskar Jan Tauschinski zuzuschreiben.

[74] Vgl. Hermann Hakels Tagebuch, Eintragung 1952/409, Nachlaß Hermann Hakel, Hermann Hakel Gesellschaft, Wien.
Zu Marlen Haushofers erstem Roman vgl. Hans Weigel: *In memoriam*. Graz-Wien-Köln: Styria 1979, S. 80, und Reichart, *»Eine völlig normale Geschichte«*, S. 30.

[75] Zu Manfred Haushofers Liebschaften mündliche Auskunft von Rudolf Frauendorfer und Erika Danneberg, Wien.

[76] Haushofer, *Wir töten Stella*, S. 58.

4. Kapitel

[1] Mündliche Auskunft von Rudolf Frauendorfer, Wien.

[2] Mündliche Auskunft von Manfred Haushofer, Klosterneuburg.
Vgl. den Scheidungsakt des ehemaligen Kreisgerichts Steyr. Der Akt darf hier aus rechtlichen Gründen nicht zitiert werden. Angaben über den Ablauf des Verfahrens und die Motive der Beteiligten müssen daher entfallen. Siehe dazu Daniela Strigl: *»Eine große Lüge«. Anmerkungen zur Biographie Marlen Haushofers (1920–1970)*. In: *Wespennest* Nr. 119 (Juni 2000), S. 31–34.

[3] Mündliche Auskunft von Rudolf Frauendorfer, Wien.

[4] Vgl. Brief Marlen Haushofers an Hans Weigel vom 2.11.1950, Sammlung Weigel, Wiener Stadt- und Landesbibliothek.

[5] Vgl. Albert Berger. *Schwieriges Erwachen. Zur Lyrik der jungen Generation in den ersten Nachkriegsjahren (1945–1948)*. In: *Literatur der Nachkriegszeit und der fünfziger Jahre in Österreich*. Hrsg. von Friedbert Aspetsberger et al. Wien: Österreichischer Bundesverlag 1984, S. 190–206.
Vgl. Zeyringer, *Österreichische Literatur 1945–1998*, S. 72.

[6] Vgl. Programmzettel, Sammlung Haushofer, Dokumentationsstelle für neuere österreichische Literatur.

[7] Brief Marlen Haushofers an Hans Weigel vom 5.3.1952, Sammlung Weigel, Wiener Stadt- und Landesbibliothek.
Vgl. Reichart, *»Eine völlig normale Geschichte«*, S. 30, und Weigel, *In memoriam*, S. 80.

[8] Vgl. Kopie eines Briefes von Hans Weigel an Marlen Haushofer (ohne Unterschrift) vom 16.1.1951, Karte von Marlen Haushofer an Hans Weigel vom 19.1.1951, Brief von Marlen Haushofer an Hans Weigel vom 31.1.1951, Sammlung Weigel, Wiener Stadt- und Landesbibliothek. Vgl. Weigel, *In memoriam*, S. 80.

[9] Haushofer, *Schreckliche Treue*, S. 51.

[10] Vgl. Hans F. Prokop: *Österreichisches Literaturhandbuch*. Wien-München: Jugend & Volk 1974. Gespräch Marlen Haushofer-Hans Weigel. In: Schmidjell, *Marlen Haushofer 1920–1970*, S. 44–49, 48. Das »literarische Werkstattgespräch« nahm Hans Weigel mit Marlen Haushofer am 18.1.1969 für den Österreichischen Rundfunk auf; es wurde vermutlich an einem der folgenden Samstage in halbstündiger Form im Radio gesendet. Vgl. Brief Hans Weigels an Erwin Barth von Wehrenalp vom 18.1.1969, Claassen Verlag, München.

[11] In der Zeitschrift *Neue Wege* erschienen Marlen Haushofers Erzählungen *Die Geschichte vom Menschenmann* (1951), *Der Staatsfeind* (1952), und *Frühling 1945* (1953). Die Erzählung *Patience* ist in der von Hans Weigel bei Jungbrunnen und Jugend & Volk herausgegebenen ersten Sammlung *Stimmen der Gegenwart* des Jahres 1951 enthalten. Für die *Stimmen der Gegenwart* 1956 (Herold) wählte Weigel noch einmal eine Geschichte Marlen Haushofers aus (*Entfremdung*), obwohl die Prinzipien der Reihe vorsahen, daß ein Autor pro Gattung jeweils nur einmal vertreten sein sollte. Zu den Autoren zählten Ilse Aichinger, Ingeborg Bachmann, Thomas Bernhard, Paul Celan, Herbert Eisenreich, Ernst Jandl, Christine Lavant, Friedrike Mayröcker, H.C. Artmann. Vgl. Sigrid Schmid-Bortenschlager: *Die Etablierung eines literarischen Paradigmas. Hans Weigels »Stimmen der Gegenwart«*. In: *Literatur in Österreich 1950–1965*. Mürzzuschlag: Walter Buchebner Gesellschaft o.J., S. 38–51.

Briefe Marlen Haushofers an Hans Weigel vom 29.3.1951, 14.3.1952, 23.5.1952, Sammlung Weigel, Wiener Stadt- und Landesbibliothek.

12 Weigel, *In memoriam*, S. 88f. Vgl. Reichart, »*Eine völlig normale Geschichte*«, S. 30. Im verlagsinternen Bericht des Claassen-Lektors Klaus Antes vom 13.12.1983 wird eine Information Hans Weigels wiedergegeben, in der die beiden ersten Romane irrtümlich zu einem verschmolzen sind. Hier ist von drei Frauen die Rede, die einen Mann in einen Abgrund stoßen. (Archiv Claassen Verlag, München) Theoretisch könnte sich das Manuskript bzw. eine Abschrift auch noch im Nachlaß Hans Weigels oder eines anderen Freundes befinden. Immerhin ist klar, daß der von der Haushofer-Forschung beschworene verschollene Roman kein Produkt der postumen »Werkmystifizierung und Legendenbildung« ist, wie Christine Schmidjell schon geargwöhnt hat. Vgl. ihre »Vorbemerkungen« zu Haushofer, *Die Überlebenden*, S. 9.
Vier Erzählungen befinden sich im Nachlaß in einer Mappe mit der Aufschrift »Frühe Novellen (nicht mehr verwenden)« und dem Zusatz »Dürfen nicht veröffentlicht werden. M.H.« Eine dieser Geschichten, *Herr Simonet*, erschien 1948 in der Innsbrucker Zeitschrift *Panorama*, H. 9, S. 21–23.

13 Brief Marlen Haushofer an Hans Weigel vom 23.7.(1952), Sammlung Weigel, Wiener Stadt- und Landesbibliothek. Haushofer erwähnt hier den Plan zu einem neuen Roman, wohl *Eine Handvoll Leben*. Aus dem Brief geht hervor, daß Weigel sich sogar in ihren Angelegenheiten brieflich an die Familie Laux in Herrsching gewandt haben muß.

14 Haushofer, *Die Tapetentür*, S. 53, 42. Vgl. Konstanze Fliedl: *Die melancholische Insel. Zum Werk Marlen Haushofers*. In: *Vierteljahresschrift des Adalbert-Stifter-Instituts des Landes Oberösterreich*, Jg. 35 (1986), Nr. 1/2, S. 35–51, bes. S. 42ff.

15 Vgl. Haushofer, *Begegnung mit dem Fremden*, S. 261, 263. Vgl. Groddeck, *Das Buch vom Es*, S. 97, 92f: »Diese Auflehnung ist begreiflich. Je wohler sich das Kind im Mutterleibe gefühlt hat, um so tiefer muß es den Schrecken des Geborenseins empfinden, um so inniger muß es den Schoß lieben, in dem es ruhte, um so stärker muß das Grauen vor diesem Paradiese der Faulheit sein, aus dem es noch einmal vertrieben werden könnte.«

16 Haushofer, *Nachruf auf eine vergeßliche Zwillingsschwester*, S. 42f.

17 Vgl. Oskar Jan Tauschinski zit. bei Reichart, »*Eine völlig normale Geschichte*«, S. 28. Vom im Vergleich zu früher auffallenden Ordnungssinn berichtet Angela Mohr, Linz.
Haushofer, *Wir töten Stella*, S. 106, 72.

[18] Briefe Marlen Haushofers an Hans Weigel vom 14.3.1952 und vom 2.2.1953, undatierter Brief an Weigel (Mai/Juni 1953); vgl. auch Telegramm vom 30.5.1953 an Hans Weigel, Neue Galerie, Linz (»Bitte mich zu entschuldigen Brief folgt Herzlichst Haushofer«), Sammlung Weigel, Wiener Stadt- und Landesbibliothek.

[19] Brief Marlen Haushofers an Hans Weigel vom 17.8.(1953), undatierter Brief an Weigel (»Sonntag«, Herbst 1953?).
Viktor E. Frankl: *Homo patiens. Versuch einer Pathodizee.* Wien: Franz Deuticke 1950, S. 9. Interessanterweise vermutet Hans Höller auch einen Einfluß Frankls auf die Philosophiestudentin Ingeborg Bachmann. Vgl. Hans Höller: *Ingeborg Bachmann.* Reinbek/Hamburg: Rowohlt Taschenbuch 1999, S. 69.

[20] Haushofer, *Die Tapetentür*, S. 147.

[21] Brief Marlen Haushofers an Hans Weigel vom 17.4.(1954), Sammlung Weigel, Wiener Stadt- und Landesbibliothek.

[22] Vgl. Sigmund Freud: *Das Ich und das Es. Metapsychologische Schriften.* Frankfurt/Main: Fischer Taschenbuch 1992, S. 173–189 (*Trauer und Melancholie*), bes. S. 179ff, 182.

[23] Mündliche Auskunft von Nelly Bachbauer, Weyer, Hans Kaiplinger, Garsten. Von Anfang 1951 bis April 1952 wohnten die Haushofers in der Neuschönau, Bergerweg 25. Bis Juli 1955 lautete die Adresse dann Berggasse 81.

[24] Mündliche Auskunft von Nelly Bachbauer, Weyer, Erika Danneberg, Wien, und Dita Bauer, München, die in Marlen Haushofers scheinbarem Masochismus eine »kleine grausame Ader« orten. Brief Marlen Haushofers an Hans Weigel vom 17.8.(1953), Sammlung Weigel, Wiener Stadt- und Landesbibliothek. Vgl. Brief Marlen Haushofers an Wilhelm Szabo (»Dienstag«, undatiert, 1953? 1956?), Österreichisches Literaturarchiv der ÖNB. Vgl. Brief Marlen Haushofers an Jeannie Ebner vom 22.12.(1953). Sammlung Ebner, Wiener Stadt- und Landesbibliothek. Im Sommer 1956 gab Marlen Haushofer als ihre Wiener Adresse die Dr. Heinrich Maier-Straße 20 im 18. Bezirk an, vgl. Notiz von Hans W. Polak, Zsolnay, für die Buchhaltung vom 11.7.1956, Archiv Zsolnay Verlag, Wien.

[25] Brief Marlen Haushofers an Friederike Kästenbauer vom 25.8.(1954), wohl von der Empfängerin mit der falschen Jahreszahl 1955 datiert, Österreichisches Literaturarchiv der ÖNB.

[26] Briefe Marlen Haushofers an Friederike Kästenbauer vom 2.6.1954 und vom 11.9.(1954), Österreichisches Literaturarchiv der ÖNB.

[27] Briefe Marlen Haushofers an Friederike Kästenbauer vom 19.5.(1954) und 25.8.(1954), Österreichisches Literaturarchiv der ÖNB.

28 Brief Marlen Haushofers an Friederike Kästenbauer vom 28.2.1955, Österreichisches Literaturarchiv der ÖNB.

29 Briefe Marlen Haushofers an Friederike Kästenbauer vom 28.2.(1956), 13.9.1956 und 25.8.(1954), Österreichisches Literaturarchiv der ÖNB. »Anhabig«: dialektal für offensiv flirtend.

30 Mündliche Auskunft von Hans Kaiplinger, Garsten, und Nelly Bachbauer, Weyer. Nach der Darstellung von Hans Kaiplinger wohnten die Haushofers zum Zeitpunkt des großen Krachs schon in der Pfarrgasse 8. Die Auseinandersetzung kann demnach frühestens 1955 stattgefunden haben.

31 Brief Marlen Haushofers an Friederike Kästenbauer vom 9.5.1956, Österreichisches Literaturarchiv der ÖNB.

32 Haushofer, *Schreckliche Treue*, S. 81.

33 Erika Danneberg in Marie Bardischewskis Film *Die Frau hinter der Wand.*

34 Wenn nach dem Freudschen Modell bei der Entstehung der Melancholie Kränkungen durch geliebte Menschen auf das Ich zurückwirken können, dann muß wohl das Gefühl, durch eigene Schuld sein authentisches Ich verloren zu haben, auf ganz direktem Wege zu einer ›Ichverarmung‹ und zum Haß gegen sich selbst führen.

35 Haushofer, *Himmel, der nirgendwo endet*, S. 83, 217. Rudolf Frauendorfer in Marie Bardischewskis Film *Die Frau hinter der Wand.*
Nach Sigmund Freud kann die Sprengung des Ödipuskomplexes beim Mädchen sowohl zur verstärkten Identifizierung mit der Mutter als auch zu einer mit dem Vater führen. Häufig holt die Tochter, sobald sie den Vater als Liebesobjekt aufgeben muß, ihre Männlichkeit hervor, wenn die »männlichen Anlagen stark genug sind«. (Vgl. Freud, *Das Ich und das Es*, S. 271f.) Bei Marlen Haushofer waren sie es offenbar nicht. Trotz aller im Rückblick festgestellten Identifizierung mit dem Vater hat sie irgendwann begonnen, sich mit der so ambivalent gesehenen Mutter zu identifizieren und ein ›typisch weibliches‹ Lebensmuster zu entwerfen.

36 Haushofer, *Begegnung mit dem Fremden*, S. 102. Die Erzählung *Der Sonntagsspaziergang* entstand spätestens 1952. Vgl. Brief Marlen Haushofers an Hans Weigel vom 17.4.1952, Sammlung Weigel, Wiener Stadt- und Landesbibliothek. Aus dem Brief geht hervor, daß Marlen Haushofer die Erzählung an Herbert Lange, Schriftsteller und Redakteur der *Oberösterreichischen Nachrichten*, geschickt hat.

37 Haushofer, *Die Mansarde*, S. 198.

38 Vgl. Lorenz, *Biographie und Chiffre*, S. 78.
Brief Oskar Jan Tauschinskis an Sabine van den Bruck vom 22.3.1987, Korrespondenz Tauschinski, Manfred Haushofer, Klosterneuburg.

39 Haushofer, *Begegnung mit dem Fremden*, S. 225, 227.

40 Haushofer, *Begegnung mit dem Fremden*, S. 227ff.

41 Vgl. Lorenz, *Biographie und Chiffre*, S. 80.
Rosa Mayreder: *Zur Kritik der Weiblichkeit. Essays*. Mit einem Nachwort von Eva Geber. Wien: Mandelbaum 1998, S.67. Vgl. auch S. 267.
Vgl. Rosa Mayreder: *Geschlecht und Kultur. Essays*. Mit einem Nachwort von Eva Geber. Wien: Mandelbaum 1998, S. 20f, 32. Vgl. auch S. 324f.

42 Brief Jeannie Ebners an Marlen Haushofer vom 15.11.1951, Sammlung Ebner, Wiener Stadt- und Landesbibliothek.

43 Vgl. Lorenz, *Biographie und Chiffre*, S. 80ff.

44 Haushofer, *Eine Handvoll Leben*, S. 105f.

45 Haushofer, *Die Tapetentür*, S. 34.

46 Haushofer, *Schreckliche Treue*, S. 195.

47 In Marlen Haushofers Erzählung *Das Weihnachtsmahl der Untermieter* (abgedruckt 1955 in der steirischen *Südost-Tagespost*) erzählt eine Frau vom traumatischen Verlust ihres Kindes, das ihr der Zug für immer entführt, während sie auf dem Bahnhof Wasser holt. Vgl. Haushofer, *Begegnung mit dem Fremden*, S. 252. Auch Anna im Hörspiel *Die Überlebenden* trauert ihrem gefallenen ersten Mann nach und hat nach sieben Jahren ihren jetzigen Gatten »geschluckt, wie man eine Medizin nimmt«. Vgl. Haushofer, *Die Überlebenden*, S. 33, 21f.

48 Haushofer, *Die Tapetentür*, S. 24. Vgl. Groddeck, *Das Buch vom Es*, S. 254f: »Es gibt Menschen, die verlieben sich jungen Jahren, behalten diese erste Liebe als Idealgestalt in ihrem Herzen, heiraten aber einen andern. Sind sie nun mißgestimmt (...), so holen sie die Idealliebe hervor, stellen Vergleiche an, bereuen, den falschen geheiratet zu haben, und finden nach und nach tausend Gründe, um sich zu beweisen, wie schlecht der ist, den sie geheiratet und gekränkt haben. Das ist schlau, aber leider zu schlau. Denn die Überlegung kommt, daß sie dem ersten Geliebten untreu wurden, um den zweiten zu nehmen, und dem zweiten untreu sind, um am ersten festzuhalten.« Groddeck erklärt die Neigung, »sich in diesen Zustand ununterbrochener Untreue« zu manövrieren anhand des Falles einer Frau, die mit der Liebe zu ihrer Mutter, die sie zu hassen glaubt, auch ihre homosexuellen Neigungen verdrängt hat und sich vor der eigenen Untreue fürchtet.

49 Mündliche Auskunft von Manfred Haushofer, Klosterneuburg.
Vgl. Hermann Hakels Tagebuch, Eintragung vom 16.7.1952, Nachlaß Hakel, Hermann Hakel-Gesellschaft, Wien. Vgl. dort auch die Eintragungen 1953/199, 8.8.1953, 31.7.1953, 1953/198/200, auch zum folgenden.

50 Vgl. Hermann Hakels Tagebuch, Eintragungen vom 8.8.1953, 1953/224, 1953/211, Nachlaß Hakel, Hermann Hakel-Gesellschaft, Wien. In einer Tagebuchnotiz in ihrem Roman *Die Tapetentür* (vgl. S. 97) unterzieht Marlen Haushofer den Film *Fahrraddiebe* einer grundlegenden Kritik.

51 Vgl. Hermann Hakels Tagebuch, Eintragungen vom 16.7.1952 und 3.7.1953, Nachlaß Hakel, Hermann Hakel-Gesellschaft, Wien.

52 Hermann Schreiber in einem Brief an die Verf. vom 6.8.1999. Der erfolgreiche Sachbuchautor Hermann Schreiber war mit Marlen Haushofer befreundet und ein erklärter Gegner Weigels, über den »einvernehmlich« nicht gesprochen wurde.
Vgl. Hakel, *Dürre Äste, welkes Gras*, S. 195ff.

53 Leider sind Hans Weigels (Liebes-)Briefe an Marlen Haushofer im Nachlaß nicht mehr vorhanden. Auch Marlen Haushofers Briefe könnten, will man manche längere Schreibpause so interpretieren, unvollständig sein. Dem Lektor des Claassen-Verlags gegenüber gab Weigel an, Haushofer habe weder Briefe noch Karten geschrieben, sondern immer nur telephoniert. (Bericht von Klaus Antes vom 13.12.1983, Claassen, München). Von ihrem, wie man in Wien sagt, ›Gspusi‹ mit Hans Weigel, erzählte Marlen Haushofer nur ihrer Freundin Dita Bauer in Deutschland, die am weitesten vom Geschehen entfernt war. Gegenüber Georg Tetsis, einem Freund Hans Weigels, meinte sie Jahre später, von dem Augenblick an, als sie Weigel klargemacht habe, daß sie an einem sexuellen Kontakt nicht interessiert sei, habe sich eine gute, stabile Freundschaft entwickelt. Hans Weigel selbst hat eine Liebesbeziehung, wohl aus Rücksicht auf die Steyrer Situation, immer in Abrede gestellt.
Vgl. Reichart, *»Eine völlig normale Geschichte«*, S. 31.
Vgl. Hermann Hakels Tagebuch, Eintragung 1953/256, Nachlaß Hakel, Hermann Hakel-Gesellschaft, Wien.

54 Brief Marlen Haushofers an Wilhelm Szabo (November 1953), Österreichisches Literaturarchiv der ÖNB. Brief Marlen Haushofers an Jeannie Ebner vom 22.12.(1953), Sammlung Ebner, Wiener Stadt- und Landesbibliothek.
Vgl. Hermann Hakels Tagebuch, Eintragung von 19.12.1953, Nachlaß Hakel, Hermann Hakel-Gesellschaft, Wien.

55 Brief von Milo Dor an Marlen Haushofer vom 22.4.1954, Nachlaß.
Vgl. Höller, *Ingeborg Bachmann*, S.73f., 57f. Paul Celan, geboren im Gebiet des alten Österreich, verließ Wien sehr bald nach der Veröffentlichung seines ersten Gedichtbandes und ging nach Paris.

56 Brief Marlen Haushofers an Wilhelm und Valerie Szabo vom 19.5.1954, Österreichisches Literaturarchiv der ÖNB.

57 Vgl. Hans Weigel: *Das Unbehagen an der Kultur.* In: *Der Monat*, 6. Jg., H. 64 (Jan. 1954), S. 385–393, S. 387f.

58 Mündliche Auskunft von Erika Danneberg, Wien.

59 Brief Marlen Haushofers an Hermann Hakel vom 1.2.1955, Nachlaß Hakel, Hermann Hakel Gesellschaft, Wien.

60 Vgl. Lorenz, *Biographie und Chiffre*, S. 30. In Marlen Haushofers Briefen an Friederike Kästenbauer kommt Reinhard Federmann nicht vor. Umgekehrt dürfte sie den Freund(inn)en der Wiener Literaturszene die Existenz des geheimnisvollen »D.« verschwiegen haben.

61 Vgl. Milo Dor: *Der Fall Reinhard Federmann.* In: Milo Dor (Hrsg.): *Die Pestsäule. In memoriam Reinhard Federmann.* Wien: Löcker & Wögenstein 1977, S. 41–45.

62 Mündliche Auskunft von Erika Danneberg und Milo Dor, Wien.

63 Brief Reinhard Federmanns an Marlen Haushofer vom 13.9.1953, Nachlaß. Auch die Zitate im folgenden Absatz stammen aus diesem Brief. Um welches Hörspiel Marlen Haushofers es sich handelt, geht aus den Briefen nicht hervor.
Auf aufschlußreiches Material darf man hoffen, wenn Reinhard Federmanns Nachlaß, wie geplant, in der nächsten Zeit aufgearbeitet und der Forschung zugänglich gemacht werden wird.

64 Vgl. Reinhard Federmann: *Herr Felix Austria und seine Wohltäter. Roman.* München-Wien: Langen-Müller 1970. Hinter der Figur des Miodrag steht Milo Dor, hinter der Dichterin Sigi Ingeborg Bachmann, hinter Paul Vogel Hans Weigel.
Mündliche Auskunft von Erika Danneberg, Wien, der Marlen Haushofer erst nach dem Ende der Beziehung zu Federmann davon erzählte. Hermann Hakel erfuhr von dem Verhältnis Ende 1954 von Federmann, vgl. Hermann Hakels Tagebuch, Eintragung vom 22.12.1954, Nachlaß Hakel, Hermann Hakel Gesellschaft, Wien. Zu seinem Heiratsantrag mündliche Auskunft von Hermann Schreiber, München.

65 Mündliche Auskunft von Erika Danneberg und Jeannie Ebner, Wien. Von einem »großen, traurigen Tier«, einer »Traurigkeit des Fleisches« ist in Marlen Haushofers Roman *Eine Handvoll Leben* im Zusammenhang mit dem Geliebten der Protagonistin die Rede (S.119, 108).
Vgl. Oskar Jan Tauschinskis Brief an Sabine van den Bruck vom 22.3.1987, Korrespondenz Tauschinski, Manfred Haushofer, Klosterneuburg.
Jeannie Ebner: *Der Genauigkeit zuliebe. Tagebücher 1942–1980.* Graz-Wien-Köln: Styria 1993, S. 274f. Brief Jeannie Ebners an Marlen Haushofer vom 2.9.1963, Sammlung Ebner, Wiener Stadt- und Landesbibliothek.

66 Haushofer, *Die Wand*, Heft 2, Dokumentationsstelle für neuere österreichische Literatur.

67 Haushofer, *Die Tapetentür*, S. 30.

68 Haushofer, *Die Tapetentür*, S. 17.

69 Vgl. Brief Marlen Haushofers an Hans Weigel vom 17.4.(1954), Sammlung Weigel, und Brief Jeannie Ebners an Marlen Haushofer vom 5.10.1954, Sammlung Ebner, Wiener Stadt- und Landesbibliothek.

70 Brief Marlen Haushofers an Wolfgang Kraus vom 16.9.1954, Archiv Zsolnay Verlag, Wien. Wolfgang Kraus wurde in den sechziger Jahren als literarischer Vermittler der osteuropäischen Dissidentenliteratur in Österreich bekannt.

Christa Gürtler vermutet plausibel, der Titel *Eine Handvoll Leben* sei an Evelyn Waughs Roman *A handful of dust* (1936) angelehnt, der auch inhaltliche Parallelen aufweist. Waugh zählte zu Marlen Haushofers Lieblingsautoren. Vgl. Christa Gürtler: *Im Korsett der bleiernen Zeit. Zu den Romanen »Eine Handvoll Leben« und »Die Tapetentür«*. In: Marlen Haushofer: *Die Überlebenden. Unveröffentlichte Texte aus dem Nachlaß. Aufsätze zum Werk*. Hrsg. von Christine Schmidjell. Linz: Landesverlag 1991, S. 159–172, S 169.

71 Paul Hühnerfeld: *Gesucht: der Dichter unserer Zeit. Zu neuen deutschen Erzählern*. In: *Die Zeit*, 29.9.1955. Für Hühnerfeld ist Marlen Haushofer zumindest »*eine* Dichterin unserer Zeit«. Zur Rezeption vgl. Lorenz, *Biographie und Chiffre*, S. 47f.

72 Brief Marlen Haushofers an Wolfgang Kraus, Zsolnay, vom 27.7.1955, Archiv Zsolnay Verlag, Wien.

Brief Thomas Bernhards an Marlen Haushofer vom 24.6.1955, Nachlaß.

(H.G.:) *Skepsis und Erwartung*, Zeitungsausschnitt vom 27.7.1955, unbezeichnet (*Salzburger Nachrichten*), Nachlaß.

73 Haushofer, *Eine Handvoll Leben*, S. 110.

74 Haushofer, *Eine Handvoll Leben*, S. 144. Eine Schlüsselpassage ist jene Szene (S. 134ff), in der Elisabeth auf der Suche nach Lenarts Absteige in einer öden Vorstadtgegend auf einen unheimlichen Wolfshund trifft. Der Hund verkörpert den Geliebten, das ›traurige, große Tier‹, das Elisabeth in ihm sieht, die Naturmacht und zugleich das Urbild des Mannes, den Schlächter, den Tod. Von ihm nicht tödlich gebissen zu werden, verursacht auch »heimliche Enttäuschung«. Das Bild der Erde, die unter der von Menschen »zerstörten Landschaft« lebt, weist voraus auf *Die Wand*: »Es ging nichts unter ihre Haut. Ein vorübergehender Ausschlag, eine Art Krätze etwa, hatte sie befallen, das war

alles.« Die ganze Szene erinnert stark an die realistische Phantastik des österreichischen Autors Alexander Lernet-Holenia, zu dessen zeitweiligem Einfluß Marlen Haushofer sich einmal ausdrücklich bekennt (vgl. *Gespräch Marlen Haushofer – Hans Weigel*, S. 46f.).

75 Haushofer, *Eine Handvoll Leben*, S. 155, 114, 156, 147.

76 Vgl. Haushofer, *Eine Handvoll Leben*, S. 105ff.

77 Vgl. Lorenz, *Biographie und Chiffre*, S. 77.

78 Albert Camus: *Der Mythos von Sisyphos. Ein Versuch über das Absurde.* Hamburg: Rowohlt Taschenbuch Verlag 1985, S. 10, 49f.
Vgl. dazu Daniela Strigl: *Vertreibung aus dem Paradies. Marlen Haushofers Existentialismus.* In: Anke Bosse, Clemens Ruthner (Hrsg.): *»Eine geheime Schrift aus diesem Splitterwerk enträtseln ...«. Marlen Haushofers Werk im Kontext.* Tübingen: Francke (März 2000).

79 Haushofer, *Eine Handvoll Leben*, S. 92f.

80 Haushofer, *Eine Handvoll Leben*, S. 93.

81 Eine »echte Heidin« nennt Oskar Jan Tauschinski sie in seinem Brief an Sabine van den Bruck vom 22.3.1987, Korrespondenz Tauschinski, Manfred Haushofer, Klosterneuburg. Jeannie Ebner zählt sie zu den »oberösterreichischen Heiden« und präzisiert auf ihre Nachfrage hin, diese würden sich von anderen Heiden »durch den ungemeinen Dickschädel (mundartlich: Mostschädl)« unterscheiden, »mit dem sie sich allen Bekehrungsversuchen widersetzen«. Vgl. Jeannie Ebners Briefe an Marlen Haushofer vom 14.10.1964 und 16.12.1964, Sammlung Ebner, Wiener Stadt- und Landesbibliothek. Camus, *Der Mythos von Sisyphos*, S. 56. Haushofer, *Eine Handvoll Leben*, S. 155f.

82 Vgl. Haushofer, *Begegnung mit dem Fremden*, S. 181, 184.

83 Marlen Haushofer zit. bei: Jeannie Ebner: *Die schreckliche Treue der Marlen Haushofer.* In: Salzburger Nachrichten, 5.4.1980. Vgl. Briefe Marlen Haushofers an Wilhelm und Valerie Szabo vom 4.9.1954 und vom 12.11.1954, Österreichisches Literaturarchiv der ÖNB. Mündliche Auskunft von Manfred Haushofer, Klosterneuburg, und Christian Haushofer, Gallneukirchen.

84 Brief Marlen Haushofers an Wilhelm und Valerie Szabo vom 19.7.1955, Österreichisches Literaturarchiv der ÖNB. Mündliche Auskunft von Hans Kaiplinger, Garsten, und Christian Haushofer, Gallneukirchen.

85 Mündliche Auskunft von Manfred Haushofer, Klosterneuburg. Sybille Haushofer erinnert sich hingegen an zufriedene Patienten und eine gut gehende Praxis. Haushofer, *Wand*, Heft 4, Dokumentationsstelle für neuere österreichische Literatur.

86 Mündliche Auskunft von Hans Kaiplinger, Garsten, und Manfred Haushofer, Klosterneuburg. Als Freund des kleinen Manfred wohnte

Hans Kaiplinger in den Ferien öfters bei den Haushofers. Vgl. Brief Marlen Haushofers an Wilhelm Szabo vom 27.9.1955, Österreichisches Literaturarchiv der ÖNB. Marlen Haushofer will sich mit dem Besuch der weniger feierlichen Eröffnungsfeier begnügen.

Haushofer, *Die Mansarde*, S. 77. Manfred Haushofer unterstützte zudem seine Mutter durch monatliche Zuwendungen. (Mündliche Auskunft von Sybille Haushofer, Steyr.)

87 Veronika Handlgruber, Wien, berichtet, Marlen Haushofer habe ihr mit dem Ende der Freundschaft gedroht, wenn sie das Thema Internat weiter ansprechen sollte.

Haushofer, *Schreckliche Treue*, S. 231f, 237.

88 Vgl. Reichart, *»Eine völlig normale Geschichte«*, S. 30. Brief Oskar Jan Tauschinskis an Klaus Antes vom 2.4.1985, Korrespondenz Tauschinski, Manfred Haushofer, Klosterneuburg.

Vgl. Marlen Haushofer: *Bartls Abenteuer. Roman.* Illustriert von Karin Fratzscher. Düsseldorf: Claassen 1988.

89 Mündliche Auskunft von Veronika Handlgruber, Wien, auch zum folgenden Absatz. Vgl. (schl-:) *In memoriam Dora Dunkl.* In: *Steyrer Zeitung*, 9.12.1982.

90 Vgl. Brief Marlen Haushofers an Wolfgang Kraus vom 27.7.1955, Archiv Zsolnay Verlag, Wien. Vgl. Brief Marlen Haushofers an Hans Weigel, Sammlung Weigel, vom 5.1.1957, Wiener Stadt- und Landesbibliothek.

91 Vgl. Haushofer, *Schreckliche Treue*, S. 58, 66, 64.

92 Haushofer, *Schreckliche Treue*, S. 71.

93 Vgl. Haushofer, *Schreckliche Treue*, S. 75, 63, 106.

94 Vgl. zu *Wir töten Stella* auch die Aufsätze von Ulrike Vedder und Thomas Lorenzen in Bosse/Ruthner (Hrsg.), *»Eine geheime Schrift aus diesem Splitterwerk enträtseln ...«*.

Haushofer, *Schreckliche Treue*, S. 90, 108.

95 Brief Jeannie Ebners an Marlen Haushofer vom 2.1.1959 und Brief Marlen Haushofers an Jeannie Ebner am 8.1.1959, Sammlung Ebner, Wiener Stadt- und Landesbibliothek.

96 Haushofer, *Schreckliche Treue*, S. 208, 216. Marlen Haushofers Vorliebe für die Dämonie des Kleinbürgers erinnert an die von Carl Merz und Helmut Qualtinger geschaffene Figur des opportunistischen »Herrn Karl«, der zum Klischeetyp des Österreichers wurde.

In *Die Tapetentür*, S. 33, läßt Marlen Haushofer Annette in einer Tagebuchbemerkung gegen einen »sehr bekannte(n) Schriftsteller« polemisieren, der behauptet, jeder Mensch verfüge über ein Hoheitssiegel, das schwer zu brechen sei, wenn er es nicht selbst verletze: »waren vielleicht alle Juden und Ausländer, die vergast wurden, von jenem Typ, der zum Abschlachten lockt? Offenbar war ihr Hoheitssiegel schon zerbrochen, als ihnen dies zustieß, und kein Mensch hätte sich sonst an ihnen vergriffen.«

Irmgard Roebling überspannt den Bogen der Interpretation, wenn sie so weit geht, etwa den gelben Lastwagen, von dem Stella überfahren wird, mit dem gelben Judenstern zu assoziieren. Vgl. Irmgard Roebling: *Wir töten Stella. Eine Österreicherin schreibt gegen das Vergessen.* In: Haushofer, *Die Überlebenden*, S. 173–188, S. 177.

97 Vgl. Christine Schmidjells »Vorbemerkungen« zu Haushofer, *Die Überlebenden*, S.7. Vgl. Evelyne Polt-Heinzl: *»... drehen Sie das Radio an ... Die Stille tut Ihnen nicht gut.« Die Hörspiele Marlen Haushofers im zeitgenössischen Kontext.* In: Haushofer, *Die Überlebenden*, S. 116–138, bes. S. 133. Auch das Fernsehspiel *Der Knabe im Dschungel* findet sich in diesem Band. Es geht vermutlich auf ein Stück mit dem Titel *Vanillekipferl* zurück, das Marlen Haushofer für ein Linzer Kellertheater geschrieben haben soll (mündliche Auskunft von Friederike Feix, Steyr, die das ManuskriptAnfang der sechziger Jahre mit der Maschine abtippte).

98 Haushofer, *Eine Handvoll Leben*, S. 152f.

99 Haushofer, *Die Tapetentür*, S. 25, 41, 112.

100 Vgl. Gespräch Marlen Haushofer – Hans Weigel, in: *Marlen Haushofer 1920–1970*, S. 45. Oskar Jan Tauschinskis ›Diagnose‹ (vgl. etwa in der Einleitung zu Haushofer, *Lebenslänglich*, S. 15) wurde ihm vielfach übelgenommen. Tatsächlich zeigen auch Elisabeth in *Eine Handvoll Leben* und Anna in *Wir töten Stella* deutliche neurotische Symptome; nur bei Annette freilich werden sie zur Krankengeschichte ausgebreitet bzw. verdichtet.

101 Haushofer, *Die Tapetentür*, S. 12.

102 In ihrem Brief vom 15.5.1956 fragt Marlen Haushofer Wilhelm Szabo, ob sie sein Gedicht für das Romanmotto verwenden dürfe. (Österreichisches Literaturarchiv der ÖNB.) Das Gedicht ist in Szabos Band *Herz in der Kelter* (Salzburg: Otto Müller 1954) abgedruckt. Marlen Haushofer liebte Szabos schlichte Lyrik und bat in ihren Briefen immer wieder um neue Gedichte.

103 Vgl. Haushofer, *Die Tapetentür*, S. 142ff, 148. Annette stellt sich (S. 150) ihren Vater und Gregor als Trinkkumpane vor, die sie vor der versperrten Zimmertür stehen lassen. Zur Autoerotik des Rittes vgl. Brüns, *Die Funktion Autor und die Funktion Mutter*.

Brief Marlen Haushofers vom 8.11.1956 an Hans W. Polak, Archiv Zsolnay Verlag, Wien.

104 Zur Rezeption vgl. Lorenz, *Biographie und Chiffre*, S. 50ff. Vgl. Haushofer, *Die Tapetentür*, S. 65, 31, 119, 58. Konsumkritische Gedichte schrieben zu dieser Zeit in Österreich auch Walter Buchebner, Michael Guttenbrunner, Andreas Okopenko und Ingeborg Bachmann.

105 Weigel, *In memoriam*, S. 81.

106 Mündliche Auskunft von Erika Danneberg, Wien.

107 Vgl. Brief Marlen Haushofers an Oskar Jan Tauschinski vom 14.4.1958, Sammlung Tauschinski, Wiener Stadt- und Landesbibliothek. Die dort ebenfalls befindliche Sammlung Lahr enthält leider keine Briefe Marlen Haushofers. Von ihren Nichten wurde Marlen Haushofer übrigens Tante Lene genannt (mündliche Auskunft von Maria Tobler, Laxenburg).

108 Vgl. die Briefe Marlen Haushofers an Wilhelm Szabo vom 15.5.1956, 19.5.1954 und 7.9.1953.

109 Brief Marlen Haushofers an Oskar Jan Tauschinski vom 14.4.1958, Sammlung Tauschinski, Wiener Stadt- und Landesbibliothek.

Mündliche Auskunft von Manfred Haushofer, Klosterneuburg. Zu den Krankheiten vgl. auch Marlen Haushofers Briefe an Jeannie Ebner, undatiert (Dezember 1959) und vom 11.10.1964. Sammlung Ebner, Wiener Stadt- und Landesbibliothek.

Brief Marlen Haushofers an Hans W. Polak vom 5.2.1958, Archiv Zsolnay Verlag, Wien. Immerhin war *Die Tapetentür* von der Darmstädter Jury als Buch des Monats vorgeschlagen worden, das Jurymitglied Bernard von Brentano bezeichnete den Roman als »Meisterwerk« (vgl. Brief Hans W. Polaks vom 21.1.1958).

Für Georg Groddeck, *Das Buch vom Es* (S. 158, 170), ist jeder Schwindelanfall eine Warnung des Es: »Gib acht, sonst fällst du.« Das Es meint dabei stets zwei Arten des Fallens: »ein reales Fallen des Körpers und ein moralisches Fallen, dessen Wesen in der Erzählung vom Sündenfall geschildert wird«. Die elektrische Straßenbahn ist ein Onanie- und Schwangerschaftssymbol, weshalb die Frau »stets falsch vom elektrischen Wagen abspringt – um zu fallen.«

110 Hans Weigel zit. bei Schmid-Bortenschlager, *Die Etablierung eines literarischen Paradigmas*, S. 47. Vgl. Brief Franz Theodor Csokors an Marlen Haushofer vom 15.4.1959, Nachlaß.

111 Brief Marlen Haushofers an Hans Weigel vom 15.12.1957, Sammlung Weigel, Wiener Stadt- und Landesbibliothek. In den folgenden Jahren klafft eine Lücke in den erhaltenen Briefen an Weigel.

112 Vgl. Höller, *Ingeborg Bachmann*, bes. S. 48. Zu Bachmanns Umgang mit ihren Kollegen mündliche Auskunft von Jeannie Ebner, Wien.

113 Trotz aller Wesensfremdheit finden sich im Werk beider Autorinnen

etliche verwandte Motive. Zumindest Ingeborg Bachmanns Erzählungsband *Simultan* scheint gar nicht so meilenweit von Marlen Haushofers Frauen-Geschichten entfernt. Vgl. den Beitrag von Ingeborg Dusar: *Ingeborg Bachmann versus Marlen Haushofer: Fragen der Kanonisierung in der Literaturkritik*. In: Bosse/Ruthner (Hrsg.), *»Eine geheime Schrift aus diesem Splitterwerk enträtseln …«*.
Ingeborg Bachmann nach Marcel Proust zit. bei Höller, *Ingeborg Bachmann*, S. 37. Brief Marlen Haushofers an Wilhelm und Valerie Szabo vom 20.10.1954, Österreichisches Literaturarchiv der ÖNB.

114 Brief Marlen Haushofers an Wilhelm und Valerie Szabo vom 15.12.1956, Österreichisches Literaturarchiv der ÖNB.

115 Brief Marlen Haushofers an Jeannie Ebner vom 8.1.1959, Sammlung Ebner, Wiener Stadt- und Landesbibliothek.
Ingeborg Bachmann (»die Kunst ist eine strenge Herrin«) zit. bei Höller, *Ingeborg Bachmann*, S. 32.

116 Eva Pfister: *Die Abgründe des Alltags*. In: *Rheinische Post*, 4.4.1987.

5. Kapitel

1 Haushofer, *Bartls Abenteuer*, S. 24, 84. Zu den Schlachtungen im Hof und dem Fleischerkater auch mündliche Auskunft von Manfred Haushofer, Klosterneuburg, und Christian Haushofer, Gallneukirchen.

2 Brief Marlen Haushofers an Hans Weigel (August/September 1960), zit. in Marie Bardischewskis Film *Die Frau hinter der Wand*. Auch die Zitate der vorangegangenen Absätze stammen aus diesem Brief. Der Brief befindet sich nicht unter den in der Wiener Stadt- und Landesbibliothek gesammelten Weigel-Briefen.

3 Brief Marlen Haushofers an Hans W. Polak vom 6.2.1958, Archiv Zsolnay Verlag, Wien.

4 Vgl. Zeitungsausschnitt, unbezeichnet (vermutlich *Westermanns Monatshefte*, 12/1961 oder 1/1962), Kopie, Dokumentationsstelle für neuere österreichische Literatur. Vgl. dazu Schmidjell, *Marlen Haushofer 1920–1970*, S. 29. Beim Abdruck ist auch vermerkt, daß die Erzählung *Die großen Hähne* einer Anthologie des Wiener Neff-Verlages mit dem Titel *Der Vampyr. Die besten unheimlichen Geschichten der zeitgenössischen Weltliteratur* entnommen ist. Der entsprechende Vertrag wird in einem Brief des Paul Neff Verlags vom 6.12.1960 bestätigt (Nachlaß). In der Erzählung findet sich ein ausdrücklicher Verweis auf die Apokalypse. Tatsächlich erinnert das von den »großen Hähnen« verursachte »metallische Schwirren riesiger Schwingen« an die biblischen Heuschrecken: »das Rauschen ihrer Flügel glich dem Rasseln vieler Pferdewagen« (Offenbarung 9/9). Die Erzählung *Entfremdung*

ist abgedruckt in: Haushofer, *Begegnung mit dem Fremden*. Sie war bereits in dem Band *Die Vergißmeinnichtquelle* (1956) enthalten.

Marlen Haushofer zit. bei: Pablé, *Begegnungen – Erfahrungen.*

5 Die Haushofers sind ab 3.11.1960 in der Wohnung Taborweg 19 gemeldet. In einer Postkarte an Hans Weigel vom 5.11.1960 berichtet Marlen Haushofer, die Übersiedlung sei vollbracht und sie »habe angefangen zu schreiben« (Sammlung Weigel, Wiener Stadt- und Landesbibliothek).

Marlen Haushofer zit. bei: Lackenbucher, *»In jener fernen Wirklichkeit ...«*. Mündliche Auskunft von Friederike Feix, Steyr.

Vgl. Gürtler, *Im Korsett der bleiernen Zeit*, S. 169. Virginia Woolf gehörte, wohl nach einer Empfehlung von Jeannie Ebner, zu Haushofers Lieblingsautoren.

Mündliche Auskunft von Dita Bauer, München. (Wörtlich »Rede doch nicht so halb«, mit der Bedeutung »geistig nur halb entwickelt«.)

Marlen Haushofer hatte in ihrer Wohnung einige alte Stücke, darunter ein kleines bäuerliches Gewürzkästchen.

6 Marlen Haushofer zit. bei: Pablé, *Begegnungen – Erfahrungen.*

7 Marlen Haushofer in: *»Meine Bücher sind alle verstoßene Kinder.« Ein Gespräch mit Dora Dunkl.* In: Anne Duden et. al.: *»Oder war da manchmal noch etwas anderes?« Texte zu Marlen Haushofer.* Frankfurt/M.: Neue Kritik 1986. S. 134–136, S. 135.

Mündliche Auskunft von Hans Kaiplinger, Garsten, Manfred Haushofer, Klosterneuburg, Friederike Feix und Margarete Stellnberger, Steyr.

8 Marlen Haushofer zit. bei: Pablé, *Begegnungen – Erfahrungen.*

9 Mündliche Auskunft von Walter Feigl, Wien.

10 Vgl. K.H. Scheer: *Die strahlende Kuppel. Perry Rhodan, der Erbe des Universums* Nr. 3. München: Moewig Verlag 1961. Sowie Daniela Strigl: *»Die Wand« (1963) – Marlen Haushofers Apokalypse der Wirtschaftswunderwelt.* In: TRANS. *Internet-Zeitschrift für Kulturwissenschaften.* No. 15/2003.

WWW: http://www.inst.at/trans/15Nr/05_16/strigl15.htm

11 Vgl. Erstfassung von *Die Wand* in 5 Heften, Dokumentationsarchiv für neuere österreichische Literatur. Vgl. dazu die detektivisch-minutiöse Untersuchung von Christine Schmidjell: *Zur Werkgenese von »Die Wand« anhand zweier Manuskripte* und Evelyne Polt-Heinzl: *Marlen Haushofers Roman »Die Wand« im Fassungsvergleich. Die Entwicklung der Ich-Erzählerin*, beide in Bosse/Ruthner, *»Eine geheime Schrift aus diesem Splitterwerk enträtseln ...«*.

Vgl. Weigel, *In memoriam*, S. 83f. Christine Schmidjell (s. oben) kann sich vorstellen, daß Marlen Haushofers Bitte an Weigel womöglich eine »kleine kokette Geste« gegenüber dem Mentor war. Mir scheint das doch abwegig. Denn was hätte sie gemacht, wenn Weigel einen anderen Titel als den bereits feststehenden gewählt hätte?

12 Marlen Haushofer zit. bei: Lackenbucher, *»In jener fernen Wirklichkeit ...«*, sowie in *Gespräch Marlen Haushofer – Hans Weigel*, S. 46.

13 Marlen Haushofer zit. bei: Pablé, *Begegnungen – Erfahrungen.*

14 Marlen Haushofer: *Die Wand.* Roman. München: Claassen [12]1998, S. 11.

15 Vgl. Marlen Haushofer zit. bei: Lackenbucher, *»In jener fernen Wirklichkeit ...«*. Mündliche Auskunft von Rudolf Frauendorfer. Die Kindheitskatze ist auch in der frühen Erzählung *Die schöne Melusine* porträtiert. Im Kater Kau-au, der sie mit seinen Rufen vom Wald her lockt, wird von den Kindern Melusines Vater vermutet. Vgl. Haushofer, *Begegnung mit dem Fremden*, S. 7. In der *Wand* spielt der wild lebende »Herr Kau-au Kau-au« als Sexualpartner der Katze der Erzählerin auch eine Vaterrolle.

16 Brief Marlen Haushofers an Rudolf und Erna Felmayer vom 6.5.1961, Nachlaß Felmayer, Handschriftensammlung, Österreichische Nationalbibliothek.

17 Haushofer, *Nachruf für eine vergeßliche Zwillingsschwester*, S. 43f. Der Nachruf entstand für eine von Ernst Schönwiese konzipierte Radioreihe des ORF, für die Autoren ihre eigenen Nekrologe hielten.

18 Mündliche Auskunft von Rudolf Frauendorfer, Wien. In Heft 3 der ersten *Wand*-Fassung ist ein loses Kalenderblatt mit Notizen zu Munition und Jagdflinten eingelegt. Eine ausführliche Inventarliste findet sich auch in Heft 2, in dem das Thema Hirschbrunft notiert ist. Zum Arbeitsplan vgl. Lorenz, *Biographie und Chiffre*, S. 72f. Zur Tierliebe vgl. Polt-Heinzl, *Marlen Haushofers Roman »Die Wand« im Fassungsvergleich.*

19 Vgl. Haushofer, Erstfassung *Die Wand*, Dokumentationsstelle für neuere österreichische Literatur, Heft 1 und Heft 4.

20 Vgl. Haushofer, Erstfassung *Die Wand*, Dokumentationsstelle für neuere österreichische Literatur, Heft 5.
Vgl. Fliedl, *Die melancholische Insel*, S. 43.

21 Vgl. Haushofer, *Himmel, der nirgendwo endet*, S. 152ff.

22 Vgl. Haushofer, Erstfassung *Die Wand*, Heft 5, und (zum Lied) Heft 2. Marlen Haushofer kannte das Lied wohl von ihrem Englischunterricht im Gymnasium, wo es früher beliebt war. Es beginnt mit den Versen: »There dwelt a miller high and bold / beside the river Dee« (»Es lebt' ein Müller groß und kühn / am Ufer des Flusses Dee«.)
Vgl. Haushofer, *Die Wand*, S. 222, 75.

23 Vgl. Brief Erich Landgrebes (1908–1979) an Marlen Haushofer vom 26.7.1961, Nachlaß. Vgl. Weigel, *In memoriam*, S. 81. Vgl. Brief Klaus Pipers an Marlen Haushofer vom 29.3.1958 und Brief des Bergland Verlags an Marlen Haushofer vom 11.7.1961, Nachlaß; 800 Schilling bietet man, Marlen protestiert (der Briefentwurf ist erhalten): So viel würde sie in Deutschland sonst für eine kurze Erzählung erhalten. Der Verlag beruhigt prompt: Man habe die Summe irrtümlich statt in D-Mark in Schilling angegeben.

24 Brief Marlen Haushofers an Rudolf und Erna Felmayer vom 22.2.1962, Nachlaß Felmayer, Handschriftensammlung, Österreichische Nationalbibliothek.

25 Brief Marlen Haushofers an Hans W. Polak vom 22.8.1963, Archiv Zsolnay Verlag, Wien.

Sigbert Mohn zit. bei Schmidjell, *Zur Werkgenese von »Die Wand« anhand zweier Manuskripte*. Marlen Haushofer selbst gibt anläßlich der Arbeit an *Die Mansarde* allerdings an, »jedesmal« zwei Fassungen zu erstellen. Vgl. Brief Marlen Haushofers an Erwin Barth von Wehrenalp vom 23.9.1968, Claassen, München. Vgl. Brief Sigbert Mohns an Marlen Haushofer vom 28.8.1962, Nachlaß.

26 Hans W. Polak übernahm die Leitung des Verlags nach dem Tod Paul Zsolnays im Jahr 1961. Polaks Antwort vom 29.8.1962 ist in der Korrespondenz (Archiv Zsolnay Verlag, Wien) nicht enthalten. Vgl. Marlen Haushofers Brief an Polak vom 24.6.1963 sowie dessen Antwort vom 1.7.1963 (mit der Schlußformel »Hochachtungsvoll, aber auch mit herzlichen Grüßen«) sowie Marlen Haushofer Reaktion vom 6.9.1963, in der sie es für »sehr gut möglich« hält, daß ihr »Versuch« bei Mohn kein Erfolg wird: »Da Sie aber behaupten, mich zu verstehen, werden Sie auch verstehen, daß ich diesen Versuch unternehmen mußte. (...) Eine Aussprache hätte uns nur in eine peinliche Lage gebracht.«

27 Vgl. Weigel, *In memoriam*, S. 81. Theoretisch wäre auch möglich, daß sich Marlen Haushofers Bemerkung über die »Katzengeschichte« auf das Buch *Bartls Abenteuer* bezog, das im Jahr nach der *Wand* herauskommen sollte und vielleicht schon einige Zeit davor entstanden war – sozusagen ein kokett inszeniertes Mißverständnis.

Mündliche Auskunft von Friederike Feix, Steyr. Brief Marlen Haushofers an Hans Weigel vom 25.6.(1952? 1953?), Sammlung Weigel, Wiener Stadt- und Landesbibliothek.

28 Vgl. Weigel, *In memoriam*, S. 82ff, 85.

29 Mündliche Auskunft von Angela Mohr, geb. Trenkler, Linz, die sich als Pharmazeutin in Steyr niederließ und sogleich ihren freundschaftlichen Kontakt mit Marlen Haushofer wieder aufnahm.

Vgl. Weigel, *In memoriam*, S. 84. Vgl. die Buchwidmung Weigels »Für Marlen Haushofer, die sehr liebe Adoptivtocher besonders herzlich H.W. 29.II.52« in Weigels Buch *Hölle oder Fegefeuer* (Wien: Wilhelm Herzog Verlag 1952), zit. bei: Schmidjell, *Marlen Haushofer 1920–1970*, S. 25. Das Widmungsexemplar aus dem Besitz von Dr. Manfred Haushofer sen. ging im Zuge einer Ausstellung 1990 verloren.
Marlen Haushofer zit. bei: Pablé, *Begegnungen – Erfahrungen*.

30 Briefkarte Marlen Haushofers an Hans Weigel, undatiert, »Montag« (Juli/August 1963), Sammlung Weigel (nach Erhalt des Buches schickte Marlen Haushofer eine Karte mit den genauen Seitenangaben des Gelesenen hinterher); Ansichtskarte Marlen Haushofers an Jeannie Ebner vom 6.9.1963 und Brief Jeannie Ebners an Marlen Haushofer vom 2.9.1963, Sammlung Ebner, Wiener Stadt- und Landesbibliothek. Die Buchausgabe der *Wand* muß im Laufe des August erschienen sein.

31 Vgl. Lorenz, *Biographie und Chiffre*, S. 52ff. Vgl. Franz Rainer Scheck (ohne Titel) in: *Science Fiction Times*, Mai 1969; Edwin Hartl (ohne Titel) in: *Wort in der Zeit*, Nr. 1/1964, S. 64. Edwin Hartl verfolgte Marlen Haushofers Werk als Rezensent auch in den *Salzburger Nachrichten* und der *Neuen Zürcher Zeitung* mit Wohlwollen.

32 Vgl. Brief Marlen Haushofers an Hans Weigel vom 15.10.1963, Sammlung Weigel, Wiener Stadt- und Landesbibliothek. Marlen Haushofer fuhr nach der Lesung noch in derselben Nacht nach Steyr zurück. Die erste Lesung hatte am 17.9. in der Buchhandlung Berger stattgefunden. Vgl. auch Marlen Haushofers undatierte Briefkarte an Weigel (»Montag«, Juli/August 1963) sowie ihre Karte an Jeannie Ebner vom 6.9.1963, Sammlung Ebner, Wiener Stadt- und Landesbibliothek.
In einem Brief an Oskar Jan Tauschinski vom 25.2.1964 beklagt Marlen Haushofer sich über Ilse Leitenberger, die Rezensentin der Wiener Tageszeitung *Die Presse*, die ihr seinerzeit zum Manuskript der *Wand* einen »begeisterten Brief« schrieb und nun offenbar ihre Meinung geändert hat: »Entweder will sie nicht, oder *darf* sie nicht. (...) Ich pfeife ohnehin auf die Presse, die sich nie um mich gekümmert hat.« Ob sie nun die Presse im allgemeinen oder, was anzunehmen ist, *Die Presse* meint – Marlen Haushofer hält jedenfalls eine Intrige des Zsolnay Verlags für möglich (Sammlung Tauschinski, Wiener Stadt- und Landesbibliothek).

33 Die zweite Auflage bei Claassen (1968) brachte 2626 verkaufte *Wand*-Exemplare, die Neuauflage 1983 mit Stichtag 27.10.1987 stolze 24 500 (Angaben Claassen, Düsseldorf).

34 Haushofer, *Die Wand*, S. 41.

35 Haushofer, *Die Wand*, S. 75, 222. Erstfassung von *Die Wand*, Heft 1, Dokumentationsstelle für neuere österreichische Literatur.

36 Vgl. Offenbarung 9/4, 9/20–21, 22/15, 10/9–11. Haushofer, *Schreckliche Treue*, S. 77.

37 Vgl. Haushofer, *Eine Handvoll Leben*, S. 139, *Die Tapetentür*, S. 122, *Himmel, der nirgendwo endet*, S. 15, *Schreckliche Treue*, S. 70 (*Wir töten Stella*).

38 Marlen Haushofer zit. bei: Lackenbucher, *»In jener fernen Wirklichkeit ...«*.

39 Erika Danneberg in Marie Bardischewskis Film *Die Frau hinter der Wand*.

40 Vgl. Erika Danneberg, *Einfälle zu Marlens Roman »Die Wand«*, Manuskript. Dannebergs spannende Überlegungen erlauben eine Verknüpfung mit der in *Himmel, der nirgendwo endet* ausgebreiteten Familienkonstellation: Die Analytikerin entdeckt hinter Hugo, dem Mann, dessen »Sammelwut und Hypochondrie« die Erzählerin ihr Leben verdankt, die Gestalt des Vaters und hinter Hugos Frau Luise, mit der sie erkennbar rivalisiert, die Gestalt der bösen Mutter. Nicht zufällig trage der Roman die Widmung »Für meine Eltern«. Die Klischees des Männlichen und Weiblichen sind hier vertauscht: Die Erzählerin schätzt an Hugo gerade seinen Mangel an Aggression, während sie Luise, die eine »leidenschaftliche Jägerin« (auch in erotischer Hinsicht) ist, nicht leiden kann. Daß »M.« ausdrücklich Sympathie für Hugos Hypochondrie bekundet, erklärt Danneberg mit der Verdrängung, der »ein wesentlicher Teil der Beziehung zwischen M. und Hugo« unterliegt: Seine Krankheit sei für »M.« ein Ersatz für seine Sexualität und ermögliche der Heldin, ihre zärtlichen Gefühle für ihn beizubehalten. Daraus könne man schließen, »daß für M. Sexualität (zunächst die des Vaters, weil sie die verhaßte Mutter zum Objekt hat, in der weiteren Entwicklung aber Sexualität überhaupt) eine ›Krankheit‹ ist«. Tatsächlich verleugnet sie sich im Laufe der Geschichte ja zusehends als sexuelles Wesen. Am Vorabend der Katastrophe gelingt es der ›bösen Mutter‹, den ›guten Vater‹ zum Fortgehen zu überreden: Die ›Tochter‹ wird allein zurückgelassen. Danneberg vermutet einen ursächlichen psychologischen Zusammenhang mit dem Ereignis. Der Hund Luchs, der mit Hugo gemein hat, daß er nach Meinung »Ms.« von Luise völlig falsch behandelt wird, wird gleichsam als ein Stellvertreter der Vaterfigur zur ›Tochter‹ zurückgeschickt. – Leider bricht Erika Dannebergs Analyse ab, bevor der angedeutete Interpretationsbogen zu einem Ende kommt.
Vgl. auch Elke Brüns' Deutung, *Die Funktion Autor und die Funktion Mutter*, nach der der getötete Mann den (realen wie symbolischen) Va-

ter repräsentiert, der für die Unterdrückung der weiblichen (Schaffens-)Lust verantwortlich ist und gegen den die Autorin »schreibend eine Kulturrevolution« versucht hat. Es sei ihr gelungen, »dem weiblichen Begehren trotz seiner Behinderung einen Ort in der Schrift zu verschaffen«. Brüns bezieht sich auf eine Stelle der *Wand* (S. 253), die auch für Erika Dannebergs Thesen spricht: Als Genesende hat die Erzählerin vor dem Einschlafen das Gefühl, »neben dem elterlichen Schlafzimmer« zu liegen und das Gemurmel zu hören, »das durch die Wand zu mir drang«. Sie wünscht sich in ihre Kindheit, ja in den Mutterschoß zurück. Die Wand erhält so auch eine sexuelle Bedeutung.

41 Haushofer, *Die Wand*, S. 7.

42 Zum Vergleich mit Camus' Roman *Die Pest* vgl. Strigl, *Vertreibung aus dem Paradies*. Als erster hat Hans Weigel, *In memoriam*, S. 85, Camus' Roman ins Spiel gebracht. Er nennt auch Knut Hamsuns *Segen der Erde* und Daniel Defoes *Robinson Crusoe* als Vergleichsbeispiele. Der Verlag habe sich, so Weigel, in einem wohl einmaligen Vorgang in seinem Prospekt von diesem Lob distanziert und es als vielleicht übertrieben bezeichnet. Der Vergleich von Konstanze Fliedl, *Die melancholische Insel*, S. 39ff, hat gezeigt, daß Haushofers Heldin, trotz vielen äußerlichen Übereinstimmungen, geradezu als Anti-Robinson agiert.

43 Haushofer, *Die Wand*, S. 75, 201f, 237f.

44 Haushofer, *Die Wand*, S. 209ff.

45 Haushofer, *Die Wand*, S. 235.

46 Haushofer, *Die Wand*, S. 185.

47 Haushofer, *Die Wand*, S. 265. In der *Tapetentür* träumt Annette nicht nur vom Kindheitshund Pluto, sondern auch von einem »goldfarbenen Löwen« (S. 29), der für immer bei ihr bleiben will. In *Himmel, der nirgendwo endet* stellt Meta sich einen »singenden Löwen« vor, auf dem sie durch alle Länder reitet (S. 98). Im *Nachruf auf eine vergeßliche Zwillingsschwester* (S. 43) bekennt Marlen Haushofer, Löwen »ganz besonders« zu lieben. Im einem Kinderbuch denkt sich der Erzähler Fredi einen Geparden als treuen Begleiter aus. Vgl. Marlen Haushofer: *Brav sein ist schwer*. Buchgemeinschaft Donauland o.J., S. 36.

48 Vgl. Schmidt-Dengler, *Bruchlinien*, S. 188–193, bes. S. 188, 193.

49 Marlen Haushofer in: *»Meine Bücher sind alle verstoßene Kinder«*, S. 136.

Vielleicht kann man in dem begabten, aber flegelhaften Lyriker Heym in *Die Tapetentür* eine Anspielung auf Konrad Bayer erkennen, wenngleich »der junge Heym« sich im Gegensatz zu diesem durch besondere Ungepflegtheit auszeichnet.

[50] Haushofer, *Die Wand*, S. 217. Marlen Haushofer in: »*Meine Bücher sind alle verstoßene Kinder*«, S. 135. Camus, *Der Mythos von Sisyphos*, S. 101.

[51] Helmut Leiter leitete das literarische Programm des damals bedeutenden Wiener Jugend und Volk Verlags. Mit ihm und seiner Frau Hilde war Marlen Haushofer seit Mitte der fünfziger Jahre gut bekannt. Mündliche Auskunft von Erika Danneberg, Wien, die mit ihrem damaligen Lebensgefährten Fritz Polakovics Marlen Haushofer des öfteren in Steyr besuchte.

[52] Haushofer, *Brav sein ist schwer*, S. 7. Mündliche Auskunft von Maria Tobler, geb. Frauendorfer, Laxenburg. Marlen Haushofer: *Schlimm sein ist auch kein Vergnügen*. Wien-München: Jugend und Volk [3]1973, S. 7. Fredi, der Naturforscher werden möchte, hat auch etwas von Marlen Haushofers Bruder Rudolf.

[53] Vgl. Oskar Jan Tauschinski: *Marlen Haushofer in usum delphini*. In: *Jugend und Buch*, H. 2, 1970, S. 15–18, bes. S. 16. Haushofer, *Schlimm sein ist auch kein Vergnügen*, S. 107.

[54] Vgl. Weigel, *In memoriam*, S. 87f. Den Preis erhielt sie für *Brav sein ist schwer* (1965), *Müssen Tiere draußen bleiben?* (1967) und *Schlimm sein ist auch kein Vergnügen* (1970, postum). Brief Marlen Haushofers an Jeannie Ebner vom 27.10.1967, Sammlung Ebner, Wiener Stadt- und Landesbibliothek.

[55] Brief Marlen Haushofers an Hans Weigel, undatiert (Frühling 1963), Sammlung Weigel, Wiener Stadt- und Landesbibliothek.

[56] Mündliche Auskunft von Dita Bauer, München. Briefe Marlen Haushofers an Hans Weigel vom 4.7., 15.10. und 16.12.1963, Sammlung Weigel, Wiener Stadt- und Landesbibliothek.

[57] Mündliche Auskunft von Manfred Haushofer, Klosterneuburg, und Christian Haushofer, Gallneukirchen.

[58] Brief Marlen Haushofers an Rudolf und Erna Felmayer vom 22.2.1962, Nachlaß Felmayer, Handschriftensammlung, Österreichische Nationalbibliothek.

[59] Brief Marlen Haushofers an Jeannie Ebner vom 20.10.1964, Sammlung Ebner, Wiener Stadt- und Landesbibliothek. Auch die Zitate des folgenden Absatzes entstammen diesem Brief.

[60] Marianne Adler, Behamberg, in einem Tonband-Gespräch mit Sybille Haushofer, das mir diese freundlicherweise zur Verfügung gestellt hat. Marianne Adlers Ehemann, ein Automechaniker, war ein guter und stets hilfsbereiter Freund Manfred Haushofers sen.

Manfred jun. und Christian Haushofer in Marie Bardischewskis Film *Die Frau hinter der Wand*. Mündliche Auskunft von Margarete Stellnberger, Linz, die damals das Nachbarhaus der Haushofers bewohnte. Die widersprüchlichen Wahrnehmungen zur ehelichen Rollenverteilung stammen von Friederike Feix, Steyr, Erika Danneberg, Wien, Georg Tetsis, Monti in Chianti, Hilde Leiter, Wien.

61 Mündliche Auskunft von Manfred Haushofer, Wien. Brief Marlen Haushofers an Hans Weigel, undatiert, Sammlung Weigel, Wiener Stadt- und Landesbibliothek.
Das schwierige Verhältnis zwischen Mutter und Sohn beleuchtet Marlen Haushofer nicht nur in *Die Mansarde*, sondern auch in der in dem Band *Schreckliche Treue* enthaltenen Erzählung *Streuselkuchen und Milchkaffee*.

62 Mündliche Auskunft von Angela Mohr, Linz, und Rudolf Frauendorfer, Wien. Das Café wurde 1977 geschlossen und in ein Kleidergeschäft umgebaut.

63 Vgl. Haushofer, *Das Haus*, Nachlaß. Auch die folgenden Zitate dieses Abschnitts entstammen der Erstfassung von *Himmel, der nirgendwo endet*. Die im Nachlaß Lambert Bolterauers befindlichen Briefe Marlen Haushofers sind bis heute nicht zugänglich. Vgl. mündliche Auskunft von Manfred Haushofer, Klosterneuburg, und Schmidjell, *Marlen Haushofer 1920–1970*, S. 9.

64 Mündliche Auskunft von Rudolf Frauendorfer, Wien.

65 Mündliche Auskunft von Nelly Bachbauer und ihren Töchtern Barbara und Sonja, Weyer, Georg Tetsis, Monti in Chianti. Vgl. Ebner, *Der Genauigkeit zuliebe*, S. 275, 269f. Haushofer, *Eine Handvoll Leben*, S. 8.
Mündliche Auskunft von Dita Bauer, München.

66 Marlen Haushofers hier beschriebener Beobachterposten erinnert an den Ohrensessel, von dem aus der Ich-Erzähler in Thomas Bernhards Roman *Holzfällen* die Gäste einer Abendgesellschaft ins Visier nimmt. Josef Laßl: *Mit einer Dichterin verheiratet*, Zeitungsausschnitt, unbezeichnet, undatiert. Rudolf Frauendorfer, Wien. Mündliche Auskunft von Rudolf Frauendorfer und Jeannie Ebner, Wien. Vgl. Ebner, *Der Genauigkeit zuliebe*, S. 270, 276. Jeannie Ebner zeichnet hier nach der Erinnerung ein Gespräch mit ihrer Freundin Marlen auf.

67 Vgl. Ebner, *Der Genauigkeit zuliebe*, S. 276f. Vgl. Manfred Haushofer sen. zit. bei: Reichart, *»Eine völlig normale Geschichte«*, S. 33. Haushofer, *Die Wand*, S. 40. Gespräch Marlen Haushofer – Hans Weigel, S. 45.

68 Haushofer, *Nachruf für eine vergeßliche Zwillingsschwester*, S. 41. Ebner, *Der Genauigkeit zuliebe*, S. 272. Psychoanalytisch ist das Rauchen ein symbolisches Saugen an der Mutterbrust, ein »Beweis der

Kindlichkeit und des Hängens an der Mutter«. Vgl. Groddeck, *Das Buch vom Es*, S. 95.

69 Mündliche Auskunft von Hilde Glassauer und Hilde Leiter, Wien, Georg Tetsis, Monti in Chianti, Angela Mohr, Linz, Rudolf Frauendorfer, Wien. Haushofer, *Schreckliche Treue*, S. 59 (*Wir töten Stella*). Ebner, *Der Genauigkeit zuliebe*, S. 272f.

70 Vgl. Brief von Sigbert Mohn an Marlen Haushofer vom 18.8.1965 sowie Briefe des Lektors Hans Walz vom 27.9.1956 und 28.9.1965, Nachlaß. Vgl. Briefe Marlen Haushofers an Hans Weigel vom 19.10.1965 und vom 15.11.1965, Sammlung Weigel, Wiener Stadt- und Landesbibliothek. Brief Marlen Haushofers an Jeannie Ebner vom 23.2.1966, Sammlung Ebner, Wiener Stadt- und Landesbibliothek.

71 J. Keckeis: *Namen gab er allen Lebewesen.* Ein Roman Marlen Haushofers zwischen Autobiographie und Fiktion. In: *Zürichsee-Zeitung*, 18.7.1969. (W.A.:) *Himmel, der nirgendwo endet.* In: *Volksblatt*, 6.8.1966. Marlen Haushofer in: *»Meine Bücher sind alle verstoßene Kinder«*, S. 136.

72 Haushofer, *Himmel, der nirgendwo endet*, S. 8, 12.

73 Haushofer, *Himmel, der nirgendwo endet*, S. 47f.

74 Haushofer, *Das Haus*, Nachlaß.

75 Vgl. Groddeck, *Das Buch vom Es*, S. 19f.

76 Brief Marlen Haushofers an Jeannie Ebner vom 15.4.1966, Sammlung Ebner, Wiener Stadt- und Landesbibliothek. Auch das folgende Zitat stammt aus diesem Brief.

77 Vgl. *Gespräch Marlen Haushofer – Hans Weigel*, S. 46ff; Pablé, *Begegnungen – Erfahrungen*; Autorenfragebogen, Claassen, Düsseldorf. Vielleicht waren die allzu deutlichen Reminiszenzen an den realistischen Phantastiker Lernet-Holenia mit ein Grund dafür, warum Marlen Haushofer vier frühe (zum Teil schon publizierte) Erzählungen nicht mehr veröffentlicht sehen wollte: *Herr Simonet* und *Die Freundinnen* unterschreiten zumindest nicht das Niveau etlicher in späteren Jahren gedruckter Texte, *Der Unstern* und *Der alte Hof* würden eine Publikation gewiß verdienen (Nachlaß, Kopien in der Dokumentationsstelle für neuere österreichische Literatur). Vgl. auch Lorenz, *Biographie und Chiffre*, S. 98–115.
Jeannie Ebner erinnert sich an Waughs *Black Mischief* als ein besonderes Leseerlebnis für sie beide. Verständlicherweise hält Marlen Haushofer *Evelyn* Waugh anfänglich für eine Frau (vgl. Brief an Jeannie Ebner vom 4.5.1959, Sammlung Ebner, Wiener Stadt- und Landesbibliothek). In ihrem Tagebuch notierte Marlen Haushofer am 26. Jänner (1967): »Denke an Gilbert Pinfolds Höllenfahrt. Der beste u.

schrecklichste Waugh von allen. Ein Buch, daß (sic) ich völlig wirklich finde u. bestimmt ein genauer Bericht über einen selbsterlebten Zustand ist. Großer alter Mann Waugh. Und diese Scheiß ›Zeit‹ wagt es einen so blöden Artikel über ihn zu bringen, und keiner brüllt darauf wie ein Tiger. Man könnte sich erschießen, so verblödet kann die Welt noch nie gewesen sein.« (Manfred Haushofer, Klosterneuburg)

Die Wellen von Virginia Woolf findet Marlen Haushofer »herrlich« (vgl. Brief an Jeannie Ebner, undatiert, Spätherbst 1959). Diesen Roman Woolfs zitiert auch Simone de Beauvoir: *Das andere Geschlecht. Sitte und Sexus der Frau.* Deutsch von Uli Aumüller und Grete Osterwald. Reinbek bei Hamburg: Rowohlt 1992, vgl. S. 448f, 552.

Vgl. Hermann Hakels undatierte Tagebuchnotiz, in der es heißt, Marlen habe ihm dies geschrieben. Nachlaß Hakel, Hermann Hakel Gesellschaft, Wien.

78 Tagebuch Marlen Haushofers, Eintragung vom 27.1.(1967), Manfred Haushofer, Klosterneuburg. Am wahrscheinlichsten ist, daß die Autorin selbst die Seiten herausgerissen hat, um niemanden postum zu kompromittieren – auch Annette in *Die Tapetentür* übergibt ja ihr Tagebuch vor ihrer Niederkunft sicherheitshalber ihrem loyalen Onkel Eugen. Auch das folgende Zitat stammt aus dem Tagebuch.

79 Vgl. Brief Sigbert Mohns an Marlen Haushofer vom 9.2.1967, Nachlaß. Vgl. Brief Hermann Schreibers vom 6.8.1999 an die Verf.; noch heute erhält Schreiber für seine Vermittlung 1 % Provision vom Erlös aus Marlen Haushofers Claassen-Titeln.

Vgl. Brief Erwin Barth von Wehrenalps an Marlen Haushofer vom 6.5.1967 und Brief Marlen Haushofers an Sigbert Mohn vom 9.5.1967, Nachlaß. Am 1.6.1967 schreibt sie an Mohn, im Falle einer Fusion des Verlags mit Kremayr und Scheriau würde sie dies als Abstieg empfinden. Sie passe dort mit ihren Überzeugungen nicht hin. (Nachlaß)

Vgl. Weigel, *In memoriam*, S. 87.

80 Mündliche Auskunft von Angela Mohr, Linz, die auch die ›Pasquinade‹ aufbewahrt hat. Vgl. Tagebuch Marlen Haushofers, Eintragungen vom 21.5. und 31.5.(in Wirklichkeit offenbar 28.5.1967), wo die Episode um den Pasquino ebenfalls erwähnt ist, und zwar mit dem Vermerk »Elli u. Trudl blau«. (Manfred Haushofer, Klosterneuburg)

81 Mündliche Auskunft von Manfred Haushofer, Klosterneuburg.

82 Vgl. Weigel, *In memoriam*, S. 87. Vgl. Jeannie Ebner Brief an Marlen Haushofer vom 24.10.1967 und Marlen Haushofers Brief an Jeannie Ebner vom 27.10.1967, Sammlung Ebner, Wiener Stadt- und Landesbibliothek. Auch *Himmel, der nirgendwo endet* war für eine Verramschung vorgesehen.

83 Briefe Marlen Haushofers an Jeannie Ebner vom 27.10.1967, 31.1.1968, 27.2.1968, Sammlung Ebner, Wiener Stadt- und Landesbibliothek. Zu Fritsch vgl. auch Schmidjell, *Marlen Haushofer 1920–1970*, S. 29.

84 Autorenfragebogen, Claassen Verlag, München. Als »Zahnarztensgattin« figurierte Marlen Haushofer in ihrem Scheidungsakt, ehemaliges Kreisgericht Steyr. Vgl. auch zum folgenden Absatz den Brief Marlen Haushofers an von Wehrenalp vom 30.8.1967 und dessen Antwort vom 8.9.1967, Claassen, München, sowie die Briefe des Verlagslektors Fleißner an Marlen Haushofer vom 7.9.1967 und vom 15.9.1967, Nachlaß. Marlen Haushofer ärgerte sich auch darüber, daß Hans Weigels Klappentext verstümmelt worden war, vgl. Brief Marlen Haushofers an Hans Weigel vom 19.1.1968, Sammlung Weigel, Wiener Stadt- und Landesbibliothek.

85 Vgl. Brief Marlen Haushofers an Jeannie Ebner vom 31.1.1968, Sammlung Ebner, Wiener Stadt- und Landesbibliothek.

86 Marlen Haushofer: *Beitrag für den Autorenalmanach »Warum ich mein Buch schrieb«*, Typoskript, Claassen, München. Der Text ist als Nachbemerkung in Haushofer, *Schreckliche Treue*, abgedruckt. Die Zitate des folgenden Absatzes entstammen ebenfalls diesem Text.

87 Herbert Eisenreich: *Mit der Härte einer Frau*. In: *Die Welt der Literatur*, 10.10.1968. Zur Rezeption vgl. Lorenz, *Biographie und Chiffre*, S. 57f.

88 Vgl. Prokop, *Österreichisches Literaturhandbuch*. Auch Gertrud Fussenegger hatte in jugendlicher Verirrung dem Führer gehuldigt.
Maria Tobler, Laxenburg, erinnert sich, daß sie und ihre Schwester von Tante Lene einmal zwei Strickkleider geschenkt bekamen. In einem undatierten Dankesbrief an Oskar Jan Tauschinski würdigt Marlen Haushofer diesen als genialen Schenker, eine Gabe, die viel mehr bedeute als das Bücherschreiben: »Soviel Frau bin ich auch, daß ich Dich verstehen kann.« (Sammlung Tauschinski, Wiener Stadt- und Landesbibliothek).
Mündliche Auskunft von Dita Bauer, München.

89 Brief Marlen Haushofers an Jeannie Ebner vom 31.1.1968, Sammlung Ebner, Wiener Stadt- und Landesbibliothek. Heinrich Frauendorfer hatte auch ein Prostataleiden, das einen Dauerkatheter notwendig machte. In ihrem ersten (publizierten) Roman *Eine Handvoll Leben* (S. 154f.), an dem sie zu arbeiten begann, als ihr Vater noch als Förster aktiv war, läßt Marlen Haushofer 1955 Elisabeth auf das Siechtum ihres Vaters zurückblicken, der sich zeitlebens »einen raschen, sauberen Tod gewünscht« hatte und »nach zwei Jahren der erniedrigendsten

Quälereien an Urämie gestorben« war. An seinem Grab überfällt sie der Haß auf »den, der ihn vor seinem Tod zu einem grauen, röchelnden Stück Fleisch gemacht hatte«.

90 Vgl. Marlen Haushofers Briefe an Erwin Barth von Wehrenalp vom 15.2.1968 und vom 17.2.1968 sowie dessen Antwort vom 22.2.1968 und dessen Briefe vom 18.4.1968 und 17.5.1968, Claassen, München.

91 Marlen Haushofer in: *Gespräch Marlen Haushofer – Hans Weigel*, S. 48. Vgl. Weigel, *In memoriam*, S. 85f. Vgl. Brief Erwin Barth von Wehrenalps an Marlen Haushofer vom 17.5.1968 und deren Antwort vom 2.6.1968, Claassen, München. Claassen gelingt es auch, der Deutschen Buchgemeinschaft eine Lizenzausgabe der *Wand* mit einer Auflage von 7000 Stück zu verkaufen; vgl. Brief von Wehrenalps an Marlen Haushofer vom 14.9.1968.

92 Brief Marlen Haushofers an Jeannie Ebner vom 31.1.1968, Sammlung Ebner, Wiener Stadt- und Landesbibliothek.
Vgl. Tagebuch Marlen Haushofers, besonders die Eintragungen vom 18.5. (»Streik kl. Hasens«), 20.5., 19.5., 26.5. und 31.5.1968, Manfred Haushofer, Klosterneuburg. Marlen Haushofers Datierung stimmt mit dem im Tagebuch vorgedruckten Datum nicht überein. Auf den letzten Seiten des Büchleins befinden sich nach (Wochen-)Tagen gegliederte, stichwortartig notierte Programm-Planungen für die beiden Romreisen. Vgl. Studer (Hrsg.), *Die Frau hinter der Wand*. München 2000.

93 Vgl. Brief Marlen Haushofers an von Wehrenalp vom 23.9.1968, Claassen, München. Mündliche Auskunft von Friederike Feix, Steyr.

94 Vgl. Tagebuch Marlen Haushofers, Eintragung vom 14.10.1968, Manfred Haushofer, Klosterneuburg. Mündliche Auskunft von Angela Mohr, Linz, und Manfred Haushofer, Klosterneuburg. Brief Jeannie Ebners an Marlen Haushofer vom 16.12.1964, Sammlung Ebner, Wiener Stadt- und Landesbibliothek.

95 Mündliche Auskunft von Georg und Hilde Tetsis, Monti in Chianti. Mündliche Auskunft von Rudolf Falkner, Wien.

96 Vgl. Reichart, »*Eine völlig normale Geschichte*«, S. 27. Iris Denneler: *Marlen Haushofer*. In: *Kritisches Lexikon zur deutschsprachigen Gegenwartsliteratur*. Hrsg. von Heinz Ludwig Arnold. München: edition text und kritik 1978ff (Stand 1.4.1987), S. 9. Denneler meint außerdem, daß sich bei Marlen Haushofer »die Spannungen zwischen gesellschaftlicher Verweigerung, Egozentrik und Ansprüchen des Lebens schließlich in Form einer tödlichen Krankheit gegen sie selbst wandten« (S. 6).
Marlen Haushofers Tagebuch, Eintragung vom 24.1.(1967).

97 Marlen Haushofers Tagebuch, Eintragung vom 12.1.(1967). Haushofer, Erstfassung *Die Wand*, Heft 2, Dokumentationsstelle für neuere österreichische Literatur.

98 Ingeborg Bachmann zitiert bei: Höller, *Ingeborg Bachmann*, S. 142, vgl. auch S. 121f. Marlen Haushofers Tagebuch, Eintragung vom 12.1.(1967).

99 Haushofer, *Die Tapetentür*, S. 107. Haushofer, Erstfassung *Die Wand*, H. 3, Dokumentationsstelle für neuere österreichische Literatur.

100 Marlen Haushofer war *Die Frau mit den interessanten Träumen*, von der eine Erzählung berichtet, jene Frau, die ihren Mann mit der täglichen Mitteilung ihrer prallgefüllten, turbulenten und schrecklichen Träume zusehends überfordert. Die Traumberichte in ihren Büchern eröffnen als höchstwahrscheinlich authentische Erfahrungen ein weites Feld für eine psychoanalytische Deutung. *Die Frau mit den interessanten Träumen* ist in dem Band *Begegnung mit dem Fremden* enthalten. Die Protagonistin träumt etwa, sie trage einen »blonden Backenbart« (S. 179), ein Traum, der auch in Marlen Haushofers *Heiterem Theaterstück* (Typoskript, Nachlaß) auftaucht und gewiß etwas mit dem Wunsch der kleinen Marili in *Das fünfte Jahr* zu tun hat, auch einmal wie Großvater einen Bart zu haben.

101 Marlen Haushofers Tagebuch, Eintragung vom 17.1.(1967). Daß der Delphin ein Säugetier ist, Durst hat und eine weibliche Brust, ist ein Hinweis auf die Mutterbindung und wohl auch die eigene Mutterrolle der Träumenden. Delphine heißt übrigens die weibliche Hauptfigur der Erzählung *Herr Simonet*.

102 Marlen Haushofers Tagebuch, Eintragung vom 24.1.(1967), Manfred Haushofer, Klosterneuburg.

103 Nach der Erinnerung von Dr. Hilde Tetsis und Dr. Rudolf Falkner handelte es sich bei der Erkrankung Marlen Haushofers genaugenommen nicht um ein Osteosarkom, sondern um ein Chondrosarkom, also nicht um einen Krebs des Knochens, sondern des Knorpels, wobei am Übergang zum Knorpelgewebe Mischformen häufig seien.

In der Wiener Privatklinik im 9. Bezirk, Pelikangasse 15, ist die Krankengeschichte Marlen Haushofers nicht mehr vorhanden. In der Patientenkartei findet sich nur ein Vermerk, daß das Original der Familie auf ihren Wunsch hin ausgehändigt worden sei. Vermutlich hat Manfred Haushofer sen. sie an sich genommen. Eine Kopie existiert nicht. Im Nachlaß ist die Krankengeschichte laut Sybille Haushofer nicht auffindbar. Mündliche Auskunft von Hilde Tetsis, Monti in Chianti, und Manfred Haushofer, Klosterneuburg.

104 Brief Hans Weigels an Erwin Barth von Wehrenalp vom 8.1.1969. Undatierter Brief Marlen Haushofers an Erwin Barth von Wehrenalp (Anfang Jänner 1969); vgl. von Wehrenalps Briefe vom 16.1.1969 und vom 20.1.1969, Claassen, München.

105 Haushofer, *Die Mansarde*, S. 62, 9f.

106 Haushofer, *Die Mansarde*, S. 13.

107 Haushofer, *Die Mansarde*, S. 214. Zuvor (S. 93) sagt die Erzählerin von sich: »Ich bin ein Ungeheuer, das frei und einsam durch die Wälder streifen will und nicht einmal die Berührung einer Ranke auf der Stirn erträgt.« Das Bild vom einsamen Vogel bzw. Drachen, in dem sich die Erzählerin wiedererkennt, weil es ein Wesen ist, das aus der Art schlägt, ist bereits in der *Wand* vorgeformt, in jener weißen Krähe: »manchmal träume ich davon, daß es im Wald noch eine zweite gibt und die beiden einander finden werden« (S. 252).
Zur Entstehungszeit des Romans gab es samstags noch eine (reguläre) Postzustellung.

108 Haushofer, *Die Mansarde*, S. 193, 73, 47, 123.

109 Haushofer, *Die Mansarde*, S. 123, 62, 96.

110 Haushofer, *Die Mansarde*, S. 82f, und Erstfassung von *Die Wand*, Heft 1, Dokumentationsstelle für neuere österreichische Literatur.

111 Marlen Haushofers späte Erzählung *Begegnung mit dem Fremden* enthält hingegen einen utopischen Funken: Ein Ehepaar hat lästige Gäste, die nicht und nicht gehen wollen. Die Frau empfindet für ihren allzu angepaßten Mann immer weniger Liebe, dafür um so mehr Mitleid, »und selbst dieses Mitleid schien sich schon in etwas anderes verwandeln zu wollen«, etwas, vor dem sie »große Angst« hat und das landläufig wohl Haß genannt wird. Die Frau geht ins Schlafzimmer, um am offenen Fenster frische Luft zu schöpfen und träumt sich in den nebeligen Park hinein, der auch nachts ihre Träume beherrscht. Er wird zur Wildnis, zum Ort der Sehnsucht und der gefährlichen – erotischen – Verlockung. Plötzlich steht ein Mann hinter ihr und beginnt zärtlich über ihre geschlossenen Augen zu streichen. Im Nu ist er wieder verschwunden, und die Frau weiß nicht, wem sie die Berührung voll »Kraft, Zorn, Schmerz und Verlangen« zuordnen soll. War da überhaupt jemand? Auch die Gäste sitzen nicht mehr im Wohnzimmer, ihr Mann, der mit einem Mal ganz verändert scheint, hat sie hinausgeworfen: »Sein Gesicht und sein Rock waren feucht, und er roch nach nassem Laub. Und wenn er auch ihrem Mann sehr ähnlich sah, so war er doch ein Fremder, der aus dem großen, nebligen Park gekommen war, um sie zu holen.« In dieser Geschichte löst gerade das (oder der) Fremde die Entfremdung der allzu Vertrauten

auf. Vgl. Haushofer, *Begegnung mit dem Fremden*, S. 145ff, 150f. Das Vorbild für den Park ist der Türkenschanzpark in Wien-Währing, der auch in der *Tapetentür* erwähnt wird – Marlen Haushofer hat mehrmals in seiner Nähe gewohnt. Obgleich die Geschichte dem postumen Band mit frühen Erzählungen den Titel gegeben hat, entstand sie wohl erst ziemlich spät: Das Typoskript ist mit 1.4.1968 datiert, dabei muß es sich jedoch um eine Abschrift oder Überarbeitung handeln. Marlen Haushofer hatte die Erzählung schon für den Band *Schreckliche Treue* vorgesehen, der Claassen Verlag ließ sie jedoch weg (ebenso *Herzblumen*, wohl ein anderer Titel für *Der Bruder*, vgl. Brief des Verlags an Marlen Haushofer vom 1.2.1968, Nachlaß). Vgl. Brief Oskar Jan Tauschinskis vom 7.9.1984 an den Verlagslektor Helmut Frielinghaus, Claassen, München.

112 Vgl. Haushofer, *Die Mansarde*, S. 219f.

113 Vgl. Marlen Haushofer: *Ein Zwischenspiel*, handschriftlich, lose Blätter, datiert mit 22.3.1968, Nachlaß. In dem Konvolut sind sichtlich Teile der ersten und der zweiten Fassung durcheinandergeraten. X ist für die Erzählerin hier »der Drache«, und sie zeichnet den Drachen schon in der Jagdhütte. In der (offenkundig) ersten Fassung erlangt sie ihr Gehör wieder, als der Jäger wie im Buch auf einen Sack mit jungen Katzen schießt, in der zweiten, als X sie würgt.

114 Vgl. Haushofer, *Die Mansarde*, S. 57, 60. Zu Hans Weigels ausnahmsweiser inhaltlicher Einmischung vgl. Lorenz, *Biographie und Chiffre*, S. 45. Zur Psychosomatik des Auges vgl. Groddeck, *Das Buch vom Es*, S. 146.

115 Haushofer, *Die Mansarde*, S. 94. Mündliche Auskunft von Georg Tetsis, Monti in Chianti.

116 Haushofer, *Die Mansarde*, S. 182. Mündliche Auskunft von Angela Mohr, Linz, Manfred Haushofer, Klosterneuburg, und Sybille Haushofer, Wien und Steyr. Vgl. auch Haushofer, *Nachruf auf eine vergeßliche Zwillingsschwester*, S. 43, und *Die Tapetentür*, S. 15, 92.

117 Mündliche Auskunft von Manfred Haushofer, Klosterneuburg, und Sybille Haushofer, Wien und Steyr. Der ›Titelheld‹ in Ingeborg Bachmanns Roman *Malina* (1971) ist nicht von ungefähr Beamter in diesem Heeresgeschichtlichen Museum, dem Zentrum des kakanischen Erbes. Bemerkenswert ist vielleicht, daß in *Die Mansarde* einer von Huberts Tarockpartnern Malina heißt, ein in Wien mäßig verbreiteter Name, der tschechischen Ursprungs ist (zu deutsch »Himbeere«) und deshalb auf der ersten Silbe betont wird.

Vgl. Haushofer, Erstfassung *Die Wand*, Heft 4, Dokumentationsstelle für neuere österreichische Literatur. Das Bridge-Spiel unter dem

›Vorsitz‹ des Vaters war, wie sich Manfred Haushofer jun. erinnert, bei den übrigen Mitgliedern der Familie Haushofer nicht beliebt. Marlen spielte nur ihrem Mann zuliebe, der das Spiel sehr gut beherrschte und vor allem auf Fehler seines Stiefsohns aufbrausend reagierte.

118 Die berserkerhafte Wut, mit der sie sich über Bücherkasten und Parkettboden hermacht, die Besessenheit, mit der sie den Kampf gegen den Schmutz führt, wird bei Beauvoir unter dem Aspekt einer masochistischen Befriedigung beleuchtet: Die »manische Hausfrau« identifiziert sich mit einer Aufgabe, die sie empört. Sie hat keine eigenen positiven Ziele: »sie kann immer nur das sich einschleichende Böse vertreiben. Sie geht gegen den Staub, die Flecken, den Dreck, das Schmierige vor. Sie bekämpft die Sünde und ringt mit dem Satan.« Vgl. de Beauvoir, *Das andere Geschlecht*, S. 555f, 557f. Vgl. Haushofer, *Die Mansarde*, S. 117f, 38f; die Überlegungen zur Nichtwahrnehmung der weiblichen Reinigungsarbeit durch die Männer (S. 52) lesen sich wie eine Illustration zu Beauvoir (S. 566): »Da die Hausarbeit sich aber darin erschöpft, den *status quo* aufrechtzuerhalten, fällt dem Ehemann, wenn er nach Hause kommt, immer nur das Unordentliche oder Vernachlässigte auf, während Sauberkeit und Ordnung ihm von selbst zu kommen scheinen.« Auf die Parallelen zwischen Beauvoirs Studie und Haushofers Werk hat schon Lorenz, *Biographie und Chiffre*, S. 86f, hingewiesen.

119 Bedienerin ist der in Österreich gebräuchliche Ausdruck für eine Haushaltshilfe. Mündliche Auskunft von Manfred Haushofer, Klosterneuburg. Marianne Adler, Behamberg, im Gespräch mit Sybille Haushofer.
Vgl. Haushofer, *Schreckliche Treue*, S. 66f, und *Die Mansarde*, S. 32, 107. Es gibt der Erzählerin ein »Gefühl von Nützlichkeit«, wenn sie selbst Hand anlegt. (Vgl. die Beauvoir, *Das andere Geschlecht*, S. 553: Aus der Betreuung des Hauses bezieht die Frau »ihre soziale Rechtfertigung«.) Von einer »wahre(n) Tyrannei« gleich zweier Bedienerinnen ist in *Die Tapetentür* (S. 34f, 76f.) die Rede.

120 Haushofer, *Die Mansarde*, S. 36.

121 Haushofer, *Die Mansarde*, S. 98.

122 Haushofer, *Die Mansarde*, S. 215.

123 Marlen Haushofer in: *»Meine Bücher sind alle verstoßene Kinder«*, S. 135.

124 Haushofer, *Die Mansarde*, S. 193, 120, 104.

125 Vgl. Oskar Jan Tauschinski: *Die neue Phase in Marlen Haushofers Prosa*. In: *Literatur und Kritik*, H. 7/8, 1970, S. 483–487, S. 483,

486f. Vgl. auch Oskar Jan Tauschinskis Brief an Sabine van den Bruck vom 22.3.1987, Korrespondenz Tauschinski, Manfred Haushofer, Klosterneuburg.

Die satirischen Porträts haben reale Bezüge. So kannte Marlen Haushofer etwa eine ungarische Gräfin namens Schrnetzky, die das Vorbild für die Baronin abgab. Sie soll, wie Manfred Haushofer berichtet, ihrem Enkel noch auf dem Totenbett eine kräftige Ohrfeige verpaßt haben.

Haushofer, *Die Mansarde*, S. 9.

126 Vgl. die Briefe Erwin Barth von Wehrenalps an Hans Weigel vom 25.1.1969 und vom 27.1.1969 sowie an Marlen Haushofer vom 20.1.1969 und die Briefe Hans Weigels an Erwin Barth von Wehrenalp vom 23.1.1969, vom 1.2.1969 und vom 6.2.1969, Claassen, München.

127 Vgl. Brief Marlen Haushofers an Hans Weigel, undatiert (»Sonntag«, Ende März 1969), Sammlung Weigel, Wiener Stadt- und Landesbibliothek, und ihren Brief an Erwin Barth von Wehrenalp vom 30.3.1969 sowie dessen Antwort vom 3.4.1969, Claassen, München.

128 Vgl. Weigel, *In memoriam*, S. 89. Vgl. Marlen Haushofer in: Pablé, *Begegnungen – Erfahrungen*. Angela Mohr erinnert sich daran, daß Marlen Haushofer mit ihrem Verlag einmal über das Wort ›Psyche‹ für einen Frisiertisch mit Spiegel diskutierte. Zu Marlen Haushofers Vorliebe für standardsprachliche Austriazismen liefert die Urfassung der *Wand* einen Kontrapunkt: Marlen Haushofer schreibt darin stets ›Kartoffeln‹ und nicht (wie im Buch) ›Erdäpfel‹, auch ›Eimer‹ und nicht ›Kübel‹. Vgl. Schmidjell, *Zur Werkgenese von »Die Wand« anhand zweier Manuskripte*. Hier wird wohl Hans Weigel im Zuge der Manuskript-Korrektur die ›authentischeren‹ Formen bei seiner literarischen Adoptivtochter eingemahnt haben.

129 Vgl. Hans Weigels Brief an Erwin Barth von Wehrenalp vom 18.1.1969, Claassen, München. Am 8.1.1969 schreibt Weigel dem Verleger, »auch die Gesellschaft für Literatur und das Unterrichtsministerium« seien »sehr brav«. Er hat also auch dort, wie es seine Art war, erfolgreich um Zuschüsse für seinen Schützling gebettelt. Von den aus der eigenen Tasche beigesteuerten Beträgen weiß die damalige Spitalsärztin Hilde Tetsis.

Marlen Haushofers Brief an ihre Mutter vom 12.3.1969, Rudolf Frauendorfer, Wien.

130 Mündliche Auskunft von Georg (auch zum folgenden) und Hilde Tetsis, Monti in Chianti, Rudolf Frauendorfer, Elfriede Ott und Jeannie

Ebner, Wien. Der kleine Frosch kommt auch als Spielzeug des kleinen Ferdinand in der *Mansarde* vor (S. 48f). An die Konversation im Spital erinnert sich Oskar Jan Tauschinski in Marie Bardischewskis Film *Die Frau hinter der Wand*. Vgl. auch die Briefe Hans Weigels an Erwin Barth von Wehrenalp vom 1.2.1969 und vom 6.2.1969, Claassen, München.

131 Vgl. Reichart, *»Eine völlig normale Geschichte«*, S. 31. Mündliche Auskunft von Erika Danneberg, Wien, Georg Tetsis, Monti in Chianti, Manfred Haushofer jun., Klosterneuburg, und Christian Haushofer, Gallneukirchen. Nach Auskunft von Sybille Haushofer handelte es sich um ein Armband.

132 So Georg Tetsis im Gespräch mit der Autorin, wo er sogar erwähnte, Hans Weigel habe Manfred Haushofer ungerechterweise wie einen »Dorftrottel« behandelt.

133 Mündliche Auskunft von Hilde und Georg Tetsis, Monti in Chianti, Hilde Leiter, Wien, Elfriede Ott, Wien. Brief von Elisabeth Bond vom 4.7.1999 an die Verf. Elisabeth Pablé heiratete den Dramatiker Edward Bond und lebt seither in England.

134 Vgl. Marlen Haushofers Briefe an ihre Eltern vom 7.3.(1969) und vom 12.3.1969 sowie den undatierten Brief an diese (»Freitag«, Anfang Februar 1969), Rudolf Frauendorfer, Wien. Mündliche Auskunft von Barbara Steineck, geb. Bachbauer, Weyer, und Maria Tobler, Laxenburg.

135 Vgl. Maria Frauendorfers Briefe an ihre Tochter Marlen vom 14.1.1969 und vom 30.1.(?)1969, Nachlaß.

136 Vgl. Marlen Haushofers Brief an Käthe Frauendorfer vom 26.3.1969, Käthe Frauendorfer, Wien.

137 Die Datierung dieser letzten Arbeiten ist nicht ganz geklärt. Marlen Haushofers Brief an Hans Weigel vom 24.10. trägt keine Jahreszahl (Sammlung Weigel, Wener Stadt- und Landesbibliothek). Er könnte auch aus dem Jahr 1968 stammen. Von ihren Plänen, endlich wieder mit dem Schreiben anzufangen, »wenn auch zunächst nur ein Kinderbuch«, berichtete Marlen Haushofer in einem ebenfalls undatierten Brief an Elisabeth Pablé, der mit ziemlicher Sicherheit im Sommer 1969 geschrieben wurde (Wiener Stadt- und Landesbibliothek). Das *Heitere Theaterstück*, das nie aufgeführt wurde, befindet sich im Nachlaß, eine Kopie in der Dokumentationsstelle für neuere österreichische Literatur.

138 Vgl. Brief Marlen Haushofers an Hans Weigel vom 6.5.1969, Sammlung Weigel, Wiener Stadt- und Landesbibliothek. Vgl. die Karten Marlen Haushofers an Jeannie Ebner vom 8.5.1969 und vom 6.7.1969, Sammlung Ebner, Wiener Stadt- und Landesbibliothek. In

der ersten Karte heißt es: »Ich war in Wien, hab aber keinen Menschen angerufen da alles sehr ungut war. Endlich stellte sich heraus, daß ich kein Rö mehr brauche.« Das könnte bedeuten, daß die Strahlenbehandlung abgebrochen wurde.
Vgl. Elisabeth Pablés Erinnerungen an Marlen Haushofer vom März 1998, 1 Seite, Typoskript, Sybille Haushofer, Steyr.

139 Brief Marlen Haushofers an Jeannie Ebner vom 20.7.1969, Sammlung Ebner, Wiener Stadt- und Landesbibliothek. Marlen Haushofer schickte Jeannie Ebner mit diesem Brief Gedichte ihrer Steyrer Freundin Dora Dunkl für einen eventuellen Abdruck in *Literatur und Kritik*. Vgl. zu diesem Urlaub den Brief Hermann Schreibers an die Verf. vom 6.8.1999.

140 Marlen Haushofer, ohne Titel, handschriftlicher Entwurf mit eigenhändigen Korrekturen, Nachlaß. »Ich weine nämlich nie«, sagt auch die Hauptfigur der *Mansarde* (S. 72).

141 Vgl. Lorenz, *Biographie und Chiffre*, S. 58f. Heike Doutiné: *Prosa aus der Mansarde*. In: *Frankfurter Allgemeine Zeitung*, 11.11.1969. Herbert Eisenreich: *»Ich weine nämlich nie«*. Typoskript, Christine Fritsch, Wien.
Brief Gottfried von Einems an Marlen Haushofer vom 10.9.1969, Nachlaß. Mit Gottfried von Einem, der gerade seine Oper *Der Besuch der alten Dame* komponierte, stand Marlen Haushofer seit Mai in brieflichem Kontakt. Er hatte ihr einen begeisterten Brief über ihren Erzählband *Schreckliche Treue* geschrieben.

142 Vgl. Othmar Capellmann: *Dichterlesung Marlen Haushofer*. Undatierter, unbezeichneter Zeitungsausschnitt. Dokumentationsstelle für neuere österreichische Literatur.

143 Marlen Haushofer, o.T., vier Seiten, handschriftlich, Nachlaß, datiert 6. Sept. 1969. Auf diesen Text beziehen sich die folgenden Zitate.

144 Hadrians Gedicht lautet im Original: »Animula vagula blandula hospes comesque corporis quae nunc abibis in loca pallidula rigida nudola, nec ut soles dabis iocis.« Die Übersetzung stammt aus: Jörg Mauthe: *Die Vielgeliebte*. Roman. Wilhelm Goldmann: München 1981, S. 115.

145 Sigmund Freud hat die moderne Stadt Rom als eindrucksvolles Bild für das Seelenleben benutzt, in dem keine »Gedächtnisspur« ganz untergehen könne: Um der menschlichen Psyche gerecht zu werden, müsse man sich die Stadt eigentlich als einen virtuellen Raum vorstellen, in dem alle Bauwerke, die sichtbaren und die versunkenen, gleichzeitig vorhanden sind.Vgl. Sigmund Freud: *Studienausgabe. Bd. IX. Fragen der Gesellschaft. Ursprünge der Religion*. Frankfurt/M.: S. Fischer [5]1989, S. 201ff (*Das Unbehagen in der Kultur*).

[146] Weihnachtskarte Marlen Haushofers an Oskar Jan Tauschinski, undatiert (1969), Sammlung Tauschinski, Wiener Stadt- und Landesbibliothek. Karte Marlen Haushofers an Erwin Barth von Wehrenalp vom 10.2.1970, Claassen, München. Mündliche Auskunft von Herta Holzinger, Kronstorf.

[147] Marlen Haushofer: *Mach dir keine Sorgen*. In: Duden et al., »*Oder war da manchmal noch etwas anderes?*«, S. 137f.

[148] Den tödlichen Schritt durch die Wand tut auch die Erzählerin in Ingeborg Bachmanns *Malina*.

[149] Marlen Haushofers *Mach Dir keine Sorgen* erschien postum 1970 in der Nr. 47/48 von *Literatur und Kritik*. Sogar die 1998 (!) vom ORF produzierte CD *Erika Pluhar liest Marlen Haushofer* enthält die verstümmelte Fassung des Textes.
Marlen Haushofers Tagebuch, Eintragung vom 17.5.(1967), Manfred Haushofer, Klosterneuburg.

[150] Die Höhle als Wunschbild, das den Schoß der Mutter meint, meint damit auch den paradiesischen Ort vor der Geburt, ein Äquivalent für den Tod. Vgl. Haushofer, *Die Wand*, S. 103f., und Erstfassung von *Die Wand*, Heft 2, Dokumentationsstelle für neuere österreichische Literatur.

[151] Zur Operation wurde Marlen Haushofer für die Zeit vom 10.–16.3. in die Klinik Kraus transferiert. Vgl. Brief von Marianne Nachtelberger, Wiener Privatklinik, an die Verf. vom 22.2.2000.
Mündliche Auskunft von Hilde Tetsis, Monti in Chianti, und Manfred Haushofer, Klosterneuburg. Brief Maria Frauendorfers an ihre Tochter vom 19.3.1970, Rudolf Frauendorfer, Wien. Weigel, *In memoriam*, S. 90.

[152] Mündliche Auskunft von Rudolf Frauendorfer, Wien. Nach der Erinnerung von Manfred Haushofer war seine Mutter schon tot, als er am 21. März in die Klinik kam. Mündliche Auskunft von Marianne Nachtelberger, Wiener Privatklinik.

[153] Vgl. Oskar Jan Tauschinskis Brief an Sabine van den Bruck vom 22.3.1987, Korrespondenz Tauschinski, Manfred Haushofer, Klosterneuburg. Tauschinski, der für seine Arbeit keine finanzielle Abgeltung erhalten sollte, vermutete in Marlen Haushofers Wahl sogar eine späte Rache dafür, daß er ihr als Nicht-Klischee-Mann nie den Hof gemacht hatte. Nicht nur Helene Lahr, auch Tauschinskis erste Frau Alma Johanna König (sie starb im KZ) war Schriftstellerin.

[154] Haushofer, *Die Wand*, S. 227. In der Erstfassung, Heft 5, ist von den Toten die Rede, »die vielleicht doch nicht tot genug waren u. die man mit Lichtern u. Blumen besänftigen muß« (Dokumentationsstelle für

neuere österreichische Literatur). Nichts anderes sagt Georg Groddeck in seinem *Buch vom Es* (S. 171f.): Der Mensch trauere nicht um seine Toten. Er tue es der Leute wegen und, um sich über seine eigene Treue zu betrügen. Oder er sei in Wahrheit aus einem anderen Grund traurig. »Die Toten haben immer recht, heißt es im Sprichwort, im Grunde haben sie immer unrecht.« Die »ganze Trauerei« sei »eitel Angst« und Gespensterfurcht: »Man muß weinen, sonst beleidigt man das Gespenst, und Gespenster sind rachsüchtig.« Der Mensch will den Toten unter der Erde wissen. »Zur größeren Sicherheit wird ihm ein schwerer Stein auf die Brust gewälzt (...). Sollte jedoch wirklich einmal ein Toter auferstehen, so liegen in Gestalt von Kränzen Fußangeln auf seinem Grabe, die ihn nicht entkommen lassen.«

155 Haushofer, *Nachruf für eine vergeßliche Zwillingsschwester*, S. 44.

Literaturverzeichnis

Literatur von Marlen Haushofer

Bartls Abenteuer. Roman. Illustriert von Karin Fratzscher. Düsseldorf: Claassen 1988.

Begegnung mit dem Fremden. Gesammelte Erzählungen Bd. 1. Düsseldorf: Claassen 1985.

Brav sein ist schwer. Buchgemeinschaft Donauland o. J.

Das fünfte Jahr. Hrsg. von Hans Weigel. Wien: Jungbrunnen 1952 (= Junge österreichische Autoren 2).

Das Waldmädchen. Drei Märchen. Wien–München: Jugend und Volk 1972. (= Die goldene Leiter 87).

Der gute Bruder Ulrich. Märchen-Trilogie. Mit einem Nachwort von Markus Bundi. Wien: Limbus 2020.

Die Mansarde. Roman. Düsseldorf: Claassen ^{2}1985.

Die Tapetentür. Roman. München: dtv 1991.

Die Überlebenden. Unveröffentlichte Texte aus dem Nachlaß. Aufsätze zum Werk. Hrsg. von Christine Schmidjell. Linz: Landesverlag 1991 (= Schriften zur Literatur und Sprache in Oberösterreich 2). [Enthält die Hörspiele *Die Überlebenden*, *Ein Mitternachtsspiel*, *Der Wassermann* und das Fernsehspiel *Der Knabe im Dschungel.* Mit einer ausführlichen Bibliographie.]

Die Vergißmeinnichtquelle. Erzählungen. Hrsg. von Rudolf Felmayer. Wien: Bergland 1956 (= Junge Dichtung aus Österreich 20).

Die Wand. Roman. München: Claassen ^{12}1998.

Eine Handvoll Leben. Roman. München: dtv 1991.

Himmel, der nirgendwo endet. Roman. Hildesheim: Claassen 1992.

Lebenslänglich. Erzählungen. Eingeleitet und ausgewählt von Oskar Jan Tauschinski. Graz–Wien–Köln: Stiasny 1966 (= Stiasny-Bücherei 165).

Mach dir keine Sorgen. In: Anne Duden et al.: »*Oder war da manchmal noch etwas anderes?« Texte zu Marlen Haushofer.* Frankfurt/M.: Neue Kritik 1986. S. 137f.

Müssen Tiere draußen bleiben? Wien: Jugend und Volk 1967.

Nachruf für eine vergeßliche Zwillingsschwester. In: Christine Schmidjell: *Marlen Haushofer 1920–1970. Katalog einer Ausstellung.* Wien: Dokumentationsstelle für neuere österreichische Literatur und Linz: Adalbert Stifter Institut 1990 (= Zirkular, Sondernr. 22), S. 41–44.

Schlimm sein ist auch kein Vergnügen. Wien–München: Jugend und Volk ^{3}1973.

Schreckliche Treue. Erzählungen. Hildesheim: Claassen 1992.

Wintermärchen. Unvollständiger Zeitungsausschnitt, unbezeichnet, undatiert. Dokumentationsstelle für neuere österreichische Literatur.

Wir töten Stella. Novelle. Wien: Bergland 1958.

Wohin mit dem Dackel? Wien: Jugend und Volk 1968.

Literatur über Marlen Haushofer

Das Verzeichnis umfaßt die zitierten Werke sowie eine Auswahl weiterer Arbeiten.

(W.A.:) *Himmel, der nirgendwo endet.* In: *Volksblatt*, 6. 8. 1966.

Ulf Abraham: *Topos und Utopie. Die Romane der Marlen Haushofer.* In: *Vierteljahresschrift des Adalbert-Stifter-Instituts des Landes Oberösterreich*, Jg. 35 (1986), Nr. 1/2, S. 53–83.

Klaus Antes: *Das unlebbare Leben der Marlen Haushofer.* In: Die Horen, 1984, H. 4, S. 77–81.

Sylvie Arlaud, Marc Lacheny, Jacques Lajarrige, Éric Leroy du

Cardonnoy (Hg.): *Dekonstruktion der symbolischen Ordnung bei Marlen Haushofer. »Die Wand« und »Die Mansarde«*. Berlin: Frank & Timme 2019.

Elisabeth Auer: *»Das Fleckchen Himmel, eine tiefblaue Gasse, die nirgendwo endet.« Aspekte der Existenz in Marlen Haushofers Texten*. Stockholm 2002. (= Schriften des Germanistischen Instituts 30).

Elisabeth Auer: *Das tödliche Begehren oder Wer tötet Stella? Elemente und Strukturen des Kriminalromans in Marlen Haushofers Novelle »Wir töten Stella«*. http://www.ia.hiof.no/~borres/krim/pages/auer.html

Elisabeth Auer: *Schreiben als rettende Aktivität. Zu Marlen Haushofers Leben und Romanwerk*. In: *Moderna språk*, 2/2002, S. 162–173.

Anke Bosse, Clemens Ruthner (Hrsg.): *»Eine geheime Schrift aus diesem Splitterwerk enträtseln …«. Marlen Haushofers Werk im Kontext*. Tübingen–Basel: Francke 2000.

Elke Brüns: *außenstehend, ungelenk, kopfüber weiblich. Psychosexuelle Autorpositionen bei Marlen Haushofer, Marieluise Fleißer und Ingeborg Bachmann*. Stuttgart–Weimar: J. B. Metzler 1998 (= Ergebnisse der Frauenforschung 48).

Elke Brüns: *Die Funktion Autor und die Funktion Mutter. Zur psychosexuellen Autorposition Marlen Haushofers*. In: Anke Bosse, Clemens Ruthner (Hrsg.): *»Eine geheime Schrift aus diesem Splitterwerk enträtseln …«. Marlen Haushofers Werk im Kontext*. Tübingen–Basel: Francke 2000.

Markus Bundi: *Begründung eines Sprachraums. Ein Essay zum Werk von Marlen Haushofer*. Wien: Limbus 2019.

Othmar Capellmann: *Dichterlesung Marlen Haushofer*. Zeitungsausschnitt, unbezeichnet (*Steyrer Zeitung*), undatiert. Dokumentationsstelle für neuere österreichische Literatur.

Sybille Cramer: *Es war besser, von den Menschen wegzudenken*. In: *Frankfurter Rundschau*, 5. 11. 1985.

Iris Denneler: *Marlen Haushofer*. In: *Kritisches Lexikon zur deutschsprachigen Gegenwartsliteratur*. Hrsg. von Heinz Ludwig Arnold. München: edition text und kritik 1978 ff (Stand 1. 4. 1987).

Heike Doutiné: *Prosa aus der Mansarde.* In: *Frankfurter Allgemeine Zeitung*, 11. 11. 1969.

Anne Duden et al.: »*Oder war da manchmal noch etwas anderes?* »*Texte zu Marlen Haushofer.* Frankfurt/M.: Neue Kritik 1986.

Ingeborg Dusar: *Ingeborg Bachmann versus Marlen Haushofer: Fragen der Kanonisierung in der Literaturkritik.* In: Anke Bosse, Clemens Ruthner (Hrsg.): »*Eine geheime Schrift aus diesem Splitterwerk enträtseln …*«. *Marlen Haushofers Werk im Kontext.* Tübingen–Basel: Francke 2000.

Jeannie Ebner: *Die schreckliche Treue der Marlen Haushofer.* In: *Salzburger Nachrichten*, 5. 4. 1980.

Jeannie Ebner: *Der Genauigkeit zuliebe. Tagebücher 1942–1980.* Graz–Wien–Köln: Styria 1993.

Herbert Eisenreich: *Mit der Härte einer Frau.* In: *Die Welt der Literatur*, 10. 10. 1968.

Karin Fleischanderl: *In finsterer Unschuld. Marlen Haushofer gegen den Strich gelesen.* In: *Literatur und Kritik* 371/372 (März 2003), S. 46–57.

Konstanze Fliedl: *Die melancholische Insel. Zum Werk Marlen Haushofers.* In: *Vierteljahresschrift des Adalbert-Stifter-Instituts des Landes Oberösterreich*, Jg. 35 (1986), Nr. 1/2, S. 35–51.

(H.G.:) *Skepsis und Erwartung*, Zeitungsausschnitt vom 27. 7. 1955, unbezeichnet (*Salzburger Nachrichten*), Nachlaß.

Gespräch Marlen Haushofer – Hans Weigel. In: *Marlen Haushofer 1920–1970. Katalog einer Ausstellung.* Wien: Dokumentationsstelle für neuere österreichische Literatur und Linz: Adalbert Stifter Institut 1990 (= Zirkular, Sondernr. 22), S. 44–49.

Christa Gürtler: *Im Korsett der bleiernen Zeit. Zu den Romanen »Eine Handvoll Leben« und »Die Tapetentür«.* In: Marlen Haushofer: *Die Überlebenden. Unveröffentlichte Texte aus dem Nachlaß. Aufsätze zum Werk.* Hrsg. von Christine Schmidjell. Linz: Landesverlag 1991, S. 159–172.

Christa Gürtler (Hg.): »*Ich möchte wissen, wo ich hingekommen bin!*« Katalog zur Ausstellung. Linz: StifterHaus 2010.

Edwin Hartl (ohne Titel) in: *Wort in der Zeit*, Nr. 1 / 1964, S. 64.

Christina Anna Haßlinger: *Die Erzählungen Marlen Haushofers. Versuch einer Chronologisierung und Aspekte der Interpretation.* Dipl. Arb. Wien 2007.

Marlen Haushofer: *Die Überlebenden. Unveröffentlichte Texte aus dem Nachlaß. Aufsätze zum Werk.* Hrsg. von Christine Schmidjell. Linz: Landesverlag 1991 (= Schriften zur Literatur und Sprache in Oberösterreich 2). [Mit einer ausführlichen Bibliographie.]

Christine Hoffmann (Schmidjell): *Die Verrücktheit einer Generation. Schreibweisen von ›Jungen Autorinnen‹ nach 1945 in den Romanen Marlen Haushofers.* Phil. Diss. Wien 1988.

Paul Hühnerfeld: *Gesucht: der Dichter unserer Zeit. Zu neuen deutschen Erzählern.* In: *Die Zeit*, 29. 9. 1955.

Volker Kaukoreit, Andreas Brandtner (Hrsg.): Erläuterungen und Dokumente zu: Marlen Haushofer: Die Wand. Stuttgart: Reclam 2012.

J. Keckeis: *Namen gab er allen Lebewesen. Ein Roman Marlen Haushofer zwischen Autobiographie und Fiktion.* In: *Zürichsee-Zeitung*, 18. 7. 1969.

Theresia Klugsberger: *Zeit und Bewußtsein. Über den Gebrauch der Sprache in den frühen Erzählungen Marlen Haushofers.* In: Marlen Haushofer: *Die Überlebenden. Unveröffentlichte Texte aus dem Nachlaß. Aufsätze zum Werk.* Hrsg. von Christine Schmidjell. Linz: Landesverlag 1991, S. 189–206.

Marlene Krisper: *Das ordentliche Leben der Marlen Haushofer. Ein Essay.* Steyr: Ennsthaler 2009.

Raimund Lackenbucher: *»In jener fernen Wirklichkeit …« Ein besinnliches Gespräch mit Marlen Haushofer, der Verfasserin des Romans »Die Wand«.* In: Neue Illustrierte Wochenschau, 29. 12. 1968.

Ulrike Landfester: *Die Frau an der Wand: Projektion und Rezeption Marlen Haushofers in der feministischen Literaturkritik.* In: Anke Bosse, Clemens Ruthner (Hrsg.): *»Eine geheime Schrift aus diesem Splitterwerk enträtseln …«. Marlen Haushofers Werk im Kontext.* Tübingen-Basel: Francke 2000.

Josef Laßl: *Mit einer Dichterin verheiratet.* Zeitungsausschnitt, unbezeichnet (*Oberösterreichische Nachrichten*), undatiert. Rudolf Frauendorfer, Wien.

Dagmar C. G. Lorenz: *Biographie und Chiffre. Entwicklungsmöglichkeiten in der österreichischen Prosa nach 1945, dargestellt an den Beispielen Marlen Haushofer und Ilse Aichinger.* Phil. Diss. Cincinatti 1974.

Dagmar C. G. Lorenz: *Marlen Haushofer – eine Feministin aus Österreich.* In: *Modern Austrian Literature* 12, 1979, H. 3/4, S. 171–191.

Irmela von der Lühe: *Erzählte Räume – leere Welt. Zu den Romanen Marlen Haushofers.* In: Anne Duden et al.: *»Oder war da manchmal noch etwas anderes?« Texte zu Marlen Haushofer.* Frankfurt/M.: Neue Kritik 1986, S. 73–107.

»Meine Bücher sind alle verstoßene Kinder.« Ein Gespräch mit Dora Dunkl. In: Anne Duden et al.: *»Oder war da manchmal noch etwas anderes?« Texte zu Marlen Haushofer.* Frankfurt/M.: Neue Kritik 1986. S. 134–136.

Anna Mitgutsch: *Die Bösartigkeit der Banalität. Zum Werk der Marlen Haushofer.* In: *Jahrbuch des Adalbert-Stifter-Institutes des Landes Oberösterreich*, Bd. 2, 1995 (1996), S. 181–189.

Elisabeth Pablé: *Begegnungen – Erfahrungen. Marlen Haushofer oder die sanfte Gewalt.* In: *Die Furche*, 13. 4. 1968.

Elisabeth Pablé: *In memoriam Marlen Haushofer.* In: *Kärntner Tageszeitung*, 11. 4. 1970.

Eva Pfister: *Die Abgründe des Alltags.* In: *Rheinische Post*, 4. 4. 1987.

Evelyne Polt-Heinzl: *»... drehen Sie das Radio an ... Die Stille tut Ihnen nicht gut.« Die Hörspiele Marlen Haushofers im zeitgenössischen Kontext.* In: Marlen Haushofer: *Die Überlebenden. Unveröffentlichte Texte aus dem Nachlaß. Aufsätze zum Werk.* Hrsg. von Christine Schmidjell. Linz: Landesverlag 1991 (= Schriften zur Literatur und Sprache in Oberösterreich 2), S. 116–138.

Evelyne Polt-Heinzl: *Marlen Haushofers Roman »Die Wand« im Fassungsvergleich. Die Entwicklung der Ich-Erzählerin.* In: Anke Bosse, Clemens Ruthner (Hrsg.): *»Eine geheime*

Schrift aus diesem Splitterwerk enträtseln ...«. Marlen Haushofers Werk im Kontext. Tübingen: Francke 2000.
Manuela Reichart: *»Eine völlig normale Geschichte«. Auf den Spuren von Marlen Haushofer – Eine Reise nach Österreich.* In: Anne Duden et al.: *»Oder war da manchmal noch etwas anderes?« Texte zu Marlen Haushofer.* Frankfurt/M.: Neue Kritik 1986, S. 21–42.
Manuela Reichart: *Die Wunde Liebe.* In: *Die Zeit*, 7. 9. 1984.
Irmgard Roebling: *Wir töten Stella. Eine Österreicherin schreibt gegen das Vergessen.* In: Marlen Haushofer: *Die Überlebenden. Unveröffentlichte Texte aus dem Nachlaß. Aufsätze zum Werk.* Hrsg. von Christine Schmidjell. Linz: Landesverlag 1991 (= Schriften zur Literatur und Sprache in Oberösterreich 2), S. 173–188.
Franz Rainer Scheck (ohne Titel) in: *Science Fiction Times*, Mai 1969.
Christine Schmidjell: *Marlen Haushofer 1920–1970. Katalog einer Ausstellung.* Wien: Dokumentationsstelle für neuere österreichische Literatur und Linz: Adalbert Stifter Institut 1990 (= Zirkular, Sondernr. 22).
Christine Schmidjell: Vorbemerkungen zu Marlen Haushofer: *Die Überlebenden. Unveröffentlichte Texte aus dem Nachlaß. Aufsätze zum Werk.* Hrsg. von Christine Schmidjell. Linz: Landesverlag 1991 (= Schriften zur Literatur und Sprache in Oberösterreich 2).
Christine Schmidjell: *Zur Werkgenese von »Die Wand« anhand zweier Manuskripte.* In: Anke Bosse, Clemens Ruthner (Hrsg.): *»Eine geheime Schrift aus diesem Splitterwerk enträtseln ...«. Marlen Haushofers Werk im Kontext.* Tübingen–Basel: Francke 2000.
Christine Schmidjell-Hoffmann: *»›Meine Mutter, die mich schlacht, mein Vater, der mich aß ...‹ Und hastig rollt Meta im Traum den Schutt über die üble Stätte, bis man sie nicht mehr sehen kann.« Die elterliche Zer-/Verstörungsarbeit in Himmel, der nirgendwo endet« von Marlen Haushofer.* In: Sylvia Wallinger, Monika Jonas (Hrsg.): *Der Widerspenstigen Zähmung.* Studien zur bezwungenen Weiblichkeit in der Literatur vom Mittelalter bis zur Gegenwart. Innsbruck:

Amoe 1986 (= Innsbrucker Beiträge zur Kulturwissenschaft, Germanistische Reihe 31), S. 295–309.
Wendelin Schmidt-Dengler (ohne Titel) in: *Literatur und Kritik* 20, 1985, S. 495 f.
Ernst Seibert: *Kindheitsmuster in der österreichischen Gegenwartsliteratur. Zur Genealogie von Kindheit. Ein mentalitätsgeschichtlicher Diskurs im Umfeld von Kindheits- und Kinderliteratur.* Frankfurt/M. u.a.: Peter Lang 2005 (= Kinder- und Jugendkultur, -literatur und -medien. Theorie – Geschichte – Didaktik 38).
Brita Steinwendtner: *Die Steine des Pfirsichs. Marlen Haushofer zugedacht.* Ottensheim: Edition Thanhäuser 2003.
Daniela Strigl: *Vertreibung aus dem Paradies. Marlen Haushofers Existentialismus.* In: Anke Bosse, Clemens Ruthner (Hrsg.): *»Eine geheime Schrift aus diesem Splitterwerk enträtseln ...«. Marlen Haushofers Werk im Kontext.* Tübingen–Basel: Francke 2000.
Daniela Strigl: *»Die Wand«* (1963) – *Marlen Haushofers Apokalypse der Wirtschaftswunderwelt.* In: *TRANS. Internet-Zeitschrift für Kulturwissenschaften.* No. 15/2003. http://www.inst.at/trans/15Nr/05_16/strigl15.htm
Daniela Strigl: *»Eine große Lüge«. Anmerkungen zur Biographie Marlen Haushofers (1920–1970).* In: *Wespennest* Nr. 119 (Juni 2000), S. 31–34.
Daniela Strigl: *Nach Strich und Faden. Keine Pflichtverteidigung.* In: *Literatur und Kritik* 371/372 (März 2003), S. 58–66.
Liliane Studer: *»... auf dem Weg, eine neue Welt zu finden ...« Marlen Haushofer (1920–1970).* Lizentiatsarbeit Bern 1987.
Liliane Studer: *Die Frau hinter der Wand. Aus dem Nachlaß der Marlen Haushofer.* München: Claassen 2000.
Oskar Jan Tauschinski: *Die neue Phase in Marlen Haushofers Prosa.* In: *Literatur und Kritik*, H.7/8, 1970, S. 483–487.
Oskar Jan Tauschinski: *Im Angesicht der Grenze.* In: *Wort in der Zeit* 7, 1961, H. 7, S. 6–12.
Oskar Jan Tauschinski: Einleitung zu Marlen Haushofer: *Lebenslänglich.* Erzählungen. Eingeleitet und ausgewählt von

Oskar Jan Tauschinski. Graz–Wien–Köln: Stiasny 1966 (= Stiasny-Bücherei 165).

Oskar Jan Tauschinski: *Marlen Haushofer in usum delphini.* In: *Jugend und Buch*, H. 2, 1970, S. 15–18.

Regula Venske: »... *das Alte verloren und das Neue nicht gewonnen ...«: Marlen Haushofer.* In: Inge Stephan, Regual Venske, Sigrid Weigel: *Frauenliteratur ohne Tradition? Neun Autorinnenporträts.* Frankfurt/M.: Fischer 1987, S. 99–130.

Regula Venske: »*Vielleicht, daß ein sehr entferntes Auge eine geheime Schrift aus diesem Splitterwerk enträtseln könnte ...« Zur Kritik der Rezeption Marlen Haushofers.* In: Anne Duden et al.: »*Oder war da manchmal noch etwas anderes?« Texte zu Marlen Haushofer.* Frankfurt/M.: Neue Kritik 1986, S. 43–66.

Hans Weigel: *In memoriam.* Graz–Wien–Köln: Styria 1979.

Dorothea Zeemann: *Eine Frau verweigert sich.* In: Anne Duden et al.: »*Oder war da manchmal noch etwas anderes?« Texte zu Marlen Haushofer.* Frankfurt/M.: Neue Kritik 1986, S. 67–72.

Film, CD

Die Frau hinter der Wand. TV-Dokumentation. Buch und Regie: Marie Bardischewski, Bayerischer Rundfunk/ORF 1993.

Erika Pluhar liest Marlen Haushofer. CD. Edition Radio Literatur. ORF 1998.

Weitere Literatur

Klaus Amann: *P. E. N. Politik – Emigration – Nationalsozialismus. Ein österreichischer Schriftstellerclub.* Wien–Köln–Graz: Böhlau 1984.

Friedbert Aspetsberger: *Literarisches Leben im Austrofaschismus. Der Staatspreis.* Königstein/Ts.: Hain 1980 (= Literatur in der Geschichte, Geschichte in der Literatur 2).

Christoph Bartmann: *Auf dem Baum der Wörter.* In: *Die Presse*, 1. 8. 1998.
Uwe Baur: *»Eine Mehrheit an Methoden muß zur Verfügung stehen ...«. ›Innere Emigration‹ eines Germanisten: Hugo (v.) Kleinmayr.* In: Johann Holzner, Karl Müller (Hrsg.): *Literatur der ›Inneren Emigration‹ aus Österreich.* Wien: Döcker 1998 (= Zwischenwelt 6), S. 357–375.
Simone de Beauvoir: *Das andere Geschlecht. Sitte und Sexus der Frau.* Deutsch von Uli Aumüller und Grete Osterwald. Reinbek bei Hamburg: Rowohlt 1992.
Albert Berger: *Schwieriges Erwachen. Zur Lyrik der jungen Generation in den ersten Nachkriegsjahren (1945–1948).* In: *Literatur der Nachkriegszeit und der fünfziger Jahre in Österreich.* Hrsg. von Friedbert Aspetsberger et al. Wien: Österreichischer Bundesverlag 1984, S. 190–206.
Manfred Brandl: *Neue Geschichte von Steyr. Vom Biedermeier bis Heute.* Steyr: Ennsthaler 1980.
Albert Camus: *Der Mythos von Sisyphos. Ein Versuch über das Absurde.* Hamburg: Rowohlt Taschenbuch Verlag 1985.
Milo Dor: *Der Fall Reinhard Federmann.* In: Milo Dor (Hrsg.): *Die Pestsäule. In memoriam Reinhard Federmann.* Wien: Löcker & Wögenstein 1977, S. 41–45.
Reinhard Federmann: *Herr Felix Austria und seine Wohltäter.* Roman. München–Wien: Langen-Müller 1970.
Viktor E. Frankl: *Homo patiens. Versuch einer Pathodizee.* Wien: Franz Deuticke 1950.
Sigmund Freud: *Das Ich und das Es. Metapsychologische Schriften.* Frankfurt/Main: Fischer Taschenbuch 1992.
Sigmund Freud: *Studienausgabe. Bd. IX. Fragen der Gesellschaft. Ursprünge der Religion.* Frankfurt/M.: S. Fischer ^{5}1989.
Georg Groddeck: *Das Buch vom Es. Psychoanalytische Briefe an eine Freundin.* Wiesbaden: Limes Verlag 1961.
Georg Groddeck: *Psychoanalytische Schriften zur Literatur und Kunst.* Hrsg. von Egenolf Roeder von Diersburg. Wiesbaden: Limes Verlag 1964.
Hermann Hakel: *Dürre Äste, welkes Gras. Begegnungen mit Literaten. Bemerkungen zur Literatur.* Wien: Lynkeus 1991.

Brigitte Hamann: *Hitlers Wien. Lehrjahre eines Diktators.* München: Piper 1996.

Hans Höller: *Ingeborg Bachmann.* Reinbek/Hamburg: Rowohlt Taschenbuch 1999.

25 Jahre Landes-Kindererholungsheim in Kirchschlag. Festschrift. Hrsg. vom Amte der o. ö. Landesregierung (Hofrat Dr. Josef Zehetner). Linz 1950.

Günter Kaindlstorfer: *»Isabel Allende produziert politischen Stillstand«.* In: *Der Standard,* 25. 9. 1999.

Kinder- und Hausmärchen der Brüder Grimm. Hrsg. von Dr. Hans Körnchen. Berlin: Volksverband der Bücherfreunde/ Wegweiser-Verlag (o. J.).

Jörg Mauthe: *Die Vielgeliebte.* Roman. Wilhelm Goldmann: München (1981).

Rosa Mayreder: *Geschlecht und Kultur.* Essays. Mit einem Nachwort von Eva Geber. Wien: Mandelbaum 1998.

Rosa Mayreder: *Zur Kritik der Weiblichkeit.* Essays. Mit einem Nachwort von Eva Geber. Wien: Mandelbaum 1998.

Angela Mohr: *Althäuser der Gemeinde Molln in Oberösterreich.* Molln: Eigenverlag der Gemeinde 1991.

Hans F. Prokop: *Österreichisches Literaturhandbuch.* Wien–München: Jugend & Volk 1974.

Reclams Kunstführer Österreich. Bd. 1. Bearbeitet von Karl Oettinger et al. Stuttgart: Philipp Reclam 1961.

(schl-:) *In memoriam Dora Dunkl.* In: *Steyrer Zeitung,* 9. 12. 1982.

K. H. Scheer: *Die strahlende Kuppel. Perry Rhodan, der Erbe des Universums* Nr. 3. München: Moewig Verlag 1961.

Sigrid Schmid-Bortenschlager: *Die Etablierung eines literarischen Paradigmas. Hans Weigels »Stimmen der Gegenwart«* In: *Literatur in Österreich 1950–1965.* Mürzzuschlag: Walter Buchebner Gesellschaft o. J., S. 38–51.

Wendelin Schmidt-Dengler: *Bruchlinien. Vorlesungen zur österreichischen Literatur 1945 bis 1990.* Salzburg–Wien: Residenz 1995.

Adalbert Stifter: *Ausgewählte Werke in einem Band.* Hrsg. von Alexander Heine. Essen: Phaidon Verlag o. J.

Wilhelm Szabo: *Herz in der Kelter.* Gedichte. Salzburg: Otto Müller 1954.

Peter Wehle: *Sprechen Sie Wienerisch? Von Adaxl bis Zwutschkerl.* Wien–Heidelberg: Ueberreuter 1980.

Hans Weigel: *Das Unbehagen an der Kultur.* In: *Der Monat,* 6. Jg., H. 64 (Jan. 1954), S. 385–393.

»wir waren ja nur Mädchen«. O. K. Centrum für Gegenwartskunst Oberösterreich. (Katalog). O. O. (Linz) 1998.

Johann Wolfslehner: *Das Schulwesen der Ursulinen in Linz 1918–1968.* Sonderdruck aus dem 77. Jahresbericht des Bischöflichen Gymnasiums und Diözesanseminars am Kollegium Petrinum, Linz/Donau, Schuljahr 1980/81.

Klaus Zeyringer: *Österreichische Literatur 1945–1998. Überblicke, Einschnitte, Wegmarken.* Innsbruck: Haymon 1999.

Dank

Ich danke allen Personen und Institutionen, die mir bei meiner Arbeit geholfen haben. Mein besonderer Dank gilt der Familie Marlen Haushofers: Ihr Bruder Univ.-Prof. Dipl.Ing. Rudolf Frauendorfer hat sich für mich viel Zeit genommen, mich mit präzisen und anschaulichen Informationen versorgt und mir großzügig wertvolles Text- und Photomaterial zur Verfügung gestellt. Auch Marlen Haushofers Sohn Dr. Manfred Haushofer hat mich wiederholt empfangen, mir bereitwillig Auskunft gegeben und mir Einblick in das einzige erhaltene Tagebuch seiner Mutter gewährt. Sein Bruder Mag. Christian Haushofer erzählte mir wichtige Details aus der Familiengeschichte. Unter Marlen Haushofers äußerst hilfsbereiten Freundinnen möchte ich Mag. Angela Mohr hervorheben, die mir auch weitere Kontaktpersonen genannt hat. Emmerich Kolovic gab mir interessantes Material aus dem Nachlaß Hermann Hakels. Effektive Unterstützung erhielt ich außerdem von den Mitarbeiterinnen der Wiener Dokumentationsstelle für neuere österreichische Literatur, bei der sich u.a. das Manuskript der *Wand* befindet. Namentlich Dr. Christine Schmidjell hat mich sowohl von ihrem Wissen als auch von ihren Unterlagen profitieren lassen. Last but not least danke ich meiner Familie für ihren Lesefleiß und ihre Geduld.

Bildnachweis

Sybille Haushofer, Steyr/Wien S. 18, 23, 109, 135, 143, 153, 175, 187, 221, 223, 235, 249, 282, 301, 318, 324
Rudolf Frauendorfer, Wien S. 21, 26, 48, 64, 91
Josefa Bergmann, Weyer S. 55, 94, 102
Hermann Hakel Gesellschaft, Wien S.165, 206
Dokumentationsstelle für neuere österreichische Literatur, Wien S. 247

Register

Ein unnachahmliches Gleichnis für das unüberwindliche Einsamsein

Eine Frau wacht eines Morgens in einer Jagdhütte in den Bergen auf und findet sich eingeschlossen von einer unsichtbaren Wand, hinter der kein Leben mehr existiert.

»Wenn mich jemand nach den zehn wichtigsten Büchern in meinem Leben fragen würde, dann gehörte dieses auf jeden Fall dazu.«
Elke Heidenreich in *Lesen!*

Marlen Haushofer

Die Wand

Taschenbuch
Auch als E-Book erhältlich
www.ullstein.de

Seit Hemingway wurde der Kampf des Menschen mit der Natur nicht mehr so packend erzählt

Ein flirrend kalter, strahlender Novembertag, hoch in den Bergen. Zum letzten Mal nimmt der alte Wilderer den steinigen Weg auf sich: Über dreihundert Tiere hat er im Lauf seines Lebens erlegt, lange schon lebt er als Eremit. Nur ein einziges fehlt ihm noch: der König der Gamsen, dieses starke, beinahe unbezwingbare Tier, dessen Mutter er einst ins Tal wuchtete ... Sprachgewaltig und poetisch erzählt Erri De Luca das Duell zwischen dem alten Jäger und dem stolzen »König der Gamsen«, zwei willensstarken Einzelgängern.

Erri De Luca

Das Gewicht des Schmetterlings

Roman

Aus dem Italienischen von Helmut Moysich

Taschenbuch

Auch als E-Book erhältlich

www.ullstein.de